Perry Rhodan

Ovaron

Perry Rhodan

Ovaron

Dieses Buch erscheint im
Paul Zsolnay Verlag GmbH, Wien
Redaktion: Horst Hoffmann
Titelillustration: Johnny Bruck
Druck und Bindung: Mohndruck
Graphische Betriebe GmbH, Gütersloh
Printed in Germany 1994
ISBN 3-8118-2067-2

Vorwort

Die PERRY RHODAN-Heftserie erlebte beim Cappin-Zyklus einen schweren Einbruch. Die Verkaufszahlen sanken, die Lesermeinungen waren teilweise niederschmetternd. Ich selbst hatte eine solche Meinung ganz einfach deswegen bisher nicht, weil ich vor einem runden Vierteljahrhundert bei PR ausstieg und erst im Schwarmzyklus wieder vom Rhodan-Virus gepackt wurde.

Jetzt, nachdem ich die Arbeit am PR-Buch 48 abgeschlossen habe, verstehe ich die Reaktion der Leser von damals. Die Fehler in Logik und Diktion, die Nachlässigkeiten, die kleinen und großen »Vertuer« von damals würden heute, so hart das klingen mag, für jeden Autor und Bearbeiter bedeuten, daß er sich besser nach einem neuen Job umsehen sollte. Da siezen sich in einem Roman die gleichen Personen, die sich im nächsten Band duzen. Da werden Zeitangaben durcheinandergewürfelt. Da wird hier etwas groß angekündigt, wovon zwei Bände später nie die Rede gewesen ist. Da leben zweihunderttausend Jahre vor unserer Zeit Säbelzahntiger (!) und Saurier (!!) auf der Erde. Und da hat unser Perry Rhodan einen Symbionten, der ihm umhängt wie eine Glitzerstola und die telepathischen Kräfte verstärkt, die ihm nur in der Frühzeit der Serie und nur von bestimmten Autoren angedichtet worden waren. (Dies für die Leser, die das Wesen »Whisper« vermissen: Whisper wurde vorerst auf Eis gelegt.)

Ich habe mich, manchmal der Telefonnummer 112 nahe, wirklich bemüht, wenigstens die gröbsten Ungereimtheiten auszumerzen und aus dem eigentlich guten Stoff ein Buch zu machen, das man gut und mit Spannung lesen kann. Und ich denke, ich darf hier auch einmal meinen Frust ablassen, wo der Dank an die Autoren der Originalromane schon obligatorisch ist. Als aktueller Autor der Serie muß ich manchmal die Zähne zusammenbeißen, wenn ich Kritik vom Verlag bekomme und auch schon einmal Passagen umschreiben muß. Nach der Bearbeitung der jetzt aufgeführten Romane bin ich allerdings dankbar dafür.

Diese Romane sind, ungeachtet der Kürzungen und mit den Heftnummern in Klammern versehen: *Das Erbe des Ertrusers (434),*

Schirmherr der Zeit (437) und *Zwischen Mars und Jupiter (441)* von *H.G.Ewers; Das Drei-Planeten-Spiel (435)* und *Der Ring des Verderbens (440)* von *Hans Kneifel; Im Jahr der Cappins (438)* und *Die Bestien von Zeut (442)* von *William Voltz; SCHALTZENTRALE OVARON (439)* von *Clark Darlton.*

Ich bedanke mich bei allen Leser/innen, die die PR-Buchausgabe mit sachlicher Kritik begleiten und schon viele wertvolle Anregungen zur Weitergestaltung gegeben haben. Besonderer Dank gilt wieder einmal dem PRC UNIVERSUM (Kontaktadresse: Hans-Dieter Schabacker, Limbacher Str. 24, 66839 Schmelz), dessen Kompendium »PERRY RHODAN-Zeitraffer« die Arbeit an den Büchern wesentlich überschaubarer macht.

Bergheim, im Frühjahr 1994 Horst Hoffmann

Zeittafel

1971	Perry Rhodan erreicht mit der STARDUST den Mond und trifft auf die Arkoniden Thora und Crest.
1972	Mit Hilfe der arkonidischen Technik Aufbau der Dritten Macht und Einigung der Menschheit.
1976	Das Geistwesen ES gewährt Perry Rhodan und seinen engsten Wegbegleitern die relative Unsterblichkeit.
1984	Galaktische Großmächte (Springer, Aras, Arkoniden, Akonen) versuchen, die aufstrebende Menschheit zu unterwerfen.
2040	Das Solare Imperium ist entstanden und stellt einen galaktischen Wirtschafts- und Machtfaktor ersten Ranges dar.
2326-2328	Gefahr durch die Hornschrecken und die Schreckwürmer. Kampf gegen die Blues.
2400-2406	Entdeckung der Transmitterstraße nach Andromeda; Abwehr von Invasionsversuchen von dort und Befreiung der Andromeda-Völker vom Terror-Regime der Meister der Insel.
2435-2437	Der Riesenroboter OLD MAN bedroht die Galaxis, und die Zweitkonditionierten erscheinen mit ihren Dolans, um die Menschheit für angebliche Zeitverbrechen zu bestrafen. Perry Rhodan wird in die ferne Galaxis M 87 verschlagen. Nach seiner Rückkehr Sieg über die Erste Schwingungsmacht, die Uleb.
3430-3434	In den vergangenen rund 1000 Jahren hat sich die Menschheit zersplittert. Um einen Bruderkrieg zu verhindern, läßt Perry Rhodan das Solsystem um fünf Minuten in die Zukunft versetzen. Neue Bedrohungen tauchen auf und können zum Teil eliminiert werden. Es bleiben vor allem der Supermutant Ribald Corello und der in der Sonne stationierte Todessatellit, der Sol in eine Nova zu verwandeln droht. Perry Rhodan will 200.000 Jahre in die Vergangenheit reisen, um die Installation zu verhindern.

Prolog

Seit dem Tag, an dem Perry Rhodan das gesamte Solsystem um exakt fünf Minuten in die Zukunft versetzen ließ, sind über drei Jahre vergangen. Das Heimatsystem der Menschheit, von den Eingeweihten auch als »Ghost-System« bezeichnet, existiert für die gegnerischen galaktischen Mächte nicht mehr – jedenfalls nicht in ihrer Zeitebene. Inzwischen weiß man dort, daß Perry Rhodan noch lebt, und vermutet ein gut getarntes Versteck der solaren Menschheit. Von der Wahrheit sind die Machthaber jedoch noch weit entfernt.

Daß das Solsystem nicht völlig isoliert ist, ist vor allem Anson Argyris zu verdanken, einem Vario-500-Roboter in der Maske des »Kaisers« des Freihandelsplaneten Olymp. Argyris präsentiert sich der Galaxis als legitimer Nachfolger Perry Rhodans und organisiert über die Temporalschleuse und Transmitterstraße die geheime Versorgung des Solsystems mit Gütern aller Art.

Perry Rhodan nimmt also weiterhin rege am galaktischen Geschehen teil. Und dies ist auch nötig, denn die Bewohner der Milchstraße haben immer noch unter den Attacken des offenbar wahnsinnigen Supermutanten Ribald Corello zu leiden, der ganze Welten versklavt. Corello, so weiß man inzwischen, ist der Sohn des beim Amoklauf der Mutanten im Jahr 2909 umgekommenen Kitai Ishibashi und des Anti-Mädchens Gevoreny Tatstun. Er glaubte von Anfang an nicht an Rhodans Tod und verfolgt mit unstillbarem Haß sein Ziel, das Solsystem und Rhodan zu finden und zu vernichten.

Die antimateriellen Accalauries, die ebenfalls für große Aufregung sorgten, kehren im Herbst 3432 in ihren Kosmos zurück, nachdem einer ihrer Forscher den in der Sonne aktiv gewordenen Todessatelliten entdeckt hat. Seither lebt die solare Menschheit unter der tödlichen Bedrohung durch den Satelliten, den die Cappins vor rund zweihunderttausend Jahren in der Sonnenatmosphäre installiert haben. Diese Fremden, so erinnert sich der Pseudo-Neandertaler Lord Zwiebus, kamen damals auf die Erde, um mit Menschen zu experimentieren. Er sagt auch aus, daß sie durch ihre Fähigkeit der »Pedotransferierung« Menschen geistig übernehmen können. Dies bestätigt sich bald darauf auf dramatische

Weise, als eine Gruppe von Cappins bei einem Experiment in den Todessatelliten verschlagen wird und erst nach vielen Mißverständnissen bereit ist, Perry Rhodan zu vertrauen und ihm wertvolle Informationen für den zweiten Versuch zu geben, in die Vergangenheit zu reisen und dort die Entstehung des Satelliten zu verhindern. Der erste Versuch mit dem sogenannten Nullzeit-Deformator scheiterte an einem Widerstand, der – so hofft Rhodan – nun ausgeschaltet werden kann.

Um das theoretische Wissen der Cappins, die durch eine Sicherheitsschaltung des Sonnensatelliten getötet werden, in der Praxis anwenden zu können, braucht man allerdings das Element Sextagonium in stabilisierter Form – und das kann nur durch die Mithilfe des bisherigen Menschheitsfeindes Nummer eins, Ribald Corello, erreicht werden . . .

1.

Januar 3434

Der unregelmäßige Kugelsternhaufen, Lasztman-Ballung genannt, lag nach dem Passieren des staubfreien Durststrecken-Schlauches neunundvierzig Lichtjahre hinter den drei Kugelschiffen.

Sie durchquerten den intergalaktischen Raum: zwei Schiffe mit einem Durchmesser von je 2500 Metern und eines mit 800 Metern Durchmesser. Die beiden großen Kugeln waren Supergiganten der GALAXIS-Klasse, Ultraschlachtschiffe des Solaren Imperiums: die INTERSOLAR, das Flaggschiff Perry Rhodans – und Staatsmarschall Bulls Flaggschiff.

Das dritte Raumschiff gehörte nicht zur Flotte des Imperiums. Jeder Nichteingeweihte hätte es als infame Lüge zurückgewiesen, wäre ihm berichtet worden, daß dieses Fahrzeug im Verband mit den wichtigsten Flaggschiffen der solaren Menschheit flöge.

Denn der Achthundert-Meter-Raumer gehörte Tipa Riordan, der Chefin der Galaktischen Piraten.

Tipa Riordan, Perry Rhodan und Reginald Bull kehrten von einem Unternehmen zurück, das sie gemeinsam geplant und koordiniert ausgeführt hatten.

Ein Unternehmen, bei dem es darum gegangen war, einen Menschen zu rauben.

Ein Ungeheuer.

Ribald Corello – den Supermutanten! Jenes Monstrum, das mit seinen unvorstellbaren parapsychischen Mitteln sowohl der solaren als auch der extrasolaren Menschheit schon viel Schaden zugefügt hatte, das zahllose Lebewesen versklavt und viele gemordet hatte.

An diesem 8. Januar 3434 jedoch lag der Mensch mit dem Rumpf eines Kleinkindes und dem Schädel eines Giganten mit verkrampften Gliedmaßen in dem umgebauten Inkubator für Großtier-Frühgeburten an Bord der INTERSOLAR.

Eine Unmenge von Geräten maß die physischen und psychischen Vorgänge, Aggregate sorgten für eine gleichbleibende Temperatur von 37 Grad Celsius, für Luftzufuhr, Luftumwälzung und Luftregenerierung sowie eine dem mutierten Metabolismus angepaßte Zufuhr von Nährstoffen, Vitaminen, Spurenelementen und Flüssigkeit.

Drei andere Lebewesen beobachteten den Supermutanten aufmerksam durch die transparenten Wände des Inkubators. Sie hielten ihre Paralysatoren schußbereit, denn trotz seiner merkwürdigen Starre war Ribald Corello noch immer eine tödliche Gefahr für Rhodans Flaggschiff. Wenn er erwachte und es ihm gelang, sich zu konzentrieren, konnte er die Besatzung der INTERSOLAR innerhalb von Sekunden in seine geistige Gewalt bringen und sie veranlassen, Perry Rhodan, Atlan und die übrigen Unbeeinflußbaren zu töten.

Der Mausbiber Gucky saß in einem für Menschen gebauten Sessel, der ihn nun besonders klein erscheinen ließ. Ohne großen Appetit knabberte er an einer frischen Mohrrübe aus den hydroponischen Gärten des Schiffes. Auf der Lehne des Sessels lag die Waffe.

Fellmer Lloyd, der Orter und Telepath, saß ebenfalls in einem Sessel. Die Füße hatte er auf einen niedrigen Tisch vor sich gelegt. Seine Augen waren geschlossen, und es sah so aus, als schliefe er. In Wirklichkeit aber kontrollierte er Corellos geistige Impulse.

Die dritte Person war der Teleporter Ras Tschubai. Der Afroterraner trank bereits die sechste Tasse Kaffee, um sich wach zu halten. Er konnte zwar Corellos Geist nicht kontrollieren, doch er war wie seine beiden Kollegen gefeit gegen psionische Angriffe des Supermutanten.

Ein Laut, hoch und unartikuliert wie das Weinen eines Säuglings, erscholl aus den Lautsprechern der Tonübertragung. Die drei Wächter beugten sich alarmiert vor.

Ribald Corello krümmte sich zusammen. Seine winzigen Hände fuchtelten ziellos herum. Der einundfünfzig Zentimeter durchmessende Schädel hob sich um einige Zentimeter. Die daumendicken bläulichen Adern schwollen unter der dünnen rotbraunen Kopfhaut gefährlich an. Dann fiel der monströse Kopf auf das Thermo-Polster zurück.

Ein Instrument summte warnend.

Tschubai stand auf und ging zu der Anzeigetafel am Sockel des Inkubators.

»Einundvierzig Grad überschritten«, teilte er beunruhigt fest. »Das ist schon zum dritten Mal an diesem Tag. Wenn das so weitergeht, stirbt Corello vor unseren Augen.«

»Was kein Verlust für die Menschheit wäre«, sagte Lloyd.

»Vielleicht doch!« protestierte Gucky. »Ohne seine Hilfe dauert es

Jahre, bevor wir auf technischem Wege stabilisiertes Sextagonium für den Dakkar-Tastresonator herstellen können. Eine psionische Stabilisierung des Minerals dagegen wäre eine Sache von höchstens wenigen Stunden.«

»Trotzdem«, beharrte Lloyd. »Er ist ein Scheusal und . . .«

Von weiteren abfälligen Bemerkungen hielt ihn Ribald Corello ab. Der Supermutant lachte plötzlich hysterisch. Dann murmelte er einige unverständliche Worte vor sich hin. Speichel trat ihm vor den Mund.

Gucky watschelte besorgt zum Inkubator.

Corello öffnete die Augen, blickte mit dem irrlichternden Blick eines Wahnsinnigen um sich und schrie:

»Mutter!«

Dann verfiel er wieder in seine eigentümliche Starre.

Der Ilt seufzte. Sein Blick fiel auf den Paralysator. Schweigend, mit hängenden Schultern kehrte Gucky an seinen Platz zurück und verfiel in dumpfes Brüten.

Ras Tschubai schneuzte sich laut. Er zog die Beine an und blickte angestrengt zwischen den Knien hindurch auf den Boden.

Auch Lloyd fühlte sich seltsam berührt. Wie die beiden anderen Mutanten mußte er an die Szene denken, die ihm geschildert worden war: die rätselhafte Belebung der toten und energetisch konservierten Mutter Ribalds durch Alaska Saedelaeres Cappin-Fragment – und ihr jäher Tod und Zerfall. Ribald Corello war seiner Meinung nach noch immer ein Ungeheuer – doch die Reaktion auf den endgültigen Tod seiner Mutter war die eines Menschen gewesen . . .

Ein anderer Raum in der INTERSOLAR: die Kommandozentrale mit ihren vielfältigen gedämpften Geräuschen, den huschenden Lichtern zahlloser Kontrollen, dem Raunen aus den Interkomlautsprechern und dem Wispern des Bordgehirns, das durch eine Sonderverbindung indirekt an der Besprechung teilnahm.

Perry Rhodan sprach leise mit dem Chef der Ortungszentrale, Major Kusumi. Die Auskunft schien ihn zu erfreuen, denn er beendete das Gespräch mit einem zufriedenen Lächeln.

Dann wandte er sich seinen Gesprächspartnern am Kartentisch zu. Atlan mit vor der Brust verschränkten Armen und ausdruckslosem Gesicht. Reginald Bull mit dem scheinbar jungenhaften Gesichtsausdruck – und Tipa Riordan, die lederhäutige, klapperdürre Chefin der Galaktischen Piraten.

Tipa betrachtete den Terraner forschend.
»Nun, mein Junge, gute Nachrichten?«
Rhodan nickte.
»Wir treffen in anderthalb Stunden mit der 196. Abwehrflotte zusammen. Fünfhundert Großkampfschiffe und zehn große Lazarettschiffe unter General Tentasy. – Bully, ich habe eine Bitte an dich. Würdest du den Oberbefehl über die Hundertsechsundneunzigste übernehmen und sie sicher durch die Durststrecke der Lasztman-Ballung führen?«
»Papperlapapp!« fuhr die Piratin dazwischen. »Seit wann fragt ein Großadministrator des Solaren Imperiums, anstatt zu befehlen?«
Atlan musterte Tipa unter halbgeschlossenen Lidern voller Verachtung.
»Mische dich nicht in unsere Angelegenheiten, Giftnatter!« fuhr er sie an.
»Maul halten, Beuteterraner!« gab die Piratin zurück. »Wenn ich mich nicht in ›eure‹ Angelegenheiten gemischt hätte, liefe Corello immer noch frei herum.«
Sie drohte dem Arkoniden mit ihrem hydraulisch gefederten Spezialstock. Zwischen ihr und Atlan herrschte noch immer die alte Haßfreundschaft, die seit über fünfhundert Jahren bestand.
»Bitte«, sagte Perry Rhodan. »Bleiben wir doch sachlich. – Also, Bully?«
»Einverstanden, Perry.« Rhodans Freund und Stellvertreter nickte und zwinkerte der alten Piratin heimlich zu. »Ich nehme an, dir liegt das Schicksal der Menschen des Targo-Systems am Herzen?«
»So ist es. Diese bedauernswerten Marionetten sind subjektiv völlig unschuldig an den Verbrechen, die ihr Meister begangen hat oder zu denen er sie zwang. Als wir ihnen Corello wegnahmen, verurteilten wir sie zur Hilflosigkeit. Folglich sind wir moralisch verpflichtet, sie zu beschützen, vor allem aber dafür zu sorgen, daß sie medizinisch und psychologisch behandelt werden.«
»So ist es recht, mein lieber Junge«, fiel Tipa ein. Sie massierte sich den schmalen Rücken ihrer Geiernase. »Liebe deinen Nächsten wie dich selbst.«
»Soweit wäre alles klar«, fuhr Rhodan fort. »Ich werde mit der INTERSOLAR Kurs auf Last Hope nehmen. Dort wird sich herausstellen, inwieweit Corello uns helfen kann. – Und du, ›Tante‹ Tipa?«
Tipa Riordan stemmte sich mit Hilfe ihres Stockes hoch.
»Ich werde euch verlassen. Eine Menge Arbeit wartet auf mich.«

Sie blickte Rhodan mit der Zärtlichkeit einer Mutter an, die stolz auf ihren Sohn ist. »Und du, mein lieber Junge, sei vorsichtig. Corello wird immer eine Gefahr für die Menschheit darstellen. Er ist wie eine Bombe, die bei der geringsten Unvorsichtigkeit hochgehen kann.«

»Ich werde aufpassen, Tante Tipa«, erwiderte Rhodan.

Tipa verzog ihr runzliges Gesicht.

»Auf Wiedersehen, mein Junge. Auf Wiedersehen, Dicker . . .«, sie sah Bully an, » . . . und auf Wiedersehen, Beuteterraner.«

»Ab durch den Schornstein, Kräuterhexe«, sagte Atlan.

Die Piratin erstarrte.

»Schornstein . . .?«

Sie drohte dem Lordadmiral wütend mit dem Stock, dann durchquerte sie mit seiner Hilfe die geräumige Kommandozentrale mit drei großen Sprüngen. Zwei sehr höfliche und sehr wachsame Sicherheitsoffiziere begleiteten Tipa Riordan zum Haupttransmitter, mit dem sie zu ihrem Flaggschiff, der nur vierhundert Kilometer entfernten DREADFUL, zurückkehrte.

Reginald Bull erhob sich.

»Tja, Perry, dann werde ich in die Funkzentrale gehen und Oberst Bhaleme anrufen, damit er über den neuen Auftrag informiert ist.«

Als er gegangen war, lehnte Perry Rhodan sich zurück und schloß die Augen.

Er grübelte darüber nach, was geschähe, wenn der die Sonne umkreisende Todessatellit erneut mit der Anheizung eines Nova-Prozesses beginnen würde. Ihm war völlig klar, daß die solare Menschheit nur eine Atempause erhalten hatte. Doch die Ferntötung der Cappins hatte gezeigt, daß der Satellit trotz aller Zerstörungen durch die Cappins noch funktionsfähig war. Sobald die Reparaturen beendet waren, würde er getreu seiner Programmierung seine tödliche Tätigkeit wiederaufnehmen.

Und die technische Herstellung stabilen Sextagoniums war ein völliger Fehlschlag gewesen. Eines Tages würde man es auf technischem Wege herstellen können, aber nicht einmal NATHAN, die lunare Positronik, vermochte den ungefähren Zeitpunkt vorauszusagen. Corellos Psifähigkeiten stellten die letzte Hoffnung dar. Ohne ihn würde es keinen funktionsfähigen Dakkar-Tastresonator geben, ohne den Tastresonator keine Zeitreise um zweihunderttausend Jahre zurück – und ohne die Überwindung dieser Zeitspanne keine Möglichkeit, die Installierung des Todessatelliten zu verhindern.

Ein teuflischer Kreis.

Er schrak auf, als der Summer des Interkommelders ertönte. Major Donald Freyer, Chef der Funkzentrale, meldete sich.

»Soeben ging über Hyperfunk eine Nachricht aus dem Ghost-System über Relais Olymp ein, Sir. Soll ich sie Ihnen vorlesen?«

Rhodan schrak zusammen. Auch Atlan zeigte eine ähnliche Reaktion.

Zögernd erwiderte Perry:

»Lesen Sie vor, Major Freyer!«

Der Cheffunker nickte und blickte nach unten.

»Solarmarschall Deighton an Großadministrator. Terrania, am 8.1.3434 Standardzeit. Über Hauptrelais Olymp und Permanent-Relais zur INTERSOLAR.

Gestern, 18.30 Uhr StZ, und heute, 5.21 StZ, ungewöhnlich heftige Ausbrüche auf Sonne beobachtet. Astrophysiker und Astronomen sind sich nicht einig, ob natürlichen oder künstlichen Ursprungs. Moral der solaren Bevölkerung unverändert, aber bereits wieder Ansteigen von Erkrankungen mit psychischen Ursachen. Belastung wächst. Empfehle dringend Vorverlegung des psionischen Experiments . . .«

Freyer räusperte sich.

»Soll ich Ihre Antwort aufnehmen, Sir?«

»Nein, danke«, antwortete Perry müde. »Noch gibt es keine Antwort. Danke, Major.«

Er schaltete den Interkom ab und drehte sich mitsamt seinem Kontursessel um, als er Schritte hinter sich hörte.

Professor Dr. Serenti.

Rhodan wurde blaß, als er das ernste Gesicht des Chefinternisten sah. Aus ihm ließ sich unschwer erkennen, daß Serenti keine guten Nachrichten brachte.

»Nehmen Sie bitte Platz, Professor!« sagte Rhodan.

Khomo Serenti kam der Aufforderung nach und setzte sich zwischen Atlan und den Terraner.

Der Arkonide betätigte die Servoautomatik neben seinem Platz und ließ drei Tassen Kaffee kommen.

»Trinken Sie, Professor«, sagte er lächelnd. »Ich sehe, Sie können es gebrauchen – und du auch, Perry.«

Die beiden Männer griffen dankbar nach ihren Tassen. Sie gaben sich sichtlich gelockerter.

Rhodan forderte den Internisten auf, ihm zu berichten.

Professor Serenti schilderte Ribald Corellos Zustand, die Starre, die ab und zu von Fieberphantasien und Schreien unterbrochen wurde, sowie das neuerliche Ansteigen des Fiebers.

»Ich halte den Zustand des Patienten für kritisch«, schloß er. »Professor Katzenbach, meine Kollegin, versucht es mit allgemeiner Intensivierung der vitalkybernetischen Körperfunktionen durch mechanische Reizung. Ich kann nur hoffen, daß sie damit Erfolg hat, Sir.«

»Wie ist es mit einer Kombination von paramechanischer und psychoenergetischer Behandlung, Professor?« warf Atlan ein.

Serenti sah ihn aufmerksam an.

»Davon würde ich mir tatsächlich einen gewissen Erfolg versprechen – aber leider, Lordadmiral, haben wir auf der INTERSOLAR weder die notwendigen Einrichtungen noch die Spezialisten dazu.«

»Ich verstehe«, erwiderte Perry Rhodan. »Vielen Dank, Professor. Sobald wir die 196. Abwehrflotte passiert haben, komme ich und sehe mir Corello an.«

Atlan sah dem Kosmo-Mediziner, der sie verließ, in Gedanken versunken nach.

»Du weißt, Perry, was Serenti indirekt angedeutet hat . . .«, sagte er nach einigen Minuten des Schweigens.

Rhodans Lippen wurden schmal.

»Natürlich weiß ich das!« entgegnete er heftig. »Aber ich gebe die Hoffnung noch nicht auf. Jeder verlorene Tag kann für das Solsystem den Untergang bedeuten.«

Er stand auf.

»Ich gehe jetzt in die Funkzentrale. In wenigen Minuten müßten wir Kontakt zur Hundertsechsundneunzigsten bekommen.«

Er war innerlich so aufgewühlt, daß er weder nach rechts noch nach links sah, als er die Zentrale durchquerte.

Falls Deightons Nachricht den Beginn einer neuen Aufheizungsphase der Sonne ankündigte, waren vielleicht alle bisherigen und noch vor ihnen liegenden Anstrengungen schon jetzt zur Nutzlosigkeit verurteilt.

Was sollte mit den fünfundzwanzig Milliarden Menschen im Ghost-System geschehen? Evakuieren . . .?

Wohin . . .?

»Nein!« sagte er zornig.

Im nächsten Moment packte ihn jemand am Arm.

»Hallo, Perry!« sagte Reginald Bull erschrocken. »Jetzt wärst du beinahe gegen die Wand gelaufen. Was ist los mit dir, daß du nicht einmal mehr ein simples Panzerschott findest?«

Perry fuhr sich mit der Hand über die Augen, als könnte er dadurch die düsteren Schatten vertreiben, die vor der Zukunft der solaren Menschheit lagen.

»Niemals die Hoffnung verlieren, Perry«, sagte Bully leise. »Mein Gott! Wie oft hast du das in kritischen Situationen zu mir gesagt! Und sehr oft – viel zu oft – sah es verdammt kritisch für die Menschheit aus.«

Rhodan riß sich zusammen.

»Danke, Bully. Ja, es sah sehr oft hoffnungslos aus.« Er holte tief Luft. »Nun, wir werden es auch diesmal schaffen. Kommst du gleich mit in die Funkzentrale? Ich möchte General Tentasy sprechen, sobald wir Verbindung mit ihm bekommen.«

Gemeinsam gingen sie weiter. Als sie in der Funkzentrale anlangten, war Perry Rhodan nichts mehr von seinen quälenden Sorgen anzumerken.

Zehn Minuten später verließ die INTERSOLAR den Linearraum und kehrte ins Einstein-Kontinuum zurück. Beinahe im gleichen Augenblick fiel genau nach Plan die 196. Abwehrflotte wieder in den Normalraum. Sie raste mit vierzig Prozent LG auf die INTERSOLAR zu und war noch achtzehn Lichtminuten von ihr entfernt. Sowohl sie als auch Rhodans Flaggschiff bremsten mit mittleren Werten ab.

»Hyperkomverbindung mit der PANATREIRA, Sir!« meldete Major Donald Freyer.

Perry Rhodan setzte sich vor den 3-D-Schirm des Hyperkoms. Dort war das Gesicht des Cheffunkers der PANATREIRA zu sehen, dann verschwand es und machte dem breitflächigen Gesicht von General Ron Tentasy Platz.

Rhodan gab seine Instruktionen.

»Sobald wir auf gleicher Höhe sind, wird das Flaggschiff des Staatsmarschalls sich neben die PANATREIRA setzen, General«, schloß er. »Der Staatsmarschall übernimmt den Oberbefehl über Sie und Ihre Flotte. Er kennt den Weg zum Targo-System und die Zustände auf dem Planeten Gevonia. Sie werden vor allem Ihre zehn Lazarettschiffe einsetzen müssen, um den bedauernswerten Marionetten Ribald Corellos zu helfen. Außerdem muß das gewaltige Vermögen des Supermutanten konfisziert werden. Vorläufig wird es vom Solaren Imperium verwaltet und später an die Geschädigten zurückgegeben.«

Er überlegte einen Moment und fragte dann:

»Konnten Sie meine Anforderung noch erfüllen, General?«

Ron Tentasy zeigte ein gequältes Lächeln.

»Jawohl, Sir. Major Pasha Basalok befindet sich an Bord der PANATREIRA.«

»Pasha Basalok . . .«, wiederholte Perry. »Da muß ein Mißverständnis vorliegen. Oder war Major Patulli Lokoshan nicht zu erreichen?«

»Doch«, erwiderte der General trocken. »Es ist nur so . . .«, jemand reichte ihm einen Zettel, » . . . daß weder Patulli Lokoshan noch Pasha Basalok der vollständige Name des Kamashiten ist. Genau heißt er Patulli Shangrinonskowje Batulatschino Sagrimat Lokoshan. Ich gebe ihn gern an Sie weiter, Sir.«

Bully begann zu grinsen, doch Perry stieß dem Freund in die Rippen.

»Danke für die Aufklärung, General«, entgegnete er ironisch. »Bitte, senden Sie ihn während des Vorbeiflugs per Transmitter zur INTERSOLAR. Ah, Bull möchte Sie noch sprechen!«

Er machte Bully Platz.

Die beiden Männer begrüßten sich, dann befahl Bully:

»Ich halte es für erforderlich, noch während des Anfluges zur Lasztman-Ballung einige Dinge mit Ihnen zu besprechen. Deshalb gebe ich Ihnen jetzt folgende Koordinaten für Ihren Verband. Haben Sie auf Speicherung geschaltet? – Gut!«

Nachdem er die Daten durchgegeben hatte, fuhr er fort:

»Sie kommen bitte per Transmitter an Bord meines Schiffes, sobald wir Kurs und Geschwindigkeit angeglichen haben. Ihr Erster kann den Befehl übernehmen und die Flotte nach meinen Anweisungen in den Linearraum bringen. Dadurch verlieren wir nicht unnötig Zeit und können alle notwendigen Maßnahmen bis zum nächsten Orientierungsaustritt festlegen.«

General Tentasy bestätigte, und der Bildschirm erlosch.

»Perry«, sagte Reginald Bull, »ich gehe jetzt an Bord meines Schiffes. Ich drücke dir die Daumen, daß alles nach Wunsch verläuft. Wir sehen uns ja dann im Solsystem wieder.«

Sie schüttelten sich die Hände, dann ging jeder seiner Wege. Perry Rhodan kehrte in die Kommandozentrale zurück, und Bully begab sich zum großen Bordtransmitter, um sich abstrahlen zu lassen.

Atlan saß nicht mehr am Kartentisch, hatte aber sein positronisches Notizbuch liegengelassen. Perry hob das streichholzschachtelgroße Gerät auf und drückte den Aktivierungsknopf.

»Atlan an Perry«, kam es aus dem winzigen Lautsprecher. »Ich bin bei Corello. Ende.«

Für den Bruchteil einer Sekunde zitterte Rhodans Hand. Atlans Nachricht bedeutete nichts Gutes; er fühlte es. Er schob das Gerät in seine Tasche und fuhr mit dem Lift zur Bordklinik.

Sechs Spezialisten waren um den Inkubator versammelt und diskutierten erregt. Atlan stand unbewegt daneben und hörte aufmerksam zu.

Perry Rhodan trat zum Inkubator und überflog die Kontrollen. Vier Leuchtbildtafeln zeigten Rotwerte. Ribald Corello lag in verkrampfter Hockstellung auf seinem Thermo-Polster. Die sichtbare Körperoberfläche hatte ihre rotbraune Färbung verloren und wirkte grau und spröde. Die Adern an der kahlen Schädeldecke waren eingesunken, das Blut pulste nur noch träge.

Niemand brauchte Rhodan zu sagen, daß der Zustand des Supermutanten in eine äußerst kritische Phase getreten war.

Professor Dr. Khomo Serenti sah Perry zuerst. Er hob die Hand und bat seine Kollegen um Stillschweigen.

»Sir, der Patient liegt im Koma. Er spricht auf keine Behandlung mehr an. Wir befürchten übereinstimmend, daß dieser Zustand der tiefen Bewußtlosigkeit früher oder später zum Hirntod führen muß. Wir können ihn natürlich künstlich beatmen und das Herz zur weiteren Arbeit anregen, aber Sie wissen selbst, daß wir damit im Falle eines Hirntodes nur einen faktischen Leichnam, den Körper, erhalten würden.«

»Die Ursachen dafür sind meiner Ansicht nach psychologischer und parapsychologischer Natur«, warf Professor Dr. Dietzel ein, ein hervorragender Parapsychologe. »Der furchtbare Schock, seine längst tote Mutter für Minuten wieder zu echtem Leben erwachen zu sehen und ihre Vorwürfe und Informationen zu hören, hat wahrscheinlich zu einem unlösbaren Konflikt mit der sogenannten Embryo-Blockade und dem Offensivprogramm geführt.«

Perry nickte.

Er wußte, was der Parapsychologe meinte. Es war das, worauf sich eigentlich alle seine Hoffnungen hinsichtlich Ribald Corellos gegründet hatten. Gevoreny Tatstun, Corellos Mutter, hatte es während ihres kurzen Auflebens erklärt. Die Embryo-Blockade war eine im unfertigen Gehirn des embryonalen Corello angelegte Willensblockade, die der Ausbildung eines freien Willens entgegenwirkte. Ara-Biologen hatten sie im Auftrag der Baalol-Priester auf parapsychischer Basis und mit mechano-mentaler Unterstützung der Antis angelegt.

Das Offensivprogramm war dann nach der Geburt des Supermutanten eingegeben worden. Die Antis selbst hatten es mit parapsychischen Mitteln ins Unterbewußtsein Corellos versenkt. Nach der Reife des Mutanten war es durchgebrochen, da es keinen eigenen freien Willen gab, der ihm entgegenarbeiten konnte. Gevoreny Tatstun hatte nur das Allerschlimmste verhüten können, indem sie ihrem Sohn ihren eigenen Zellaktivator überreichte.

Sonst wäre Ribald Corello längst zu einem unbesiegbaren Ungeheuer geworden, das den Untergang der galaktischen Zivilisation herbeigeführt hätte. Mit ihren Informationen an Corello hatte Gevoreny, die anfänglich aus freiem Willen beim verbrecherischen Komplott der Antimutanten mitgewirkt hatte, einen Teil ihrer Schuld abgetragen. Aber nun sah es so aus, als sollte der zwischen der Erkenntnis, dem Embryo-Block und dem Offensivprogramm tobende Widerstreit die Lebenskraft des Supermutanten eliminieren.

»Was schlagen Sie vor, meine Herren?« fragte Rhodan sachlich.

Zwei Medo-Kybernetiker betraten den Raum und veränderten das Lebenserhaltungsprogramm des Inkubators. Ein rotes Warnlicht erlosch kurz darauf, wenig später ein zweites. Aber noch blinkten die anderen beiden Leuchtplatten Gefahr.

Khomo Serenti sah Perry Rhodan ernst an.

»Wir müssen darauf verzichten, den Patienten nach Last Hope zu bringen, wie es Ihr ursprünglicher Plan vorsah, Sir. Hier kann nur noch die Paraklinik auf dem USO-Planeten Tahun helfen.«

»Das ist leider unmöglich, Professor«, sagte der Arkonide. »Ich habe Tahun vor zwanzig Tagen wegen des begründeten Verdachts sperren lassen, daß dort eine starke feindliche Spionageorganisation arbeitet. Bringen wir Corello dorthin, erfahren es unsere Gegner wahrscheinlich wenige Stunden später. Es gab da einige technische Raffinessen der Spionagetätigkeit, die wir erst in etwa einem Monat ausschalten können.«

Rhodan nickte. Er kannte die Probleme des Lordadmirals.

»Also fällt Tahun aus, Professor Serenti. Aber wie wäre es mit der neuen Paraklinik auf Mimas? Die letzten Einrichtungen sind vor wenigen Wochen fertiggestellt worden; das wissenschaftliche Personal wurde um dreißig Prozent verstärkt. Meiner Meinung nach leistet die Saturnmond-Klinik jetzt ebensoviel wie die Paraklinik auf Tahun.«

Der Chefinternist der INTERSOLAR zögerte. Offenbar betrachtete er die Mimas-Klinik noch immer als zweitrangig, wie sie es bis vor kurzem gewesen war, nachdem während der Second-Genesis-Krise der Mutanten der erste Saturnmond verwüstet worden war.

Perry jedoch hatte nicht die Absicht, noch länger zu zögern. Sein Entschluß stand fest.

»Bitte setzen Sie sich sofort über Relaiskette mit der Paraklinik auf Mimas in Verbindung!« befahl er. »Sobald wir uns von der 196. Flotte getrennt haben, werden wir Kurs auf das Ghost-System nehmen. Inzwischen muß alles getan werden, um Corellos Leben zu erhalten. Ich weiß, daß Sie mit unzulänglichen Mitteln arbeiten müssen, aber *das* werden Sie schaffen. Das Schicksal der solaren Menschheit hängt mit großer Wahrscheinlichkeit davon ab.«

Das war das richtige Wort zur richtigen Zeit!

Die Wissenschaftler erhielten neuen Auftrieb. Professor Serenti eilte davon, um die Mimas-Klinik anzurufen. Die anderen Wissenschaftler faßten Beschlüsse, um das Schlimmste für Ribald Corello zu verhindern.

Menschen gaben ihr Äußerstes, um den Menschenfeind Nummer eins zu retten!

Perry Rhodan und Atlan fuhren erneut zur Zentrale hinauf, wo sich inzwischen Alaska Saedelaere und Icho Tolot am Kartentisch eingefunden hatten.

Rhodan berichtete kurz. Der Haluter stimmte sofort zu. Sein unglaublich schnell arbeitendes Plangehirn beurteilte die Lage richtig. Rhodan hatte das menschenmöglichste getan, um Ribald Corellos Los zu erleichtern.

Nach wenigen Minuten glitten die INTERSOLAR, Reginald Bulls Flaggschiff und die der 196. Flotte vorausgeeilte PANATREIRA in geringem Abstand und mit entgegengesetztem Kurs aneinander vorbei. Das blauschwarze Gesicht von Oberst Nigdan Bhaleme, dem Kommandanten der POSEIDON, erschien auf einem der Übertragungsschirme der Hyperkoms. Bhaleme meldete, daß Staatsmarschall Bull wieder an Bord sei und soeben auch General Tentasy per Transmitter erschienen sei.

Die beiden Schiffe verschwanden nebeneinander in Richtung Lasztman-Ballung. Eine halbe Minute später eilten die Einheiten der 196. Flotte vorüber.

Rhodan befahl Kommandant Korom-Khan, die Position des Ghost-Systems anzusteuern, sobald Professor Serenti mit der Mimas-Klinik gesprochen hatte. Dadurch griff die Hektik nun auch auf die Emotionauten, die Kosmonautischen Offiziere und die Bordpositronik über. Es durfte keine Zeit verloren werden.

Erneut blendete ein Übertragungsschirm auf.

Professor Khomo Serenti sprach – über Zehntausende von Lichtjahren hinweg, über Hauptrelais Olymp und Nebenrelaisketten sowie über den Groß-Hyperkom an der Zeitschwelle zum Ghost-System – mit dem Leiter der Paraklinik auf dem ersten Saturnmond, dem erfahrenen Parapsi-Mechaniker Kiner Thwaites.

Perry Rhodan verfolgte das Gespräch auf zwei Übertragungsschirmen sowohl optisch als auch akustisch.

Thwaites sagte nicht viel. Er versprach nichts, was er nicht halten konnte. Aber er sagte zu, alles für die sofortige Intensivbehandlung des Supermutanten vorzubereiten. Und die INTERSOLAR sollte sich beeilen.

Kaum war das Gespräch beendet, da grollten im Schiffsinnern die mächtigen Reaktoren und Umwandlerbänke auf. Die INTERSOLAR ging auf neuen Kurs, beschleunigte und tauchte zehn Minuten später in den Linearraum ein, wo es keinerlei Geschwindigkeitsbeschränkungen gab – außer denen, die Zeit und Beschleunigungswerte einem Raumschiff auferlegten.

2.

Sieht man die Galaxis vereinfachend als elliptische Scheibe an, so stieß die INTERSOLAR – vom subjektiven Standpunkt ihrer Besatzung – nach einem langen Linearflug »über« der Galaxis senkrecht auf jene Stelle des Orion-Sektors hinab, wo sich, zehn Stunden Linearflug später, die Koordinaten des Sol- oder Ghost-Systems befinden würden.

Die Koordinaten – aber nicht das Sonnensystem selbst.

Zwar befand es sich – galaktometrisch gesehen – an diesem Punkt, aber nicht innerhalb des normalen Raum-Zeit-Kontinuums. Die letzte Etappe des Fluges würde deshalb nicht durch den Raum, sondern durch die Zeit gehen müssen – fünf Minuten in »Richtung« Zukunft.

Die Atomreaktoren, Waring-Konverter und Triebwerke des Ultraschlachtschiffes arbeiteten mit maximaler Effektivleistung. Ständig wurden die Kurswerte mit den tatsächlichen Werten verglichen, winzige Änderungen von den Positroniken errechnet und von den Kosmonauten durchgeführt.

Dennoch verging den Menschen an Bord, die nicht unmittelbar mit der Steuerung des Schiffes und der Regulierung seiner kaum noch vorstellbaren Energien beschäftigt waren, die Zeit nur quälend langsam.

Nach einer Ruhepause von einer halben Stunde war Perry Rhodan in die Kommandozentrale zurückgekehrt. Er hatte es in seiner Kabinenflucht nicht mehr ausgehalten. Die Furcht vor der Ungewißheit zerrte an seinen Nerven. Dieser Mann konnte kalt und logisch denken und handeln, wenn es die Lage erforderte – und wenn er Handlungsspielraum besaß.

Doch wo gab es den angesichts einer Bedrohung, die sich nicht in direkter Gegenwehr beseitigen ließ?

Und angesichts der Hoffnungen auf Corellos Fähigkeiten, die nun zu schwinden drohten?

Als Lordadmiral Atlan wenige Minuten nach ihm ebenfalls wieder in der Zentrale erschien, mußte Perry dennoch lächeln. Sie beide waren in ihrem Denken, Fühlen und Handeln so innig zusammengewachsen, daß sie vom Psychischen her effektiv eineiige Zwillinge waren. Mit gewissen Mentalitätsunterschieden.

Der Arkonide lächelte zurück.

»Wir finden keine Ruhe, nicht wahr?« fragte er, ohne eine Antwort darauf zu erwarten.

»Ja, mein Freund, die Verantwortung für fünfundzwanzig Milliarden Menschen ist eine schwere Last. Ich kann gar nicht sagen, wie stolz ich auf die solare Menschheit bin. Sie lebt nun schon so lange unter dem Damoklesschwert einer Sonnenexplosion – und resigniert nicht, sondern steigert ihre schöpferischen Leistungen von Tag zu Tag.«

Atlan blickte den Terraner eigenartig an.

»Die Gefahren und Probleme einer lebensbedrohenden Umwelt waren schon immer die stärksten Triebfedern für die Anstrengungen intelligenter Lebewesen, Perry. Ich muß ehrlich gestehen, daß ich es früher nicht für möglich gehalten hätte, wozu ihr kleinen terranischen Barbarenabkömmlinge fähig seid. Ihr wachst über euch hinaus.«

In die folgende Pause hinein meldete sich der Interkom vor Rhodans Platz. Oberleutnant Hinner Kablonz, Personalchef der INTERSOLAR, erschien auf dem Bildschirm. Er wirkte etwas verwirrt, was gar nicht zu seinem Charakter paßte.

»Ja . . .?« fragte Rhodan drängend.

»Sir, da ist ein Major Lokoshan per Transmitter von der PANA-

TREIRA gekommen. Jemand muß ihm Kabinenflucht 713 auf dem Chefdeck zugewiesen haben. Er sagt, er hätte bis jetzt geschlafen, um Sie nicht zu belästigen. Achtzehn Stunden geschlafen, Sir! Nun meldet er sich bei mir und bittet um funktionsmäßige Einstufung.«

»Beachtlich, Kablonz. Hm! Ach, schicken Sie ihn zu mir, bitte!«

Er schaltete ab. Sein Gesicht wirkte nachdenklich.

Atlan lachte leise.

»Da scheint man uns ja einen seltsamen Vogel zu schicken, Perry. Ist das der Mann, den General Tentasy zuerst Pasha Basalok nannte?«

Perry nickte.

»Major Patulli Lokoshan, Sektion Fremdintelligenzen der SolAb, kommt vom Planeten Kamash. Ob ich die richtige Wahl mit ihm getroffen habe, muß sich erst noch zeigen. Lokoshan besitzt ein geringfügig mutiertes Gehirn. Er ist ein sogenannter Psychokopist, das heißt, er kann sich gefühlsmäßig in die Mentalität jedes anderen Lebewesens versetzen und diese Mentalität so kopieren, als wäre er mit ihr geboren worden.«

»Wozu brauchst du einen solchen Mann?« fragte der Arkonide verwundert. »Wir haben doch nicht vor, mit fremden Intelligenzen zusammenzutreffen.«

»Das nicht. Aber es gibt Angehörige der Gattung Homo sapiens, deren Mentalität nichtmenschlich ist. Ribald Corello beispielsweise. Ich hatte gehofft, Corello würde sich rasch erholen, so daß Lokoshan eine Art Vermittlerrolle zwischen ihm und uns spielen kann. Damals konnten wir nicht ahnen, daß Corello in einem derart hoffnungslosen Zustand in unsere Hand gelangen würde.«

»Nun . . .«, entgegnete Atlan beschwichtigend, » . . . vielleicht findest du eine andere Aufgabe für ihn. Ich bin jedenfalls gespannt, den Major zu sehen. Er muß ein sonderbarer Kauz sein.«

Ein Räuspern ließ beide Männer mit ihren Sesseln herumfahren. Was sie sahen, verschlug ihnen die Sprache. Sie hatten noch nie einen Kamashiten gesehen und unwillkürlich vorausgesetzt, der SolAb-Spezialist würde wie ein Terraner aussehen.

Weit gefehlt. Sie sahen einen höchstens 1,40 Meter großen, klapperdürren Mann in der Einsatzuniform der SolAb-Agenten, mit goldbrauner Haut, zu kleinen Zöpfen geflochtenem grünem Haar, dichten grünen Brauen, silbrigen Fingernägeln, einer scharf gebogenen Nase und unwahrscheinlich hellblauen Augen.

Das Ding, das der Kamashite unter dem linken Arm hielt, erregte ihre Verwunderung beinahe noch mehr.

Es war eine türkisfarbene, von zahllosen feinen Sprüngen kreuz und quer durchzogene Statuette, höchstens dreißig Zentimeter groß, mit einem eiförmigen Rumpf, einem fünfzehn Zentimeter durchmessenden Kopf und zwei kurzen Armen, die dort aus dem Kopf kamen, wo bei einem Menschen die Ohrmuscheln gewesen wären. Die kurzen Beinchen verlängerten den Gesamtkörper um höchstens noch zehn Zentimeter.

Alle Formen jedoch wirkten leicht verschwommen, als hätte der Künstler, der die Statuette geschaffen hatte, auf Feinheiten und Details keinen Wert gelegt. Vor allem fehlte ein Gesicht.

Patulli Lokoshan verzog seinen schmallippigen Mund zu einem breiten Grinsen, das zwei Reihen silbrig schimmernder Zähne entblößte.

»Major Lokoshan meldet sich zum Dienstantritt auf der INTERSOLAR«, sagte er mit einer tiefen Baßstimme, die überhaupt nicht zu diesem kleinen schmächtigen Körper zu passen schien. Wahrscheinlich besaß er besonders lange Stimmbänder.

Rhodan erhob sich, um den neuen Mitarbeiter zu begrüßen. »Ich hoffe, Sie fühlen sich wohl bei uns. Nehmen Sie bitte Platz.«

»Danke, Sir.«

Lokoshan stellte seine Statuette behutsam nieder, bevor er sich setzte.

Atlan beobachtete ihn unverwandt. Der Arkonide war offensichtlich fasziniert – und wahrscheinlich auch ein wenig mißtrauisch.

»Sie sind Lordadmiral Atlan, nicht wahr?« meinte der Major freundlich. »Einen Vornamen haben Sie wohl nicht, oder?«

Der USO-Chef holte tief Luft.

»Leider nein, Major«, antwortete er distanziert. »Darf ich fragen, wozu Sie Ihr Souvenir mit sich herumschleppen?«

Patulli Lokoshan drehte sich zu seiner Statuette um, zwinkerte und sagte dann bedächtig:

»Es ist mehr als ein Souvenir, Lordadmiral. Lullog wird in meiner Familie von Generation zu Generation vererbt, und ich lasse ihn nie allein.«

»Das behindert Sie sicher bei Ihrer Arbeit. Warum überhaupt ›ihn‹ und nicht ›sie‹?«

Der SolAb-Major lächelte.

»Der Große Erbgott Lullog ist männlichen Geschlechts, Sir, und schon mein Großvater hat mir beigebracht, daß ich ihn mit allergrößter Ehrfurcht zu behandeln hätte. Man könnte sagen, Lullog ist mein Talisman, und er hat mir oft genug das Leben gerettet.«

»Bitte, Major!« sagte Rhodan eindringlich. »Ihr Fetischismus in allen Ehren, aber die Kabinen in der INTERSOLAR sind vollkommen sicher. Niemand wird Ihren Lullog beschädigen oder gar stehlen. Ich wünsche, daß er ab sofort dort aufbewahrt wird.«

Lokoshan gab keine Antwort. Er sah den Großadministrator nur aus seinen glasklaren Augen unverwandt an.

»Wer hat Sie zur INTERSOLAR abgestellt, Major?« fragte Atlan.

Lokoshan wandte sich dem Arkoniden zu.

»Solarmarschall Deighton persönlich, Sir. Ich bin sein bester Sonderagent der Sektion Fremdintelligenzen, und er hat mir niemals verboten, meinen Lullog überallhin mitzunehmen.«

Rhodan seufzte. »In Gottes Namen, Major. Schleppen Sie die Figur meinetwegen immer mit sich herum. Aber ich übernehme keine Verantwortung dafür, daß sie nicht beschädigt wird. An Bord dieses Schiffes geht es manchmal sehr turbulent zu.«

Major Patulli Lokoshan strahlte.

»Dann ist es genau richtig für Lullog und mich, Sir. Und vielen Dank auch. – Welche Aufgabe darf ich erledigen?«

»Vorläufig keine«, antwortete Perry. »Wir mußten umdisponieren. Halten Sie sich bitte in Ihrer Kabinenflucht bereit. Sobald ich Sie brauche, werde ich Sie rufen lassen.«

»Ich bin stets bereit, Sir«, antwortete der Major, erhob sich, klemmte sich die Lullog-Plastik unter den linken Arm, grüßte und marschierte aus der Zentrale.

»Oh, du große Galaxis!« entfuhr es Rhodan. »Bin ich froh, daß ich ihn vorerst auf Eis legen konnte!«

»Hm!« meinte Atlan nachdenklich. »Wenn Galbraith Deighton ihn tatsächlich ausgesucht hat, muß Lokoshan-Basalok verborgene Qualitäten besitzen. Nur diese Statuette stört mich. Ich weiß nicht, warum, aber als ich sie ansah, hatte ich ein komisches Gefühl.«

Rhodan lächelte.

»Ach was! Figur bleibt Figur. Vielleicht glaubst du noch den Unsinn von einem ›zauberkräftigen‹ Talisman.«

»Ich weiß nicht«, entgegnete der Arkonide geistesabwesend.

Perry Rhodan aktivierte den Interkom und stellte die Verbindung zu Ras Tschubai her, der zusammen mit Lloyd und Gucky bei Corello wachte.

Der Zustand des Supermutanten, berichtete Tschubai, hatte sich leicht gebessert. Das bedeutete, daß er noch nicht tot war, mehr aber auch nicht.

Von Unruhe getrieben, begab sich Rhodan auf den Weg zur Bordklinik. Wenn er schon nicht unmittelbar etwas für Corello tun konnte, so wollte er sich doch wenigstens mit seinen drei Mutanten unterhalten.

»Kommst du mit?« fragte er Atlan. Der Arkonide bejahte.

Schulter an Schulter traten sie in den Zentralen Kraftfeldschacht, um sich nach oben befördern zu lassen – zwei Männer, die gegen ein unabwendbar scheinendes Schicksal ankämpften . . .

Die Automatenstimme zählte die letzten dreißig Sekunden bis zum endgültigen Linearraum-Austritt herunter.

Wie immer, wenn ein solares Raumschiff sich den Koordinaten des Solsystems näherte oder im Begriff war, es durch die Temporalschleuse zu verlassen, waren alle Gefechtsstationen voll besetzt. Die mannigfachen Ortungsanlagen waren in Betrieb. Positronengehirne und Menschen warteten bis zur entscheidenden Sekunde.

Auch die Plätze am Kartentisch der Zentrale waren besetzt. Perry Rhodan, Atlan, Icho Tolot und die übrigen Mitarbeiter und Freunde lauschten der Automatenstimme.

Alle Gespräche erstarben.

»Zehn – neun – acht . . .!«

Rhodan und Atlan wechselten einen raschen Blick.

»Drei – zwei – eins – null!«

Für einen Sekundenbruchteil das Gefühl eines Fallens, dann war alles wieder wie gehabt.

Nur die Wiedergabe auf der Panoramagalerie hatte sich kraß verändert. Statt des konturlosen grauen Hintergrundes und der zahllosen immer wechselnden Formen eines atemberaubenden Farbenspiels zeigte sich nun wieder die vertraute Schwärze des Normalraums mit den Lichtpunkten ferner und relativ naher Sterne.

»Noch zwei Lichtminuten!« erscholl die Stimme des Schiffskommandanten.

Jeder wußte, was gemeint war. Die von dieser Seite der Zeit unsichtbare Gegenwartsschwelle am »äußeren« Ende der Temporalschleuse war nur noch zwei Lichtminuten entfernt. Bei der gegenwärtigen Fahrt der INTERSOLAR würde man in zwanzig Minuten in den Tunnel aus Zeitenergie eintauchen.

Plötzlich erhellte sich einer der Hyperkom-Übertragungsschirme am Kartentisch. Major Freyers Gesicht erschien darauf.

»Funkspruch von der Großstation Zeitschwelle!«

Dann wechselte das Bild bereits wieder.

Das Gesicht eines unbekannten Terraners tauchte auf. Die Lippen bewegten sich.

»Schwelle an Panzerechse . . .« Panzerechse war der Kodename für die INTERSOLAR. »Schwelle an Panzerechse! Vier fremde Objekte in Plankubus P-123-KL-Rot! Identifiziert als D-500-F. – Nicht eingreifen, Panzerechse, und nicht antworten! P-Würfel im Anflug. Aktion Fuchsköder ist angelaufen.«

Das Gesicht verblaßte und verschwand. Erneut erschien Major Freyer auf dem Bildschirm.

»Ich gebe Klartext: Vier fremde Raumschiffe im bezeichneten Planquadrat aufgetaucht. Als Fünfhundert-Meter-Kugelraumer des Imperiums Dabrifa identifiziert. Forschungsschiffe. Ein Raumschiff der Posbis fliegt an und soll die Dabrifa-Schiffe ablenken. Ende.«

»Dabrifa . . .«, meinte Perry Rhodan nachdenklich. »Was wird den Diktator wohl argwöhnisch gemacht und zu den Koordinaten des Ghost-Systems gelockt haben?«

»Der Funkverkehr kann es kaum sein«, sagte Atlan. »Es ist höchst unwahrscheinlich, daß ein fremdes Schiff ausgerechnet in einen kurzdauernden Richtstrahl hineinfliegt und dazu noch berechnen kann, aus welcher galaktischen Richtung er kommt.«

»Dabrifa wird aus angeborenem Mißtrauen herumschnüffeln lassen«, vermutete Icho Tolot. »Er weiß, daß Sie noch leben, Rhodanos, und er ahnt natürlich, daß auch ein Solares System noch existiert. Das genügt ihm, alle Möglichkeiten überprüfen zu lassen.«

Rhodan nickte und stellte eine Interkomverbindung zur Ortungszentrale her.

»Major Kusumi, wie steht es mit unserem Ortungsschutz?«

Der Cheforter lächelte höflich.

»Ortungsschutz steht, Sir. Bis jetzt keine einfallenden Fremdimpulse. Man kann die INTERSOLAR nur durch einen Zufall orten. Ah, soeben taucht das Würfelschiff der Posbis aus dem Linearraum auf! Es muß schon vor Stunden angefordert worden sein, sonst wäre es nicht so schnell hier. Aufmerksamkeit der Dabrifaner richtet sich eindeutig auf den Posbi. Gut so! Die Burschen in dem Würfel spielen die ertappten Sünder. Sie kurven herum, als wären sie durch die Anwesenheit der Dabrifaner vollkommen verwirrt. Jetzt beschleunigt der Posbi. Die Dabrifa-Schiffe hinterher. Die Luft ist rein, Sir.«

Perry lächelte über den Ausdruck. Und über die prompte Arbeit der

Posbis. Auf diese biopositronischen Roboter war Verlaß. Seit der sinnlose Krieg zwischen ihrem Roboter-Imperium und der Menschheit beendet war, hatten sie freiwillig – und ohne daß jemand es von ihnen erwartet hätte – die Oberhoheit des Großadministrators anerkannt und sich als treue und einsatzfreudige Bundesgenossen erwiesen.

Langsam glitt die INTERSOLAR auf den unsichtbaren Schlund zu. Beschleunigung verbot sich von selbst. Die Ortungsgeräte der Dabrifa-Schiffe hätten die starken Energiefronten sofort erfaßt.

Und dann war es soweit.

Von einem Augenblick zum anderen verschwand das normale Universum, und Rhodans Flaggschiff schwebte zwischen mehreren verschieden großen Kugelgebilden: Großstation Zeitschwelle und anderen Ortungs- und Direktbeobachtungsanlagen.

Der äußere Großtransmitter, wie sein Bruder auf der anderen Seite der Zeit auf der Plattform eines Flottentenders vom Typ DINOSAURIER installiert, blieb zurück. Rhodans Flaggschiff wurde von einem starken Zugstrahl erfaßt und durch die verschiedenfarbigen Etappen der Temporalschleuse gezogen.

Es war ein Vorgang, den die Besatzung der INTERSOLAR schon oft miterlebt hatte – und doch wurde sie jedesmal wieder neu von einem Gefühl aus Stolz und Beklommenheit ergriffen, wenn dieses Phänomen aus sichtbarer Zeitenergie mit pulsierendem Leuchten an ihr vorüberglitt.

So unvermittelt, wie die INTERSOLAR in die Temporalschleuse eingetaucht war, schoß sie wieder aus ihr hinaus – vom normalen Raum-Zeit-Kontinuum um fünf Minuten »entfernt«.

Im Frontsektor der Panoramagalerie stand die flammende Scheibe der Sonne Sol, links davon der schwarze Kreisschatten des Planeten Merkur mit einem goldroten Lichtbogen auf der rechten Seite. Über der Merkurscheibe schwebte – für das bloße Augen nicht erkennbar – die DINOSAURIER-Plattform mit dem inneren Großtransmitter, der die im Ghost-System ankommenden Güter auf die planetaren Transmitter verteilte oder die von den Solplaneten eintreffenden Fracht-Container durch die Temporalschleuse zu seinem Zwillingsbruder »draußen« schickte, der sie dann zum galaktischen Handelszentrum Olymp weiterleitete. Diese Containtrans-Verbindung war wohl die größte technisch-organisierte Leistung, die je von der solaren Menschheit vollbracht worden war – eine Großtat des Friedens.

In der Kommandozentrale der INTERSOLAR atmeten die verantwortlichen Männer auf.

Wieder einmal war das Geheimnis des Ghost-Systems vor Unbefugten gewahrt worden.

Aber war es das wirklich?

Zehn Minuten zuvor . . . Die dabrifanischen Forschungsschiffe verfolgten das überraschend aufgetauchte Fragmentschiff der Posbis. Ihre Taststrahlen waren ganz auf den annähernd würfelförmigen Giganten mit den zahllosen Ausbuchtungen, Türmen, Kuppeln und abstrakt anmutenden Gebilden gerichtet, dessen Besatzung offenbar verwirrt war.

In der separaten Spezial-Ortungszentrale der ARIBARA saß ein junger Mann vor seinen Kontrollen. Er saß in einem Kontursessel, in dem bequem zwei normale Menschen nebeneinander Platz gehabt hätten. Seine 2,14 Meter breiten Schultern drohten die leichte Raumkombination zu sprengen. Die Beine glichen starken Säulen. Kein Wunder, denn sie hatten einen 2,52 Meter großen Körper von 16,6 Zentnern Gewicht zu tragen.

Der junge Kommandant der ARIBARA war ein Ertruser. Außer seinem gigantischen Körperbau verriet es der steife borstige Sichelkamm, der sich sandfarben vom Haaransatz über der Stirn bis zum Nacken über den ansonsten kahlgeschorenen rotbraunen Schädel zog.

Der Diktator des Imperiums Dabrifa persönlich hatte dem Ertruser im Rang eines Obersten der dabrifanischen Flotte einen Sonderauftrag erteilt und ihn mit einer speziellen Ortungsausrüstung versehen, die von dabrifanischen Wissenschaftlern erst vor kurzem entwickelt worden war.

Dieser junge Oberst ließ sich nicht von einem Posbischiff verwirren. Seine Ortungsgeräte schickten ihre hyperschnellen Taststrahlen fächerartig in den Raumsektor, in dem sich eigentlich das Solsystem befinden mußte – wenn es noch existierte.

Auf den Bildwandelschirmen zeigte sich natürlich nichts – keine Spur von einem Solsystem oder auch nur einem winzigen Planetoiden. Kein bekanntes Ortungsgerät konnte von der Gegenwart aus fünf Minuten in die Zukunft sehen.

Dafür entdeckte der Ertruser wenige Minuten später auf einem Spezialschirm einen grünen Punkt. Der Punkt bewegte sich im freien Fall von links nach rechts – dann verschwand er spurlos.

Der Ertruser lächelte undefinierbar – und löschte die Speicherung des Ortungsergebnisses . . .

In Merkurhöhe zündete der Kernprozeß der Triebwerke. Mit höchsten Beschleunigungswerten raste die INTERSOLAR in Richtung Saturn, der, leicht nach Backbord versetzt, auf der anderen Seite der Sonne stand.

Die Sonne . . . !

Um sie drehten sich die Gedanken Perry Rhodans bei Tag und bei Nacht. Er schlief ohnehin nicht viel, denn sein Zellaktivator regenerierte alle Körperzellen, also auch die Nervenzellen, unablässig und unabhängig davon, ob Rhodan wachte oder schlief. Aber wenn er einmal eine Stunde oder auch zwei schlief, dann plagten ihn furchtbare Alpträume. Dann sah er eine sich explosionsartig ausdehnende Sonne, ein tödliches Bombardement an harter Strahlung und sonnenheißer Glut, das die Meere verdampfen ließ und alles Leben auf den solaren Planeten auslöschte. Zurückbleiben würden neun aus ihren Bahnen gerissene Schlackenkugeln.

Es überlief ihn kalt, als er daran dachte.

Mit Atlan und Icho Tolot zusammen befand er sich seit Überkreuzung der Merkurbahn im Observatorium der INTERSOLAR. Die Sonnenphysiker und Astronomen hatten die Projektionsschirme aktiviert, auf denen die Sonne, nach Spektralbereichen getrennt, in immer anderer Struktur erschien.

Sehr deutlich aber waren die Ausbrüche auf der Oberfläche zu erkennen und die mächtigen Plasmawolken, die von diesem Atomofen abgestoßen wurden und durch den stellaren Raum eilten.

»Meine Kinder brauchen nichts zu fürchten«, dröhnte die »gedämpfte« Stimme des halutischen Giganten. Die drei Augen in dem halbkugeligen schwarzen Kopf glühten in intensivem Rot. »Das sind ganz natürliche Höhepunkte der Sonnenaktivität.«

»Ich weiß«, bestätigte Perry Rhodan.

Die Wissenschaftler im großen Merkur-Observatorium hatten das inzwischen herausgefunden und sofort an die INTERSOLAR gemeldet. Dennoch vermochte Rhodan nicht wie sonst über die Ausdrucksweise Tolots zu lächeln.

Der Haluter war ein Zwitterwesen wie alle seine Artgenossen auch. Und die körperlich viel kleineren und schwächeren Terraner regten sehr oft seine Mutterinstinkte an. Er liebte sie, diese großartigen vitalen Menschen, liebte sie, wie eine Mutter ihre Kinder liebte.

Lordadmiral Atlan blickte seinen terranischen Freund ernst an.

»Du spielst va banque, Perry. Ich an deiner Stelle hätte das Solsystem längst evakuieren lassen.«

»Du bist auch nicht auf der Erde geboren worden!« machte Rhodan geltend.

»Nein, entschuldige bitte«, sagte er, als er das Schimmern in Atlans Augen bemerkte. »Ich weiß, daß du die Menschheit nicht weniger liebst als ich. Aber ich spiele keinesfalls va banque. Überall stehen Großtransmitter bereit. Sobald die Situation kritisch wird, müssen wir das Solsystem in die Gegenwart zurückfallen lassen. Dann können fünfundzwanzig Milliarden Menschen innerhalb einer Woche zum Planeten Olymp und einigen anderen Ausweichplaneten befördert werden. Ich zögere nur deshalb, weil die solare Menschheit nach der Evakuierung für einige Zeit ausschließlich mit dem Problem des Überlebens beschäftigt sein wird. Das würden unsere Gegner ausnützen. Wenn unsere Flotte sie auch letzten Endes besiegen wird, so müßten doch Millionen Menschen sterben. Der Groll der Besiegten aber würde die Zukunft auf Jahrhunderte hinaus vergiften. Nein, ohne zwingende Not lade ich diese Last nicht auf das Haupt der gesamten Menschheit!«

»Mein Freund Rhodanos hat recht, Lordadmiral«, sagte Tolot. »Unsere größte Hoffnung ist augenblicklich Ribald Corello. Wenn es ihm gelingt, psionisch stabilisiertes Sextagonium herzustellen, können wir mit dem neuen Nullzeit-Deformator um zweihunderttausend Jahre in die Vergangenheit vorstoßen und das Übel an der Wurzel ausrotten.«

»Zu viele Wenns«, bemerkte der Arkonide. »Dennoch möchte ich ein weiteres Wenn hinzufügen: Wenn Corello aus dem Koma erwacht und seine Psi-Kräfte gegen uns einsetzt, werden die Mutanten ihn unschädlich machen müssen. Dann ist die einzige Hoffnung dahin. Und was dann?«

Niemand konnte ihm darauf eine Antwort geben. Es gab nur eine von entsetzlicher Endgültigkeit.

»Ich werde in die Funkzentrale gehen«, sagte Perry Rhodan nach einigen Minuten. »Der Solare Gerichtshof muß einberufen werden, damit die juristische Seite des Falles Corello geklärt werden kann.«

»Die juristische Seite . . .?« fragte Atlan fassungslos. »Willst du damit sagen, daß es für uns von Bedeutung ist, ob irgendein Gerichtshof den Supermutanten für schuldig oder unschuldig erklärt?«

Rhodan warf dem Arkoniden einen undefinierbaren Blick zu.

»Selbstverständlich. Das Urteil des Solaren Gerichtshofes wird maßgebend für die Basis unserer künftigen Beziehungen zu Ribald Corello sein.«

Icho Tolot lachte schallend.

Er amüsierte sich wieder einmal köstlich über die beinahe pedantische Gründlichkeit der Terraner.

»Das also ist Ribald Corello, der gefürchtete Supermutant«, sagte Major Lokoshan und musterte die verkrümmte Gestalt in dem Inkubator.

Patulli Lokoshan war aus eigenem Antrieb in die Sektion Paramechanik der Bordklinik gekommen. Er wollte das Lebewesen einmal sehen, wegen dem man ihn auf Rhodans Flaggschiff geschickt hatte.

Selbstverständlich hatte er seinen Erbgott mitgenommen. Nun stellte er ihn behutsam auf den Tisch neben Tschubais Füße.

Guckys Schnurrbarthaare sträubten sich beim Anblick der Statuette.

»Was ist denn das für eine Figur?« fragte er neugierig. »Die Statuette eines Extraterrestriers?«

Lokoshan lächelte und entblößte damit wieder einmal seine silbrig schimmernden Zähne. Er ignorierte die neugierigen Blicke der drei Mutanten.

»Das ist der Große Erbgott Lullog«, verkündete er mit tiefer Stimme. »Passen Sie auf, Tschubai! Stoßen Sie ihn nicht vom Tisch!« Erschrocken nahm der Teleporter seine Füße vom Tisch. Dann beugte er sich vor und betrachtete die Statuette.

»Ein Familienheiligtum, was?«

Der Major nickte stolz und fuhr sich mit den Fingern durch das zu unzähligen kleinen Zöpfen geflochtene grasgrüne Haar.

»Lullog wird in meiner Familie stets vom Vater auf den ältesten Sohn weitervererbt. Vor mehr als tausend Jahren hat ihn ein Urahn von mir im Raum treibend gefunden und mit nach Hause genommen.«

»Aha!« machte Fellmer Lloyd. Behutsam strich er über die türkisfarbene Oberfläche des »Gottes«. »Davon stammen wohl die feinen Risse, wie? Eigenartig, wie verschwommen die Details gearbeitet sind. Was mag das für ein Material sein?«

Major Lokoshan meinte darauf nur:

»Niemand weiß es. Es ist auch unwichtig, denke ich. Ist er nicht ein wundervolles Exemplar?«

»Zumindest ist er sonderbar«, stellte Gucky nachdenklich fest. »Ich möchte wissen, welche Wesen das sind, bei denen die Arme aus den Kopfseiten wachsen.« Er hob die Statuette einige Zentimeter an und setzte sie dann vorsichtig wieder ab. »Ziemlich leicht, dein Erbsengott, Patulli.«

Lokoshans goldbraune Gesichtshaut bekam einen Stich ins Violette.

»Erbgott, Gucky! Beleidige ihn nicht, wenn du nicht die Rache der Götter heraufbeschwören willst!«

Der Ilt zeigte seinen Nagezahn. Er war erheitert.

»In der INTERSOLAR gehen zwar einige komische Gerüchte über dich um, Pasha Basalok, aber daß du an Götter glaubst, das war nicht dabei. Von welchem Planeten stammst du?«

Er versuchte, die Antwort in Patullis Bewußtseinsinhalt zu lesen, stieß aber auf eine unüberwindliche Barriere.

Lokoshan lächelte.

»Damit wirst du bei mir kein Glück haben, Gucky. Ich bin zwar kein Mutant in deinem Sinn, aber die geringfügige Veränderung meiner Gehirnstruktur genügt, um psionische Einflüsse abzuwehren.«

»Feine Sache«, meinte Ras Tschubai und grinste über sein ebenholzschwarzes Gesicht. »Dann kann Corello Ihnen also ebenfalls nichts anhaben. Übernehmen Sie bitte meinen Posten so lange, bis ich wieder zurück bin.«

»Wo willst du denn hin, Ras?« fragte Gucky.

Der Teleporter grinste noch stärker.

»Dahin, wo man selbst hingehen muß, Kleiner.«

Er drehte sich um und wollte zur Tür gehen, stolperte jedoch plötzlich. Ras wäre gefallen, wenn der Ilt ihn nicht telekinetisch aufgefangen hätte.

»Was war das?« fragte Tschubai verblüfft.

»Kreislaufstörung . . .?« fragte Fellmer Lloyd besorgt. »Nein, bei einem Aktivatorträger unmöglich.«

Ras Tschubai bückte sich und suchte den Boden ab.

»Ich bin über ein Hindernis gestolpert, zum Teufel!«

»Vielleicht über deine eigenen langen Beine«, vermutete Gucky.

Keiner der Mutanten sah, wie Patulli Lokoshan seinem Erbgott verstohlen mit dem Finger drohte.

Der Teleporter gab seine Suche endlich auf. Da nicht das geringste Hindernis zu finden war, mußte er sich wohl oder übel mit Guckys Vermutung abfinden, er sei über seine eigenen Füße gestolpert. Außerdem hatte er keine Zeit mehr zu längerem Suchen.

»Ich gehe wieder, sobald Tschubai zurück ist«, sagte Lokoshan, nachdem der Teleporter den Raum verlassen hatte. »Eigentlich sollte ich nämlich in meiner Kabine bleiben.«

»Stubenarrest?« fragte Lloyd verwundert.

»Kein Wunder«, lispelte der Ilt, »wenn Pasha Basalok seinen Erbgott überallhin mitschleppt.«

Er zog eine schöne lange und frische Mohrrübe aus einer Außentasche seiner Bordkombination und biß herzhaft hinein.

Jedenfalls wollte er das, aber sein langer Nagezahn drang nur wenige Millimeter hinein.

Der Mausbiber ließ die Möhre fallen und griff sich mit einem Schmerzenslaut an den Zahn.

»Diese heimtückischen Menschen!« schimpfte er. »Mir ein tiefgefrorenes Gemüse unter die Sonderverpflegung zu schmuggeln! Der Küchenbulle kann sein blaues Wunder erleben!«

»Tiefgefroren?« fragte Fellmer Lloyd erstaunt. Er ging zu Gucky und hob die Mohrrübe auf. »Ganz normal.« Mit krachendem Geräusch brach er sie mittendurch. »Nicht gefroren, Gucky.«

»Das gibt es doch gar nicht«, flüsterte er fassungslos. »Eben war sie steinhart, und jetzt ist sie ganz normal.«

Patulli Lokoshan trat hinzu.

»Du mußt im falschen Winkel zugebissen haben, Gucky. Anders läßt sich das nicht erklären.«

Gucky schnaubte verächtlich. Mit einem Ruck drehte er sich um und starrte den reglosen Körper Corellos an.

»Das muß das Biest gewesen sein«, behauptete er. »Wahrscheinlich täuscht er das Koma nur vor – oder er psionisiert im Traum.«

Lokoshan schüttelte den Kopf.

»Derartige Scherze sind bei Corellos Mentalität gar nicht drin, Gucky. Du wirst im falschen Winkel zugebissen haben, wie ich bereits sagte.«

»Unsinn!« schrillte der Ilt.

Plötzlich weiteten sich seine Knopfaugen.

»Sind nicht in Corellos Mentalität . . .? Woher willst du das wissen, Pat? Du bist zwar Psychokopist, aber Corello liegt in tiefer Bewußtlosigkeit. Nicht einmal ich kann mehr als einige verschwommene und undeutbare Gedankenfragmente wahrnehmen, und ich bin der beste Telepath des Universums.«

Der Major schüttelte den Kopf.

»Ich lese ja auch keine Gedanken, Kleiner. Ich erfasse nur rein empathisch die grundlegende Mentalität eines Lebewesens, ob es bewußtlos ist oder nicht. Vielleicht trifft für mich eher die Bezeichnung Mentalkopist zu.«

»Nun, wir wollen nicht hoffen, daß Sie die Mentalität Corellos kopieren, Major«, sagte Fellmer streng.

»Keine Sorge, gegen meinen Willen kann das nicht geschehen.« Er erschauerte. »Nicht bei dieser Mentalität!«

»Hm!« machte Gucky. »Du hast noch eine Frage unbeantwortet gelassen, Pat. Von welchem Planeten stammst du?«

»Von Kamash, dem siebten Planeten der irisierenden Sonne Paternal«, antwortete der Kamashite und reckte sich stolz. »Wir sind ein ganz besonderer Menschenschlag.«

»Allerdings . . .«, sagte Ras Tschubai gedehnt. Der Teleporter war unbemerkt zurückgekehrt. »Es gibt nicht viele Menschen, denen Gras auf dem Kopf wächst.«

Patulli lächelte säuerlich, klemmte sich seinen Lullog unter den Arm und verließ hastig den Raum. Die drei Mutanten sahen ihm kopfschüttelnd nach.

Draußen blickte Patulli Lokoshan sich nach allen Seiten um, dann stellte er seinen Lullog auf den Boden, kauerte sich vor ihn und sagte streng:

»Ich habe dir doch verboten, an Bord der INTERSOLAR zu zaubern, Lullog. Warum gehorchst du mir nicht?«

»Och«, machte Lullog, ohne daß zu erkennen gewesen wäre, wie er die Laute erzeugte und wie er sie ausstieß. »So ein paar kleine Späße! Außerdem hat man mich gereizt!«

»Späße!« sagte Lokoshan erzürnt. »Ich finde es durchaus nicht spaßig, wenn du Sonderoffizier Tschubai lächerlich machst und die Mohrrübe des Mausbibers hart gefrieren läßt.«

»Habe ich ja nicht«, wehrte sich Lullog. »Ich habe sie nur in Holz verwandelt, Gebieter.«

Lokoshan stöhnte.

»Fast noch schlimmer! Und was wolltest du mit Tschubais Haar anfangen?«

»Es in Gras verwandeln. Seine Schuld, warum beleidigt er dich! Sollen wir uns alles gefallen lassen?«

»Das waren alles nur Späße«, sagte der Major eindringlich. »Du mußt dich an solche Dinge gewöhnen, ohne dich gleich zu rächen. Ich wünsche, daß du mir das versprichst – was . . .?«

Lullog war unvermittelt verschwunden.

Jemand räusperte sich hinter Lokoshan.

»Mit wem sprechen Sie da, Major?«

Patulli stand auf und drehte sich um. Er kannte den Mann in der

Uniform eines Wissenschaftlichen Offiziers nicht, der so leise aufgetaucht war, aber seine Mentalität war ganz charakteristisch gefärbt. Nur eine bestimmte Berufsgruppe wies diese starke Einfärbung auf: die Psychologen.

»Oh, ich habe nur laut überlegt«, meinte Patulli verlegen. »Sie sind Psychologe, nicht wahr?«

Der elegant aussehende, schlanke Mann mit den weißen Haaren lächelte undefinierbar.

»Professor Dr. Thunar Eysbert, Chef-Kosmopsychologe an Bord. Aber bleiben wir beim Thema, Major Lokoshan. Ich habe deutlich gehört, wie Sie sagten: ›Ich wünsche, daß du mir das versprichst.‹ Also!«

»Habe ich das gesagt?«

»Allerdings!«

»Hm! Dann werde ich wohl im Selbstgespräch den Vorsatz gefaßt haben, nicht mehr zu rauchen, Professor.«

»Und dazu mußten Sie sich hinkauern, Major. Seltsam. Sobald Corello von Bord ist, werde ich Ihnen einen Termin nennen.«

»Termin?« fragte Patulli.

»Für ein langes Gespräch, Major. Ich glaube Ihnen nicht ganz, aber in Hypnose werden Sie schon die Wahrheit sagen.«

Er schritt elastisch auf die Tür zur Sektion Paramechanik zu. Bevor er sie öffnete, drehte er sich aber noch einmal um und blickte den Major kopfschüttelnd an.

Patulli Lokoshan seufzte resignierend. Ausgerechnet einem Psychologen mußte er über den Weg laufen.

»Keine Angst«, flüsterte Lullog, der wieder neben Lokoshan aufgetaucht war. »Ich werde ihn den Vorfall schon vergessen lassen.«

Als Patulli ihn nicht rügte, kicherte er vor sich hin, während er unter dem Arm seines Gebieters verstaut wurde.

3.

Nachdem die INTERSOLAR am 12. Januar den solaren Jupiter verlassen hatte, verzögerte sie ihre Fahrt und glitt nach einigen Stunden mit nur noch zehntausend Kilometern pro Stunde durch die Bahnebenen der Saturnmonde.

Vor ihr leuchteten die Eis-, Staub- und Trümmerringe des zweitgrößten Solplaneten in silbrigem Schimmer. Die Radioteleskope an Bord fingen die eigenartige »Sphärenmusik« des hochaktiven Plasmas ein, und diese versetzte die Menschen an Bord in eine wehmütige Stimmung. Jeder Planet, jede Sonne und jede Materiewolke hatten ihre ganz eigentümliche »Musik«, und die Musik des Saturn kam den Terranern wie ein Gruß der Heimat vor.

Nur denen nicht, deren Gedanken um die drohende Gefahr von der Sonne und um Corellos Zustand kreisten.

Noch beim Anflug auf den ersten Saturnmond war Ribald Corello wieder in seinem Schrein untergebracht worden, einem Gehäuse mit der quadratischen Grundfläche von vier mal vier Metern und einer Höhe von vier Metern. Die Grundplatte mit dem Versorgungs- und Antriebssystem war ein Quader von zwei Metern Höhe; der Raum darüber besaß abgeschrägte Panzertroplon-Wände.

Terranische Techniker hatten selbstverständlich die Triebwerksaggregate des Schreins unbrauchbar gemacht, außerdem die Schutzschirmprojektoren und die Waffen. Corello war schon so eine lebende Bombe; mit seinem Schrein wäre er noch weitaus gefährlicher gewesen, vor allem durch die ehemals darin gestapelten Telemo-Bomben, die er wie ein organischer Fiktivtransmitter in jedes optisch erkennbare oder vorgestellte Ziel bringen konnte – je nach Plan mit einem Hypnosuggestivprogramm oder einer Fusionsbombe ausgestattet.

Aus einem ähnlichen Grund war dem Supermutanten gleich nach der Gefangennahme seine goldfarbene Spezialkombination weggenommen worden, deren Material als Impulsverstärker für Empfang und Abstrahlung dimensional übergeordneter Gehirn- und Individualimpulse diente. Corello trug nichts außer etwas zu weiter Unterkleidung, die Gucky aus seinem Wäschebestand hatte opfern müssen.

Nach dem Anpassungsmanöver an Rotations- und Kreisbahngeschwindigkeit des fünfhundertzwanzig Kilometer durchmessenden Mondes senkte sich die INTERSOLAR im Landekraftfeld nahe der Paraklinik auf Mimas herab. Von den Verwüstungen, die die Mutanten in der Second-Genesis-Krise angerichtet hatten, war längst nichts mehr zu sehen. Gigantische Schwerkraftgeneratoren hielten die Anziehungskraft auf konstant 0,8 Gravos und fesselten zugleich die künstlich erzeugte Lufthülle an den Mond. Zwischen den Wohnsiedlungen der Wissenschaftler, den Klinik-Gebäuden und Experimentierhallen wuchsen in kleinen gepflegten Parks terranische Pflanzen und sorgten für die ständige Regenerierung der Atemluft. Zwei Kunstsonnen umkreisten Mimas und spendeten Licht und Wärme.

Gucky, Fellmer und Ras trugen leichte Kampfanzüge, als sie Corellos Schrein aus dem Schiff begleiteten. Zehn überschwere Kampfroboter glitten auf ihren Antigravkissen lautlos nebenher.

Perry Rhodan folgte der Gruppe zusammen mit Alaska Saedelaere, Lord Zwiebus und Icho Tolot. Atlan war im Schiff zurückgeblieben.

Der Parapsi-Mechaniker Kiner Thwaites empfing die Besucher am Portal seiner Klinik. Besonders herzlich wurde Alaska Saedelaere von ihm begrüßt, der noch vor rund einem Dreivierteljahr Patient in der Paraklinik auf Mimas gewesen war. Erst die direkte Begegnung zwischen Alaska und dem Neandertaler hatte den nahezu hoffnungslosen Zustand des Patienten bessern können.

»Wir haben alles vorbereitet, Sir«, meldete Thwaites Perry Rhodan. »Nach dem durchgefunkten Krankenbericht zu urteilen, werden wir zuerst versuchen müssen, die Embryo-Blockade zu beseitigen. Sie ist am tiefsten in Corellos Psyche verankert. Wenn sie bricht, erlangt er mit großer Wahrscheinlichkeit einen freien Willen.«

»Und wie wird dieser freie Wille aussehen?« fragte Rhodan besorgt.

Kiner Thwaites konnte diese Frage nicht zufriedenstellend beantworten.

»Schwer zu sagen, Sir. Ein Mensch, der so lange keinen eigenen Willen entwickeln konnte, hat die Fähigkeit dazu vielleicht ganz verloren – oder er handelt unterbewußt weiter nach dem alten Schema. Wir könnten natürlich seine Persönlichkeit völlig löschen und neu aufbauen . . .«

»Nein«, widersprach Perry Rhodan entschlossen. »Das darf nur die allerletzte Möglichkeit bleiben. Wir müssen Corello die Chance geben, aus sich heraus ein logisch denkendes und vernünftig handelndes Wesen zu werden. Aber Ihre Antwort zeigt mir auch, wie gefährlich und unberechenbar selbst ein ›geheilter‹ Corello sein kann. Ich denke, wir sollten seine Wachroboter mit einem Spezialprogramm versehen, das . . .«

»Entschuldigen Sie bitte, daß ich Sie unterbreche«, warf Thwaites ein. »Aber ich habe mir bereits sechs Kampfroboter ausgeliehen und mit einem Spezialprogramm versehen lassen. Die Maschinen enthalten besondere Detektoren, sogenannte Hirnwellenanalysatoren, die in groben Zügen erkennen können, was ein Lebewesen plant. Sobald sie bemerken, daß der Supermutant auf feindselige Handlungen sinnt, geben sie Alarm.«

Perry Rhodan zögerte. Eine Entscheidung über möglicherweise Leben und Tod eines Menschen Robotern zu übertragen, fiel schwer.

»Ich bin einverstanden, Professor«, sagte er schließlich.

Mittlerweile waren sie in dem Raum angekommen, der für Ribald Corellos Behandlung und Unterkunft vorgesehen war. An den Wänden verteilt, standen die sechs Spezial-Kampfroboter mit drohend erhobenen Waffen. Die Mündungen wiesen ausnahmslos in Ribald Corellos Richtung.

»Müssen wir noch hierbleiben, Chef?« fragte Gucky, dem es offensichtlich langweilig wurde, nach einer Weile.

Der Großadministrator nickte und strich dem Ilt über den Kopf.

»Leider ja, Kleiner. Es gibt Situationen, in denen ein einziges intelligentes Lebewesen mehr wert ist als tausend Spezialroboter. Aber ihr braucht euch nicht mehr ständig im gleichen Raum mit Corello aufzuhalten. Professor Thwaites wird sicher so freundlich sein, euch einen benachbarten Raum einzurichten. Außerdem möchte ich noch Lord Zwiebus und Alaska hierlassen.«

»Fein«, sagte Gucky. »Und wie ist es mit Pasha Basalok? Er ist schließlich Pedalchronist.«

Perry stutzte.

»Pasha Basa . . .? Ach, du meinst Major Lokoshan!« Er lachte auf. »Der Major ist Mental- beziehungsweise Psychokopist, Kleiner. Hast du ihn denn schon kennengelernt?«

»Er besuchte uns mal auf der INTERSOLAR, Perry. Eine merkwürdige Erscheinung. Stell dir vor, kurz nach ihm kam Professor Eisenbart . . .«

»Eysbert . . .!« mahnte Rhodan.

Gucky grinste. »Von mir aus Eisberg. Also der Seelenmasseur kam zu uns und erzählte, er hätte Basalok im Flur hocken sehen, wie er Selbstgespräche führte.«

»Das ist nicht wahr«, sagte eine ironische Stimme. »Gucky, ich verbitte mir, daß du Märchen über mich erzählst.«

Der Mausbiber starrte den Chefpsychologen fassungslos an. Er hatte ihn nicht kommen hören. Thunar Eysbert trat stets so leise auf, als befände er sich auf der Jagd nach besonders scheuem Wild – was im übertragenen Sinn sogar zutraf.

»Aber du hast doch selbst erzählt . . .«, sagte er überrascht.

»Unsinn, Gucky!« erwiderte Eysbert scharf. »Ich bin dem Major zwar auf dem Flur begegnet, wie er mit seinem Erbgott herumlief, aber wir haben nur ein paar belanglose Worte gewechselt.«

Der Ilt schüttelte energisch den Kopf.

»Nein, Thunar! Wir können ja Ras und Fellmer fragen!«

»Ich lehne es ab, noch ein weiteres Wort über diesen blühenden Unsinn zu verlieren«, entgegnete Eysbert. »Wenn du tatsächlich glaubst, was du sagst, leidest du an krankhaft übersteigerter Phantasie und gehörst in psychiatrische Behandlung.«

Gucky blieb die Luft weg, dann entmaterialisierte er voller Empörung.

»Der Kleine schwindelt nicht schlecht«, bemerkte Professor Eysbert zu Rhodan, »aber damit kommt er bei mir nicht durch. Ich bin schon mit größeren Lügnern fertig geworden!«

Perry Rhodan enthielt sich eines Kommentars. Er kannte den Ilt besser als der Chefpsychologe, und er hatte den Eindruck gewonnen, daß Gucky nicht absichtlich eine Unwahrheit gesagt hatte. Wahrscheinlich waren ihm nur verschiedene Erinnerungen durcheinandergeraten.

Professor Kiner Thwaites, der Rhodan für einige Minuten verlassen hatte, kehrte zurück und sagte:

»So, alles ist zur Behandlung bereit. Ich möchte Sie jedoch bitten, den Raum zu verlassen, damit wir ungestört arbeiten können. Das gilt für Ihre Begleitung ebenso, Sir.«

»Selbstverständlich«, erwiderte Perry.

Bevor er hinausging, warf er noch einen Blick auf den entkleideten Supermutanten, der soeben in einem elastischen Fesselfeld auf den von Geräten überladenen Behandlungstisch schwebte.

Würde der Menschenfeind Nummer eins für die solare Menschheit zu gewinnen sein – und für eine freiwillige Mitarbeit am Projekt 200, wie die geplante Zeitreise über zweihunderttausend Jahre allgemein genannt wurde?

Er hoffte es sehnlichst.

Alaska Saedelaere verhielt zögernd vor der Tür zum Behandlungsraum. Der Transmittergeschädigte befand sich am Rand eines seelischen Zusammenbruchs, ohne daß es bisher jemand bemerkt hatte.

Der Kampf in Ribald Corellos Palast hatte ihn nur physisch erschöpft, obwohl der Supermutant alle Register seiner ungeheuren parapsychischen Begabung gezogen hatte. Was ihn jedoch zutiefst erschüttert hatte, das war die unglaublich anmutende Wiederbelebung von Gevoreny Tatstun gewesen.

Hier hatte sich etwas ereignet, das mit den Naturgesetzen nicht in Einklang zu bringen war. Ein seit vielen Jahren toter Mensch hatte fünf Minuten lang gelebt und völlig klar gesprochen! Corellos Mutter war zwar energetisch konserviert gewesen – aber diese Konservierung hatte seines Wissens nach erst bei ihrem Tod stattgefunden.

Dennoch, überlegte der Transmittergeschädigte, mußte noch irgendwo in ihr ein Funke Leben gewesen sein, sonst hätte sein Cappinfragment nicht zu ihr flüchten können. Cappins hatten den Tod ihrer Opfer zu fürchten, denn sie starben mit ihnen, wenn sie sich nicht rechtzeitig vorher zurückzogen. Der Cappin, der nun wieder hinter der Plastikmaske in Alaskas Gesicht leuchtete, war aber in Gevoreny Tatstun eingedrungen. Er konnte sie nicht im vollen Sinne des Begriffes *wieder*-belebt haben; dazu waren diese Lebewesen unfähig.

Was war in diesen entsetzlichen Minuten also wirklich geschehen?

Der Transmittergeschädigte fuhr sich mit dem Handrücken über die Stirn, als wollte er diese Gedanken verscheuchen. Dabei merkte er, daß seine Hand unkontrolliert zitterte.

Er starrte die Tür an, hinter der Corello lag – und wandte sich marionettenhaft steif ab.

Unwillkürlich zuckte er zusammen, als Major Patulli Lokoshan vor ihm stand. Der SolAb-Agent mußte schon einige Zeit dagewesen sein. Er blickte Alaska freundlich an und trug seine Statuette wie üblich unter dem Arm.

»Hallo, Saedelaere!« sagte der kleine dürre Mann. »Wie ich sehe, wollen Sie ebenfalls den lieben Corello besuchen. Gehen wir doch zusammen.«

Alaska willigte ein. Er wußte nicht, wie er dem Major erklären sollte, daß er die Begegnung mit dem Supermutanten fürchtete.

Drinnen herrschte rötliches Dämmerlicht. Vier Parapsi-Spezialisten standen vor verschiedenen Schaltpulten und drehten an Knöpfen. Über dem Lager, auf dem der Supermutant angeschnallt worden war, hing eine sehr flache Haube mit einem Durchmesser von etwa zwei

Metern. Von ihr ging das rötliche Leuchten aus, das zusammen mit den Kontrollampen der Schaltpulte die einzige Beleuchtung darstellte.

Ein seltsam klingender Ton hing konstant in der Luft.

Corellos nackter, wie in roter Glut gebadeter Leib wurde von intervallartigen Zuckungen durchlaufen. Die daumendicken Adern unter der gespannten Haut des Riesenschädels strafften sich und erschlafften in gleichmäßigem Rhythmus. Die großen Augen standen weit offen, schienen aber nichts zu sehen.

Zögernd gingen der Transmittergeschädigte und Lokoshan näher heran. Die Ärzte blickten kurz auf, dann konzentrierten sie sich wieder auf ihre Arbeit.

Alaska fühlte, wie die beklemmende Furcht allmählich wich. Nun, da er direkt vor dem Supermutanten stand, fand sich sein Bewußtsein mit den Realitäten ab. Die seelische Krise war überwunden.

Patulli Lokoshan lächelte verstohlen. Er hatte gewußt, welcher Konflikt in Alaska tobte und wie er sich lösen ließ.

Der klingende Ton steigerte sich plötzlich zu einem schrillen Pfeifen. Corellos zuckende Bewegungen verstärkten sich. In die Augen trat so etwas wie das Erkennen der Umwelt.

Dann stieg ein Schrei aus Corellos Kehle hervor – der die Menschen entsetzt zurückfahren ließ. Es war ein Schrei, wie er von einem wilden Tier ausgestoßen wurde, bevor es zum rasenden Angriff überging.

Saedelaere warf beunruhigt einen Blick nach den sechs Kampfrobotern. Sie standen immer noch unbeweglich dort, wo Kiner Thwaites sie vor Corellos Ankunft plaziert hatte. Aber falls der Patient einen parapsychischen Angriff planen sollte, würden sie rechtzeitig Alarm und damit den Menschen Zeit geben, den Raum zu verlassen, bevor sie das Paralysefeuer eröffneten.

Der kindliche Körper Ribald Corellos wand sich wie ein Schlangenleib unter den Anschnallgurten. Der aufgerissene Mund stieß kurze hohe Töne aus. Schaum quoll aus den Mundwinkeln.

»Schluß!« rief Professor Kiner Thwaites über eine Lautsprecheranlage.

Das rote Leuchten verblaßte. Das schrille Pfeifen sank zu einem satten Brummen herab und erstarb schließlich ganz.

Ribald Corello beruhigte sich nach und nach. Die Augen schlossen sich. Ein Zittern lief durch den Körper, dann streckte er sich – und erstarrte.

»Herzmassage! Künstliche Beatmung und Aktivierungsmittel!« befahl Thwaites. Der Parapsi-Mechaniker befand sich offenbar in einer Zentrale, von der aus er die wichtigsten Behandlungsapparate steuerte und überwachte.

Eine Atemmaske preßte sich gegen Corellos Gesicht. Das Fauchen eines Atembeutels ertönte in gleichmäßigem Rhythmus. Ein blitzendes Etwas stach blitzschnell zwischen die Rippen in Corellos Thorax, begann seine unsichtbare Arbeit. Wahrscheinlich hatte sich aus der Öffnung des silbernen Stabes ein Druckbeutel geschoben, der nun abwechselnd das Herz zusammenpreßte und beim Zurückgehen durch einen Sog mitzog.

Alaska Saedelaere und Major Lokoshan begriffen, daß es um Leben und Tod ging.

Würden die Mittel der Medizin des 35. Jahrhunderts ausreichen, um den geistig zerrütteten und physisch schwachen Supermutanten zu retten?

Unheimlich langsam tröpfelten die Sekunden dahin.

Nach einer halben Minute war wieder Thwaites zu hören:

»Gut! Das genügt! Probe!«

Die Geräte liefen aus. Dennoch bewegte sich der Atembeutel weiter. Corello atmete wieder selbständig.

»Herztätigkeit zufriedenstellend!« meldete Kiner Thwaites. »Alaska und Major Lokoshan, bitte warten Sie auf mich!«

Aggregate summten. Ein Fesselfeld legte sich behütend über den Supermutanten. Infrarotstrahler gaben ihm die nötige Wärme. Die Raumbeleuchtung wurde heller.

Kurz danach trat der Chef der Mimas-Klinik ein. Er sprach mit seinen Leuten, dann wandte er sich den beiden Besuchern zu.

»Beinahe wäre es ausgewesen«, erklärte er mit müder Stimme. »Wir haben diesmal wirklich versucht, Corellos Embryo-Blockade künstlich zu verstärken und damit unter technische Kontrolle zu bekommen. Nichts. Es gibt eine sechsdimensionale Reizschwelle, die wir maschinell nicht erreichen können.«

»Vielleicht können die Mutanten Ihnen helfen, Professor«, sagte Saedelaere.

»Darüber wollte ich mit Ihnen sprechen, Alaska. Meinen Sie, daß die drei Mutanten sich in einen paramechanischen Verstärkerblock integrieren lassen?«

»Gucky und Lloyd bestimmt, Professor. Wie es mit Ras steht, weiß ich nicht. Er ist kein Telepath.«

»Hm! Ich weiß nicht recht, ob wir es riskieren dürfen. Die Sache ist nicht ungefährlich für die Mutanten. Um die Embryo-Blockade in den

Griff zu bekommen, müssen wir sie notwendigerweise zuerst verstärken – und dann zerbrechen. Falls Gucky und Lloyd sich unkontrollierbar mit Corellos Psyche identifizierten, würden ihre Gehirne geschädigt. Ich weiß, daß Gucky und Lloyd alles tun werden, ohne sich selbst zu schonen. Deshalb habe ich mich zuerst an Sie gewandt, Alaska.«

»Um die Verantwortung zu streuen«, bemerkte Lokoshan. »Darf ich einen Vorschlag machen, Professor Thwaites?«

»Nur zu, Major«, sagte der Parapsi-Mechaniker lächelnd.

»Verabreichen Sie Gucky und Lloyd eine Unterbewußtseins-Blokkade, dann haben Sie alle Vorgänge stets voll unter Kontrolle. Wenn ich Sie vorhin richtig verstand, besteht die Gefahr doch darin, daß die Telepathen sich unbewußt mit Corellos Psyche identifizieren.«

»Stimmt!« Thwaites' Stimme klang überrascht. »So müßte es gehen. Allerdings weiß ich nicht, ob Gucky und Lloyd mit einer Unterbewußtseins-Blockade einverstanden sein werden. Das ist eine sehr unangenehme Sache, denn die Persönlichkeit wird dabei effektiv halbiert. Wir wenden sie nur an, wenn wir das triebhaft verbrecherische Unterbewußtsein eines Gewalttäters blockieren, um in aller Ruhe ein neues ausgeglichenes Unterbewußtsein eingeben zu können.«

»Dann sollten wir die beiden Mutanten fragen«, erwiderte Alaska.

Der Mausbiber Gucky und Fellmer Lloyd spielten gerade eine Partie 3-D-Schach, als der Professor mit den beiden anderen Männern eintrat.

Kiner Thwaites trug sein Anliegen vor.

»Das bedarf keiner Frage«, sagte Lloyd impulsiv. »Selbstverständlich mache ich mit.«

»Selbstverstä·ıdlich mache ich ebenfalls mit«, ergänzte der Ilt. »Ohne mich geht es ja überhaupt nicht.«

Terrania, Solarer Gerichtshof.

Anderthalb Stunden lang war vom bestellten Ankläger die Liste der Verbrechen verlesen worden, die Ribald Corello begangen hatte.

Perry Rhodan selbst führte den Vorsitz der Verhandlung, wenn er auch als Nichtjurist keine richterliche Funktion ausüben durfte. Man schrieb den 16. Januar 3434. Der große Saal unter der schimmernden Terkonitkugel war gefüllt, obwohl keine Zuschauer zugelassen worden waren. Auf den Bänken saßen lediglich die Zeugen, einige hundert Jurastudenten von allen solaren Planeten und eine kleine Armee von Sachverständigen wie Ärzten, Psychologen, Parapsychologen, Psychiatern und Biologen. Die Wand hinter dem Richtertisch wurde von der Frontwand einer großen Positronik eingenommen. Die Maschine durfte zwar kein Urteil fällen, aber sie konnte alle Fakten systematisch einordnen, Zusammenhänge sichtbar machen und auf jede Frage den zur Klärung erforderlichen Paragraphen des Solaren Gesetzbuches nennen.

Es war im Grunde genommen eine ungewöhnliche Verhandlung, denn der Angeklagte war weder persönlich erschienen, noch hatten die Sachverständigen die Möglichkeit besessen, ihn zu untersuchen. Bei dem kritischen Zustand des Supermutanten verbot sich das von selbst. Die Spezialisten konnten demnach nur das Material auswerten, das ihnen zur Verfügung gestellt worden war.

Perry Rhodan wartete noch etwas, nachdem der Ankläger die Anklageschrift verlesen hatte, dann drückte er einen Knopf auf dem Kontrolltisch vor sich. Ein rotes Licht leuchtete auf, und ein lautes Summen ermahnte die Menge zur Ruhe.

»Ich danke dem Herrn Ankläger«, sagte Perry Rhodan, »und stelle den Antrag, vorläufig auf eine Beweisaufnahme zu verzichten. Das ist zwar nicht üblich, aber ich habe nur diesen einen Tag Zeit, während eine juristisch unanfechtbare Beweisaufnahme mit ihren Zeugenverhören monatelang dauern würde. Sie kann später nachgeholt werden, wenn das Hohe Gericht bei vorläufiger Anerkennung der Beschuldigungen zu einem Schuldspruch kommen sollte. Ergeben jedoch die Gutachten der Sachverständigen und die daraus resultierenden Beschlüsse des Gerichts, daß Ribald Corello für seine Taten nicht zur Verantwortung gezogen werden kann, so sollte meiner Meinung nach die Beweisaufnahme nur zu dem Zweck durchgeführt werden, den Geschädigten aus dem Vermögen des Mutanten eine angemessene Entschädigung zuteil werden zu lassen.«

Er schaltete eine Leuchtplatte ein und sah, daß sowohl der Richter als auch die Beisitzer ihre Ja-Knöpfe gedrückt hatten.

Der Großadministrator lächelte.

Nicht ohne Grund hatte er diesmal sein verfassungsmäßig verankertes Recht wahrgenommen, dem Solaren Gerichtshof persönlich vorzusitzen. Er wollte seine Autorität einsetzen, um Ribald Corello zu retten. Was er sagte, das besaß mehr Gewicht als das, was jeder andere Vorsitzende hätte vorbringen können.

Möglicherweise würden einige Leute ihn später der Beeinflussung des Gerichts bezichtigen. Das berührte ihn weiter nicht. Er war überzeugt davon, daß Corello durch die Embryo-Blockade und das Offensivprogramm ein Werkzeug ohne eigenen freien Willen geworden war. Die Sachverständigen konnten zu keinem anderen Ergebnis gelangen. Seine Absicht war lediglich, das Verfahren an einem Tag durchzuziehen und spätestens um Mitternacht zu einem Urteilsspruch zu kommen.

Hinter den Kulissen aber würde er alles tun, um einen Freispruch zu erwirken, denn was die Richter, Beisitzer und Sachverständigen nicht wußten, nämlich daß nur Ribald Corello die solare Menschheit vor dem Untergang retten konnte, das wog schwerer als alle juristischen Fakten.

Kam es jedoch zu einem Schuldspruch, dann würde selbst der Großadministrator die Vollstreckung des Urteils nicht verhindern können. Dann drohte dem Supermutanten die radikale Vernichtung seiner Persönlichkeit mitsamt den Erinnerungen. Nach vier bis fünf Jahren würde die neue Persönlichkeit ausgereift sein, und der Mutant könnte unter einem anderen Namen ein vollkommen neues Leben beginnen. Unter einer Voraussetzung: daß sein mutiertes Gehirn die »Behandlung« vertrug. Vertrug es sie nicht, würde Corello für den Rest seines Lebens als Schwachsinniger dahindämmern.

Rhodan unterbrach seine Überlegungen.

»Ich bitte den parapsychologischen Sachverständigen, Herrn Gunla Nandu, vorzutreten . . .!«

Einen Tag darauf . . .

Gucky und Fellmer Lloyd lagen entkleidet auf dem Behandlungstisch. Ribald Corello lag zwischen ihnen. Alle drei Personen wurden von elastischen Fesselfeldern gehalten, der Supermutant zusätzlich durch breite, gepolsterte Gurte.

Professor Dr. Kiner Thwaites stand neben Lord Zwiebus und Major Lokoshan vor einem halbrunden Kontrollpult. Alaska Saedelaere hatte sich in einem anderen Gebäude der Paraklinik einquartiert, nachdem Corello einen Tobsuchtsanfall bekommen hatte, als er für wenige Minuten halbwegs wach gewesen war. Die Sextadimstrahlung des Cappins in Alaskas Gesicht wurde von dem Supermutanten offenbar auch wahrgenommen, wenn der Transmittergeschädigte sich in einem Nebenraum aufhielt.

»Alles in Ordnung«, sagte Kiner Thwaites nach der gründlichen Kontrolle aller Apparate. »Wir können beginnen.« Seine Stimme klang belegt, er als Fachmann kannte das Risiko am besten.

»Worauf wartest du noch?« fragte Gucky. Es sollte spöttisch klingen, aber man hörte die unterdrückte Angst durch.

»Ich bin bereit«, sagte Fellmer.

Professor Thwaites holte tief Luft und drückte die Schaltplatte nieder, die den lückenlos programmierten Ablauf aktivierte.

Zuerst kam wieder das eigentümliche Klingen. Es hörte sich an, als striche jemand ganz zart mit einem hohlen Metallstab über eine Reihe hauchdünner Gläser.

Wenig später füllte sich die flache Haube des sogenannten Parapsi-Vermittlers mit einer grünlich leuchtenden Energieballung. Ribald Corello stieß einen spitzen Schrei aus.

»Das geht leider nicht anders«, sagte Thwaites bedauernd. Der Parapsi-Mechaniker konzentrierte sich voll und ganz auf die Kontrollen.

Die grüne Energieballung teilte sich, ihre Hälften schwebten sekundenlang über den beiden Telepathen, dann verschwanden sie unter den Begleiterscheinungen einer leichten Implosion.

Thwaites arbeitete mit höchster Konzentration.

Gucky und Fellmer schrien gleichzeitig. Ihre Körper wanden sich unter den Fesselfeldern. Es sah aus, als krümmten sich zwei überdimensionale Raupen in tödlicher Glut. Die Schreie wurden zu einem erbarmungswürdigen Wimmern.

Lord Zwiebus' urmenschenhaftes Gesicht zuckte. Der Neandertaler umklammerte die Lehnen eines Sessels mit den Händen, bis sie unter dem eisenharten Griff zersplitterten.

Patulli Lokoshans Gesicht glich einer bronzefarbenen Holzmaske, wie sie von verschiedenen Eingeborenenstämmen für rituelle Tänze verwendet wurden. Die grünen Brauen und die zu winzigen Zöpfen geflochtenen Haare verstärkten den Eindruck der Maskenhaftigkeit noch. Nur die Einsatzkombination der Solaren Abwehr verriet, daß Lokoshan keine maskierte Puppe aus einem Museum war. Seinen Großen Erbgott Lullog hielt Patulli mit beiden Händen vor der Brust. In keiner Lage wollte er sich von ihm trennen.

Zwiebus zuckte heftig zusammen, als erneut zwei grüne Energieballungen in der Vermittlerhaube erschienen.

»Alles in Ordnung«, sagte Thwaites beruhigend. »Die Unterbewußtseins-Blockade steht. Die Energie wirkte nur als Katalysator und kehrt jetzt in die Speicherzelle zurück.«

Lokoshan atmete tief und geräuschvoll ein. Er setzte Lullog ab, als seine Knie nachzugeben drohten. Lord Zwiebus stützte den Kamashiten. Der Neandertaler begriff, daß Lokoshans bisher ausdrucksloses Gesicht nur Maske gewesen war. In Wirklichkeit mußte der SolAb-Agent äußerst qualvolle Minuten durchgemacht haben. Die Unterbewußtseins-Blockade war schließlich sein Vorschlag gewesen . . .

»Jetzt läuft das Verstärkungsprogramm an«, erklärte der Parapsi-Mechaniker.

Aus der Vermittlerhaube ergoß sich eine rötliche Energieflut über die drei Mutanten. Lloyd und der Mausbiber rührten sich jetzt nicht mehr. Sie lagen so starr da wie früher Corello.

»Sie haben damit begonnen, die paramechanische Beeinflussung telepathisch zu verstärken«, sagte Kiner Thwaites. »Corello erschlafft bereits. Das bedeutet, daß die Embryo-Blockade sich laufend verstärkt.«

Vor dem Pult des Parapsi-Mechanikers schrillte eine Glocke. Gleichzeitig flackerte eine Kontrollplatte rot auf.

»Höhepunkt erreicht«, schnarrte eine Automatenstimme. »Programm raffen oder abschalten. Grün für Raffen. Ende!«

Professor Thwaites drückte die grün aufleuchtende Schaltplatte. Damit erteilte er der Steuerungspositronik Handlungsfreiheit.

Das rote Leuchten unter der Vermittlerhaube erlosch und wurde von einer tiefblauen Energieflut abgelöst.

Mit hartem Knall zerriß Corellos Brustgurt, als der Supermutant den Oberkörper aufbäumte und sich wie ein Bogen spannte. Gucky und Fellmer Lloyd bewegten sich unruhig. Ribald Corello blieb fast eine Minute lang in seiner Bogenhaltung, dann sank er in sich zusammen. Undeutliches Gestammel drang über seine Lippen. Ab und zu war das Wort Mutter deutlich zu verstehen.

Plötzlich öffnete Ribald Corello die Augen. Er sah niemanden an, sondern starrte in das blaue Leuchten der Vermittlerhaube. Doch zum erstenmal sahen die Anwesenden seine Augen nicht wild und haßerfüllt irrlichtern, sondern völlig klar.

»Vater!« flüsterte Corello deutlich. »Vater! Kitai Ishibashi! Warum besuchst du mich nicht mehr? Ich bin doch dein Sohn, auch wenn ich Ribald Corello heiße. Du hast mir gesagt, du würdest mich niemals im Stich lassen. Warum kommst du dann nicht? Ich brauche dich, Vater. Vergib mir meine Untaten! Bitte, Vater! Bitte, bitte, bitte . . .!«

Corellos Stammeln schlug in krampfhaftes Schluchzen um und löste sich dann in einem hemmungslosen Weinen.

Nacheinander erloschen die Kontrollplatten. Zwei Medoroboter hoben den Supermutanten auf und legten ihn in seinen Schrein zurück.

Unter der Vermittlerhaube ballten sich wiederum unbegreifliche Energien zusammen, diesmal leuchteten sie in intensivem Gelb . . .

Zehn Minuten später erwachten Gucky und Lloyd, sie brauchten einige Zeit, um sich zu orientieren. Dann wälzte sich Fellmer vom Behandlungstisch – die Fesselfelder waren inzwischen abgeschaltet worden – und watschelte mit charakteristischen Mausbiberbewegungen davon.

Gucky richtete sich auf, öffnete den Mund und starrte dem Telepathen nach. Dann drang ein gurgelnder Laut aus seiner Kehle – und er fiel kraftlos zurück.

»Kiner . . .«, rief er entsetzt, ». . . du hast unser Unterbewußtsein vertauscht.«

»Das ist nicht möglich«, sagte Kiner Thwaites betreten. »Die Einstellungen haben gestimmt, und das Programm wurde dreimal mit elektronischen ›Personen‹ simuliert.«

Fellmer Lloyd gab seinen Watschelgang auf und nahm seine gewohnte Haltung an. Er grinste.

»Das Programm war fehlerfrei, Professor«, versicherte er. »Nur Guckys Urteilskraft ist leider getrübt. Einbildung kann Berge versetzen. Stimmt es, Kleiner?«

Der Mausbiber fuhr wutentbrannt hoch und ballte die Fäuste.

»Du niederträchtiger, nichtsnutziger, widerlicher . . .!«

»Stopp!« rief Fellmer lachend. »Oder soll ich vielleicht verraten, was du mir vor der Prozedur telepathisch gewünscht hast . . .?«

Gucky kroch förmlich in sich zusammen.

»Äh! Ich . . . ich kann mich gar nicht erinnern. Hm, lassen wir das, Fellmer. Ein kleiner Spaß zur rechten Zeit ist der beste Zeitvertreib!« Er kicherte gezwungen.

»Du bist Lloyd nicht mehr böse, Gucky?« fragte der Pseudo-Neandertaler lauernd.

»Keine Spur, Zwiebus!« antwortete der Ilt großzügig.

»Oh!« meinte Lord Zwiebus grinsend. »Dann mußt du ihm ja etwas Grauenvolles oder Schmutziges gewünscht haben . . .«

»Woher weißt du . . .?« begann Gucky, bevor er merkte, daß er beinahe alles verraten hätte. Er schloß den Mund und öffnete ihn so schnell nicht wieder.

Kiner Thwaites hatte unterdessen die positronische Auswertung der Behandlung erhalten. Er lächelte zufrieden und sagte:

»Die Kraft der Embryo-Blockade ist gebrochen. Nun kommt es darauf an, wie sich Corellos Wille entwickelt. Dazu müßten wir eigentlich sofort gegen das Offensivprogramm angehen, aber sein physischer Zustand erlaubt das nicht.«

»Unsere seelische Verfassung auch nicht«, fügte Lloyd hinzu. »Was denken Sie, warum ich vorhin so krampfhaft um Ablenkung bemüht war?«

4.

In dem riesigen Kuppelsaal trat Totenstille ein, als das Gericht nach einstündiger Beratung zurückkehrte. Richter Huby Morgan blickte einige Sekunden lang über die Köpfe der Menge hinweg, bevor er mit lauter und deutlicher Stimme sagte:

»Das Urteil des Solaren Gerichtshofes in der Sache Corello lautet: nicht schuldig wegen erwiesener völliger Unzurechnungsfähigkeit zur Zeit der Verbrechen. Den zuständigen Behörden wird empfohlen, Herrn Corello einer parapsychischen Heilbehandlung zu unterziehen und erst dann aus der Isolierung zu entlassen, wenn er keine Gefahr mehr für seine Umwelt bedeutet. Das auf unrechtmäßige Weise erworbene Eigentum von Ribald Corello wird zwecks Wiedergutmachung einbehalten und von einem noch zu bildenden Sonderausschuß unter die geschädigten Individuen oder Völker aufgeteilt.«

Perry Rhodan atmete hörbar auf.

Es war den ganzen Tag über hart hergegangen. Trotz der entlastenden Gutachten hatte der Ankläger versucht, einen Paragraphen zu finden, der dennoch Corellos Verurteilung rechtfertigte. Leidenschaftlich hatte er erklärt, die Untaten des Supermutanten seien so ungeheuerlich, daß sie auch durch Unzurechnungsfähigkeit nicht zu entschuldigen wären.

Neunundzwanzigmal hatte er sich von der Positronik Gesetzesparagraphen nennen lassen, die seiner Meinung nach die Verurteilung Ribald Corellos rechtfertigten – und neunundzwanzigmal rangen Verteidiger und Sachverständige um die richtige Auslegung der betreffenden Stellen. Perry Rhodan war gezwungen gewesen, einige Verwarnungen zu erteilen, als die Kontrahenten unsachlich wurden.

So schnell wie möglich verabschiedete er sich von Huby Morgan, den Beisitzern sowie dem Staatsanwalt und dem Verteidiger.

Der Staatsanwalt war noch immer erregt und kündigte an, daß er gegen den Freispruch Berufung einlege.

Rhodan sah ihn nur kalt an und sagte:

»Ich kann Sie nicht daran hindern. Allerdings wird diese Berufungsverhandlung niemals stattfinden, denn ich werde nie Zeit haben, als Vorsitzender aufzutreten – und Sie wissen, daß eine Berufungsverhandlung vor dem Solaren Gerichtshof stets mit derselben Besetzung stattzufinden hat wie die erste Verhandlung.«

Damit hatte er sich brüsk abgewandt und war gegangen. Hinterher tat ihm seine Schroffheit wieder leid, denn der Ankläger hatte nur seine Pflicht getan. Er wünschte, diesem Mann erklären zu können, warum Ribald Corello nicht verurteilt werden durfte. Aber das konnte er nicht.

Vor dem Gerichtsgebäude erwartete ihn Atlan. Der Arkonide gratulierte Perry zu Corellos Freispruch und meinte ironisch:

»Noch vor einem Monat wäre es mir nicht im Traum eingefallen, dem Todfeind der Menschheit einen Freispruch zu wünschen. So ändern sich die Auffassungen der Menschen.«

Er führte Rhodan zu einem offenen Gleiter. Davor und dahinter standen startbereite Schweberoboter als Eskorte.

»Ich habe nicht dem Todfeind der Menschheit einen Freispruch gewünscht«, sagte Rhodan, »sondern dem potentiellen Retter der solaren Planeten. Obwohl ich selbstverständlich auch darüber erschüttert bin, daß ausgerechnet Kitais Sohn . . .«

Seine Stimme versagte. Ärgerlich über sich selbst, straffte er die Schultern, stieg in den Gleiter und lehnte sich zurück.

»Zum Großtransmitter der Administration?« fragte Atlan.

»Nein, ich habe Dr. Natran Salishek für siebzehn Uhr in mein Privatbüro bestellt. Er wird schon seit einer Stunde dort warten.«

»Großadministration – Trakt eins Delta!« sagte der Lordadmiral ins Mikrofon der Sprechfunkanlage.

Die vor dem Gleiter stehenden Roboter stiegen einige Zentimeter hoch und schwebten auf ihren energetischen Prallkissen in den Fahrzeugstrom. Ihre Sirenen heulten markerschütternd. Die roten Warnlampen blinkten.

Atlan startete den Gleiter.

»Den Chefkoordinator für den Bau des neuen Nullzeit-Deformators? Warum nicht Geoffry?«

»Geoffry beschäftigt sich mit der wissenschaftlichen Seite des Problems. Es wäre Vergeudung gewesen, ihn auch noch mit der organisatorischen Seite zu betrauen. Dr. Salishek dagegen ist ein Wunderknabe, was Organisation und Koordination angeht. Er hat sich bei der Einrichtung der Containtrans-Verbindung hervorragend bewährt.«

Die Schweberoboter bogen heulend und blinkend in die Mercant-Allee ein. In einem Kilometer Entfernung war bereits das mächtige Portal der Großadministration zu sehen.

Der Arkonide blickte geradeaus.

»Du rechnest damit, daß Corello ein Verbündeter der Menschheit wird?«

Perry Rhodan gab sich optimistisch: »Ich hoffe es – und handle inzwischen so, als wäre ich dessen sicher. Was bleibt mir anderes übrig?«

Atlan nickte.

Die vorausfliegenden Roboter erreichten das Tor und warteten, bis die Portalpositronik die Tastergebnisse ausgewertet hatte und die vernichtende Energieschleuse abschaltete. Je zwei Kampfroboter und Elitesoldaten standen links und rechts des Portals. Sie salutierten, als Rhodan und Atlan an ihnen vorbeifuhren, ansonsten kümmerten sie sich um nichts. Jeder Mensch wußte, daß sie nur einer alten Tradition zuliebe Wache standen. Die wirklichen Wachen waren die versteckt angebrachten Individualtaster, Programmierungsanalysatoren, Säure- und Strahlwaffen, Impulsgeschütze und Narkosestrahler.

Auch Perry Rhodan und der Chef der USO wurden einer genauen Abtastung unterzogen, bevor sie freie Fahrt erhielten. Im Zeitalter perfekter Bioplast-Chirurgie und Robotik konnte eine feindliche Agentenorganisation täuschend ähnliche Doppelgänger herstellen. Was sie nicht herstellen konnten, waren die individuellen Hirnstrommuster eines Menschen.

Dr. Natran Salishek schnellte von seinem Sessel hoch, als Perry Rhodan und Atlan das Vorzimmer betraten. Der Chefkoordinator des Deformator-Projekts war ein mittelgroßer Mann mit dünnem blondem Haar und einem energischen Gesicht. Außer ihm erhoben sich zwei weitere Männer. Salishek stellte sie als den Cheftechnologen Dr. Panelski und den Chefkybernetiker Professor Dronthur vor.

Nach der Begrüßung bat Rhodan die Besucher in sein Privatbüro, eine Oase in der von Technik vollgestopften Großadministration. Eine Couch, vier Sessel, ein Couchtisch und eine Automat-Bar waren die einzigen Einrichtungsgegenstände. Zwei Palmen und drei große Gummibäume gaben dem Zimmer Atmosphäre. Rhodan benutzte es allerdings nur für Gespräche im kleinen Kreis. Sein Arbeitszimmer war eine vollautomatische Angelegenheit.

Atlan fragte die Besucher nach ihren Wünschen und bediente die Automat-Bar. Alles ging so ungezwungen vor sich, daß selbst verkrampfte Besucher ihre Selbstsicherheit wiedergewonnen hätten.

Dr. Natran Salishek war allerdings alles andere als verkrampft. Sein Gehirn mußte halbpositronisch sein, so schnell rasselte er exakte Zahlen über das Projekt herunter.

Anschließend stellte er hart und kompromißlos seine Forderungen.

»Ich benötige die Vollmacht, je nach Lage die Notstandsparagraphen unserer Verfassung anzuwenden, um der Privatindustrie bindende Auflagen erteilen zu können. Den Direktoren fehlt es nicht am guten Willen, aber sie geraten stets in Schwierigkeiten, weil die Hauptaktionäre ihren Profit in Gefahr sehen oder fürchten, Kunden zu verlieren. Jeder Betrieb hat sich für Jahre hinaus vertraglich gebunden, Sir.«

Rhodan gab nach kurzem Nachdenken seine Einwilligung.

»Einverstanden. Warum stehen die Projektoren noch nicht?«

»Wir mußten die Dimensionswandler wieder ausbauen«, erklärte Dr. Panelski. Er nahm seinen Kleincomputer zu Hilfe; das Gerät war als Armband gearbeitet. »Infolge der größeren Konstruktion kam es zu Schwunderscheinungen im Sextadimbereich, Sir.«

Professor Dronthur hob die Hand.

»Die Steuerungselemente der Dimensionswandler haben versagt, Sir. Leider hatten die Vorbereitungen durch NATHAN besagt, eine einfache Verdoppelung der Leistungsabgabe würde ausreichen. Nach der Panne mußten wir feststellen, daß ausgerechnet diese Elemente um das Achtfache vergrößert werden müssen, soll der Nullzeit-Deformator einwandfrei arbeiten.«

Rhodan überging diese Panne lächelnd und bat Dr. Salishek fortzufahren.

Der Chefkoordinator hatte noch eine ganze Liste von Wünschen. Einige lehnte Rhodan ab, weil sie sich nicht erfüllen ließen, ohne die Versorgung der solaren Bevölkerung zu gefährden. Die meisten erfüllte er jedoch.

Mit dem Bau des zweiten Nullzeit-Deformators war bereits am 15. Oktober des vergangenen Jahres begonnen worden, an dem Tag also, an dem Perry Rhodan von der ersten Zeitreise zurückkehrte. Seitdem arbeiteten die Zulieferbetriebe auf Hochtouren. Tausende von Wissenschaftlern, Spezialisten und Positroniken mußten koordiniert werden. Die lunare Positronik NATHAN lieferte die Pläne.

Dennoch ging es Perry Rhodan zu langsam voran. Er sah allerdings ein, daß keine wesentliche Beschleunigung des Tempos mehr zu erreichen war. Der neue Deformator sollte so groß werden, daß er in einem Hangar einen Leichten Kreuzer der Städteklasse aufnehmen konnte. Riesige Kugelfeldmeiler mußten konstruiert und gebaut werden. Tests wurden durchgeführt. Über vierunddreißig Milliarden Einzelteile waren – wenn man die mikroskopisch winzigen Schaltelemente mitzählte – zum Bau des neuen Deformators erforderlich.

Als Rhodan seine Besucher nach fünfeinhalb Stunden schließlich verabschiedete, konnte er es mit der Gewißheit tun, daß die neue Zeitmaschine so schnell fertiggestellt werden würde, wie es überhaupt im Bereich der Möglichkeiten lag.

Saturnmond Mimas. Paraklinik.

Die Geräte im Behandlungsraum liefen aus. Unter der Vermittlerhaube erlosch das grüne Leuchten. Ribald Corellos Körper schimmerte noch einen Sekundenbruchteil grün, dann bekam die Haut ihre natürliche rotbraune Färbung zurück. Die Infrarotstrahler ließen die Rotkomponente etwas stärker hervortreten.

Gucky und Fellmer Lloyd erhoben sich vom Behandlungstisch. Sie taumelten und mußten von Medorobotern gestützt werden. Es war ihre elfte telepathisch-paramechanische Sitzung gewesen.

»Generaluntersuchung und Heilschlaf!« befahl Kiner Thwaites.

»Nein . . .«, bat der Mausbiber abwehrend. Er hing zwischen den Armen zweier Medoroboter, seine Füße schleiften schlaff über den Boden.

»Keinen . . . Heilschlaf«, meinte Lloyd mühsam. »Müssen Corello bewachen.«

»Dazu sind die Roboter da«, erwiderte der Parapsi-Mechaniker streng.

»Das genügt nicht«, widersprach Lord Zwiebus. Die tiefliegenden Augen des Neandertalers glitzerten streitlustig. »Perry Rhodan hat angeordnet, daß wir uns einsatzbereit halten müssen.«

»Die Generaluntersuchung wird zeigen, was getan werden . . .«

Gucky hob die Hand, was ihm unsägliche Mühe bereitete. Aber seine Stimme klang bereits klarer als zuvor.

»Es wird weder eine Untersuchung stattfinden, noch werden wir uns in einen Heilschlaf versetzen lassen, Professor. Es tut mir leid, aber das ist meine Weisung, die ich gemäß meiner Befehlsgewalt als Sonderoffizier des Solaren Imperiums erteile.«

Er lächelte und strich sich mit der Hand über den eigroßen Zellaktivator, der an einer Kette vor seiner Brust hing.

»Dieser Apparat vermag mehr als jeder Heilschlaf, Professor. In zwei Stunden sind wir wieder frisch. Jetzt werden Fellmer und ich etwas ruhen, danach essen wir, um neue Kräfte zu sammeln.«

Thwaites resignierte.

»Gegen eine SO-Weisung bin ich natürlich machtlos. Immerhin beruhigt mich der Gedanke an Ihre Zellaktivatoren.«

Die beiden Telepathen wurden von ihren Robot-Helfern in Decken gehüllt und aus dem Behandlungsraum geführt. Kiner Thwaites blickte Corello prüfend an, dann wandte er sich an den Neandertaler.

»Ich überlege, da wir nun eine Pause einlegen müssen, ob die letzte Sitzung erfolgreich war oder nicht.«

»Sie war erfolgreich, Professor«, sagte Zwiebus. »Ich fühle es. Dieser Mensch ist nicht mehr das Ungeheuer, das er war.«

Der Parapsi-Mechaniker musterte das Gesicht des Neandertalers aufmerksam.

»Ich wollte, ich hätte Ihren ›sechsten‹ Sinn, Lord Zwiebus. Er scheint jedenfalls besser zu reagieren als die Instrumente.«

Er wollte noch etwas hinzufügen, schwieg dann jedoch, da in diesem Moment Ribald Corello die Augen aufschlug.

Der Supermutant starrte zuerst wieder nach oben, zur Vermittlerhaube, wie er es nach jeder Behandlung getan hatte. Im Unterschied zu sonst aber wandte er kurz darauf den Kopf, blickte zu Thwaites und Zwiebus hinüber und lächelte zaghaft.

»Hallo . . .«, sagte der Parapsi-Mechaniker leise. »Wie geht es Ihnen?«

»Gut, danke!« flüsterte Corello. Er blickte sich verwundert um. »Wo bin ich? Ich muß weit – weit weg gewesen sein.« Er erschauerte.

»Sie sind bei Freunden, Mr. Corello«, sagte Kiner Thwaites. »Wir mußten Sie behandeln, da Sie schwer krank waren.«

»Schwer krank . . .? Ja, ich muß sehr krank gewesen sein. Da war . . .« Er furchte die Stirn, als dächte er angestrengt nach. »Ich weiß nicht mehr, was war . . .«

Sein Blick trübte sich wieder.

»Schnell! In den Schrein!« befahl Thwaites den Medorobotern. »Er muß in eine vertraute Umgebung kommen. Legt ihm seine Spezialkombination an!«

»Die Spezialkombination?« fragte Lord Zwiebus. »Ist das nicht zu gefährlich?«

»Dieses Risiko müssen wir eingehen. Bei der ersten Ausbildung einer Angriffsabsicht greifen sowieso die Roboter ein.«

Der Neandertaler wandte sich um und musterte die Kampfroboter, die noch wie am ersten Tag an den Wänden standen und unverwandt den Supermutanten anstarrten. Ihre rötlich schimmernden Augenzellen und Spezialantennen bewegten sich, als Ribald Corello von zwei Medorobotern aufgehoben und zum Schrein getragen wurde. Dort wartete bereits der dritte Roboter mit der goldfarbenen atmungsaktiven Kombination, die wie ein Strampelanzug auch die Füße umschloß. Behutsam wurde Corellos Riesenschädel gestützt, während man ihm die Kombination überstreifte. Der Zellaktivator wurde offen über dem Brustteil getragen, da er wegen Ribald Corellos kindlichem Körperbau unter der Kleidung zu stark aufgetragen hätte.

Nachdem das Kleidungsstück am Halsbund verschlossen worden war, betteten zwei Medoroboter den Mutanten behutsam auf die weiche moosartige Substanz, die als Polster diente und in verschiedenen Farben leuchtete. Die Farbe Grün überwog jedoch, sie sollte einen beruhigenden Einfluß auf Corello ausüben.

Der Supermutant ließ die Prozedur widerstandslos über sich ergehen. Er war wieder eingeschlafen.

»Was meinen Sie, Professor«, fragte Zwiebus. »Ob das Offensivprogramm ebenfalls ausgelöscht ist?«

»Ich hoffe es«, erwiderte der Parapsi-Mechaniker. »Nachdem wir die Embryo-Blockade beseitigt hatten, verlief eigentlich alles glatt. Das Offensivprogramm kann höchstens noch als Fragment vorhanden sein. Diesen Rest werden wir bei der nächsten Sitzung eliminieren.«

Er wandte sich um, als Major Patulli Lokoshan eintrat. Der Kamashite trug wieder seinen Erbgott Lullog unter dem Arm.

»Nun . . .?« fragte Kiner Thwaites. »Haben Sie mit dem Großadministrator gesprochen?«

Lokoshan stellte Lullog vorsichtig ab und nickte.

»Er ist mit der INTERSOLAR unterwegs nach hier. Ich erreichte ihn in der Nähe von Jupiter. Der Solare Gerichtshof hat Ribald Corello wegen erwiesener Unzurechnungsfähigkeit freigesprochen.«

Thwaites und Zwiebus atmeten auf.

»Sein unrechtmäßig erworbenes Vermögen wird selbstverständlich konfisziert«, fuhr Lokoshan fort. »Es soll sich um mehr als neuntausend Milliarden Solar handeln.«

»Und wie geht der Bau des neuen Nullzeit-Deformators voran?« fragte Lord Zwiebus.

»Nun, es treten immer wieder Schwierigkeiten . . .«

Er unterbrach sich und zuckte ebenso wie Zwiebus und Thwaites zusammen.

Ribald Corello hatte einen gellenden Schrei ausgestoßen. Jetzt warf er die Ärmchen hoch. Seine grünen Augen irrlichterten wieder einmal.

»Vater!« schrie er. »Vater! Vater! Das grüne Licht! Oh . . .!«

Wimmernd und kreischend barg er den Kopf in seinem Polster. Ein konvulsivisches Zucken durchlief seinen Körper.

»Die Mutanten – schnell!« rief Kiner Thwaites.

Lord Zwiebus war mit drei Sprüngen vor der Tür, riß sie auf, wobei er mit der rechten Schulter donnernd dagegen rannte, und jagte davon.

Kurz darauf flimmerte die Luft, und der Mausbiber rematerialisierte. Ihm folgten Tschubai und Lloyd. Der Neandertaler näherte sich ebenfalls wieder.

Gucky und Fellmer Lloyd konzentrierten sich. Nach einigen Minuten gaben sie auf.

»Grauenhaft«, flüsterte Lloyd. »Corellos Gedanken bestehen nur aus panischer Furcht vor einem grünen Licht. Ob er die Behandlungsstrahlung meint?«

Der Parapsi-Mechaniker war bleich geworden.

»Das kann nicht sein«, sagte er verstört. »Die Behandlung kann ihm nicht geschadet haben.«

Ribald Corello lachte schrill.

»Ich werde es euch zeigen!« schrie er. »Verflucht, verwünscht, verdammt seid ihr! – Hilfe, jetzt ist es wieder da!«

Mit dumpfem Poltern fiel etwas zu Boden.

Die Männer sahen sich um und entdeckten Alaska Saedelaere neben der Tür. Der Transmittergeschädigte lehnte zusammengekrümmt an der Wand. Ein Strahler lag einige Meter von ihm entfernt auf dem Boden.

Tschubai, Gucky und Kiner Thwaites wandten sich sofort wieder ab, als sie die irisierenden Flammenzungen unter der Halbmaske hervorschießen sahen.

»Er wollte auf Corello schießen«, berichtete der Ilt.

Patulli Lokoshan brach unvermittelt zusammen. Offenbar hatte er zu lange in die Aura des Cappin-Fragments gesehen. Kiner Thwaites ließ den SolAb-Agenten von Medorobotern zur Abteilung Para-Psychiatrie bringen.

Zwei andere Roboter nahmen sich des Transmittergeschädigten an, hüllten ihn in einen lichtundurchlässigen Transportschirm und brachten ihn zur Isolierstation.

Ras Tschubai brach das Schweigen zuerst.

»Alaska und Corello, das kann kein Zufall sein. Das mit Corello ließe sich leicht erklären, aber der Transmittergeschädigte . . .«

»Wird nicht der letzte sein, den es packt«, rief Lord Zwiebus erregt. Er stöhnte. »Bringt mich weg, bevor ich jemanden töte! Es ist . . . Sextadimstrahlung!«

Tschubai wurde blaß. Der Parapsi-Mechaniker befahl den beiden Robotern, die Corellos Schrein bewachten, den Neandertaler ebenfalls auf die Isolierstation zu bringen.

Die Zurückgebliebenen sahen einander verstört und fragend an. Als erster fing sich Gucky, er entblößte seinen Nagezahn.

»Ich schlage vor, wir teleportieren zusammen in die Hyperfunkstation. Einverstanden?«

»Natürlich, Kleiner«, erwiderte Lloyd. »Was vermutest du?«

»Nichts Bestimmtes. Aber irgend etwas muß mit der Sonne vorgehen.«

Hoffentlich explodiert sie nicht! dachte er. Aber diesen Gedanken sprach er nicht aus.

Zeittechniker Leuro Kypun übernahm seine Wache am Hypertronzapfer auf Merkur am 19. Januar 3434, gegen 16 Uhr.

Er hörte sich zuerst den auf Speicherkristall gesprochenen Dienstbericht seines Vorgängers an, dann ging er alle Testschaltungen durch.

Es gab keinen Grund zur Sorge.

Der Hypertronzapfer arbeitete einwandfrei, nahm die aus der Sonne kommende Hyperenergie mit Hilfe der Paraverbundschaltung auf und gab sie an den Haupt-Gezeitenwandler weiter.

Warum hätte es auch anders sein sollen?

Die gleiche Paraverbundschaltung leitete in synchronem Ablauf mit dem Haupt-Gezeitenwandler die Hyperenergie zu den Antitemporalen Gleichrichtungskonvertern auf allen Planeten und den außerhalb der Pluto-Bahnebene verankerten Automatsatelliten weiter, wo sie zur Errichtung und Erhaltung des Antitemporalen Gezeitenfeldes verarbeitet wurden.

Dies alles zusammen hielt das Solsystem genau und permanent fünf Minuten in der Zukunft und dadurch eine halbe Ewigkeit von der Gegenwart des Einstein-Kontinuums entfernt.

Leuro Kypun ließ sich vom Informationsspeicher die neuesten Erkenntnisse auf dem Gebiet der Beherrschung der Zeit vorspielen. Wie üblich handelte es sich um Verbesserungen der Technik, Spekulationen und Hypothesen. Eine entscheidende neue Erkenntnis war nicht dabei.

Wie konnte es auch?

Derartige Erkenntnisse kamen nicht von heute auf morgen. Sie mußten allmählich heranreifen. Erfahrungen mußten gesammelt werden. Umfangreiche mathelogische Programme wurden zusammengestellt und den Positronengehirnen eingegeben.

Nach einer Stunde ging Zeittechniker Kypun erneut alle Testschaltungen durch. Der Hypertronzapfer arbeitete so kontinuierlich wie immer. Die Aufnahmeleistung war um ein geringes abgesunken, doch das beruhte auf den Intensitätsschwankungen der Sonnenaktivität. Deshalb wurde die bei hoher Intensität anfallende überflüssige Hyperenergie gespeichert, um bei zu geringer Intensität zusätzlich in die Paraverbundschaltung abgegeben zu werden.

Bisher war das allerdings noch nicht nötig gewesen. Die Sonne produzierte mehr Hyperenergie, als zur Aufrechterhaltung des Zeitschirms erforderlich war.

Leuro Kypun reckte sich, ging zum Getränkeautomaten und ließ sich eine Tasse Kaffee geben. Dann setzte er sich vor den Interkom und gab seine erste Routinemeldung an den Computer der Koordinierungszentrale weiter.

Mitten in dem Bericht klang plötzlich das alarmierende Summen eines Warngeräts auf.

Kypun unterbrach sich und eilte zum Kontrollpult zurück. Ein rotes Licht flackerte über den Anzeigen für die Energie-Aufnahme. In dem Leuchtfeld darunter erschienen die Worte:

HYPERENERGIEAUFNAHME DREI STRICH UNTER MINIMALBEDARF! SINKT WEITER! RESERVEZUSCHALTUNG ERFORDERLICH!

Leuro Kypun kümmerte sich nicht um die Reserveschaltung. Das geschah vollautomatisch. Er überprüfte die Leistung des Hypertronzapfers. Der dimensional übergeordnete »Strahl« stand einwandfrei und in der gleichen Stärke wie immer. Aber er beförderte nur noch die Hälfte der durchschnittlichen Energiemenge.

Der Zeittechniker gab Alarm.

Überall in der Station ertönten die Summer, leuchteten Warnplatten auf. Techniker, Wissenschaftler und Computer richteten ihre Aufmerksamkeit auf die Sonne – denn sie war es, die offensichtlich zu wenig Hyperenergie erzeugte.

Zuerst bemerkte man nur einen schwachen Hauch von Grün, der sich bei normaler Betrachtung zeigte. Aber sehr rasch verfärbte sich die Sonne stärker. Das schwache Lindgrün wandelte sich in ein dunkelgrünes intensives Leuchten, in dem gewaltige Entladungen tobten.

Längst war die gespeicherte Hyperenergie zusätzlich angezapft worden, um den Bedarf des Haupt-Gezeitenwandlers zu decken. Aber die Reserve nahm rasch ab, da die Zapfenergie immer mehr unter die Minimalmarke sank.

Leuro Kypun war machtlos dagegen. Er hatte alles versucht, die zweite Hypertronanlage eingeschaltet, den für Reparaturen zuständigen Computer überprüft.

Alles war vergeblich gewesen. Immer mehr Anzeigen leuchteten in warnendem Rot. Das Summen der Warnanlagen klang wie das Geräusch von tausend Bienenschwärmen.

Kurz vor 19 Uhr gab die Sonne keine Hyperenergie mehr her. Sie war jetzt vollständig von einem tiefgrün leuchtenden Schirm umgeben, der nur noch normale Wärmestrahlung und Licht durchließ.

Bevor die Menschen der solaren Planeten überhaupt begriffen, was eigentlich vorging, stürzte das Solsystem jählings in die Gegenwart zurück. Das Antitemporale Gezeitenfeld verabschiedete sich in Form einer starken Hyperladung.

Und im nächsten Augenblick sah die solare Menschheit die Sterne wieder . . .

Die INTERSOLAR bremste sofort ab, als die Alarmmeldung von der Hauptschaltstation Merkur bei Perry Rhodan eintraf.

Angesichts der neu aufgetauchten Gefahr rückte das Problem Corello an die zweite Stelle.

Während das Flaggschiff noch bremste, alarmierte Perry Rhodan bereits die zehntausend Raumschiffe der Solaren Heimatflotte. Er und auch Atlan hatten sich bei der Alarmmeldung sofort an die vier Forschungsraumschiffe erinnert, die beim Einflug der INTERSOLAR geortet worden waren.

Falls diese Schiffe sich noch »draußen«, in der Nähe der Gegenwartsschwelle befanden, durfte man sie nicht entkommen lassen.

Ultraschlachtschiffe, Schwere und Leichte Kreuzer, Trägerschiffe und Korvetten starteten von ihren Bereitschaftskreisbahnen oder

Raumhäfen und rasten dem solaren Merkur zu, bei dem auch in der jenseitigen Gegenwart die Temporalschleuse endete.

Sie waren nicht weit gekommen, da brach das Antitemporale Gezeitenfeld mit einem unsichtbaren Aufflackern zusammen. Es war der einzige Effekt, der das Zurückstürzen in die Gegenwart begleitete. Von einer Sekunde zu anderen sah man die Sterne wieder. Alles war so wie vor dem Rückzug des Solsystems in die Zukunft.

Doch es konnte niemals wieder so werden. Für die Völker der Galaxis war das Solsystem verschwunden, so gut wie nie dagewesen. Wenn es nun plötzlich wieder auftauchte, würden die galaktischen Zivilisationen niemals mehr an ein spurloses Verschwinden glauben – falls der Zeitschirm überhaupt wieder errichtet werden konnte.

Perry Rhodan gab Befehl, die vier Dabrifa-Schiffe zur Landung auf der Erde zu zwingen, bevor sie mit ihrem Wissen im Linearraum untertauchen konnten.

Anschließend beorderte er Gucky, Tschubai und Lloyd zurück auf die INTERSOLAR. Sie würden bei der Verfolgung der Dabrifa-Schiffe nützlicher sein können als bei der Überwachung des ohnehin wieder handlungsunfähigen Supermutanten.

Außerdem wurde Ribald Corello von sechs Kampfrobotern bewacht, deren Programmierung perfekt war.

Dachte man.

Wo einst ein Nichts war, woben sich nun unsichtbare Fäden in einem immateriellen Etwas; sie wuchsen aus einer energetischen Konstante, die jenseits menschlicher Vorstellungskraft lag.

Im Geist eines ehemals willensblockierten Lebewesens bildete sich der erste zaghafte eigene Wille heraus, nährte sich von den psionischen Eindrücken, die der Besuch zweier Wesenheiten hinterlassen hatte.

Doch da war noch etwas anderes, finster Drohendes, Befehlendes. Es versuchte, den Willen nach seiner parapsychischen Programmierung zu steuern.

Haß, Habgier und Machtsucht. Mordlust und Gewissenlosigkeit.

Aber das andere war stärker.

Liebe zur Menschheit, Achtung des Lebens, Bescheidenheit.

Ribald Corello besiegte das in seinem Geist verankerte Offensivprogramm der Anti-Priester, denn zum ersten Mal in seinem Leben wurde es ihm bewußt – und zum ersten Mal in seinem Leben vermochte er zwischen Gut und Böse zu unterscheiden und zu wählen.

Er erkannte aber in vollem Umfang, was er an Unheil und Elend über die Völker der Galaxis gebracht hatte – unter dem teuflischen Zwang der Embryo-Blockade und des Offensivprogramms.

Ribald Corello war zutiefst erschüttert und bis in sein Innerstes aufgewühlt. In diesem Ansturm der Gefühle verstärkte sich der Drang mehr und mehr, sich mitzuteilen und wiedergutzumachen, was sich wiedergutmachen ließ.

Etwas störte ihn allerdings noch.

Er spürte mit seinen psionischen »Empfangsantennen«, daß sich draußen etwas Furchtbares ereignet hatte, etwas, das ihn quälte und zugleich für Milliarden denkender Wesen eine große Gefahr darstellte.

Der Supermutant öffnete die Augen – und fand sich in seinem Schrein wieder. Er lag auf den schwellenden moosweichen, leuchtenden Polstern. Warme und klare Luft umspülte ihn.

Corello wollte die Kommunikationsgeräte seines Schreins mit einem Emotioimpuls aktivieren. Aus einem ihm unbekannten Grund gelang es ihm nicht. Entweder war er zu schwach, oder er hatte diese Fähigkeit verloren.

Doch beides, so fand er, war nicht stichhaltig.

Erstens vermochte er nach »draußen« zu lauschen und die Emotionen von Milliarden Menschen zu erkennen – und zweitens verstärkte die Spezialkombination seine Paraimpulse um das 9,7fache.

Ribald Corello konzentrierte sich auf die Paraschaltung seiner Kopfstütze. Im gleichen Augenblick fuhr der Stab aus dem Rückenteil der Kombination und faltete seine Stützklammern auf, ohne die Corello seinen Kopf nicht frei bewegen konnte.

Er stemmte sich ächzend hoch. Seine Beinmuskulatur war für einen Kleinkindkörper ungewöhnlich stark entwickelt und trug den Körper. Er durfte nur den Kopf nicht ruckartig bewegen, sonst verlor er das Gleichgewicht.

Unsicher tastete er sich bis zu seinem kombinierten Steuer-Schreibpult, hielt sich mit einer Hand am Rand fest und drückte mit der anderen die Startknöpfe.

Nichts rührte sich.

Und das durfte nicht sein. Der Schrein war nicht nur Aufenthaltsort und Versorgungsanlage, sondern zugleich ein flug- und raumtüchtiges Fahrzeug mit eigener Klimaanlage, Antigravaggregaten und schweren Abwehrwaffen.

Jemand mußte die Maschinenanlagen in der Grundplatte unbrauchbar gemacht haben.

Er drängte das jäh aufsteigende Zorngefühl zurück.

Gerade noch rechtzeitig besann er sich darauf, daß er noch vor kurzem ein gefährliches Monstrum gewesen war. Wie sollten die Lebewesen, die ihn hierhergebracht haben, ihm trauen?

Dennoch haben sie mir den Zellaktivator gelassen!

Sie sind meine Freunde!

So und nicht anders mußte es sein. Wer ihm schaden wollte, hätte ihn nur des Aktivators zu berauben brauchen.

Mühsam wandte er den Kopf und ließ seine Blicke durch den Raum wandern.

Eine Vermittlerhaube. Komplizierte Geräte und Schaltanlagen. An den Wänden sechs Roboter, die ihn mit ihren düsterroten Augenzellen gefühllos anstarrten. Eine seltsame, unfertig erscheinende Statuette, türkisfarben und von zahllosen feinen Sprüngen durchzogen.

Keine menschlichen Bewacher . . .?

Corellos mutierter Geist streckte seine immateriellen Fühler aus, tastete durch Positronengehirne, Räume mit aufgeregten Menschen – und fand schließlich etwas, vor dem er in panischer Angst zurückwich.

Er brauchte einige Zeit, um den Versuch wiederholen zu können. Diesmal ließ er sich nicht erschrecken. Er drang in die Oberfläche von Alaskas Bewußtsein ein – weiter kam er nicht – und fand dort die Information, die er suchte.

Er war im Solsystem, auf dem Saturnmond Mimas, in der Paraklinik. Und seine Bewacher litten ebenso unter einem Schauer von Sextadimenergie wie er zuvor oder waren auf Perry Rhodans Flaggschiff umgestiegen.

Perry Rhodan!

Der Großadministrator des Solaren Imperiums hatte ihn, Corello, zum Menschenfeind Nummer eins erklären lassen.

Doch das gehörte der Vergangenheit an.

Wichtiger war die andere Information.

Das Solsystem war auf die Gegenwartsebene zurückgefallen, weil die Sonne sich in einen grünen Energieschirm gehüllt hatte und keine Hyperenergie mehr an den Paratronzapfer abgab.

Und vier Raumschiffe des Imperiums Dabrifa befanden sich in unmittelbarer Nähe.

Wenn sie entkamen, war nicht nur das Geheimnis der solaren Menschheit verloren. Viel mehr stand auf dem Spiel.

Hoffentlich haben sie mir meinen Transportroboter gelassen! dachte Ribald Corello verzweifelt.

Der Supermutant ließ sich auf Hände und Knie nieder und kroch zur hinteren linken Ecke des Schreins. Keuchend kam er vor der Schalenhülle an, hinter der sich normalerweise sein Transportroboter befand.

Dann konzentrierte er sich auf einen gedanklichen Befehl – und die Schalenhülle öffnete sich.

Corello lächelte erleichtert, als er die in hellem Terkonitblau glänzende Außenhülle des kegelförmigen Roboters sah.

Auf einen weiteren gedanklichen Befehl leitete der Servocomputer des Fahrzeugs die Öffnungsvorgänge ein.

Zuerst liefen die Energieerzeuger in der einen Meter durchmessenden Grundplatte summend an. Dann öffnete sich das Vorderteil der sechzig Zentimeter durchmessenden Kugelhaube, anschließend das Klappschott vor der Einsitzvertiefung.

Ribald Corello wurde von einem Zugfeld behutsam angehoben und in den Roboter gesetzt. Die Haltevorrichtungen der Kugelhaube schlossen sich mit kaum spürbarem Druck um seinen Riesenschädel. Danach schloß sich der Transportroboter wieder.

Der Mutant ließ auch die Sichtplatte des Helms ausfahren, denn er wußte nicht, was ihn außerhalb des Gebäudes erwartete. Er konnte das auch nicht psionisch erforschen, denn zuerst galt es, sich auf die Funktionen des Roboters zu konzentrieren. Corello steuerte ihn nach dem gleichen Prinzip, mit dem die terranischen Emotionauten ihre Raumschiffe lenkten.

Langsam hob sich der Transportroboter um einige Millimeter an. Das Außenluk des Schreins schwang auf – und das seltsame Fahrzeug glitt hinaus.

Den Kampfrobotern schenkte der Supermutant kaum Beachtung. Er ahnte, daß sie ihn bewachen sollten. Da er jedoch ihre Programmierung nicht kannte, mußte er sich auf sein Glück verlassen. Corello bemerkte nur, daß die eigenartige Statuette verschwunden war, ohne daß er einen Menschen gesehen hätte.

Glücklicherweise öffneten die Türen sich von selbst, sobald der Transportroboter leicht dagegen stieß. Es sah so aus, als wäre die Flucht aus der Paraklinik auf Mimas ein Kinderspiel.

Doch dann entdeckte ihn ein Mann in der Kleidung eines Arztes oder Psychologen. Er stieß gellende Schreie aus und rannte davon. Er würde sicher die Alarmanlage aktivieren. Ribald Corello verzichtete darauf, ihn durch geistige Beeinflussung daran zu hindern. Wahrscheinlich war es eine unterbewußte Reaktion auf die Erkenntnis, welchen Schaden er mit diesen Kräften bereits angerichtet hatte.

Objektiv gesehen, rettete es ihm das Leben, denn die sechs Kampfroboter im Behandlungsraum registrierten noch immer die Planungsabläufe in seinen Gehirnzellen. Hätten ihre Detektoren registriert, daß der Supermutant eine feindselige Handlung – und sei sie noch so geringfügig – gegen Menschen plante, hätten sie ihn sofort gelähmt. Er war überhaupt nur deshalb entkommen, weil er nicht einen einzigen feindseligen Gedanken gedacht hatte.

Als der Transportroboter das Gebäude verließ, schrillten hinter ihm die Alarmglocken. Zwei bewaffnete Posten vor dem Gittertor hoben ihre Strahlgewehre und schossen nach Corello. Aber das Fahrzeug startete so schnell durch, daß die Energiestrahlen weit hinter ihm vorbeifauchten.

Mit dem Transportroboter allein konnte er seine Absicht allerdings nicht verwirklichen, obwohl die Maschine raumtüchtig war. Er benötigte ein Fahrzeug mit Linearantrieb, sonst würde er zu spät kommen.

Deshalb arbeiteten die Detektoren des Roboters fieberhaft. Endlich fanden sie, was der Mutant suchte: eine eiförmige, ungefähr neunzig Meter lange Luxus-Raumjacht, sicher das Prestige-Fahrzeug eines Verwaltungsdircktors oder das sportliche Spielzeug eines Wissenschaftlers.

Corello landete relativ hart neben der Bodenschleuse. Ein dünner Impulsstrahl aus der kleinsten Waffe des Roboters zerschmolz das elektronische Schloß. Innen- und Außenschotte schwangen gleichzeitig auf.

Der Roboter schwebte hindurch und schloß das Innenschott. Das mußte genügen. Im Kommandoraum stellte Ribald Corello fest, daß er es mit einer besonders schnellen Raumjacht zu tun hatte, wie sie nur in einer einzigen Werft auf dem solaren Mars gebaut wurde.

Die Greifarme des Roboters schwenkten aus und betätigten die Schaltungen. Eine halbe Minute später schoß die Jacht mit einer Beschleunigung von neunhundertdreißig Kilometern pro Sekundenquadrat aus der Atmosphäre des Mimas, tauchte für einige Minuten in den Ortungsschutz des ersten Ringes, beschleunigte weiter und ging in den Zwischenraum.

Eine Korvette mit leichtem Maschinenschaden war das einzige größere Raumschiff, das den Supermutanten einige Zeit verfolgte. Alle größeren Schiffe waren in Richtung Merkur abgeflogen.

5.

Perry Rhodan erhielt die Schreckensbotschaft, kurz nachdem die INTERSOLAR nach einem Linearmanöver nahe des Merkur in den Normalraum zurückgekehrt war.

Atlan war bei ihm, als der Sicherheitsoffizier der Paraklinik auf Mimas berichtete.

»Wie konnte das geschehen?« fragte der Terraner erregt. »Wenn die Roboter schon versagt haben, so hätten doch Alaska Saedelaere und Lord Zwiebus eingreifen müssen. Sie sind beide immun gegen Corellos Parakräfte.«

»Mr. Saedelaere und Mr. Zwiebus befinden sich in der Isolierstation, Sir. Sie bekamen Anfälle, die mit dem grünen Sonnenschirm zusammenhängen müssen. Das Cappin-Fragment in Mr. Saedelaeres Gesicht tobte.«

Der Arkonide trat neben Rhodan in den Erfassungsbereich des Hyperkom-Bildtasters. Der Sicherheitsoffizier grüßte, als er den Lordadmiral erkannte.

»Ich möchte ganz anders fragen . . .«, erklärte Atlan ruhig. »*Warum* haben die Kampfroboter Ribald Corello entkommen lassen?«

»Ich verstehe nicht, Sir . . .«

»Was gibt es da groß zu verstehen! Die Programmierung der Roboter sieht vor, den Supermutanten zu paralysieren, sobald die Hirnwellendetektoren feindselige Planungen entdecken. Waren die Roboter auch programmiert, ihn an einem Verlassen des Behandlungsraumes zu hindern?«

»Wozu, Sir? Flucht ist ja eine feindselige Handlung und muß vorher geplant werden und . . .« Der Offizier schwieg kreidebleich.

»Haben Sie es gemerkt?« fragte der Arkonide sarkastisch. »Der Irrtum war, daß ein Verlassen des Raumes von den Menschen als eine Flucht beziehungsweise als ein Fluchtversuch Corellos eingestuft wurde. Folglich wird es in der Programmierung sinngemäß heißen, . . . und ist bei der gedanklichen Planung feindseliger Handlungen wie Übernahme von Menschen, Vernichtungsaktionen und Flucht zu erschießen . . . Habe ich recht?«

»So ist es, Sir.«

Atlan lächelte.

»Nun, damit ist ja alles in schönster Ordnung! Da die Roboter Corello anstandslos durchgelassen haben, war sein Aufbruch keine feindselige Handlung.«

»Aber er muß doch einen bestimmten Zweck damit verfolgen!« rief der Sicherheitsoffizier, entsetzt über soviel vermeintliche Gleichgültigkeit.

Lordadmiral Atlan nickte. »Sicher, das menschliche Handeln ist naturgemäß zweckbedingt. Ich danke Ihnen.«

Er schaltete ab und wandte sich zu Rhodan um.

»Das kommt davon, wenn ein Parapsi-Mechaniker einen Kampfroboter programmiert, mein Freund. Was willst du unternehmen? Corellos Jacht kann praktisch überall im Solsystem auftauchen. Sie könnte sogar im Linearflug in der Galaxis verschwinden. Das Solsystem ist wieder nach allen Seiten offen, Perry!«

Rhodan wurde unvermittelt sehr ernst.

»Gegen Corello können wir nichts unternehmen, fürchte ich. Wenn er seine Parakräfte einsetzt, kommt keines unserer Schiffe so nahe an seine Jacht heran, daß es ihm gefährlich wird. Wir können nur hoffen, daß Corellos Geist endgültig befreit ist.«

»Dabrifa-Raumschiff soeben in der Sonne explodiert!« kam die Stimme des Cheforters aus der Sprechanlage. »Es hatte nicht genügend Fahrt, als die Sonne neben ihm in die Gegenwart zurückfiel.«

Perry Rhodan griff nach dem Mikrofon des nächsten Interkoms.

»Was ist mit den anderen drei Schiffen Dabrifas?«

»Ihre Besatzungen sind offensichtlich verwirrt. Sie können niemals damit gerechnet haben, daß das Solsystem noch existiert. Und nun sind sie plötzlich mittendrin. Jetzt nähern sich zwei Schiffe einander. Das dritte wendet und nimmt Kurs auf die Erde, Sir! Es fliegt die Erde an!« Die letzten Worte brüllte der Cheforter.

»Hinterher!« befahl Rhodan dem Kommandanten über Interkom.

»Da ist auch die gesuchte Raumjacht!« meldete sich der Cheforter wieder. »Sie fliegt neben dem Dabrifa-Schiff her, das Kurs auf die Erde genommen hat. Nun dreht es ab und beschleunigt. Sie fliegt uns entgegen, Sir!«

Perry Rhodan überlegte fieberhaft.

Corellos Kurs konnte zweierlei bedeuten . . .!

Gucky und Fellmer Lloyd rematerialisierten gemeinsam in der Funkzentrale.

»Corello . . .!« rief der Ilt erregt. »Corello hat die Besatzung eines Dabrifa-Schiffes hypno-suggestiv gezwungen, die Erde anzufliegen und nach Anweisung der Bodenstation zu landen.«

Bevor Rhodan etwas darauf sagen konnte, flammte der große 3-D-Bildschirm des Hyperkoms auf.

Ein junger Raumkadett schrie entsetzt und zog die Waffe, Atlan schlug sie ihm aus der Hand.

Ribald Corellos kleines Kindergesicht unter der vorgewölbten Stirn verzog sich zu einem schüchternen Lächeln. Dann hob der Supermutant eine Hand und winkte.

»Hallo, Sir!«

Perry Rhodan winkte freudestrahlend zurück.

»Hallo, Corello. Vielen Dank!«

»Wofür? Ach so, für das Schiff! Achtung, die beiden anderen Schiffe versuchen zu entkommen! Sie entwickeln einen ungewöhnlichen Schub. Dort arbeiten Spezialtriebwerke.«

Der Bildschirm erlosch.

Perry Rhodan befahl allen in der Nähe befindlichen Schiffen der Flotte, die beiden übrigen Dabrifa-Raumer zu verfolgen und mit Traktorstrahlen einzufangen oder sie zu vernichten, Corellos Jacht aber unbehelligt zu lassen.

Tausende von Raumschiffen jagten hinter den beiden Forschungskreuzern Dabrifas her. Doch die Meldungen der Ortungszentralen zerschlugen alle Hoffnungen. Die beiden Dabrifa-Schiffe besaßen Spezialtriebwerke.

Eine schnelle Flucht – damit wichtige Informationen unbedingt in Sicherheit gebracht werden konnten! In diesem Falle würde ein Entkommen der beiden Schiffe einer Katastrophe gleichkommen.

Während die INTERSOLAR mit Maximalwerten beschleunigte, dachte Rhodan intensiv nach.

Doch dann ließ er diesen Plan wieder fallen.

Ein einziger Hyperspruch der Forschungsschiffe würde genügen, um die halbe Galaxis über das Wiederauftauchen des Solsystems zu informieren. Vielleicht funkten die Schiffe sogar noch vor ihrer Flucht in den Linearraum.

Nein, sie mußten vernichtet werden – und zwar jetzt und hier!

Und gerade das schien unmöglich. Es konnte sich nur noch um Sekunden handeln, bis die Schiffe verschwanden. In dieser Zeit vermochte kein terranisches Schiff bis auf Schußentfernung heranzukommen.

Sekunden entschieden über Krieg oder Frieden, Glück oder Unglück der gesamten Menschheit.

Rhodan blickte verwundert hoch, als aus den Lautsprechern der Rundrufanlage Geschrei drang – Jubelgeschrei . . .! Ein Übertragungsschirm blendete auf und zeigte neben dem einen grünen Ortungspunkt eines Dabrifa-Schiffes eine sich aufblähende Glutwolke.

Atlan schaltete die Rundrufanlage aus.

»Das letzte Dabrifa-Schiff hat das vorletzte abgeschossen, Sir!« meldete der Cheforter Kusumi aufgeregt. »Nun verzögert es, will offenbar seine Fahrt aufgeben. Sir, Corellos Raumjacht wird es zuerst erreichen!«

»Das verstehe ich nicht«, sagte Atlan. »Innerhalb der nächsten Sekunden wären beide Schiffe in Sicherheit gewesen. Warum feuert das eine dann auf das andere?«

Perry Rhodan blieb ihm die Antwort schuldig.

Das Verhalten des dabrifanischen Schiffskommandanten war ihm ein Rätsel. Wollte er vielleicht eine Belohnung kassieren? Doch die hätte er auch von Imperator Dabrifa bekommen, wenn er berichtet hätte, daß das Solsystem wiederaufgetaucht war.

»Soll ich zu Corello springen?« fragte Gucky. »Vielleicht braucht er Hilfe.«

Rhodan schüttelte den Kopf.

»Nein, Kleiner. Er könnte daraus schließen, daß wir ihm immer noch nicht ganz trauen. Das wäre unserer Sache abträglich.«

Ribald Corellos Gesicht erschien erneut auf dem Hyperkomschirm. Der Supermutant schien erschöpft, aber er lächelte.

»Sir, die Besatzung des letzten Schiffes steht unter meinem suggestiven Zwang. Ich habe befohlen, daß sie auf der Erde landen sollen. Leider hat sich der Kommandant in der Zentrale verschanzt und widersteht allen meinen Anstrengungen.«

Perry Rhodan und Atlan blickten sich fragend an. Sie spürten, daß hinter dem rätselhaften Verhalten des para-immunen Dabrifa-Kommandanten ein Geheimnis verborgen war.

»Danke, Corello«, sagte Rhodan. »Bleiben Sie bitte außerhalb der Schußentfernung. Die INTERSOLAR übernimmt die letzte Phase allein.«

Er aktivierte die Interkomverbindung zur Kommandozentrale.

»Oberst Korom-Khan, fliegen Sie mit feuerklaren Geschützen und aufgebautem HÜ-Schirm bis auf tausend Kilometer an das Dabrifa-Schiff heran!«

»Ich würde den Paratron-Schirm nehmen, Freund«, empfahl der Arkonide. »Das könnte eine Falle speziell für dich sein.«

»Mit Paratron-Schirm können wir keinen Kontakt aufnehmen, Atlan. Außerdem glaube ich nicht an eine Falle. Die jetzige Lage entstand erst durch die Abschirmung der solaren Hyperenergie. Davon aber hatten nicht einmal wir eine Ahnung.«

Er wandte sich an den Chef der Funkzentrale.

»Major Freyer, funken Sie den Kommandanten des Dabrifa-Schiffes an!«

Doch bevor Donald Freyer den Befehl ausführen konnte, blinkte die Rufscheibe im Sockel des großen Hyperkoms auf. Freyer drückte die Aktivierungstaste nieder.

Im 3-D-Schirm erschien die Zentrale des Dabrifa-Schiffes in Total-Aufnahme. Ein einzelner Mann saß vor den Kontrollen und blickte schräg nach oben.

»Das ist doch . . .!« entfuhr es Rhodan.

Aber dann schüttelte er ungläubig den Kopf.

Der Mann, den er soeben zu erkennen geglaubt hatte, war seit über achthundert Jahren tot.

»Bild zerlegen!« befahl er. »Vergrößerung auf den Kommandanten!«

Überall leuchteten kleinere Bildschirme auf, gaben verschiedene Teile der Kommandozentrale wieder. Auf dem großen Schirm erschien der fremde Kommandant in Lebensgröße.

»Melbar . . .!« hauchte Gucky.

Der riesige Ertruser lächelte breit. Sein rotbraunes Gesicht glänzte vor Schweiß.

»Nicht Melbar Kasom, Gucky«, dröhnte seine mächtige Stimme aus den Lautsprechern, »sondern Toronar Kasom.«

Seine Augen schienen Perry Rhodan direkt anzusehen.

»Sir, mein Name ist, wie gesagt, Toronar Kasom. Ihr alter Freund Melbar Kasom war mein Urgroßvater. Ich habe soeben den ersten Teil seines Vermächtnisses an mich erfüllt. Leider sah ich mich gezwungen, das vorletzte Raumschiff des geheimen Forschungskommandos zu vernichten. Es wäre in den Linearraum entkommen. Sir, ich bitte um die Erlaubnis, auf der Erde landen zu dürfen!«

Perry Rhodan mußte sich zusammenreißen, um nicht von seinem Gefühl überwältigt zu werden.

Das also war der Urenkel seines längst verstorbenen treuen Freundes Melbar Kasom!

»Ich freue mich, Sie kennenzulernen, Toronar Kasom«, erwiderte er bewegt. »Selbstverständlich dürfen Sie auf der Erde landen. Die INTERSOLAR wird Sie begleiten. Aber Sie benötigen sicher einige erfahrene Kosmonauten, nachdem Ihre Leute . . .«

Der Ertruser lachte dröhnend. Es klang seltsam vertraut und weckte liebgewonnene Erinnerungen in Rhodan – und nicht nur in Rhodan.

»Nicht nötig, Sir«, erklärte Kasom. »Ich kann die ARIBARA allein fliegen und landen. Wer hat meine Leute beeinflußt? Es geschah so blitzartig, daß es ein regelrechter Supermutant gewesen sein muß.«

Perry Rhodan lächelte.

»Sie werden es erfahren, Toronar Kasom. Darf ich Ihnen Gucky und Ras Tschubai schicken, damit sich die beiden Mutanten notfalls um die Besatzung kümmern können?«

Perry Rhodan hob die Hand.

»Auf Wiedersehen – auf der Erde!«

Kasom winkte zurück. Er strahlte über das ganze Gesicht.

Ribald Corello war erschöpft, aber glücklich.

Zum erstenmal in seinem Leben hatte er ein gutes Werk getan, hatte sich als Teil der Menschheit fühlen dürfen.

Und er wußte, daß er einen wirklichen Freund gewonnen hatte – Perry Rhodan, den Todfeind des ehemaligen Corello. Den alten Corello gab es nicht mehr.

Der Terraner hatte ihn gebeten, zurück nach Mimas zu fliegen und sich wieder bei Professor Kiner Thwaites in der Paraklinik zu melden.

Nach wenigen Sekunden Linearflug fiel die Jacht über den Saturnringen in den Normalraum zurück. Ein Leitstrahl nahm dem Supermutanten die schwierige Navigation ab, und eine Viertelstunde später stand die Raumjacht wieder an ihrem alten Platz.

Corello flog mit seinem Transportroboter durch die Schleuse, öffnete das Helmvisier und sagte zu Professor Thwaites und den anderen Parapsi-Mechanikern, die ihn erwarteten:

»Da haben Sie Ihren Patienten wieder, meine Herren. Es tut mir leid, daß ich ausreißen mußte, aber freiwillig hätten Sie mich wohl kaum gehenlassen.«

»Allerdings nicht«, erwiderte Kiner Thwaites trocken. »Sie haben uns allen einen schönen Schrecken eingejagt. Wir dachten . . .« Er brach verlegen ab.

Ribald Corello schmunzelte.

»Daß Sie falsch dachten, ist Ihr Verdienst, Professor. Ich weiß nicht, wie ich Ihnen danken soll. Doch nun möchte ich mich einige Stunden ausruhen. Gestatten Sie, daß ich mit meinem Transportroboter in den Schrein zurückkehre?«

»Selbstverständlich, Mr. Corello. Die Kampfroboter wurden inzwischen entfernt. Da Sie noch vor einigen Tagen als Todeskandidat galten, werden Sie sich etwas mehr Ruhe gönnen müssen.«

»Wir sprechen nachher darüber, Professor.«

Der Supermutant dachte einige Befehle, und sein Transportroboter schwebte auf seinen Antigravkissen durch das Tor der Klinik.

Vor seinem Schrein stand ein kleiner dürrer Mann in der Einsatzkombination der Solaren Abwehr: Major Patulli Lokoshan. Seinen Großen Erbgott Lullog hatte er wie üblich unter den Arm geklemmt.

»Ich freue mich, Sie wiederzusehen, Corello.« Er lächelte und entblößte dabei zwei Reihen silbrig schimmernder Zähne. »Wenn Sie gestatten, kümmere ich mich ein wenig um Sie.«

Ribald Corello öffnete seinen Roboter, stieg aber noch nicht aus. Er musterte den kleinen Mann mit den grasgrünen Haaren aufmerksam, streckte dann behutsam einen Gedankenfühler aus und stieß auf eine unüberwindliche Barriere.

»Sie sind ein Mutant«, stellte er fest. »Über welche Fähigkeiten verfügen Sie?«

»Ich bin kein Mutant, sondern besitze nur einige geringfügig hyperaktivierte Gehirnzellen. Und was meine Fähigkeit angeht, so ist sie in Ihrem Falle nutzlos. Ich bin ein Psycho- oder Mentalkopist und kann mich gefühlsmäßig in die Mentalität jedes anderen Lebewesens versetzen und sie kopieren.«

»Eine nützliche Fähigkeit. Aber warum in meinem Falle nutzlos?«

Patulli Lokoshan lächelte immer noch.

»Weil unsere Mentalitäten sich so ähneln wie ein Ei dem anderen. Jedenfalls seit einigen Stunden. Was bleibt mir da noch zu tun, mein Lieber?«

»Sie könnten mich aus diesem engen Gehäuse heben und mir in den Schrein helfen. Aus eigener Kraft, fürchte ich, schaffe ich es nicht mehr.«

Der Major stellte seinen Lullog ab, hob den Supermutanten behutsam aus dem Roboter und nahm ihn auf die Arme. So mühelos, als hätte Corello nur wenige Kilo Gewicht, trug er ihn zu dem offenstehenden Schrein und bettete ihn auf die moosgrün leuchtenden Polster.

Während der Supermutant sich von der anstrengenden Aktion gegen die dabrifanischen Forschungsschiffe erholte, trat in einem Vorraum der lunaren Positronik NATHAN der Kommandostab der Solaren Flotte zusammen.

Perry Rhodan als Oberbefehlshaber aller solaren Streitkräfte führte den Vorsitz. Neben ihm saßen Atlan und Reginald Bull. Icho Tolot war ebenfalls dabei, der Haluter saß in einem riesigen Spezial-Kontursitz. Ihnen gegenüber saßen die Admirale der Flotte, angeführt von Solarmarschall Julian Tifflor.

Rhodan beobachtete die Admirale aufmerksam. Ihm entging nicht, daß sie hochgradig nervös waren. Jede ihrer Gesten verriet es.

Schließlich ergriff er das Wort.

»Meine Herren, die Lage ist ernst. Ich brauche wohl nicht besonders zu betonen, daß die Geheimhaltung der Existenz des Solsystems so gefährdet ist wie noch nie. Jedes zufällig vorbeikommende Schiff muß die Sonne und ihre Planeten augenblicklich orten. Bei der heutigen Perfektion der Ortungstechnik kann selbst die größte Schlafmütze von Schiffsführer das Solsystem nicht übersehen.

Ich muß jedoch auf eine andere Gefahrenquelle hinweisen.

Ich weiß nicht, ob es Tausende oder vielleicht Hunderttausende von Astronomen gibt, die Tag für Tag von ihrem jeweiligen Planeten aus den Sternenhimmel beobachten. Von ihnen würde natürlich nur durch einen großen Zufall einer entdecken, daß Sol wiederaufgetaucht ist. Aber ein großer Teil der Observatorien benutzt zum Auffinden von Novae und zur Registrierung der Sternbewegungen innerhalb der Galaxis positronische Abtaster. Sobald einer dieser Abtaster eine einzige Aufnahme unseres galaktischen Sektors zur Auswertung erhält, ist unser Geheimnis innerhalb von Sekunden keines mehr.

Es gilt also, die Kampfbereitschaft der Flotte zu verstärken, um alle Neugierigen, die sich auch nur in die Nähe des Solsystems wagen, mit angemessener Gewalt zurückzutreiben.«

»Ich habe bereits vier gemischte schwere Offensivflotten der USO in Marsch gesetzt«, warf Atlan ein. »Sie werden sechzig Lichtjahre von hier ihren Bereitschaftsraum einnehmen. Schnelle Aufklärungsverbände beobachten die Flottenbewegungen unserer aggressivsten Gegner, der drei großen Sternenreiche. USO-Spezialisten in wichtigen Vertrauensstellungen unserer Feinde werden sofort Alarm geben, wenn das Wiederauftauchen des Solsystems bekannt wird.«

Staatsmarschall Bull lachte.

»Der große Arkonide vergißt nichts. Perfekt, perfekt!«

Atlan dankte lächelnd.

»Was können wir gegen den Sonnenschutzschirm unternehmen, Sir?« wandte sich Tifflor an Perry. »Ein derartig großer Energieschirm muß aufzubrechen sein. Vielleicht mit einem Bombardement von Transformbomben schwersten Kalibers. Eine Million 1000-Gigatonnen-Bomben an einer Stelle zur Explosion gebracht . . .!«

Perry Rhodan drückte eine Schaltplatte nieder.

»Deine Meinung, NATHAN?«

»Aussichtslos«, schnarrte eine mechanische Stimme aus unsichtbaren Lautsprechern. »Der grüne Schirm um die Sonne Sol besteht aus Sextadim-Energie, die aller Wahrscheinlichkeit nach direkt aus jener Hyperenergie gewonnen wird, die nicht mehr von der Sonne abgestrahlt werden kann. Energien, die bei der Explosion von thermonuklearen Bomben entstehen, können einen Schirm aus Sextadim-Energie nicht erschüttern. Ende.«

»Aus der Traum«, sagte Bully mit einem tiefen Seufzer.

»Wir können demnach nicht einmal hoffen, daß der grüne Schutzschirm eines Tages an Energiemangel zusammenbricht.«

»Eines Tages bricht er von selbst zusammen«, erklärte Icho Tolot. »Nämlich dann, wenn die Sonne keine Hyperenergie mehr erzeugt.«

Reginald Bull starrte den halutischen Giganten fassungslos an.

»Wie kann man in einer solchen Situation Witze machen«, sagte er vorwurfsvoll.

»Witze?« fragte Tolot. »Ich habe nur Ihre Aussage korrigiert. Mein Planhirn sagt mir, daß . . .«

»Wir haben begriffen, Tolotos«, fiel Rhodan ein. »Bully, du hast wieder einmal unseren halutischen Freund für einen Menschen gehalten und demgemäß seine Mentalität für menschlich.«

»Ich rechne es ihm hoch an«, erklärte Tolot.

Rhodan wechselte das Thema. Die Zeit drängte.

»Leider ist der Nullzeit-Deformator noch nicht fertig, sonst würden wir sofort die nächste Zeitexpedition in Marsch setzen. Folglich muß uns etwas anderes einfallen.«

Atlan hob die Hand.

»Ich sehe nur eine erfolgversprechende Möglichkeit, wie wir im Falle einer Entdeckung eine neue Verschwörung der drei großen Imperien der Abtrünnigen gegen uns verhüten können: den Präventivschlag. Welche Macht auch nur versucht, der solaren Menschheit irgendwelchen Schaden zuzufügen, sie muß in einem Großeinsatz für immer ausgelöscht werden!«

Die Admirale stimmten diesem Vorschlag einmütig zu.

Julian Tifflor stand auf.

»Es hört sich hart an, was Lordadmiral Atlan vorschlägt, aber ich muß ihm beipflichten. Wir müssen ja nicht unbedingt Planeten vernichten, sondern können das wirksamste Machtinstrument eines Feindes, nämlich seine Flotte, zerschlagen und ihm nach Möglichkeit weder einzelne Raumschiffe noch Flottenbasen oder Schiffswerften lassen. Wenn wir warten, bis die Feinde der solaren Menschheit sich zusammengeschlossen haben, müßten wir einen viel zu hohen Blutzoll zahlen.«

Der Solarmarschall setzte sich wieder.

Rhodan überlegte rasch.

Julian Tifflor war alles andere als ein kriegswütiger Haudegen. Obwohl noch ein Kind des zwanzigsten Jahrhunderts, betrachtete er die Streitmacht des Solaren Imperiums als ein Mittel zur Verhinderung von Kriegen und nicht zu deren Führung. Deshalb hatten seine Worte besonderes Gewicht.

Er nickte.

»Ich stimme zu, daß die entsprechenden Vorbereitungen getroffen werden.«

Er wandte sich an den Arkoniden.

»Atlan, ich habe eine Bitte!«

Der USO-Chef wußte bereits Bescheid.

»Wahrscheinlich sinnst du auf einen Ausweg. Gut, ich werde meinen Spezialisten Anweisung geben, daß sie jeden Mann und jede Frau, die sich mit Angriffsabsichten tragen und auch in der Lage sind, sie durchzusetzen, im Namen der Menschheit verhaften und zu einem völlig isolierten Planeten deportieren. War es das, Freund?«

»Genau darum wollte ich dich bitten«, antwortete Perry erleichtert.

»Hyperkomanruf von Mimas!« schallte es aus einem Lautsprecher. »Ribald Corello wünscht den Großadministrator zu sprechen.«

»Ich bin bereit!« erklärte Rhodan ernst.

Gleich darauf erhellte sich eine Wand des Raumes und gab ihr Geheimnis preis: Sie war ein getarnter 3-D-Bildschirm. In ihm erschien die dreidimensionale farbige Abbildung eines Transportroboters, und aus der Helmöffnung blickte das Kindergesicht des Supermutanten. Der Raum, in dem er sich befand, war die Hyperkomzentrale der Paraklinik. Hinter ihm standen Professor Kiner Thwaites und Major Patulli Lokoshan.

Corello kam unverzüglich zur Sache.

»Sie haben Sorgen. Vielleicht kann ich Ihnen helfen. Irre ich mich, wenn ich annehme, daß der grüne Schirm um die Sonne aus Sextadim-Energie besteht?«

»Sie irren sich nicht, Corello. Was schlagen Sie vor?«

»Ich schlage nichts vor, sondern ich bitte Sie dringend darum, an Bord der INTERSOLAR gehen zu dürfen. Ich möchte in die Nähe der Sonne gebracht werden.«

Perry Rhodan zögerte.

»Ich ahne, was Sie vorhaben, Corello. Sie wollen Psimaterie schaffen und mittels Ihrer telepsimatischen Fähigkeiten in die Sonne bringen, nicht wahr?«

»Ich will es versuchen. Leider bringe ich die dazu notwendige Kraft nur höchstens alle zwei Jahre auf, und es ist erst ein Jahr her, seit ich zum letztenmal Psimaterie herstellte.«

»Ich erinnere mich. Damals wurde fast ein ganzes Sonnensystem vernichtet. Das können wir nicht riskieren, Corello.«

»Damals waren es einige Gramm. Heute könnte ich bestenfalls ein Milligramm erzeugen. Und auch das nur, weil ich eine riesige Ballung von Sextadim-Energie vor mir habe – nämlich in dem Schutzschirm der Sonne. Ich habe alles berechnet. Es besteht keine Gefahr für die Sonne und die Planeten.«

»Mein Planhirn befindet Corellos Plan für gut, Rhodanos«, warf der Haluter ein.

Rhodan wußte, wenn Icho Tolot sich bindend äußerte, dann konnte man sich darauf verlassen, daß es stimmte.

So stimmte er unverzüglich zu.

»Einverstanden, Corello. Da Ihr Schrein noch nicht wieder flugfähig ist, begeben Sie sich bitte mit Ihrem Robotgehäuse in den Großtransmitter des Mimas-Hauptstützpunktes. – Major Lokoshan, da Sie nun einmal dort sind, machen Sie sich nützlich, indem Sie Ribald Corello begleiten. Berufen Sie sich auf Ihre Legitimation als SolAb-Agent oder meinen ausdrücklichen Befehl, falls jemand Schwierigkeiten machen will. Der Großtransmitter soll auf den Transmitter an Bord der INTERSOLAR eingestellt werden. Wir treffen uns dort. Ende!«

»Wird Corello es schaffen?« fragte Reginald Bull, nachdem der Schirm erloschen war.

»Ich weiß es ebensowenig wie du, Bully«, meinte Rhodan ausweichend. »Aber ich bin überzeugt, daß dies die beste Lösung darstellt. – Meine Herren, beginnen Sie mit Ihren Vorbereitungen. – Auch du, Atlan!«

»Wie geht es Alaska Saedelaere und Lord Zwiebus?« fragte Ribald Corello leise.

»Alaska geht es sehr schlecht«, gab der Major zurück. »Sein Cappin-Fragment rast. Der Neandertaler ist etwas besser dran, aber auch ihm schadet die Streustrahlung des Sextadimschirms.«

»Die armen Kerle«, sagte der Supermutant mitleidig.

»Eingestellt und justiert auf Großtransmitter INTERSOLAR!« meldete eine Lautsprecherstimme. »Die Passagiere werden gebeten, sich innerhalb des roten Kreises aufzustellen. Bitte, achten Sie auf Ihren Körperschwerpunkt!«

»Für Sie gilt das natürlich nicht, Corello«, sagte Lokoshan und wechselte die Statuette Lullogs unter den anderen Arm. »Der Roboter hält das Gleichgewicht automatisch.«

Er prüfte, ob Corellos Transportroboter nicht über die Warnlinie ragte. Es wäre peinlich gewesen, wenn ein Stück von ihm auf Mimas geblieben wäre.

»Fertig!« meldete er dann.

Das Summen steigerte sich zum Dröhnen. Die Abstrahlprojektoren glühten plötzlich in irisierendem Feuer. Mit dem Geräusch einer Verpuffung entstanden die grellrot leuchtenden Energiesäulen über den Projektoren und vereinigten sich darüber zu einem Torbogen. Das schwarze wesenlose Wallen darunter verschlang den Transportroboter, die beiden Menschen und den Großen Erbgott . . .

Es verging keine meßbare Zeit.

Sie kamen auf der INTERSOLAR an, wurden von Gucky empfangen und per Teleportation sofort in die Kommandozentrale des Ultraschlachtschiffes gebracht.

Perry Rhodan stand wartend am Kartentisch.

Corello ließ seinen Transportroboter sich öffnen und streckte seine kleine Hand aus.

Rhodan ergriff sie und schüttelte sie vorsichtig.

Es war mehr als eine Geste. Es war der Anfang einer Freundschaft zwischen zwei ehemaligen Todfeinden.

»Was kann ich für Sie tun, Corello?« fragte Perry. »Benötigen Sie besondere Vorbereitungen?«

»Nur ganz geringe. Ich müßte die Sonne direkt sehen können. Das Bordobservatorium wäre das richtige für mich. Läßt sich die transparente Wandung chemoelektrisch einfärben?«

»Durch Knopfdruck – innerhalb einer Sekunde.«

Rhodan winkte einem riesenhaft gebauten Mann mit gewaltig breiten Schultern. Die Sichelkammfrisur auf dem ansonsten kahlrasierten rotbraunen Schädel wirkte barbarisch. Allerdings hoben die edlen Gesichtszüge und die intelligent dreinschauenden Augen diesen Eindruck wieder auf.

Der Ertruser trug noch die Uniform des Imperiums Dabrifa. Für ihn mußte erst eine neue Uniform nach Maß hergestellt werden.

»Sie kennen Oberst Toronar Kasom bereits, Corello – Oberst Kasom, das ist der Supermutant, der zwei dabrifanische Schiffsmannschaften überwältigte.«

Toronar Kasom nickte anerkennend.

»Meine Hochachtung, Mr. Corello.«

»Ganz meinerseits, Oberst Kasom«, erwiderte Corello. »Warum sind Sie immun gegen hypno-suggestive Impulse meiner Stärke?«

»Ich wurde von dabrifanischen Kosmochirurgen parastabilisiert. Übrigens eine recht neue Errungenschaft der dabrifanischen Medizin. Imperator Dabrifa ließ mich als ersten behandeln, sicher nicht nur, weil ich mit einem geheimen Forschungsauftrag betraut werden sollte, sondern wohl auch, um die Gefahrlosigkeit der Methode an mir auszuprobieren.«

Er lachte dröhnend, so daß Ribald Corello zu wimmern begann.

Der Gigant entschuldigte sich verlegen.

»Oberst Kasom, Sie führen Corello bitte ins Bordobservatorium und sorgen dafür, daß er alles bekommt, was er anfordert. Sobald die anderen drei Mutanten eintreffen, schicke ich sie nach. Vielleicht können Gucky und Lloyd Corello parapsychisch unterstützen.«

»Und was habe ich zu tun, Sir?« fragte Patulli Lokoshan.

Rhodan neigte den Kopf, um ihm ins Gesicht sehen zu können.

»Nun, ich habe bei Solarmarschall Deighton rückgefragt. Sie scheinen ein tüchtiger Abwehragent zu sein. Deshalb stelle ich Sie vorläufig zum persönlichen Schutz Ribald Corellos ab.«

Mißbilligend musterte er Lullog.

»Bevor ich so ein Ding mit mir herumschleppte, würde ich lieber zwei linke Füße haben. Sie können jetzt gehen, Major!«

Lokoshan machte hastig kehrt und ging davon.

Perry Rhodan sah ihm kopfschüttelnd nach.

Er wollte zum Interkom gehen, der auf dem Kartentisch flackerte. Plötzlich stolperte er über seine eigenen Füße und konnte sich gerade noch an einer Sessellehne festhalten.

Verlegen lachend sah er sich um, ob jemand seine Ungeschicklichkeit bemerkt hatte. Doch niemand kümmerte sich darum.

Er setzte sich vor den Interkom. »Sind die Mutanten immer noch nicht an Bord?«

»Leider nicht, Sir. Aber wir erwarten sie jeden Moment. Sie werden sofort verständigt, wenn sie eintreffen.«

Er schaltete ab, rief die Transmitterkontrolle und erteilte einen entsprechenden Befehl. Dann ging er zum Schacht des Antigravlifts, um sich ebenfalls zum Observatorium hochtragen zu lassen.

Eine Viertelstunde später.

Ribald Corello saß in seinem Transportroboter. Seine großen grünen Augen flammten. Sie blickten durch die Filterwandung der Observatoriumskuppel direkt in die Sonne hinein.

Auf den Kontursesseln neben dem Supermutanten hatten Gucky und Fellmer Lloyd Platz genommen. Ras Tschubai stand hinter ihnen. Da er nicht telepathisch begabt war, vermochte er Corello nicht zu unterstützen.

In den Interkomlautsprechern knackte es, und Korom-Khans Stimme sagte: »Entfernung jetzt neuneinhalb Millionen Kilometer. Kurs führt pro Sekunde sechzig Kilometer von der Sonne weg.«

»Danke«, erwiderte Rhodan. »Halten Sie sich für die Schutzschirmaktivierung und Katastrophenbeschleunigung bereit!«

Ras, Kasom und Lokoshan eilten zu ihren Plätzen und schnallten sich an.

Auch Perry Rhodan setzte sich und schloß die Anschnallgurte. Seine Kehle war trocken vor innerlicher Anspannung.

Würde Corello den grünen Schutzschirm zerstören können?

Und welche Auswirkungen würde das auf die Sonne haben?

Gucky und Lloyd hatten sich ganz entspannt und ihren Geist geöffnet. Falls der Supermutant Unterstützung benötigte, konnte er sich jederzeit ihrer psionischen Kräfte bedienen.

Rhodan versuchte sich vorzustellen, wie Ribald Corello die Sextadimebene anzapfte, auf der sich der eigentliche und für menschliche Augen unsichtbare Schutzschirm der Sonne befand. Das grüne Leuchten war ja weiter nichts als eine fünfdimensional angeregte vierdimensionale Streustrahlung.

Noch unvorstellbarer schien es Rhodan, aus sechsdimensionalen Energieeinheiten sogenannte Psimaterie herzustellen. Im Grunde genommen wußte niemand so recht, was Psimaterie eigentlich war. Man kannte nur ihre Wirkung.

Corello stöhnte, doch Rhodan konnte sich nicht um ihn kümmern, weil auf dem Wandelschirm ein hyperschnelles Tasterbild der Sonne projiziert wurde.

Die grüne Sonne schien sich aufzublähen. Doch das war nur der Schutzschirm. Er schwoll an, wurde heller – und verschwand von einem Augenblick zum anderen. Gewaltige Protuberanzen schossen aus der brodelnden Sonnenoberfläche.

Die Impulstriebwerke der INTERSOLAR brüllten auf und stießen das Schiff aus dem sonnennahen Bereich.

Plötzlich flimmerte der Sternenhintergrund der Galaxis. Dann erloschen die Sterne, wurden abgelöst von den undeutlichen wogenden rötlichen Schleiern der Labilzone.

Das Solsystem befand sich wieder fünf Minuten in der Zukunft!

Perry Rhodan blickte dem eiförmigen Behandlungs-Transporter nach, der zwischen den Abstrahlprojektoren des Bordtransmitters schwebte. Neben dem Fahrzeug standen Toronar Kasom und Major Lokoshan. Corellos Transportroboter wartete außerhalb des Warnkreises. Er würde später nachgeschickt werden.

Rhodan verzog keine Miene, als die grellroten Energieschenkel aufzuckten und das »Transportgut« über viele Millionen Kilometer zum ersten Saturnmond schleuderten.

Ribald Corello war am Ende seiner Kräfte angelangt. Die Fachärzte an Bord der INTERSOLAR bezeichneten seine Überlebenschancen gleich Null. Rhodan gab jedoch die Hoffnung nicht auf. Corello war kein gewöhnlicher Mensch. Er beherrschte Kräfte, die teilweise über das Begriffsvermögen eines wissenschaftlich geschulten Terraners des 35. Jahrhunderts hinausgingen. Diese Kräfte würden die letzten Reserven seines Körpers mobilisieren und den Supermutanten vor dem Tod bewahren.

Nicht nur, weil Corello noch gebraucht wurde, klammerte sich Perry Rhodan an diese Hoffnung.

Auch nicht ausschließlich, weil er den vorerst letzten heimtückischen Anschlag des Todessatelliten abgewehrt hatte.

Sondern auch, weil aus einem Ungeheuer ein Mensch geworden war, der eines Tages – das fühlte Rhodan – auch sein Freund sein würde.

Er dachte daran, wie knapp die solare Menschheit an der Enthüllung ihres Geheimnisses vorbeigekommen war.

NATHAN hatte gemeldet, dieser Versuch wäre ein Beweis dafür, daß die Steuerpositronik des Todessatelliten noch keine Möglichkeit gefunden hatte, die Einrichtungen wiederherzustellen, die das terranische Muttergestirn in eine Nova verwandeln konnten. Sonst wäre der indirekte Angriff mit dem Sextadim-Schirm nicht erfolgt.

Perry Rhodan hatte also eine Frist. Eine Frist, deren Länge ihm allerdings unbekannt war. Es gab keinen Anhaltspunkt, nach dem eine exakte Voraussage darüber möglich war, wann der Sonnensatellit tatsächlich mit seiner Hauptaufgabe wieder beginnen konnte.

Das konnte in vierzehn Tagen sein, in zwei Jahren – oder in einer Woche. NATHAN behauptete: nicht unter drei Wochen. Das war alles.

Man konnte nur hoffen, daß die Frist noch einige Wochen länger war, denn in drei Wochen war der Nullzeit-Deformator noch nicht einsatzbereit.

Und wenn Ribald Corello starb, würde er niemals einsatzbereit sein.

Der Transmitter flimmerte erneut auf.

Als die Energieschenkel erloschen, stolperte Patulli Lokoshan aus dem Warnkreis.

»Ich hatte Lullog vergessen, Sir«, sagte er zu Perry Rhodan.

Er rannte hinter den Transportroboter, sah in die Maschine hinein und blickte sich ratlos um.

Wieder wurde der Transmitter betätigt. Die Gigantengestalt Oberst Kasoms tauchte auf. Der Ertruser hielt Lokoshans Erbgott zwischen den Fingern der linken Hand.

»Entschuldigung, Sir«, sagte er. »Aber Major Lokoshan dachte, er hätte seinen komischen Erbgott hier stehengelassen. Dabei stand er die ganze Zeit neben Corellos Trage. Als wir den Behandlungs-Transporter öffneten, sah ich ihn. Doch da war Lokoshan schon weg.«

»Ich danke Ihnen, Oberst!« rief ihm der Major zu, nahm Kasom die Statuette ab und drückte sie an seine Brust.

Bevor Perry Rhodan ihm einen Verweis erteilen konnte, wie es seine Absicht gewesen war, stand Patulli Lokoshan bereits wieder zwischen den Abstrahlprojektoren – und kurz darauf verschwand er.

»Ein eigenartiger Mensch . . .«, meinte Toronar Kasom und lachte.

Rhodan seufzte.

»Ich habe es längst bereut, daß ich ihm erlaubte, seinen Großen Erbgott überallhin mitzunehmen. Eines Tages nehme ich ihm das Ding fort.«

»Das kann ich verstehen«, antwortete Kasom und begab sich in den

Transmitterkreis. »Mich wundert nur, wie dieser Lullog zu Corello gekommen ist. Die Medoroboter behaupten jedenfalls, sie hätten außer dem Mutanten nicht einmal ein Staubkörnchen eingelassen.«

Perry Rhodan blickte nachdenklich auf die Stelle, an der eben noch der Urenkel seines alten Freundes und Kampfgefährten Melbar Kasom gestanden hatte.

6.

Februar 3434

Deighton und Rhodan begrüßten sich herzlich.

»Was gibt es also Wichtiges?« fragte Perry danach.

Der Geheimdienstchef hatte ihn im Raumhafenverwaltungsgebäude von Terrania aufgesucht, wo Rhodan zur Zeit eine Besprechung hatte.

Deighton machte eine umfassende Handbewegung und sagte halblaut:

»Nicht hier am Informationsschalter . . . können wir nicht irgendwo sitzen und eine Tasse Kaffee trinken?«

Rhodan hob beide Hände und sagte erschrocken:

»Ich habe eben meine Tasse ausgetrunken. Wollen Sie, daß ich Kreislaufstörungen bekomme, Galbraith?«

»Keineswegs. Setzen wir uns trotzdem, Sir.«

Sie steuerten auf eine Sitzgruppe zu und nahmen in den schweren Ledersesseln Platz. Übergangslos eröffnete Deighton das Gespräch.

»Um eine weitere Reise in die Vergangenheit gewährleisten zu können, brauchen wir den Dakkar-Tastresonator. Wir müssen also diesen Resonator fertigstellen. Dazu brauchen wir übersättigtes Howalgonium, also ein Mineral, das mit Hilfe von Quintronenbeschuß zum Sextagonium wird. So weit, so gut. Der wichtigste Bestandteil dieses sehr anfälligen und komplizierten Gerätes ist die Resonatorschaltung . . .«

» . . . mit Schwingungskoordinator!« warf Rhodan ein. Waagrechte Linien erschienen auf seiner Stirn, er kniff die Augen leicht zusammen und studierte mit wissenschaftlicher Gründlichkeit die Gesichter von Deighton und dessen Nachbarn.

»So ist es. Mit Koordinator. Dieses Bauteil kann nur hergestellt werden, wenn das Sextagonium als dimensional übergeordnetes Element vorhanden ist.«

Rhodan sagte scherzend:

»Sex ist immer gut, Deighton.«

»Nicht für Sie«, meinte der Abwehrchef schlagfertig. »Dieser Mann hier bei mir ist Leiter des Funkerkennungsdienstes des Systems. Er heißt Walter Maria Canning. Er wird Ihnen etwas berichten, was Sie nicht freuen wird.«

Rhodan seufzte.

»Von neun Berichten, die ich mündlich oder schriftlich erhalte, Galbraith, sind zehn schlechte Nachrichten. Auch diese Nachricht wird mich nicht erschüttern. Berichten Sie bitte, Canning.«

Canning deutete mit zwei Fingern zur Decke und sagte leise:

»Erst jetzt, rund zwei Wochen nach den Ereignissen, die uns so beunruhigt haben, steht fest, daß zwei der Dabrifa-Schiffe einen Notruf ausgesandt haben. Der Notruf erfolgte auf Hyperbasis. Beide Kommandanten, mit Sicherheit sehr fähige Männer des Imperiums Dabrifa, hatten erkannt, daß das verschwundene Sonnensystem wiederaufgetaucht war. Wenn auch nur einer der beiden Hyperfunksprüche durchgekommen ist und aufgefangen wurde, konnte er auch entschlüsselt werden. Wir entschlüsselten ihn. Dabrifa wird ihn ebenfalls dekodiert haben.

So wie bei uns wird dort durchgerechnet worden sein, was diese Mitteilung zu bedeuten hat. Die Positroniken kamen zu dem Ergebnis, unsere wie Dabrifas, daß das plötzliche Wiederauftauchen des Sonnensystems nur einen Schluß zuläßt.«

Rhodan nickte und erwiderte schroff: »Der Beweis, daß das Sonnensystem niemals verschwunden war oder ist.«

Canning nickte.

»So ist es, Sir, Ich wandte mich sofort an Deighton und gab ihm diese Information.«

Deighton sah sich mißtrauisch um, ehe er erwiderte:

»Die hochwertig verschlüsselten Funksprüche der beiden Dabrifa-Kommandanten gaben uns zu denken, Sir. Obwohl die beiden Raumschiffe zerstört wurden, blieben wir mißtrauisch. Und dieses Mißtrauen war berechtigt, denn die Folge der Funksprüche ließ nicht lange auf sich warten. Jetzt kommt Ihr Teil der Unterhaltung, Canning.«

Der Leiter der Funkerkennung sagte fast bedauernd, als sei er persönlich an der Entwicklung schuld:

»Haargenau in dem Raumsektor, in dem das Sonnensystem stehen müßte – wäre es nicht in der Zukunft –, tauchten vor kurzer Zeit einige Raumschiffe des Imperiums Dabrifa auf.«

»Wie viele?« erkundigte sich Rhodan rasch.

In sein Gesicht kam schlagartig ein wachsamer Ausdruck, die kurzen Momente der Ruhe und der Entspannung waren endgültig vorbei.

»Etwa eintausend Schiffe, Sir.«

Deighton sah einer Stewardeß nach, die mit tickenden Absätzen durch die Menschenmassen des Vorplatzes kam und an der Gruppe der drei Männer vorbeiging. Ein gelangweilter Blick traf Deighton, streifte den Leiter der Funkabteilung und blieb dann auf Rhodan haften. Interesse flackerte in den Augen der jungen Frau auf, dann drehte sie den Kopf und ging vorbei.

»Fliegendes Personal!« meinte Deighton enttäuscht.

»Wie?« fragte Rhodan irritiert.

Deighton winkte ab.

»Dazu kommen etwa fünfhundert Schiffe, die einwandfrei aus den Regionen des Carsualschen Bundes stammen«, sagte Canning wie um Entschuldigung bittend. »Auch kamen mit rasender Eile mehrere Schiffe der Zentralgalaktischen Union. Die leere Stelle im Raum, an der das Sonnensystem stehen müßte, wimmelt plötzlich von rund sechzehnhundert Schiffen. Es sind Beobachter, deren Kommandanten wahrscheinlich angewiesen worden sind, den Notrufen auf den Grund zu gehen.«

Rhodan verstand plötzlich alles.

Sein geschulter Verstand war ohne weiteres in der Lage, im Verlauf von nur einigen Sekunden auch die Konsequenzen zu erfassen und die möglichen Ausweichmanöver zu durchdenken. Er lehnte sich zurück, schloß die Augen und griff in einer Reflexbewegung nach dem Zellaktivator auf seiner Brust.

»Wir stehen dort draußen, mit Corello an Bord«, sagte er und deutete quer durch den Raum. »Um Corello durch die Temporalschleuse nach Last Hope zu bringen, hätten wir einen leeren Raum gebraucht, ohne fremde Schiffe. Dieser Weg ist uns verbaut. Wir müssen den Umweg benutzen. Was haben Sie alles veranlaßt, Deighton?«

Mit dieser Frage bewies Rhodan das ungeheure Maß an Vertrauen, das er auf zwei verschiedenen Wegen Deighton entgegenbrachte – ihm selbst als Menschen und Partner und dem Chef der Solaren Abwehr, als Fachmann also.

»Argyris und Cascal sowie Hypern an Bord der OVERLUCK sind verständigt. Zur Zeit werden also die entsprechenden Programme durchgearbeitet – etwa hundertfünfzig Mann sind auf drei Planeten beschäftigt, diesen Ausweg zu einem sicheren Weg zu machen.«

»Brav, Deighton«, sagte Rhodan. »Corello hat, wie Ihnen sicher schon bekanntgegeben wurde, einen erheblichen Teil seiner überwältigenden Kräfte wieder zurückgewonnen. Zwei Wochen genügten, um nach dem gewaltigen Experiment, das alle seine Kräfte verzehrte, sämtliche Ausfallerscheinungen zu beseitigen und Corello zu regenerieren.«

Canning stand auf und streckte Rhodan die Hand entgegen.

»Ich wäre gern an meinen Platz zurückgekehrt«, sagte er. »Schließlich ist der verschlüsselte Funkverkehr zwischen sechzehnhundert Schiffen keine Kleinigkeit.«

Rhodan nickte und sagte mit milder Ironie:

»Passen Sie gut auf! Wenn jemand über uns schimpft, notieren Sie bitte die Schiffsnummer. Wegen der Beleidigungsklage!«

Sie tauschten einen kurzen Händedruck.

»Wird gemacht, Sir!« versprach Canning.

Er verabschiedete sich von Deighton und ging davon. Deighton sah ihm gedankenvoll nach und bemerkte dann leise:

»Ein unglaublich tüchtiger Mann – und ein reizender Mensch.«

Rhodan redete nach Minuten angestrengten Nachdenkens weiter: »Es ist also unmöglich geworden, nach dem altbekannten Verfahren einfach aus der Temporalschleuse herauszufliegen. Schiffe von der Größe der INTERSOLAR würden augenblicklich geortet werden, und NATHAN hat einmal ausgerechnet, daß bei einer derartigen Menge von Beobachtungsschiffen nicht einmal ein Virtuose wie Cascal mit einer Space-Jet der Ortung entgehen würde.

Also nehmen wir den zweiten Weg. Teilen wir uns die Arbeit. Ich lasse Corello mitsamt seinem Schrein wieder ausladen, und Sie schaffen den Container herbei. Wir gehen über Olymp.«

Deighton nickte abwesend und sah auf seine Digitaluhr.

»Wir können in ziemlich genau zwei Stunden vom Ferntransmitter aus starten. Ich werde noch einmal die gesamte neue Situation durchrechnen und mich vergewissern, daß nicht eine einzige Panne auftritt.«

Der schlanke Mann im modernen Anzug war größer als hundertneunzig Zentimeter. Das schwarze Haar, an den Schläfen weit heruntergezogen, war von silbernen Fäden durchsetzt. Nur am Hinterkopf war das Haar länger; die eingesetzte Schädelplatte aus Terkonitstahl wurde sehr geschickt verdeckt. Rhodan musterte die breiten Schultern und die schmalen Hüften des Mannes. Sein Blick glitt an der betont eleganten, sehr teuren Kleidung hoch und erfaßte das Gesicht des anderen. Ein breites, sarkastisches Grinsen enthüllte weiße Zähne. Die Stimme des Mannes vor Rhodan, der aufreizend lässig an einem teuren Gleiter lehnte, war ein tiefer, sonorer Baß.

»Immer dann, Sir, wenn wir uns begegnen, scheinen Sie in einer düsteren Stimmung und das Imperium in einer akuten Notlage zu sein. Was darf ich tun, um das Imperium zu retten?«

Rhodan konterte: »Vor allem Ihre schnoddrigen Bemerkungen lassen, wenn wir nicht allein sind, Oberst. Den Eingeweihten ist bekannt, welche riskanten Einsätze Sie schon mit Bravour hinter sich gebracht haben. Aber viele meiner Mitarbeiter sind leider nicht in der Lage, Ihre Ironie und den durchbrechenden Sarkasmus zu verstehen.«

Um sie herum war das Licht der Abenddämmerung. Die schlanken Silhouetten der riesigen Raumhafenanlage bildeten schwarze Schatten gegen den Horizont, der Sichelwall im Osten und Norden der gigantischen Anlage war wie eine Mauer. Die beiden Gleiter, derjenige der Administration, den Rhodan gefahren hatte, und Cascals geliehenes Modell, standen auf einem kleinen Parkplatz neben dem wuchtigen Hauptgebäude. Rings um die Männer ragten die kugelförmigen Stahlriesen der Schiffe hoch, und das gelbrote Licht des Abends spiegelte sich in den Flanken.

»Obwohl ich Ihnen einen gelinden Verweis erteilen mußte, schon im Interesse der anderen Beteiligten der zweiten Zeitexpedition, hoffe ich, daß ich Ihrer Dienste nach wie vor sicher bin.«

Cascal musterte Rhodan. Zwischen den beiden Männern herrschte eine gelöste Vertrautheit, die frei war von falscher Heldenverehrung oder steifer Förmlichkeit. Jeder respektierte die Schwächen und Fehler des anderen.

»Sie können meiner sicher sein, Sir«, sagte Cascal.

»Was denken Sie über eine leicht kuriose Fahrt mit der OVERLUCK und Ihren Freunden?« fragte Rhodan.

Joaquin Manuel Cascals Kopf ruckte hoch.

»Mit der guten alten OVERLUCK? Ich fliege sofort bis ans Ende der Galaxis und weit darüber hinaus!« versicherte er begeistert.

»Mit sehr viel Verantwortung!« gab Rhodan warnend zu bedenken.

Cascal grinste wieder und sagte glaubwürdig:

»Und mit viel Spaß . . . Aber wie kommt die OVERLUCK hierher nach Terrania? Dort draußen wimmelt es von fremden Schiffen.«

Rhodan blieb die Antwort schuldig.

»Sie haben in der letzten Zeit keine Liebesbriefe mehr von Caresca Asayah bekommen, nicht wahr?« fragte er.

»Nein. Was ist mit Caresca?«

Natürlich übertrieb Rhodan maßlos. Nach wie vor standen Caresca und Joak Cascal in enger Verbindung. In sehr enger Verbindung sogar.

»Die OVERLUCK ist mit der alten Besatzung unter Dyroff Hypern unterwegs. Sie haben die Planeten eines Systems untersucht und befinden sich auf dem Rückflug nach Olymp.«

Cascal blickte Rhodan mit offenem Mund an.

»Woher wissen Sie das?« fragte er leicht verblüfft.

»Die Solare Abwehr weiß fast alles«, versicherte Rhodan. »In zehn Stunden wird die OVERLUCK auf Olymp landen und dort von Kaiser Argyris persönlich empfangen werden.«

»Ich soll an Bord gehen?« fragte Cascal.

»Nein. Noch nicht. Aber unter Ihrer Leitung soll die OVERLUCK als Transportmittel für Corello dienen.«

Cascal nickte und erwiderte:

»Ausgezeichnet. Wann fangen wir an? Ich nehme an, wir gehen alle durch den Transmitter.«

»So ist es. In einer Stunde an Bord der INTERSOLAR?«

Cascal schaute hinüber und sah die mächtige Kuppel des Schlachtschiffes in zwanzigtausend Metern Entfernung stehen.

»In einer Stunde. Ich hole nur noch meine Zahnbürste und mein Buch!«

Rhodan runzelte die Stirn.

»Welches Buch?«

Cascal grinste säuerlich.

»Das Buch mit dem Titel: Wie benehme ich mich richtig. Da ich bei diesem Einsatz nicht nur mit Ihnen und Hypern zusammenarbeite, sondern auch mit anderen Menschen, deren Sinn für meine Ironie nicht sonderlich ausgeprägt ist, werde ich laufend nachschlagen müssen.«

Rhodan gab ihm die Hand und schwang sich hinter das Steuer seines Gleiters.

»Das ist ein ausgezeichneter Einfall. Ich bin sicher, daß Sie das Buch oft benutzen werden, Oberst Cascal.«

»Ich gehe richtig in der Annahme, daß die OVERLUCK auf Olymp deshalb landet, weil ich als Schiffseigner und Patriarch an Bord zu gehen wünsche?« fragte der Oberst mit seiner tiefen, hallenden Stimme.

Rhodan drehte den Gleiter auf der Stelle, und Cascal ging einige Schritte zurück.

»Sie haben recht, Cascal«, sagte er. »Außerdem habe ich Sie eben zum indirekten Chef dieses Versteckspiels ernannt.«

Cascal sah dem Gleiter nach, der sich auf die Piste hinaus bewegte und rasend schnell beschleunigte.

»Danke, Chef!« sagte er und stieg ein.

Man sagte Cascal nach, daß er unfähig sei, berechtigte Kritik an seiner Person zu verdauen. Das war ein Irrtum. Niemand wußte besser über Cascal Bescheid als Cascal selbst. Er hatte es sein ganzes Leben lang nicht leicht gehabt, und er mochte es auch niemand, sich eingeschlossen, leichtmachen. Dazu hatte er nicht die geringste Veranlassung, außerdem wußte er ziemlich genau, wie gut er war. Ironie gehörte zu ihm wie Luft zum Atmen oder Wasser zur Lagune. Und trotz seiner irritierenden Lebensbetrachtung arbeitete Cascal, wenn es an der Zeit war, mit der Perfektion und der Exaktheit einer Präzisionsmaschine.

Cascal wußte, daß eine verwirrende Aufgabe auf ihn und viele andere Menschen wartete, und die Aussicht darauf und auf das Schiff und seine alten Freunde faszinierte ihn. Er setzte sich in den Gleiter, startete und fuhr in sein Apartment – eine Stunde später war er pünktlich in der Bodenschleuse des Schiffsgiganten und meldete sich beim Wachhabenden. Er wurde sofort vorgelassen.

Während sich die Männer der INTERSOLAR auf den Einsatz vorbereiteten, raste die OVERLUCK auf Olymp zu.

»Nervös, Partner?«

Langsam wandte Caresca Asayah den Kopf und sah in das hellbraune Gesicht von Dyroff Hypern, der neben ihr saß und das Schiff steuerte.

»Ein bißchen«, gab die Prospektorin zögernd zu.

»Wegen Cascal oder wegen des Funkspruchs von Argyris?«

Caresca wagte ein schüchternes Lächeln. Sie hatte, abgesehen von einigen kurzen Kontakten, Cascal seit vier Monaten nicht mehr gesehen und sehnte sich nach ihm wie selten zuvor.

Außer Caresca und dem haarlosen Hypern, der in den letzten Monaten ein fast übermenschliches Pensum an Arbeit hinter sich gebracht hatte, waren nur noch zwei Personen in der Zentrale des Schiffes. Vier von fünfzig Menschen wachten, der Rest schlief erschöpft. Der Hyperfunkspruch, daß Cascal an Bord zu gehen wünschte, ausgesprochen von Kaiser Argyris, hatte das Schiff kurz vor dem Start erreicht. Sie hatten Planeten ausgemessen und die unterirdischen Lager an Erzen und anderen Bodenschätzen auf Spezialkarten verzeichnet. Ein hübsches Geld, das sie verdient hatten, alle fünfzig Spezialisten.

»Wenn Joaquin an Bord geht, hat dies seine Gründe«, sagte Hypern.

Etwas spitz gab Caresca zurück:

»Und du glaubst, ich sei keiner dieser Gründe, Partner?«

Der Prospektor hob abwehrend die Hand und lächelte zurückhaltend.

»Du bist sicher einer der Gründe. Nicht weniger, aber auch nicht mehr. Nein . . . unser mehr als untypischer Patriarch plant wieder eine Sache im Zickzack.«

Caresca meinte seufzend:

»Das bedeutet, daß wir benutzt werden. Die OVERLUCK und wir sind nur Werkzeuge.«

Hypern sagte anerkennend:

»Selbst wenn es so wäre, Carrie, haben uns die letzten Flüge mit Cascal neben einer Menge von Abenteuern eine Menge Geld eingebracht. So wird es auch hier und bald sein. Wie lange haben wir es noch bis zur Landung?«

Sie sah auf die Uhr.

»Sechs Stunden«, erwiderte sie. »Wir sollen das Hafengelände nicht verlassen, sagte Argyris. Cascal kommt an Bord. Mit der Ladung!«

Hypern schaltete einige Beleuchtungskörper aus, fuhr den schweren Sessel um vierzig Zentimeter zurück und legte die Beine auf das Schaltpult, vorsichtig, um keine Einstellung zu verändern und keinen Knopf zu berühren.

»Ich bin gespannt, was das wieder geben wird!« versicherte er.

»Ich nicht weniger«, antwortete Caresca. »Ich bin auf alles gefaßt.«

In einem leeren Innenraum der INTERSOLAR:

»Wie sicher ist diese Anordnung?« fragte Cascal halblaut.

Er stand, noch immer in seinem modernen Anzug, aber mit der umgeschnallten Dienstwaffe unter der Schulter, mit einem Minikom am Handgelenk und mit einigen anderen Dingen vorwiegend technischer Natur ausgerüstet, neben Galbraith Deighton. In der Hand hielt er ein schmales, mit einem flexiblen Einband ausgestattetes Büchlein.

»So sicher, wie es die Technik des Imperiums herstellen konnte«, sagte Deighton im gleichen Tonfall.

Es gab nur eine einzige Möglichkeit, das Sonnensystem zu verlassen. Es war die Containerstraße, die zwischen dem Ferntransmitter nahe der Temporalschleuse und dem riesigen Containerbahnhof auf Olymp lag. Hier, in der INTERSOLAR, stand ein Bauwerk, das an einen Wohnwagen erinnerte, aber trotzdem ging von der Konstruktion, die aus großen, verschiedenfarbigen Würfeln bestand, der Hauch der Fremdheit aus. Er war deutlich spürbar.

»Wer nimmt an diesem Einsatz teil?« fragte Cascal.

»Corello«, sagte der SolAb-Chef lakonisch.

Cascal nickte, griff nach dem Buch und schlug es auf, las dann mit Hilfe seines Zeigefingers. Dabei bewegte er seine Lippen. Dann hob er den Kopf wieder, sah Deighton an und sagte todernst:

»Irrsinnig komisch. Haha!«

Deighton sah ihn an und fragte entgeistert:

»Was lesen Sie da, Cascal?«

»Das ist mein Benimm-Buch«, erwiderte der Oberst. »Da ich verschiedenen Menschen mit meiner Ironie auf die Nerven gehe, habe ich mich entschlossen, jeweils nachzulesen, was in jedem Fall das richtige Benehmen ist. Hier steht: *Macht Ihr Vorgesetzter einen Witz, über den schon während der Punischen Kriege kein Legionär mehr gelacht hat, so lachen Sie kräftig mit und sagen Sie, daß dieser Witz irrsinnig komisch ist.«*

Deighton bewies Schlagfertigkeit und fragte zurück:

»Wann waren die Punischen Kriege? Unter Rhodan?«

Cascal ging darauf ein und sagte:

»Nein. Damals waren Sie noch zu jung. Fragen Sie Ihren Großvater. Etwas anderes: Wer wird per Fracht nach Olymp geschafft?«

»Corello, Sie, Rhodan, Atlan, Saedelaere und der Rest.«

Cascal betrachtete die Personen, die um den Containereinsatz herumstanden. Er sah die Bezeichneten und noch einige mehr. Er kannte alle von ihnen ziemlich gut, denn nichts bringt Menschen einander so nahe wie gemeinsam erlebte gefährliche Abenteuer. Und davon hatten sie während ihrer ersten Zeitreise genug erlebt.

Über den bordeigenen Transmitter der INTERSOLAR würde die Gruppe mitsamt dem präparierten Behälter abgestrahlt werden. In der Nähe des Ferntransmitters würde der Spezialbehälter dann in einen der riesigen Warencontainer eingebaut werden – einen stählernen Kasten, fünfzehnhundert Meter lang und mit dreihundert Metern Kantenlänge. Die Präparierung war so ausgezeichnet, daß selbst Spione auf Olymp, die mit Ortungsgeräten zum Aufspüren lebender Personen ausgerüstet waren, nichts anderes erkennen konnten als eben die Waffen, die der Container enthielt.

Deighton sagte halblaut:

»Wir haben Versuche angestellt. Niemand kann die menschliche Ladung innerhalb des Containers aufspüren.«

»Dann bin ich beruhigt«, sagte Cascal. »Der große Trick der Solaren Abwehr und der Wissenschaftler funktioniert noch immer.«

»Und noch ziemlich lange, wie wir alle hoffen«, meinte Deighton. »Sie sollten hinübergehen und die anderen Personen begrüßen – falls dies in Ihrem Benimm-Buch steht.«

»Danke«, sagte Cascal. »Das gehört zu den Absätzen, die ich auswendig lernte. Immerhin habe ich es bis zum Oberst gebracht. Das Buch ist schon ganz abgegriffen.«

Deighton schüttelte seine Hand und lachte.

»Viel Glück bei allem«, meinte er schließlich. »Die Abwehr hat versucht, jede Kleinigkeit auszurechnen und jedes Risiko auszuschalten.«

Cascal nickte und sagte ungewöhnlich ernst:

»Das weiß ich, Solarmarschall. Halten Sie uns die Daumen – trotzdem!«

Die Männer nickten sich zu, und Cascal ging hinüber, wo im Licht der Tiefstrahler gerade der Schrein des Supermutanten verladen wurde. Eine Seite des größten Würfels hatte sich hochgeklappt, und man sah die an der Wand angebrachten Versorgungsaggregate. Obwohl der Aufenthalt im Container nur Stunden dauern würde, ging man natürlich kein Risiko ein. Lordadmiral Atlan, der die Verladearbeiten überwachte, wandte sich um.

»Ungeduldig, Oberst?« fragte er und strich sich das lange Haar aus seinem Gesicht.

»Nein, nicht sonderlich«, sagte Cascal. »Treffen wir uns alle in diesem Bauwerk hier? Gemischte Mannschaft?«

Atlan schüttelte den Kopf.

»Nicht ganz«, sagte er. »Sie werden Corello begleiten. Zwiebus, die anderen Mutanten, Saedelaere, Rhodan und ich ziehen es vor, in einem anderen Spezialbehälter, aber innerhalb desselben Containers zu bleiben.«

Cascal ging neben dem Lordadmiral einmal um die Konstruktion aus würfelförmigen Elementen herum, begrüßte die anderen Teilnehmer und sah, daß hinter der Spezialkonstruktion eine zweite, kleinere stand. Die Sicherheitstüren standen offen, und die ersten Teilnehmer machten es sich innen bequem. Keiner von ihnen trug eine Einsatzuniform oder ähnliches, aber jeder war sowohl bewaffnet als auch technisch ausgerüstet. Cascal wußte, daß trotz aller Sicherheitsmaßnahmen die Gefährlichkeit darin bestand, daß die raffinierten Tarnungsmanöver des Solaren Imperiums und besonders die des Solsystems aufgedeckt werden konnten.

»Es wird Zeit«, sagte Rhodan laut.

Cascal ging wieder zurück, betrachtete die Seitenwände des Corello-Schreines und verabschiedete sich dann durch ein Nicken von Atlan. Dann schloß sich die Tür hinter Cascal, und die Servoaggregate sprangen summend, tickend und fauchend an.

Cascal schnallte sich in seinem Sessel fest und lehnte sich zurück.

Er wartete.

Und während er wartete, geschah folgendes:

Die beiden Behälter wurden durch den Schiffstransmitter an den Anfang der systemgebundenen Transmitterstraße abgestrahlt.

Dort wartete ein riesiger Container, schon fast völlig mit Waren gefüllt. Die zwei Behälter wurden sorgfältig eingebaut, mit einer abschirmenden Folie umgeben und mit den restlichen Waren umstellt, die für die Verteilung, von Olymp aus erfolgend, bestimmt waren.

Der Riesencontainer wurde verschlossen und wieder in die Transmitterstrecke eingeführt. Blitzschnell schaltete einer der Transmitter nach dem anderen, dann hielt er knapp vor dem Ferntransmitter kurz an.

Eine letzte Kontrolle erfolgte.

Cascal saß ruhig in seinem Versteck und war sich seiner augenblicklichen passiven Rolle durchaus bewußt.

Er konnte nichts anderes tun als die Uhren betrachten, die etwas über die Funktionen der Versorgungseinrichtungen aussagten. Ein kleiner Ruck, einer von vielen, sagte dem Mann – und den anderen, die von ihm getrennt untergebracht waren –, daß es weiterging.

Der Ferntransmitter, der sich an der Zeitschwelle der Temporalschleuse befand, konnte während eines Abstrahlvorganges nicht geortet werden. Er befand sich im Grenzbereich des Antitemporalen Gezeitenfeldes, und die Energiemengen, die stoßartig frei wurden, fanden ihren Ausgang nicht in die relative Gegenwart, in der die über fünfzehnhundert Schiffe warteten und suchten, sondern in die Zukunft, genau dreihundert Sekunden in der Zukunft, dort, wo sich das Solsystem befand.

Atemlos verfolgten einige Kontrollbeamte die Fortbewegung des Containers, denn sie wußten, welch wichtige Fracht er enthielt.

Dann flammte der Empfangstransmitter auf, wurde umgepolt und strahlte den Container ab.

Fast in Nullzeit materialisierte der Transportbehälter wieder.

Er tauchte aus dem rotleuchtenden Torbogentransmitter auf dem Planeten Olymp auf. Der lange, schimmernde Kasten schob sich wie ein walzenförmiges Raumschiff, noch mehr einem langgestreckten, leuchtenden Sarg vergleichbar, aus der riesigen Öffnung hervor. Sechshundert Meter hoch und vierhundert Meter breit spannten sich die rotglühenden Säulen des Transmitters auf Olymp.

Jetzt tauchte die erste Schwierigkeit auf.

Würde es Argyris gelingen, den besonderen Inhalt dieses Transmitters schnell und unbemerkt verschwinden zu lassen? Einige bange Minuten folgten, keiner der versteckten Männer war über die Außenvorgänge informiert.

Sie wußten nur eines:

Sie waren auf Olymp.

7.

Joaquin Manuel Cascal stand nach einer Weile, in der er leicht unruhig zu werden begann, auf. Er trat an den Sichtschirm heran, der vor ihm in der Wand befestigt war. Ein Tastendruck, die Bildscheibe erhellte sich und zeigte nur ein zweidimensionales Bild.

»Der Schrein . . . unversehrt und unangreifbar«, sagte Cascal beeindruckt.

Durch eine Froschaugenlinse wurde der Schrein aufgenommen, das

Bild zeigte sich hier in verzerrten Perspektiven. Cascals Aufenthaltsort war durch eine stählerne Wand vom Schrein Corellos abgetrennt. Zwischen Corello und Cascal betrug der Abstand rund acht Meter, auf keinen Fall mehr.

Das Gehäuse stand da, als sei nichts geschehen. Die Aggregate der Grundplatte schienen zu arbeiten. Cascal betrachtete schweigend das Bild und verharrte unschlüssig.

»Warten wir also noch etwas«, sagte er zu sich.

Er setzte sich wieder.

Sie waren auf Olymp, dem Planeten, der stellvertretend für die verborgene Erde alle wirtschaftlichen Aktionen ablaufen ließ. Der zweite Planet von Boscyks Stern, einer kleinen roten Sonne, war von der Erde mehr als sechstausenddreihundert Lichtjahre entfernt, und nur Vario-500, der Roboter in der Maske des Kaisers Argyris, wachte über das Schicksal der ungleichen Gruppe von Menschen, die sich innerhalb des riesigen Containers befanden. Fragen von drängender Ungewißheit suchten Cascal heim.

Wo war jetzt dieser Container? Wo stand er?

Was ereignete sich »draußen«?

Cascal schaute auf die Uhr. Es wurde langsam Zeit, daß etwas geschah. Der Entladevorgang war wichtig, er mußte in wahnsinniger Eile und absolut unbemerkt – oder zumindest unauffällig – vor sich gehen. Cascal drehte den Kopf und faßte den Hebel ins Auge, der die beiden verschieden großen Teile des Spezialbehälters voneinander trennte. Das Warten glich einer seelischen Folter.

Dann – Cascal spürte eine leichte Erschütterung.

Er setzte sich auf und betrachtete die wenigen Anzeigen vor ihm, schaltete dann den Kontrollschirm auf »Außen« und wartete weiter.

»Entladen sie endlich?« wollte er wissen.

Eine weitere Erschütterung, dann leuchtete in stechendem Rot eine Lampe auf. Das bedeutete, daß eine optisch-positronische Kommunikationseinheit angeschlossen worden war. Cascal legte, um sich selbst zu beruhigen, die Hand auf den Griff der schweren Waffe unter seiner linken Achsel. Der Stahl war warm, und unter dem dünnen, lederartigen Gewebe des Handschuhs fühlte Cascal, daß seine Handflächen feucht wurden.

Die Lampe flackerte zweimal auf, dann blieb das Licht.

Cascal drehte den Schalter herum.

Plötzlich stand das bekannte Gesicht des Kaisers Argyris auf dem Schirm.

Cascal fragte kurz:

»Kodewort?«

Argyris' Stimme war ungewohnt leise, als er blitzschnell erwiderte:

»Operation Letzte Hoffnung.«

»Danke.«

Joak Cascal drehte den schweren Hebel herunter, schaltete sofort den Schirm um und sah, wie sich der Schrein des Supermutanten entfernte. Ein automatischer Gabelstapler oder ein anderes Gerät hob die Hälfte des Spezialbehälters hoch, und dann erblickte Cascal über die Weitwinkellinse die nähere Umgebung. Eine schnelle, geschulte Entlademannschaft, von mächtigen Roboteinrichtungen unterstützt, war im Licht der Tiefstrahler an der Arbeit.

Cascal las die Aufschriften des Spezialbehälters und wußte, daß der Schrein als offizielles Frachtgut für den Palast des Kaisers bestimmt war.

»Das beste Versteck«, stellte er fest und schaltete den Schirm wieder auf den anderen Kanal um.

Argyris meldete sich sofort und sagte kurz:

»Trennvorgang beendet. Der Behälter wird bis auf weiteres in meinem unterirdischen Hauptquartier aufbewahrt. Sie kommen in Kürze dran, Cascal.«

»Danke, verstanden.«

Er fühlte, wie ein Teil des Behälters hochgehoben, in einem Halbkreis geschwenkt und mit robotischer Behutsamkeit abgestellt wurde. Noch immer war er beunruhigt, obwohl er die nächste Station seiner Reise kannte. Es war wirklich ein kompliziertes Verfahren, mit dessen Hilfe man alle fremden Beobachter irreführen mußte.

»So«, sagte er vor sich hin. »Ribald Corello, die letzte Hoffnung der Wissenschaftler, ist in Sicherheit – bis die OVERLUCK landet.«

Er malte sich die Stimmung an Bord aus, die herrschen würde, wenn seine Freunde erfuhren, daß sie wieder als Händler oder Freifahrer unterwegs sein würden. Allerdings war es eine Fahrt mit einigen Unterbrechungen und mehreren Tricks, die allen Beteiligten ein Höchstmaß an Gedankenarbeit abverlangen würden.

Er unterbrach seinen unruhigen Marsch durch den kleinen Raum, drei Schritte vor, drei zur Seite und drei zurück. Er setzte sich wieder in den Sessel aus Plastik und Stahl und wartete.

Was geschah mit den anderen?

Der schwerisolierte Frachtbehälter, in dem Rhodan, Atlan, Saedelaere, Zwiebus und die anderen warteten, wurde ebenfalls aus der Menge der Behälter aussortiert und abgestellt.

Die Positroniken lasen die Beschriftung ab, stellten fest, wohin dieser Behälter transmittiert werden sollte, und schoben die riesige Kiste auf ein laufendes Band.

Das Band mit seinen positronisch gesteuerten Weichen lief an, und zusammen mit einer langen Reihe von anderen Frachtstücken wurde diese Kiste durch den Verladebahnhof geschoben, glitt über Abzweigungen, passierte positronische Kontrollen und Wiegeeinrichtungen, wurde abermals umgeleitet und stand schließlich als einziges Stück vor einem kleineren Richtungstransmitter.

Ein Mechaniker näherte sich dem Transmitter, schob eine Karte in den Schlitz des Programmierpultes und schaltete den Transmitter an.

Die beiden Torbögen erwachten dröhnend zu ihrem rotglühenden Leben.

Das Band fuhr wieder an, die Kiste näherte sich dem Transmitter und verschwand.

Die Karte, auf der alle Koordinaten vermerkt waren, wurde vom Transmitter wieder ausgeworfen, und der Mann in seinem unauffälligen Overall löschte die Eintragungen, indem er die Karte auf einen riesigen, magnetischen Block legte und die Löscheinrichtung anschaltete. Dann schaltete sich der Transmitter wieder ab.

Niemand konnte jetzt feststellen, wohin dieses Frachtstück gegangen war.

Alle Eintragungen waren eliminiert. Selbst der Mechaniker, in Wirklichkeit einer aus dem Arbeitsteam der Solaren Abwehr, wußte weder vom Inhalt der Kiste noch vom Ziel. Nicht einmal die positronische Sortieranlage konnte Auskunft geben, die aufschlußreich genug war . . . Alles, was sie aussagen konnte, war, daß die Kiste zum Transmitter mit der Nummer 0807 gebracht worden war.

Rhodan, Atlan und die anderen aber rematerialisierten im Transmitterraum eines Superschlachtschiffs der Solaren Flotte.

Dieses Schiff befand sich, ebenso wie die OVERLUCK, im Anflug auf den Planeten Olymp.

Cascals Weg verlief anders und aufsehenerregender.

Wieder meldete sich Anson Argyris.

»Cascal?« fragte er.

Cascal beugte sich vor und starrte in die Robotaugen der vollendeten Maske von Vario-500.

»Ja?«

»Sie haben ab dem Moment, in dem ich Ihnen ein Zeichen gebe, genau zwanzig Minuten Zeit. Dann öffnen Sie Ihre Kiste, steigen aus und verlassen den Transmitterraum. Sie werden genau zum Abendessen erscheinen. Der Kapitän ist verständigt und weiß seinen Teil, aber nicht mehr.«

Cascal grinste und erwiderte:

»Verstanden, Vario-500.«

Argyris brauchte auf keine Uhr zu blicken, denn sein robotischer Verstand sagte ihm die Zeit genauer als jede Quarzuhr. Er schloß:

»Ab jetzt – zwanzig Minuten.«

Cascal sah auf die Uhr.

»Einundzwanzig Minuten vor zwanzig Uhr Standardzeit«, sagte er. »Richtig?«

Wie immer kam die Antwort blitzschnell:

»Richtig. Ende.«

Cascal schaltete den Schirm zum letztenmal um und sah durch die perspektivisch überhöhende Linse die Umgebung. Er konnte seinen Weg mitverfolgen, wenigstens an den Stellen der gewaltigen Verteiler-Bandstraße, die erleuchtet waren.

Zuerst raste er mit beachtlicher Geschwindigkeit ein Band entlang, wurde über verschiedene Weichen geführt und immer wieder abgebremst und beschleunigt. Er merkte, wie sein Behälter eine Steigung hinaufgeführt wurde, wie er nach rechts auswich und über eine weitere Weiche holperte. Fünf Minuten waren vergangen, als die Kiste mit etwa zwei Metern Kantenlänge, in einen gelben Kunststoff gehüllt und mit schwarzen Aufschriften, vor einem ausgeschalteten Transmitter anhielt. Das Band lief hier in eine Reihe von schmalen Rollen aus, die ihrerseits über ein einfaches Getriebe zu drehen waren.

Cascal beobachtete höchst angespannt und interessiert, wie ein Mann den Transmitter programmierte, einschaltete und zurücktrat. Als sich die beiden Säulen des Torbogens stabilisiert hatten, ruckten die Rollen an. Der Kasten fuhr auf den drei Metern der kurzen Strecke mitten in den Transmitter hinein, und Cascal spürte den leichten, kurzen Transmitterschock. Als er daran dachte, daß auf einer solchen Strecke Alaska Saedelaere mit einem Cappin zusammengestoßen war, wurde ihm leicht anders, aber da war schon alles vorbei.

Er befand sich an seinem Bestimmungsort. In einem Raumschiff, das Passagiere nach Olymp beförderte.

Sichtlich erleichtert atmete er auf.

Drei Minuten nach zwanzig Uhr Schiffszeit betrat ein ausgesprochen modisch gekleideter schlanker Mann den großen Speiseraum des Passagierschiffes ANHETES.

Der Kapitän warf einen Blick zur Tür, stand auf und nickte den anderen Gästen des Kapitänstisches entschuldigend zu.

Cascal, der lässig am Türrahmen lehnte, sah sich aufmerksam um.

Über die halbe Breite des Saales sah er auf einer meterhohen podestartigen Platte, die entlang einer Wand lief, wie sich der Kapitän des Schiffes erhob. Die Blicke der beiden Männer trafen sich. Der Kommandant des Schiffes verriet mit keiner Miene, keinem Blinzeln, daß er Cascal erkannt hatte oder über das Ungewöhnliche der Situation Bescheid wußte. Das war ein gutes Zeichen.

Cascal und der Kapitän gingen gleichzeitig aufeinander zu. Mit einem knappen Lächeln entschuldigte sich Cascal, als er sich einen Weg durch die Tischreihen bahnte. Die beiden Männer trafen sich am Fuß der breiten Treppe, die in den Saal hinunterführte.

Der Kapitän flüsterte:

»Stichwort Letzte Hoffnung.«

Cascal nickte unmerklich und wisperte zurück:

»Jammerschade.«

Die Männer schüttelten sich die Hand, und so laut, daß es einige der Gäste um sie herum hören konnten, sagte der grauhaarige, etwa sechzigjährige Mann mit den hängenden Schultern:

»Ich freue mich, Patriarch Cascal, daß Sie uns wenigstens zum Abschiedsessen an Bord die Ehre und das Vergnügen erweisen.«

Cascal, seine Rolle gut im Kopf, gab kalt zurück: »Von Vergnügen kann keine Rede sein, Kapitän. Aber ich weiß mich den Konventionen zu beugen.«

Der Kapitän ergriff ihn leicht am Arm und dirigierte ihn die Treppe hinauf. Cascal erkannte rasch, daß der Platz neben dem Kapitän freigehalten worden war.

»Sie werden sicher gefragt werden«, sagte der Kapitän in normalem Unterhaltungston, »warum Sie bisher an den gemeinsamen Mahlzeiten nicht teilgenommen und auch sonst nicht in Erscheinung getreten sind.«

Cascal erwiderte:

»Das sind alles Rechte, die ein Misanthrop für sich in Anspruch nehmen kann. Mir schmeckt der Kaviar in meiner Kabine wesentlich besser als hier im Gewirr von Stimmen und im Gewimmel von Abendanzügen.«

Der Kapitän lachte kurz und blieb hinter seinem Stuhl stehen, während Cascal hinter ihm vorbeiging und seinerseits an der Tafel stehenblieb. Er musterte schweigend die fünfzehn Personen, die an dem langen, am Boden festgeschraubten Tisch saßen und ihn mit unverhohlener Neugierde ansahen.

»Guten Abend«, sagte er und setzte sich.

Er ordnete das Besteck pedantisch genau und erklärte mit einer wegwerfenden Handbewegung:

»Entschuldigen Sie, daß ich ein wenig abwesend bin, aber ich bin zum ersten Mal in meinem Leben gezwungen, ein Passagierschiff zu benutzen. Für einen Freien Prospektor, dazu noch einen Sippenchef, ist das natürlich eine Zumutung.«

»Verständlich«, pflichtete ihm der Kapitän bei. »Darf ich auftragen lassen?«

Cascal musterte den Mann und lächelte derart, daß nur Kapitän Gordholm es sehen konnte.

»Ich bitte darum. Das übliche Abschiedsdinner?«

»Ich hoffe, es wird Ihnen schmecken.«

Cascal sagte reserviert:

»Für den Preis der Passage von M 13 müßte das Menü eigentlich hervorragend sein. Warten wir also, was die Bordküche hergibt. Danke, keine Suppe . . . Suppe macht dick.«

Der Steward verschwand, und der Kapitän wandte sich an die anderen Gäste dieses Tisches. Der schlanke Mann mit den hängenden Schultern und dem auffallenden Anzug betrachtete Cascal einige Sekunden lang, ehe er sagte:

»Ohne unseren Gast zu verärgern, kann ich sagen, daß Prospektor Cascal ein etwas eigentümlicher Mann ist.«

Cascal knurrte: »Nicht ohne Grund.«

»Wahrscheinlich. Cascal hat eine Passage gebucht und sich bis heute in seiner Kabine aufgehalten. Er bat mich, seine Anwesenheit an Bord möglichst zu verschweigen. Kann ich Sie fragen, warum Sie . . . nun, etwas menschenscheu sind, Prospektor Cascal?«

Cascal zerteilte das Steak mit der Perfektion eines Chirurgierobots und hob den Kopf. Er sagte in vollendeter Ruhe:

»Die Menschen haben mich enttäuscht. Ich hasse größere Menschenansammlungen. Für mich sind schon zwei Menschen eine Belastung, einer ist mir lieber.«

Eine etwa dreißigjährige Frau in einem bordeauxroten Hosenanzug bemerkte kühl:

»Sie scheinen genau der richtige Prototyp für einen ausgezeichneten Ehemann zu sein, Patriarch.«

Cascal wartete, bis der Steward sein Glas gefüllt hatte, hob es hoch und sagte zu der Frau:

»Was ich bezweifle, Gnädigste. Sind Sie verheiratet?«

»Nein«, erwiderte sie und sah ihn über den Rand des Glases an. »Journalistin.«

Cascal brauchte sich nicht zu zwingen, in das Gelächter einzustimmen. Durch seine scharfen und verwegenen Äußerungen trug er dazu bei, daß seine Ankunft auf Olymp einwandfrei festgestellt werden konnte – es war für den Fortgang der weiteren Aktionen sehr wichtig.

»Woher kommen Sie, Prospektor?« fragte ein anderer Gast am Tisch, seinem Aussehen nach mindestens ein Exportkaufmann von Trade City.

»Von einem kleinen, unbedeutenden Planeten«, sagte Cascal und träufelte etwas Soße auf den Rest seines Steaks. »Ich bin Geologe, und die Planetare Verwaltung bat mich, einen schnellen Rundblick auf den Planeten zu werfen. Ich entdeckte bereits ohne tiefergehende Untersuchungen, welche Möglichkeiten der Planet bot. Große Erzlager, sehr viel Uranblende und Bauxit. Sehr vielversprechend.«

Der Kaufmann wiederholte beharrlich seine Frage:

»Welcher Planet, bitte?«

Cascal bedachte ihn mit einem überlegenen Lächeln.

»Ich bin durch ein Versprechen gebunden – Sie werden es sicher verstehen. Keine Namen, keine Daten, keine Koordinaten. Das hieße der Spekulation Tür und Tor, Schott und Schleusen zu öffnen. Sie verstehen, mein Herr?«

Der andere lächelte.

Zusammen mit den Äußerungen des Kapitäns verstand es Cascal, den Charakter des geheimnisvollen Auftauchens zu wahren. Die Gerüchte und die Bemerkungen würden ein übriges tun. Cascal war Gast dieses Schiffes gewesen und landete zusammen mit allen anderen in wenigen Stunden auf Olymp.

Cascal fragte, nachdem er sorgfältig seinen Kaffee mit Cognac umgerührt hatte, den grauhaarigen Kapitän:

»Wann werden wir landen, Kapitän Gordholm?«

»In genau vier Stunden«, sagte Gordholm. »Sie haben es eilig?«

Cascal nickte.

»Ich werde auf Olymp in mein eigenes Schiff umsteigen und die Forschungen auf dem bewußten Planeten vorantreiben.«

»Sofort nach der Landung?«

»So ist es«, erwiderte Cascal. »Wo findet der Abschlußball statt?«

Gordholm lächelte auf eigentümliche Weise.

»Wir haben lediglich drei der kleinen Bars geöffnet, Cascal. Die Abschlußbälle haben in den letzten Jahrhunderten stark an Beliebtheit verloren. Inzwischen sind Reisen durch das All etwas Alltägliches geworden.«

Cascal seufzte.

»Leider. Die schweigende Majestät der Sterne, die Unendlichkeit des Alls, die Gefahren, die auf Menschen und Schiffe lauern . . . das alles ist zu einer Alltagsaffäre abgesunken. Ich betone: leider. Jetzt kennen Sie auch einen weiteren Grund, weswegen ich einen Flug in meiner Kabine vorziehe – Massenbetrieb!«

Das letzte Wort sprach er voller Verachtung aus, einige Gäste zogen indigniert die Brauen hoch.

Cascals leicht überhebliche, sarkastische Art würde jeden täuschen. Er kam aus den Tiefen des Alls zurück, und kurz darauf startete er wieder in Richtung auf den kleinen, unbedeutenden Planeten voller Bodenschätze. Zusammen mit seiner Mannschaft und seinem Schiff, der OVERLUCK.

Zweifellos würden Spione der Machtzentren seine Ankunft registrieren und weitermelden, genau wie unzählige andere Daten über ähnliche Personen. Jeder, der nur den Anschein hatte, wichtig zu sein, wurde beobachtet. Auch Cascal. Und je selbstverständlicher die Tarnung wirkte, desto vollkommener war sie.

Die Bewegungen der Menschen und Schiffe konnten beobachtet werden.

Aber es war technisch unmöglich, jedes Stück der Fracht zu untersuchen. Und das wiederum war Bestandteil des Planes.

Noch während der letzten Unterhaltungen knackten die verborgenen Lautsprecher, und der diensttuende Funker teilte mit:

»Meine Damen und Herren, verehrte Gäste . . . diese Durchsage ist die letzte vor der Landung.

In einhundertfünfzig Minuten wird das Schiff planmäßig auf dem Passagierhafen des Planeten Olymp aufsetzen. Kapitän Gordholm, seine Crew und wir alle freuen uns, daß Sie unsere Gäste waren. Planet Olymp, das klingt geheimnisvoll, aber der erste Eindruck wird jeden von Ihnen, der noch nicht Gast dieses Planeten war, überzeugen. Olymp und seine Hauptstadt Trade City sind aufstrebende Gemeinschaften, deren Hauptziel der liberale Handel mit allen Welten der Galaxis und allen Völkern ist. Genießen Sie die vielfältigen Möglichkeiten. Wir sind überzeugt, daß Sie einen angenehmen Flug hatten, und wünschen Ihnen noch einen erlebnisreichen Aufenthalt. Wir würden uns freuen, wenn wir Sie bald wieder als Gäste begrüßen dürften.«

Der Sprecher machte eine kleine Pause.

»Außerdem erreicht uns via Hafenkontrolle die Nachricht, daß fast gleichzeitig mit uns Perry Rhodan landen wird. Lassen Sie sich das Schauspiel seiner Begrüßung nicht entgehen, unser Kaiser Anson Argyris ist ein Fachmann, was das interstellare Protokoll betrifft. Guten Abend.«

Dann knackten die Lautsprecher wieder, und Cascal sagte zu Gordholm, das allgemein einsetzende Murmeln übertönend:

»Fast zuviel der Attraktionen. Der große, unsterbliche Rhodan gibt sich die Ehre.«

Die Journalistin sagte sehr spitz:

»Passen Sie auf, Patriarch, daß man Sie nicht mit Perry Rhodan verwechselt!«

Cascal hatte sofort eine unerfreuliche Antwort parat:

»Ich nehme nicht an, daß man mich mit dem Herrn Großadministrator verwechselt; dazu sehe ich viel zu gut aus!«

Soviel Frechheit verschlug selbst der geübten Journalistin die Sprache.

Das Schiff landete.

Joaquin Manuel Cascal verließ das Ankunftsgebäude auf einem anderen Weg als die anderen Passagiere, zeigte seine Ausweispapiere vor und wartete in einem separaten Bezirk des riesigen Bauwerks darauf, daß die OVERLUCK landete.

Dreißig Minuten . . .

Dann raste ein kleiner, gelb lackierter Robotwagen mit rotierenden Sicherheitslichtern auf den Platz hinaus und hielt neben der Rampe, die langsam aufgefahren wurde. Cascal ging an Bord der OVERLUCK, und nur Sekunden später lag Caresca Asayah in seinen Armen.

Die Aktion im Zickzack konnte weitergehen.

»Ich bin froh, dich zu sehen«, sagte Cascal leise und mit unvermuteter Wärme.

»Ich wäre ebenfalls froh, wenn ich nicht wüßte, daß du mich nur deswegen triffst, weil du das Schiff wieder einmal brauchst«, erwiderte Caresca traurig.

Cascal meinte dazu:
»So ist das Leben, Carrie.«
Dann küßte er sie zart und innig.

8.

Den Agenten der feindlichen Mächte, die in Trade City lebten und versuchten, durch Schiffsbewegungen und durch die Beobachtung von einzelnen Personen wichtige innenpolitische und außenpolitische Vorgänge zu durchleuchten oder auszuspionieren, war natürlich die Landung der ANHETES nicht entgangen.

Sie hatten gesehen, wie Cascal das Schiff verließ und sich an Bord der OVERLUCK begeben hatte.

Ein normaler Vorgang, der von Cascal ohne Vorsichtsmaßnahmen als reine Routinesache abgewickelt worden war. Dieser Wechsel von einem Schiff zum anderen war vermerkt worden, ein Patriarch ging an Bord. Vermutlich würde das Schiff der Prospektoren Ladung löschen und wieder starten.

Die Nacht über Olymp endete. Wenigstens dämmerte es über dem siebten Kontinent des Planeten, einer Landmasse von der Größe des terranischen Asien. Die Linie des Äquators lief mitten hindurch, und zwischen der Nacht und dem hellen Tag lagen, wie in jeder Äquatorgegend, nur Minuten einer merkwürdigen hellen Morgendämmerung.

Nördlich des Äquators lag die größte Stadt des Planeten Olymp: Trade City.

Zu der Stadt gehörte die gewaltige Anlage der Raumhäfen, zwölf Kreise in einer kreisförmigen Anordnung, in deren Zentrum der Container-Transmitter stand. Dieses Bauwerk mit allen seinen Nebenanlagen, das sich oberirdisch und unterirdisch zwischen der Stadt und der äußersten Linie der Raumhafenkreise erstreckte, diente dem Warenumschlag zwischen dem verborgenen Ghost-System und allen anderen Welten.

Kurz nach der Morgendämmerung wurden durch diese Anlage sehr untypische Waren umgeschlagen.

Niemand konnte auf die Idee kommen, daß Cascal oder Rhodan vor wenigen Stunden per Container aus dem Ghost-System hier angekommen waren, durch Transmitter getrennt auf zwei den Planeten anfliegende Schiffe versetzt wurden und jetzt – aus einer gänzlich anderen Richtung – landeten.

Der erste Abschnitt der komplizierten Tarnung endete, als die ersten Funksprüche zwischen dem mächtigen Kontrollturm und dem Superschlachtschiff der Solaren Flotte gewechselt wurden.

Eine offizielle Landung . . .

Durch den streifigen Morgennebel, entlang der rostroten Wolkenbänke, senkte sich die stählerne Kugel aus dem Himmel über Olymp. Die kleine rote Sonne erschien im Osten, als die mächtigen Landeteller des Schiffes den Spezialbeton berührten. Das tosende Geräusch der Antriebsöffnungen erstarb.

Nach einem Augenblick der Stille dröhnte eine Stimme:

»Ich grüße Perry Rhodan, den Großadministrator!«

Eine Reihe von schweren Gleitern, an den Flanken und auf den Motorhauben das Zeichen von Anson Argyris, näherte sich dem Schiff, dessen Rampe hervorglitt und den Boden berührte.

Die Gleiter bildeten unterhalb des runden Schiffsbauches einen Halbkreis.

Es war ein Vorgang, der jedesmal ablief, wenn Rhodan oder ein anderer Würdenträger auf Olymp landete. Da die Gerüchte bei den Machthabern der feindlich eingestellten Gruppen von Planeten und Sonnensystemen ebenfalls gehört worden waren, nämlich, daß das Sonnensystem kurzfristig wiederaufgetaucht sei, mußte unter allen Umständen verhindert werden, daß Rhodan und seine Freunde etwa aus dem Transmitter auf Olymp materialisierten. Das würde zusätzliche Verdachtsmomente schaffen und die Gerüchte, das Sonnensystem sei in Wirklichkeit nicht verschwunden, weiter anheizen und zur Gewißheit werden lassen. Hier wurde für jeden Beobachter genau und plausibel gezeigt, daß Rhodan von einem Inspektionsflug zurückkam.

Jetzt schritt Rhodan die lange Rampe herunter, hinter ihm Alaska Saedelaere und Lord Zwiebus.

»Sie hatten einen guten Flug?« erkundigte sich der Roboter in der Maske eines Menschen.

»Ja. Ausgezeichnet. Aber wir werden uns nur einige Stunden hier aufhalten, Kaiser Argyris«, erwiderte Rhodan und schüttelte die Hand des schwarzbärtigen Riesen.

»Kein Besuch in meinem Palast?«

Rhodan schüttelte den Kopf, dann sah er sich um.

Die Szene war unverfänglich und wirkte völlig normal. Ein vielbeflogener Raumhafen in den frühesten Morgenstunden. Überall standen Schiffe, die entladen oder beladen wurden. Robotkarren fuhren zwischen den Schiffen und den Hafenbauten hin und her und verschwanden in den schrägen Rampen, die zum unterirdischen Netz von Gängen führten. In einem riesigen Kreis standen die Gleiter der kaiserlichen Polizei um das Raumschiff herum, schwerbewaffnete Polizisten lehnten wachsam an den Gleitern und beobachteten die Umgebung.

»Was sind die wichtigsten Neuigkeiten, Kaiser Argyris?« fragte Perry Rhodan und schaute den Roboter aufmerksam an.

»Nichts aufregend Neues, Großadministrator«, sagte Argyris. »Im Augenblick nimmt die OVERLUCK eine riesige Menge von Nutzlasten auf.«

»Ausgezeichnet. Wohin fliegt Prospektor Cascal?«

»Zu einem kleinen Planeten im Zentrumsgebiet der Galaxis«, sagte Argyris. »In genau vier Stunden startet das Schiff.«

»Gut«, sagte Rhodan entschlossen. »Beginnen wir also mit den Feierlichkeiten.«

Wie immer, hatte Anson Argyris auch heute eine offizielle Staatsbegrüßung anberaumt. Sie fand auf dem Platz vor dem Hauptgebäude dieses Raumhafens statt. Eine Menge Menschen waren trotz der Morgenstunde eingetroffen und begrüßten Perry Rhodan, der nur wenige Dinge mehr haßte als solche Empfänge. Er hielt sich eine Stunde lang auf, hörte sich die Reden an und die Musikstücke, schüttelte unzählige Hände und war froh, als alles vorbei war.

Lord Zwiebus fragte leise:

»Es sieht alles perfekt aus. Ist es nicht ein bißchen *zu* perfekt?«

Seit sich die Gleiterkarawane vom Schiff aus in Bewegung gesetzt hatte, überflog Rhodan die Szene mit seinen Augen und machte sich Gedanken darüber. Es sah wirklich echt aus, wie die gewohnte Routine eines normalen Staatsempfanges. Jeder konnte sehen, daß Rhodan auf Olymp kurz Zwischenlandung gemacht hatte. In dieser Zeit, während die Veranstaltung die Menschen ablenkte, wurde die OVERLUCK beladen. Unter anderem mit dem Schrein von Corello, getarnt als Industriemaschine und entsprechend versiegelt.

Lordadmiral Atlan erwiderte:

»Keine Sorge, Zwiebus. Niemand kommt auf falsche Gedanken.«

Er sah sich um.

Die Landschaft rings um die Raumhäfen war das Ergebnis langer und sorgfältiger Arbeit. Jeder geeignete Fleck war von Büschen und

Bäumen bestanden, und Robots pflegten den Rasen. Silberne Fontänen fauchten in die Luft und ließen das Wasser auf die Gewächse regnen. Weiße Straßen, Brückenbauwerke, Überführungen und Unterführungen umgaben die schlanken Hochhäuser mit den schalldichten Scheiben. Alles wurde überragt von dem gewaltigen Kontrollturm, einer stählernen, chromglänzenden Nadel von mehreren hundert Metern Höhe. Trotz der pausenlos landenden und startenden Schiffe, trotz des fließenden Verkehrs aus dem Torbogentransmitter hatte die Gegend nicht den Charakter einer stählernen Wüste angenommen.

Nach der üblichen Verabschiedung fuhr Rhodan zurück ins Schiff. Lordadmiral Atlan und die anderen Männer des Teams folgten etwas später.

Punkt zehn Uhr startete das Schiff wieder.

Es raste durch die Atmosphäre, hinaus in den Weltraum, und verschwand zwischen den Sternen.

Dyroff Hypern strich über seinen kahlen, schimmernden Schädel und sagte halblaut:

»Eine Menge Ladung, die wir hier an Bord nehmen, Joaquin!«

Sie standen neben der offenen Frachtluke, durch die sich der stählerne Robotarm des automatischen Ladegerätes reckte. Unaufhörlich stapelten sich schwere Kisten und Ballen. Die Positronik des Laders rechnete die günstigste Gewichtsverteilung und die beste Art des Stapelvorganges aus. Besonders auffällig war die kunststoffverkleidete Kiste von mehr als sechs Metern Kantenlänge.

Vorsicht, nicht stürzen! stand darauf.

»Ja. Wir haben einen Sonderauftrag vom Imperium bekommen«, sagte Cascal. »Wir nehmen Kurs auf einen kleinen, relativ unbedeutenden Handelsplaneten.«

Dyroff Hypern grinste unbehaglich.

»Immer wenn wir mit dir und einer Fracht des Imperiums unterwegs sind, verfolgen uns die unangenehmsten Abenteuer«, sagte er. »Ich bin hundertprozentig überzeugt, daß auch dieser Flug alles andere als ein normaler Auftrag ist.«

Cascal legte ihm die Hand auf die Schulter und sagte:

»Die Trouble-Brothers sind wieder am Werk. Keine Angst, wir werden sicher nicht in kosmische Gefechte verwickelt werden.«

»Erstaunlich«, meinte Dyroff. »Immer noch der alte.«

»Warum sollte ich mich ändern?« fragte Cascal rhetorisch.

»Ja, warum?«

Cascal überlegte, während er den Laderaum verließ und hinunter in die Polschleuse ging. Dort wartete ein Hafenbeamter mit den Frachtpapieren. Cascal verglich pedantisch die aufgeführten Posten und sah an der Abrechnung, daß sie Waren im Wert von zwei Millionen Solar an Bord hatten. Dann unterzeichnete er die Frachtpapiere und verabschiedete sich von dem Beamten.

»Guten Flug, Patriarch«, wünschte der Mann und verließ die Schleuse.

Cascal bedankte sich.

Der Schrein mit Corello war an Bord als Teil der Ladung, die aus Maschinen aller Art bestand. Gut getarnt, hatte dieser große Behälter niemandes Aufmerksamkeit erregt. Keiner an Bord wußte, was er wirklich enthielt. Aber nicht nur Dyroff Hypern ahnte, daß diese Ladung alles andere als typisch war.

Caresca Asayah kam hinunter in die Polschleuse und blieb neben Cascal stehen. Sie schien etwas verstimmt zu sein, außerdem war sie unausgeschlafen.

»Joak?«

Er drehte sich halb um und faltete die Frachtlisten zusammen.

»Ja, bitte?«

»Wir starten gleich wieder, nicht wahr?«

Cascal schaute flüchtig auf seine Uhr. »Ja, in neunzig Minuten. Möchtest du noch in die Stadt und Kleinigkeiten einkaufen?«

Sie erwiderte lasch:

»Die Kleinigkeit, die ich kaufen möchte, ist schon im Schiff. Du! Aber ganz ohne Ironie . . . wie lauten die Koordinaten unseres Zieles?«

»Ich werde sie angeben, sobald wir gestartet sind. Wir haben eine Ladung für Rechnung des Imperiums an Bord. Wir sollten nicht gerade mit den Daten unseres Zielhafens hausieren gehen.«

Er legte den Arm um ihre Hüften und drehte sie vom Ausgang weg.

»Trag neues Make-up auf«, sagte er leichthin. »Wir bekommen später nette Gäste – in einigen Stunden.«

»Wen?«

»Laß dich überraschen!« bat Joaquin.

»Immer deine verdammte Geheimnistuerei!« sagte sie ungehalten. »Schon wieder solch ein Risikoeinsatz!«

Er erwiderte verträumt und sarkastisch:

»Das gesamte Leben ist ein Risiko. Ich kann verstehen, Liebling, daß ihr alle etwas irritiert seid, aber auch dieser Einsatz ist wichtig. Für uns und auch für das Imperium. Du brauchst keine Angst zu haben.«

Er sagte dies so überzeugt, obwohl er selbst nicht daran glaubte.

Sie gingen nebeneinander hinauf in die Zentrale, und Cascal schrieb eine Doppelreihe von Zahlen auf einen Block und gab ihn Hypern.

»Programmiert bitte diesen Punkt in die Computer. Dort halten wir zum erstenmal an.«

Hypern schwieg, aber es war deutlich zu sehen, daß er vielfältige Überlegungen anstellte.

»Jawohl, Herr Patriarch!« sagte er leise. »Start in fünfundachtzig Minuten?«

»So ist es«, sagte Cascal.

Er machte in aller Ruhe einen Rundgang durch das Schiff, blieb an sämtlichen besetzten Pulten stehen und begrüßte seine Mannschaft. Sie waren alle leicht nervös, aber diese Gespanntheit bezog sich nicht auf die Angst vor etwas, sondern war Ausdruck der Erwartung, was geschehen würde. Ein ausgezeichnetes Schiff war in einem ausgezeichneten Zustand. Cascal beantwortete Fragen nur unvollständig, und das Erstaunen der Mannschaft nahm zu. Schließlich blieb Cascal im Laderaum stehen und vergewisserte sich, daß er allein war.

Er zog aus seiner Tasche eine lange Verbindungsschnur heraus, steckte ein winziges Hörgerät ins Ohr und hielt ein ebenso kleines Mikrophon an die Lippen. Die Schnur führte er in einen winzigen Stecker ein, der mitten im Punkt des Buchstabens i im Wort *Vorsicht* versteckt war. Er flüsterte.

»Corello? Stichwort Letzte Hoffnung!«

Der Supermutant schien zu schlafen, jedenfalls dauerte es einige Sekunden, ehe er antwortete.

»Sie sind Cascal, nicht wahr?«

»Ja«, sagte Joak leise und behielt, zwischen den gestapelten und festgezurrten Frachtstücken hindurch die Umrisse des Schotts musternd, den Eingang im Auge.

»Wir starten in siebzig Minuten. Wie fühlen Sie sich?«

Die Stimme des Supermutanten in Cascals Ohr war aufgeregt.

»Relativ gut, aber meine Erinnerungen bedrücken mich.«

Cascal wisperte:

»Sie werden in Kürze genügend Gelegenheit haben, alle Ihre Scharten auszuwetzen. Wir starten, und dann wird Rhodan Sie in sein Schiff übernehmen.«

»Ausgezeichnet. Ist die Aktion bemerkt worden?«

Cascal berührte mit drei Fingern die Schnur.

»Natürlich nicht. Die Tarnung war ausgezeichnet. Werden Sie es noch einige Stunden in der Plastikverkleidung Ihres Schreins aushalten?«

»Ganz bestimmt!« versicherte Ribald Corello.

»Gut. Ich lasse Sie jetzt wieder allein«, sagte Cascal. »Ende.«

»Ende!« kam es aus dem winzigen Ohrhörer.

Cascal zog den Stecker heraus, wickelte die Geräte zusammen und steckte sie zurück in die Tasche. Dann ging er langsam wieder hinauf in die Zentrale, um das Schiff startfertig zu machen.

Planmäßig startete die OVERLUCK.

»Diese Position, die du uns angegeben hast, Joaquin, ist zweitausendsechshundert Lichtjahre in Richtung auf das galaktische Zentrum von Olymp entfernt. Bist du sicher, daß wir dorthin wollen?«

»Ganz sicher!«

Die Lichtpunkte des Chronometers zeigten die frühe Morgenstunde an, Standardzeit, als die OVERLUCK die Reste der Lufthülle Olymps hinter sich ließ und beschleunigte. Nach etwa einer Stunde ging dann die OVERLUCK in den Linearraum. Beim Auftauchen würde sich das Schiff irgendwo im freien, leeren Raum befinden, in unmittelbarer Nähe des Treffpunktes.

»Alle Werte normal, Joak, nur unser Herzschlag nicht. Wir ahnen Fürchterliches.«

Während Cascal den verschwindenden Planeten und die immer kleiner werdende rote Sonne auf den Schirmen der Panoramagalerie beobachtete, vernahm er die beruhigenden Geräusche des Schiffes.

Das Brummen der mächtigen Maschinen, das Flüstern der Klimaanlage, die gleichzeitig die Atemluft reinigte und den verbrauchten Sauerstoff erneuerte, das Ticken in den Gebläseschächten und die Geräusche der Schalter unter den Fingern der Steuermannschaft.

»Ich kann nur Andeutungen machen«, brach Cascal das Schweigen. »Aber wir haben eine kostbare Fracht an Bord. Dieses Frachtstück wird dort, wo wir den Linearraum verlassen, abgeholt. Dann fliegt die OVERLUCK weiter – ihrem Ziel entgegen. Der Rest des Auftrages ist Routine.«

Rechts von Cascal beugten sich Caresca Asayah und Dagmar O'Yutang über die Sternkarten und kontrollierten die Richtung des Schiffes.

Neben Cascal saß Dyroff Hypern im Sessel des Ersten Navigators und nahm eine Reihe von Schaltungen vor. Cascal steuerte das Schiff selbst. Nach weiteren zehn Minuten übergab er an den Autopiloten, der von der großen Steuerpositronik gespeist und kontrolliert wurde.

»Dieses Frachtstück . . . ist es gefährlich?« fragte Sarto Ryan.

»Nicht für uns«, gab Cascal zu. »Aber für das Imperium hat es die Bedeutung einer lebenden Bombe. Und für alle Gegner des Imperiums kann diese Bedeutung noch wachsen. Deshalb die Vorsicht, deshalb meine kargen Ausführungen.«

Cascal drehte seinen Sessel halb herum und sagte:

»In dreieinhalb Stunden wird die OVERLUCK aus dem Linearraum kommen. Ich bin recht müde. Ich werde mich in meiner Kabine hinlegen. Weckt mich in drei Stunden.«

Er machte einen weiteren, kleinen Rundgang durch das Schiff, vergewisserte sich abermals, daß im Laderaum II alles in bester Ordnung war und legte sich in seiner Kabine auf die eingebaute Liege. Bisher war alles nach Plan gegangen, jede Kleinigkeit hatte gestimmt – aber ging es auch so weiter?

Seine Gedanken tasteten, während er langsam einschlief, die weitere Strecke der OVERLUCK und die Gefahren ab, die sich entlang dieser Linie aufgebaut hatten.

Das Schiff raste weiter.

Drei Stunden lang . . .

»Um das Aufwachen etwas zu beschleunigen, habe ich einen Kaffee gekocht«, sagte die Stimme in seinen Schlaf hinein. Cascal öffnete die Augen, ohne sich zu bewegen. Vor seiner Liege stand Caresca Asayah. Sie stellte das Tablett mit den Tassen auf dem Schreibtisch ab.

Cascal bedankte sich und stand gähnend auf. »Sehr lieb von dir.«

»An Bord alles klar, Patriarch«, sagte sie und setzte sich neben ihn. »Zufrieden?«

Er strahlte sie an.

»Völlig zufrieden. Einen Moment . . . ich habe schnell etwas zu erledigen.«

Er küßte sie auf die Stirn und ging zum Interkom, schaltete den Bildschirm ein und sagte laut:

»Hier Cascal. Ich rufe Augerman!«

Der Angerufene grüßte vom Bildschirm.

»Augerman, bitte gehen Sie hinunter in den Transmitterraum und schalten Sie das Gerät ein. Lassen Sie es auf Empfang stehen. Klar?«

Augerman blinzelte überrascht, schüttelte fassungslos den Kopf und fragte undeutlich:

»Gäste?«

Cascal grinste.
»So ist es. Nette Gäste, interessante Gäste.«
»Wie nett. Gut, ich schalte den Transmitter ein.«
Der Schirm erlosch. Caresca war von Neugier geplagt.
»Wer kommt an Bord?«
Cascal erwiderte ausweichend:
»Lasse dich überraschen, Carrie – ich kann es nicht sagen. Trinken wir den guten Kaffee aus, er wird uns erfrischen.«
Zehn Minuten später gingen sie nebeneinander in die Steuerzentrale des Schiffes zurück. Das Gerücht hatte inzwischen die Runde gemacht, und fünfzig Besatzungsmitglieder fieberten dem Augenblick entgegen, in dem die OVERLUCK in den Normalraum zurückkehren und abbremsen würde.

Jeder Handgriff wurde mit der perfekten Schnelligkeit eines Teams ausgeführt, das hervorragend aufeinander eingespielt war. Im besonderen galt das für Hypern und Cascal, denen man vor vielen Jahren die Bezeichnung Trouble-Brothers verliehen hatte. Dort, wo sie waren, gab es stets Aufregungen und Zwischenfälle. Sie machten ihrem Ruf alle Ehre.
»Sicher hast du inzwischen ausgeschlafen und bist bereit, weitere Mitteilungen zu machen?« fragte Hypern. »Es ist entweder tatsächlich eine Bombe, eine neuartige Maschine oder ein besonders wichtiger Mensch, ja?«
Cascal musterte seinen Freund ruhig und lachte.
»Du bist auf der richtigen Spur. Angenommen, ich würde es dir sagen, angenommen ferner, man würde die OVERLUCK anhalten, euch verhaften und dich verhören . . . dann könnte man das Geheimnis lösen, nicht wahr?«
Hypern nickte unlustig.
»Dein Scharfsinn ist beträchtlich, Cascal. Ist das Geheimnis so groß?«
»Fürwahr, es ist so!«
»Kein Tip, nein?«
Cascal schüttelte den Kopf.
»Sollte dich jemand fragen, dann war es ein Teil der energetischen Ausrüstung eines Raumschiffes. Alles Weitere weiß nur ich.«
»Der Rücken des Patriarchen ist krumm von der Verantwortung!« sagte Dagmar laut.

»Und der Sinn seiner Freunde verwirrt!« gab er schlagfertig zurück. »Achtung, jetzt!«

Von der Automatik gesteuert, schwang das Schiff aus dem Linearraum in das dreidimensionale Kontinuum zurück. Sie waren zweitausendsechshundert Lichtjahre und einige Lichtsekunden von Olymp entfernt.

»Bremsmanöver bis zur Nullfahrt!« rief Cascal und bewegte die Schalter.

Die OVERLUCK verlor ihre kinetische Energie, wurde abgebremst und schwebte weitere Minuten lang aus. Mitten im letzten Bremsvorgang meldete sich Sarto Ryan, der Funker.

»Hier Ryan. Ich habe eben festgestellt, daß das All rings um uns von Funkimpulsen förmlich wimmelte. Jetzt sind sie verstummt.«

Cascal nickte leichthin und erwiderte:

»Gut aufgepaßt – das geht in Ordnung.«

Die OVERLUCK stand jetzt still. Die Schirme der Ortung flammten auf, und der Mann am Fernortungspunkt sagte in unterdrückter Panik:

»Achtung! Die Funkimpulse kamen vermutlich von Raumschiffen, wie ich sie hier sehe. Es werden immer mehr . . . es sind Tausende!«

Cascal ließ sich das Bild an seinen Platz durchschalten, betrachtete sekundenlang die Sichtschirme und stellte fest, daß die OVERLUCK von Tausenden von Lichtpünktchen umgeben war wie von einem Schwarm von Sonnen. Die Schiffe kamen schnell näher und schlossen sich wie zwei Halbschalen einer Kugel um das Schiff. Es wirkte wie ein schnelles, gekonntes Umzingelungsmanöver.

»Ich hatte nicht mit einer solchen Menge gerechnet«, sagte Cascal. »Aber wir befinden uns unter Freunden!«

Hypern fragte heftig:

»Woher weißt du, daß es Freunde sind, Joak?«

Cascal erwiderte bedeutungsvoll:

»Die Intuition sagt es mir. Siehst du dort das große Schiff, das aus dem Verband ausschert?«

»Natürlich!«

Cascal beugte sich über die Schaltungen. Er sah, daß die OVERLUCK im Raum stand, daß sich die Schale der Schiffe um das einzelne Raumobjekt schloß und ein besonders großes Schiff die Mauer durchbrach und sich der OVERLUCK näherte, dann ebenfalls anhielt. Das Funkgerät sprach an, und die Lautsprecher durchbrachen die gespannte Stille.

»Stichwort Letzte Hoffnung. Wir kommen an Bord.«

Cascal winkte Hypern und Caresca und stand auf.

»Es sind Freunde«, sagte er laut. »Gute Freunde. Gehen wir hinunter in den Transmitterraum, um sie zu begrüßen. Ihr werdet euch wundern!«

Jedes Besatzungsmitglied, das gerade abkömmlich war, schien sich in der Nähe des Transmitterraumes eingefunden zu haben. Mindestens vierzig Frauen und Männer standen hier, als Cascal, Caresca und Hypern kamen. Das Schott öffnete sich, und in der halben Dunkelheit des dahinterliegenden Raumes glühten die beiden Säulen des Transmitters. Cascal trat ein.

»Also . . .«, sagte Caresca protestierend, » . . . der Weihnachtsmann kann es nicht sein, der da kommt. Wir schreiben inzwischen Anfang Februar. Jetzt bin ich aber mehr als neugierig. Ich . . .«

Cascal lästerte:

»Alle Frauen sind neugierig.«

»Ausnahmsweise – diesmal sind es die Männer nicht weniger.«

Hinter den dreien aus der Zentrale drängten sich die übrigen Besatzungsmitglieder in den Raum. Augerman schaltete die Beleuchtung höher, und das Glühen schien abzunehmen. Niemand sprach, man hörte nur aufgeregte Atemzüge.

Auch Cascal fieberte vor Aufregung.

Es war immerhin möglich, wenn auch schwer denkbar, daß dieses Manöver und auch das entsprechende Kodewort verraten worden waren. Dann wurde es brenzlig, denn in diesem Fall waren sowohl die vielen Schiffe nicht die der Solaren Flotte als auch die Ankömmlinge, die jetzt jede Sekunde im Transmitter auftauchen mußten, nicht die erwarteten.

Cascal holte seine Waffe unter der Schulter hervor, entsicherte sie und behielt sie in der Hand. Was war, wenn jetzt hier eine Schar Männer in schweren Kampfanzügen aus dem Transmitter hervorbrach, Männer von Dabrifa oder der ZGU?

Unruhig sah er, daß auch der andere Trouble-Brother zur Waffe griff.

Und dann waren sie da.

Jemand stöhnte auf.

»Lordadmiral Atlan!«

Eine Frau flüsterte: »Und Perry Rhodan.«

Cascal fühlte, wie ihn die Spannung verließ. Er atmete tief auf und steckte die Waffe weg.

Dann ging er auf die beiden Gestalten zu, die den Transmitter verließen.

»Bisher sind alle unsere Maßnahmen geglückt«, sagte Cascal und schüttelte zuerst Rhodan und dann Atlan die Hand.

»Wir haben mehr als berechtigte Hoffnungen, daß es in dieser Art weitergeht«, sagte Rhodan. Er begrüßte die Besatzung, die langsam näher gekommen war.

»Das erscheint selbst mir etwas unglaublich«, sagte Dyroff Hypern. »Wir begrüßen Sie an Bord unseres Schiffes, Sir.«

»Danke«, sagte Rhodan. »Nur werden wir uns nicht lange aufhalten können. Alles vorbereitet, Cascal?«

»So ziemlich alles. Wie soll die Fracht übernommen werden? Per Transporter?«

»Ja, bitte. Schalten Sie das Licht im Laderaum ein, die Schwerkraft aus – und natürlich muß die Frachtluke geöffnet werden.«

Cascal wandte sich an Augerman.

»Bitte, nehmen Sie die Schaltung vor, ja?«

Augerman sah etwas unschlüssig auf Rhodan und Atlan, von dort zu Cascal. Dann führte er eilends den Befehl aus.

Rhodan wandte sich an die Besatzung.

»Wir sind deswegen persönlich hier, weil wir Ihren Patriarchen brauchen. Zugleich wollen wir Ihnen aber auch soviel sagen, wie wir risikolos sagen dürfen. Die OVERLUCK wurde dazu gebraucht, eine besonders gefährliche und noch viel wertvollere Fracht von Olymp wegzubringen.«

Dagmar O'Yutang fragte deutlich:

»Bis hierher, Sir?«

»Ja«, erwiderte Lordadmiral Atlan. »Nur bis hierher. Die vielen Schiffe dort draußen sind zu unserer Sicherheit da. Der Rest der Ladung, das Ziel und der Verkauf dort sind reine Tarnung, aber alles wird normal funktionieren. Der Planet hat wirklich eine Ladung dieser Art angefordert, und Mister Hypern wird sie so günstig wie möglich verkaufen. Der Gewinn gehört selbstverständlich dem Schiff.«

»Bravo!« sagte Hypern. »Daraus schließe ich, daß Cascal mit Ihnen geht?«

Rhodan nickte und lachte kurz auf.

»Jawohl. Wir brauchen ihn. Ihr Chef hat verschiedene Fähigkeiten, auf die das Imperium nicht verzichten kann.«

Dagmar flüsterte in Carescas Ohr:

»Damit ist doch nicht etwa Cascals Sarkasmus gemeint?«

Caresca lachte unwillig auf.

»Kaum.«

Hypern wandte sich an Atlan und fragte weiter:

»Ein Teil der Ladung wird jetzt mit einem Spezialtransporter auf das große Schiff gebracht werden, mit dem Sie gekommen sind, Sir. Ist das richtig?«

Atlan deutete auf den Transmitter und sagte:

»Richtig. Die Fracht durch den Transmitter zu schicken wäre zu umständlich. Kommen Sie mit – sehen wir uns den Vorgang an!«

»Einverstanden.«

Durch ein Spalier verblüffter Besatzungsangehöriger gingen Perry Rhodan, Atlan, Caresca, Dagmar und Hypern hinter Cascal her. Sie kamen an die große Luke, die den Frachtraum II mit den Schiffskorridoren verband, und Cascal schaltete einen Sichtschirm an.

»Die Ladung ist schwer vertäut worden«, erläuterte er.

Die Frachtluke stand weit offen. In dem Viereck sah man undeutlich die Sterne, deutlicher die Wandung des Flaggschiffes von Staatsmarschall Reginald Bull und ganz scharf einen kleinen Raumtransporter, der mit magnetischen Halterungen am Schiff befestigt war und aus dessen Luke sich Spezialisten in Raumanzügen näherten. Sie enterten die OVERLUCK, befestigten Griffe, Leinen und ein kleines Triebwerksaggregat an der auffälligen Frachtkiste und bugsierten sie mit unendlich großer Behutsamkeit zwischen den übrigen Gepäckstücken hervor, schoben sie durch den breiten Mittelgang und durch die Luke.

Hypern räusperte sich und sagte anerkennend:

»Eine tadellose, schnelle Arbeit.«

Atlan meinte dazu:

»So arbeiten wir meistens, Dyroff. Hier ist ein Umschlag für Sie, in ihm finden Sie sämtliche Direktiven für den weiteren Flug der OVERLUCK. Es ist an jede Kleinigkeit gedacht worden. Sollten sich irgendwelche Verzögerungen oder ungewöhnliche Dinge ereignen, werden Sie etwas improvisieren müssen. Alles klar?«

Dyroff Hypern sah zu Cascal, und der Patriarch nickte zuversichtlich.

Hypern spürte, wie das Geheimnis immer dichter wurde. Wie kaum ein anderer vermochte dieser Mann, der beste Freund Cascals, die Wünsche von Menschen, ihre Möglichkeiten und die vielen winzigen Beobachtungen um sie herum in ein ziemlich klares und lückenloses Bild zu bringen – er beherrschte die Kunst der augenblicklichen Extrapolation ziemlich gut. Dazu kamen eine gehörige Portion angewandte Psychologie und eine gleich große Menge reine Intuition. Dyroff

Hypern versuchte festzustellen, was das alles hier bedeutete. Geschehnisse, deren Zeuge er war, hatten ihre Gründe. Was war da für das Imperium derart wichtig, daß sich selbst Rhodan und Atlan nicht scheuten, an einem großangelegten Versteckspiel mitzumachen? Schweigend ging er die Möglichkeiten durch.

Cascal sah ihn aus halb geschlossenen Augen an.

Als er Hyperns Blick wahrnahm, wußte Joaquin Manuel Cascal genau, daß er über den Inhalt der Kiste Bescheid wußte.

»Okay«, sagte er. »Wir sind fertig.«

Er deutete auf den Sichtschirm, der die Vorgänge im Innern des Laderaumes zeigte. Augerman kam im Raumanzug heran. Er schaltete die hydraulische Anlage ein, die die Platte der Luke schloß.

Dann schaltete er die normale Schiffsschwerkraft wieder ein, kam zur Verbindungstür und wartete in der kleinen Personenschleuse auf den Druckausgleich.

Er kam in den Korridor hinein.

»Danke, Augerman«, sagte Rhodan. »Wir müssen wieder von Bord. Meine Damen und Herren . . . Sie werden Ihren Kommandanten in etwa siebzehn Tagen wiedersehen. Wenn nicht einige sehr unangenehme Dinge geschehen, wird er unbeschädigt und in bester Laune zu Ihnen zurückkehren. Halten Sie sich bitte an den Flugplan, denn Cascal wird zu Ihnen stoßen.«

Er deutete auf den Umschlag, den Hypern hielt.

Cascal sagte halblaut: »Wenn Sie schon vorausgehen würden, Sir? Ich hole nur noch meine Zahnbürste und mein bekanntes Benimm-Büchlein, dann springe ich ganz schnell durch den Transmitter.«

»Einverstanden.«

Rhodan und Atlan ließen sich von Hypern, der ungewöhnlich schweigsam und nachdenklich war, nach unten in den Transmitterraum bringen. Caresca Asayah folgte Cascal in dessen Kabine.

»Du gehst jetzt ins Flaggschiff von Bull, Joak«, sagte die junge Frau und sah zu, wie er den Koffer und eine kleinere, schwarze Tasche auf die Liege stellte.

»Ja«, sagte er. »Bull ist mit einem Teil der Flotte aus der Lasztman-Sternenballung zurückgekommen. Wir haben eine schwere Mission, glaube mir.«

Sie nickte bedrückt.

»Wann sehen wir uns wieder? Und wie lange? Ich kenne dich nur noch von Bildern und von minutenlangen Aufenthalten. Wann werden wir einmal wieder einige Monate für uns haben?«

Er nahm ihr Gesicht in beide Hände und versprach leise mit seiner tiefen Stimme:

»Bald. In knapp drei Wochen ist dieser Einsatz vorbei. Vermutlich werde ich auf Olymp wieder zu euch stoßen.«

»Ist es . . . gefährlich?« fragte sie und deutete auf den Bildschirm, der Sterne und davor die Schiffe zeigte.

»Nein, nicht sehr gefährlich. Aber ziemlich schwierig.«

»Gut. Ich begleite dich bis zum Transmitter, Joak!«

Sie küßten sich lange und mit Ausdauer, dann verließen sie die Kabine und gingen hinunter. Minuten später war Cascal von Bord gegangen.

Er beobachtete von einem Schirm in der Zentrale des Flaggschiffes aus, wie sich der schalenförmige Gürtel der Schiffe auflöste.

Die OVERLUCK nahm Fahrt auf, wurde schneller und preschte an den anderen Einheiten vorbei, dem fernen Ziel entgegen. In wenigen Tagen würden sie auf einem kleinen, unbedeutenden Handelsplaneten landen und dort die Ladung verkaufen, die aus Maschinenbauteilen für Atomreaktoren und ähnlichen Präzisionsbauteilen bestand. Wieder war ein weiterer Schritt in dem großen Plan getan worden.

Cascal wandte sich an Atlan, der neben ihm stand und die Manöver beobachtete.

»Corello ist an Bord, die OVERLUCK ist ihre verhängnisvolle Last los, und wir fliegen jetzt an unser Ziel?«

»Ja«, sagte Atlan, »obwohl ich unruhiger werde, je mehr wir uns dem Planeten nähern.«

»Sie und unruhig? Eher werde ich lammfromm«, entgegnete Cascal.

Atlan musterte ihn spöttisch.

»Sie können Ihr Benimm-Büchlein aufschlagen und dort nachsehen, daß oftmals Menschen, die besonders kaltblütig erscheinen, von großer Sensibilität sind und zittern, ehe andere Menschen die Gefahren überhaupt sehen. Ich sage Ihnen, Corello ist immer noch der instabile Faktor aller unserer Überlegungen.«

Cascal nickte und fragte nach:

»Die meisten hochintelligenten Menschen sind schwierig, nicht wahr?«

»Besonders dann, wenn sie einen felsengroßen Ödipuskomplex haben.«

Cascal hob beide Hände und sagte abwehrend:

»Ich habe keinen, Lordadmiral!«

Atlan sagte lächelnd:

»Wenn ich Ihren Komplex beziehungsweise Ihre Gefühle analysieren müßte, hätte ich die Arbeit mehrerer Jahre vor mir.«

Cascal grinste und verzichtete im Interesse der guten Partnerschaft auf einen abschließenden Kommentar.

Das Flaggschiff nahm Fahrt auf, zerschnitt die weit auseinandergezogenen Formationen und richtete sich auf das Ziel ein. Die gewaltigen Maschinen arbeiteten mit Vollast, und ein dumpfes Dröhnen, das die Zwerchfelle erschütterte, ging durch die Schiffszelle.

Am Zielort warteten die Gefahren einer wissenschaftlichen Aktion, bei der alles gewonnen oder alles verloren werden konnte.

Das Ziel hieß Last Hope.

Letzte Hoffnung . . .

9.

Während etwa eintausendsechshundert Raumschiffe in jenem Teil des Alls, in dem sich das Solsystem befunden hatte, versammelt waren und auf etwas warteten, das die Kommandanten selbst nicht recht glauben konnten, näherte sich Bulls Flaggschiff dem Planeten Last Hope.

Aktion Letzte Hoffnung ging ins letzte Stadium.

Das Schiff mit seiner kostbaren Last landete.

Minuten später schwebten aus einem Schleusenschott zwei Flugpanzer und ein drittes Spezialfahrzeug, das das bewußte Frachtstück an Bord hatte. Unter schwerster Bewaffnung hatte man den Schrein mit Ribald Corello verladen, ebenso bewacht ging der Transport vor sich. Die drei Shifts schwebten vorsichtig, nicht zu schnell und auf geradem Kurs auf das Schleusentor in einer Wand des Gebirgszuges zu. Sie setzten behutsam auf und rollten auf den breiten, gummigeschützten Gleisketten in einen taghell ausgeleuchteten Stollen hinein. Die erste Panzerschleuse wurde aufgezogen, als die Shifts das erstemal bremsten, und Geoffry Abel Waringer stieg in den ersten Shift und begrüßte die Teilnehmer der Expedition.

Nachdem sich die Aufregung gelegt hatte, fragte Rhodan:

»Wie geht es? Kommen wir zu spät?«

Waringer lächelte zerstreut, er stand noch völlig im Bann seiner letzten Arbeiten. Bis vor wenigen Minuten, bis zur Meldung, daß das

Schiff landen würde, hatte er sich noch vor seinem neuesten Meisterwerk befunden, um die Endkontrolle der wichtigsten Bauteile abzunehmen.

»Nein. Gerade zum wichtigsten Zeitpunkt. Ich habe auf niemanden so sehr gewartet wie auf den Mutanten dort hinten. Bezieht sich die Aufschrift *Nicht stürzen!* auf Corello?«

»Man könnte es so auffassen«, sagte Atlan.

Waringer fragte:

»Habt ihr Cascal mitgebracht?«

Saedelaere deutete mit dem Daumen über seine Schulter und wies auf den dritten Spezialshift.

»Er hat es sich nicht nehmen lassen, den Shift mit unserem Kleinod zu steuern.«

»Ausgezeichnet«, sagte Waringer nachdenklich. »Ich bin beinahe krank vor Spannung. Ob es Corello gelingt?«

Er drehte sich um und sah die anderen Mitglieder dieser Expedition in ein Reich an, das so gut wie unbekannt war – ein Reich der Dimensionen. Niemand konnte ihm etwas sagen, überall sah er verlegene Mienen.

Das zweite Panzerschott.

Die Kampfroboter, die regungslos vor und hinter den massiven Stahlplatten standen, waren auf die Individualimpulse der Beteiligten programmiert worden, und nur winzige, ruckende Bewegungen der Waffenarme bewiesen, daß die Maschinen aktiviert waren.

»Eindrucksvoll«, meinte Cascal hinter dem Steuer des schweren Lastenshifts.

Hinter der dritten Panzerschleuse bogen die beiden ersten Wagen rechts ab, parkten nebeneinander und hielten an.

Rhodan und die anderen stiegen aus.

Zwei Männer in dünnen Strahlenschutzanzügen winkten Cascal zu. Er verstand ihre Gesten und schaltete den Minikom ein.

»Fahren Sie hier unter den Kran, Mister!«

Cascal bugsierte den Shift vorsichtig unter einen fahrbaren Kran und sah zu, wie der Behälter mit dem Schrein Corellos abgeladen und auf eine Schwebeplattform gesetzt wurde. Cascal stieg aus und setzte sich in den kleinen Sessel der Steuerung. Er winkte kurz zu Rhodan und Atlan hinüber.

Dann wurde er von den Weißgekleideten weiter eingewiesen.

Cascal drehte die Plattform vorsichtig und steuerte sie dann in die hintere Ecke des Lifts hinein. Er sah gerade noch, wie die Gruppe um

Rhodan in einen kleineren Kabinenlift einstieg, dann glitten die schweren, mit Mattlack überzogenen Schiebetore zu.

Die Kabinen schwebten auf einer Kraftfeldsäule abwärts.

Etwa zehn Minuten lang.

»Das geht ja höllisch tief abwärts«, bemerkte Cascal. »Ob Waringer auf diese Weise die Heizkosten senken will?«

Er versuchte auszurechnen, wie schnell der Lift fiel, seine Fallgeschwindigkeit mit den Sekunden zu multiplizieren, gab es aber auf, als sich die Türen wieder öffneten. Er sah sich, kaum daß er mit seinem Schwebegerät den Lift verlassen hatte, einer Phalanx von zwölf überschweren Kampfrobotern gegenüber, die auf summenden Prallfeldkissen heranstoben und sich um den Liftausgang gruppierten.

Sie bildeten eine Gasse rechts und links vom Lift. Cascal steuerte die Schwebeplattform weiter. Ein riesiger Stollen wartete hier auf ihn. Neben dem kleineren Lift stiegen Rhodan und die anderen in einen kastenförmigen Gleiter, der ein transparentes Oberteil trug. Beide Fahrzeuge setzten sich nach links in Bewegung, und ihnen folgten die Kampfroboter. Cascal mokierte sich über die riesigen Sicherheitsvorkehrungen, die aber keineswegs überflüssig waren.

Es ging weiter.

Die Einrichtung der Forschungsstation war teuer, aufwendig und etwas protzig.

Transparente Wände aus schweren, dicken Platten einer glasähnlichen Substanz, hinter denen die Energieanlagen liefen. Schwere, vielfarbige Kabelstränge waren an den Wänden und endeten in wuchtigen Verteilerblöcken. Schirme flimmerten, Uhren, hinter deren Zifferblättern grelles Licht leuchtete, waren zu sehen. Vollautomatische Labors in der Größenordnung von Werftanlagen, gestützt durch riesige Träger – und überall waren weitere Kampfroboter zu sehen oder Elitesoldaten, in deren Gesichtern die Langeweile einer leichten Überraschung Platz machte, als Rhodan und Atlan in ihr Blickfeld kamen. In einer Schleusenhalle, die keinerlei menschliche Proportionen mehr hatte, hielt die Schwebeplattform an. Beide Fahrzeuge wirkten wie Ameisen auf dem Boden einer riesigen Tonne. Niemand konnte sagen, aus welchen Gründen die Schleuse eine derartige Größe haben mußte – aber so war es nun einmal.

Die Ankömmlinge verließen die Fahrzeuge.

Sie gingen rund hundert Meter, dann blieben sie am Auswertungspult einer Positronik stehen. Waringer fragte:

»Wie schnell können wir mit dem Versuch anfangen?«

Perry Rhodan überlegte:

»Wir sollten erstens die Tarnung um den Schrein beseitigen, zweitens mit Corello sprechen und ihm drittens eine kurze Zeit der Eingewöhnung einräumen.«

Atlan blieb skeptisch und fragte:

»Ob das an dem Ergebnis etwas Grundlegendes ändern würde, Perry?«

»Ich weiß es ebensowenig wie du«, sagte Rhodan. »Aber ich halte es für die bessere Lösung.«

Rhodan wandte sich an Cascal.

»Würden Sie bitte die Schutzhülle vom Schrein entfernen?«

Cascal ging die wenigen Meter hinüber zum anderen Wagen. Er kletterte hinauf und riß an einem bestimmten Handgriff, worauf sich die auffällige, raumfeste Tarnhülle automatisch zusammenzog und von beiden Seiten herunterglitt. Jetzt war der Schrein des Mutanten voll sichtbar.

Cascal klopfte an die Seitenwand.

Er erkannte undeutlich einen Schatten.

Dieser Schatten bewegte sich, schließlich ertönte ein Klicken, und ein Teil des Schreins wurde durchsichtig. Cascal sagte laut:

»Corello – Perry Rhodan möchte mit Ihnen sprechen.«

Er wußte, daß er durch die Schädeloperation und die eingesetzte Platte aus Terkonitstahl gegen die mentale Beeinflussung durch Ribald Corello immun war, aber er konnte den Anblick dieses Monstrums nur schwer ertragen.

Rhodan näherte sich dem Schrein.

»Was haben Sie, Joak?« fragte er.

Cascals Grinsen war eiskalt und keineswegs ironisch, als er laut und deutlich erwiderte:

»Sehnsucht nach einem menschlichen Gesicht, Sir.«

Er drehte sich brüsk um.

»Rhodan«, kam die Stimme des Supermutanten. »Ihr Vertrauensmann scheint mich nicht gerade zu lieben, und ich kann ihn auch verstehen. Sie wollen, daß ich mit Ihnen zusammenarbeite und mein Versprechen einlöse, nicht wahr?«

Rhodan erwiderte deutlich:

»So ist es. Wir haben eine Menge Material, das wir Ihnen anvertrauen, Corello. Und einige von uns sind nach wie vor nicht von Ihnen überzeugt.«

Corello sagte fast traurig:

»Auch das kann ich verstehen. Aber ich versichere Ihnen, daß ich nach wie vor alles bereue, was ich dem Imperium angetan habe.«

»Schön. Wann können Sie anfangen?«

Der Mutant sagte:

»In einer halben Stunde. Ich fühle zwar, daß ich noch nicht restlos wiederhergestellt bin, aber ich werde durchhalten.«

»Gut.«

Rhodan ging wieder zu der Gruppe der anderen hinüber, die in einer leisen, aber heftig geführten Diskussion miteinander sprachen. Seine Gedanken waren noch immer sehr düster. Wäre Corello nicht in der Nähe und wäre die Lage im heimatlichen Sonnensystem nicht so hoffnungslos, würden sie alle diesen Großversuch nicht gewagt haben. Aber sie brauchten das sechsdimensionale Mineral.

»Geoffry!« sagte Rhodan.

Waringer war froh, daß er aus seinem Zustand der Untätigkeit gerissen wurde.

»Perry? Was gibt es? Können wir anfangen?«

Rhodan verbarg seine Besorgnis sehr geschickt. Nur Atlan, der in seine Augen blickte, konnte nicht getäuscht werden. Er erkannte die Verzweiflung und die ungeheure Risikobereitschaft des Freundes sehr genau.

»Wir können anfangen. Corello wird seinen Schrein gleich verlassen. Veranlasse bitte alles übrige.«

Waringer zog aus einem Schaltkasten ein Mikrophon heraus und sagte, ohne Rhodan und den Schrein hinter ihm aus den Augen zu lassen:

»Waringer hier. Bitte das Quintatron anlaufen lassen. Noch keine Aktivität, nur die Energieversorgung.«

Dann schaltete er das Mikrophon wieder aus und sagte:

»Dort drüben, hinter diesem Schrankaggregat, beginnt ein Laufband. Es wird uns dorthin bringen, wo alles stattfindet.«

Die Gruppe löste sich auf, nur Atlan und Cascal blieben zurück. Der Lordadmiral wandte sich an Joak.

»Corello ist auch nicht gerade Ihr Fall, was?« fragte er.

Cascal senkte den Kopf.

»So ist es, Lordadmiral«, sagte er. »Aber ich werde es überstehen!«

»Davon bin ich überzeugt.«

Sie sahen zu, wie Corello seinen Schrein verließ. Cascal beherrschte sich eisern.

Die Öffnung des Schreines wurde breiter.

Ribald Corello, der Supermutant und Quintadimtrafer, saß in oder auf seinem Transportroboter.

Der Transportroboter, eine kegelförmige Konstruktion, war zwei Meter hoch. Die Schädelkugel war teilweise aufgefaltet und trug den abnorm großen Kopf des Mutanten, der seine kindlichen Augen auf die beiden Männer richtete.

Der Roboter schwebte aus dem Schrein hervor, senkrecht in die Höhe. Dann vollführte er eine Bewegung um zehn Meter nach rechts, sank wieder auf seinem Prallfeld ab und blieb vor den Männern dicht über dem Boden schwebend stehen. In dem Kegelkörper befand sich eine Sitzvertiefung, die aufgeklappt worden war. Jetzt ruhte der schmächtige Körper des Mutanten darin. Auch hier wurde, wie im Schrein, eine konstante Körpertemperatur künstlich erzeugt – siebenunddreißig Grad Celsius.

Atlan deutete auf die Öffnung zwischen den Schaltschränken.

»Dort hinüber, Mister Corello«, bat er.

Der Mutant folgte bereitwillig.

Emotionautisch gesteuert, glitt der Transportrobot auf die Lücke zu. Die beiden Greifarme und die zwei Waffenarme hingen herunter.

»Hinterher!« sagte Atlan.

»Natürlich.«

Sie bogen, eskortiert von fünf auftauchenden, schweren Kampfrobotern, auf das Laufband. Weit voraus sahen sie noch die Gruppe um Perry Rhodan. Der kegelförmige Robot mit Corello schwebte vor ihnen. Wachsam, vorsichtig und langsam bewegten sie sich ins Innere der mächtigen Anlage. In die Geräusche hier unten hatte sich seit kurzer Zeit ein neues Geräusch gemischt.

Ein dumpfes, fernes Dröhnen.

Als ob Schiffsmaschinen liefen oder riesige Turbinen.

»Das Quintatron ist angelaufen«, stellte der Lordadmiral fest.

»Ja. Man will ein ganzes Kilogramm Howalgonium beschießen. Wenn etwas dabei passiert, dürfte dieses Sonnensystem der Vergangenheit angehören«, sagte Cascal.

Der Mutant, zehn Meter vor ihnen schwebend, sagte mit seiner merkwürdigen Stimme:

»Dazu wird es nicht kommen. Ich sorge dafür.«

»Hoffentlich!« rief Atlan.

Sie fuhren weiter, geradeaus, dem Aktionsraum entgegen.

Beide wußten, daß schon winzige Bruchteile eines einzigen Gramms genügten, um bei der danach erfolgenden Instabilität des neuentstandenen Sextagoniums den Planeten Last Hope pulsieren und beinahe in den Hyperraum verschwinden zu lassen. Corello schien zwar gesund zu sein, aber ob er wirklich seine Spitzenform erlangen konnte, war sehr zweifelhaft. Das Risiko des Versuchs, der in wenigen Minuten erfolgen würde, konnte kaum größer sein.

Atlan sagte:

»Neunhundertzehn Milliarden QWA, Cascal!«

Cascal meinte dazu:

»Genug, um eine halbe Galaxis damit anzuzünden!«

Sie schwiegen. Aber jeder von ihnen hatte in den nächsten Minuten eine kleine, private Hölle der Untätigkeit zu durchlaufen.

Das wußten sie.

Das Howalgonium war da.

Es wurde von acht schwer isolierten Greifern gehalten und befand sich genau im Strahl der Öffnung, aus der die gewaltige Energie hervortoben würde. Die Halle war vom Dröhnen der Maschinen erfüllt, und jede Unterhaltung erfolgte entweder laut schreiend oder mit Kopfhörern und Kehlkopfmikrophonen.

Unter dem justierten Howalgonium befand sich eine große, kreisrunde Fläche, die mit Meßgeräten, Schutzschirmen und ähnlichen technischen Einrichtungen umstellt war. Zwischen diesen Geräten waren breite Nischen. In jeder dieser Nischen stand einer der terranischen Mutanten, hinter ihm ein schwerbewaffneter Robot, dessen ausgefahrene Waffensysteme ins Zentrum des Kreises zielten.

Dort stand Corello.

Vielmehr: Er saß. Er saß nach wie vor in dem Tragesitz seines Spezialroboters, der gerade ein HÜ-Schutzfeld aufbaute. Mit seinen grünen Augen betrachtete Corello seine Umgebung und besonders die Männer, deren Verstand von ihm auf keinen Fall übernommen werden konnte: Tschubai, Cascal, Alaska, Gucky und die anderen.

»Die heiße Zone des Beschußstrahles!« schrie Atlan neben Cascal und deutete nach vorn.

Dort schwebte, irgendwie fremd und abstrakt, das kugelförmig geformte Mineral. Howalgonium, aus dem Sextagonium werden sollte.

Der HÜ-Schirm, ähnlich einer leicht grünen Seifenblase von erstaunlicher Festigkeit, hatte sich jetzt um Corello gebildet.

Waringer hob den Arm und rief etwas, dann deutete er auf die

Reihe von Uhren an der Oberkante eines riesigen Umformers, die für jeden im Saal gut sichtbar waren. Zwei der Präzisionsinstrumente liefen, die anderen standen still, aber die Kontaktlampen in ihren Feldern glühten grün.

Cascal hörte die Stimme von Rhodan in seinem Ohr. Er drückte mit dem Zeigefinger das winzige Hörgerät tiefer in die Ohrmuschel hinein.

»Sind Sie bereit, Joak? Der Beschuß soll in zweihundert Sekunden stattfinden.«

Cascal sah hinüber zu Rhodan und gab ein Zeichen der Zustimmung.

»Gut. Ich veranlasse das Folgende.«

Eintausend Gramm reines Howalgonium befand sich nur zweihundert Zentimeter vom Rand des HÜ-Schirmes um Corello entfernt.

Das Mineral flimmerte rötlich wie die Spiegelung der Sonne auf einem dunstigen See.

Das Dröhnen der Energieerzeuger nahm zu, wurde lauter und schien die Halle des Quintatrons in ein System schwingender Träger und Werkstoffe zu verwandeln. Vibrationen erfaßten die Menschen und erschütterten sie. Die Muskeln und Nerven der rund dreißig Personen, die in der Nähe der Beschußöffnung oder hinter den Schirmen standen, an den Kontrolltafeln oder oben an der Decke in einem gläsernen, kugelförmigen Käfig, waren angespannt. Das Donnern wurde lauter und lauter.

Dann senkte Waringer eine Hand.

Ein riesiger Schalter flog herum.

Energetische Ströme rasten die Leitungen entlang, und das gewaltige Quintatron begann zu arbeiten.

Man konnte nicht mehr unterscheiden, woher die Geräusche kamen.

Langsam drehte sich der Roboter mit Corello im Sitz um dreihundertsechzig Grad; er drehte sich auf der Stelle.

Er betrachtete die Gesichter der Menschen und sah hinter ihnen die Roboter.

Eine schweigende, kühl reagierende Front umgab ihn. Sowohl die Gesichter als auch die griffbereiten Waffen der Spezialisten drückten aus, was sie gegenüber Corello empfanden.

Immer noch Mißtrauen.

Ekel und Abscheu wurden unterdrückt, waren aber vorhanden.

Die Roboter besaßen ausnahmslos eine Spezialprogrammierung, die auf Corellos Gehirnimpulse ansprach. Lord Zwiebus hielt seine Keule wie eine schwere Zweihandwaffe, und das stumpfe Ende der Imitation deutete auf Corello. Schließlich war die Dreihundertsechzig-Grad-Drehung beendet, und Corello konzentrierte sich auf das Howalgonium.

Der Robot näherte sich um einen Meter dem Klumpen Howalgonium.

In der gleichen Sekunde gab Waringer den Beschuß frei.

»Los!« schrie jemand unkontrolliert.

Mit einer Energie von mehr als neunhundert Milliarden QWA wurde der Howalgoniumklumpen voll getroffen. Eintausend Gramm des kostbaren Minerals befanden sich im Zentrum eines Strahlers von rund fünfzig Zentimetern Durchmesser, der den Raum zwischen der Beschußöffnung des Quintatrons und den Auffangschirmen und der Absorbereinheit überspannte.

Sekundenlang geschah überhaupt nichts.

Dann begannen die Quintronen das gefährliche Element zu verwandeln. Unmerklich veränderte sich das Howalgonium. Aus dem rötlich flimmernden Mineral wurde ein Klumpen, der zu glühen schien. Dann wechselte die Farbe. Der kugelförmige Klumpen wurde zuerst krapprot, dann zinnoberrot. Schließlich verharrte er Sekunden in einer rotbraunen Färbung, die aussah wie Rost. Er wurde hellocker, schließlich weiß, dann schlug die Farbe wieder um. Über Kobaltblau und Ultramarin verwandelte sich das Mineral in eine Masse, die in einem stechenden Violett strahlte.

Noch immer tobten die unfaßbaren Energien aus dem Schlund, trafen auf das Mineral auf und zerstreuten sich, wurden aufgefangen und absorbiert. Ungerührt, aber mit geschlossenen Augen saß Ribald Corello in seinem Trägerrobot, einen Meter von dem Howalgonium entfernt und durch den grünen HÜ-Schirm geschützt.

Stechendes, grell leuchtendes Violett.

Dann begann das Mineral, das bereits in eine höhere Ebene versetzt worden war, zu pulsieren.

Wie ein pochendes Herz zog sich das ehemalige Howalgonium zusammen, dehnte sich wieder aus, schrumpfte wieder, um etwa ein Fünfzehntel seines Durchmessers. Gleichzeitig wurde das Leuchten schwächer und stärker. Das Sextagonium pulsierte.

Das Howalgonium hatte sich verwandelt . . .

. . . und drohte instabil zu werden.

Cascal rang nach Luft. Für Sekunden glaubte er, daß seine Herztätigkeit ausgesetzt hätte. Er spürte, wie zwei breite Bäche von Schweiß über sein Gesicht liefen, wie seine Handflächen und der Rücken vor Erregung naß wurden. Er umkrampfte die Waffe, um einen festen Halt zu haben. Selbst Rhodan, dessen Gesicht eine Studie wilder Beherrschung war, schwankte hin und her.

Jetzt griff der Mutant ein.

Ribald Corello setzte seine Energie als Quintadimtrafer ein.

Er vermochte durch rein geistige Energie fünfdimensionale Kugelfelder herzustellen, aber hier setzte er die Dimensionen herauf.

Mit einer gewaltigen Willensanstrengung, die ihn bis über die Grenzen seiner geistigen Möglichkeiten beanspruchte, stabilisierte er durch eine Umgruppierung das neuentstandene Element.

Psionische Sextadimenergie wurde frei, schloß sich um die Teilchen des instabil werdenden Minerals und gruppierte sie um.

Die hochenergetische Ballungsmasse wurde stabil.

Der gesamte Vorgang dauerte nicht länger als fünf Sekunden, dann hob Ribald Corello völlig erschöpft die Hand.

Das Dröhnen des Beschleunigers nahm langsam ab. Der Robot schwebte um mehrere Meter zur Seite, und jetzt konnten sämtliche Anwesenden das violette, pulsierende Mineral sehen, das zwischen den federnden Halteklauen hing.

»Stabil!« Nur dieses Wörtchen brachte Waringer, der am Ende seiner Kräfte war, heraus.

Das Dröhnen wurde leiser, die Vibrationen nahmen ab.

»Ich habe es nicht geglaubt!« sagte Atlan neben Cascal laut. Er schüttelte vollkommen verblüfft den Kopf, so daß seine nackenlangen Haare flogen.

»Ich auch nicht«, meinte Cascal mehr zu sich selbst und atmete heftig.

Er fühlte sich wie ausgebrannt.

Der Robot, in dessen gepolstertem Sitz der Mutant ruhte, schaltete automatisch den HÜ-Schirm ab. Jetzt konnte man sich wieder in normalem Tonfall unterhalten, nur ein mächtiges Brummen hing noch in der Luft wie ein Nachhall eines Gewitters.

Rhodan sagte:

»Es ist nicht zu glauben. Die Terraner haben jetzt ein ganzes Kilo Sextagonium, das zudem noch stabil ist. Seht es euch an – Corello hat sein Wort gehalten.«

Er lief quer durch den Arbeitskreis auf den Supermutanten zu.

»Wie fühlen Sie sich?« fragte er laut.

Corello erwiderte völlig erschlafft:

»Müde . . . zurück in . . . Schrein.«

Sein Robot wurde durch die Steuerimpulse seines Gehirns gelenkt, und Rhodan erkundigte sich besorgt:

»Kommen Sie mit eigener Kraft bis zum Schrein, oder sollen wir den Behälter hierherbringen lassen?«

Corello stammelte:

»Ich habe . . . ich komme allein . . . – Ruhe!«

Der kegelförmige Roboter schwebte schnell und auf einer geraden Bahn den Weg zurück, den er gekommen war. Cascal setzte sich achtlos auf ein kostbares Meßgerät. Seine Hände zitterten.

»Unglaublich, nicht wahr?« fragte Alaska Saedelaere, der plötzlich neben ihm stand.

Cascal schaute auf und nickte dann.

»Ich muß sagen«, meinte er heiser und erschöpft, »daß wir alle hoffnungslose Optimisten waren. Was wäre geschehen, wenn Corello es nicht fertiggebracht hätte, dieses Zeug zu isolieren?«

Saedelaere wurde unruhig, seine Hände flatterten.

»Ich kann Ihnen keine Antwort geben«, sagte er, drehte sich erschüttert um und verschwand im Hintergrund des Saales. Waringer stürzte sich auf das Mineral und führte eine Art zeremoniellen Tanzes um das Sextagonium auf. Er betrachtete es von allen Seiten, streckte die Finger aus, berührte das Mineral und zuckte wieder zurück. Er sah jetzt eulenhaft aus.

Cascal stand auf und wandte sich an Atlan.

»Und jetzt können wir alle Punkte unseres Versteckspieles rückläufig abwickeln, bis wir wieder im Ghost-System sind.«

»Das ist die geringste Schwierigkeit«, sagte Atlan. »Ich für meinen Teil werde mir einen Winkel suchen, in dem ich ruhig zwölf Stunden schlafen kann.«

Cascal bat ausdruckslos:

»Wenn Sie einen Winkel gefunden haben, rufen Sie mich. Ich lege mich auf den glatten Fußboden. Keinen Muskel gerührt, aber völlig erschöpft. Als ob wir das Howaldings gerettet hätten.«

Sie grinsten sich humorlos an und gingen auseinander.

Die Mutanten des Korps verteilten sich, ließen sich von den Technikern, die immer wieder über die Schultern das neue Mineral ansahen, die Räume zeigen, die man für Gäste eingerichtet hatte. Nach ungefähr zehn Minuten waren nur noch Waringer und seine Spezialisten in der Halle und untersuchten das Mineral.

Die »letzte Hoffnung« schien sich erfüllt zu haben.

Plötzlich verfügte Terra über rund tausend Gramm Sextagonium. Diese Menge, durch die Geisteskraft des Supermutanten stabil gehalten, und zwar für alle Zeiten, genügte völlig, mehrere große Nullzeit-Deformatoren zu versorgen. Man konnte mit Hilfe dieses Minerals auch den sogenannten Dakkar-Tastresonator herstellen, das Kernstück einer jeden Fahrt in die Vergangenheit.

Morgen, nachdem man ausgeschlafen hatte, würde entschieden werden, wie die Aktion weitergeführt wurde und in welchen Formen, über welche Stationen.

Jeder von ihnen schlief in dieser Nacht gut, tief und lange.

Nach einem ausgedehnten Frühstück sahen sich die wichtigsten Personen wieder und berieten, was zu tun war.

Sie trafen sich in einem kleinen Sitzungsraum, unweit ihrer Quartiere.

Als sie einander in die Gesichter schauten, erkannten sie die neuerwachte Hoffnung. Nur Joaquin Manuel Cascals Gesicht blieb ernst und zweifelnd.

»Was geht in Ihnen vor, Joak?« fragte Rhodan.

»Ich zweifle!« sagte Cascal.

»Woran?«

»Ich erkenne, daß das Gesetz der Serie gegen uns sein wird. Bisher ist alles glattgegangen. Irgend etwas auf der komplizierten Rückreise wird nicht so glattgehen. Das bedeutet nichts anderes, als daß unser gutgemeinter Schwindel auffliegen wird.«

10.

Waringer, dessen Gesicht noch die Spuren der ungeheuren Anstrengung zeigte, hob die Hand und sagte:

»Ich stelle mit Zufriedenheit fest, daß wir über ein Kilogramm Sextagonium verfügen. Das Mineral ist stabil und kann weiterverarbeitet werden, sowohl für mehrere Nullzeit-Deformatoren als auch für Bauteile des Dakkar-Tastresonators. Das bedeutet für alle Beteiligten, daß die Aktion ein voller Erfolg war.«

Atlan stimmte dem zu, gab aber zu bedenken:

»Bis jetzt, ja. Aber wir haben einen weiten und langen Weg vor uns, alle, die wir hier sitzen.«

Rhodan hatte seinen Kopf in beide Hände gestützt und las in einem schnell angefertigten Bericht des Teams Waringer. Jetzt sah er den Arkoniden an, überlegte sekundenlang und erwiderte:

»Wir fliegen in zwölf Stunden. Mit Bullys Flaggschiff.«

Atlan sah sich suchend um, als ob er erst jetzt die Abwesenheit des Staatsmarschalls bemerkte.

»Wo ist Reginald?« fragte er leise.

Ras Tschubai gab zur Antwort:

»Er ist im Schiff geblieben, weil es für uns alle sicherer ist. Schließlich ist das Schiff in der Lage, den Planeten zu bewachen und zu beschützen.«

»In zwölf Stunden«, wiederholte Rhodan. »Zwei Gruppen – zuerst wir alle mit Corello und seinem Schrein, dann Waringer und dessen Team. Sie werden auf der Erde in den nächsten Wochen viel Arbeit haben.«

Waringer stand auf und stützte sich gegen die Tischplatte.

»So ist es. Aus diesem Grund verabschiede ich mich jetzt schon von euch allen, Perry. Ich habe zu danken.«

Waringer schüttelte viele Hände und ging.

»Wo ist Corello?«

Atlan musterte Cascal und beantwortete dessen Frage.

»Bereits im Schiff, wieder entsprechend getarnt. Er hat sich restlos verausgabt und schläft. Wenigstens tat er dies vor einer Stunde, als ich mich erkundigte.«

Alaska Saedelaere wippte mit seinem Sessel und sah Lord Zwiebus lange und nachdenklich an, dann fragte er:

»Sie sind skeptisch, Oberst Cascal?«

»Ja«, sagte Cascal. »Wenn ich mich richtig erinnere, wie die Planung läuft, sollen wir vom Schiff verschwinden, noch ehe es gelandet ist. So weit, so gut. Aber was ist mit dem Schrein? Er steht zu lange und zu oft für jeden sichtbar da, ehe man ihn wieder in einen Spezialcontainer verpackt und durch den Torbogentransmitter schießt. Das beunruhigt mich. Auf Olymp und ganz besonders in Trade City treiben sich ganze Heerscharen von Spionen und Geheimdienstleuten aller unerfreulichen Mächte herum. Wie leicht kann es da geschehen, daß einer von ihnen den Schrein entdeckt. Noch schlimmer: Er kann zu kombinieren beginnen und sich ziemlich alles zusammenreimen. Wie läßt sich diese Gefahr vermeiden?«

Rhodan versicherte:

»Wir werden während der Fahrt die Pläne Deightons genau durcharbeiten. Ich schlage vor, wir machen unseren Rundgang durch die unterirdischen Anlagen und gehen dann an Bord. Die Zeit drängt.«

»Selbstverständlich, Sir!« sagte Cascal.

In den folgenden Stunden sahen sie die unterirdischen Einrichtungen im vollen Ausmaß.

Der Planet war hervorragend ausgebaut, mit einem gigantischen Aufwand. Er war vollständig energieautark, und einige tausend Wissenschaftler arbeiteten hier ununterbrochen. Ein Heer von Hilfskräften und sehr viele Roboter halfen ihnen dabei.

Dann nahm man ein mit Sorgfalt bereitetes Mittagessen ein und ging an Bord.

Das Schiff startete.

Von der leeren, urweltlichen Oberfläche des Planeten Last Hope erhob sich der gewaltige Stahlball, zog die Landestützen ein und raste senkrecht nach oben. Die Sterne kamen näher, dann schlug die Dunkelheit des Weltraumes über dem Schiff zusammen.

Es wurde schneller.

Dann richtete es sich auf das ferne Ziel aus.

Es würde einige Tage dauern, bis das Flaggschiff in die Nähe von Olymp kam und sich anschickte, auf Trade City zu landen, und bis dahin mußten alle Eventualitäten ausgeschaltet worden sein.

Die stählerne Kugel ging in den Linearraum.

Man schrieb den 18. Februar.

Die Mittagssonne stach fast senkrecht auf die riesigen Anlagen der kreisförmig angeordneten Raumhäfen und des Containerbahnhofs in deren Mitte. Überall suchten die Menschen den Schatten auf. Roboter pflegten die Parks, automatische Bewässerungsanlagen arbeiteten auf Hochtouren.

Vor der Landung des Flaggschiffs hatte ein langes Funkgespräch stattgefunden:

Cascal saß neben Rhodan und Atlan in der Zentrale, als sich Kaiser Argyris meldete.

Rhodan gab den Befehl:

»Ab jetzt wird jedes Wort verschlüsselt.«

Ein Leutnant aus der Nachrichtenabteilung des Schiffes erwiderte:

»Selbstverständlich, Sir.«

Jeder Satz, der zwischen dem Palast und dem Schiff gewechselt wurde, lief an beiden Sende- und Empfangsanlagen durch mächtige, positronische Kodieranlagen. Kein Agent der fremden Mächte würde verstehen, was Perry Rhodan und der Robot Vario-500 miteinander sprachen.

»Ein voller Erfolg!« berichtete Rhodan.

»Das freut mich außerordentlich«, sagte Argyris. »Ein Raum innerhalb des Palastes, und zwar ein Teil der verborgenen Anlagen, ist für Sie frei gemacht worden. Ich schlage vor, daß die Teleporter alle Beteiligten hierherbringen. Von hier aus erfolgt der Abtransport dann auf die normale Weise.«

Während dieses Gespräches landete das Schiff.

Es ging tiefer und setzte schließlich weich wie eine Feder auf, trotz des gewaltigen Gewichtes.

»Das ist genau unser Plan«, sagte Rhodan. »Nur Joak Cascal bleibt länger bei Ihnen, nämlich bis die OVERLUCK wieder gelandet ist.«

»Einverstanden. Wann können wir anfangen?«

Rhodan sah auf die Uhr und warf einen langen Blick in die Runde.

»In drei Minuten.«

»Gut. Wie kommt der Mutant mit seinem Schrein von Bord?«

»Auch das ist bereits ausgeknobelt. Bulls Flaggschiff wird offiziell ein Frachtstück für den Palast ausladen und in den Palast bringen lassen.«

Vario-500 versprach:

»Ich werde auf meine Art dabei mithelfen.«

»Gut. Wir beginnen.«

Zehn Minuten später hatten Gucky und Ras Tschubai alle Beteiligten an der Aktion Letzte Hoffnung vom Flaggschiff geholt und in einige Räume des Palastes gebracht. Dort warteten bereits die Frachtkisten auf die Männer, mit denen man sie in einen Container bringen und diesen in das Ghost-System transportieren würde. Cascal verabschiedete sich und richtete sich auf einen längeren Aufenthalt hier ein – er wartete auf die OVERLUCK.

Sollte Rhodan ihn brauchen, war er binnen eines halben Tages wieder per Container im Ghost-System.

Bisher war auch der Rückzug ohne Pannen abgelaufen.

Das Fahrzeug war unauffällig, aber nicht gerade klein. Ein flacher, niedriger Gleiter der *Trade City Transport Company* raste die breite Gleiterpiste zwischen dem Raumhafen und dem Palast entlang. Zwischen beiden Anlagen lag eine Entfernung von rund fünfzig Kilometern – für den Lastenschlepper eine Sache von dreißig Minuten, Start und Einschleusungsmanöver eingerechnet.

Auf der Ladefläche, mit schweren Planen bedeckt, mit Stahlseilen festgezurrt und mit deutlich sichtbaren Aufschriften versehen, stand eine Frachtkiste mit Stahlwänden, etwa würfelförmig, sechs zu acht Meter groß.

»Warum es Argyris so eilig hat?« fragte der Fahrer.

»Vermutlich braucht er den Inhalt für Neujahrsgeschenke«, meinte einer der Beifahrer. »Für verspätete Geschenke natürlich.«

Sie waren nicht allein auf der Piste.

In beiden Richtungen ergoß sich ein ständiger Strom von kleinen und schnellen Gleitern, von Taxis und von leeren und vollen Transportfahrzeugen. Zwar wurden mehr als neunzig Prozent aller Güterbewegungen per Transmitter oder durch das unterirdische Transportbandsystem abgewickelt, aber dies – und viele andere Vorgänge – waren Sonderaufträge.

»Ohne Spaß«, meinte der Fahrer und verringerte in einer Kurve die Geschwindigkeit etwas, ehe er in einen Verkehrskreisel einbog und sich, zwanzig Meter über dem kreuzenden Verkehr, wieder rechts einreihte.

»Was?«

»Warum hat es Argyris so eilig? Er ließ ausrichten, daß dieses Frachtstück ohne Umwege, ohne Aufenthalt und schnell im Tor C des Palastes abgesetzt werden sollte. Das ist doch sonst nicht seine Art.«

»Keine Ahnung.«

Sie fuhren weiter.

Bis zum Palast, durch einen Teil der Stadtperipherie, waren es noch vierzig Kilometer. Jetzt begann der Verkehr etwas zähflüssiger zu fließen, die Mittagspausen waren vorbei. Die drei Männer, die den Transport begleiteten, hatten keine Ahnung, daß zwei Gleiter vor ihnen mit schwerbewaffneten Polizisten in Zivil besetzt waren und in ständig wechselndem Abstand beschleunigten oder bremsten.

»Nach links!« sagte der Beifahrer.

Er warf einen Blick in den übergroßen Rückspiegel und kontrollierte den Sitz der Halterungen. Die große Frachtkiste stand sicher und ruhig auf der Ladefläche.

»Okay!« gab der Fahrer zurück.

Plötzlich befiel ihn ein deutliches Gefühl der Unruhe.

Er wußte nicht, woher es kam, welchen Grund es hatte. Er musterte scharf die Straße vor sich, sah aber nichts, dann schaute er rechts und links aus dem Fenster. Nichts. Es fiel ihm nichts auf.

Auch hoch über dem Gleiter schwebten zwei Luftgleiter mit je vier Männern, die zu Argyris' privater Polizeitruppe gehörten. Sie ließen den Wagen nicht aus den Augen. Sie wußten zwar nicht, worin die Ladung bestand, aber sie hatten klare Befehle bekommen. Der Inhalt der Frachtkiste mußte unter allen Umständen sicher und unzerstört im Palast ankommen.

»Was ist los, Dave?« fragte sein Beifahrer. »Du bist so unruhig, das ist man gar nicht gewohnt. Ist dir nicht wohl?«

Dave schüttelte den Kopf.

»Ich fühle mich ausgezeichnet«, sagte er. »Aber plötzlich habe ich ein Gefühl, als ob etwas schiefgehen würde.«

»Unsinn. Was soll schiefgehen?«

»Keine Ahnung . . . das ist es eben.«

Auch hinter dem Transportgleiter rasten zwei kleinere Gleiter dahin. In ihnen saßen Männer mit harten Gesichtern und schweren Waffen. Sie bürgten – notfalls – mit ihrem Leben für die Last.

Noch dreißig Kilometer bis zum Palast.

Dave Opyd sah sich ein zweites Mal um. Er wurde diese verdammte Unruhe nicht los. Vor ihm die Straße – frei, bis auf zwei kleine Gleiter, die in verschiedenen Abständen schwebten. Der Rückspiegel – auch hinter ihm nur zwei kleine Gleiter. Der Verdacht wurde deutlicher.

»Diese vier Gleiter«, sagte er und nahm eine Hand vom Steuer, deutete in den Rückspiegel und durch die riesige, schräge Frontscheibe nach vorn.

»Ja?«

Zwei Köpfe fuhren herum und schauten nach vorn.

»Sie sind bisher ständig vor beziehungsweise hinter uns geblieben. Seit wir unter dem Schiff hervorgekommen sind.«

»Was glaubst du, Dave?« fragte der ältere Beifahrer, ein breitschultriger Mann fast ohne Haar.

»Ich glaube, daß sie unsere Ladung bewachen – und uns.«

Sie sahen ihn erstaunt an.

»Das bedeutet, daß die Ladung entsprechend wertvoll ist. Wir haben vier Gleiter als Schutz bei uns. Das ist ein gutes Zeichen und eine zusätzliche Sicherheit, aber kein Grund zur Aufregung, Dave!«

»Das sage ich mir auch schon die ganze Zeit – trotzdem werde ich dieses elende Gefühl, daß etwas passiert, nicht los.«

Er sah auf den Kilometerzähler.

»Noch fünfundzwanzig Kilometer!« sagte er aufatmend.

Und als es geschah, ging es so blitzschnell, daß keiner der Beteiligten mehr zum Nachdenken Zeit hatte. Sie handelten alle fast automatisch.

Einen Kilometer weiter schossen von einer Auffahrt zehn Gleiter auf die Piste hinauf.

Drei von ihnen rasten schnell davon und setzten sich zwischen den Wagen und die vorderen Fahrzeuge, blockierten diese. Dave und seine beiden Partner hörten die Feuerstöße automatischer Waffen.

»Ein Überfall!« keuchte Dave auf.

»Schnell! Türen verriegeln, Waffen heraus!«

Im Rückspiegel sah Dave, wie drei weitere Gleiter die Fahrzeuge, die hinter dem Lastengleiter sicherten, abriegelten, indem sie sich vor sie setzten, zickzack fuhren und bremsten. Wieder krachten Schüsse.

Einer der bewachenden Gleiter beschleunigte plötzlich, zog heulend und schneller werdend davon, hinter sich eine schmutziggelbe Rauchwolke herziehend. Er raste schräg über die Richtungsfahrbahn, durchbrach eine Hecke, hinterließ einen Schwall von abgerissenen Blättern und wirbelnden Ästen und fegte, die Gerade verlängernd, über die Gegenfahrbahn. Wie ein Meteor jagte er drei Handbreit über dem Boden den Abhang entlang, übersprang dann den Graben und bohrte sich in einen Zeitungskiosk. Glücklicherweise war der Verkäufer gerade nicht anwesend – der Gleiter riß eine Seitenwand auf und schoß auf der anderen Seite wieder ins Freie. Ein Wall aus dichten Büschen hielt ihn auf.

»Sie bringen uns um!« rief der Ältere.

Dave trat den Beschleunigungshebel ganz hinein und hörte wieder die Detonationen von Schüssen.

Er wurde schneller, gleichzeitig wurden die zwei Gleiter rechts und links des schweren Schwebefahrzeugs schneller und holten auf.

Einer der Luftgleiter stürzte sich herab; ein Mann, der in einem merkwürdigen Winkel über den Rand hing, feuerte aus einer kurzläufigen, stumpfen Waffe. Vor dem Gleiter, der rechts zu überholen versuchte, war eine Spur aus Detonation, Flammen und Rauch auf der Piste zu sehen, dann traf ein Schuß den Bug des schnellen Fahrzeugs.

An der Seite des Schleppers erschien ein Feuerball.

Gleichzeitig schob sich durch ein splitterndes Loch in der linken Scheibe der Lauf einer kleinen Waffe. Zwei helle, knackende Detonationen ertönten, und beide Beifahrer sackten zusammen.

»He!« schrie Dave und bewegte das Steuer hin und her, um den Gleiter abzuschütteln oder seitlich zu rammen. Ein Mann mit einer dunklen Brille über den Augen stand auf dem breiten Trittbrett – der kleine Gleiter scherte aus und fiel zurück. Kurz darauf wurde er von einem Schuß voll getroffen, begann zu schleudern und krachte gegen die Seitenteile.

Er sackte durch, der Boden berührte die Piste.

Auf dem geriffelten, schneeweißen Kunststoffbelag erschien eine breite, dicke Spur, die aus Funken und Rauch bestand und aus zerstörtem Material. Der Gleiter schrammte im Zickzack über die Fahrbahn und krachte mit dem Bug voll gegen einen Lichtmast. Die Abdeckung der Beleuchtungsplattform fiel senkrecht herunter, es gab einen dumpfen Schlag, der an einen Glockenton erinnerte. Das schachtelförmige Plexolgebilde fiel dem Mann, der sich aus den Trümmern zu befreien versuchte, voll auf den Kopf. Der Fahrer brach einen halben Meter neben dem Wrack zusammen.

Auch von der rechten Seite näherte sich ein Gleiter, wurde von Dave, dessen Lastenschlepper schleuderte und halsbrecherische Kurven zu fahren begann, zurückgeschleudert, aber der Mann, der das Trittbrett enterte, klammerte sich an irgendwelchen Griffen fest. Dave steuerte mit einer Hand, hob mit der rechten Hand die Waffe und zielte auf den Kopf des Mannes, der rechts auf dem Trittbrett stand. Gleichzeitig mit seinem Schuß fühlte er an der linken Hüfte einen brennenden Schmerz, dann schlug der Fahrtwind ins Innere der Kabine und wirbelte den Mann herein.

»Nicht so schnell, Partner!« keuchte der Fremde, während der andere wieder vor dem Seitenfenster auftauchte.

Es entspann sich ein kurzes Handgemenge, dann hatte der linke Eingestiegene Dave die Waffe aus der Hand geschlagen. Der Schmerz an der Hüfte des Fahrers kam von der zerschossenen Zuhaltung der Tür.

»Los – dort hinüber!« befahl der Fremde.

Dave fluchte leise und stöhnte, als sich ihm der Lauf der Waffe in die Rippen bohrte. Er rutschte hinüber und trat einem seiner Beifahrer, die bewußtlos waren, auf den Arm.

»Tür auf!«

Ein weiteres Kommando. Als Dave zögerte, schoß der Mann kaltlächelnd in die Armaturen der rechten Seite.

Dave gehorchte.

Ein zweiter Mann, ebenfalls mit einer dunklen Brille vor den Augen, warf sich ins Innere des Wagens und schlug dröhnend die Tür zu. Der andere hatte inzwischen das Steuer übernommen. Er steuerte die pendelnden Bewegungen des Lastengleiters wieder aus, beschleunigte und raste weiter, bis zu der Abzweigung, die rechts in einer kühnen Spirale nach unten führte und die Richtungsfahrbahn zum Palast enthielt.

Die beiden Gleiter der Bewacher und die anderen Fahrzeuge stoben mit aufheulenden Absorbern die Spirale hinunter. Einer der Verfolger schleuderte, stellte sich quer und krachte gegen seinen Nebenmann. Beide Wagen rasten, sich um die Längsachse überschlagend, den Abhang hinunter und kamen mit einer Reihe von Explosionen und Rauchwolken auf dem breiten Steg eines Bootsverleihs zum Stehen, inmitten von leeren Kunststoffschalen. In der Mittagshitze wollte ohnehin niemand auf dem kleinen künstlichen See fahren, den man hier neben der Schnellpiste angelegt hatte.

»Halt – dort hinunter!« schrie Dave.

»Wer sagt dir, daß wir zum Palast wollen? Wir haben einen anderen Weg.«

Der Lastengleiter raste geradeaus weiter.

Dave hatte nun die Bestätigung seiner trüben Ahnung. Der gesamte Überfall hatte bisher keine zwei Minuten gedauert, und in diesen wenigen Minuten waren Menschen gestorben und Gleiter zerstört worden. Dreißig Sekunden lang saß Dave da, rührte sich nicht und spürte den kalten Lauf der Waffe seines Nebenmannes an der Halsschlagader.

Was konnte er tun?

Er überlegte fieberhaft. Hinausspringen?

Keine Möglichkeit, da sich nur der Finger des Mannes zu krümmen brauchte, und er war tot. Und das Wichtigste trat hinzu: Die kostbare Last mußte berücksichtigt werden.

Um sich schlagen?

Hilflos, wie er war, mußte er sich ruhig verhalten.

Das, was sie dort hinten auf der Ladefläche hatten, mußte kostbarer als Edelmetall sein, denn sonst hätte diese wohlorganisierte Gruppe nicht am hellen Mittag auf einer stark befahrenen Piste einen Überfall gewagt.

Als die dritte Minute seit dem Ausscheren der zehn Gleiter anbrach, wußte Dave, was er tun konnte.

Er rührte sich nicht, aber sein Fuß bewegte sich. Millimeterweise kroch er weiter vor, schob die Hand eines der zusammengesackten Bewußtlosen zur Seite und tastete sich zu der Stelle vor, die unterhalb des Armaturenbrettes lag. Dort befand sich ein Hebel, der die Energie reduzierte – eine Sicherheitsmaßnahme, wenn schnell und von innen heraus ein Kurzschluß verhindert werden sollte. Die Energie für das Prallkissen konnte damit reguliert und schließlich abgeklemmt werden.

Nach qualvoller, Millimeter um Millimeter verlaufender Suche mit der Stiefelsohle fand Dave den Schalter und bewegte ihn langsam.

Von links nach rechts.

Der Fahrer merkte nichts, aber Dave Opyd spürte es genau: Das Fahrzeug senkte sich um wenige Zentimeter tiefer.

Dave war versucht, sich den Schweiß abzuwischen, aber er wagte es nicht. Er fragte mit heiserer Stimme:

»Was haben Sie vor?«

»Keine Angst«, sagte der Mann, der ihm die Waffe an den Hals preßte. »Wir haben nicht vor, dich umzubringen. Uns interessiert lediglich der Inhalt der Kiste dort hinten. Sie muß verdammt wertvoll sein, wenn sie Argyris mit so vielen Wächtern in den Palast kommen läßt. Du weißt nicht zufällig, was drin ist?«

Wortlos schüttelte Dave den Kopf, gleichzeitig bewegte er den Hebel weiter.

Wieder fiel der Schlepper etwas mehr ab. Vor sich, auf der weißen Straße, sah Dave zwei tropfenförmige Schatten. Es mußten Luftgleiter sein, die rechts und links über dem Dach des Führerhauses schwebten.

Nach weiteren zwanzig Sekunden hatte Dave den Hebel ganz herumgelegt.

Der Schlepper sank mehr und mehr, bis nur noch ein Zentimeter Abstand zwischen den Prallfelderzeugern und der Piste war. Das genügte an sich – die Automatik gab Alarm und setzte die Geschwindigkeit herab, gleichzeitig schaltete sie sämtliche Anlagen elektrischer Natur aus und bremste das Fahrzeug ab.

»Was ist das?«

Der Druck der Waffe verstärkte sich.

Dave wagte nicht, den Mann anzusehen. Schweiß trat auf seine Stirn, als der Schlepper hielt und gleichzeitig auf der Piste aufsetzte. Der Fahrer riß wütend an den Hebeln und drehte am Zündschloß.

»Keine Ahnung«, sagte Dave leise. »Vielleicht hat ein Schuß ein wichtiges Kabel getroffen.«

Die beiden Gangster sahen sich beunruhigt an.

»Los, raus!«

Beide Türen öffneten sich, dann sprangen die Männer nach draußen. Mit den Waffen in den Händen rasten sie nach links und rechts.

Gleiter fegten heran, und Dave, der sich flach auf den Sitz geworfen hatte, hörte die Schüsse einer automatischen Waffe. Die Männer – einen von ihnen konnte er direkt mit den Augen verfolgen – liefen über die Straße, und eine Spur von Einschlägen folgte ihnen, holte sie ein und schmetterte sie nieder. Erst als ein Projektil als Querschläger über den Kopf Daves hinpfiff und sich in den Stoff eines Sessels bohrte, wußte er, daß die beiden Gleiter über ihm zu den Wächtern gehörten – der Überfall war vorbei.

Ein Gleiter setzte auf, und ein Bewaffneter fragte:

»Sind Sie verletzt?«

Dave sah den Mann an, der eine kurzläufige, großkalibrige Waffe an der Seite herunterhängen ließ, und nickte. Er tastete nach der verbrannten Haut seines Schenkels und sagte:

»Nicht der Rede wert.«

»Sie haben die Automatik abgeschaltet?«

Dave wischte sich den Schweiß von der Stirn und setzte sich dann auf das Trittbrett. Seine Knie zitterten.

»Ja.«

»Ihre Kameraden?«

»Bewußtlos geschossen«, sagte Dave. »Das war ein klarer Überfall, wie?«

Der andere lachte grimmig.

»Kann man wohl sagen. Sind Sie in der Lage, den Gleiter wieder einzuschalten und in den Palast zu bringen?«

Dave nickte nur.

»Gut – dann tun Sie's. Ihre Kameraden nehmen wir mit.«

Der zweite Gleiter senkte sich herab, drei Männer sprangen heraus und schleppten die beiden bewußtlosen Beifahrer in das Fahrzeug. Dann sprangen sie wieder zurück, schalteten die Sirene ein und starteten. Sie rasten mit Höchstgeschwindigkeit quer über die Anlagen auf die Stadt zu.

»Krankenhaus!« erklärte der Mann mit der Waffe lakonisch. »Schnell jetzt!«

Dave spürte langsam wieder die gewohnte Ruhe zurückkehren. Er griff unter das Armaturenbrett, drehte den Hebel nach der anderen Seite und startete den Lastenschlepper. Er schob sich summend mehrere Handbreit über den Boden. Der Bewaffnete sah interessiert zu.

»Sie kennen den Weg?«

»Klar«, erwiderte Dave und räusperte sich. »Die nächste Abzweigung rechts, dann wieder rechts.«

»Gut. Ich fliege vor Ihnen her. Wie schnell fahren Sie, wenn Sie das Äußerste herausholen?«

»Knapp hundertzwanzig«, sagte er.

»Gut! Starten Sie!«

Er holte aus und schmetterte die Tür zu. Dann ging er schnell zu seinem Gleiter, schaltete seinerseits die Sirene ein und raste vor Dave dem Palast entgegen.

Nach einer schnellen Fahrt gelangten sie an das Tor C, das für sie bereits offenstand.

Sie rasten hindurch.

Als Dave den Kaiser Argyris selbst auf den Wagen zurennen sah, wußte er, daß der Transport zur Zufriedenheit ausgeführt war.

Er atmete auf.

Argyris gab ihm ein Trinkgeld von fünfhundert Solar. Auch aus dieser Tatsache ersah Dave, daß er eine eminent wichtige Ladung gehabt hatte.

Was er nicht wußte, war: Corello, der Supermutant, befand sich jetzt im Schutz des Palastes.

Es war nicht auszudenken, was geschehen wäre, wenn die Entführer einen Blick hinter die dicke Isolierung geworfen hätten.

Das alles erfuhr Cascal, als ihn nach einigen Stunden Argyris besuchte.

Cascal lag in seinem Sessel, hatte die Füße auf dem Tisch und schwang sie schnell auf den Boden, als Argyris eintrat.

»Ich wollte es nicht versäumen, Patriarch, Ihnen mitzuteilen, daß Rhodan und Corello eben als letzte der Gruppe mit dem Container durch den Transmitter gingen. Richtung Erde.«

Cascal nickte zufrieden.

»Alles glatt gelaufen?«

»Vier Tote, es sind Agenten, und zwei verwundete Polizisten«, berichtete der Kaiser dröhnend.

Cascal setzte sich kerzengerade hin.

»Ahnte ich es doch!« rief er aus. »Auf dem Weg zum Palast?«

»Ja«, gab Argyris zu. »Sie wollten den Mutanten entführen, aber sie wußten nicht, daß er sich in der Ladung befand.«

Cascal merkte, wie seine Hände plötzlich zu zittern begannen.

»Ich habe es geahnt!« wiederholte er. »Wie lange habe ich hier noch zu warten?«

»Zwei Tage«, sagte der Kaiser. »Bis die OVERLUCK zurückgekehrt ist und unser Verwirrspiel beendet werden kann. Ich werde hin und wieder zu Ihnen kommen und mit Ihnen eine Partie dreidimensionales Schach spielen. Zufrieden?«

Cascal sagte verstimmt:

»Sie gewinnen ja doch immer, Majestät!«

Argyris lachte dröhnend und verließ den Oberst der Solaren Abwehr.

Zwei Tage später gab es das von Rhodan vorausgesagte Wiedersehen zwischen Cascal und seinen Prospektorenfreunden. Allerdings war die Freude darüber nur kurz. Nachdem Cascal für alle feindlichen Beobachter erst jetzt und zwar mit der OVERLUCK nach Olymp zurückgekehrt war, begab er sich wenige Stunden später an Bord eines Passagierraumers, von dem aus er auf die schon bekannte Art und Weise nach Terra zurückging. Ein Robotdouble nahm seine Rolle ein, bis sich die Spur endgültig verwischt hatte.

11.

196.566 v. Chr.
Bericht Ovaron

Die Gegensprechanlage summte.

Ich legte den Geheimbericht B-32-AC nur zögernd aus der Hand. Sein Inhalt hatte in mir wieder einmal zwiespältige Gefühle hervorgerufen. Einige Sekunden lang blickte ich geistesabwesend auf die rotleuchtende Melde- und Schaltplatte des flachen Tischgeräts, dann preßte ich den Mittelfinger darauf.

»Ovaron hier. Was gibt es?«

Auf dem rechteckigen Bildschirm flimmerte das Gesicht von Ilivona, meiner Sekretärin. Sie trug heute vergoldete Lider und hatte das Augenweiß silbern gefärbt. Ihr Lächeln war verheißungsvoll wie immer, und ich reagierte wie stets ziemlich abweisend darauf.

Ein Mann in meiner Stellung hat die Beziehungen zu seinen Mitarbeiterinnen auf den Dienstbereich zu beschränken. Wahrscheinlich würde ich Ilivona versetzen lassen, sie verfolgte zu beharrlich ihr Ziel, mich zu verführen.

»Der Erste Subdirektor, Tarakan, möchte Sie sprechen, Ovaron.«

Ich lächelte höflich, während meine zweite Bewußtseinsebene sich kritisch mit Tarakan beschäftigte. Mein Erster Subdirektor war zugleich mein Stellvertreter bei der Golamo, unserer Geheimpolizei im Tranat-System, während ich sowohl Chef der Golamo als auch der Raumflotte, der Streitkräfte des Planeten Lotron und der Energieversorgung war. Es hatte sich nicht vermeiden lassen, daß der ehrgeizige und hochintelligente Tarakan mein Stellvertreter bei der Geheimpolizei wurde. Dennoch konnte ich ihn nicht leiden. Tarakan war zu fanatisch, vor allem aber hatte er sich eine Ideologie zusammengebastelt, die das verabscheuungswürdige biologische Umformungsprogramm auf dem dritten Planeten der Sonne Tranat als unumgänglich notwendig hinstellte.

»Schicken Sie ihn bitte zu mir.«

Ich lehnte mich in meinem Schalensessel zurück und legte die Beine übereinander.

Kurz darauf erschien Tarakan. Er trug die übliche silberfarbene Kombination mit dem Rangabzeichen auf der linken Brustseite und als Zeichen seiner Offizierswürde einen ärmellosen, knielangen violetten Umhang, dessen lange Kragenspitzen sich in scharfem Winkel abspreizten.

Zwei Schritte vor meinem Arbeitstisch blieb er stehen und verbeugte sich.

Ich lächelte nach außen hin, während ich gegen die Verachtung ankämpfen mußte, die auf meiner zweiten Bewußtseinsebene tobte. Es war nicht in jeder Lage von Vorteil, ein sogenannter Tryzom-Tänzer zu sein, obwohl nur die Edlen des Cappin-Volkes dazu auserwählt werden. Bei uns Tryzom-Tänzern befinden sich zwei atomar umgeformte Moleküle, die Tryzome, im Blutkreislauf. Sie befähigen uns, zweigleisig zu denken. Leider ermöglichen sie auch die Herausbildung gegensätzlicher Emotionen, die sich im Extremfall gegenseitig kompensieren und die betreffende Person handlungsunfähig machen können.

»Nehmen Sie bitte Platz, Tarakan!«

Der Subdirektor setzte sich steif in den Besuchersessel vor meinem Arbeitstisch. Er mochte mich ebensowenig wie ich ihn, konnte jedoch seine Emotionen nicht so gut beherrschen.

»Es handelt sich um den fälligen Materialtransport von Taimon«, berichtete er. »Der Überwachungsausschuß in Havaler meldet, daß sich eine Verzögerung von drei Lotron-Tagen ergeben hat, weil der Produktionsleiter von Gammon-Pestak einen Fehler bei der Koordinierung der Zulieferungs-Planung beging. Ich bitte Sie, mich nach dem Planeten Taimon zu schicken und mir den Auftrag zu erteilen, den Schuldigen vor ein Schnellgericht zu stellen.«

Das war typisch Tarakan.

Was für den Produktionsleiter von Gammon-Pestak dabei herausspringen würde, wenn ich Tarakans Antrag stattgab, stand außer Zweifel. Im günstigsten Fall stünde dem armen Kerl eine Persönlichkeitswäsche bevor. Ich aber war der Ansicht, daß so eine harte Strafe in keinem Vergleich zu dem Fehler stand, der nur auf einem Versehen beruhen konnte. Das allerdings wäre für Tarakan kein stichhaltiges Argument gewesen und hätte nur eine Diskussion ausgelöst, zu der ich nicht die geringste Lust hatte.

»Das ist leider nicht zu machen«, antwortete ich. »Sie müssen sich für einen wichtigen Sonderauftrag zur Verfügung halten, Tarakan. Geben Sie mir den schriftlichen Bericht über den Vorfall auf Taimon, ich werde dann selbst das Nötige veranlassen.«

Diese Antwort paßte Tarakan ganz und gar nicht. Ich sah es an seinem Mienenspiel. Dennoch bot sie ihm keinen Angriffspunkt, und der Hinweis auf einen Sonderauftrag schmeichelte seinem Ehrgeiz so sehr, daß er diesen Köder schließlich schluckte. Ich würde mir tatsächlich einen befriedigenden Sonderauftrag ausdenken müssen.

Als Tarakan gegangen war, erhob ich mich und trat an die wandgroße Fensterfront meines Arbeitszimmers. Die Stadt Matronis erstreckte sich bis zum Horizont. Eine gewaltige, eine schöne Stadt. Die Baumeister meines Volkes hatten auf diesem wilden, urweltlichen Kontinent Lemu eine zivilisatorische Glanzleistung vollbracht.

Ein anhaltendes Donnern ließ mich nach Süden blicken. Ich schirmte dabei meine Augen mit der Hand gegen die grelle Strahlung der gelben Sonne Tranat ab und sah gerade noch, wie ein Leichter Raumkreuzer hinter den drei beherrschenden Verwaltungstürmen des Chefdirektors niederging.

Beim Anblick des Raumschiffes mußte ich wieder an die Theorie unserer Evolutionsforscher denken. Diese Theorie besagte, daß das Tranat-System seit rund 4,7 Milliarden Lotron-Jahren bestünde und den Evolutionsgesetzen zufolge schon vor rund einer halben Milliarde Jahren intelligentes Leben auf dem dritten Planeten entstanden sein müsse. War das aber der Fall, dann mußte bereits vor mindestens 300.000 Lotron-Jahren eine technische Hochkultur bestanden haben. Vielleicht war sie untergegangen wie die meisten Kulturen. Mir wollte nur nicht in den Kopf, daß sie absolut spurlos untergegangen sein sollte.

Natürlich legten wir bei derartigen Spekulationen unsere eigenen Maßstäbe an. Ein Wissenschaftler meines Volkes hatte sogar die Hypothese aufgestellt, die derzeit auf Lotron lebenden halbintelligenten Primaten wären die degenerierten Nachkommen ehemals hochintelligenter Lebewesen. Ich glaubte nicht daran. Keine intelligente Art kann so weit herabsinken.

Dennoch überkam mich jedesmal ein eigentümlich beunruhigendes Gefühl, wenn sich meine Gedanken mit den genetischen Zuchtexperimenten beschäftigten, die wir auf Lotron durchführten. Obwohl die einheimischen Primaten noch nicht einmal eine richtige Sprache besaßen und ihre Handlungen weitgehend von animalischen Trieben bestimmt wurden, besaßen sie doch Gehirne mit einem beachtlichen Entwicklungspotential. Möglicherweise experimentierten wir hier mit etwas, das uns eines Tages zum Verhängnis werden konnte.

Das Summen der Gegensprechanlage riß mich aus meinen Gedanken. Ich ging zum Arbeitstisch zurück und drückte die Schaltplatte nieder. Wieder meldete sich Ilivona, aber diesmal trug ihr Gesicht deutlich den Ausdruck von Unterwürfigkeit. Mir konnte das kaum gelten, also nahm ich an, daß meine Sekretärin mit einer hochgestellten Persönlichkeit konfrontiert worden war.

Ihre Worte bestätigten meine Annahme.

Lasallo, der Chefdirektor des Tranat-Systems persönlich, wollte mich über den Tele-Kommunikator sprechen.

Ich schaltete um auf das große Gerät.

An der mir gegenüberliegenden Wand erhellte sich ein rechteckiger Ausschnitt und zeigte mir die dreidimensionale farbige Wiedergabe von Lasallos luxuriösem Privatbüro – sowie den Oberkörper des Chefdirektors selbst. Lasallo saß wie ich hinter einem Arbeitstisch. Seine hellen Augen blickten gefühllos wie immer aus dem asketischen und faltigen Gesicht. Lasallo zählte nach Lotron-Zeit zweihundertdrei Jahre und war damit für die Begriffe meines Volkes ein alter Mann.

»Ich grüße Sie, Ovaron!« sagte er mit seiner leisen, ausdruckslosen Stimme, die mich aber nicht über die in dem Wissenschaftler steckende Energie hinwegtäuschte.

»Ich grüße Sie, Lasallo«, antwortete ich, ohne mir die brennende Neugier anmerken zu lassen.

Lasallo faltete die knochigen Hände auf der Tischplatte.

»Ich habe für morgen eine große Jagd angesetzt, Ovaron«, teilte mir der Chefdirektor mit. »Wir müssen wieder einmal etwas Zerstreuung in unser von Pflichten belastetes Dasein bringen. Bitte, finden Sie sich morgen bei Sonnenaufgang mit Ihrer Jagdausrüstung vor dem Palast der Tanzenden Moleküle ein.«

Ich neigte den Kopf, dann blickte ich wieder auf den Bildschirm.

»Vielen Dank für die Einladung, Lasallo. Ich werde pünktlich zur Stelle sein.«

Lasallo blickte mich noch einen Moment lang unverwandt an, dann unterbrach er die Verbindung.

Ich dachte angestrengt nach.

Lasallo hatte von einer großen Jagd gesprochen. Sie würde demnach mindestens fünf Lotron-Tage dauern, und das, obwohl wir dadurch mit unseren Arbeiten in Rückstand kommen mußten.

Nun, daran ließ sich nichts ändern. Lasallos Wort war Gesetz im Tranat-System.

Ich spürte, wie sich die Erregung in mir ausbreitete. Plötzlich freute ich mich auf die Jagd, konnte ich bei dieser Gelegenheit doch wieder mit Takvorian zusammensein – mit meinem Reitpferd, das eigentlich kein Pferd war.

Unwillkürlich mußte ich lachen.

Niemand außer Takvorian und mir kannte unser Geheimnis, und so sollte es auch bleiben.

Ich schaltete mein Armbandgerät ein und aktivierte die Abhörsicherung. Dann rief ich nach Takvorian. Er meldete sich sofort.

»Hallo, mein Pferdchen«, sagte ich zu ihm. »Morgen müssen wir wieder einmal jagen. Was hältst du davon?«

»Ich freue mich, Ovaron«, antwortete Takvorian mit seiner dünnen Stimme.

»Ich auch. In einer Stunde Lotron-Zeit werde ich bei dir sein. Du solltest inzwischen viel Getreideschrot essen, damit du in Form bist, wenn es morgen losgeht.«

Takvorian antwortete mit einer Verwünschung. Lachend beendete ich das Gespräch.

Dann ordnete ich meine dienstlichen Angelegenheiten, warf mir meinen Umhang über und verließ das Büro. Ilivona wünschte mir viel Erfolg und Spaß bei der Jagd, aber an ihrer Miene konnte ich ablesen, daß ihr lieber gewesen wäre, ich hätte mir vorher ein Bein gebrochen. Sie wußte schließlich, daß an der Jagd auch die Biotransfer-Korrektorin Merceile teilnehmen würde – ihrer Ansicht nach ihre Konkurrentin. Es wurde wirklich Zeit, daß ich Ilivona klarmachte, daß sie überhaupt nicht mit im Rennen lag. Falls ich mich eines Tages tatsächlich für eine Frau entscheiden würde, dann hieß sie wahrscheinlich Merceile.

Doch das hatte noch Zeit.

Ich schwang mich in den Antigravlift und fuhr die neunundsechzig Stockwerke bis zum Straßenniveau hinab. Der Pilot meines Gleiters wartete bereits vor dem Portal. Ich stieg ein und nannte ihm das Ziel.

Drei andere Gleiter eskortierten uns.

Ich hatte ständigen Begleitschutz, daran hatte ich mich schon gewöhnt. So ging es den hochgestellten Persönlichkeiten.

Bei der Jagd allerdings waren wir allein, auch Lasallo. Wir würden zu Pferde durch die unberührte Landschaft streifen und unser streitbares Wild nur mit Pfeil und Bogen oder mit der Lanze jagen.

»Fahren Sie schneller!« befahl ich meinem Piloten.

Wir fuhren zu meinem Haus am äußersten Stadtrand von Matronis. Die beiden Wachtposten am Haupteingang des ausgedehnten Grundstücks präsentierten die Strahlgewehre, als mein Gleiter passierte. Die Gleiter meiner Leibwache blieben draußen.

Es war ein prächtiges Haus, das man mir als Dienstwohnung errichtet hatte, mitten in einem kunstvoll angelegten Park und innen mit allem Luxus ausgestattet, der einem Cappin der Oberschicht zustand.

Ich wies meinen Piloten an, vor dem langgestreckten Stallgebäude anzuhalten. Anschließend sollte er den Gleiter in die Garage bringen und sich in seine Dienstbotenwohnung zurückziehen.

Langsam ging ich auf das Stallgebäude zu, trat ein und passierte die Boxen mit den prachtvollen Pferden und den Hunden. Robotdiener verrichteten ihren Dienst, ohne sich um mich zu kümmern. Sie waren starr programmiert.

Eine Wand trennte eine Box von allen anderen ab. Über dem Zugang stand in goldenen Buchstaben der Name meines Lieblingspferdes: TAKVORIAN.

Ich betrat die Separatbox, die eigentlich ein großer Luxusstall war, und schloß die Tür hinter mir.

Ein Halbbluthengst von bezaubernder Schönheit wandte den Kopf, als ich eintrat. Sein Fell glänzte in seidigem Hellblau: Schweif, Mähne und Schopf waren von leuchtendem Ockergelb. Die gekrausten längeren Haare zwischen Huf und Fessel waren von weißgelber Färbung.

»Ho, Takvorian!«

Der Hengst blähte die Nüstern, warf den Kopf zurück und wieherte laut. Dann kam er im Schritt auf mich zu, zog die Oberlippe über die Zähne und grinste.

»Ho, Ovaron! An welche Stelle deines verdammten Cappin-Körpers soll ich dir meine Hinterhufe setzen?«

Wir lachten beide, als wäre diese Frage ein Witz gewesen. Dabei war sie alles andere als ein oberflächlicher Witz; sie besaß einen sehr düsteren Hintergrund, und Takvorian hatte tatsächlich guten Grund, die Cappins auf Lotron zu hassen.

Während ich ihm gedankenverloren die Ganasche kraulte, zogen die Erinnerungen an jene schicksalhaften Stunden vor achtzehn Lotron-Jahren an meinem geistigen Auge vorüber . . .

Im Verlauf der genetischen Experimente waren alle möglichen Spielarten von Mutationen aufgetaucht.

Ich war zwar kein Spezialist auf dem Gebiet der Gen-Forschung, aber soviel mir bekannt war, stritten sich die Cappin-Wissenschaftler noch immer darum, wie der erste genetische Kode entstanden sein könnte. Manche Kapazitäten behaupteten steif und fest, die ungeheure Kompliziertheit der unüberschaubaren Vielfalt von genetischen Kodes ließe nur den einen Schluß zu, daß das gesamte Universum nichts anderes als ein vorprogrammierter Funktionsablauf sei, in dem schon vor der Entstehung genau festgelegt worden wäre, welche Lebewesen überhaupt entstehen und sich weiterentwickeln dürften und welche nicht. Niemand wagte allerdings eine Antwort auf die Frage, wer dann dieses Universum programmiert haben könnte.

Auf Lotron hatten sich meine Artgenossen ganz klar übernommen. Sie waren einfach nicht auf die geradezu unheimliche Variationsfähigkeit der Erbmasse der lotronischen Primaten gefaßt gewesen. Ja, es hatte sogar eine Zeitspanne gegeben, in der die Experimente die Vermischungsschranke zwischen den Primaten und vereinzelten Tierarten des Planeten neutralisiert hatten. Eine dieser unnatürlichen Kreuzungen zwischen dem humanoiden Primatentypus und einer kleinen Wildpferderasse waren die sogenannten Zentauren.

Diese Experimente meiner Artgenossen waren im höchsten Grade verabscheuenswert. Ja, manchmal hasse ich die Männer und Frauen des stolzen Cappin-Volkes wegen dieser verbrecherischen Manipulationen, die eigentlich gar nicht zum Charakter unseres Volkes passen.

Takvorian nun war keiner zufälligen Kreuzung entsprungen, sondern dem Resultat des 193. Versuchs der Reihe CRKLA-M. Allerdings entsprach er nicht den Erwartungen der Biologen. Sein schmächtiger Oberkörper bildete eine Diskrepanz zu dem normalen Pferdeleib. Ich kam zufällig dazu, als ein Laborassistent den drei Tage alten Zentauren brutal auf den Stahlpritschenwagen warf, der Abfall in den Konverter fuhr. Mir tat das zitternde Zentaurenbaby leid. Impulsiv nahm ich es an mich. Den Assistenten verpflichtete ich zum Schweigen. Wenn der Chef der Golamo befiehlt, über eine Sache den Mund zu halten, dann hält man den Mund, wenn einem das Leben lieb ist.

Ich nahm das kleine Wesen mit nach Hause und pflegte es. Der Tierleib wuchs rasch heran, und ich sah, daß es ein Prachtexemplar werden würde. Der humanoide Oberkörper allerdings bestätigte das Urteil der Biologen. Er wuchs nur langsam und entwickelte sich zu einem schlauchähnlichen Gebilde mit winzigen Lungen, dünnen Ärmchen und hervorstehenden Rippen.

Als ich eines Tages übermüdet, überreizt und noch dazu betrunken nach Hause gekommen war, hatte ich den Anblick dieses jämmerlichen Oberkörpers nicht länger ertragen können. Ich hatte den Zentauren zuerst beschimpft und dann nach der Peitsche gegriffen, um ihn zu verprügeln.

Aber es war mir nicht gelungen, den Zentauren ein einziges Mal zu treffen. Immer befand er sich schon an einer anderen Stelle, wenn ich zuschlug. Diese unheimliche Gewandtheit verblüffte und ernüchterte mich, und plötzlich stellte ich fest, daß nicht der Zentaur schneller als normal reagierte, sondern daß meine Bewegungen jedesmal dann verlangsamt wurden, wenn ich ihn schlagen wollte.

Ich kühlte meinen Kopf mit Eiswasser, dann befragte ich den Zentauren, der unsere Sprache inzwischen einigermaßen kennen sollte, wie ich meinte. Es stellte sich heraus, daß er die Sprache perfekt beherrschte und überhaupt ein hochintelligentes Lebewesen war. Allerdings ein Wesen mit ungeheuer starken Emotionen. Er verriet mir, daß er kraft seines Willens die Bewegungsabläufe innerhalb der variablen Zeitebenen verlangsamen oder beschleunigen könne, konkret ausgedrückt, alle Umweltvorgänge um den Faktor fünfzig zeitlich verändern könne. Ich nannte Takvorian einen Movator.

Danach fragte er mich höhnisch, ob ich ihn verraten wolle. In dem Falle würde er mich mit seinen harten Hufen zu Brei zertrampeln.

Ich hatte mich vor dieser Drohung nicht gefürchtet, aber ich war zerknirscht gewesen, daß ich dieses Wesen hatte auspeitschen wollen. Mir war sofort klargeworden, daß der Zentaur ein positiver Mutant war – bis auf sein äußeres Aussehen. Ich hatte mich entschuldigt. Da hatte er mich ausgelacht und gestanden, er wäre niemals in der Lage gewesen, mir ein Leid zuzufügen, da er wüßte, daß er mir sein Leben zu verdanken habe.

An diesem Tag hatte zwischen uns eine feste und unvergleichliche Freundschaft begonnen. Ich nannte den Zentauren Takvorian, und sobald er erwachsen war, ließ ich für ihn eine biologisch lebende Maske herstellen, die den schmächtigen humanoiden Oberkörper verdeckte und die naturgetreue Nachbildung eines Pferdehalses und -kopfes war. Meine technischen Möglichkeiten als Chef der Golamo erlaubten es mir, die Konstrukteure der Pferdemaske anschließend von der Erinnerung an ihren Sonderauftrag zu »befreien«. Niemand wußte, daß hinter Hals und Kopf des prächtigen Halbbluthengstes ein schmächtiger Körper und der Kopf eines humanoiden Wesens steckten, der sich kaum von einem Cappin-Schädel unterschied. Nur Takvorians Gesicht war kindlich geblieben.

»Woran denkst du, Freund?« fragte Takvorian. Das »Pferd« bewegte sogar die Lippen dabei, was an sich nicht nötig gewesen wäre.

Ich seufzte.

»Es ist unwichtig, Kleiner. Ich hoffe, du bist gut in Form. Die Jagdexpedition wird ziemlich anstrengend werden. Wird es dir auch nicht zuviel, mich ständig auf deinem Rücken zu tragen?«

Takvorian lachte nur.

»Ich spüre dich überhaupt nicht, Ovaron. Außerdem macht es mir Spaß, dich zu tragen. Du könntest mir als Gegenleistung aber wenigstens erlauben, hin und wieder einem deiner Artgenossen den Schädel mit meinen Hufen zu zerschmettern.«

Ich blickte ihn besorgt an. »Keine Unbesonnenheiten, bitte! Wir sind keine Mörder. Vielleicht wird es eines Tages notwendig sein, einige meiner Artgenossen zu töten, dazu muß aber dann eine ethisch fundierte Notwendigkeit bestehen.«

»Von mir aus besteht sie«, erwiderte Takvorian.

»Das ist ein Irrtum. Jede ethisch fundierte Maßnahme muß auch sinnvoll sein und ein positives Ziel haben. Was du meinst, wäre bloß Rache für das, was man dir und anderen Lebewesen angetan hat.«

Mit einemmal war mir alles zuviel. Ich schlug Takvorian mit der flachen Hand gegen den Hals und verabschiedete mich wortkarg. Draußen lehnte ich mich gegen die Wand des Stallgebäudes.

Meine beiden Bewußtseinsebenen entwickelten wieder einmal gegensätzliche Denkvorgänge. Die eine stellte fest, daß ich dafür verantwortlich sei, daß das biogenetische Zuchtprogramm geheimdienstlich und militärisch abgesichert und geschützt wurde, die andere, daß ich in Wirklichkeit eine ganz andere Aufgabe hätte. Leider gelang es mir auch diesmal nicht, mich an konkrete Einzelheiten dieser Aufgabe zu erinnern. Ich wußte zwar, daß ich über technische Anlagen und eine Geheimzentrale verfügte, von denen nicht einmal Lasallo etwas ahnte, aber ich wußte nicht, wer diese Anlagen errichtet hatte und wie ich dazu kam, mich ihrer zu bedienen.

Einige Male erst hatte ich mich dieser Anlagen bedient, und auch das unter einem inneren Zwang und ohne die Zusammenhänge zu kennen. Das war gewesen, als Unbekannte versucht hatten, aus der Zukunft auf diese Zeitebene vorzudringen. Es war mir gelungen, sie mit Hilfe der Rücksturzpolung zurückzuschlagen und vielleicht sogar zu vernichten.

Was das eigentlich sollte, wußte ich nicht.

Zeitweilig kam ich mir vor wie die Marionette eines Mächtigeren, der die Geschicke in Vergangenheit, Gegenwart und Zukunft nach seinem Willen lenkte.

Aber welche Bedeutung hatte ich in diesem unbekannten Plan?

Ich fand – wie schon so oft – auch diesmal keine Antwort darauf. Nachdenklich kehrte ich nach Hause zurück.

Drei Stunden nach Mitternacht weckte mich der Schlafzellencomputer mit den genau abgestimmten Vibrationen, die meinen Metabolismus vom Tiefschlaf auf den aktiven Wachzustand umstellten.

Ich lauschte einige Minuten lang der gedämpften Musik aus der Variodim-Stereoanlage. Es war ein eigentümliches Gefühl. Zwar konnte mein Gehör nur die Töne der Normaldimension aufnehmen, aber mit meinem Hirnsektor, der mich zur Pedotransferierung befähigte, stand ich gewissermaßen als Resonator in Verbindung mit den auf dimensional übergeordneten Ebenen erzeugten Klängen.

Allmählich wandte sich mein Bewußtsein wieder der Realität der Normalebene zu. Ich erinnerte mich daran, am vergangenen Abend zuviel von dem schweren Babaya-Wein getrunken zu haben, und diese

Erinnerung stimmte mich nicht fröhlich. Man sollte seine Sorgen niemals in Alkohol zu ertränken versuchen, es gelingt ohnehin nicht.

Körperlich fühlte ich mich allerdings vollkommen auf der Höhe, was ich aber weniger mir selbst zu verdanken hatte, sondern der permanenten Betreuung durch meinen Schlafzellencomputer.

Ich richtete mich auf, und das Konturfeld folgte jeder meiner Bewegungen und unterstützte sie. Mit entschlossenem Schwung verließ ich die Schlafzelle und stellte mich unter den Hydromasseur. Anschließend ließ ich mich von Warmluftstrahlen trocknen und von einer belebenden Tiefenstrahlung biologisch aufladen.

Als ich vor den Feldspiegel trat, sah mir das vertraute Abbild eines jungen Gottes entgegen. Meine hellbraune Haut glänzte seidig und bewegte sich geschmeidig unter dem Spiel der trainierten Muskeln. Ich grinste, und mein Gesicht verlor etwas von sciner kantig wirkenden Härte. Nur das breite Kinn und die gekrümmte scharfrückige Nase veränderten sich nicht. Meine hellblauen Augen blickten mich aus dem Spiegel melancholisch an, was mich zu einem ironischen Lachen reizte und ihren Ausdruck veränderte.

Ich wandte mich ab, streifte mir die atmungsaktive dünne Unterwäsche über und fuhr mit dem Antigravlift zu meiner Waffenkammer, Abteilung »Primitive Jagdgeräte«.

Prüfend musterte ich die umfangreiche Sammlung. Ich würde den breiten Ledergürtel umschnallen, dazu den schweren Genickfänger im dicken Futteral. Die Lanze aus Malokanatstahl hatte mir auf früheren Jagden ebenfalls gute Dienste geleistet; sie würde ich auch mitführen.

Und dann den Bogen.

Er sah äußerlich beinahe wie der Bogen aus, den primitive Völker auf ihren Jagd- und Kriegszügen zu verwenden pflegten, war aber weder aus einem elastischen Zweig noch aus geleimten Holzschichten gefertigt. Für die Jagd in der Wildnis von Lemu konnte man keine Sportwaffen gebrauchen. Der Bügel meines Jagdbogens bestand ebenfalls aus Malokanatstahl, doch wurde das Maximum an Federungseffekt durch insgesamt hundertdreißig mikroskopisch dünne Schichten molekularen Strukturkomprimats erreicht. Die Sehne bestand aus biologisch aktiven, energetisch »gesponnenen« langen Molekülketten.

Ich überprüfte die langen Pfeile im Köcher, dann kehrte ich in meine Wohnetage zurück, um mich anzukleiden und zu frühstücken. Kurz darauf meldete sich mein Gleiterpilot, der wie üblich während der Jagd als mein persönlicher Diener und Waffenwart fungieren würde. Ich wies Paleitan an, für mich Takvorian und für sich eines meiner anderen Pferde nach eigener Wahl zu satteln sowie das Tragtier mit der üblichen Ausrüstung zu beladen wie Verpflegung, Schlafzelt, Atomkocher und was der Dinge mehr waren, die man für eine mehrtägige Expedition in unbewohntes Gebiet benötigte.

Beherrscht und mit unbewegter Miene nahm Paleitan meine Befehle zur Kenntnis. Er freute sich bestimmt auch auf den Jagdausflug, schien es aber für unter seiner Würde zu halten, Gefühle zu zeigen.

Nachdem er verschwunden war, vervollständigte ich meine Kleidung, bändigte mein langes schwarzes Haar mit einem elastischen Konturreif und stieg in die kniehohen weichen Lederstiefel. Unter dem linken Ärmel der ledernen Jagdjacke verbarg ich mein Kombinationsgerät, das äußerlich einem Mini-Funksprechgerät glich und diese Funktion tatsächlich erfüllte. Zusätzlich aber enthielt das metallene Armband noch ein hochkompliziertes Quintadimgerät, mit dem ich ständig in Verbindung mit meiner geheimen Schaltzentrale im Innern des wilden Kontinents stand.

Genau zur vorgesehenen Zeit verließen Paleitan und ich mein Grundstück. Takvorian bewegte sich im Paßgang, brach aber immer wieder tänzelnd aus. Er steckte voller Übermut und freute sich, daß er sich endlich wieder einmal richtig würde auslaufen können.

Es war ein herrliches Gefühl, auf diesem prachtvollen Exemplar eines Morgas zu reiten. Mit dem Sammelbegriff Morga bezeichneten wir alle Spielarten der lotronischen Pferderassen, sowohl die frei lebenden kleinen Wildpferde als auch die durch genetische Manipulationen gezüchteten großen Voll- und Halbblüter.

Paleitan folgte mir auf dem Halbbluthengst Wailoki, einem ebenfalls prächtig gebauten Tier mit silbergrauem Fell, hellblauer Mähne und dunkelblauem Schweif. Das Packtier dagegen war ein unscheinbarer brauner Wallach ohne großes Temperament, aber ungewöhnlich leistungsfreudig und ausdauernd. Es folgte Paleitan aufs Wort.

Vor dem Palast der Tanzenden Moleküle, so genannt zur Erinnerung an den Konstrukteur der Tryzome, wartete bereits der größte Teil der Jagdgesellschaft. Ich schätzte die Menge auf etwa vierhundert Männer und Frauen. Sie unterhielten sich größtenteils sehr angeregt. Die Stimmung war hervorragend. Derartige Jagden waren auf Lotron Gesellschaftsereignisse ersten Ranges.

Etwas abseits der Menge sah ich die junge Merceile auf ihrer temperamentvollen Halbblutstute Kasama. An ihrer Seite befand sich der Biomech-Transferer Levtron auf seinem schwarzen ungebärdigen Hengst Pukusch. Levtron redete unablässig auf die Biotransfer-Korrektorin ein, was mein Mißfallen erregte. Der hagere Levtron mit den breiten Backenknochen und den schrägstehenden Augen paßte nicht zu der unberührten Schönheit Merceiles, aber die düstere Ausstrahlung seiner Persönlichkeit schien selbst auf Frauen wie sie faszinierend zu wirken.

In einiger Entfernung der beiden Wissenschaftler stand Levtrons ständiger Begleiter gleich einem knorrigen ungeschlachten Monstrum reglos neben der Säule des Stargin, die gegen den Giganten unscheinbar wirkte, obwohl sie so groß wie vier Cappins zusammen war.

Der einäugige Zyklop glotzte stupide ins Leere. Er war im Grunde genommen nur eine Riesenmenge Fleisch mit einem kleinen Gehirn, in dem ein Paramech-Empfänger steckte. Levtron brauchte Luvash eigentlich nur als organische Abreagierungsmaschine, die bei einem Extremfall von zweigleisigem Denken – denn der Chef des Bioprogramms Lotron war ebenfalls Tryzom-Tänzer – den paramechanischen Befehl erhielt, den unerwünschten Teil von Levtrons Denkprozessen stellvertretend abzureagieren.

Takvorian verfiel in einen gleitenden Trab, als ich ihn durch leichten Schenkeldruck in Merceiles Richtung dirigierte. Hier konnte ich nicht mit dem Zentauren sprechen, denn seine wirkliche Beschaffenheit war unser Geheimnis.

Etwas zu spät erkannte ich Takvorians Nebenabsicht. Wir bewegten uns dicht an Luvash vorbei, und plötzlich schwenkte Takvorian scharf nach rechts ab, schmetterte seine Hufe gegen das linke Schienbein des Zyklopen und brachte sich dann mit einem kurzen Handgalopp in Sicherheit.

Luvash brüllte vor Schmerz auf, torkelte gegen die Säule des Stargin und rollte sein riesiges rotglühendes Auge in der Stirnhöhle, um nach dem Urheber des Schmerzes zu suchen. Takvorian hatte sich jedoch zu schnell entfernt, so daß der unbewegliche Geist – wenn man überhaupt von Geist sprechen durfte – des Zyklopen ihn nicht mehr in Zusammenhang mit seinen Schmerzen bringen konnte.

Levtron wandte mir sein Gesicht zu. Die schwarzen Augen funkelten vor Zorn. Er konnte sich denken, wer seinem Zyklopen den Streich gespielt hatte.

»Wenn Sie Ihren Morga nicht in der Gewalt haben, sollten Sie ein zahmeres Tier nehmen, Ovaron«, sagte er berstend vor Wut.

Ich lächelte kalt.

»Ein richtiger Mann benötigt keine Reaktionsschleuse für seinen zweigleisigen Denkvorgang«, erwiderte ich. »Außerdem bedeutet Ihr hirnloser Knabe eine Gefahr für die Allgemeinheit. Neulich hat er einen fremden Gleiter zertrümmert. Ihr Gehirn scheint nicht in Ordnung zu sein. Ich werde durch die Golamo überprüfen lassen, ob Sie überhaupt für Ihre Stellung geeignet sind.«

Ich kümmerte mich nicht um die wütenden Worte Levtrons, sondern drängte Takvorian zwischen sein und Merceiles Morga. Grüßend hob ich die Rechte.

»Ich grüße Sie, Merceile!«

Sie blickte mich zornig an.

»Warum mußten Sie Levtron beleidigen, Ovaron?«

Ich musterte sie ungeniert. In dem enganliegenden Jagdanzug sah Merceile noch verführerischer aus als sonst, wenn es bei ihr da überhaupt noch eine Steigerung gab. Ihre ockergelben Augen leuchteten in dem bronzefarbenen Gesicht wie zwei Sonnen, und das bis zu den Hüften reichende Haar sah aus wie flüssiges Kupfer. Bänder aus verschiedenen kostbaren Materialien hielten es im Nacken zusammen.

»Ich liebe Sie, Merceile«, flüsterte ich hingerissen.

Merceile zuckte zusammen. Ich sah es ganz deutlich, und das ließ mein Herz höher schlagen. Doch dann lachte sie und preßte ihrem Hengst die Stiefelabsätze in die Weichen, daß er sich auf der Hinterhand aufbäumte und anschließend in gestrecktem Galopp davonjagte.

Einen Augenblick war ich versucht, sie zu verfolgen. Takvorian hätte Kasama mühelos eingeholt, er war jedem anderen Morga überlegen. Doch dann ließ ich es sein, denn soeben meldeten die Fanfaren vom Dach des Palastes die Ankunft Lasallos.

Wir formierten uns zu einem Halbkreis. Wenig später ritten Lasallos beiden Jagdgehilfen mit den Packpferden herein. Der Chefdirektor folgte auf seinem schneeweißen Hengst. Im Sattel wirkte der ausgemergelte Körper des greisen Wissenschaftlers kräftig und elastisch.

Lasallo sprach einige Begrüßungsworte, gab das Ziel des ersten Tages bekannt und setzte sich dann an die Spitze der Gesellschaft. In leichtem Trab überquerten wir die Brücke über den Maru Babo, folgten für kurze Zeit dem Fluß auf dem anderen Ufer und schlugen dann den Weg ein, der zwischen den Kyotro-Hügeln in die weite Sanouklaides-Ebene führte, über der der gewaltige Tafelberg Helopantea von hier aus als schneebedecktes Fragment über den Wolken schwamm.

Bald fielen die Morga in den Paßgang zurück. Die Sonne Tranat stieg endgültig über den Horizont und verbreitete wohltuende Wärme.

Unter Takvorians Hufen wirbelten kleine Staubwolken auf. Die Muskeln des Pferdekörpers arbeiteten unermüdlich wie Maschinenteile.

Als ich hinter einer Biegung Merceile entdeckte, die dort auf uns gewartet hatte, schnalzte ich mit der Zunge. Takvorian schien länger zu werden; er streckte sich und flog beinahe davon. Ich überholte Levtron und fing einen tückischen Blick auf. Der Biomech-Transferer haßte mich, aber das war schon immer so gewesen. Er schien zu ahnen, daß ich nicht der war, für den ich mich ausgab. Leider wußte ich selbst nicht viel mehr über mich als er.

12.

April 3434
Bericht Perry Rhodan

Jemand hatte meinen Namen gerufen. Ich erkannte Atlans Stimme und wandte den Kopf.

Der Arkonide kam auf mich zu, und wir schüttelten uns die Hände.

Um uns war das Raunen und Wispern von NATHAN. Man schrieb den 20. April 3434 Erdzeit. Heute, um 11.35 Uhr terranischer Standardzeit, wollten wir mit dem Nullzeit-Deformator den »großen Sprung« wagen. Diesmal sollte es endgültig um rund 200.000 Jahre in die irdische Vergangenheit gehen, und zwar so, daß wir wenige Jahre vor dem rekonstruierten Geburtsdatum des Neandertalers Lord Zwiebus auftauchen würden. Waren die Berechnungen einwandfrei, dann mußten wir in einer Zeitepoche »herauskommen«, in der eine verbrecherische Organisation der Cappins bereits mit ihren genetischen Bioexperimenten begonnen hatte.

Der Deformator befand sich nach einem geglückten Testflug ins Jahr 29.566 v. Chr. wieder im Enadatal der Fidschi-Insel Viti Levu, ebenso seine Besatzung. Nur Atlan und ich fehlten noch.

NATHAN gab bekannt, daß die angeforderten Berechnungen abgeschlossen seien und auf den niedrigen Intelligenzquotienten der Deformatorpositronik zubereitet worden seien.

NATHAN sagte tatsächlich »niedriger Intelligenzquotient« zur Leistungskapazität des Computers unserer Zeitmaschine!

Ich nahm die entsprechenden Informationsträger entgegen, legte sie in eine Plastikhülle und verstaute sie in einer Außentasche meiner leichten Raumkombination.

Nebeneinander verließen wir den Anschlußraum, passierten die Robotposten vor dem Panzerschott und fuhren mit dem schnellen Transportband zum zentralen Personenlift, der uns an die Mondoberfläche trug.

Eine Space-Jet der INTERSOLAR erwartete uns bereits. Wir stiegen in die Kommandokanzel, wo sich Leutnant Shenko Trestow bei unserem Eintritt mit seinem Kontursessel umdrehte und das Raumfahrzeug startklar meldete. Trestow war einer der ZbV-Einsatzleiter meines Flaggschiffs.

»Haben Sie viel oder wenig Zeit, Sir?« fragte er mich.

Ich musterte sein breites Gesicht mit dem derben Kinn, das unwillkürlich an einen Amboß erinnerte.

»Das kommt darauf an, was Sie darunter verstehen, Leutnant. Einen Umweg über Pluto hatte ich eigentlich nicht vor.«

Seine großen Ohren färbten sich rot.

»Ich meine, soll ich voll beschleunigen und eine Gewaltlandung bauen oder nur ganz zart auf den Gashebel treten und Sie sanft wie ein taufrisches Blatt auf Viti Levu abladen, Sir?«

»Wählen Sie den goldenen Mittelweg, Leutnant«, erwiderte ich und schnallte mich in meinem Kontursessel an.

Shenko Trestow wurde wieder ernst und wandte sich seinen Kontrollen zu. Er sprach mit der Raumüberwachung Luna. Innerhalb weniger Sekunden erhielt er die Startfreigabe.

Wir waren auf der erdabgewandten Seite des Mondes gestartet und hatten uns vorschriftsmäßig erst einmal auf eine Distanz von dreißig Kilometern begeben. Nun schwenkte Leutnant Trestow die Space-Jet herum und richtete ihren Bug auf einen imaginären Punkt fünfzehn Grad unterhalb der hell strahlenden Erdsichel. Der starke Schub der Impulstriebwerke versetzte dem Fahrzeug sozusagen einen kräftigen Tritt, der es in den engen Raum zwischen Erde und Mond schleuderte.

»Wie geht es eigentlich unserem Freund Corello?« fragte Atlan.

»Sein Zustand bessert sich, aber die Stabilisierung des Sextagoniums hat ihn doch mehr mitgenommen, als wir zuerst alle dachten. Es ist schade, daß wir ihn nicht mitnehmen können. Seine Psi-Kräfte hätten uns in einer von Cappins beherrschten Vergangenheit sicher nützlich sein können.«

»Und Major Lokoshan?«

Ich lächelte verlegen.

»Er hatte gehofft, an der Zeitexpedition teilnehmen zu dürfen. Aber ich wollte ihn nicht dabeihaben.« Ich verzog das Gesicht. »Nun grollt er mir.«

»Warum das? Er ist doch dem Supermutanten zugeteilt. Da wird er noch ausreichend Gelegenheit finden, sich zu bewähren. Du wirst ihn schon nicht arbeitslos werden lassen, wie ich dich kenne.«

»Sicherlich nicht, obwohl er mir ein wenig unheimlich ist mit seinem Großen Erbgott Lullog. Ich möchte wirklich wissen, warum er die Statue immer und überall mit sich herumschleppt.«

»Du glaubst also auch nicht, daß er es nur tut, um sie vor Schaden zu bewahren, Perry?«

»Nein, ich glaube es nicht. Und ich bin sicher, Major Lokoshan weiß das. Es scheint ihn aber nicht zu stören, was mich wiederum noch stärker beunruhigt.«

Ich wandte den Kopf und blickte ostentativ durch die transparente Kuppelwandung zur südpolaren Eiskappe der Erde. Mein Freund verstand diesen diskreten Wink. Er ließ das Thema Patulli Lokoshan fallen.

Ich folgte seinem Beispiel. Es gab schließlich wichtigere Dinge zu durchdenken als die Bedeutung einer rätselhaften Statue eines seltsamen Mannes der Solaren Abwehr.

Ich blickte durch den Filtersektor zur Sonne hinüber. Sie leuchtete völlig normal, und man hätte meinen können, es gäbe keinen Todessatelliten mehr.

Leider wußte ich es besser.

Die riesige Spindel existierte nach wie vor innerhalb der äußeren Sonnenschichten. Sie war zwar beschädigt, aber nicht zerstört. NATHAN hatte die Wahrscheinlichkeit, daß innerhalb des Satelliten fieberhaft gearbeitet wurde, um die Sonne Sol erneut aufzuheizen, inzwischen mit neunundneunzig Prozent angegeben. Das bedeutete, eines Tages würde die Sonne zur Nova werden, wenn es uns nicht gelang, den Bau des Todessatelliten zu verhindern. Dazu mußten wir mindestens 200.000 Jahre in die Vergangenheit zurückgehen.

Und wir mußten unbemerkt ankommen!

Leutnant Shenko Trestow bremste die Space-Jet ab und zog sie gleichzeitig höher. In der Sektorvergrößerung des Silhouettenschirmes fielen die neuseeländischen Inseln nach unten weg. Das Süd-Fidschi-Becken wanderte hindurch. Rechts sahen Atlan und ich deutlich die dunklere Färbung des tiefen Tonga-Grabens, in dem Lord Zwiebus innerhalb eines uralten Stützpunktes gefunden worden war.

Ein zweihunderttausend Jahre alter Vormensch, energetisch konserviert und – wie sich später zeigte – mit einem umfangreichen technischen Wissen.

Selbstverständlich war Lord Zwiebus kein echter Neandertaler, sondern das Produkt von cappinschen Zuchtexperimenten, aber in Körperbau und Schädelform glich er durchaus dem erst später entstandenen Typ des Homo neandertalensis.

Unsere Space-Jet schwenkte leicht nach Backbord ab. Die Hauptinsel der Fidschi-Gruppe, Viti Levu, geriet in den Silhouettenschirm. Leutnant Trestow kippte das Raumfahrzeug, so daß es wenige Sekunden später mit der Schmalseite voran in die Erdatmosphäre eintauchte. Im Prallschirm waberten die Leuchterscheinungen hocherhitzten und ionisierten Gases.

Wir landeten nur fünf Minuten danach auf dem kleinen Raumhafen südlich von Nadarivatu. Reginald Bull und Solarmarschall Deighton begrüßten uns. Bully würde wieder einmal zu Hause bleiben müssen, und man sah ihm den Unmut darüber an.

Ich konnte mich in seine Lage gut einfühlen, aber es ging nicht anders. Wer würde nicht gern in die Vergangenheit der Erde reisen und mit eigenen Augen sehen, wie es auf unserem Planeten vor rund zweihunderttausend Jahren ausgesehen hatte!

Aber von uns beiden konnte nur einer die Gegenwartsebene verlassen. Der andere mußte zurückbleiben, um notfalls die solare Menschheit zu evakuieren, falls die Sonne sich zur Nova entwickeln sollte.

Und wir beide wußten es. Wir wußten auch, daß ich der bessere Mann für die Leitung der Zeitexpedition war. Bullys Qualitäten lagen auf anderen Gebieten. Deshalb fiel zwischen uns kein Wort wegen Sachverhalten, die nicht zu ändern waren.

Er übergab mir ein verschnürtes Päckchen, und als ich ihn fragend anblickte, erklärte er grinsend: »Für Bang-Bang, Perry. Zigaretten. Er legte seiner letzten Meldung einen Zettel bei, auf dem er um Übersendung von zehn Stangen Filterzigaretten Marke ›Dunkelnebel‹ bat.« Er lächelte verstehend. »Die Deformator-Besatzung darf ja seit gestern das Sperrgebiet nicht mehr verlassen.«

»Zehn Stangen . . .?« staunte ich. Die Mitglieder dieser Zeitexpedition waren die gleichen wie bei der ersten. Professor Dr. Bhang Paczek, unser Hyperstruktur-Kalkulator, frönte dem Laster des Kettenrauchens und schluckte täglich Medikamente, um die schädlichen Nebenwirkungen des Rauchens zu neutralisieren. »Denkt er etwa, wir wollten ein ganzes Jahr lang in der Vergangenheit bleiben?«

»Er rechnet mit höchstens zehn Tagen«, erwiderte Reginald trocken.

Das war für jeden Tag eine ganze Stange Zigaretten. Am liebsten hätte ich die Beförderung des Päckchens abgelehnt. Paczek würde sich trotz seiner Medikamente gesundheitlich zugrunde richten, wenn er seinen Zigarettenkonsum nicht endlich bremste.

Doch dann seufzte ich nur resignierend.

Bully gab mir wohlgemeinte Mahnungen mit auf den Weg. »Gehe kein unnötiges Risiko ein. Die Menschheit braucht dich noch.«

»Ich werde auf ihn aufpassen«, versicherte Atlan.

Galbraith Deighton lächelte verstohlen. Er wußte genau, daß ich mich auch von Atlan nicht würde aufhalten lassen, wenn ich etwas für notwendig hielte.

Wir verabschiedeten uns. Reginald Bull und Deighton sahen uns nach, bis wir mit unserem Luftgleiter außer Sichtweite waren. Fünf Minuten später tauchten wir ins Enadatal ein – und da stand er, der Nullzeit-Deformator.

Es handelte sich, entgegen unserer ursprünglichen Planung, um das gleiche Zeitreisegerät, mit dem wir unsere erste Expedition in die Vergangenheit unternommen hatten. Der zweite, weitaus größere Deformator würde vorerst aufgrund unvorhergesehener technischer Probleme doch noch nicht einsatzbereit sein. In ihm würden wir einen Leichten Kreuzer mitnehmen können. ND-1 bot nicht genügend Platz dafür. Wir waren froh, daß wir einen Shift, zehn Kampfroboter, einen diskusförmigen Kleinaufklärer sowie einen technisch veralteten Raum- und Abfangjäger vom Typ McDonnel F-2020 hatten unterbringen können.

Auf dem geebneten Boden rund um die silbrig glänzende Kugel des Nullzeit-Deformators waren eine Menge Spuren von Gleiskettenfahrzeugen zu sehen. Aber nur noch ein einziger Mannschaftstransporter stand vor der geöffneten Personenschleuse. Alle anderen waren in ihre unterirdischen Hangars zurückgekehrt. Wir wollten nicht, daß infolge einer möglichen Panne Menschen umkamen.

Zwar hatte der letzte Versuch bewiesen, daß der Dakkar-Tastresonator einwandfrei arbeitete und die gefährliche Rücksturzpolung hundertprozentig neutralisierte, aber da hatten wir uns auch nur um dreiunddreißigtausend Jahre in die Vergangenheit zurückbewegt. Vorausgesetzt, das Aggregat, das die Rücksturzpolung auslöste, befand sich auf der Zeitebene, zu der wir vordringen wollten, vergrößerte sich dann ihr Wirkungseffekt?

Niemand konnte es mit Bestimmtheit sagen, selbst NATHAN nicht. Erst die praktische Erprobung würde uns letzte Gewißheit verschaffen.

Professor Dr. Ugnar Bowen kam gerade aus der Personenschleuse, als der Gleiter mit Atlan und mir landete. Bowen hatte zusammen mit Professor Waringer den Nullzeit-Deformator konstruiert und auch seine Überholung überwacht. Wahrscheinlich war er zu einer letzten Kontrolle an Bord gewesen.

Er kletterte in den Mannschaftstransporter und ließ die starken E-Motoren an.

Ich trat zu ihm.

»Alles klar, Professor?«

Ugnar Bowen sah mich erst jetzt. Überrascht fuhr er zusammen und lachte verlegen.

»Alles klar, Sir – jedenfalls, was die Maschine betrifft.« Er machte eine Verlegenheitspause. »Hoffentlich wissen Sie, daß Sie mitten in einem feindlichen Aufmarschgebiet herauskommen können?«

Ich lächelte ihn an.

»Wir rechnen mit allen Möglichkeiten, Professor. Aber diese ist doch wohl unwahrscheinlich. Das Gelände eignet sich nicht dafür.«

Bowen blieb skeptisch.

»Na, jedenfalls halte ich mich mit meinem Instandsetzungsteam bereit. Hals- und Beinbruch, Sir.«

Ich dankte ihm, winkte zum Abschied und begab mich zur Schleuse, wo Atlan bereits auf mich wartete.

»Ein sehr friedliches Tal«, sagte er ironisch.

Ich antwortete nicht darauf, sondern blieb noch einmal stehen und sah mich um.

Was hatten wir in diesem Tal nicht schon alles erlebt! Einmal wären wir beinahe von lemurischen Raumschiffen vernichtet worden, weil man uns mit einem halutischen Mordkommando verwechselt hatte. Das war zu jener Zeitepoche gewesen, in der die Artgenossen unseres Freundes Icho Tolot versucht hatten, das Sternenimperium der Ersten Menschheit zu zerschlagen und die Menschheit auszulöschen. Ihr erstes Ziel hatten sie damals erreicht, nicht aber das zweite, sonst ständen wir jetzt nicht hier.

Ein andermal überfielen uns, die wir arglos ausgestiegen waren, weil die lemurische Technik uns zu dieser Zeitepoche nichts anhaben konnte, Horden von Pseudo-Neandertalern und Zentauren. Der Überfall war derart überraschend geführt und mit solcher Wucht vorgetragen worden, daß man uns beinahe umgebracht hätte. Und das paradoxerweise, weil unsere Waffen denen der Präbios haushoch überlegen waren. Wir hatten ganz einfach Hemmungen gehabt, die Angreifer zu Hunderten zu vernichten.

Diesmal wollten wir direkt in die Zeitepoche vorstoßen, in der die Cappins die Erde beherrschten. Mir wäre wohler gewesen, wenn wir dazu den größeren Nullzeit-Deformator hätten benutzen können. Es ging für uns schließlich nicht nur darum, den Vorstoß in die ferne Vergangenheit zu überleben. Wir mußten im Interesse der solaren Menschheit aktiv vorgehen und den Bau des Todessatelliten verhindern. Da die Cappins sich das nicht gefallen lassen würden, bedeutete das notwendigerweise Kampf.

Jemand streckte sein Gesicht durch die Schleusenöffnung, ein graues Gesicht mit blutleeren Lippen und einer mächtigen Nase.

»Hallo, da sind Sie ja, Sir!« Die Worte kamen schnell und abgehackt. »Sie haben doch hoffentlich meine Zigaretten mitgebracht?«

Ich seufzte und streckte die Hand mit dem Päckchen aus, das Bully mir übergeben hatte.

»Selbstverständlich, Professor Paczek. Ich könnte es nicht verantworten, Sie ohne Ihre Sargnägel zu lassen. Sie brächten es fertig, das Seegras aus den Matratzen zu rauchen.«

Bhang Paczeks Augen quollen fast aus den Höhlen.

»Seegras – Matratzen . . .?« stammelte er fassungslos.

Atlan konnte sich nicht länger beherrschen, er lachte lauthals.

Selbstverständlich hatte der Professor keine Ahnung, daß die Menschen vor einigen Jahrtausenden auf Seegrasmatratzen geschlafen hatten. Er schlief auf einem Konturkraftfeld in einer vollautomatisierten Schlafzelle oder schlimmstenfalls auf einem Pneumolager.

»Vergessen Sie es«, erwiderte ich. »Wo finde ich Professor Waringer?«

Paczek riß das Päckchen an sich.

»In der Schaltzentrale, Sir. Äh, ich danke Ihnen.«

»Nichts zu danken.« Ich winkte ab.

Atlan und ich folgten dem Hyperstruktur-Kalkulator ins Innere des

Nullzeit-Deformators. Hinter dem geöffneten Innenschott standen zwei unserer »humanoiden« Kampfroboter. Ihre Ultrasensoren tasteten den Lordadmiral und mich routinemäßig ab.

Wir hatten aus den Rückschlägen gelernt und darauf verzichtet, ausschließlich supermoderne Kampfmaschinen mitzunehmen, deren Systeme sie bei der Einwirkung gegnerischer Kompensatorstrahlung dann schwer behinderten. Statt der früheren zehn kugelförmigen Roboter befanden sich nur noch fünf an Bord, dafür aber noch fünf der zuverlässigen alten Roboter mit menschenähnlicher Gestalt, die sich auf ihren zwei Beinen fortbewegten statt auf Antigravkissen.

Über die schmale Stahltreppe gelangten wir zu der an der Innenwandung entlanglaufenden Galerie und über eine Laufbrücke zu der im geometrischen Mittelpunkt des Deformators aufgehängten Nullfeldzentrale.

Als wir eintraten, wandte sich Geoffry mit seinem drehbaren Kontursitz um und winkte grüßend. Außer ihm waren nur noch Icho Tolot und Alaska Saedelaere anwesend.

Und natürlich Gucky.

Der Mausbiber saß auf der Schulter des Haluters und wirkte in seinem buntseidenen Hausmantel wie ein Papagei auf der Schulter seines Herrn.

Als er mich erblickte, stieß er die Ärmchen in die Luft und rief mit schriller Stimme: »Willkommen an Bord der Temponauten, du größter aller großfüßigen Menschen!«

Tolots Schultern erbebten daraufhin unter einem Lachanfall, und der Ilt hatte größte Mühe, nicht herunterzufallen.

Er war ein unverbesserlicher Schelm, der kleine geschwätzige, angeberische, liebe Kerl aus dem Mausbibergeschlecht.

Ich drohte ihm mit dem Finger und wandte mich an Geoffry Abel Waringer.

»Hat es irgendwelche Schwierigkeiten gegeben, Geoffry?«

»Bis jetzt nicht, Perry. Alle Aggregate laufen so einwandfrei, wie es überhaupt möglich ist. Wir könnten eigentlich in wenigen Minuten starten.«

Ich sah auf meinen Armband-Chronographen.

Es war 9.48 Uhr terranischer Standardzeit, also nicht mehr ganz zwei Stunden bis zum angesetzten Starttermin. Eigentlich stand nichts dagegen, den Start vorzuverlegen. Doch dann erinnerte ich mich daran, daß die luneare Biopositronik den Starttermin genau auskalkuliert hatte – und zwar aus zahlreichen guten Gründen.

»Nein, Geoffry«, antwortete ich. »Wir werden uns in Geduld üben. Ich gehe jetzt durch den Deformator. Alaska, würden Sie mich bitte begleiten?«

Der Transmittergeschädigte nickte.

Irgendwie mußte ich plötzlich an Whisper denken, das Wesen vom Planeten Khusal. Ich konnte Whisper wie einen Symbionten »anlegen«, dann projizierte er Gedanken und Wahrnehmungen in mein Bewußtsein. In letzter Zeit hatte ich allerdings darauf verzichtet, und auch jetzt befand sich das Wesen in der Obhut guter Freunde.

Noch dreißig Minuten bis zum Start. Saedelaere, Cascal und ich kletterten aus der engen Kanzel des diskusförmigen Abfangjägers.

Diese Maschine stammte noch aus dem 20. Jahrhundert und war als technisches Meisterwerk betrachtet worden. Man hatte sie damals allerdings schon nicht mehr zur Aufrüstung einer einzelnen Nation gebaut, obwohl die Konstruktionspläne noch aus der Zeit internationaler Konflikte stammten.

Heute wirkte der Diskus mit seinen gegenläufigen Drehkranzrotoren wie ein Spielzeug für Lebensmüde oder Narren. Er hatte jedoch während der Generalerprobung des Dakkar-Tastresonators bewiesen, daß er in den Händen erfahrener Kosmonauten ein brauchbarer und sicherer Flugapparat war.

Deshalb hatten wir ihn mitgenommen. Ihm konnte kein Störfeld etwas anhaben. Unser supermoderner Leichter Aufklärer mit seinen fünfundzwanzig Metern Horizontaldurchmesser, seinen Impulsgeschützen und seinem Lineartriebwerk war dagegen sehr anfällig für alles, was die Funktionstüchtigkeit von 5-D-Systemen beeinflußte.

Wir wandten den Kopf, als das Schott der Schleuse sich öffnete. Dr. Kenosa Bashra trat ein, wie immer ein pfiffiges Lächeln in seinem gnomenhaften Gesicht. Bashra war ein ausgesprochener Zwerg von Gestalt, weshalb er von seinen Kollegen mit dem Spitznamen Big-B bedacht wurde. Was seine geistigen Fähigkeiten anging, war er jedoch ein Riese. Der Kosmo-Anthropologe hatte sich auf lemurische Geschichtsforschung spezialisiert und brannte förmlich darauf, weit in der Vergangenheit neue Fakten zu sammeln.

»Ha, endlich finde ich Sie, Major Cascal!« rief er mit seiner stets heiseren Stimme, für die man allgemein seinen hohen Verbrauch an Alkoholika verantwortlich machte. »Überall habe ich schon nach Ihnen gesucht und . . .«

»Oberst Cascal . . .!« erwiderte Joak scharf. »Ich bitte darum, meinen richtigen Dienstgrad zu nennen, wenn man schon förmlich ist, Dr. Bashra.«

»Ich bin nie förmlich«, erklärte der Wissenschaftler. »Wissen Sie, als ich noch studierte, da hat mir mein Philosophie-Professor immer gesagt, mein lieber Bashra, hat er gesagt, Rang und Namen sind wie Schall und Rauch. Es kommt im Leben darauf an . . .«

Joak Cascal stöhnte.

»Schon gut, schon gut! Was wollen Sie von mir?«

Kenosa Bashra blinzelte, rieb sich den Nasenrücken mit dem Zeigefinger und sagte:

»Was ich von Ihnen wollte? Keine Ahnung. Wie kommen Sie überhaupt darauf, ich würde etwas von Ihnen wollen?«

»Sie haben mich gesucht«, erinnerte Cascal ihn.

»Und ich habe Sie gefunden, Major.« Bashra lächelte zufrieden. »Wie heißt es doch so treffend? Suchet, so werdet ihr finden. Ich kenne den Namen des Philosophen nicht, der das gesagt hat, aber es muß ein sehr weiser Mann gewesen sein. Der Sinn liegt nämlich nicht im Finden, Major, sondern im Suchen! Wir alle sind gewissermaßen unser ganzes Leben lang Sucher. Hätten wir alles gefunden, wäre unser Leben ziellos und trist.«

Joak Cascal ergab sich in sein Schicksal. Dem Redefluß eines Kenosa Bashra hatte er nichts entgegenzusetzen.

»Sir«, flüsterte er mir zu, »können wir jetzt gehen?«

Ich nickte.

Aber kaum setzte sich der Oberst in Bewegung, da kreischte Bashra empört:

»Halt, Major Cascal! Wie können Sie einfach weglaufen, nachdem ich Sie überall gesucht habe?«

»Oberst Cascal . . .!« sagte der Offizier. »Oberst – nicht Major! Begriffen?«

Dr. Bashras Gesicht erhellte sich.

»Ach, Sie sind wirklich befördert worden! Gratuliere, Ma . . . eh, Oberst Cascal. Jetzt weiß ich auch wieder, warum ich Sie gesucht habe. Muli – ich meine, Dr. Multer Prest – und ich haben nämlich gewettet. Dr. Prest behauptete, man hätte Sie wieder zum Oberst gemacht, und ich sagte, das könnte ich nicht glauben, da Sie doch ein so fürchterlich arroganter . . . Oh!«

Er schlug sich rasch auf den Mund und schwieg verlegen.

Joak Cascal errötete bis über die Ohren. Unter Alaskas Maske drang plötzlich ein keuchendes Lachen hervor. Der Transmittergeschädigte preßte die Hände auf den Leib und krümmte sich.

Im nächsten Moment schüttelte sich Kenosa Bashra ebenfalls vor Lachen – und schließlich stimmte auch Joak Cascal ein. Wer konnte schon Big-B etwas übelnehmen!

Ich verließ den Hangar der F-2020 rasch, um nicht von der Heiterkeit angesteckt zu werden. Ein leichtes Schmunzeln konnte ich allerdings nicht unterdrücken. Die Besatzung des Nullzeit-Deformators bestand zwar aus ausgeprägten Individualisten, aber auch aus wunderbaren und liebenswerten Menschen.

Auf der Rundum-Galerie begegneten Lord Zwiebus und ich uns vor dem Zugang zur Laufbrücke. Der Neandertaler lachte über das ganze Gesicht. Er trug eine leichte Raumkombination wie ich auch, außerdem aber seine Keule, von der er sich selten trennte.

»Hallo!« rief er. »Bald geht es los. Ich freue mich schon darauf. Ob ich mir selbst begegnen werde?«

Ich mußte über seinen Eifer lächeln.

»Nicht, wenn die Berechnungen stimmen, Zwiebus. Wir haben alles getan, um auch individuelle Zeitparadoxa zu vermeiden.«

»Ich fürchte mich nicht davor«, sagte der Neandertaler.

Wahrscheinlich hätte er sich gern länger über dieses Thema unterhalten, aber ich drängte zur Eile.

Die Nullfeldzentrale war voll besetzt, als wir eintrafen. Geoffry ließ sich diesmal nicht ablenken. Er beobachtete seine Kontrollschirme. Icho Tolot saß in seinem breiten Spezialsessel, und Gucky hockte auf der eigens für ihn installierten kurzen Couch und knabberte lustlos an einer Mohrrübe. Es knisterte förmlich vor Spannung im Raum.

Noch zehn Minuten . . .!

Lord Zwiebus und ich nahmen ebenfalls Platz. Kurz danach kam Alaska Saedelaere. Auch er setzte sich, ohne ein Wort zu sagen.

Wer nicht mit der Kontrolle von Instrumenten ausgelastet war, hing seinen ganz persönlichen Gedanken nach.

Was würde uns in der Zielzeit erwarten?

Waren unsere Mittel ausreichend, um es mit einer technisch gutausgerüsteten Organisation verbrecherischer Cappins aufzunehmen?

Aber, so sagte ich mir, die technischen Mittel waren vielleicht gar nicht so entscheidend. Cappins waren Pedotransferer, das hieß, sie konnten jedes andere Lebewesen auf der Sextadimebene »anpeilen« und geistig übernehmen, wenn es sowohl körperlich als auch geistig weitgehend einem Cappin entsprach.

Was war, wenn man uns nach der Ankunft in der fernen Vergangenheit einfach übernahm?

»Noch fünfzehn Sekunden!«

Geoffrys Ankündigung hallte unnatürlich laut in meinen Ohren. Ich spürte, wie ich mich verkrampfte. Meine Kehle war wie zugeschnürt.

Zehn Sekunden vor X-Zeit begann eine Automatenstimme, die ablaufenden Sekunden zu zählen. Ich warf einen Blick zu Gucky hinüber. Der Ilt hatte seine Mohrrübe weggesteckt und hockte mit geschlossenen Augen auf der Couch. Seine Barthaare zitterten, und die Finger waren in die Couchdecke verkrampft.

Bei »Null« kam ein neuer eigenartiger Ton in die Sinfonie der Maschinen, ein hohles Klingen. Ich preßte die Lippen zusammen.

Sekundenlang erfaßte mich ein leichtes Schwindelgefühl, vielleicht nur Einbildung, vielleicht aber auch Zeichen für unseren rasenden Sturz durch die Zeit.

In Wirklichkeit bewegte sich der Nullzeit-Deformator keinen Millimeter im Raum. Aber stimmte das überhaupt?

Mußten wir uns nicht ebenfalls im Raum bewegen, um in die Vergangenheit reisen zu können? Vor zweihunderttausend Jahren hatte das Solsystem an einer ganz anderen Stelle gestanden als in der Jetztzeit. Es bewegte sich immerhin mit zweihundertsechzig Kilometern pro Sekunde in Richtung des Sternbildes Herkules . . .!

Wahrscheinlich reisten wir tatsächlich im Raum die gleiche Strecke zurück, die die Erde in zweihunderttausend Jahren zurückgelegt hatte. Aber da sie in der Vergangenheit weiterhin existierte, veränderte sich der Standort des Deformators relativ zur Erde überhaupt nicht.

Eine beklemmende Vorstellung: Milliarden von Erden, die in- und hintereinander als lichtjahrlange Kette existierten und von denen man normalerweise doch nur die sah, in deren Zeitepoche man sich befand.

Ein schwacher Ruck durchlief den Nullzeit-Deformator. Das Geräusch der Maschinen sank zu einem wesenlosen Flüstern herab. Gleichzeitig flammten die Bildschirme der Außenbeobachtung auf.

»Wir sind da!« Saedelaeres Stimme klang keuchend.

Ich versetzte meinen Sessel in leichte Drehung, so daß ich nacheinander die einzelnen Bildschirme betrachten konnte.

Im ersten Moment hätte man glauben können, noch in der Jetztzeit zu sein. Unser Zeitreisegerät stand in einem weiten öden Talkessel, aber auch das Enadatal der Jetztzeit war öde und leer infolge der Verwüstungen, die der Unfall bei der ersten Zeitexpedition hervorgerufen hatte.

Aber dann entdeckte ich doch eine ganze Menge Veränderungen. Es gab vor allem keine Spuren menschlichen Wirkens. Das Bild dort draußen war allein von der Natur geformt worden. Außerdem schienen wir uns in größerer Höhe zu befinden als in der Jetztzeit. Vor dem Unfall hatte es in »unserem« Enadatal eine üppige Vegetation gegeben; in »diesem« Enadatal sah ich nur wenige niedrige und graubraune Büsche in einer trockenen Felswüste.

Geoffry Abel Waringer wandte sich um und sah mich an.

»Wenn ich mich auf meine Instrumente verlassen kann«, meldete er mit kaum hörbarer Stimme, »dann sind wir in der gewünschten Zeitepoche angekommen.«

13.

196.566 v. Chr.
Bericht Ovaron

Gegen Mittag ritten wir über den Reitpfad der auf hohen Stelzen durch den Kataikos-Sumpf führenden Betonstraße. Von hier oben hatte man einen phantastischen Ausblick, und sogar der düstere Levtron wurde von dem Panorama dieses Sumpfgebietes beeindruckt.

Der Planet Lotron war eigentlich eine ganz normale Sauerstoffwelt, wie man sie in einer Galaxis zu Millionen findet. Nur diesen Kontinent, dem wir den Namen Lemu gegeben hatten, konnte man nicht als normal bezeichnen. Das Wort Lemu bedeutete in unserer Sprache soviel wie »der Wunderbare« oder »die Überraschungsvolle«, und beides traf genau zu.

Hier hatten sich in weiten Gebieten Pflanzen- und Tierarten erhalten, die auf sämtlichen anderen Kontinenten Lotrons schon lange ausgestorben waren.

Obwohl wir die urtümliche Landschaft und ihre Tierwelt bewunderten, verspürte keiner von uns das Verlangen, zu Fuß oder auf dem Rücken eines Morgas in das unwegsame Sumpfgebiet vorzudringen.

Auf größeren Inseln und in weniger sumpfigen Wasserstellen sah ich hin und wieder einzelne Dracos, wie wir die großen Panzerechsen nannten, die bis zu fünfzehn Meter lang wurden.

Ich drängte Takvorian neben Merceiles Stute. Die Biotransfer-Korrektorin ritt neben Lasallo, und bis vor kurzer Zeit hatten die beiden sich angeregt unterhalten. Da sie nun schwiegen, benutzte ich die Gelegenheit, eine Unterhaltung mit ihr anzuknüpfen.

»Was halten Sie davon?« fragte ich und deutete mit weitausholender Gebärde über das Sumpfgebiet.

Merceile lächelte spitzbübisch. Den Zwischenfall vor dem Palast der Tanzenden Moleküle schien sie vergessen zu haben.

»Ein guter Badeplatz für Männer, die an Gelenkverformungen leiden«, antwortete sie.

»Das Moor übt eine heilkräftige Wirkung aus«, bestätigte ich. »Aber man könnte natürlich einige Transporter damit füllen und es in die Badebecken einer Spezialklinik schütten.«

»O nein!« widersprach Merceile heftig. »Dort könnte es nur einen Bruchteil seiner Wirkung entfalten. Die Echsen als katalysierendes Element gehören unbedingt dazu. Ich kann mir vorstellen, daß selbst ein schwer Rheumakranker seine volle Beweglichkeit zurückerhält, wenn ein Draco hinter ihm her ist.«

Lasallo lachte sein trockenes Lachen.

»Ovaron, ich glaube, Sie sollten jetzt vorausreiten. Wir verlassen bald die Brücke und kommen in eine Gegend, in der immer wieder Dracos auftauchen. Nehmen Sie sich noch ein paar Männer mit und erkunden Sie das Gelände. Falls Sie auf Dracos stoßen, kehren Sie sofort um!«

Ich winkelte den rechten Arm an und schlug mir mit der Handkante gegen die linke Schulter. Dann streifte ich Levtron mit einem herablassenden Blick, lächelte Merceile zu und schlug mit der flachen Hand ganz leicht gegen die Seite der Pferdehalsmaske. Takvorian, der über die Außenmikrophone in den Bioplastohren alles mit angehört hatte, verstand die Aufforderung. Er stieß sich mit den kräftigen Hinterbeinen ab und stob im Handgalopp davon.

Die beiden Männer, die ich zu meiner Begleitung erwählte, waren Zwillingsbrüder und hießen Kathainan und Vathainan. Sie gehörten beide zur Golamo, waren also meine dienstlichen Untergebenen. Auf sie konnte ich mich besser verlassen als auf Männer, bei denen sich der Umgang mit der Gefahr auf gelegentliche Jagdexpeditionen beschränkte.

»Es kommt darauf an, eventuelle Dracos auf dem Weg der Expedition auszumachen und die Jagdgesellschaft vor ihnen zu warnen, damit sie ausweichen oder sich zurückziehen kann«, erklärte ich.

Damit war alles gesagt. Kathainan und Vathainan wußten, was sie zu tun und zu lassen hatten. Sie würden weder übervorsichtig sein noch sich unnötig einer Gefahr aussetzen.

In vollem Galopp jagten wir an der Spitze der Gesellschaft vorbei und verließen die Brücke. Dort schwärmten wir fächerförmig aus und drangen in langsamerem Tempo durch hohes Gras und zwischen Baum- und Strauchgruppen vor. Teilweise ragten kahle felsige Hügel oder aufgetürmte Steingebilde empor. Die aufeinandergetürmten Steinblöcke wurden Zyklopenhügel genannt, da sie von jenen riesigen Zweibeinern aufgetürmt worden waren, die mißglückten Zuchtexperimenten entstammten.

Warum die einäugigen Ungeheuer diese Steinhügel errichteten, war uns völlig unklar geblieben. Es handelte sich dabei erwiesenermaßen weder um den Versuch, Behausungen zu errichten, noch um eine kultische Handlung. Zu keinem von beiden wären die fast hirnlosen Monstren fähig gewesen. Es mußte sich meiner Meinung nach um die Ergebnisse einer Instinktverwirrung handeln.

Immerhin mahnten die Steinhaufen mich zur Vorsicht. Meist hielten sich Zyklopen in ihrer Nähe auf, und man konnte niemals voraussagen, wie diese Wesen auf den Anblick eines Cappins reagierten. Manchmal hatten sie sich vollständig desinteressiert gezeigt, öfter allerdings waren sie blindwütig zum Angriff übergegangen.

Auf das, was ich hinter dem nächsten Steinhaufen fand, war ich jedoch nicht gefaßt.

Takvorian kletterte im Paßgang über einen niedrigen Erdhügel, der uns den Weg versperrte, dann bog er um den Steinhaufen zur Linken herum – und erstarrte.

Der Pferdeleib zitterte, doch das Gehirn des humanoiden Oberkörpers zwang ihn zur Ruhe.

Ungefähr zwanzig Schritte vor uns lagen die Überreste eines jungen Zyklopen, und zwischen ihnen lagen oder standen sechs mächtige Raubkatzen und beschäftigten sich mit den blutigen Fleischfetzen, die sie aus dem Körper ihres Opfers gerissen hatten.

Im Augenblick allerdings waren sie ebenso erstarrt wie Takvorian und ich. Ihre großen gelben Augen musterten uns durchdringend, und aus den Rachen drangen tiefe grollende Laute.

Wir waren mit dem Wind gekommen, und so bekamen sie unsere Witterung voll. Ich wagte keine Bewegung, um die Bestien nicht herauszufordern. Nach dem Zustand ihres Opfers zu urteilen, mußten sie satt sein. Vielleicht verhielten sie sich passiv.

»Ganz ruhig!« flüsterte ich ins Ohr von Takvorians Maske, dessen Mikrophon jedes Wort an die Kopfhörer meines Freundes weiterleitete. »Langsam zur Seite abschwenken! Im Schrittempo!«

Takvorian führte unverzüglich meinen Befehl aus. Auch er erkannte, daß wir gegen die sechs großen Tiere nichts ausrichten konnten, falls sie sich zum gemeinsamen Angriff entschlossen. Der Movator konnte die Bewegungsabläufe aller sechs Räuber nicht gleichzeitig verlangsamen.

Mit geschmeidigen Bewegungen zwängte sich Takvorian zwischen zwei blühenden Sträuchern hindurch und gewann allmählich Abstand von den Katzen.

Doch dann blieb er so ruckartig stehen, daß ich beinahe aus dem Sattel gerutscht wäre.

Bevor ich den einzelnen Gegner auf dem Felsblock rechts von uns richtig sah, hatte ich bereits mit einer ruckartigen Bewegung meinen Bogen von der Schulter genommen und legte einen der langen Pfeile auf.

Im gleichen Moment sprang das Raubtier auch schon.

Wie in Zeitlupe schwebte es von seinem Felsblock und segelte langsam auf mich zu – um einen Faktor fünfzig im individuellen Zeit-Bewegungs-Ablauf verlangsamt. Takvorian hatte richtig reagiert.

Der Pfeil glitt mit einem kreischenden Geräusch über das Rändelmuster des Bogens, das ihn in rasende Drehung versetzte. Mit häßlichem Laut bohrte er sich durch das Auge des Angreifers und ins Gehirn.

Die Bestie stürzte schwer zu Boden, als Takvorian sie dem normalen Zeitablauf zurückgab. Sie rührte sich nicht mehr. Ihre Artgenossen aber waren zu überrascht, um uns noch gefährlich werden zu können. In gestrecktem Galopp entfernten wir uns von ihnen. Nur ihr Gebrüll erreichte uns.

Nach einiger Zeit verlangsamte Takvorian seinen Gang wieder. Wir kamen nun in die eigentliche Grasebene. Nur sie lag noch zwischen dem Tafelberg Helopantea und uns, aber immerhin noch einen halben Tagesritt entfernt.

Ich beobachtete eine große Herde mächtiger Laufvögel, die mit ihrem metallisch blauen Gefieder, dem roten Schopf und den lächerlich kurzen Flügelstummeln durch die Ebene trabten. Sie waren von majestätischer Schönheit, aber alles andere als harmlos. Einen einzelnen Reiter hätten sie erbarmungslos gejagt und dann ihn und seinen Morga mit den starken harten Schnäbeln zerfleischt. Normalerweise lebten sie von kleinerem Getier, aber man hatte sie auch schon dabei beobachtet, wie sie die Gelege von Dracos plünderten.

Wenig später tauchten Kathainan und Vathainan auf. Kathainan war auf keine Gefahr gestoßen, während sein Zwillingsbruder berichtete, im Südosten eine Horde Zyklopen beobachtet zu haben.

»Denen können wir leicht ausweichen«, sagte ich. »Reiten wir zu Lasallo zurück.«

Gegen Abend erreichten wir den Helopantea und errichteten unser Nachtlager an seinem Fuß. Es war ein alter, oft benutzter Lagerplatz auf einer trockenen Sandfläche mit freiem Blickfeld nach allen Seiten.

Der Energiezaun wurde aufgestellt, damit er uns vor unliebsamen nächtlichen Besuchern schützte.

Als die Lagerfeuer aufflammten, teilte Lasallo die Wachen ein, denn trotz des Energiezauns waren wir nicht unangreifbar. Ein massierter Angriff von Dracos beispielsweise konnte ihn unterbrechen. In dem Falle würde nur eine schnelle Flucht helfen.

Ich wurde zusammen mit Levtron und einem anderen Mann für die beiden Stunden nach Mitternacht eingeteilt.

Nachdem die Morga versorgt waren, fanden sich um die einzelnen Feuer kleine Gruppen zusammen und bereiteten ihre Mahlzeit. Es handelte sich in der Hauptsache um Büchsen- oder Tiefgefrierkost sowie um Konzentrate. Bei einer früheren Jagdexpedition hatten wir einmal versucht, das Fleisch von frisch erlegten Tieren an Drehspießen über den Feuern zu braten. Es schüttelte mich noch heute, wenn ich nur daran dachte. Schon das Enthäuten und Ausweiden war eine ekelhafte Arbeit gewesen. Als wir dann gesehen hatten, wie aus unseren Bratenstücken das Blut triefte . . .! Fast alle Teilnehmer waren von Übelkeit erfaßt worden und hatten sich übergeben müssen.

Ich schob meine Menüplatte in den atomaren Aufwärmer. Merceile wartete neben mir darauf, daß ihre Menüplatte aufbereitet wurde. Wir unterhielten uns über die letronischen Bios.

»Es ist eine Schande«, flüsterte Merceile, »wie man mit der Erbmasse der hiesigen Primaten experimentiert. Wenn man diese scheußlichen Fehlschläge nicht ausschließen kann, sollte man meiner Meinung nach das Projekt einstellen.«

»Warum sagen Sie das nicht Levtron?« erwiderte ich ironisch. Der düstere Levtron genoß seltsamerweise ihre Sympathie, was ich einfach nicht begreifen konnte.

»Mit ihm kann man nicht darüber diskutieren«, entgegnete sie heftig.

»Mit wem kann man überhaupt darüber diskutieren!« Die Frage war nur rethorisch gemeint. »Mit Lasallo ebenfalls nicht. Er ist zwar zugänglicher als Levtron, aber was die Aufgabe angeht, läßt er sich ebenfalls nicht beirren.«

»Warum unternehmen Sie nichts dagegen, Ovaron?« fragte Merceile beschwörend.

Ich schloß die Augen, denn in diesen Augenblicken war Merceile noch bezaubernder und begehrenswerter als sonst. Wenn ich in der Lage gewesen wäre, das Bioprogramm auf Lotron abzubrechen, hätte ihre Zuneigung sich wahrscheinlich mir zugewandt. Doch auf diese Art und Weise wollte ich sie nicht für mich gewinnen.

»Ich kann nichts tun, was Lasallos Mißfallen erregen würde«, antwortete ich. »Und Levtron überwacht mich heimlich. Er würde sofort zu Lasallo laufen, wenn ich ihm den geringsten Grund zu einem Verdacht gäbe.«

»Aber Sie verurteilen die genetischen Experimente auch, nicht wahr?«

Eine innere Stimme riet mir, mich niemandem anzuvertrauen. Meine Geheimaufgabe – die ich überhaupt nicht kannte – durfte nicht durch eine Unvorsichtigkeit gefährdet werden. Ich mußte meinen hohen Rang behalten, wenn ich sie erfüllen sollte.

Dennoch beantwortete ich Merceiles Frage wahrheitsgemäß. Ich konnte das Mädchen, das ich insgeheim liebte, nicht anlügen.

»Ich verabscheue sie zutiefst, Merceile!« stieß ich hervor.

Sie holte tief Luft. Offenbar hatte sie in meinem Gesicht etwas gesehen, was sie erschreckte, weil es ihr Einblick in meine Gefühle vermittelte.

»Sie hassen Levtron«, stellte sie tonlos fest.

Ich dachte darüber nach. Haßte ich Levtron wirklich? Konnte man meine Gefühle für ihn so definieren? Und haßte ich ihn vielleicht wegen seiner negativen Charaktereigenschaften? Oder nur wegen seiner Tätigkeit?

»Nein, ich glaube nicht, daß ich ihn hasse«, sagte ich schließlich. »Wahrscheinlich verachte ich ihn, weil er sich mit seiner verabscheuungswürdigen Aufgabe identifiziert.«

»Aber er haßt Sie, nicht wahr?«

Ich lachte rauh.

»Das stört mich nicht. Im Gegenteil, von einem Cappin wie Levtron gehaßt zu werden bedeutet für mich eine Auszeichnung. Sollte er mich eines Tages sympathisch finden, müßte ich mich selbst verachten.«

Merceile wollte noch etwas dazu sagen, aber in diesem Moment kamen zwei Frauen und ein Mann, die ebenfalls ihre Mahlzeit aufwärmen wollten.

Kurz darauf glitt Merceiles Menüplatte aus dem Aufwärmfach. Sie wartete nicht auf mich, obwohl sie wußte, daß meine Mahlzeit ebenfalls bald fertig sein würde.

Die Biotransfer-Korrektorin war offensichtlich verwirrt. Mich wunderte das gar nicht. Man konnte nicht zwischen zwei so gegensätzlichen Charakteren wie Levtron und mir stehen, ohne in gefühlsmäßige Konflikte zu geraten.

Als meine Menüplatte herausglitt, suchte ich nicht nach Merceile. Sie mußte mit sich selbst ins reine kommen, niemand konnte ihr dabei helfen.

Ich schlenderte zu dem separat abgegrenzten Platz, auf dem unsere Morga untergebracht worden waren, und lehnte mich gegen Takvorians Seite.

»Guten Appetit!« flüsterte der Zentaur. »Was hattest du mit dem vollbusigen Mädchen zu tuscheln, Freund?«

»Nichts, was ein Pferd interessieren könnte«, parierte ich die Anspielung und begann meine Mahlzeit zu verzehren.

»Sehr witzig«, erwiderte Takvorian mit seiner dünnen Stimme, die durch die kleinen, leistungsschwachen Lungen des humanoiden Oberkörpers bedingt war. Der Pferdeleib besaß eigene, sehr leistungsfähige Schlitze über der breiten Brust.

Er schlug mit dem langen Schweif nach einem Schwarm lästiger Stechmücken. Eines der Insekten wurde getroffen und fiel in mein Gemüse. Angeekelt schob ich das ganze Gemüse aus seinem Fach. Es fiel zu Boden.

»Du verunreinigst meinen Standplatz!« protestierte Takvorian. »Kannst du nicht besser aufpassen?«

»Das wollte ich dich gerade fragen«, gab ich zurück. »Halte deinen Schweif im Zaum, sonst schneide ich ihn dir ab.« Das war natürlich nicht ernst gemeint; die Bewegungen des Schweifs waren unwillkürliche Reflexe.

»Warum bist du nur so gereizt?« flüsterte der Movator verärgert. »Hat sie dich abgewiesen?«

»Unsinn! Wir haben uns über die Bio-Experimente unserer Artgenossen unterhalten. Begreife endlich, daß es auch für Cappins wichtigere Dinge als einen Flirt gibt!«

»Schon gut, schon gut, Ovaron.« Takvorian seufzte. »Diese verdammten Experimente müssen endlich aufhören. Kannst du nicht etwas dagegen unternehmen?«

»Das bin ich heute schon einmal gefragt worden. Leider ist das nicht so einfach. Vor allem aber muß ich mich so verhalten, daß meine Geheimaufgabe nicht gefährdet wird.«

»Von der du kaum etwas weißt, Ovaron. Ich halte es für einen großen Fehler, daß du keine Ahnung hast, wofür du einen riesigen geheimen Stützpunkt besitzt und warum du Reisen durch die Zeit verhindern sollst.«

»Ich auch, Takvorian. Aber vielleicht weiß ich alles und kann nur nichts mit dem Wissen anfangen. Vielleicht ist mein Gehirn programmiert, so daß ich immer nur den jeweils nächsten Schritt überschauen kann.«

»Aber wer hat es programmiert?« schrie Takvorian aufgeregt. »Bei den Hufen des Schwarzen Hengstes! Wer zieht die Fäden hinter den Kulissen?«

Der Movator erregte sich so sehr, daß sich die Erregung auf den Pferdeleib übertrug. Nervös scharrten die Hufe den Boden, die Flanken zitterten.

»Ganz ruhig, mein Freund«, flüsterte ich und strich über sein prächtiges Fell. »Es gibt Dinge, die man nicht sofort durchschauen kann. Eines Tages werden wir auch dieses Rätsel lösen. Ganz bestimmt sogar.«

Ich wunderte mich über meine eigene Zuversicht. Es war, als hätte mir wiederum eine innere Stimme etwas eingeflüstert. Takvorian beruhigte sich bald. Sein Vertrauen zu mir war grenzenlos. Einen besseren Freund als ihn konnte es wahrscheinlich nicht geben.

Wir unterhielten uns noch einige Zeit über belanglose Dinge, dann verabschiedete ich mich und begab mich in mein niedriges Zelt. Kaum hatte ich mich ausgestreckt, fiel ich schon in einen unruhigen Schlaf, der keineswegs erholsam war. Fürchterliche Alpträume quälten mich, und ich war froh, als ich gegen Mitternacht geweckt wurde.

Ich hängte Köcher und Bogen um, griff nach meiner Lanze und trat in die Nacht. Ein kühler Wind strich über den Lagerplatz und ließ mich frösteln. Von den Morga kam ab und zu das Stampfen einzelner Hufe herüber. Aus den benachbarten Zelten ertönten die Atemgeräusche der Schlafenden.

Ob Merceile wohl fest schlief?

Ich schüttelte diesen Gedanken ab, als ein Schatten zwischen den Lichtschein des nächsten Feuers und mich trat: Levtron.

Seine Augen glommen mir düster entgegen, als ich zu ihm trat. Ich wartete, bis auch der dritte Posten herangekommen war, dann teilte ich uns in einzelne Überwachungsabschnitte ein. Levtron bleckte die Zähne und grinste lustlos. Ihm paßte es nicht, daß ich hier die Befehle gab. Aber er konnte nichts dagegen tun. Er befehligte nur einen Sektor, ich aber drei, also stand ich im Rang über ihm.

Seine Gefühle interessierten mich im Augenblick nicht. Jedoch nahm ich mich in acht auf meinem Patrouillengang. Er war imstande, mir aus dem Hinterhalt einen Speer in den Rücken zu jagen und anschließend zu behaupten, er habe mich für einen angreifenden Primaten gehalten.

Doch nichts dergleichen geschah. Die beiden Stunden meiner Wache verstrichen ereignislos. Nur in der Ferne heulten ab und zu die Zyklopen, brüllten Echsen und andere Tiere. In den Höhlen des Helopantea glommen dunkelrot die Feuer der Primaten. Diese fellbedeckten Halbintelligenzen wußten auch schon, daß man mit dem Feuerschein Raubtiere abschrecken konnte. Eigentlich deutete das auf eine größere Intelligenz hin, als man nach ihrem Äußeren vermuten konnte. Was mochte in tausend Jahren aus ihnen werden – oder in hunderttausend Jahren . . .?

Eine Stunde nach Sonnenaufgang verließen wir das Lager Nummer eins. Unter den Teilnehmern der Jagdgesellschaft herrschte eine prikkelnde Spannung.

Lasallo hatte eröffnet, daß wir heute in das von Sonden ausgekundschaftete Jagdgebiet kommen würden. Große Herden von Zentauren und Gruppen von Zyklopen sollten sich in diesem Gebiet befinden. Es würde einige atemberaubende Abenteuer zu bestehen geben.

Mich reizten diese Arten von Abenteuern nicht. Vor allem empfand ich Widerwillen davor, Zentauren zu töten. Diese Kreuzungen zwischen Primaten und Morga waren zwar nur in Laboratorien zustande gekommen und hatten Lebewesen hervorgebracht, die kaum intelligenter als Morga waren, aber der Gestalt nach waren sie Takvorians Brüder und Schwestern. Vielleicht würden ihre fernen Nachkommen wirkliche Intelligenz entwickeln. Wie konnte man sie also ruhigen Gewissens umbringen!

Bei den Zyklopen war das schon anders. Diese Resultate mißglückter Experimente besaßen nicht einmal ein Großhirn, sondern nur einen daumengroßen Knoten aus einfacher Nervensubstanz, eine Schaltstelle für motorische Reaktionen und den Sitz ihrer ungemein primitiven Instinkte. Sie zu jagen und zu töten berührte auch mein Gewissen nicht im geringsten. Dennoch hielt ich die Begründung für sinnlos, die dazu gegeben wurde. Man brauchte diese Fehlentwicklungen nicht auszurotten, denn früher oder später würden sie von selbst aussterben.

Aber da gab es immerhin noch eine Menge von Raubtieren, die die Zentaurenherden und die Gruppen der Zyklopen begleiteten. Sie waren echte Gegner, die den Kampf ebenso suchten wie wir. Einen ebenbürtigen Gegner zu besiegen, das verschaffte auch mir das Gefühl echten Triumphes.

Und so war ich ebenso von der Jagdleidenschaft gepackt worden wie die übrigen Teilnehmer der Jagdgesellschaft auch.

Ich suchte Merceiles Nähe. Die Biotransfer-Korrektorin besaß die seltsame Fähigkeit, immer dort aufzutauchen, wo es am gefährlichsten war. Schon oft war sie dadurch in bedrohliche Situationen geraten.

Levtron war natürlich ebenfalls in ihrer Nähe. Er umwarb sie mit seinem kalten Intellekt. Meine Gegenwart schien ihm mehr als unangenehm zu sein. Ich brauchte nur seinen Zyklopen zu beobachten, um sein Gefühlsleben zu kennen.

Soeben trampelte Luvash in einem Anfall von blinder Wut auf dem Gelege eines Riesenvogels herum, zerfetzte Strauchwerk und Bäume und stürzte sich schließlich brüllend auf die beiden Riesenvögel, die in gestrecktem Galopp herbeieilten. Sie brachten ihm mit ihren harten Schnäbeln tiefe blutende Wunden bei, aber der Sieger stand von vornherein fest.

Levtrons zweites Bewußtsein mußte sich mit krankhaft zerstörerischen Gedankenvorgängen auseinandersetzen, wenn der Zyklop derartige Reaktionen zeigte.

Plötzlich kamen Entsetzensschreie von der Spitze der Jagdgesellschaft, an der sich auch Lasallo befand. Die direkte Sicht dorthin wurde durch einen bewaldeten Hügel verborgen. Deshalb ritt ich sofort nach den ersten Schreien los, um zu sehen, was passiert war. Levtron und Merceile folgten mir.

Als ich um den Hügel bog, bot sich meinen Augen ein schreckliches Bild. Drei Cappins lagen tot unter mächtigen Felsbrocken. Ungefähr zehn Zyklopen schleuderten weitere Felsbrocken auf andere Teilnehmer der Jagdgesellschaft. Aus den Rümpfen der Giganten ragten die gefiederten Enden von Pfeilen, aber die Verletzungen stachelten die Wut der Einäugigen nur noch mehr an.

In einer Bodensenke erblickte ich Lasallo auf seinem Pferd. Drei andere Cappins deckten ihn mit ihren Leibern gegen einen Steinhagel, der von fünf Zyklopenkindern ausgelöst wurde.

Es widerstrebte mir, gegen Kinder zu kämpfen, aber Lasallo würde sterben, wenn ich nicht eingriff.

Takvorian wollte seine Movator-Fähigkeit einsetzen, doch ich untersagte es ihm. Nicht nur, weil es zu viele Zeugen gab, sondern auch aus dem unbestimmten Gefühl heraus, so fair wie möglich kämpfen zu wollen.

Einer der jungen Zyklopen erblickte Takvorian und mich. Er stieß ein schauriges Gebrüll aus und schleuderte einen kopfgroßen Stein nach mir. Takvorian wich gerade so weit zur Seite, daß der Stein wenige Zentimeter an meiner Schulter vorbeiflog.

Im nächsten Moment traf mein Pfeil den Zyklopen ins Herz. Er lief noch einige Schritte auf mich zu und brach dann dicht vor mir zusammen. Ich legte den zweiten Pfeil auf.

Plötzlich ritt Merceile an mir vorbei, die Lanze eingelegt und das Gesicht vor Kampfeseifer gerötet.

Ich stieß eine Verwünschung aus und preßte die Knie gegen Takvorians Leib. Mein Zentaur bäumte sich auf und stürmte hinter Merceile her.

Die Biotransfer-Korrektorin hatte unterdessen ihre Lanze in die Hüfte eines Zyklopen gestoßen. Der hirnlose Gigant riß sie aus der Wunde und schlug nach Merceile. Mein Pfeil traf ihn kurz vorher oberhalb des rechten Knies, so daß er einknickte und die junge Frau verfehlte. Inzwischen war ich selber herangekommen. Ich rannte dem Zyklopen meine Lanze in die Brust. Es hatte nur wenig Sinn, eine andere Körperstelle treffen zu wollen. Zyklopen starben nur, wenn man sie ins Herz traf. Ein Freund von mir hatte einem erwachsenen Zyklopen einmal mit seiner Strahlwaffe den halben Schädel weggeschossen und war anschließend drei Stunden lang verfolgt worden.

Leider verfehlte meine Lanze ihr Ziel um einige Zentimeter. Sie war an einer Rippe abgeglitten. Ich ließ mich aus dem Sattel fallen und zog mein Jagdmesser. Etwas surrte dicht über meinen Kopf, und als ich zum Sprung ansetzen wollte, sah ich, wie der Zyklop rückwärts taumelte. Aus seinem behaarten Bauch ragte das Ende eines Pfeiles. Kurz darauf tat er den letzten Atemzug.

Ich blickte mich um, konnte jedoch den Schützen nicht erkennen. Unterdessen waren etwa dreißig Männer herangekommen, unter ihnen auch Levtron.

Da sich sowohl Merceile als auch Lasallo noch immer in Gefahr befanden, verlor ich keine Zeit mehr, den Pfeil zu untersuchen. Aber ich wußte, daß es kein normaler Pfeil gewesen sein konnte; kein Zyklop wäre an einem Bauchschuß sofort gestorben. Wahrscheinlich hätte er noch viele Tage lang leben können.

Der Pfeil mußte vergiftet gewesen sein.

Und er hatte mich nur um wenige Zentimeter verfehlt . . .!

Innerhalb einer Viertelstunde waren die Zyklopen getötet. Ihre Körper waren förmlich von Pfeilen und Lanzen gespickt worden, aber auch fünf Cappins hatten den Tod gefunden.

Ich zügelte Takvorian und sah mich nach Merceile um. Die Biotransfer-Korrektorin war nirgends zu sehen. Ich wußte, daß sie nicht unter den Toten war, diese Leute hatte ich genau gemustert.

»Wölfe«, flüsterte Takvorian.

Unwillkürlich packte ich die Lanze fester am Schaft. Diese vierbeinigen großen Raubtiere waren gefährlicher als Zyklopen. Sie besaßen gut differenzierte Gehirne und waren beinahe so intelligent wie die zweibeinigen Primaten dieses Planeten. Vor allem aber jagten und kämpften sie mit System, hetzten ihr Opfer abwechselnd, bis es sich erschöpft zum Kampf stellen mußte und sie von allen Seiten zugleich darüber herfallen konnten.

Takvorian setzte sich in Bewegung.

Und dann sah ich die drei dunkelgrauen Schatten ebenfalls. Sie huschten über die Ebene, duckten sich und verschwanden lautlos im hohen Steppengras.

Die Sorge um Merceile ließ mich alle Vorsicht vergessen.

»Hinterher!« befahl ich Takvorian.

Der Zentaur schalt mich einen Narren. Aber das ließ mich kalt. Wichtig war nur, daß er gehorchte.

Die drei Wölfe entwickelten eine ziemlich hohe Geschwindigkeit. Sie schienen in blinder Furcht vor uns zu fliehen, aber das entsprach nicht den Tatsachen. Sie flohen niemals in blinder Furcht, folglich versuchten sie, mich in die Nähe ihres Rudels zu locken, wo die Übermacht dann über Takvorian und mich herfallen würde.

Aber in diesem Fall war mir das nur recht, denn ich vermutete, daß das Wolfsrudel Merceile von der Jagdgesellschaft abgedrängt hatte und nun einkreiste, bevor die Jagd begann.

Als die Wölfe in ein trichterförmiges Tal flohen, erreichte mich eine neuerliche Warnung Takvorians. Aber in diesem Augenblick entdeckte ich Merceile. Sie ritt auf ihrer Stute über den Talgrund und versuchte offensichtlich, in meine Richtung durchzubrechen. Immer wieder aber wurde sie von Wölfen zurückgetrieben. Sie konnte nichts dagegen tun, denn ihr Morga weigerte sich, die Sperrkette der Wölfe zu durchbrechen. Die Wölfe dagegen griffen noch nicht ernsthaft an. Sie schienen warten zu wollen, bis weitere Opfer sich in der Falle befanden.

»Meine« drei Wölfe zögerten, als Takvorian kurz anhielt. Dann schlichen sie langsam in Richtung Talkessel davon. Aber nun brauchte ich sie nicht mehr. Zwei erlegte ich mit Pfeilen, der dritte ergriff die Flucht.

Ich hütete mich davor, zu Merceile zu reiten. In diesem Augenblick nämlich hätte sich die Falle der Wölfe geschlossen. Vorerst zögerten sie noch, weil sie mich in ihre Falle hineinreiten lassen wollten. Doch Takvorian war eben kein Morga; der schmächtige Oberkörper des Bios beherrschte mit seinem hochintelligenten Gehirn auch den Pferdeleib. Ich konnte so dicht an die Raubtiere heranreiten, wie ich es für richtig hielt.

Nachdem ich den siebten Wolf erlegt hatte, gerieten die übrigen in Panik. Sie griffen planlos an. Da aber der Movator ihre Bewegungsabläufe durch seine Beeinflussung ihrer Eigenzeit abbremste, konnte ich einen nach dem anderen abschießen. Den Rest erledigte Takvorian mit seinen harten Hufen, und Merceile erlegte ebenfalls drei Wölfe mit Pfeilen. Keiner der grauen Räuber entkam.

Merceile war sichtlich erblaßt und bedankte sich bedrückt. Ich erfuhr, was ich bereits vermutet hatte. Merceiles Stute war von den Wölfen systematisch erschreckt worden, bis die Biotransfer-Korrektorin ihrem Drang zur Flucht nicht mehr Einhalt gebieten konnte. Die Wölfe hatten sie in dieses Tal getrieben.

»Ohne Ihre Hilfe wäre ich jetzt tot, Ovaron.« Sie erschauerte.

Ich drängte Takvorian an ihre Stute heran und legte Merceile beruhigend die Hand aufs Knie.

»Das hätte jedem anderen auch passieren können, Merceile. Diese Wölfe sind ungeheuer schlau, und sie nutzen skrupellos unsere schwachen Stellen aus, nämlich die Morga.«

»Ja, sie planen die Furcht der Morga regelrecht ein«, erwiderte Merceile. »Aber Ihr Morga hatte nicht die geringste Furcht vor ihnen. Wie kommt das?«

Ich tätschelte lachend den Hals meines »Morga«.

»Das ist nur eine Frage der Disziplin. Takvorians Pflichtbewußtsein mir gegenüber ist stärker als alle Furcht.«

»Angeber!« sagte Takvorian so leise, daß nur ich es hören konnte.

Merceile seufzte.

»Ja, Ihr Morga ist tatsächlich ein außergewöhnliches Tier, Ovaron. Wären Sie so nett, mich zurückzubegleiten?«

»Selbstverständlich, Merceile.«

Ich brauchte Takvorian nicht erst durch einen Zug an den Zügeln oder durch Schenkeldruck meine Absicht zu übermitteln. Er hatte ja jedes Wort mitgehört und verstanden, was Merceile natürlich nicht ahnte. Sie sah nur, daß Takvorian ohne ein erkennbares Zeichen von mir reagierte, und staunte erneut.

Wir ritten so schnell wie möglich zur Jagdgesellschaft zurück, die sich allerdings zur Verfolgung einer Herde Zentauren aufgespalten hatte.

Merceile kümmerte sich um die Männer und Frauen, die beim Kampf mit den Zyklopen verwundet worden waren. Dort war sie vorläufig in Sicherheit, weshalb ich mich auf die Spur einer Panzerechse setzte, die zu einem Sumpfwäldchen führte.

Bald waren Takvorian und ich allein unter den Wipfeln der Bäume und in dem ungewissen grünlichen Dämmerlicht des Sumpfwaldes. Der Boden war feucht, so daß die Fußeindrücke der Echse sich mühelos verfolgen ließen.

Ich ritt gerade auf einem schmalen Pfad durch den Sumpf, als Takvorian sich mit den Vorderbeinen in den Boden stemmte und ich beinahe das Gleichgewicht verloren hätte.

Schon wollte ich mit meinem Freund schimpfen, da entdeckte ich den zitternden Pfeil im Stamm eines Baumes, knapp einen Schritt vor mir.

Im nächsten Augenblick stand ich hinter einem anderen Baum und suchte die Umgebung nach dem heimtückischen Schützen ab. Der Pfeil konnte nur mir gegolten haben. Ich mußte wieder an den Pfeil denken, der mich bei dem Kampf mit dem Zyklopen nur knapp verfehlt hatte. Damals konnte es Zufall gewesen sein, aber hier nicht. Zweifellos war auch dieser Pfeil vergiftet.

Ich zuckte zusammen, als sich ein weiterer Pfeil in den Stamm bohrte, hinter dem ich stand. Aber diesmal hatte ich den Standort des Schützen erkannt. In dem Lianenvorhang, etwa fünfzig Schritt neben dem Sumpfpfad, hatte sich etwas bewegt.

Ich schoß zwei Pfeile in diese Richtung und hörte einen unterdrückten Schrei. Entweder hatte ich den Mordbuben getroffen oder erschreckt. Schade, daß meine Bewegungsfreiheit eingeengt war. Um zum Standort des Pfeilschützen zu kommen, hätte ich ein Fluggerät besitzen müssen. Zwischen ihm und mir lagen die ölig schillernden Pfützen des Sumpfes.

»Wir trennen uns!« flüsterte ich Takvorian zu. »Du läufst nach rechts, ich nach links. Vielleicht können wir den Angreifer in die Zange nehmen.«

»Einverstanden«, gab Takvorian zurück.

Gleich darauf entfernte er sich in kurzem Galopp. Ich lief geduckt den Weg zurück, den wir gekommen waren. Dabei hielt ich mich möglichst in der Sichtdeckung von Bäumen und Sträuchern, mußte dazu aber teilweise bis über die Waden durch die zähe Schlammbrühe des Sumpfes waten.

Das letzte Stück des Pfades war allerdings völlig frei. Ich überwand es mit mehreren weiten Sprüngen. Zwei Pfeile verfehlten mich nur knapp.

Hinter einem halbverfaulten Baumstamm ging ich wieder in Dekkung. Ich sah den dritten Pfeil kommen, duckte mich und erwiderte das Feuer. Gleich darauf entfernten sich Schritte. Der heimtückische Schütze floh.

Doch dann ertönte das Trommeln von Takvorians Hufen. Es näherte sich meinem Gegner von der anderen Seite.

Wahrscheinlich glaubte er, ein zweiter Reiter näherte sich. Niemand wußte schließlich, daß Takvorian selbständig handeln konnte. Mein Gegner änderte seine Fluchtrichtung. Er geriet auf einem schmalen Pfad in einen weiteren Sumpf und befand sich damit in ähnlicher Lage wie kurz zuvor ich.

Sekundenlang stand er ohne Deckung da – und ich schaute in das finstere Gesicht Levtrons.

Levtron wollte mich also ermorden.

Langsam zog ich die Bogensehne an. Mein Pfeil zeigte auf Levtrons Brust.

Da ließ der Biomech-Transferer mit einem Wutschrei seinen eigenen Bogen fallen und ergriff die Umhängetasche. Im nächsten Moment kam seine Rechte mit einer plump wirkenden, metallisch glänzenden Waffe hoch.

Ich schnellte mich in eine feuchte Bodenvertiefung. Der Strahlenfächer des Molekularauflösers fuhr über mich hinweg. Mit unheimlichem Knistern lösten sich die Bäume und Sträucher in grünliche kalte Gasschwaden auf.

Der nächste Schuß mußte mich unweigerlich treffen. Ich spähte nach einer anderen Deckung, fand jedoch keine.

Wieder löste sich ein Strahlenfächer aus Levtrons Waffe.

Er mußte dieses Attentat von langer Hand vorbereitet haben. Wozu hätte er sonst eine Energiewaffe mitgenommen! Niemand durfte während einer Jagdexpedition Energiewaffen bei sich tragen, das hätte gegen die Regeln verstoßen.

Ich sah den sicheren Tod auf mich zukommen.

Aber die Strahlen des Molekularauflösers bewegten sich unheimlich langsam. Sie krochen förmlich durch die Luft. Ich sprang auf und rannte zur Seite. Langsam fraßen sich die Strahlen durch einen niedrigen Strauch und vergasten den Boden meiner ersten Deckung.

Dann fingerten sie mir nach.

Ich packte meine Lanze, rannte im Zickzack auf Levtron zu. Das Gesicht des Biomech-Transferers verwandelte sich in eine verbissene Fratze. Obwohl auch seine Bewegungsabläufe um einen Faktor fünfzig verlangsamt worden waren, würde er Zeit genug haben, die Mündung noch einmal auf mich zu richten.

Da brach Takvorian hinter ihm aus dem Unterholz. Der Movator rammte Levtron an der Schulter und schleuderte den Molekularauflöser mit einem Huf beiseite.

Ich senkte meine Lanze.

Levtron raffte sich wieder auf, starrte abwechselnd zu mir und zu Takvorian und lief dann in panischer Furcht davon.

Ich ließ ihn entkommen.

»Warum hast du ihn nicht getötet, Ovaron?« fragte der Movator ungehalten.

Ich lächelte kühl.

»Weil mir niemand geglaubt hätte, daß es Notwehr gewesen wäre, Takvorian. Jeder weiß, daß ich ein besserer Kämpfer bin als Levtron.«

»Aber Levtron hat mit einem Molekularauflöser nach dir geschossen!«

»Wer hätte mir das geglaubt? Zugegeben, wir besitzen die Waffe, und sie trägt Levtrons Initialen. Aber ausgerechnet das wäre für viele Cappins der Beweis dafür gewesen, daß ich Levtrons ›Ermordung‹ genau geplant hätte. Ich bin der Chef der Golamo, und jedes Kind weiß, daß der Geheimdienst keine geraden Wege geht, wenn es gilt, einen Verräter zu liquidieren.«

»Ist das wahr, Ovaron?«

Ich lachte sarkastisch.

»Für Außenstehende schon. Man macht sich über die Arbeitsweise der Golamo falsche Vorstellungen, Takvorian. Sicher, diese Organisation dient dazu, jeden Gegner – auch den nur potentiellen – auszuschalten. Aber ich habe niemals einen hinterhältigen Mord zugelassen. Todfeinde wurden durch Persönlichkeitslöschung ›entschärft‹.«

»Und was nun? Willst du warten, bis Levtron seinen Mordanschlag wiederholt?«

»Das wird er nicht wagen. Er weiß, daß ich ihn erkannt habe, und er zittert bestimmt schon davor, daß ihn meine Agenten demnächst entführen werden. Soll er ruhig in dieser Furcht leben.«

Ich wog seine Waffe in der Hand.

»Man würde niemals glauben, daß jemand, der einen Molekularauflöser besitzt, den Kampf gegen einen mit Pfeil und Bogen und Lanze bewaffneten Mann verliert.«

Ich schleuderte die Waffe in den Sumpf.

»Wir reiten zurück!«

Ich schwang mich in den Sattel und griff nach den Zügeln. Im nächsten Moment erstarrte ich.

Mein Armbandgerät hatte sich mit einem Mentalimpuls gemeldet . . .!

Ich riß meinen linken Ärmel hoch und hob das Geheimgerät ans Ohr. Konzentriert lauschte ich den Intervallen verschiedenartiger Summtöne. Niemand außer mir hätte mit diesen Tönen etwas anfangen können; sie gehörten zu einem Symbolkode meiner Geheimanlagen.

Die Symbole kamen nicht aus meiner Geheimzentrale, sondern von meinem Sextadimspürer, einem goldfarbenen spindelförmigen Kombinationsgerät, das auf einer verborgenen Sumpfinsel weit von hier installiert war.

Wer die Goldene Spindel installiert hatte, wußte ich nicht. Aber ich wußte, daß sie zu jener Ausrüstung gehörte, die mir die Erfüllung eines geheimnisvollen Auftrags ermöglichen sollte.

Diesmal schickte die Spindel mir eine Warnung, die ich bereits kannte. Unbekannte experimentierten wieder einmal mit den Kräften der Zeit – und heute hatte die Spindel sie mit ihrer Rücksturzpolung nicht aufhalten können.

Jemand oder etwas befand sich auf dem Weg in diese Zeitebene.

»Nun muß ich mich doch über Levtrons Anschlag beschweren«, brummte ich, nachdem mir alle Möglichkeiten durch den Kopf gegangen waren.

»Ich denke, es hätte keinen Sinn, Ovaron?« fragte Takvorian, setzte sich aber doch in Bewegung. »Außerdem hast du Levtrons Waffe und damit das einzige Beweisstück weggeworfen.«

»Schneller, mein Freund«, erwiderte ich. »Außerdem kommt es gar nicht darauf an, ob Lasallo mir glauben wird oder nicht. Ich brauche lediglich einen Vorwand, um die Jagdgesellschaft verlassen zu können. Niemand darf argwöhnen, ich hätte Heimlichkeiten gegenüber dem Chefdirektor.«

Takvorian beeilte sich. Als wir den Sumpfwald verließen, streckte sich sein geschmeidiger Körper. Die Hufe rissen Gras und Dreck aus dem Boden, als sie über die Steppe donnerten. Zwei Raubkatzen drückten sich erschrocken in eine Mulde, ihnen mußten Pferde und Reiter wie eine wilde Horde erscheinen.

Bald entdeckte ich Levtron, der auf seinem Morga lag und sich immer wieder ängstlich umsah. Es juckte mich in den Fingern, dem heimtückischen Kerl einen Pfeil ins Gesäß zu jagen. Doch ich beherrschte mich.

Takvorian überholte Levtrons Morga mühelos.

Nach einer halben Tages-Zeiteinheit sah ich eine Staubwolke. Eine große Herde Zentauren floh in heller Panik vor etwa dreißig Jägern. Immer wieder stürzten von Pfeilen getroffene Halbtiere.

In einer dicht aufgeschlossen reitenden Gruppe entdeckte ich Lasallo. Takvorian ritt unaufgefordert an den Chefdirektor des Tranat-Systems heran und drängte seinen Morga ab.

»Was soll das?« rief Lasallo mir wütend zu und versuchte, an mir vorbeizukommen.

»Ich muß dringend mit Ihnen sprechen!« rief ich. »Man hat ein Attentat auf mich verübt.«

Lasallo zügelte seinen Morga.

»Was?«

»Levtron hat mich verfolgt und versucht, mich zu ermorden«, erklärte ich. »Er hat mich aus dem Hinterhalt mit vergifteten Pfeilen beschossen.«

Lasallo überlegte rasch, dann sagte er ungläubig lächelnd:

»Wahrscheinlich hat er Sie nicht getroffen, sonst wären Sie jetzt nicht hier, Ovaron.«

»Das ist aber nicht Levtrons Verdienst.« Ich bemühte mich, wütend und erregt zu wirken. »Ich fordere die exemplarische Bestrafung dieses Attentäters!«

Lasallo blickte mich prüfend an.

»Ovaron, ich schätze Sie sehr, aber Sie sind noch sehr jung. In Ihrem Alter neigt man dazu, Dinge überzubewerten.«

Beinahe hätte ich laut gelacht. Einen Mordanschlag konnte man wohl kaum überbewerten. Aber ich widersprach nicht. Schließlich wollte ich gar nicht, daß Levtron bestraft wurde – jedenfalls nicht von Lasallo.

»Ich nehme an, Sie sind einem Mißverständnis zum Opfer gefallen, Ovaron«, fuhr der alte Wissenschaftler fort. Er wollte mich sicher nur beschwichtigen. »Bei einer hektischen Jagd verirrt sich ein Pfeil nur zu leicht. Levtron und Sie sind hochintelligente Männer. Ich schätze Sie alle beide, und Sie sollten sich wirklich vertragen können.«

Ich reckte mich.

»Nun, vielleicht sagen Sie das Levtron einmal. Ich werde jedenfalls nicht länger bei einer Jagdgesellschaft bleiben, in der mit vergifteten Pfeilen auf mich geschossen wird!«

Ich hob die Hand zum Gruß, schnalzte mit der Zunge und ritt davon – ganz der in seiner Ehre verletzte Angehörige einer der edlen Familien des Cappin-Geschlechts.

Lasallo dachte nicht daran, mich zurückzurufen. Sicher war er erleichtert zu wissen, daß Levtron und ich während der Jagd nicht mehr zusammentreffen konnten.

Takvorian zeigte nun erst, was in ihm steckte. Ohne zu ermüden, trug er mich in rasendem Galopp nach Matronis zurück. Er brauchte dazu nicht einmal einen Vierteltag.

In meinem Haus angekommen, machte ich meinen Spezialgleiter startbereit, ein besonders schnelles Fahrzeug, das zusätzlich mit drei starken Pulsationstriebwerken versehen war. Vor allem aber besaß es einen Laderaum, in dem ich Takvorian unterbringen konnte. Ich ahnte, daß mir eine schwierige Aufgabe bevorstand, und ein Movator mit seinen Psikräften konnte vielleicht entscheidend helfen.

Noch vor dem Start verständigte ich meinen Stellvertreter bei der Golamo, daß ich vorzeitig zurückgekehrt sei und einen privaten Jagdausflug unternehmen wolle. Es hätte keinen Sinn gehabt, meinen Aufbruch mit dem Gleiter verheimlichen zu wollen. Zu viele Augen und zu viele Instrumente in Matronis beobachteten mich. Man würde sicher bei Lasallo nachfragen, warum ich die Jagdgesellschaft verlassen hatte, und aus der Antwort den Schluß ziehen, daß ich heimlich etwas gegen Levtron unternehmen wolle. Da kaum jemand an einer privaten Auseinandersetzung interessiert war, deren Ausgang für alle feststand, die mich kannten, würde mir niemand unangenehme Fragen stellen.

Ich richtete den Kurs des Gleiters auf die Ebene ein, auf der die Jagdgesellschaft sich befand. Kurz danach aber aktivierte ich den Ortungsschutz und änderte den Kurs. Der Gleiter flog nun in geringer Höhe auf einen Punkt zu, der fast genau in der Mitte des Kontinents Lemu lag.

Zweieinhalb Stunden später schaltete ich die Pulsationstriebwerke aus, um eine Zufallsortung der ionisierten Gase zu verhindern, die das Fahrzeug bisher hinter sich hergezogen hatte. Nach einer nochmaligen Kursänderung zielte der Bug genau auf den geometrischen Mittelpunkt Lemus.

Nur eine halbe Stunde später tauchte ich in den Schluchten des zerklüfteten Oliparos-Gebirges unter. Bald erreichte ich ein langgestrecktes Tal, das in einem geschlossenen Kessel endete, einer perfekten Sackgasse. Aber nicht für mich.

Ein Druck auf die Schaltplatte – und der Sender am Bug des Gleiters stieß einen Rafferspruch aus. In der vor dem Gleiter aufragenden glatten Felswand erschien eine Öffnung, gerade groß genug, um mein Spezialfahrzeug durchzulassen.

Hinter mir schloß sich die Öffnung wieder. Licht flammte auf. Der Gleiter jagte durch einen geraden Korridor, dessen Hauptaufgabe darin bestand, meine Identitätsaura abzutasten. Wäre ich als Double entlarvt worden, hätten Energiestrahlen das Fahrzeug und mich aufgelöst.

Nach der positiven Identifizierung leuchtete eine Kontrollplatte vor meinem Sitz auf. Nun wußte ich, daß der Transmitter aktiviert werden würde. Er war – außer dem Überprüfungskorridor – die einzige Anlage unter den Felsen des Oliparos-Gebirges. Niemand, der die Anlage fand, konnte die Spur zu meinem Geheimstützpunkt verfolgen, denn diese Spur führte durch den fünfdimensionalen Überraum.

Die blau leuchtende Ballung des Entstofflichungsfeldes nahm den Gleiter auf. Ein ziehender Schmerz fuhr durch meinen Nacken, aber da befand ich mich längst in der Empfängerstation.

Durch einen Knopfdruck öffnete ich das Schott des Laderaumes, dann stieg ich ebenfalls aus. Takvorian wartete bereits auf mich. Ich ergriff seine Zügel und führte ihn auf das nächste Transportband.

Schweigend ließen wir uns zur Hauptzentrale transportieren. Wieder einmal überlegte ich mir dabei, wieso ich in der Geheimstation jeden Gang, jeden Raum und jeden Knopf kannte und weshalb ich über alle Funktionen genau Bescheid wußte. Das war vom ersten Tag an so gewesen, folglich mußte mir jemand Bescheid gesagt haben, bevor ich nach Lotron gekommen war.

Die Schaltzentrale befand sich tief unter der Oberfläche. Sie wäre nicht einmal dann zu orten gewesen, wenn man mit Spezialgeräten genau darübergefahren wäre.

Im Hauptkontrollraum forderte ich nähere Informationen über die Ursache des Alarms an. Die drei Verbundcomputer teilten mir mit, daß der in die Zukunft gerichtete Sextadim-Störstrahl der Goldenen Spindel zurückgeschlagen worden sei und in Kürze mit der Ankunft einer Zeitreisemaschine auf dieser Ebene zu rechnen sein mußte.

Ich beschloß den Zeitläufer, wie ich die Goldene Spindel auch nannte, persönlich aufzusuchen. Nur dort konnte ich mehr über die unbekannten Zeitreisenden erfahren.

Takvorian erhielt Anweisung, in der Schaltzentrale auf mich zu warten. Falls es tatsächlich irgend jemand gelang, auf diese Zeitebene zu kommen, würde ich sehr schnell wieder zurückkommen müssen.

Ich suchte einen zweiten Transmitter auf und ließ mich zur Goldenen Spindel transportieren.

Das Gerät stand in der künstlichen Höhlung eines Berges, der wiederum den größten Teil einer Insel einnahm. Diese Insel lag in unwegsamem Sumpfgelände und war zudem noch von einem Asphaltsee umgeben. Niemand würde sich aus freien Stücken in diese Gegend begeben, und wenn sich zufällig jemand hierher verirren sollte, würde er in den Bereich einer tödlichen Strahlung geraten.

Als ich vor der Goldenen Spindel stand, mußte ich jedoch feststellen, daß es dennoch jemand gelungen sein mußte, in die Nähe des Zeitläufers zu kommen. Das gigantische Gerät trug deutliche Spuren gebündelter thermischer Energien. Teilweise war das Material zerlaufen. Eine kurze Funktionsprüfung ergab jedoch, daß die Zerstörungen nur oberflächlicher Natur waren.

Erleichtert atmete ich auf. Ich betrat die Spindel durch die Bogenschleuse und fuhr mit einem Lift in den Sextadimkontrollraum hinauf.

Kaum hatte ich den kleinen Raum betreten, als die Ortungsgeräte erneut ansprachen. Diesmal zeigten sie an, daß eine Zeitmaschine unbekannter Konstruktion knapp zweitausend Kilometer westlich des Asphaltsees aufgetaucht war.

Und das, obwohl der Störstrahl das eigentlich mit völliger Sicherheit hätte ausschließen müssen!

Es lief mir kalt den Rücken hinunter.

Wer konnte mit dieser Zeitmaschine angekommen sein? Mir war nichts darüber bekannt, daß unsere Wissenschaftler auf Lotron oder Taimon sich mit der Konstruktion von Zeitmaschinen beschäftigten. Außerdem hätte ich solche Pläne sofort durchkreuzt.

Die Zeitmaschine konnte demnach nicht im Tranat-System gebaut worden sein. Auf jeden Fall aber war sie auf Lotron gestartet, in die Zukunft vorgestoßen und nun wieder zurückgekehrt. Das bedeutete, ihre Einzelteile waren heimlich ins Tranat-System geschmuggelt worden.

Von wem?

Auch das war mir klar.

Nur Angehörige der von unserem Hauptvolk ausgestoßenen Organisation der Bio-Experimentatoren würden sich auf dem Kontinent Lemu etablieren. Nur sie brauchten nicht zu befürchten, von Lasallo, Levtron und anderen Cappins bekämpft zu werden.

Nicht auszudenken, was es für einen Machtzuwachs brachte, wenn die Verfechter des Unternehmens Tranat-System plötzlich über eine Zeitmaschine verfügten.

Ich zögerte nicht länger. Meine Aufgabe war es, die sich anbahnende Entwicklung aufzuhalten.

Dafür bot sich nur eine Möglichkeit an.

Ich mußte die Zeitmaschine mitsamt ihrer Besatzung vernichten.

14.

196.566 v.Chr.
Bericht Perry Rhodan

»Ich warne dich, Perry!« sagte Atlan. »Wir sollten noch einige Stunden warten, bevor jemand den Nullzeit-Deformator verläßt.«

Wir standen vor der ausgefahrenen Rampe des Shift-Hangars. Ras Tschubai und Alaska Saedelaere stiegen soeben ein; sie trugen ihre schweren Kampfanzüge. Wir mußten nur noch auf Icho Tolot warten.

»Ich weiß, daß die geplante Erkundung mit Gefahren verbunden ist«, entgegnete ich. »Aber uns bleibt keine andere Wahl. Wir müssen uns umsehen, um die Verhältnisse auf Lemuria kennenzulernen. Außerdem haben wir nun schon über drei Stunden gewartet – und nichts ist geschehen.«

Der Arkonide seufzte.

»Ich sehe schon, daß du nicht auf meine Warnungen hören willst. Warum hörst du nicht wenigstens auf Lord Zwiebus? Der Neandertaler spürt instinktiv, daß wir in Gefahr sind, und auf seinen Instinkt können wir uns verlassen.«

Der Hangarboden erbebte unter den Schritten eines Giganten. Tolot zwängte sich durch die Schleuse. Der Haluter trug seinen grünen Kampfanzug. Seine drei roten Augen leuchteten wie glühende Kohlen. Zweifellos freute er sich auf den bevorstehenden Einsatz, und er würde um so zufriedener sein, je mehr Gefahren wir draußen begegneten.

»Ah, der Lordadmiral!« rief Icho bei Atlans Anblick. Seine Stimme versetzte die Luft im Hangar in heftige Schwingungen. Mein Trommelfell wurde bis zur Grenze des Erträglichen strapaziert. »Da muß ich wohl erst fragen, ob unser Einsatz abgeblasen wird. Wie ist es, Rhodanos? Hat Ihr arkonidischer Freund Ihnen das Mark aus den Knochen gesogen?« Er lachte »gedämpft«.

»Mischen Sie sich nicht in unsere Angelegenheiten!« rief Atlan.

Ich beschloß, dem Streit ein Ende zu bereiten, bevor er schärfere Formen annahm.

»Es ist selbstverständlich, daß Atlan und ich unsere Meinungen austauschen, Tolotos«, entgegnete ich meinem halutischen Freund. »Ich teile Atlans Bedenken, aber ich bin auch der Ansicht, daß wir keine andere Wahl haben, als eine Erkundung durchzuführen.«

Icho Tolot rieb sich die Hände der beiden Handlungsarme. Die Laufarme hingen passiv herab.

»Nichts für ungut, Lordadmiral. Ich wollte nur einen Spaß machen. Jedenfalls bin ich froh, daß Sie als Kommandant des Deformators zurückbleiben. Falls wir in eine unangenehme Situation geraten, dann holen Sie uns wieder heraus, wie schon so oft.«

Da mußte Atlan auch lachen.

»Ausgerechnet ein Arkonide soll Schutzengel für einen Haluter spielen! Na schön, ich drücke euch allen die Daumen. Geht ruhig in des Teufels Küche. Atlan weiß, wie man den Stecker für den großen Ofen herauszieht.«

Ich schlug ihm auf die Schulter.
»Halte die Ohren steif, Freund!«
Ohne mich noch einmal umzusehen, kletterte ich in den Shift und setzte mich auf den Pilotensitz. Ich trug ebenfalls meinen schweren Kampfanzug.
Tolot konnte natürlich nicht in den Allzweckpanzer einsteigen. Er hätte nicht durchs Schott gepaßt. Glücklicherweise war das auch nicht notwendig. Der Haluter würde zu Fuß mühelos Schritt halten können.
Atlan winkte, als die Antigravkissen sich unter dem Rumpf des Shifts aufbauten. Ich winkte zurück, dann konzentrierte ich mich ganz auf die Steuerung. Das Außenschott des Hangars war wegen Platzmangels im Deformator sehr schmal, so daß ein Pilot schon Millimeterarbeit leisten mußte.
Draußen steuerte ich den Shift auf jene gigantische Erhebung zu, die in unserer Jetztzeit rund tausend Meter niedriger war und den Namen Mount Lemur erhalten hatte. Ich wollte selbstverständlich keine Erstbesteigung versuchen, sondern fuhr um den Fuß des Berges herum, seine gewaltige Masse dabei vorsichtshalber als gewissen Ortungsschutz benutzend.
Noch war alles friedlich. Die Sonne hatte den Zenit überschritten, ein Beweis dafür, wie exakt die Feineinstellung unserer Zeitreisemaschine erfolgt war. Die Tageszeiten in unserer Realzeit und hier liefen praktisch parallel, obwohl sie in Absolutzeit rund zweihunderttausend Jahre auseinander lagen.
»Wahrscheinlich hat man unsere Ankunft überhaupt nicht bemerkt«, sagte Ras Tschubai, nachdem wir halb um den Mount Lemur herumgefahren waren.
Ich hüllte mich in Schweigen.
Was hätte ich darauf antworten sollen?
Vielleicht hatte man uns tatsächlich nicht bemerkt. Es konnte aber ebensogut sein, daß die Cappins uns vorerst nur beobachteten, weil sie mit uns nichts anzufangen wußten. Die Ankunft einer unbekannten Zeitmaschine konnte auch für sie nichts Alltägliches sein.
Wenn sie überhaupt ahnten, daß wir aus einer anderen Zeit gekommen waren . . .!
Ich aktivierte den Telekom und rief Tolot an, der wenige Meter neben dem Allzweckpanzer stand und seinen halbkugelförmigen Kopf hin und her drehte.
»Etwas Besonderes, Tolotos?«
»Bis jetzt noch nicht, Rhodanos«, antwortete er. »Die Ebene unter

uns scheint unbewohnt zu sein. Vielleicht sind wir zu früh, und es gibt noch keine Cappins auf der Erde.«

»Ausgeschlossen«, behauptete Alaska Saedelaere, der in dem Sessel neben mir saß. »Das Cappin-Fragment in meinem Gesicht wird unruhig. Irgend etwas Unangenehmes kommt auf uns zu.«

Ich kniff die Augen zusammen und musterte die Plastik-Halbmaske, aber ich konnte keine Aura bemerken, die eine erhöhte Aktivität des Cappin-Fragments verraten hätte.

»Ungefähr zweitausend Kilometer von hier muß sich die Insel mit der Goldenen Spindel befinden«, sagte ich nachdenklich.

»Die Goldene Spindel!« rief Tschubai. »Aber Sir! Die haben wir doch vernichtet!«

Er erkannte seinen Irrtum sofort. Ich merkte, wie er schluckte.

»Sie haben es also bemerkt, Ras«, stellte ich fest. »Ja, es kommt auch mir unheimlich vor, daß ein Gerät, das von uns vernichtet wurde, wieder existieren soll. Aber es gibt leider keinen Zweifel daran, daß es so ist. Von dieser Zeitebene aus gesehen, wird die Spindel erst in rund hundertfünfzigtausend Jahren von uns vernichtet werden.«

Ich gab mir einen Ruck.

Derartige gedankliche Ausflüge waren im Moment überflüssig. Mit Gegebenheiten hatte man sich abzufinden, wenn man das Ziel nicht aus den Augen verlieren wollte.

Ich schaltete das Orientierungsgerät an und gab ihm die geographischen Koordinaten der Goldenen Spindel ein. Ein Ziel mußten wir schließlich haben; auf diesem riesigen Erdteil konnte man nicht einfach in eine beliebige Richtung steuern.

Das Orientierungsgerät zeigte auf der Erdteilkarte unseren Standort und den Kurs in Richtung Goldene Spindel an. Nun mußte ich mich entscheiden, ob ich einfach den Autopiloten aktivieren oder selbst steuern sollte. Die große Entfernung sprach für den Autopiloten. Aber dessen Entscheidungskreise würden natürlich den geraden Kurs wählen – und zwar fast genau Richtung Osten. Da auf dieser Linie einige Hindernisse, so ein Gebirgsrücken und eine Hügelkette, lagen, würde der Autopilot sein Ziel in mindestens zweieinhalb Kilometer Höhe anfliegen.

In dieser Höhe wären wir für jedes Ortungsgerät sozusagen auf dem Präsentierteller gewesen. Folglich entschied ich mich für Manuellsteuerung.

Ich unterrichtete Icho Tolot über meine Absicht und drehte den Shift mit dem Bug in die neue Richtung.

Doch bevor meine Hand den Beschleunigungshebel erreicht hatte, verschwammen die Konturen des Schaltpultes vor meinen Augen. Es war, als bebte alles – ich eingeschlossen – in Intervallen ohne meßbaren Abstand.

Aus dem Lautsprecher des Telekoms erscholl eine Stimme – langgezogen, quäkend und rollend und kaum verständlich.

». . . stufe Epsilon zwanzig! Alarmstufe Epsilon zwanzig . . .!«

Meine Hände tasteten umher. Tastsinn mußte die optische Wahrnehmung ersetzen. Ich suchte und fand die Schaltplatte für die Aktivierung des Hochenergie-Überladungsschirms.

Die Vibrationen ließen etwas nach, es reichte gerade aus, um die Umgebung schemenhaft wahrzunehmen. Ich sah, daß der Haluter dicht über dem felsigen Boden schwebte und sich ebenfalls in einen Schutzschirm gehüllt hatte.

Wir waren noch einmal davongekommen.

Aber war der Nullzeit-Deformator es auch? Von hier aus konnten wir ihn nicht sehen. Alles hing davon ab, ob Atlan schnell genug reagiert und das Zeitreisegerät unter einen Paratronschirm gelegt hatte.

Trotz der Verzerrungen wußte ich, daß es die Stimme der Deformator-Positronik gewesen war, die Alarmstufe Epsilon zwanzig verkündet hatte.

Und Alarmstufe Epsilon zwanzig bedeutete, der Nullzeit-Deformator war mit dimensional übergeordneten Waffen angegriffen worden . . .!

Bericht Ovaron

Ich zögerte einen Augenblick, bevor ich die Sextadim-Resonatorschallbombe über den Zielpunkt-Rematerialisator abstrahlte. SRS-Bomben wirkten absolut vernichtend.

Aber es gab keine Alternative.

Ich drückte die Schaltplatte ein.

Im gleichen Augenblick – unsichtbar für mich – entmaterialisierte die Bombe in der Abstrahlkammer, wurde als hyperdimensionaler strukturierter Impuls ohne meßbaren Zeitverlust ins Zielgebiet befördert und dort gemäß der Struktur-Programmierung wieder rematerialisiert. Einen Moment später gab sie im Sextadimbereich ihre Resonatorstrahlung schlagartig ab.

Die Eindringlinge waren eliminiert.

Nur rein routinemäßig wartete ich, bis die Beobachtungssonden ebenfalls das Zielgebiet erreicht hatten und mir die Bilder der absoluten Vernichtung übermittelten.

Und dann glaubte ich, zu Eis erstarren zu müssen!

Die SRS-Bombe hatte grauenhafte Verwüstungen angerichtet – in der unbelebten Natur.

Die Zeitmaschine aber stand völlig unversehrt auf dem Boden eines Tales, von einer eigenartigen, nie gesehenen Energieglocke umhüllt.

Das monotone Klicken des großen Chronographen hallte wie Donnerschlag in meinen Ohren. Mein Puls raste, ich konnte nicht glauben, was sich meinen Augen darbot.

Die tödliche Waffe hatte versagt. Wie es aussah, hatte die fremde Zeitmaschine nicht einmal einen winzigen Kratzer davongetragen.

Ohne zu überlegen, löste ich die zweite SRS-Bombe aus. Diesmal konnte ich die Wirkung direkt beobachten. Ich sah die Erschütterungen, von denen die Umgebung der Zeitmaschine heimgesucht wurde – und ich sah das Gefüge des normalen Raum-Zeit-Kontinuums aufreißen und die ungeheuren Sextadimenergien meiner Bombe im Hyperraum verschwinden.

Der Schutzschirm über der silbrig glänzenden Kuppel der Zeitmaschine hatte kaum geflackert. Welche unfaßbaren Energien baute dieses unverwundbare Gebilde auf? Welche Cappin-Wissenschaftler hatten da in aller Heimlichkeit eine Super-Defensivwaffe hergestellt?

Ich versuchte es mit einem gleichzeitigen Angriff von drei Sextadim-Resonatorschallbomben. Mehr durfte ich nicht auf einmal einsetzen, wollte ich nicht das ganze Gebirge zum Einsturz bringen.

Doch auch dieser geballte Vernichtungsschlag konnte der Zeitmaschine nichts anhaben.

Ich saß einige Mikro-Zeiteinheiten starr vor meinen Kontrollen, dann begriff ich, daß die Angelegenheit sich von jetzt an nicht mehr nur auf mich und die Besatzung der Zeitmaschine beschränken ließ. Die Sextadim-Resonatorschallbomben waren zwar wirkungslos geblieben, aber sie mußten auf hyperenergetischer Basis ein wahres Getöse verursacht haben. Keine Ortungsstation auf dem Kontinent, ja nicht einmal auf dem ganzen Planeten, konnte so etwas »überhören«.

Es würde nicht mehr lange dauern, bis Lasallo versuchte, mich über Funk zu erreichen und, wenn ich mich nicht meldete, die Raumflotte zu alarmieren.

Aber ich mußte die Kontrolle über die Entwicklung behalten.

Ich nahm verschiedene Schaltungen vor, damit der Zeitläufer nicht entdeckt werden konnte. Dann hastete ich zum Transmitter zurück und ließ mich von ihm zu meiner geheimen Schaltzentrale abstrahlen.

Von dort aus zu operieren war mir selbstverständlich unmöglich, solange der Planet in Alarmzustand versetzt worden war. Also begab ich mich mit Takvorian schnellstens in den Spezialgleiter, raste den Weg zurück und rematerialisierte schließlich im Transmitter der Bergstation.

Während ich den Gleiter aus dem Gebirge steuerte, forderte ich kraft meiner Vollmacht als Oberbefehlshaber der Golamo und Beauftragter der Tranat-Flotte eine Roboterdivision an.

Ich befand mich bereits hoch in der Atmosphäre, als sich das Koordinationsgehirn der Division meldete und mich um genauere Anweisungen bat.

Ich befahl ihm, die Division zu dem Gebirgstal zu führen, in dem die Zeitmaschine aufgetaucht war. Natürlich verriet ich nichts davon, daß ich über die Natur des Objekts Bescheid wußte. Ich sagte nur, daß ein feindliches Objekt gelandet sei und vernichtet werden müßte.

Ich verriet selbstverständlich auch nicht, daß es sich bei der Besatzung des unbekannten Objekts um Cappins handelte. Eine solche Äußerung hätte mit Sicherheit Lasallo zum Eingreifen veranlaßt, wenn der Chefdirektor des Tranat-Systems nicht überhaupt informiert war.

Doch nein. Lasallo vertraute mir, und wenn er über die verbotenen – die nur aus meiner Sicht her verbotenen – Zeitexperimente einer Cappin-Gruppe Bescheid wußte, dann hätte er mich längst ebenfalls informiert. Schließlich mußte er damit rechnen, daß ich als Abwehrchef und Befehlshaber aller militärischen Einheiten des Tranat-Systems kompromißlos gegen alles zuschlagen würde, was ich nicht kannte. Wie es ja auch geschehen war, wenn auch aus einem anderen Grund als dem offiziellen.

»Du spielst ein sehr gewagtes Spiel, Ovaron«, tadelte Takvorian über die Bordsprechanlage, während ich den Gleiter zum Zielgebiet steuerte. »Levtron wird alles versuchen, um deine Handlungsweise zu diskreditieren.«

Das wußte ich selbst. Ich durfte mir keine Blöße geben, darauf wartete mein Todfeind ja nur. Und nicht nur er. Auch Tarakan würde jede Gelegenheit wahrnehmen, um mich zu verleumden und sich selbst an die Spitze der Golamo zu setzen. Seiner Meinung nach griff ich ohnehin nicht hart genug durch. Fanatiker, Psychopathen und Neider lauerten überall.

Ich lachte sorglos.

»Levtron kann mir überhaupt nichts anhaben, mein Freund. Dazu fehlt ihm die nötige Intelligenz. Außerdem wird er sich hüten, gegen mich anzutreten, solange ich Chef der Abwehr bin.«

Das Koordinationsgehirn der Roboterdivision meldete sich. Die Transporter waren in der Nähe des Tales angekommen. Ich befahl, die Kampfmaschinen auszuladen und sie von zwei Seiten in das Tal mit dem »unbekannten Objekt« vorstoßen zu lassen. Sie sollten vorläufig nur zaghaft angreifen und damit den Gegner aus dem Schutz seines Energieschirms herauslocken.

Ich ging mit dem Gleiter noch höher und beobachtete die kommenden Ereignisse aus sicherer Entfernung. Wenn mein Plan gelang, würde der Spuk bald vorbei sein.

Tief unten wurde die Roboterdivision ausgeladen. Die Kampfmaschinen teilten sich in drei Gruppen. Zwei Gruppen näherten sich den Talhängen von außen aus zwei verschiedenen Richtungen. Die dritte und größte Gruppe arbeitete sich über unwegsames Gelände in ihre Bereitstellung für den Großangriff vor. Alles entwickelte sich mit absoluter Präzision.

Auf meinen Befehl hin griffen wenig später die beiden ersten Kampfgruppen an. Sie stürmten ins Tal hinunter und schossen aus den schwächsten Energiewaffen auf den seltsamen Schutzschirm, der die Zeitmaschine umhüllte.

Wie erwartet, blieb der Beschuß wirkungslos. Das K-Gehirn der Division täuschte Verwirrung und Zögern vor. Für die Besatzung der Zeitmaschine mußte es aussehen, als wäre hier eine günstige Gelegenheit, den offenbar wenig großen Handlungsspielraum für eigene Operationen zu bekommen.

Ich lächelte, als der eigenartige Schutzschirm plötzlich erlosch. Jetzt eine einzige Sextadim-Resonatorschallbombe – und der Spuk wäre vorbei!

Leider bestand diese Möglichkeit für mich nicht mehr. Ich durfte die Karten nicht aufdecken, wollte ich nicht meine geheime Mission verraten, die mir größtenteils selber ein Geheimnis war.

Aber dann beugte ich mich verblüfft vor.

Die Zeitmaschine hatte nur zehn Roboter ausgeschleust und danach ihren Schutzschirm sofort wieder aufgebaut.

Ja, waren die Cappins dort denn von allen guten Geistern verlassen? Wie konnten sie hoffen, mit zehn lächerlichen Robotern gegen meine Streitmacht bestehen zu können?

»Kein Großangriff!« befahl ich dem Divisionsgehirn. »Die im Tal befindlichen Maschinen sollen die zehn feindlichen Roboter vernichten und anschließend abwarten!«

»Wir vernichten die Cappin-Roboter und rufen anschließend den Großadministrator zurück!« erklärte Atlan entschlossen.

Dr. Voigt Gosling, Hochenergie-Ingenieur und Chefrobotiker der Zeitexpedition, blickte den Arkoniden mit allen Anzeichen des Entsetzens an.

»Sir, wir haben es mit einer ganzen Roboterdivision zu tun! Sollten Sie unsere Ortungsergebnisse vergessen haben?«

»Atlan verfügt über ein photographisches Gedächtnis!« sagte Gucky mit seiner schrillen Stimme. »Solltest du das vergessen haben, Tatterich?«

Goslings Hände zitterten nervös und versuchten die Folie aufzuheben, was ihnen nicht gelang. Wie so viele Menschen mit einem hochgezüchteten Gehirn und einem ausgeprägten Einfühlungsvermögen litt Voigt Gosling an übersteigerter Sensibilität und versuchte gleichzeitig, das niemandem zu zeigen; die Folge war eine gewisse Labilität des vegetativen Nervensystems.

»Haarspalter!« fuhr Gosling den Ilt an. »Meine Frage war nur rhetorisch gemeint.«

Wieder wandte er sich besorgt an den Lordadmiral.

»Sind Sie sicher, daß Sie alle unsere Roboter opfern wollen?«

Der Arkonide seufzte. Er wußte, daß Dr. Gosling die ihm unterstellten Kampfroboter mit den gleichen Gefühlen bedachte wie eine Glucke ihre frisch geschlüpften Küken.

»Unsere Roboter sind den gegnerischen überlegen. Denken Sie bitte an den Angriff der Fernwaffen. Dem Tastergebnis nach handelte es sich um Resonatorschallbomben mit einem Sextadim-Wirkungsbereich. Unser Paratronschirm wurde mühelos damit fertig – und unsere Roboter verfügen ebenfalls über Paratronschirme.«

Voigt Gosling gab sich geschlagen. Außerdem waren Atlans Argumente stichhaltig gewesen. Nicht nur die fünf supermodernen Kampfmaschinen verfügten über individuelle Paratronschirme, sondern auch die älteren Modelle waren vor dem Einsatz damit ausgerüstet worden.

»Gut, Sir. Haben Sie besondere Anweisungen für den Kampf?«

Atlan nickte.

»Jawohl. Vernichten Sie die gegnerischen Roboter, Dr. Gosling!«

Dr. Voigt Gosling schwenkte mit seinem Kontursessel zum »Dirigentenpult« um, wie der Steuerschaltungskomplex für die Kampfroboter im terranischen Raumfahrerjargon genannt wurde.

Plötzlich zitterten seine Hände nicht mehr. Ruhig und konzentriert glitten sie über die Schalttastatur.

Im untersten Teil des Nullzeit-Deformators wurden stampfende Geräusche hörbar. Die Roboter setzten sich in Bewegung.

Atlan ging zur Schaltung des Schutzschirm-Sektors hinüber und legte die Hand an eine grellrot leuchtende Schaltplatte. Er wartete jedoch noch, die Augen auf den Chefrobotiker gerichtet.

Nach kurzer Zeit wandte Gosling den Kopf und nickte Atlan zu. Der Arkonide preßte die Hand auf die grellrote Schaltplatte, die im nächsten Moment erlosch.

Der Nullzeit-Deformator stand ungeschützt im Enadatal.

Wieder nahm Dr. Voigt Gosling einige Schaltungen vor. Innerhalb weniger Sekunden verließen seine zehn Kampfroboter den Deformator, und Atlan schaltete den Paratronschirm wieder ein.

Draußen entwickelte sich der Kampf mit unheimlicher Präzision und Schnelligkeit. Die fünf Roboter des humanoiden Typs schwärmten aus und bildeten eine Verteidigungslinie um den Deformator. Die fünf supermodernen Maschinen aber stießen auf ihren Antigravkissen blitzschnell durch die Front der angreifenden Maschinen hindurch, schossen die Hälfte von ihnen zusammen und postierten sich – völlig überraschend für den Gegner – am Rand der Absturzterrasse, unter der das Gros der gegnerischen Roboterdivision auf seinen Einsatzbefehl wartete.

Alle fünf Kegelroboter waren mit kleinen Transformkanonen ausgerüstet, die sie nun bedenkenlos gegen die anderen Kampfmaschinen einsetzten.

Die Explosionen erschütterten das Enadatal und seine Umgebung. Doch der Gegner verfügte offenbar über einen positronischen Divisionskommandeur. Er reagierte ungewöhnlich schnell und rettete fast die Hälfte seiner Maschinen. Dann griff er ungestüm an. Seine Offensivwaffen waren nicht schlechter als die der terranischen Roboter, aber gegen Paratronschirme konnten sie nichts ausrichten.

Atlan beobachtete die Geschehnisse von der Nullfeldzentrale des Deformators aus. Unruhig suchte er die Umgebung des Mount Lemur ab, wo sich Perry Rhodan mit dem Shift befinden mußte. Glücklicherweise hatte der Freund sich nicht über Funk gemeldet. Nicht auszudenken, was geschähe, wenn die Cappin-Roboter ihn entdeckten.

»Nun?« fragte Geoffry Abel Waringer. »Wie lange dauert es noch? Perry hat nicht mehr viel Zeit.«

Der Arkonide schwieg.

Er wußte, wie Waringer seine Bemerkungen gemeint hatte. Für die Cappins mußte es bereits feststehen, daß ihre Roboterdivision den Kampf nicht gewinnen konnte. Folglich würden sie stärkere Kräfte in Marsch setzen: mehr Roboterdivisionen oder Raumschiffe.

Wenn es nicht gelang, Perry Rhodan bis dahin in den Deformator zurückzuholen, würde er abgeschnitten werden.

»Warum läßt du mich nicht springen?« fragte Gucky. »Ich hole dir Perry in Sekundenschnelle zurück.«

Atlan wehrte ab. Er hoffte immer noch darauf, daß die terranischen Roboter die cappinsche Division aufgerieben hätten, bevor stärkere gegnerische Kräfte erschienen. Ein unbestimmtes Gefühl sagte ihm, daß die Cappins viel langsamer und viel zu ungenügend reagiert hatten, als sie eigentlich gekonnt hätten. Das mußte einen Grund haben.

»Gleich kann Perry aus eigener Kraft zurückkehren, Gucky. Die Cappin-Roboter müssen sich zurückziehen.« Er blickte auf den Registrierschirm. »Es sind nur noch dreiundvierzig übrig, während wir keine einzige Kampfmaschine verloren haben.«

»Zu spät«, meldete Lord Zwiebus. Der Neandertaler saß hinter den Ortungsanzeigen. »Soeben tauchen drei Raumschiffe auf, der Größe und den Energieemissionen nach unseren Schweren Kreuzern vergleichbar.«

Atlan verlor keine Sekunde lang die Selbstbeherrschung. Er überzeugte sich mit einem kurzen Blick von der Richtigkeit der Angabe, dann aktivierte er den weitreichenden Telekom.

»Ein Ratschlag von Haus zu Haus, Barbar!« Das war keineswegs Kaltschnäuzigkeit, sondern die vereinbarte Parole für den bestimmten Fall, der soeben eingetreten war. »Bleibe im Lande und nähre dich redlich. Ich sehe drei Adler am Himmel.«

»Jetzt sind es sieben«, rief der Neandertaler.

»Und noch einmal vier. Schlechte Zeit für Wandersleute. Es könnte ein Gewitter geben. Unterstellen wird empfohlen. Papa kommt demnächst mit dem Regenschirm; also kein Geschrei. Ende.«

Der Ilt kicherte trotz der gefährlichen Situation, in die Perry Rhodan mit seinen Leuten geraten war.

»Kein Geschrei ist gut, lieber Papa. Aber bevor du mit dem Regenschirm hinausgehst, sollten wir uns lieber auch ein trockenes Plätzchen suchen, Herr Ex-Imperator.«

Atlan überging Guckys Auslassungen mit einem Lächeln.

»Dr. Gosling, Roboter zurückrufen – und zwar schnell!«

Voigt Gosling fluchte vor sich hin, reagierte aber mit der gewohnten Schnelligkeit und Präzision. Während er die Kegelroboter erneut vorpreschen ließ, zogen sich die Maschinen des humanoiden Typs eilig in den Nullzeit-Deformator zurück. Atlan desaktivierte dazu wieder für wenige Sekunden den Paratronschirm.

Danach kehrten auch die Kegelroboter zurück. Mit ihren Antigravkissen konnten sie sich blitzschnell bewegen. Kurz bevor sie den Deformator erreichten, tauchte über dem nördlichen Talrand ein kugelförmiges riesiges Gebilde auf, ein Schiff der Cappins.

Dr. Gosling lächelte kalt, als er eine bestimmte Schaltung vornahm. Die fünf Kegelroboter hielten für den Bruchteil einer Sekunde an, dann blähten sich vor und unter dem feindlichen Raumschiff fünf kleine künstliche Sonnen auf, die Explosionsbälle von Transformbomben.

Natürlich waren die Kleinstbomben der Kampfroboter nicht in der Lage, einen solchen Raumer zu vernichten. Immerhin glühte seine Unterseite schlagartig in ultraheller Glut auf. Er taumelte aus dem Kurs, beschleunigte und floh in den Weltraum, eine Schleppe aus Metalldämpfen hinter sich herziehend.

»Gratuliere, Dr. Gosling!« rief Lord Zwiebus in heller Begeisterung. »Jetzt gewinnen wir eine kostbare Atempause.«

Aber weder Voigt Gosling noch Atlan wurden von seiner Begeisterung angesteckt.

Anschließend wandte sich der Arkonide an Professor Waringer und sagte tonlos: »Bereiten Sie alles auf einen Start des Deformators vor. Es kann sein, daß die Schiffe uns unter massiertes Feuer nehmen, und sie fordern bestimmt Verstärkung an, wenn sie gegen uns nichts ausrichten können.«

»Und Perry . . .?« fragte Waringer entsetzt.

»Sehen Sie mich nicht so vorwurfsvoll an«, erwiderte Atlan. »Der Shift ist bis jetzt noch nicht entdeckt worden. Wenn wir aber versuchen, ihn zu bergen, werden die Cappins sofort angreifen und es verhindern. Dann aber würden sie anschließend Jagd auf den Shift machen. Es wäre Rhodans sicherer Tod. Also ziehen wir uns notfalls in die Vergangenheit zurück und . . .«

»Cappin-Raumschiffe steigen höher!« schrie Zwiebus erregt. »Zwölf weitere Einheiten im Anflug von Norden. Höhe achttausend Meter, Geschwindigkeit dreißigtausend Kilometer pro Stunde.«

»Dreitausend Jahre, Waringer!« befahl Atlan schnell. »Perry kennt diese Notfallplanung und wird wissen, was geschehen ist. Stellen Sie die Automatik ein und starten Sie sofort, wenn die Cappins angreifen. Ich denke, daß wir dreitausend Jahre vor diesem Tag noch keine Cappins auf der Erde antreffen werden.«

Geoffry Abel Waringer nahm sichtlich verstört die notwendigen Einstellungen mit gewohnter Exaktheit vor. Er fürchtete nicht um sein eigenes Leben, sondern um das von Perry Rhodan.

»Sie setzen zum Angriff an«, meldete Lord Zwiebus.

»Fertig?« fragte Atlan den Hyperphysiker.

Waringer nickte.

»Start!«

Das Tosen der Kugelfeldmeiler und Umformer verstärkte sich. Dann verschwammen die Konturen der Umgebung, wurden zu einem rasenden Wechselspiel von Farben und Schemen.

Ein hohles Klingen ertönte – und brach wieder ab.

Die Umgebung stabilisierte sich.

Der Nullzeit-Deformator stand nach wie vor im Enadatal. Aber die angreifenden Raumschiffe der Cappins waren verschwunden.

Die Männer in ihrem Zeitreisegerät sahen eine wildzerklüftete Landschaft, aber immerhin eine friedliche Landschaft.

Wie sollte es anders sein; hier gab es noch keine intelligenten Lebewesen – außer denen, die soeben eingetroffen waren . . .

Bericht Perry Rhodan

Die dimensional übergeordneten Schockwellen verebbten. Endlich stand der künftige Mount Lemur wieder still, nachdem er fast eine Viertelstunde lang hin und her geschwankt hatte.

Dennoch konnte ich nicht recht froh darüber werden.

Was war aus dem Nullzeit-Deformator geworden? Hatte der Paratronschirm die dimensional übergeordneten Kräfte in den Hyperraum ablenken können?

Ich schaltete den HÜ-Schirm aus und stellte meinen Helmtelekom auf minimale Reichweite, so daß Icho Tolot mich gerade noch verstehen konnte.

»Bitte Telekom auf Minimal-Reichweite stellen, Tolotos! Sind Sie verletzt?«

»Wovon?« fragte mein halutischer Freund und lachte amüsiert.

»Wir werden nachsehen, was aus dem Deformator geworden ist«, schlug ich vor. »Aber mit der nötigen Vorsicht. Niemand darf uns orten.«

»Lassen Sie mich vorausgehen, Freund Rhodanos«, sagte Icho. »Ich habe einen Weg entdeckt, der ein Stück tiefer in den Berg führt.«

Ich willigte ein, und Tolot ließ sich auf die Laufarme fallen. Er rannte mit der Geschwindigkeit eines galoppierenden Reitpferdes los.

Nur mühsam gelang es mir, den schweren Shift in geringer Höhe folgen zu lassen.

Nach einer Weile richtete Alaska Saedelaere sich auf. Er hatte seit dem Feuerüberfall abwechselnd die Ortungskontrollen überwacht und sich mit dem kleinen Auswertungscomputer beschäftigt.

»Das ist interessant, Sir«, stellte er fest.

»Allerdings!« pflichtete ich ihm bei. »Vor allem für unseren halutischen Freund.«

Alaska richtete die Augen hinter den Maskenschlitzen prüfend auf mein Gesicht.

»Sie haben mich mißverstanden. Ich sprach von der Waffe, die die Cappins gegen den Deformator eingesetzt haben.«

Verwundert fragte ich:

»Wollen Sie behaupten, Sie hätten die genauen Daten darüber ermittelt . . .?«

»Ihr Humor beeindruckt mich, Sir.« Alaska lachte. »Natürlich nicht. Aber ich konnte immerhin eine Hypothese mit gewissem Wahrscheinlichkeitsgehalt aufbauen. Demnach handelt es sich bei der cappinschen Waffe um eine Bombe, die nach dem Funktionsprinzip eines Fiktivtransmitters oder einer Transformkanone abgestrahlt und über dem Zielgebiet rematerialisiert wurde.«

Tschubai pfiff durch die Zähne. Beinahe hätte ich es auch getan.

»Sind Sie sicher, Alaska?«

Der Transmittergeschädigte nickte.

»So gut wie. Die Ortung maß weder die Energieemissionen eines Antriebs noch ein herabstürzendes Objekt an. Die Art der Waffe ist übrigens auch sehr interessant. Es ist eine Schallbombe gewesen, die mit gewaltigen Schockwellen auf der Sextadimebene arbeitet. Natürlich gibt es eine starke Sekundärwirkung auch im normaldimensionalen Bereich.«

»Also eine Sextadim-Resonatorschallbombe. Sie haben gute Arbeit geleistet, Alaska. Danke. Vielleicht gelingt es uns, das Konstruktionsprinzip nach Ihren Daten zu rekonstruieren.«

Wieder stürzte eine Steinlawine den Berg hinab. Die Resonatorschallbomben hatten offenbar das gesamte Gebirgsmassiv erschüttert. Tolot kümmerte sich nicht darum, doch diesmal war die Wucht der Lawine größer als seine Laufgeschwindigkeit. Ich sah gerade noch, wie er fünfzig Meter vor dem Shift auf einer Steinwoge in den Abgrund ritt, und hörte sein schallendes Lachen im Telekomempfänger.

»Einmal wird er lachend in einen tätigen Vulkan springen«, meinte Tschubai verärgert. »Ich habe manchmal den Eindruck, als würden Haluter nie völlig erwachsen.«

»Geben Sie den Menschen eine halutische Konstitution, und Sie erleben Ihr blaues Wunder, Ras«, versetzte ich.

Behutsam lenkte ich den Allzweckpanzer über eine stark geneigte glatte Felsplatte, die unter den Einwirkungen der Antigravkissen vibrierte. Danach steuerte ich durch eine Schlucht und auf ein von Rissen durchzogenes Plateau hinaus, das von mehreren großen Felsbrocken bedeckt war.

Als der Bug des Flugpanzers sich zwischen zwei turmhohen Brocken hindurchschob, erkannte ich tief unter uns das Enadatal und die silbrig schimmernde Kuppel des Nullzeit-Deformators. Das ultrahelle Wabern darüber zeigte mir an, daß der Paratron-Schutzschirm noch immer aktiviert war.

Erleichtert atmete ich auf, doch schon im nächsten Moment meldete Alaska Saedelaere:

»Eine Armada Transportgleiter von Nordwesten im Anflug, Sir. Etwa sechzig Fahrzeuge. – Moment, da sitzen Roboter auf den offenen Pritschen!«

Ich beugte mich zu Alaskas Ortungsanzeigen hinüber. Was ich sah, irritierte mich etwas. Das war nichts anderes als eine Roboterdivision im Anflug auf das Enadatal.

»Ich möchte wissen, was sich die Cappins davon versprechen«, sagte ich. »Nachdem sie mit ihrer Superwaffe nichts ausgerichtet haben, sollte ihnen eigentlich klar sein, daß auch eine Roboterdivision nutzlos ist. Atlan brauchte weiter nichts zu tun, als den Paratronschirm eingeschaltet zu lassen.«

»Und wenn sie das Gebirge durchkämmen?« fragte Tolots Stimme aus dem Telekom.

Ich wandte mich um und sah, daß der Haluter rechts neben dem Shift stand.

»Wir werden am besten in den Deformator zurückkehren«, sagte Ras Tschubai. »Wie denken Sie darüber, Sir?«

In meinem Gehirn reifte ein Plan heran. Wenn wir jetzt in den Nullzeit-Deformator zurückkehrten, hätten wir so gut wie überhaupt nichts ausgerichtet. Das war aber nicht der Zweck unserer Zeitexpedition.

»Wir bleiben hier«, entschied ich. »Solange man uns nicht entdeckt, sind wir ungefährdet. Vor allem aber können wir beobachten. Bisher wissen wir noch viel zuwenig über die Cappins auf dieser Zeitebene.«

Ich sah wohl, daß es dem Teleporter nicht gefiel. Ras verfügte über die gleichen umfangreichen Erfahrungen wie ich und konnte die Situation sehr schnell treffend beurteilen. Natürlich wußte er, daß eine Roboterdivision nichts gegen den Deformator ausrichten konnte. Er wußte aber auch, daß die Cappins sich nicht damit abfinden würden, daß Unbekannte sich ohne ihre Erlaubnis auf einem Planeten aufhielten, den sie als ihren Machtbereich ansahen.

Nach den Robotern würden also stärkere Waffen eingesetzt werden, und es war höchstens eine Frage der Zeit, wann der Nullzeit-Deformator einer Vernichtung nur noch durch die Flucht entgehen würde.

Genau das aber fügte ich in diesen Minuten in meinen Plan ein. Ich wollte, daß der Nullzeit-Deformator sich »zurückzog«, damit die Cappins denken mußten, sie hätten die Eindringlinge vertrieben. Erst dann würde ich Handlungsfreiheit bekommen.

Icho Tolot lachte. Der Haluter hatte mit seinem Planhirn natürlich längst erkannt, was ich vorhatte.

Inzwischen waren die Transporter vor dem äußeren Wall des Talkessels angekommen. Die gegnerischen Kampfroboter schwärmten aus. Zwei Gruppen stiegen auf verschiedenen Wegen den Wall empor, während sich die Hauptgruppe auf einer darunterliegenden Felsterrasse aufstellte.

Der Plan der Cappins war so leicht zu durchschauen, daß ich ernste Zweifel an ihrer Kampferfahrung zu hegen begann. Die beiden kleineren Gruppen sollten offensichtlich die Besatzung des Deformators herauslocken, damit sie von der Hauptgruppe überraschend vernichtet werden konnte.

So etwas beunruhigte mich selbstverständlich nicht. Atlan ließ sich nicht übertölpeln. Wahrscheinlich würde er unsere Kampfroboter ausschleusen und sofort die Hauptgruppe angreifen. Mit ihren Paratron-Schutzschirmen waren unsere Kampfmaschinen nur mit den schweren Waffen eines Raumschiffes zu zerstören, keinesfalls aber mit Roboterwaffen.

Es geschah genauso, wie ich es mir vorstellte.

Unsere zehn Kampfroboter wurden ausgeschleust, und die fünf schnellen und supermodernen Kegelroboter stießen sofort durch die Formationen der beiden schwächeren feindlichen Gruppen hindurch, ohne sich weiter um sie zu kümmern. Das übernahmen die langsameren Roboter des humanoiden Typs. Die Bereitstellung der Hauptgruppe wurde mit Transformwaffen zerschlagen.

Alaska Saedelaere nickte anerkennend.

Dort unten entbrannte die Roboterschlacht in vollem Ausmaß. Die Trümmer explodierender Cappin-Roboter schwirrten bis zu uns herauf, und die Transformexplosionen erschütterten den Mount Lemur erneut. Wir mußten uns einige Meter weit zurückziehen, als der vordere Teil des Plateaus abbrach und in die Tiefe stürzte.

Plötzlich sprach der Telekomempfänger mit hoher Intensität an. Atlans Stimme erklang.

»Ein Ratschlag von Haus zu Haus, Barbar . . .!«

Anschließend teilte mir der Arkonide im vereinbarten Kode mit, daß er anfliegende Raumschiffe geortet hatte und es keine Möglichkeit gab, den Shift anzunehmen. Wir sollten uns verbergen und absolute Funkstille einhalten.

Wenig später ortete auch Saedelaere drei anfliegende Schiffe von den Ausmaßen terranischer Schwerer Kreuzer. Dann tauchten weitere Cappin-Schiffe auf.

Wir beobachteten, wie die Roboter eines der Raumschiffe beschädigten und zur Flucht zwangen. Das verschaffte ihnen genügend Luft, um sich in den Nullzeit-Deformator zurückzuziehen.

Einige Minuten danach schlugen schwere und schwerste Waffenstrahlen in den Paratronschirm. Das Feuer verstärkte sich von Sekunde zu Sekunde.

Und plötzlich war der Nullzeit-Deformator verschwunden.

Atlan hatte sich in die Zeit abgesetzt.

15.

Bericht Ovaron

Auf dem Bildschirm stand Levtrons düsteres Gesicht. Der Biomech-Transferer grinste anzüglich.

»Lasallo hat mir den Befehl über den Flottenverband B-13-QR übertragen, Ovaron, da Sie offensichtlich nicht die notwendigen Kampfmittel einsetzen. Was geht hier vor?«

»Benutzen Sie Ihre Augen«, erwiderte ich kalt. Ich beabsichtigte keineswegs, Levtron oder einen anderen Cappin über die wahre Natur der silbrig schimmernden Kugel aufzuklären. »Dann wissen Sie genausoviel wie ich.«

Ich hoffte, daß er sich ganz auf die Kuppel konzentrierte und dabei den fremden Flugpanzer übersah, der aus dem Gebirge heraus offenbar die Geschehnisse im Tal beobachtete. Das Fahrzeug mußte aus der Zeitmaschine ausgeschleust worden sein, bevor ich mit meinem Gleiter über dem Schauplatz des Geschehens aufgekreuzt war.

Leider mußte ich damit rechnen, daß sich die Besatzung des Flugpanzers über Funk mit Levtron oder gar mit Lasallo in Verbindung setzte.

Ganz sicher arbeiteten sie mit einer hochgestellten Persönlichkeit auf Lotron zusammen. Sie brauchten nur zu verraten, daß man sie zuerst mit Sextadim-Resonatorschallbomben angegriffen hatte, und schon würde ich die größten Schwierigkeiten bekommen. Lasallo würde nicht lange benötigen, um zu erraten, daß ich einen Geheimstützpunkt besaß.

Mir blieb also nichts weiter übrig, als den Flugpanzer mitsamt Besatzung schnell und unauffällig in meine Gewalt zu bringen. Ich rief über einen abhörsicheren Quintadimkanal nach meinem Robotschiff, das sich dem Verband gemäß feststehender Instruktionen angeschlossen hatte.

Es meldete sich sofort.

»Achtung!« befahl ich. »Nach folgenden Daten ist ein Flugpanzer unbekannter Bauart mittels Hyperströmung in den Isoliertrakt aufzunehmen. Die Besatzung muß geschont werden, darf aber keine Möglichkeit zur Flucht erhalten.«

Ich nannte die Positionsdaten des Flugpanzers.

Das Quintronengehirn meines Schiffes bestätigte und fügte hinzu:

»Flugpanzer nicht einziges Objekt. In Nähe großes sechsgliedriges Lebewesen von übernormal widerstandsfähiger Beschaffenheit. Frage: Gilt Befehl auch dafür?«

»Selbstverständlich!« antwortete ich.

Die Ortungsgeräte meines Spezialgleiters arbeiteten anscheinend nicht genau genug, um zwei dicht beieinanderstehende Objekte zu trennen. Ich fragte mich, was das für ein Lebewesen sein sollte, das mein Schiff geortet hatte. Um einen Cappin handelte es sich auf keinen Fall. Aber vielleicht war es von einem Pedotransferer übernommen worden.

Ich beobachtete, wie mein Robotschiff niederstieß. Levtron würde in diesem Augenblick nicht darauf achten können. Er hatte sich mit seinem Schiff zu weit vorgewagt und war von den feindlichen Robotern beschossen worden. Soeben floh sein Schiff taumelnd und glühend in den Weltraum. Die übrigen Schiffe griffen in Gefechtsformation an und feuerten im Salventakt auf die Zeitmaschine.

»Flugpanzer weicht aus«, meldete das Quintronengehirn meines Robotschiffes. »Hyperzugstrahlprojektoren werden von Parakräften abgelenkt. Ursprung der Kräfte nicht im Flugpanzer und nicht in dem sechsarmigen Lebewesen.«

Ich fluchte vor mich hin.

Was sollte das heißen: Parakräfte?

Ich kannte keinen Cappin, der psionisch begabt war. Aber vielleicht existierten bei der Besatzung der Zeitmaschine genetisch umgeformte Cappins, deren Gehirne mutiert waren.

Ganz gleich, wie es sich verhielt, nun mußte ich direkt eingreifen. Ich drückte den Gleiter, hütete mich aber davor, ihn zu nahe an die Feuerzone heranzubringen.

»Paß auf, Takvorian!« rief ich über die Bordsprechanlage. »Du mußt feststellen, wer an Bord der Zeitmaschine mit Parakräften arbeitet. Setze deine Movatorkräfte gegen ihn ein!«

Takvorian antwortete nicht, aber nach kurzer Zeit meldete das Quintronengehirn, die psionische Beeinflussung des Hyperstromprojektors ließe nach.

Im nächsten Augenblick hörte ich Takvorians dünnen Schrei aus den Lautsprechern schallen.

»Etwas aus dem Flugpanzer hemmt die Entfaltung meiner Movatorkräfte!« meldete er aufgeregt.

»Betäubungsstrahlen gegen Flugpanzer einsetzen!« befahl ich meinem Schiff.

Danach flog ich den Flugpanzer an. Er kurvte wild zwischen den Felsblöcken herum, schwebte in Höhlen und tauchte überraschend an anderer Stelle wieder auf. Das sechsgliedrige Lebewesen blieb meist in seiner Nähe. Es bewegte sich unglaublich gewandt und kraftvoll. Als ich ihm auf einem schmalen Felsband den Weg abschnitt, hob es eine plumpe, metallisch blinkende Waffe. Instinktiv riß ich den Gleiter zur Seite, und im nächsten Moment blähte sich dort, wo er eben noch geschwebt war, der grelle Feuerball einer thermonuklearen Explosion auf.

Der schwarzhäutige Gigant hob erneut seine mir unbekannte Waffe. Ich rief Takvorian in höchster Erregung.

Der Movator reagierte prompt. Er verlangsamte den individuellen Zeitablauf des sechsgliedrigen Wesens um den Faktor fünfzig. Wenige Mikro-Zeiteinheiten später schoß der Flugpanzer aus einem Felsspalt und nahm meinen Gleiter unter Feuer. Eines der Pulsatortriebwerke explodierte. Mein Fahrzeug geriet ins Schlingern.

Da griff die Quintronik meines Robotschiffes ein. Um das sechsgliedrige Wesen herum zeigte sich ein grelles Flimmern, dann war es verschwunden.

»Fremdartiges Lebewesen aufgenommen und in Fesselfeldkammer gesperrt«, meldete mein Quintronengehirn.

Ich hatte keine Zeit, darauf zu antworten. Der Flugpanzer versuchte, meinen Gleiter zu rammen. Ich mußte fliehen. Dabei entdeckte ich, daß die Zeitmaschine verschwunden war. Nacheinander stellten die Raumschiffe ihr Feuer ein.

Unwillkürlich mußte ich lachen. Levtron würde toben, wenn er den Flottenverband unverrichteter Dinge zurücknehmen mußte. Er hatte sicher gehofft, mich durch einen schnellen Erfolg auszustechen und Lasallo damit zu beweisen, daß ich meine Aufgabe nur ungenügend erfüllte. Das war ihm gründlich mißlungen, ja, er hatte sein Schiff sogar durch fahrlässiges Handeln in höchste Gefahr gebracht.

»Ich versuche, den Flugpanzer zu beeinflussen«, teilte mir Takvorian über die Bordsprechanlage mit.

Ich steuerte meinen Gleiter wieder näher an den Flugpanzer heran. Einige Strahlschüsse verfehlten mich knapp, doch dann verlor das fremde Fahrzeug den größten Teil seiner Manövrierfähigkeit. Schließlich blieb es ganz stehen.

Plötzlich öffnete sich ein Schott, und drei Lebewesen kletterten heraus. Cappins, dem Äußeren nach zu urteilen. Zumindest der eine von ihnen. Von den beiden übrigen hatte der eine eine fast blauschwarze Haut, und der andere trug eine Maske vor dem Gesicht. Der Dunkelhäutige nahm seine Gefährten an den Händen – und war schlagartig verschwunden. Mit seinen Gefährten!

Im nächsten Moment lachte Takvorian schrill.

Ich sah, wie die drei Cappins hundert Meter vor ihrem Flugpanzer rematerialisierten und einen Meter tief abstürzten.

Ohne lange zu überlegen, setzte ich den Gleiter auf und öffnete die Schotte.

Takvorian jagte im Handgalopp auf die Fremden zu und blieb tänzelnd vor ihnen stehen. Aus den Augenwinkeln nahm ich wahr, daß der Flugpanzer ebenfalls per Hyperströmung an Bord meines Schiffes genommen worden war.

Einer der Cappins schrie etwas in einer unbekannten Sprache.

Der Schwarzhäutige hob eine kurzläufige Waffe, legte auf Takvorian an und feuerte.

Natürlich setzte mein Freund seine Movatorfähigkeit ein und blieb dadurch unverletzt.

Dann traten zwei der fremden Cappins – waren es überhaupt Cappins? – etwas zurück. Der dritte nahm seine Maske ab.

Ich blickte in ein zuckendes irisierendes Leuchten von unübertrefflicher Schönheit, wußte aber zugleich, was ich vor mir hatte, nämlich das Ergebnis einer total mißglückten Pedotransferierung. Der Fremde war demnach kein Cappin, sondern ein anderes humanoides Lebewesen, das Opfer eines Übernahmeversuchs geworden war.

Aber was versprach er sich davon, seine Maske abzunehmen?

Wollte er damit um Gnade bitten?

Ich war nicht zu einem Kompromiß bereit. Im Gegenteil, nun reizte es mich noch mehr, etwas über die Zeitreise-Experimente herauszubekommen.

Takvorian stöhnte.

Er kämpfte gegen den Widerstand eines der Fremden an, wahrscheinlich gegen den parapsychischen Widerstand des Schwarzhäutigen. Ich lief mit eingeschaltetem Schutzschirm auf dieses Wesen zu und desaktivierte den Projektor dicht vor ihm.

Der Schwarzhäutige sprang mich unvermittelt an und versetzte mir einen Faustschlag in die Herzgrube, der mir den Atem nahm. Doch er beging den Fehler, sofort nachzustoßen. Ich empfing ihn mit schulmäßigen Kathari-Abwehrschlägen, und er brach bewußtlos zusammen.

Kurz darauf wurde er von der Hyperströmung erfaßt.

Die beiden anderen Männer bewiesen ihre überdurchschnittliche Intelligenz, indem sie auf weiteren Widerstand verzichteten. Mein Robotschiff konnte sie ungehindert an Bord nehmen.

Takvorian und ich folgten auf dem gleichen Wege, danach unser Spezialgleiter.

Wir rematerialisierten in der normalen Polhalle, in der auch soeben unsere Gefangenen rematerialisiert waren. Zufrieden lächelnd ging ich auf die nächste Befehlsübermittlung zu, um einige Wachroboter in die Halle zu beordern.

Verblüfft stellten wir fest, daß die Gefangenen großen Kampfgeist besaßen. Zwei stürzten sich auf Takvorian; der dritte stellte mir ein Bein und hieb mir dann seine Handkante ins Genick, so daß ich zu Boden ging.

Bericht Perry Rhodan

Das ungleiche Paar hatte uns überwältigt. Wir waren jählings aus Tschubais Teleportationssprung gerissen worden und knapp hundert Meter vor unserem Shift rematerialisiert.

Ein Pferd von unglaublicher Schönheit stob aus der Frachtschleuse des gelandeten Cappin-Gleiters. Es war, soviel ich beurteilen konnte, ein Halbbluthengst, aber was für einer! Sein Fell schimmerte hellblau; Schweif und Mähne leuchteten in einem satten Ockergelb. Über den Hufen sah ich gekraustes weißes Haar.

Ich spürte instinktiv, daß die eigenartige zeitverzögernde Strahlung von ebenjenem Pferd ausging. Daraufhin befahl ich Tschubai, es mit seinem Paralysator zu lähmen.

Doch Ras vermochte sich ebensowenig normal zu bewegen wie Alaska und ich. Außerdem wurde auch der Paralysestrahl verlangsamt.

Alaska nahm seine Maske ab in der Hoffnung, daß das Pferd und der Cappin den Anblick seines Gesichts ebensowenig ertragen würden wie normale Menschen.

Doch der hochgewachsene Cappin zeigte lediglich mildes Interesse.

Ras Tschubai kämpfte unterdessen mit seinen Psikräften gegen den Einfluß des Pferdes an. Aber als das Tier stöhnte und zu wanken begann, stürzte sich der Cappin auf den Teleporter, der sich automatisch zu wehren versuchte. Nach kurzem Kampf ging Ras bewußtlos zu Boden.

Gleich darauf wurde er von dem seltsamen Flimmern eingehüllt, das ich schon vor Tolots Verschwinden beobachtet hatte. Im nächsten Moment war Ras verschwunden.

»Eine Art Hypertraktorstrahl, Sir«, teilte mir Alaska flüsternd mit.

Ich nickte. »Vorläufig passiv verhalten!« befahl ich.

Wie erwartet, wurden wir wenige Sekunden darauf von einem unbekannten Feld erfaßt und entstofflicht. Ohne Zeitverlust rematerialisierten wir in einer kleinen Halle. Tschubai kam eben wieder zu sich. Von Icho Tolot war nichts zu sehen.

Bevor wir uns richtig umsehen konnten, tauchten der Cappin und das Pferd ebenfalls in der Halle auf. Das Tier beobachtete uns. Mir kam es vor, als wäre es intelligent, doch das war vielleicht nur eine gefühlsmäßige Eingebung.

Zum erstenmal sah ich den Cappin richtig. Er trug eine silberfarbene Kombination, ähnlich unseren leichten Raumanzügen, und darüber einen Umhang. Wenn ich nicht gewußt hätte, daß es kein Mensch sein konnte, hätte ich ihn für einen Terraner gehalten.

Der Cappin war knapp zwei Meter groß und gehörte dem athletischen Typus an. Seine Haut schimmerte in der Farbe von hellem Kakao, und sein Alter mochte etwa fünfundzwanzig Jahre betragen.

Das starke Gesicht strömte ungeheure Faszination aus.

Es war hart, ohne brutal zu wirken. Das Kinn wölbte sich energisch vor, und die schmale Nase war gekrümmt wie bei einem Indianer. Seine hellblauen Augen musterten mich durchdringend; sie verrieten einen geraden, offenen Charakter.

Aber er war unser Gegner – und er gehörte zu den Todfeinden der solaren Menschheit. Wie ich ihn einschätzte, war er außerdem eine hochstehende Persönlichkeit mit großer Machtfülle.

Deshalb zögerte ich keinen Augenblick, als er sich auf eine an der Wand befestigte Kommunikationseinheit zubewegte.

Ich rief Ras und Alaska einen scharfen Befehl zu und stürzte mich auf den Cappin. Meine Gefährten hängten sich in die Zügel des Pferdes und drängten es zwischen zwei dicht zusammenstehende Aggregate.

Der Cappin reagierte zu spät. Er lief eine Sekunde zu lange weiter, so daß ich ihm ein Bein stellen konnte. Als er strauchelte, hieb ich ihm meine Handkante ins Genick.

Er stürzte, und ich dachte bereits, ihn besiegt zu haben, da schnellte er plötzlich hoch. Sein harter Schädel rammte mir in die Magengegend.

Ich rang nach Atem, brachte es aber dennoch fertig, ihm das Knie gegen die Schläfe zu stoßen. Der Cappin wich taumelnd zurück. Nun setzte ich die Dagorgriffe ein, die Atlan mir in zahllosen Trainingsstunden beigebracht hatte.

Trotz des harten Schlagabtausches lächelte der Cappin spöttisch. Immer wieder taumelte er, aber immer wieder ging er auch zum Gegenangriff über. Seine Glieder mußten eigentlich ausgerenkt, seine Muskeln von den Schlägen gelähmt sein. Aber er besaß eine unglaubliche Kondition. Ich steckte ebenfalls sehr harte Schläge ein.

Schließlich hatte ich ihn gegen die Wand gedrängt. Er rutschte bei jedem Schlag ein Stück mehr in sich zusammen. In seinem Gesicht zeigten sich faustgroße Schwellungen. Immer noch lächelte er und schlug zurück. Ein Fausthieb renkte meinen Unterkiefer aus, ein anderer ließ meine Kopfschwarte aufplatzen.

Und dann spürte ich, wie meine Bewegungen langsamer wurden. Ich traf den Cappin zwar noch, aber es waren reine Zufallstreffer, dadurch bedingt, daß er nicht mehr weglaufen konnte. Dafür sah ich seine Schläge nicht mehr kommen. Für meine Begriffe fielen sie plötzlich ohne erkennbare zeitliche Abstände.

Ich wußte, woran das lag. Dieses Pferd hemmte mich, indem es meinen Zeitablauf verlangsamte. Ras und Alaska waren offenbar schon außer Gefecht gesetzt. Es war aussichtslos. Ich wich zurück, aus der Reichweite des Cappin – das heißt, ich wollte zurückweichen. Es wurde ein gefühlloser Fall in einen dunklen Abgrund daraus.

Das letzte, was ich wahrnahm, war das Lächeln in dem zerschlagenen Gesicht meines Gegners.

Als ich wieder zu mir kam, lag ich auf einer Art Couch. Schemenhaft sah ich einige humanoide Roboter hin und her gehen. Es dauerte einige Minuten, bis ich meinen Körper wieder unter Kontrolle bekam. Erstaunt stellte ich fest, daß ich nicht gefesselt war. Man hatte mir außerdem das Blut aus dem Gesicht gewaschen und die Verletzungen behandelt. Ich spürte keinerlei Schmerzen.

»Wie fühlen Sie sich?« fragte eine mechanische, leicht metallisch nachhallende Stimme.

Ich richtete mich vorsichtig auf und erblickte den Cappin. Er saß in einem hochlehnigen breiten Sessel und hielt ein kleines Kästchen auf den Knien fest – meinen Translator.

Der Cappin zeigte ein undefinierbares Lächeln.

»Mein Name ist Ovaron. Wer sind Sie? Warum haben Sie sich getarnt? Oder sprechen Sie unsere Sprache tatsächlich nicht?«

Ich spürte, wie meine Pulsfrequenz sich schlagartig erhöhte.
Wovon redete dieser Cappin?
Konnten seine Fragen tatsächlich bedeuten, daß er mich für einen Angehörigen seines Volkes gehalten hatte?
Aber warum hatte er mich dann angegriffen?
Gab es auf der Erde dieser Zeit zwei rivalisierende Cappin-Organisationen?
»Ich bin kein Cappin, sondern ein Terraner«, antwortete ich bedächtig, um nichts Falsches zu sagen. »Mein Name ist Rhodan. Wo sind meine Begleiter?«
»Es geht ihnen gut – den Umständen entsprechend«, antwortete der Cappin mit dem Namen Ovaron.
Ich konzentrierte mich auf die Stimme und die Originalworte. Sie schienen mir eine gewisse Ähnlichkeit mit dem späteren »frühen Tefroda« zu haben. Wahrscheinlich waren einige Wörter und Bezeichnungen der Cappins in den Sprachschatz der Ersten Menschheit eingegangen. Einer ersten Menschheit, die 200.000 Jahre vor meiner Realzeit noch gar nicht existierte.
»Welche Gruppe hat Ihnen die Zeitmaschine gegeben, Rhodan?« fragte Ovaron. Nun lächelte er nicht mehr. »Beantworten Sie diese Frage wahrheitsgemäß, sonst muß ich andere Mittel einsetzen.«
Meine Ahnung hatte mich also nicht getäuscht. Es gab offenbar zwei rivalisierende Cappin-Organisationen.
Nur, zu welcher dieser Gruppen gehörte Ovaron?
»Was haben Sie gegen die Zeitreise?« fragte ich zurück.
Er fixierte mich.
»Spielen Sie nicht den Ahnungslosen, Rhodan. Sie mußten wissen, daß es auf Lotron jemanden gibt, der die verbrecherischen Bio-Transformer auf dieser Zeitebene isoliert hält. Warum sonst hätten Sie als Ankunftsort dieses abgelegene Tal gewählt?«
Ich atmete auf.
Ovarons Worte waren eindeutig gewesen. Er gehörte zu Cappins, die die Bioexperimente auf der Erde verabscheuten. Falls er mich nicht zu täuschen versuchte . . .!
Ich beschloß, mit Ovaron ganz offen zu reden.
»Sie irren sich, Ovaron«, sagte ich eindringlich. »Meine Gefährten und ich sind keine Cappins. Wir sind Terraner, die intelligenten Bewohner dieses Planeten, den wir Erde oder Terra nennen.«
»Auf Lotron – beziehungsweise auf Terra, wenn Sie so wollen – gibt es nur halbintelligente Primaten«, widersprach der Cappin.

Ich lächelte.

Ovaron ahnte also noch nicht, daß wir aus der Zukunft kamen.

Ich erklärte ihm die Zusammenhänge und unseren Grund für die Expedition in die Vergangenheit.

Ovaron hörte mir sehr aufmerksam zu, aber ich spürte, daß er sehr skeptisch war.

Ich sorgte dafür, daß man uns das spärliche Datenmaterial brachte, das sich im Shift befand. Ich wollte, wir hätten diese Begegnung voraussehen können, dann wäre der Laderaum voller Dokumente gewesen.

Bis ich erkannte, daß gerade das ein Fehler gewesen wäre.

Nachdem der Cappin das Material genau studiert hatte, hob er den Kopf und blickte mich prüfend an.

»Vorläufig glaube ich Ihnen, Rhodan«, erklärte er. »Wenn Sie ausgeschickt worden wären, um mich zu täuschen, hätten Sie bedeutend umfangreicheres und ›überzeugenderes‹ Material mitgeführt. Daß Sie nur diese Aufzeichnungen besitzen, läßt Ihre Worte glaubhaft erscheinen.«

Er atmete intensiv.

»Dennoch kann ich mir nur schwer vorstellen, daß Sie so weit aus der Zukunft kommen und daß die heute existierenden primitiven Primaten Lotrons auf Ihrer Zeitebene ein gewaltiges Sternenimperium errichtet haben sollen.«

»Warum sollten sich einige Ihrer genetischen Experimente nicht positiv ausgewirkt haben?« fragte ich lächelnd.

»Ja, warum nicht«, gab er zu. Etwas lastete auf ihm.

Nach einigen Minuten des Schweigens gab er sich innerlich einen Ruck.

»Sie können selbstverständlich an Bord meines Robotschiffes bleiben, Rhodan. Ich werde Sie in meine geheime Kommandozentrale bringen lassen – Takvorian!«

Die Tür öffnete sich – und herein kam das Pferd, das uns eigentlich besiegt hatte.

»Was gibt es, Ovaron?« fragte es, und mein Translator übersetzte die Worte in Interkosmo.

Ich hatte das Gefühl, als würde mich im nächsten Moment der Schlag treffen. *Ein sprechendes Pferd!*

Ich hatte in meinem langen Leben schon viele Dinge gesehen, die der Durchschnittsbürger für unmöglich hielt, aber ein einwandfrei sprechendes Pferd war mir noch nie begegnet.

Doch das war noch nicht alles!

Ein Lebewesen, das Worte zu sinnvollen Sätzen formen kann, ist auf jeden Fall intelligent – und zwar mindestens so intelligent wie ein durchschnittlich begabter Mensch.

»Dies ist Rhodan. Wahrscheinlich ist er kein Feind, aber bis er das vollkommen begriffen hat, mußt du auf ihn aufpassen. Begleite ihn in unseren Spezialgleiter. Seine Gefährten ebenfalls.«

»Auch das schwarzhäutige Ungeheuer?« fragte das Pferd erschrokken. Es meinte zweifellos Icho Tolot.

»Mein Freund Tolot ist hoch intelligent«, warf ich ein. »Wenn ich ihn bitte, auf Feindseligkeiten zu verzichten, brauchen Sie nichts zu befürchten.«

»Das brauchen wir ohnehin nicht«, erklärte Ovaron. »Er befindet sich in einem starken Fesselfeld. Aber wenn Sie mit Ihrem Leben für ihn bürgen, werde ich ihn aus seiner unangenehmen Lage befreien.«

»Dieser Tolot kann mit bloßen Händen unser Schiff in Fetzen reißen«, gab Takvorian zu bedenken. »Ich habe ein solches Ungeheuer noch nie gesehen.«

Ovaron erhob sich.

»Laß dich nicht vom Äußeren eines Lebewesens verwirren, Takvorian. Wir gehen jetzt zusammen mit Rhodan zu seinen Gefährten. Anschließend kümmern wir uns um Tolot. Ihr Zeitgerät hat sich abgesetzt, Rhodan. Wo befindet es sich jetzt?«

»Nicht auf dieser Zeitebene«, antwortete ich. »Mehr möchte ich vorläufig nicht darüber sagen.«

Ich konnte mir allerdings denken, nach welchem Plan Atlan vorgegangen war. Wir hatten es ja für den Notfall verabredet. Atlan wußte wie ich, daß man den Ausgangszeitpunkt auf die Mikrosekunde genau wiederfinden konnte, wenn man nicht in die Relativzukunft, sondern in die Vergangenheit vorstieß. Das war ein Wirkungsgesetz des Nullzeit-Deformators. Man brauchte ihn auf einer beliebigen Vergangenheitsebene nur erneut zu aktivieren, und er kehrte vollautomatisch und ohne jede Einstellung in die Zeit zurück, von der er gestartet war.

Atlan würde ihn also um dreitausend Jahre in die Vergangenheit dirigiert haben, wo noch keine Cappin-Gefahr existierte. Von dort aus konnte er alle möglichen Manipulationen durchführen, um bei der Rückkehr auf diese Zeitebene in die Geschehnisse eingreifen zu können. Es wäre allerdings unklug gewesen, Ovaron auf diese Möglichkeiten hinzuweisen. Ich beabsichtigte keineswegs, als Gefangener mit ihm zu verhandeln.

»Ich verstehe«, sagte der Cappin. Er war wieder nachdenklich geworden.

Ich wußte, warum, und erklärte:

»Darüber werden wir später sprechen, Ovaron. Ich verspreche Ihnen aber, daß meine Gefährten und ich uns zumindest bis zur Ankunft in Ihrer Geheimzentrale friedfertig verhalten werden.«

»Sie sind wenigstens aufrichtig, Rhodan. Gut, ich glaube Ihrer Versicherung. Gehen wir!«

Er wandte sich zur Tür und schritt hinter seinem sprechenden Pferd hinaus, ohne sich umzudrehen.

Ich folgte ihm.

16.

Seitdem Ras Tschubai kampfunfähig gemacht worden war, wußte Perry Rhodan, daß ihre Gegner die Gefährlichkeit des Mutanten erkannt hatten.

Sie befanden sich nach wie vor in einer riesigen Halle der SCHALTZENTRALE OVARON, wie der Cappin diesen Stützpunkt genannt hatte. Seit Ovarons Verschwinden vor mehreren Stunden hatten sie keinen Cappin mehr zu Gesicht bekommen. Sie wurden von einigen Robotern und Takvorian bewacht.

Rhodan hatte bereits mehrfach versucht, sich mit Takvorian zu unterhalten. Dazu benutzte er den Translator, den man ihm zurückgegeben hatte. Takvorian hatte jedoch nicht reagiert, obwohl Rhodan sicher war, daß er verstanden wurde.

Tschubai lag zusammengekrümmt vor Rhodan, Tolot und Saedelaere am Boden. Es würde einige Zeit dauern, bis er wieder das Bewußtsein erlangte. Ovaron hatte allerdings sein Versprechen wahr gemacht und den Haluter wieder zu den Gefährten bringen lassen.

Rhodan blickte sich um. Die Halle besaß eine kuppelförmige Decke, unter der eine Atomsonne glühte. Ringsum waren Maschinen aufgestellt, die der Energieerzeugung dienten.

»Irgendwie kommt mir diese Umgebung bekannt vor«, sagte Rhodan zu seinen Begleitern. »Ich werde den Eindruck nicht los, hier schon einmal gewesen zu sein.«

Saedelaere räusperte sich und setzte seine Maske zurecht. Er blickte zu der gegenüberliegenden Wand, wo einige zylinderförmige Gebilde aufgehängt waren.

»Sie täuschen sich nicht, Sir. Diese Anlage ist identisch mit jener, in der wir Lord Zwiebus gefunden haben.«

Rhodan stieß einen leisen Pfiff aus.

»Sie haben recht, Alaska. In zweihunderttausend Jahren wird diese Station am Grund des Tonga-Grabens liegen.«

Als er sich bückte, um den bewußtlosen Afroterraner erneut zu untersuchen, wurde er von zwei Robotern zurückgestoßen. Rhodan wußte, daß jede Gegenwehr sinnlos war. Er wünschte, Ovaron wäre nicht fortgegangen.

»Soll ich einmal versuchen, an Tschubai heranzukommen?« erkundigte sich Tolot angriffslustig. »Mit diesen beiden Robotern werde ich fertig.«

»Verhalten Sie sich ruhig, Tolot.« Rhodan wußte, daß er dem Haluter keine Befehle geben konnte. »Mit diesen beiden Robotern werden Sie vielleicht fertig. Aber wenn sie erledigt sind, tauchen ein paar Dutzend andere an ihrer Stelle auf. Außerdem traue ich diesem seltsamen Pferd nicht.«

Er warf dem Morga einen schnellen Blick zu, doch Takvorian zeigte sich völlig unbeteiligt.

»Wahrscheinlich wurde Tschubai nur außer Gefecht gesetzt, damit er nicht mit uns aus dieser Station fliehen kann. Die Cappins wissen von seinen Fähigkeiten.«

»Ovaron weiß davon«, schränkte Rhodan ein. »Ich bin nicht sicher, ob er sein Wissen an die anderen Verantwortlichen unter den Cappins weitergegeben hat.«

Sie wurden unterbrochen, als zwei flugfähige Roboter neben Tschubai landeten und ihn an Armen und Beinen packten.

Tolot bewegte sich unruhig.

»Sie bringen ihn weg. Wollen wir das zulassen?«

»Wir haben keine andere Wahl.« Rhodan ließ die Roboter nicht aus den Augen.

Takvorian schien den Robotern Befehle zu geben, aber es war nicht zu erkennen, auf welche Weise das geschah. Jedenfalls war der Morga mehr als nur ein sprechendes Pferd.

Tschubai wurde hochgehoben. Die Roboter flogen mit ihm auf eine achteckige Tür zu. Sie bewegten sich dabei so langsam, daß Rhodan und seine beiden Begleiter der Gruppe folgen konnten. Takvorian übernahm die Spitze. Er bewegte sich mit sicheren Schritten. Rhodan schloß daraus, daß das Wildpferd oft in diese Schaltstation kam, die offenbar nur dem Cappin Ovaron zur Verfügung stand.

Sie gelangten in einen hell beleuchteten Korridor, dessen Wände und Decke mit einem Netz von Leitungen überzogen waren. Der Boden wies Unebenheiten auf. Ab und zu gingen die Raumfahrer über eine Art Gitter, durch das sie in tiefer gelegene Räume blicken konnten. Überall standen große Maschinen. In den Hallen und Räumen der SCHALTZENTRALE OVARON summte es ununterbrochen.

Sie durchquerten eine Maschinenhalle. Befriedigt registrierte Rhodan, daß die Roboter mit Tschubai sehr behutsam umgingen.

Der Korridor mündete in einen kleineren Raum. Rhodan erkannte sofort, daß er sich in einem medizinischen Labor befand.

Tschubai wurde auf eine Bahre gelegt. Die Roboter, die ihn hergebracht hatten, zogen sich bis zur Wand zurück. Nur Takvorian blieb neben Tschubai stehen. Zwei kugelförmige Roboter, die zahlreiche tentakelförmige Auswüchse besaßen, schwebten heran. Sie trugen eine gürtelähnliche Konstruktion aus glänzendem Metall.

»Was bedeutet das?« flüsterte Saedelaere beunruhigt.

»Warten wir ab!« Rhodan ahnte, daß der von den Robotern herbeigebrachte Gürtel für Tschubai bestimmt war.

Die Roboter breiteten den Gürtel aus und schwebten dann zu beiden Seiten der Bahre auf den Boden. Sie schoben den Gürtel unter Tschubais Rücken hindurch und zogen ihn dann enger. Als er über dem Kampfanzug des Mutanten spannte, wurde er direkt über dem Bauch verschlossen.

Die Roboter zogen sich von der Bahre zurück. Takvorian bedeutete Rhodan durch Hufescharren und heftige Kopfbewegungen, daß er den Translator einschalten sollte. Rhodan kam dem Wunsch nach.

»Dieser Gürtel ist ein Automatvernichter«, erklärte einer der Roboter mit sanfter Stimme. »Ein Sensor in ihm peilt jeden parapsychischen Impuls an, der vom Träger des Gürtels ausgeht. Das hat zur Folge, daß das Schloß des Gürtels einen Thermostrahl auslöst, der den Träger vernichtet.«

Tolot und Rhodan wechselten einen bestürzten Blick. Rhodan wußte, daß damit jede Fluchtmöglichkeit ausgeschlossen war. Wenn Tschubai seine parapsychischen Kräfte aktivierte, würde er sein eigenes Todesurteil sprechen.

Rhodan sah den beiden kugelförmigen Robotern nach, die ihre Aufgabe erledigt hatten und nun verschwanden.

»Sobald Tschubai aufwacht, müssen wir ihn warnen«, sagte Saedelaere. »Schon ein schwacher Paraimpuls kann ihn töten.«

Rhodan trat an das Lager heran und berührte den Gürtel. Er fühlte sich kalt an. Das Schloß machte einen unzerstörbaren Eindruck. Rhodan begann daran zu zerren, ohne jedoch Erfolg zu erzielen.

Tolot trat neben ihn. Er packte das Schloß mit seinen mächtigen Händen.

»Aufhören!« Rhodan schrie fast. »Wenn Sie es beschädigen, bringen wir Ras dadurch vielleicht um.«

Tolot knurrte enttäuscht. Mit seinen ungeheuren Körperkräften wäre es ihm vielleicht gelungen, das Schloß zu sprengen.

»Wir warten hier, bis Ras zu sich kommt«, entschied Rhodan.

Die nächsten Minuten verstrichen, ohne daß die beiden Männer oder Tolot ein Wort sprachen. Jeder hing seinen eigenen Gedanken nach.

Endlich begann Tschubai sich zu bewegen. Rhodan stützte den Kopf des Mutanten. Er wußte, daß das Erwachen aus einer Paralyse mit starken Krämpfen verbunden war. Tschubai kam jedoch schnell darüber hinweg.

Er schlug die Augen auf.

»Was ist . . . geschehen?« erkundigte er sich mühsam. Dann beantwortete er seine Frage selbst: »Ich wurde paralysiert.«

Er entdeckte den Gürtel, der um seinen Körper geschlungen war, und berührte ihn behutsam. Er warf Rhodan einen fragenden Blick zu.

»Man hat Ihnen einen Automatvernichter angelegt, Ras«, erklärte Rhodan. »Sie dürfen nicht teleportieren, solange Sie diesen Gürtel tragen. Sie dürfen nicht einmal daran denken. Es würde Ihren sofortigen Tod bedeuten.«

Tschubai versuchte zu lächeln.

»Könnte Tolot dieses Ding nicht abreißen?«

»Doch!« behauptete der Haluter sofort.

»Ich glaube nicht, daß so ein Kraftakt eine Lösung wäre«, sagte Perry. »Eine gewaltsame Zerstörung des Gürtels könnte unter Umständen die Automatik auslösen.«

Ras Tschubai schwang die Beine von der Bahre und seufzte.

»Ich werde warten, bis jemand kommt, der dieses Schloß öffnen kann.« Er schwankte, als er sich auf die Beine stellte. Rhodan hielt ihn fest.

»Danke. Es geht schon wieder. Wir sind also vorläufig in der SCHALTZENTRALE OVARON gefangen?«

Rhodan nickte.

»Wir haben festgestellt, daß diese Station identisch ist mit jener, die wir im Jahre dreitausendvierhundertdreißig im Tonga-Graben entdeckt haben.« Er verbesserte sich: »Entdecken werden!«

»Wäre es dann aber nicht doch möglich, daß wir Lord Zwiebus hier unten finden?« fragte Tschubai erregt. »Ein zweites Mal!«

»Wir haben uns bereits darüber unterhalten«, erwiderte Rhodan. »Wir wissen nicht, ob der Neandertaler zu diesem Zeitpunkt schon innerhalb der Station weilte. Möglich wäre es immerhin.« Er deutete zu Takvorian hinüber, der ruhig im Eingang stand. »Unser ständiger Begleiter könnte uns vielleicht darauf eine Antwort geben.«

Der Morga schien zu merken, daß sich die Gefangenen über ihn unterhielten, denn er blickte aufmerksam zu ihnen herüber. Ein paar Roboter schwebten heran und trieben die drei Männer und Tolot auf den Ausgang des Raumes zu. Takvorian wich zur Seite, um sie durchzulassen.

»Ich frage mich, warum wir nicht in einen Raum eingesperrt werden«, überlegte Rhodan laut. »Man könnte glauben, dieses Pferd wollte uns die Station vorführen.«

»Vielleicht haben wir unser Ziel noch nicht erreicht«, antwortete Saedelaere.

Sie durchquerten ein paar Gänge und gelangten in eine Halle von riesigen Ausmaßen. In der Mitte stand ein Atommeiler, der bis unter die Decke reichte. Auch hier waren nur Roboter zu sehen. Die Schaltstation war Ovarons Reich. Kein anderer Cappin außer dem militärischen Chef der Niederlassung schien Zugang in diese Räume zu haben. Das machte Ovaron noch geheimnisvoller. Er schien unter den Cappins eine besondere Rolle zu spielen.

»Diese Halle kommt mir ebenfalls bekannt vor«, sagte Rhodan und blieb stehen. Die Roboter machten keine Anstalten, ihn anzutreiben. Geduldig warteten sie, daß die Gefangenen weitergehen würden.

»Wir fanden im Tonga-Graben eine Halle von dieser Größe«, erinnerte sich Ras Tschubai. »Allerdings entdeckten wir damals zwei Atommeiler.«

Rhodan deutete zu einer muldenförmigen Vertiefung auf der anderen Seite der Halle.

»Der zweite Meiler ist noch im Bau«, erkannte er. »Das bedeutet, daß die SCHALTZENTRALE OVARON noch nicht fertig ist.«

Saedelaere atmete auf.

»Dann werden wir Lord Zwiebus sicher nicht finden«, meinte er.

»Zu diesem Zeitpunkt befand er sich wahrscheinlich noch nicht in seiner Zeitkapsel.«

»Vielleicht erhalten wir Gelegenheit, uns mit Ovaron über dieses Problem zu unterhalten«, meinte Tolot. »Wir brauchen ihm nur *unseren* Lord Zwiebus gegenüberzustellen, dann werden wir feststellen, wie er reagiert.«

Rhodan warf dem Haluter einen skeptischen Blick zu. Schließlich wußten sie nicht, ob sie Lord Zwiebus, den sie aus der Gegenwart mit in diese Zeit gebracht hatten, jemals wiedersehen würden.

Takvorian scharrte mit den Hufen. Die Roboter reagierten auf dieses Signal wie auf einen Befehl. Sie flogen auf die Gefangenen zu und veranlaßten sie zum Weitergehen. Mit ihren kegelförmigen Außenverkleidungen glichen die Roboter den neuen terranischen Kampfmaschinen vom Typ TARA-III-UH.

Durch einen Tunnel, in dem fast völlige Schwerelosigkeit herrschte, gelangten die Gefangenen und ihre Begleiter in einen anderen Raum. Rhodan bewunderte die Geschicklichkeit, mit der der Morga sich im schwerelosen Zustand bewegte.

Der Raum, den sie jetzt betraten, war so hell erleuchtet, daß Rhodan einen Augenblick geblendet war. Als sich seine Augen an das Licht gewöhnt hatten, sah er, daß sich in der Mitte des Raumes ein halbes Dutzend Kontursessel befanden, die sich langsam um eine bis zur Decke ragende Säule drehten. Zahlreiche Leitungen und Kabel führten auf die Sessel zu. An der dem Eingang gegenüberliegenden Wand stand eine Positronik mittlerer Größe. Der Boden wies zahlreiche Rillen auf. Rhodan vermutete, daß einige Einrichtungsgegenstände darin eingelassen waren, die bei Bedarf ausgefahren werden konnten.

Takvorian bewegte sich auf die Sessel zu. Er bedeutete den Terranern, darin Platz zu nehmen.

Rhodan zögerte.

»Die Sache gefällt mir nicht«, sagte er leise zu seinen Begleitern. »Ich befürchte, daß wir verhört oder sogar beeinflußt werden sollen.«

»Zum Glück ist für mich kein passender Sessel dabei«, spöttelte Icho Tolot, ohne sich die Mühe zu machen, seine Stimme zu dämpfen.

Takvorian wurde ungeduldig. Die Roboter reagierten sofort und drängten die drei Männer in Richtung der Sessel.

»Sollen wir uns zur Wehr setzen?« fragte Saedelaere.

Rhodan schüttelte den Kopf. »Das wäre Wahnsinn. Wir haben keine Chance, unsere Wächter zu überrumpeln.«

Er ging an Takvorian vorbei. Wieder hatte er den Eindruck, daß die Pferdeaugen, die ihn anblickten, nicht echt waren. War Takvorian ein Spezialroboter? Rhodan glaubte nicht daran. Die Cappins bauten ähnliche Roboter wie die Terraner. Pferde hatten sie wahrscheinlich erst auf der Erde kennengelernt.

Rhodan ließ sich in seinem Sessel nieder. Der Bezug fühlte sich warm und geschmeidig an. Plötzlich ging ein Ruck durch den Körper des Terraners.

Gravitationsprojektoren! schoß es durch sein Gehirn.

Die erhöhte Schwerkraft fesselte ihn an den Sessel. Er saß da, ohne sich zu bewegen. Seine Glieder waren von bleierner Schwere.

Saedelaere, der vor ihm stand, beobachtete ihn aufmerksam.

»An diesen Sitzen ist etwas faul, Sir«, stellte der Transmittergeschädigte fest.

»Erhöhte Schwerkraft«, erwiderte Rhodan mühsam. »Nicht . . . so schlimm.«

Tolot näherte sich den sechs Sitzen.

»Wenn es unerträglich wird, greife ich ein«, verkündete er drohend.

»Setzen Sie sich!« befahl Rhodan Tschubai und Alaska. »Um so schneller geht alles vorbei.«

Er war sicher, daß ihnen keine unmittelbare Gefahr drohte. Wenn sie getötet werden sollten, hätte Takvorian schon längst gehandelt. Auch der Automatvernichter um Tschubais Hüfte bewies, daß man sie vorläufig als Gefangene behandeln wollte.

Saedelaere ließ sich links neben Rhodan nieder. Sein Körper wurde schlaff, als die erhöhte Schwerkraft darauf einwirkte.

Tschubai nahm achselzuckend rechts neben Rhodan Platz. Tolot blickte seine drei Begleiter unschlüssig an. Als ahnten sie, wie gereizt der Haluter war, bildeten sechs Roboter jetzt einen Halbkreis um Tolot.

Takvorian verließ den Raum durch eine kleine Seitentür, die hinter ihm zuglitt.

Rhodan versuchte sich völlig zu entspannen, weil die Schwerkraft dann leichter zu ertragen war.

Minutenlang geschah nichts. Dann leuchteten an der Positronik ein paar Lampen auf. Ein tellerförmiger Gegenstand senkte sich auf Rhodans Kopf herab. Er bestand aus glänzendem Metall. Kaum sichtbare Metallfäden hingen von der Innenfläche des Tellers herab. Rhodan fühlte, wie sein Körper an mehreren Stellen von Kabelenden berührt wurde. Er besaß nicht die Kraft, um zur Seite zu blicken, aber er war sicher, daß Tschubai und Alaska eine ähnliche Prozedur über sich ergehen lassen mußten.

»Wahrscheinlich will man Ihr Gehirnwellenmuster messen«, klang Tolots Stimme auf.

Der Haluter wollte seine Begleiter beruhigen. Was wirklich geschah, wußte auch er nicht.

Rhodans Kopfhaut begann zu prickeln. Er hatte das Gefühl, von einer gewaltigen Last in den Sessel gepreßt zu werden. Seine Lungen drohten zu bersten. Er nahm kaum wahr, wie der Teller sich fest gegen seinen Kopf drückte.

Irgendwo in seiner Nähe summte eine Maschine. Die Decke begann über Rhodan zu kreisen. Die Lichter wurden zu hellen Streifen. Rhodans Herz schlug immer heftiger.

Dann ließ die Schwerkraft nach. Rhodans Kopf sank nach vorn. Er brauchte nur wenige Augenblicke, um sich zu erholen.

»Alles in Ordnung?«, erkundigte sich Tolot.

»Ja«, erwiderte Rhodan knapp. Er stand auf. Nach wenigen Schritten fand er seine alte Sicherheit zurück.

Takvorian kam wieder herein. Rhodan wurde den Verdacht nicht los, daß der Morga außerhalb des Raumes einige Schaltungen vorgenommen hatte. Das Pferd wurde ihm immer unheimlicher.

Die Roboter zogen sich zurück. Tolot half Saedelaere auf die Beine. Der Transmittergeschädigte besaß keinen Zellaktivator und erholte sich daher langsamer als Tschubai und Rhodan.

»Ich frage mich, wozu wir diese Prozedur über uns ergehen lassen mußten«, überlegte Perry.

Tschubai blickte mißtrauisch zu den Sesseln hinüber.

»Vielleicht ist diese Anlage eine Art Lügendetektor.«

»Das wäre möglich«, stimmte Rhodan zu. »Auf jeden Fall wurde unser Gehirn untersucht.«

»Ich nehme an, daß es sich um eine paramechanische Sondierung handelte«, sagte Tolot.

Er drehte sich um und hob die Arme. Takvorian, der unmittelbar hinter ihm stand, deutete die Bewegung falsch. Offenbar glaubte der Morga, daß Tolot ihn angreifen wollte, denn er richtete sich auf die Hinterbeine und drang aufgerichtet auf Tolot ein.

Der Haluter fuhr zurück, nicht aus Furcht, sondern um seine friedlichen Absichten zu beweisen. Takvorian folgte ihm entschlossen und ließ sich wieder auf die Vorderbeine sinken. Dabei stieß er mit einem Roboter zusammen und riß sich die linke Halsseite auf.

Rhodans Augen rundeten sich, als er sah, wie der Pferdekopf plötzlich in sich zusammenfiel. Das Gebilde, das sich jetzt als bioplastähnliches Material entpuppte, sank auf die Brust des Morgas herab. Aus ihm heraus schälten sich die Umrisse eines verkümmerten menschlichen Oberkörpers, auf dem ein Kopf mit dem Gesicht eines jungen Mannes saß.

Zwei kleine Ärmchen erschienen zwischen den Falten des erschlafften Bioplastgewebes und legten den menschlichen Oberkörper des Morgas endgültig frei.

»Eine Zentaurenmutation!« stieß Tschubai hervor.

Takvorian hatte sich von seiner Überraschung erholt. Er starrte die vier Gefangenen aus seinen großen Augen an. Und dann hörten sie ihn sprechen.

»Das bedeutet euren Tod«, sagte er.

17.

Merceile verschloß die schwere Metalltür des Koraytrons hinter sich. Sie nahm den Helm ab und schüttelte den Kopf, bis ihre Haare in voller Länge über die Schultern fielen.

»Nun?« erkundigte sich Levtron rauh. »Was hat die Untersuchung ergeben?«

Sie öffnete die Brustklappe ihres Panzeranzugs.

»Nichts!« Ihr Lächeln drängte Levtron in die Verteidigung. »Was sollte auch schon dabei herauskommen? Schließlich handelte es sich nur um eine Routineuntersuchung, die unbedingt durchgeführt werden mußte.«

Er hörte einen anklagenden Unterton in ihrer Stimme.

»Sie wissen genau, warum ich mich nicht um das Koraytron kümmerte, Merceile«, antwortete er gereizt. »Der von Ihnen so verehrte Chef des Militärs glänzt noch immer mit Abwesenheit.«

Merceile schlüpfte aus dem Unterteil des Panzers und stand jetzt in ihrer silberfarbenen Kombination vor Levtron. Es fiel dem Tryzom-Tänzer schwer, seine Blicke von ihr zu wenden.

»Seit wann fühlen Sie sich verpflichtet, Ovarons Arbeit zu erledigen?« erkundigte sie sich.

Levtron ließ seinen breiten Sessel herumgleiten und deutete auf den Bildschirm, auf dem das Enadatal zu sehen war.

»Das ist der Grund!«

»Die seltsame Kuppel? Sie verschwand, als sie angegriffen wurde.«

Levtron stand auf und half Merceile den Strahlenpanzer wegzupakken. Sie befanden sich in einer Energiestation, die einhundertfünf Kilometer vom Enadatal entfernt lag. Die Bilder aus dem Tal wurden von flugfähigen Robotern übermittelt.

»Angegriffen?« Levtrons Stimme klang spöttisch. »Sie glauben doch nicht im Ernst, daß Ovaron alle militärischen Möglichkeiten ausgeschöpft hat. Hätte er es getan, stünde die Kuppel jetzt zerstört dort drüben im Tal.«

Ihr Gesicht rötete sich. Levtron biß sich auf die Unterlippe. Wieder einmal hatte er sich dazu hinreißen lassen, Ovaron zu beschuldigen. Diesmal hatte er ihn sogar als Verräter hingestellt.

»Ich glaube kaum, daß Ovaron Ihres Rates bedarf.« Sie atmete heftig. Dann sah sie an Levtron vorbei auf den Bildschirm. »Übrigens sind Ihre Sorgen unbegründet. Ovaron befindet sich auf dem Weg hierher.«

Levtron fuhr herum. Auf dem Bildschirm der Ortungsanlage zeichneten sich die Umrisse eines Gleiters ab. Er trug am Heck das Emblem der Abwehr.

Auf dem Bildschirm, wo die Bilder aus dem Enadatal abliefen, wurde jetzt eine Gruppe von Kampfrobotern sichtbar, die dicht über dem Tal schwebten. Levtron hatte dafür gesorgt, daß sie in Alarmbereitschaft geblieben waren. Er wußte, daß er eine schwere Auseinandersetzung mit Ovaron haben würde, sobald dieser hier eintraf. Levtron würde zu den Ereignissen der letzten beiden Tage nicht schweigen. Er glaubte, Ovaron einen schwerwiegenden Fehler nachweisen zu können. Er war gespannt, was Lasallo sagen würde, wenn er von Ovarons Verhalten erfuhr.

Er zuckte zusammen, als Merceile ihn sanft mit einer Hand an der Schulter berührte.

»Warum so verbissen, Levtron?«

Levtron ließ sich wieder in den Sessel vor den Kontrollen sinken. Er antwortete nicht. Im Grunde genommen war es lächerlich, wenn Merceile versuchte, zwischen Ovaron und ihm zu vermitteln.

»Ich mag Sie beide«, fuhr Merceile leise fort. »Aber ich muß sagen, daß Ovaron sich fairer verhält als Sie.«

Levtron stieß eine Verwünschung hervor.

»Ich liebe Sie!« sagte er heftig. »Ovaron ist mein Konkurrent. Ich habe keine Veranlassung, ihn fair zu behandeln. Wenn er seine Fairneß in den Vordergrund stellt, dann bedeutet das nur, daß er schwach ist. Sie brauchen einen starken Mann, Merceile. Sie brauchen mich!«

»Glauben Sie nicht, daß ich allein dazu in der Lage bin zu entscheiden, wer für mich gut ist?«

Mit einem Satz war Levtron aus dem Sessel. Sein faltiges Gesicht glich einer Maske. Er packte Merceile an den Unterarmen und zog sie dicht an sich heran. Sie spürte seinen Atem auf ihrem Gesicht.

»Sie sollten nicht mit mir spielen, Merceile!«

Er stieß sie weg, so daß sie ihr Gleichgewicht verlor und sich an einer Konsole stützen mußte. Sein heftiger Ausbruch überraschte sie. Bisher hatte er sich stets unter Kontrolle gehabt. Sie ahnte, daß die Ereignisse der letzten Tage dazu beigetragen hatten, seinen Haß auf Ovaron und seine Ungeduld zu steigern.

Inzwischen war Ovarons Gleiter näher gekommen, aber er landete nicht, sondern flog weiter in Richtung des Tales.

»Ich werde auf jeden Fall meine Raumschiffe einsatzbereit lassen«, sagte Levtron, der den Zwischenfall mit Merceile anscheinend schon wieder vergessen hatte. »Wenn diese Kuppel ein zweites Mal auftaucht, werde ich sie vernichten.«

Das Funkgerät summte.

»Das ist er!« Levtrons Stimme klang hart. »Ich werde ihm ein paar unbequeme Fragen stellen.«

Merceile atmete erleichtert auf. Ovarons Nähe gab ihr Sicherheit. Plötzlich erkannte sie, daß Levtron ihr unheimlich war. Vielleicht war es gerade das, was sie zu ihm hinzog. Ovaron war in seiner Art offen und bestimmt. Sicher war er der bessere Mann. Sie zog die Stirn in Falten. Wie war es nur möglich, daß sie sich auch zu Levtron hingezogen fühlte? Wenn es stimmte, daß er während der Jagd versucht hatte, Ovaron heimtückisch umzubringen . . .

Ich muß damit fertig werden, dachte sie.

Sie ließ sich neben Levtron in einem Sessel nieder. Der Leiter des biologischen Programms beachtete sie nicht. Er starrte auf das Funkgerät, als stünde sein Widersacher vor ihm.

»Ovaron ruft Station Alkissor! Hören Sie mich?«

»Sie schreien ja laut genug!« erwiderte Levtron ironisch.

»Levtron!« Ovarons Stimme drückte Überraschung aus. »Ich dachte, Sie befänden sich an Bord eines Schiffes.«

»Ich bin hier bei Merceile«, antwortete Levtron, der genau wußte, wie er Ovaron treffen konnte. »Wir haben uns während Ihrer Abwesenheit sehr gut unterhalten. Das läßt mich jedoch nicht die Tatsache übersehen, daß Sie längere Zeit einer akuten Gefahrenstelle ferngeblieben sind. Ein merkwürdiges Verhalten für den Chef der Abwehr.«

Merceile warf Levtron einen wütenden Seitenblick zu.

»Kann ich Merceile sprechen?« fragte Ovaron, ohne auf Levtrons Vorwürfe einzugehen.

»Nein!« Levtron schüttelte den Kopf. »Sie legt keinen Wert darauf, sich mit Ihnen zu unterhalten. Ebenso wie ich wartet sie auf eine Erklärung für Ihre Abwesenheit. Es würde mich interessieren, wie Sie Ihr Fernbleiben gegenüber Lasallo vertreten wollen.«

Eine Weile blieb es still.

»Was sind Sie doch für ein armseliger Emporkömmling«, sagte Ovaron dann sehr ruhig.

Levtron zuckte zusammen, als hätte ihn ein körperlicher Schlag getroffen.

»Das zahle ich Ihnen heim, Ovaron!« schrie er. »Solche Beleidigungen lasse ich mir nicht gefallen.«

Erst jetzt bemerkte er, daß Ovaron die Verbindung unterbrochen hatte. Seine Hände krampften sich um die Sessellehne. Er brauchte ein paar Minuten, um sich zu beruhigen. Merceile, die ihn ständig beobachtete, fand ihn plötzlich abstoßend und unerträglich.

Levtron erwachte aus seiner Starre und stellte eine Verbindung zum Verwaltungsblock Tyros her. In Tyros hielt sich einer seiner Stellvertreter auf. Levtron ließ ihm mitteilen, daß er sich vorläufig nicht um das Zuchtprogramm kümmern würde.

»Ich beobachte Ovaron«, fügte er als Erklärung für Merceile hinzu, als er das Funkgerät abgeschaltet hatte. »Ich habe einen bestimmten Verdacht.«

Merceile erhob sich und ging in den Nebenraum. Sie wollte jetzt allein sein. Sie schickte zwei Techniker hinaus, die den Stationscomputer mit Daten fütterten.

Die Rivalität zwischen Levtron und Ovaron war schlimmer als jemals zuvor. Es bestand keine Hoffnung, daß sich das in absehbarer Zeit ändern würde. Im Gegenteil: Merceile rechnete damit, daß zumindest Levtron den Konflikt noch verschlimmern würde.

Eine junge Assistentin kam herein. Als sie Merceile stehen sah, entschuldigte sie sich und wollte den Raum wieder verlassen.

Merceile kam ihr zuvor.

»Warten Sie, Mortya. Sie sind doch die Assistentin Broghtons?«

Die junge Frau nickte. Es machte sie verlegen, von Merceile angesprochen zu werden.

»Würden Sie bitte zu Levtron hinübergehen und ihm sagen, daß ich die Station verlassen habe?«

Mortya war verwirrt.

»Aber Sie . . . Sie sind doch noch hier im Computerraum.«

»Ja, schon gut!« Merceile nickte ungeduldig. »Gehen Sie hinüber und sagen Sie ihm, was ich Ihnen aufgetragen habe. Sagen Sie, daß ich zu Fuß gegangen bin, sonst wird er sich wundern, warum mein Gleiter nicht von der Ortungsanlage erfaßt wird.«

»Ich will es tun«, sagte Mortya und ging hinaus. Merceile schloß die Tür hinter sich ab, und ließ sich am Computer nieder. Sie fragte sich, ob sie ihre Idee verwirklichen sollte. Im Grunde genommen war es absurd zu erwarten, daß der Computer ihr helfen konnte. Trotzdem konnte sie es versuchen.

Sie drückte ein paar Tasten und wartete, bis die entsprechenden Kontrollampen aufleuchteten.

»Merceile, CHG dreiundzwanzig-achtzehn-sechs!« Das war ihre Kodenummer, mit der sie sich innerhalb der auf Lotron errichteten Anlagen als eine der führenden Wissenschaftlerinnen ausweisen konnte. »Ich hätte gern eine Auskunft über eine führende Persönlichkeit unseres Unternehmens.«

Die Positronik spie einen schmalen Streifen aus.

Bitte, fragen Sie, las Merceile.

Die junge Frau fuhr sich mit der Hand über die Stirn und merkte, daß sie schwitzte. Sie beugte sich über das Mikrophon.

»Was ist über Levtron bekannt?«

Nun war es heraus. Sie lehnte sich zurück und atmete auf. Abwartend beobachtete sie den Ausgabeschlitz. Es geschah nichts. Merceile spürte, daß sie nervös wurde.

Sie wiederholte die Frage.

Wenige Augenblicke später fiel ein Streifen aus dem Ausgabeschlitz. Merceile ergriff ihn. Verwirrt starrte sie darauf. Er war leer.

»Was bedeutet das?« rief sie ins Mikrophon. »Warum ist über Levtron nichts bekannt?«

»Weil ich es vorgezogen habe, mich vor Nachforschungen dieser Art zu schützen«, sagte eine wohlbekannte Stimme hinter der Forscherin.

Merceile drehte sich langsam im Sitz um und erblickte Levtron, der mitten im Raum stand und sie düster anblickte. Er hob einen Arm und winkte mit dem Startschlüssel von Merceiles Gleiter.

»Das haben Sie liegenlassen, Merceile.«

Sie fühlte, wie ihr das Blut in den Kopf stieg.

»Ich wollte . . . ich wollte nicht . . .« Sie hatte plötzlich Angst vor Levtron. Es war ihr unheimlich, daß er den unbestechlichen Computer überlistet hatte. Wahrscheinlich gab es auf ganz Lotron keine Positronik, von der man Daten über Levtron bekommen konnte. Was hatte der Biologe zu verheimlichen?

Levtron trat hinter sie und nahm ein paar Schaltungen vor.

»Levtron, eins-dreiundzwanzig-GFV-sieben. Was ist über Merceile bekannt?«

Aus dem Ausgabeschlitz fiel ein bedruckter Streifen. Levtron hob ihn auf und schnippte ihn dann mit dem Zeigefinger davon.

»Was dachten Sie eigentlich?« herrschte er Merceile an. »Daß ich ein Sündenregister hätte, das es Ihnen ermöglichen würde, Ovaron zu helfen?«

»Nein, nein!« versicherte sie. »Ich suchte nach einer Möglichkeit, zwischen Ovaron und Ihnen zu vermitteln.«

»Indem Sie mich unter Druck setzen?«

Merceile hatte sich endlich von ihrer Überraschung erholt.

»Ich entschuldige mich. Es war ein Fehler.«

Levtron sah sie nachdenklich an. Er schien zu überlegen, in welcher Weise er gegen sie vorgehen sollte. Sie begann sich zu fragen, ob er sie wirklich liebte oder ob er nur den Wunsch hatte, sie vor allen anderen Männern zu besitzen. Sie war entschlossen, mit Ovaron darüber zu sprechen, daß es in den Computern keine Daten über Levtron gab. Vielleicht half Ovaron dieses Wissen, um sich gegen Levtron zu verteidigen, wenn dieser ihn bei Lasallo anklagte.

»Ich möchte wissen, was in Ihrem klugen Köpfchen vorgeht«, sagte Levtron freundlicher. »Jede andere Frau, die mir auf diese Weise nachspioniert, hätte ich sofort verhaften lassen. Sie können selbstverständlich gehen, wann und wohin Sie wollen.«

Merceile schaltete den Computer ab und erhob sich. Sie nahm ihren Gleiterschlüssel von Levtron entgegen.

Als sie den Raum verlassen wollte, gab es Großalarm. Der Gong, der innerhalb der Energiestation ertönte, war in allen von Cappins bewohnten Räumen auf Lotron zu hören.

Das bedeutete ernste Gefahr.

Levtron zeigte sich nicht im mindesten überrascht. Er drehte sich um und rannte in den Kontrollraum hinüber. Als Merceile ihm folgte, saß er bereits an seinem Platz. Sein Zyklop stand neben ihm.

»Die seltsame Kuppel ist zurückgekehrt«, sagte Levtron triumphierend. »Ich wußte es. Wir werden sie jetzt zerstören.«

Dann gab er seine Befehle.

Ovaron blickte durch das Seitenfenster des Gleiters in das Tal hinab, wo vor zwei Tagen die Zeitmaschine materialisiert war. Sein Gespräch mit dem Terraner Perry Rhodan hatte ihn tief beeindruckt.

Ovaron wußte, daß er gegen die Gesetze verstieß. Normalerweise hätte er die Gefangennahme der vier Fremden Lasallo melden müssen. Wieder einmal begann sich der Cappin Gedanken über seine Herkunft und seine Aufgabe zu machen. Vieles von dem, was in letzter Zeit geschehen war, erschien Ovaron immer rätselhafter.

Unter ihm flogen Tausende von Kampfrobotern. Glücklicherweise unterstanden sie seinem Befehl, ebenso wie die schweren Kampfgleiter, die rings um das Tal stationiert waren.

Ovaron dachte an seine Schaltstation, in der er die vier Gefangenen unter der Bewachung Takvorians zurückgelassen hatte.

Die Augen des Cappins verengten sich. Warum wußte nur er von dieser unterlotronischen Station? War er das Werkzeug einer unbekannten Machtgruppe? Ovaron hatte schon ein paarmal versucht, mit Lasallo über diese Anlage zu sprechen, aber jedesmal hatte ihn ein innerer Zwang daran gehindert. Oft erwachte er nachts aus quälenden Träumen, die ihn wie düstere Ahnungen überfielen.

Ovaron ließ den Gleiter tiefer sinken. Als er sich in gleicher Höhe mit den Kampfrobotern befand, verlangsamte er den Flug. Irgendwo in der Nähe waren Schiffe und Roboter Levtrons. Glücklicherweise mußte Levtron mit einem Eingreifen vorsichtig sein, wenn der militärische Chef in der Nähe war.

Der Terraner Perry Rhodan hatte behauptet, daß die Zeitmaschine jeden Augenblick zurückkehren könnte. Er hatte Ovaron gebeten, das kuppelförmige Gebilde nicht zerstören zu lassen, weil es die einzige Verbindung in die Heimatzeit der Passagiere darstellte.

Ovaron wußte, daß er nicht zuletzt deshalb auf Lotron weilte, um zu verhindern, daß die mit den Zuchtversuchen beschäftigten Cappins Zeitreisen in die Vergangenheit oder in die Zukunft unternahmen. Deshalb stand ihm außer der unterlotronischen Schaltstation auch ein Zeitläufer zur Verfügung, der solche Zeitexperimente anpeilen und verhindern sollte. Den Terranern war es jedoch gelungen, den Widerstand der Goldenen Spindel zu brechen. Beim Sprung der Terraner in diese Zeit war der Zeitläufer beschädigt worden. Ovaron, zunächst beunruhigt über die Reaktion des Zeitläufers, war erleichtert, als wenigstens feststand, daß keine Cappins für die Zeitversuche verantwortlich waren.

Wieder beschäftigte Ovaron die Frage, wer die Goldene Spindel für ihn gebaut und wer ihn nach Lotron geschickt hatte. Offiziell war er der militärische Chef des Unternehmens. Es gehörte zu seinen Aufgaben, das biologische Programm zu schützen, das er – im Gegensatz zu Levtron – verachtete.

Wenn ihm seine tatsächlichen Ziele rätselhaft blieben, dann konnte es sich nur um eine Sicherheitsmaßnahme seiner Auftraggeber handeln. Er sollte sich auf keinen Fall verraten.

Ovaron fragte sich, ob er der einzige Agent der geheimnisvollen Auftraggeber war oder ob er insgeheim von anderen Cappins unterstützt wurde. Wann würde er den Befehl erhalten, zum entscheidenden Schlag gegen die fanatischen Anhänger des Zuchtprogramms auszuholen?

Er war so in Gedanken versunken, daß er kaum auf die Vorgänge unten im Tal achtete. Die Roboter, die dieses Gebiet bewachten, hatten ihre Befehle. Ovaron wußte, daß er vorsichtig sein mußte. Levtron hatte schon Verdacht geschöpft. Der Biologe würde auf jeden Fall mit Lasallo sprechen. Der Leiter des Unternehmens war ein gerechter Mann, aber er würde nicht dulden, daß der militärische Chef plötzlich auftauchende Gegner schonte.

Ovaron spürte, daß sich seine Magennerven verkrampften. Wie standen seine Auftraggeber zu den unerwartet aufgetauchten Terranern? Wußten sie überhaupt von deren Existenz? War es nicht seltsam, daß man ihn hierhergeschickt hatte, um Zeitsprünge der Cappins zu verhindern?

Der Alarmgong unterbrach Ovarons Gedanken.

Er fuhr aus seinem Sitz hoch und blickte ins Tal hinab.

Die leuchtende Zeitkuppel war an der alten Stelle materialisiert.

Unwillkürlich blickte Ovaron auf die Borduhr. Er fragte sich, wie lange Levtron brauchen würde, um mit seinen Schiffen anzugreifen. Ovaron schüttelte den Kopf. Das waren die Gedanken eines Verräters. Er hatte keine andere Wahl.

Er mußte den Nullzeit-Deformator angreifen lassen.

Vielleicht konnte er den vernichtenden Schlag ein paar Augenblicke hinauszögern. In diesem Zeitpunkt mußten die Terraner an Bord der Kuppel erkennen, daß ihr Leben bedroht war, und wieder fliehen.

Ovaron wußte, daß er ein gefährliches Spiel wagte. Aber diesmal folgte er seinem Gefühl und nicht seinem Verstand.

Golamo-Ideologe Tarakan beendete seine privaten Eintragungen und schloß das Tagebuch in den mit einem Zeitschloß versehenen Safe ein. Niemand außer ihm konnte den Safe öffnen, ohne den Inhalt zu zerstören.

Tarakan trat ans Fenster seines Büros und blickte hinaus. Um diese Zeit waren die Gleitbänder kaum belebt; die meisten Cappins gingen irgendeiner Arbeit nach. Auf dem dritten Planeten des Tranat-Systems gab es keine Arbeit, die nicht auf irgendeine Weise mit dem biologischen Umformungsprogramm zusammenhing.

Der junge Tarakan galt als einer der glühendsten Verfechter dieses Programms. Es wurde ihm nachgesagt, daß er Ovaron als Chef der Golamo ablösen wollte. Tarakan hatte sich zu seinen Plänen niemals geäußert. Seine geheimen Gedanken waren in jenem Tagebuch aufgezeichnet, das er im Safe verschlossen hatte.

Tarakan trat an ein anderes Fenster. Das Gebäude der Golamo stand inmitten der Niederlassung. Mit einhundertzehn Metern überragte es alle anderen Bauwerke. Die Cappins sollten spüren, daß die Geheimpolizei allgegenwärtig war.

Ovaron hielt sich selten in diesem Gebäude auf. Was die Verwaltungsarbeit anging, so hatte Tarakan freie Hand. Er war jedoch alles andere als ein Theoretiker. Er haßte es, Tag für Tag hier im Büro zu sitzen, während Ovaron jene Aufgaben erledigte, die Tarakan gern ausgeführt hätte.

Tarakan kehrte an seinen Tisch zurück und drückte auf einen Knopf.

Meltion kam herein. Der alte verschlagene Cappin war Tarakan treu ergeben.

Meltion deutete eine Verbeugung an. Er trug eine silberfarbene Kombination ohne jedes Rangabzeichen. Sein dünnes Haar hing bis auf die Schultern herab. Sein Gesicht war so blaß, wie Tarakan es bei einem Cappin noch niemals zuvor gesehen hatte. Gerüchte besagten, daß Meltion eine mißlungene Pedotransferierung hinter sich hatte, aber dazu äußerte der alte Cappin sich nicht.

»Neuigkeiten?« erkundigte sich Tarakan.

Meltion legte eine Klarsichtmappe auf den Tisch und schüttelte den Kopf.

»Belanglose Dinge. In Bryson beschweren sich die Techniker, daß sie eine weniger gute Ernährung bekommen als die Biologen. Ich habe bereits angewiesen, daß dies geändert wird.«

»Gut!« Tarakan war dankbar, daß ihm Meltion solche Kleinigkeiten abnahm. »Und was noch?«

»Im Gebiet der Zuchtfarm Wasonien wurde ein Mann gefangengenommen, der einen Zyklopen aus der Farm zu schmuggeln versuchte. Es stellte sich heraus, daß er später Jagd auf ihn machen wollte.« Meltion grinste. »Der Zyklop war jedoch ein Prototyp. Ich habe befohlen, den Mann künftig mit Verwaltungsarbeiten zu beschäftigen.«

Meltion zog ein paar Papiere aus der Mappe. »Alles andere sind Berichte, die unterschrieben werden müssen.«

Tarkan ergriff seinen Schreibstift. Ein paar Sekunden war es still, dann fragte Tarakan, ohne aufzusehen: »Und was ist mit Ovaron?«

»Vor wenigen Sekunden kam die Nachricht, daß er mit einem Gleiter im Hamron-Sektor eingetroffen ist und über jenem Tal kreist, wo vor zwei Tagen die seltsame Kuppel auftauchte.«

»Hm!« Tarakan rieb sich das Kinn. »Er hat ziemlich lange gebraucht, um in das Gefahrengebiet zurückzukehren, finden Sie nicht?«

»Das kann man wohl sagen«, erwiderte Meltion, der genau wußte, welche Antwort Tarakan erwartete. »Haben Sie vor, deshalb mit Lasallo zu sprechen?«

Tarakan lehnte sich im Sitz zurück und lächelte.

»Du wirst alt, Meltion. Hältst du mich für so unklug, daß ich die Rolle des Intriganten übernehme? Ich brauche nur hier zu sitzen und zu warten. Ein anderer wird Lasallo von Ovarons Fehler unterrichten.«

»Levtron?«

»Ja, mein Freund!« Tarakan winkelte seine Arme an und betrachtete seine Fingernägel. »Levtron ist ein Hitzkopf. Er haßt Ovaron und wartet nur darauf, daß dieser einen Fehler begeht. Lasallo wird auf jeden Fall von Ovarons Ausbleiben erfahren. Dann haben *beide,* Ovaron und Levtron, einen Fehler begangen. Lasallo schätzt es nicht, wenn sich Führer des Unternehmens bekämpfen.«

Meltion war zum Wandschrank gegangen und hatte ein Pergo-Korn herausgenommen. Als Tarakans Vertrauter konnte er sich das erlauben. Er schob das Korn in den Mund und kaute schmatzend darauf herum.

Tarakan fuhr fort: »Ovaron braucht nur noch einen weiteren Fehler zu begehen, dann ist er als Golamo-Chef erledigt. Levtron kann ihn nicht ersetzen, denn er wird als Leiter des Zuchtprogramms gebraucht und gibt sich außerdem eine Blöße, indem er Ovaron an Lasallo verrät.« Tarakan sprach mit geschlossenen Augen. Er bewunderte sich selbst wegen seiner Fähigkeit, solche Ereignisse vorauszusehen.

Meltion spie die Kornhülsen in den Abfallschacht. Er wußte, daß er ebenfalls seinen Lohn bekommen würde, sobald Tarakan aufstieg. Und Tarakan würde es schaffen, daran zweifelte Meltion nicht. Er spürte die stimulierende Wirkung des Korns und ließ sich in einem Sessel nieder. Solange Tarakan ihn nicht brauchte, konnte er hier liegen und sich seinen Träumen hingeben.

Für Tarakan waren die Gespräche mit Meltion wichtig. Er brauchte jemand, mit dem er sich über seine Pläne unterhalten konnte. Sein Tagebuch war nur ein stummer Zuhörer. Darin standen auch Dinge, von denen Meltion nichts zu erfahren brauchte.

Es stand zum Beispiel darin, daß es für Tarakan besser war, Meltion zu beseitigen, wenn der Machtwechsel innerhalb der Golamo vollzogen war. Mitwisser waren gefährlich. Meltion war der Typ, der solches Wissen gern ausnutzte.

Tarakans nächstes Ziel waren die Übernahme der Golamo und die Ausschaltung Ovarons.

Doch damit würde er sich nicht zufriedengeben. Bis zum Abschluß des Unternehmens würde er den Platz des alten Lasallo innehaben. Er hatte schon einen Plan, wie er dieses Ziel erreichen konnte.

Der Alarmgong riß ihn jäh aus seinen Träumereien. Auch Meltion, der fast eingeschlafen war, sprang vom Sessel hoch. Wenige Sekunden später erfuhren sie über Funk, was geschehen war. Die Kuppel, die vor zwei Tagen auf geheimnisvolle Weise verschwunden war, hatte ihren Platz wieder eingenommen.

Tarakan lächelte befriedigt, als er das hörte. Er ahnte, daß dies die Entscheidung noch beschleunigen würde. Ovarons Tage als Leiter der Golamo und der Flotte waren gezählt.

18.

Sie kamen zurück, um Hilfe zu bringen, und dafür hatten sie nicht mehr als nur 41 Sekunden Zeit. Sie mußten jetzt erst einmal Perry Rhodan finden. Alles Weitere mußte sich dann ergeben.

In der Gegenwart gab es in der Nähe der Fidschi-Inseln ein Höhlensystem, dessen Eingang vier Meter unter der Wasseroberfläche lag. Gucky wußte nicht, ob die sogenannte Grüne Grotte auch bereits zweihunderttausend Jahre in der Vergangenheit existierte, aber er brauchte einen Punkt, an dem er nach dem Teleportersprung aus dem Nullzeit-Deformator materialisieren konnte. Deshalb konzentrierte er sich auf die Grüne Grotte.

Der Mausbiber stand inmitten der Zeitkuppel und konzentrierte sich. Jeden Augenblick mußte der Dreitausend-Jahre-Sprung beendet sein. Die Zeitmaschine würde mitten unter den wartenden Cappins materialisieren. In der Zeit, aus der sie jetzt kam, hatte es noch keine Fremden auf der Erde gegeben.

Mit einem Händchen hielt Gucky Lord Zwiebus gepackt, mit dem anderen umklammerte er einen Finger des Paladin-Roboters. Er hatte den Auftrag, zunächst den Neandertaler und den von den sechs Thunderbolts besetzten Roboter in die Grüne Grotte zu bringen. Danach sollte er zurückkehren und Fellmer Lloyd zusammen mit der gesamten Ausrüstung holen.

»Sobald du zum erstenmal teleportierst, schalte ich den Paratronschirm des Nullzeit-Deformators an«, klang Atlans Stimme auf. »Nach zwanzig Sekunden schalte ich ihn für eine Sekunde ab. Genau in diesem Augenblick mußte du zurückkehren. Traust du dir das zu?«

»Es bleibt mir keine andere Wahl«, seufzte Gucky. »Ich weiß, daß der Paratronschirm sofort um die Kuppel gelegt werden muß, wenn wir überhaupt eine Chance haben wollen, die einundvierzig Sekunden zu überleben.«

Atlan biß sich auf die Unterlippe.

»Es können einundvierzig Sekunden zuviel sein, Kleiner. Immerhin ist es das Maximum an Zeit, das Dr. Gosling uns zugestehen will und kann. Halte dich jetzt bereit.«

Gucky blickte zu Lord Zwiebus hinauf, der seine Keule in einer Hand hielt.

»Alles in Ordnung?«

»Natürlich«, brummte der Neandertaler. »Es hängt nur von dir ab, ob wir Erfolg haben werden.«

»Hm!« machte Gucky. »Und was ist mit euch, Thunderbolts?«

»Der General speist gerade«, meldete sich Cool Aracan über den Lautsprecher des Paladins. »Er kann jetzt nicht mit dir sprechen.«

Gucky bekam große Augen.

»Dephin speist! Das ist allerhand. Ausgerechnet in einem solchen Augenblick. Er soll sich bereit halten. Wir werden in ein paar Sekunden teleportieren.«

»Ich werde meine Freunde davon unterrichten«, gab Aracan würdevoll zurück.

Gucky wandte seine Aufmerksamkeit den Kontrollen zu. Waringer saß nach vorn gebeugt über den Hauptschaltungen. Er würde Gucky das Zeichen geben, wenn der Zeitpunkt für die erste Teleportation gekommen war. Die Zeitreisenden wußten aus Erfahrung, daß der Nullzeit-Deformator nicht schlagartig in der Zielzeit materialisieren würde. Es gab jedesmal einen Übergang, während dessen Verlauf sich die Kuppel in der neuen Zeit stabilisierte. Das dauerte ein paar Sekunden. Gucky konnte im gleichen Augenblick springen, wenn der Nullzeit-Deformator aus dem Bereich der Sextadimenergie glitt. Waringer würde an den Kontrollen erkennen, wann dieser Zeitpunkt gekommen war.

»Es ist bald soweit, Kleiner!« rief Atlan.

»Ich bin bereit«, erwiderte Gucky.

Einundvierzig Sekunden Zeit, dachte er. Das erforderte von ihm zwei Sprünge voller Konzentration. Er durfte sich nicht um den Bruchteil einer Sekunde verschätzen.

Es war lebensgefährlich, an einem Ziel zu materialisieren, von dem man nicht mit Sicherheit wußte, ob es existierte. Es konnte sein, daß sie mitten in einem Berg herauskamen oder tief unter Wasser. In beiden Fällen würden sie um ihr Leben kämpfen müssen. Es würde Gucky dann unmöglich sein, noch einmal zurückzukehren und Fellmer Lloyd mit der gesamten Ausrüstung zu holen. Für einen solchen Zwischenfall hatte der Ilt mit Atlan vereinbart, daß er eine kurze Funknachricht abstrahlen und damit den sofortigen Aufbruch des Nullzeit-Deformators veranlassen würde.

Gucky sah, daß Atlan sich mit Oberst Cascal unterhielt. Der Mausbiber kicherte belustigt. Er wußte, daß Joak gern an diesem Unternehmen teilgenommen hätte. Offenbar versuchte er Atlan noch einmal davon zu überzeugen, daß es besser war, wenn er, Cascal, an Lloyds Stelle den Nullzeit-Deformator verließ. Doch Atlan hatte seine Entscheidung getroffen. Er würde nicht davon abgehen.

»Gib dir keine Mühe, Joak!« rief Gucky dem ehemaligen Prospektor zu. »Du wirst die nächsten Tage an Bord der Zeitmaschine verbringen.«

Cascal nickte grimmig. »Das scheint mir auch so, Kleiner.«

Gucky lachte unverschämt. »Ich bin sogar froh darüber. Du würdest nur eine Belastung für uns bedeuten.«

»Halte deinen Mund, Gucky!« rief Atlan. »Du weißt genau, nach welchen Gesichtspunkten die Mitglieder des zweiten Einsatzkommandos ausgewählt wurden.«

»Schon gut, ich bin ja ruhig«, gab Gucky zurück. »Man wird doch mal seine Meinung sagen dürfen.«

»Achtung, Sir!« rief Waringer dazwischen. Seine Stimme klang fast schrill. Das resultierte aus der nervlichen Anspannung, unter der sie alle standen.

Gucky gestand sich ein, daß es ihm nicht besser ging.

»Stabilisierung beginnt!« rief Waringer.

Er überließ die Steuerung dem ertrusischen Mathelogiker und Bruchfeldforscher Tajiri Kase und kümmerte sich nur noch um die Kontrollen. Er hatte den Arm erhoben, um Gucky sofort das Zeichen zum Aufbruch geben zu können.

»Haltet euch bereit!« sagte Gucky zu Lord Zwiebus und den Thunderbolts. »Ganz locker machen, damit es schnell geht.«

Die Zeitmaschine wurde von Erschütterungen durchlaufen. Es fühlte sich an, als würde sie auf harten Rädern über eine aufgerissene Straße rollen. Auf den Bildschirmen der Außenbeobachtung erschienen farbige Flecken.

»Wir materialisieren!« rief Dr. Bhang Paczek, ohne die unvermeidliche Zigarette aus dem Mund zu nehmen.

Atlans Hand lag auf dem Schalter des Paratronschirms.

»Jetzt!« schrie Waringer. Sein Arm sank nach unten.

Gucky fühlte sich plötzlich wie gelähmt. Aber dieses Gefühl dauerte nur den Bruchteil einer Sekunde. Er sah noch, wie die Flecke auf den Bildschirmen sich zu den Berghängen rings um das Tal verformten, dann entmaterialisierte er zusammen mit dem Paladin und Lord Zwiebus.

Er sah nicht mehr, wie die Roboter über dem Nullzeit-Deformator das Feuer eröffneten.

Der Paratronschirm wölbte sich wie eine durchsichtige Blase über dem Nullzeit-Deformator. Hunderte von schweren Kampfrobotern der Cappins flogen über ihm hin und her und feuerten ihre Waffen ab. Gleichzeitig wurde die Kuppel von Gleitern angegriffen, die von ihren Plätzen ringsum in den Bergen gestartet waren.

Atlan blickte auf die Bildschirme. Durch das Aufblitzen der Energieschüsse war kaum etwas zu erkennen. Die Berghänge zu beiden Seiten verschwanden in Rauch und Flammen. Alles ging mit einer Lautlosigkeit vor sich, die das Geschehen noch unheimlicher machte.

Der Arkonide blickte auf die große Borduhr. Der Sekundenzeiger kroch mit erschreckender Langsamkeit voran. Atlan hatte nie gewußt, wie lange zwanzig Sekunden dauern konnten.

»Noch greifen sie nicht mit ihren schweren Waffen an«, rief Kase. Er hatte seine von Natur aus schon sehr laute Stimme noch erhoben.

»Zehn Sekunden!« sagte Dr. Paczek. Seine Zigarette war erloschen.

In zehn Sekunden mußte Atlan den Paratronschirm für eine Sekunde abschalten, um Gucky die Rückkehr an Bord der Zeitmaschine zu ermöglichen.

Der Arkonide blickte auf einen anderen Bildschirm. Wie ein Schwarm häßlicher Riesenkäfer schwebten die cappinschen Kampfroboter über dem Tal und feuerten ununterbrochen ihre Waffen ab.

Die Berge ringsum wurden erschüttert. Der Paratronschirm hielt. Bevor die Cappins nicht ihre überschweren Waffen einsetzten, war er ungefährdet.

Atlan fragte sich, was in den Köpfen der Cappin-Kommandanten vor sich gehen mochte, die den Einsatz leiteten. Sie wußten nicht, was da so unverhofft in ihrem Machtbereich aufgetaucht war. Es war zu verstehen, daß sie mit voller Wucht eingriffen.

»Fünfzehn Sekunden!« rief Paczek.

Atlan umklammerte den Hebel, mit dem er den Paratronschirm für eine Sekunde ausschalten würde. Die Positronik war mit einer entsprechenden Zeitspanne programmiert. Sollte Gucky schneller an Bord erscheinen, würde der Paratronschirm früher wieder aufgebaut werden.

»Achtzehn, neunzehn, zwanzig!« – Paczeks Stimme veränderte sich nicht.

Atlan riß den Hebel nach unten. Gucky erschien inmitten der Zeitkuppel. Er schrie vor Schmerzen. Bestürzt begriff Atlan, daß der Kleine ein paar Zehntelsekunden zu früh zurückgesprungen und mit der Energie des Paratronschirms in Berührung gekommen war.

Das konnte das Ende des Unternehmens bedeuten.

Der Paladin hatte seinen Scheinwerfer eingeschaltet. Das Licht fiel auf kristallbeschichtete Wände von grüner Farbe. Innerhalb der Grotte war es vollkommen still. Aus einem unsichtbaren Schacht strömte Luft in die Höhle, die unter der Wasseroberfläche lag.

»Unsere Hoffnung hat sich erfüllt«, bemerkte Lord Zwiebus, der seit ihrer Ankunft in diesem Raum fror. »Die Grüne Grotte existiert bereits, wenn auch in anderer Form als in der Gegenwart.«

Der Paladin stampfte über den unebenen Boden und zerstörte dabei einige Tropfsteine.

»In dieser Höhle sind wir vor Ortungen ziemlich sicher«, fuhr der Neandertaler fort und versuchte sich durch Händereiben ein bißchen zu erwärmen. »Ich wäre froh, wenn wir ein Feuer entfachen könnten.«

»Treten Sie zur Seite!« klang Harl Dephins Stimme auf. »Dart Hulos wird Ihnen helfen und die Luft ein bißchen erwärmen.«

Die Brustklappe des Paladins öffnete sich. Die Mündung eines Thermostrahlers wurde sichtbar. Fauchend entlud sich die Waffe. Der helle Energiestrahl verwandelte die Höhle in einen in vielen Farben glitzerten Märchenraum.

»Äh!« machte Lord Zwiebus dankbar. »Wenn Sie das in Abständen von zehn Minuten wiederholen, werde ich nicht mehr frieren.«

»Gucky muß jeden Augenblick mit Lloyd und der Ausrüstung zurückkommen«, sagte Dephin. »Die Frist, die wir haben, ist bald um.«

Lord Zwiebus gestand sich ein, daß er den Ilt fast vergessen hatte. Er machte sich jetzt Sorgen um ihn. Wenn der Mausbiber nicht mit der Ausrüstung kam, würden sie es schwer haben, diese Höhle wieder zu verlassen. Der Paladin konnte sich zwar einen Weg durch das Felsgestein schießen, aber Lord Zwiebus würde ein solches Manöver kaum überleben, zumal über ihnen gewaltige Wassermassen vorbeiströmten.

»Er wird schon kommen«, sagte Lord Zwiebus, um sich selbst Mut zu machen. »Die Zeit ist noch nicht um.«

Ein paar Wassertropfen fielen ihm aufs Gesicht, als er zur Höhlendecke hinaufblickte.

Er wünschte sich an Bord des Nullzeit-Deformators zurück. Hier in der Grotte fühlte er sich einsam. Die Anwesenheit des Paladins konnte nicht darüber hinwegtäuschen, daß sein Leben gefährdet war, wenn der Ilt nicht zurückkam.

Einundvierzig Sekunden! dachte Lord Zwiebus.

Sie hätten wissen müssen, daß diese Zeit nicht reichte. Es war Wahnsinn gewesen, diesen verrückten Plan realisieren zu wollen.

Der Nullzeit-Deformator wurde von zwei schweren Treffern erschüttert, dann war der Paratronschirm wieder aufgebaut und absorbierte die Energiestrahlen aus den Waffen des Gegners.

Atlan war aufgesprungen und hatte Gucky aufgehoben. Der Mausbiber zitterte am ganzen Körper.

»Die Energie!« stöhnte er. »Ich bin . . . habe . . .«

»Schon gut, Kleiner!« besänftigte ihn Atlan. »Es geht vorüber.«

Gucky versuchte sich aus seinen Armen zu befreien.

»Wieviel Zeit ist noch?« fragte er. Atlan ließ ihn los, und der Ilt schwankte zu der Stelle hinüber, wo Lloyd mit der Ausrüstung stand.

»Zwölf Sekunden«, erwiderte Atlan. »Du kannst in diesem Zustand aber nicht teleportieren.«

»Doch!« Gucky mußte sich an Lloyd festhalten, um nicht umzufallen. Er stützte sich mit der anderen Hand auf das Ausrüstungspaket.

»Schaltet den Paratronschirm einen Augenblick aus!« rief er.

Kase warf Atlan einen fragenden Blick zu. Der Arkonide nickte. Sie mußten es riskieren, wenn sie Lord Zwiebus und den Paladin nicht auf die Verlustliste setzen wollten.

Der Paratronschirm erlosch. Gucky verschwand mitsamt Lloyd und der Ausrüstung.

Im gleichen Moment, als der Paratronschirm sich wieder aufbaute, explodierte über der Kuppel eine Hyperschallbombe. Sekundenbruchteile später erschütterten die Strahlen eines Resonanztasters den Paratronschirm und begannen ihn aufzulösen.

»Die Cappins setzen ihre schweren Waffen ein!« schrie Dr. Gosling. »Der Paratronschirm zerbricht!«

Entsetzt erkannte Atlan, daß der Robotiker nicht übertrieben hatte. Der Resonanztaster erzeugte Strahlen auf Sextadim-Ebene, die von dem Abwehrschirm des Nullzeit-Deformators weder zurückgeworfen noch absorbiert werden konnten. Dadurch entstanden Lücken, in denen die Cappins ihre Hyperschallbomben einsetzen konnten.

»Wie lange noch?« schrie Atlan über den jetzt aufbrandenden Lärm hinweg.

»Sieben Sekunden!« erwiderte Paczek. Der Wissenschaftler war blaß. Seine Lippen bebten. Er rechnete mit seinem Tod.

Der Paratronschirm fiel auseinander. Er zerbrach wie eine Eierschale. Ein letztes Flackern kündete noch von seiner Existenz.

»Das ist das Ende!« sagte jemand.

Eine Hyperschallbombe explodierte in der Nähe. Der Nullzeit-Deformator schien sich vom Boden zu heben.

Atlan konnte seine Blicke nicht von den Bildschirmen wenden, die nach wie vor einwandfrei funktionierten. In schrecklicher Deutlichkeit gaben sie alle Ereignisse wieder. Der Boden im Tal schien zu kochen. Die Materie war metertief in Auflösung begriffen.

Wie aus weiter Ferne hörte Atlan das Summen des Funkgerätes. Er sah, daß sich jemand über die Anlage beugte.

Die Bildschirme verdunkelten sich.

Jetzt ist alles aus! dachte der Arkonide und wartete darauf, in einem Lichtblitz zerrissen zu werden.

Die Erschütterungen ließen jedoch nach. Gleich darauf schwebte der Nullzeit-Deformator durch den Zeitstrom.

Atlan begriff, daß sie gerettet waren. Im letzten Augenblick hatte die Automatikschaltung die Zeitmaschine zurückgerissen. Sie bewegten sich jetzt wieder dreitausend Jahre in die Vergangenheit zurück, in der es keine Cappins und keine Resonanzstrahler gab.

Der Arkonide ging auf die Hauptkontrollen zu. Waringer saß vollkommen erschöpft im Sessel. Kase fütterte die Positronik mit Daten. Er blickte auf, als Atlan hinter ihm stand.

»Wir haben es tatsächlich geschafft«, sagte er. »Ich habe, ehrlich gesagt, nie an einen Erfolg geglaubt.«

Atlan schwieg. Er wußte nicht genau, was er über den Ausgang ihres gefährlichen Unternehmens gedacht hatte. Obwohl erst ein paar Sekunden vorüber waren, schien es schon Jahre herzusein, daß der Nullzeit-Deformator unter der Einwirkung einer Hyperschallbombe erzittert war.

Cascal kam herein. Er überreichte dem Arkoniden einen Papierstreifen.

»Unmittelbar vor unserem Verschwinden empfingen wir einen Funkspruch«, berichtete der Oberst. »Von Gucky! Er ist mit Lloyd und der Ausrüstung wohlbehalten in der Grünen Grotte angekommen.«

Atlans Gesicht entspannte sich.

»Jetzt können wir hoffen, daß Perry Rhodan und seine Begleiter eine reelle Chance haben – bis wir endgültig zurückkehren.«

Cascal schüttelte den Kopf.

»Vorläufig haben wir den Kontakt zu den anderen verloren«, gab er zu bedenken. »Wir werden dreitausend Jahre von ihnen getrennt sein. Ohne weiteres können wir nicht in die Zeit zurück, in der sie sich jetzt aufhalten. Beim nächstenmal werden die Cappins sofort ihre schweren Waffen einsetzen und den Nullzeit-Deformator innerhalb weniger Sekunden zerstören.«

Atlan wußte, daß der Oberst recht hatte. Trotzdem war er zuversichtlich. Die beiden Gruppen, die sich jetzt, zweihunderttausend Jahre von der Gegenwart entfernt, unter den Cappins aufhielten, waren stark genug, um sich durchzusetzen. Vielleicht gab es eine Möglichkeit, später mit ihnen Kontakt aufzunehmen.

Ein Blick auf die Bildschirme überzeugte Atlan davon, daß sie an ihrem vorläufigen Ziel angekommen waren. Sie hatten einen kleinen Erfolg errungen. Niemand konnte sagen, wie sich alles weiterentwikkeln würde.

Uns wird etwas einfallen! dachte er grimmig. Wir holen sie dort heraus und zerstören den Todessatelliten.

19.

»Glauben Sie, daß Ovaron damit einverstanden ist, wenn Sie uns erschießen?« fragte Perry Rhodan.

Takvorian hielt noch immer seine Strahlenwaffe auf dic vier Gefangenen gerichtet. Er hatte mit der freien Hand das Bioplastmaterial von seinem Körper gerissen.

»Wir wußten, daß Sie nicht der sind, für den Sie sich ausgaben«, fuhr Rhodan fort. »Sie konnten nicht verheimlichen, daß Sie intelligent sind. Nicht nur das, Sie sind auch ein Mutant, nicht wahr?«

Der falsche Morga antwortete nicht. Er schien nachzudenken. Rhodan hoffte, daß Takvorian über die Entdeckung seiner wahren Identität hinwegkam.

»Ich kann jetzt nicht mit Ovaron darüber sprechen«, sagte der mutierte Zentaur. »Er wird mir recht geben, wenn er erfährt, aus welchen Gründen ich geschossen habe.«

Er hob die Waffe und zielte auf Tolot, den er offenbar zuerst töten wollte.

»Halt!« rief Rhodan. »Wir haben lebenswichtige Informationen für Ovaron. Wenn Sie uns umbringen, wird er sie nie erfahren.«

Takvorian bewegte sich unruhig. »Das ist ein Bluff«, behauptete er.

Rhodan lächelte gelassen.

»Es kann ein Bluff sein, es ist aber auch möglich, daß ich die Wahrheit sage. Sie sind Ovaron zu Dank verpflichtet, wie ich vermute. Wenn Sie uns töten, setzen Sie ihn größten Gefahren aus. Das wollen Sie doch bestimmt nicht?«

Takvorians Knabengesicht veränderte sich. Es war ihm anzusehen, daß er innerlich um die Entscheidung kämpfte. Rhodan wußte, daß ihr Leben gefährdet war, solange der Zentaur die Waffe in der Hand hielt.

»Sie würden einen solchen Angriff auf uns niemals überleben«, mischte sich Tolot jetzt ein. »Einer von uns findet auf jeden Fall Gelegenheit, Sie zu töten.«

»Sie unterschätzen mich«, gab Takvorian zurück. »Meine Fähigkeiten erlauben mir, Sie alle vier blitzschnell auszuschalten, ohne daß Sie dabei zu einer Aktion fähig sind.«

»Was beweist, daß Sie ein Mutant sind!« sagte Saedelaere schnell.

»Wir sind nicht Ihre Feinde«, sagte Perry eindringlich. »Sie haben nichts zu befürchten. Wir wollen Ihnen helfen. Es ist uns viel daran gelegen, mit Ovaron zu verhandeln.«

Einem plötzlichen Entschluß folgend, schob Takvorian die Waffe in den um die Brust geschnallten Gürtel zurück. Nachdenklich blickte er auf seine Maske hinab, die zusammengerollt am Boden lag.

»Das brauchen Sie jetzt nicht mehr«, sagte Rhodan.

Takvorian schüttelte den Kopf.

»Hier in der Schaltstation nicht. Aber wenn ich diese Räume verlasse, muß ich eine neue Bioplastmaske anlegen. Die Cappins würden Jagd auf mich machen, wenn sie mich in dieser Gestalt sähen.«

Rhodan, der aufmerksam zugehört hatte, fragte: »Ovaron hat Sie also vor den anderen Cappins gerettet?«

Takvorian nickte schwach. Er gab keine Erklärungen ab, aber Rhodan ahnte, daß der Zentaur Ovaron treu ergeben war. Wahrscheinlich hatte Ovaron ihm das Leben gerettet. Er mußte ihn jedoch in einer Maske herumlaufen lassen, damit die anderen Cappins nicht auf seinen Freund aufmerksam wurden.

Rhodan deutete auf die Roboter, die sie nach wie vor umkreisten.

»Glauben Sie nicht, daß Sie Ihre Freunde jetzt zurückziehen können?«

Er spürte, daß Takvorian zögerte.

»Nein«, antwortete der Zentaur schließlich. »Daß ich Sie nicht getötet habe, bedeutet nicht, daß ich Ihnen vertraue. Jede falsche Bewegung bedeutet Ihren Tod.«

Rhodan erkannte, daß es schwer sein würde, das Mißtrauen des Zentauren zu überwinden. Takvorian war es gewohnt, in einer Umwelt voller Feinde zu leben. Nur wenn er vorsichtig und zurückhaltend war, konnte er am Leben bleiben. Drei seiner Gefangenen sahen fast wie Cappins aus; es war nur natürlich, wenn er sie als Feinde betrachtete. Tolots Anblick war ohnehin dazu geeignet, jeden Fremden zu erschrecken.

»Nun gut, wir dürfen wohl nicht zuviel verlangen«, sagte Rhodan. »Auf jeden Fall können Sie sicher sein, daß wir Ovaron und Sie unterstützen wollen.«

Takvorian stieß ein Lachen hervor.

»Sie sind unsere Gefangenen, das wollen wir nicht vergessen. Sie können uns nicht unterstützen.«

Saedelaere warf Rhodan einen schnellen Blick zu.

»Es ist nicht leicht, den Burschen zu überzeugen.«

Rhodan schaltete den Translator ab, damit Takvorian seine Antwort nicht hören konnte.

»Wir haben auf jeden Fall erreicht, daß er uns nicht tötet. Wenn wir uns weiterhin klug verhalten, können wir vielleicht sein Vertrauen gewinnen.«

Takvorian sagte etwas, aber niemand verstand ihn, weil der Translator nicht eingeschaltet war.

Tolot begann plötzlich dröhnend zu lachen.

»Passen Sie auf!« sagte Rhodan ärgerlich. »Wir wollen unseren Freund nicht nervös machen. Ihr Gelächter klingt wie das Angriffsgebrüll von ein paar hundert Zyklopen.«

Der Haluter beruhigte sich schnell.

»Ist der Translator noch ausgeschaltet?«

Rhodan nickte bestätigend.

»Es wird Sie interessieren, daß ich gerade einen Funkspruch von Gucky empfangen habe«, berichtete Icho Tolot. Er trug an seinem riesigen Körper einen Mikroempfänger verborgen, den man ihm bisher nicht abgenommen hatte.

»Von Gucky!« rief Saedelaere überrascht. »Was ist passiert?«

»Es ist dem Mausbiber gelungen, zusammen mit Lloyd, Lord Zwiebus und dem Paladin-Roboter in eine unterseeische Höhle zu gelangen«, antwortete Tolot. »Von dort aus wollen unsere Freunde gegen die Cappins vorgehen und uns zu befreien versuchen.«

Takvorian trat zwischen die Gefangenen und machte eine unmißverständliche Geste. Er duldete nicht länger, daß sich die Männer und Tolot mit ausgeschaltetem Translator unterhielten, so daß er nichts verstehen konnte. Rhodan, der den Mutanten nicht verärgern wollte, schaltete das Gerät sofort wieder ein.

»Ich will nicht, daß Sie sprechen, solange das Übersetzungsgerät ausgeschaltet ist«, sagte Takvorian wütend. »Wenn Sie das noch einmal tun, bekommen Sie Schwierigkeiten mit mir.«

»Schon gut«, besänftigte Rhodan. »Wir werden daran denken.«

Sie wurden in einen Korridor geführt, von dem aus man in mehrere kleine Räume gelangen konnte. Takvorian erklärte ihnen, daß hier wichtige Einzelteile aufbewahrt wurden, aber Rhodan hörte kaum zu. In Gedanken war er bei Gucky und dessen Begleitern. Wie er gehofft hatte, war es Atlan gelungen, kurz zurückzukehren und den Mausbiber zusammen mit Lloyd, Lord Zwiebus und dem Paladin aus dem Nullzeit-Deformator auszuschleusen. Jetzt sah die Situation schon wesentlich günstiger aus. Vielleicht gelang ihnen früher oder später ein Entkommen aus der SCHALTZENTRALE OVARON. Andernfalls mußten sie versuchen, sich mit dem militärischen Chef der Cappins zu einigen.

Am Ende des Korridors blieb Takvorian stehen. Rhodan schaute zurück und stellte fest, daß ihnen nach wie vor ein Dutzend schwerer Kampfroboter folgte. Takvorian ging kein Risiko ein.

»Ich zeige Ihnen jetzt noch einen Raum, bevor ich Sie in Ihre vorläufige Unterkunft bringe«, verkündete Takvorian. »Verhalten Sie sich ruhig.«

Rhodan war gespannt, was der Zentaur ihnen zeigen würde.

Einer der Roboter öffnete die schwere Metalltür, die ihnen den Zutritt in den nächsten Raum verwehrte. Rhodan sah einen Energieschirm flackern. Dahinter lag ein halbdunkles Zimmer, das außer einer Mulde mit Wasser und einem trogförmigen Gebilde keine Einrichtungsgegenstände enthielt.

»Was bedeutet das?« erkundigte sich Saedelaere.

»Warten Sie!« Takvorian zog eine Art Pfeife aus seiner Gürteltasche und steckte sie in den Mund. Rhodan hörte nichts.

In einer Ecke des Raumes bewegte sich etwas. Es war ein seltsamer Körper, an dem weder Gliedmaßen noch ein Kopf festzustellen waren. Das Ding kroch auf harten Hautlappen voran, die überall von seinem Körper hingen. Zwischen den Hautfalten glaubte Rhodan ein paar leuchtende Organe zu sehen.

»Was ist das?« stieß Saedelaere entsetzt hervor. Unwillkürlich griff er nach seiner Maske.

»Es möchte heraus«, stellte Tolot sachlich fest.

»Natürlich!« stimmte Takvorian zu. »Aber das können wir nicht riskieren.«

»Was ist das?« wiederholte Saedelaere seine Frage.

»Ein Prototyp«, entgegnete Takvorian. »Ovaron hält ihn hier, um später einmal vor einer Kommission zu beweisen, daß die Zuchtversuche verbrecherisch sind.«

Rhodan hörte sich schlucken. »Dieses . . . Wesen ist also Produkt der cappinschen Zuchtversuche auf unserem Planeten?«

»Ja«, sagte Takvorian. »Es ist gleichzeitig einer der Gründe, warum Ovaron die Versuche beendet sehen möchte.« Er trat zur Seite, damit die Gefangenen die Kreatur besser sehen konnten. »Dieses Wesen ist auch geistig vollkommen entartet. Ich habe von Ovaron erfahren, daß er selten ein so angriffslustiges und bösartiges Geschöpf gesehen hat.«

»Ein sehr makabrer Beweis«, sagte Ras Tschubai leise. »Ich meine, diesem armseligen Monstrum wäre weitaus mehr gedient, wenn man es töten würde.«

Durch den Energieschirm sahen sie, wie der Prototyp in die mit Wasser gefüllte Mulde sprang und sich darin herumwälzte. Nach einer Weile verließ er das Wasser und versuchte den Trog umzuwerfen. Dieser war jedoch so fest im Boden verankert, daß die Bemühungen des Monstrums mißlangen.

»Passen Sie auf!« forderte Takvorian die Zuschauer auf.

Er drückte auf einen Knopf neben der Tür. Im Innern des Raumes wurde eine Art Stoffball herabgelassen. Das Tier sprang den Ball sofort an und zerfetzte ihn zwischen seinen Hautlappen. Jetzt sah Rhodan zum erstenmal klauenbewehrte Tatzen und ein breites, von kleinen Zähnen bewehrtes Maul.

»Daran sehen Sie, daß wir das Biest nicht frei herumlaufen lassen können«, erklärte Takvorian. »Dieser Prototyp wird übrigens von Levtron, dem Leiter des biologischen Umformungsprogramms auf dieser Welt, gesucht. Levtron gäbe wahrscheinlich ein paar Jahre seines Lebens, wenn er wüßte, wo diese Kreatur sich aufhält.«

Rhodans Augen verengten sich. Da war wieder ein Hinweis darauf, daß zwischen Ovaron und den anderen Cappin-Verantwortlichen auf der Erde nicht gerade ein freundschaftliches Verhältnis herrschte.

Rhodan überlegte, ob sie aus dieser Situation Vorteile ziehen konnten. Vielleicht gelang es ihnen, die Cappins gegeneinander auszuspielen. Dabei konnte es ihnen von Nutzen sein, zu wissen, wo Ovaron diesen Prototyp gefangenhielt.

Takvorian stieß eine Seitentür auf.

»Hier geht es weiter!« ordnete er an.

Die Tür des Raumes, in dem der Prototyp gefangengehalten wurde, glitt zu. Die Gefangenen gelangten durch einen Lagerraum in einen anderen Teil der Schaltstation. Hier schien Ovaron seine ruhigen Stunden zu verbringen. Es gab einen hell beleuchteten Korridor, in dem sogar Blumen wuchsen und ein künstlicher Fluß zwischen den Bodenplatten dahinströmte. Von der Decke erklang fremdartige Musik. Rhodan spürte frische Luft in seinem Gesicht.

Sie kamen an einer Bibliothek vorbei, deren Türen geöffnet waren. Am Ende des Ganges öffnete Takvorian die Tür zu einem behaglich eingerichteten Wohnraum.

»Hier werden Sie vorläufig leben«, sagte der Mutant. »Jedenfalls so lange, bis Ovaron neue Entscheidungen trifft.«

»Wann werden wir ihn sehen?« wollte Rhodan wissen.

Takvorian machte eine fast menschlich wirkende Bewegung mit den Schultern.

»Das kann ich nicht sagen.«

Die Roboter schwebten davon. Takvorian schlug die Tür zu. Die vier Gefangenen waren allein.

Icho Tolot trat an die Wand und berührte sie.

»Papier!« sagte er geringschätzig. »Wenn es darauf ankommt, bin ich mit einem Satz draußen.«

»Zügeln Sie Ihr Temperament«, empfahl ihm Rhodan. »Solange Ras Tschubai den Automatvernichter trägt, können wir nicht viel unternehmen. Takvorian kann uns jederzeit mit der Vernichtung Tschubais drohen.«

Tolot ließ sich auf dem Boden nieder.

»Ich kann warten«, meinte er.

Rhodan blickte sich im Raum um. Ovaron hatte an alles gedacht. Sicher hatte er nie damit gerechnet, Gefangene zu bekommen, aber er hatte einen Teil seines Besitzes abgegeben, um das Gefängnis einzurichten.

Es gab sogar bebilderte Schriften. Auf einer Art Anrichte lagen mehrere Pakete Nahrungskonzentrate, unter denen die Gefangenen wählen konnten. An den Wohnraum schloß sich ein Bad an. Rhodan inspizierte es kurz und kehrte dann in den Wohnraum zurück.

»Für Tolot ist es da drinnen ein wenig eng«, sagte er. »Aber er wird wohl auch kaum Wert auf ein Bad legen.«

»Nein«, bestätigte Tolot.

Sie bereiteten sich etwas zu essen. Niemand sprach über Gucky, denn sie vermuteten, daß sie abgehört wurden. Bestimmt besaßen auch die Cappins Geräte, die mit einem Translator verglichen werden konnten.

Nachdem sie gegessen hatten, brachte Saedelaere das Gespräch auf den Prototyp.

»Es dürfte so sein, daß die Cappins sich auf unserer Welt Sklaven für spätere Zeiten heranziehen wollen«, spekulierte er. »Ihr Endziel dürften Wesen wie Lord Zwiebus sein. Allerdings legen die Cappins bestimmt keinen Wert darauf, Kreaturen mit so hoher Intelligenz zu züchten.«

Rhodan, der sich in einem Sessel niedergelassen hatte und in einer Bilderschrift blätterte, blickte auf.

»Wir haben jetzt ein paar Beweise, daß die Cappins Mißerfolge erzielt haben. In erster Linie sind das Lord Zwiebus, Takvorian und der Prototyp, den wir gesehen haben. Die Cappins sind also keineswegs die großen Biologen, für die sie sich halten. Außerdem gibt es unter ihnen Streit. Ovaron ist ein Gegner des Zuchtprogramms auf der Erde. Trotzdem ist er Chef des Militärs. Das scheint ein Widerspruch zu sein.«

»Ich wünschte, die Zusammenhänge wären etwas klarer«, sagte Ras Tschubai. »Ich hoffe, daß wir bald mit Ovaron sprechen können. Er kann ein wenig Licht in das Dunkel bringen, das diese ganze Geschichte umgibt.«

Rhodan antwortete nicht. Er dachte daran, daß sie im Grunde genommen noch keinen Schritt vorangekommen waren, seit sie in der Vergangenheit operierten. Sie wußten noch nicht einmal, wo der Todessatellit erbaut wurde. Es gab keinerlei Anzeichen, daß er innerhalb der SCHALTZENTRALE OVARON oder an irgendeinem anderen Platz der cappinschen Niederlassung existierte. Das war mehr als rätselhaft.

Vielleicht erfuhren sie von Ovaron etwas darüber.

Sprachlos vor Wut blickte Levtron auf den Bildschirm, wo sich noch vor wenigen Augenblicken das Bild der leuchtenden Kuppel abgezeichnet hatte. Das rätselhafte Gebilde war verschwunden, bevor die von Ovaron viel zu spät eingesetzten SRS-Bomben ihre Wirkung getan hatten.

Levtron sprang auf und rannte dabei gegen seinen Zyklopen.

»Dieser Verräter!« schrie er. »Dafür wird er sich verantworten müssen.«

Endlich gelang es ihm, seinem Zorn ein Ziel zu geben. Er rief das Hauptquartier an und verlangte Lasallo zu sprechen.

»Lasallo befindet sich nicht im Haus«, wurde ihm von einem Mitarbeiter des alten Cappins mitgeteilt. »Wünschen Sie, daß ich eine Nachricht hinterlasse?«

»Ja!« Levtrons Backenmuskeln arbeiteten heftig. »Sagen Sie ihm, von wo aus ich versucht habe, mit ihm in Verbindung zu treten. Er soll mich bitte anrufen. Es ist dringend.«

Er ließ sich wieder in den Sessel sinken und atmete schwer. Jetzt gab es keinen Zweifel mehr daran, daß Ovaron ein Verräter war. Levtron vermutete, daß die rätselhafte Kuppel von Gegnern der Cappins erbaut worden war. Er glaubte, daß Ovaron ein heimlicher Verbündeter dieser Machtgruppe war.

Jetzt erst dachte Levtron an Merceile. Ein Lächeln erschien auf seinem harten Gesicht.

Ovaron hatte sie verloren. Merceile würde niemals einen Abtrünnigen lieben. Unter diesem Gesichtspunkt betrachtet, war Ovarons Tat sogar zu begrüßen. Er würde seine Position an Tarakan verlieren und Merceile an Levtron.

Levtron war so in Gedanken versunken, daß er das Summen des Funkgeräts erst beim zweitenmal hörte. Er schaltete auf Empfang. Auf dem Bildschirm zeichnete sich Tarakans Gesicht ab. Levtron runzelte die Stirn, als er den jungen Stellvertreter Ovarons sah. Bisher hatte Tarakan niemals die Initiative ergriffen. Ahnte der junge Cappin, welche Chance er jetzt bekam?

Tarakan machte einen gelassenen Eindruck.

Ein eiskalter Bursche, dachte Levtron voller Unbehagen. Ich werde ihn im Auge behalten müssen.

»Wie ich hörte, befinden Sie sich im Hamron-Sektor«, eröffnete Tarakan das Gespräch.

Levtron nickte und wartete, daß der andere mit seinen Wünschen herausrückte.

Tarakan war jedoch vorsichtig.

»Ist Ovaron bei Ihnen?«

»Nein«, antwortete Levtron wortkarg.

Tarakan schüttelte den Kopf, als sei er über diesen Umstand betrübt.

»Ovaron flog bis vor wenigen Augenblicken mit einem Gleiter über dem Tal, wo das seltsame Gebilde auftauchte«, fügte Levtron hinzu. »Als die Kuppel verschwand, drehte Ovarons Gleiter ab. Ich kenne das Ziel des Golamo-Chefs nicht.«

Tarakan lachte lauthals.

»Ich werde versuchen, Ovaron zu erreichen.«

Levtron konnte seine Erregung nicht länger zügeln.

»Ich halte sein Vorgehen für unverantwortlich. Er hat fast eine Minute gewartet, bis er die schweren Waffen einsetzte.«

Erneut bewies Tarakan seine Klugheit.

»Es steht mir nicht zu, darüber ein Urteil zu fällen, Levtron. Warten wir ab, was Lasallo zu sagen hat.«

Levtron erkannte, daß er zu weit gegangen war. Für einen Ressortchef war es nicht üblich, sich mit dem Stellvertreter eines anderen Vorgesetzten über solche Dinge zu unterhalten.

Levtron brach das Gespräch hastig ab. Er sah, daß Merceile hereingekommen war. Erstaunt blickte er sie an.

»Ich dachte, Sie hätten die Station verlassen.«

Sie schüttelte den Kopf.

»Ich wollte sehen, was geschieht.«

Levtron lächelte verschlagen. Er beobachtete sie aufmerksam, um jede ihrer Reaktionen zu erkennen.

»Jetzt wissen Sie, was passiert ist, meine Liebe. Zweifeln Sie noch immer daran, daß Ovaron ein Verräter ist? Sie konnten mit eigenen Augen verfolgen, was sich über dem Tal abspielte. Ovaron hat erst die Roboter und Kampfgleiter eingesetzt, obwohl feststand, daß die Kuppel damit nicht vernichtet werden kann. Ovaron benutzte die schweren Waffen erst, als es bereits zu spät war.« Levtron strich sich über die Haare. »Bedauerlicherweise konnte ich meine Schiffe nicht mehr eingreifen lassen.«

Er spürte, daß Merceile unentschlossen war. Ihre Zuneigung zu Ovaron war so groß, daß sie bereit war, ihm auch diesen Fehler zu verzeihen, wenn er eine halbwegs einleuchtende Erklärung dafür haben würde.

Das machte Levtron noch wütender.

»Ovaron ist am Ende!« schrie er. »Lasallo hat keine andere Wahl, als ihn zu vernichten.«

»Das glauben Sie in Ihrem Haß«, erwiderte sie ebenso heftig. »Aber Ovaron ist loyal. Er wird für alles eine Erklärung haben.«

»Glauben Sie mir, Merceile: Ovaron hat ausgespielt«, sagte Levtron eindringlich. »Wenn Sie ihn unterstützen, setzen Sie sich dem Verdacht aus, mit ihm im Bunde zu stehen.«

Sie starrte ihn bestürzt an.

»Das kann doch unmöglich Ihr Ernst sein? Sie reden, als gehörten Ovaron und ich einem Geheimbund oder einer ähnlichen Organisation an!«

»Haben Sie noch nie über Ovaron nachgedacht?« Levtron verlieh seiner Stimme einen eindringlichen Unterton. »Wo hält er sich auf, wenn er oft tagelang verschwunden ist? Haben Sie nicht selber gesagt, daß er Ihnen in vielen Dingen ein Rätsel wäre?«

Merceile antwortete nicht.

Sie fragte sich, wie sie Ovaron helfen konnte. Der Mann, der jetzt noch Chef der Golamo und der Flotte war, würde in Schwierigkeiten geraten. Er hatte Levtron gegen sich. Die Frage war, wie Lasallo reagieren würde. Merceile hatte beobachtet, daß die schweren Waffen zu spät eingesetzt worden waren. Warum hatte Ovaron das getan? Gab es einen Grund, der alles klären würde?

»Ich bin froh, daß Sie wenigstens nachdenken«, drang Levtrons Stimme in ihre Gedanken. »Hoffentlich besinnen Sie sich rechtzeitig darauf, auf welcher Seite Sie stehen müssen.«

Das war eine unverhüllte Drohung. Merceile nahm sie nicht leicht. Levtron würde sie bekämpfen, wenn sie sich unter diesen Umständen nicht von Ovaron lossagte.

Wäre nur schon alles vorüber, dachte sie niedergeschlagen.

Wenn sie wenigstens mit Ovaron hätte sprechen können.

Levtrons Erregung war abgeklungen. Er begann zu überlegen, was er tun mußte, um Ovaron aller Macht zu berauben.

Wieder summte die Funkanlage.

Diesmal war es einer von Lasallos Mitarbeitern.

»Lasallo ist zu Ihnen unterwegs«, teilte er Levtron mit.

Levtron wandte sich triumphierend zu Merceile um.

»Lasallo kommt hierher, haben Sie gehört? Er wird sich persönlich um diese Angelegenheit kümmern. Das zeigt mir, wie wichtig er das alles nimmt. Das ist Ovarons Ende.«

Merceile fuhr herum und stürmte aus dem Kontrollraum. Sie konnte

Levtrons Anblick nicht länger ertragen. Dabei, erkannte sie bestürzt, fühlte sie sich noch immer auf eine merkwürdige Art zu ihm hingezogen.

Zu ihrer Erleichterung fand sie den Aufenthaltsraum verlassen vor. Sie ließ sich in einen Kontursessel nieder und schloß die Augen. Sie brauchte Zeit zum Nachdenken. Vielleicht konnte sie Ovaron helfen. Aber Ovaron kam ihr nicht wie ein Mann vor, der Hilfe benötigte. Wenn er den Einsatz schwerer Waffen verzögert hatte, mußte er sich über die daraus entstehenden Konsequenzen im klaren gewesen sein.

Als Lasallo die Nachricht vom verspäteten Einsatz der Resonanzstrahler und SRS-Bomben erhielt, war er nicht besonders überrascht. Er hatte schon einige Zeit auf solche Ereignisse gewartet. Es war ihm nicht entgangen, daß Ovaron sich in unregelmäßigen Abständen einer geheimnisvollen Tätigkeit widmete. Es war gut, daß durch das Auftauchen der geheimnisvollen Kuppel endlich Dinge ins Gespräch kamen, die schon viel zu lange unter der Oberfläche geschlummert hatten.

Lasallo gab Keinor einen Wink.

»Wohin möchten Sie?« erkundigte sich der Fahrer seines Gleiters. »Ins Hauptquartier?«

»Nein. Ich habe diesem Fanatiker versprochen, daß ich ihn in seiner Station aufsuche.«

»Sie meinen Levtron?«

»Ja«, bestätigte Lasallo.

Keinor steuerte das Fahrzeug in einer weiten Schleife herum. Sie flogen den Bergen entgegen.

»Der Kampf hat noch nicht einmal eine Minute gedauert«, sagte Lasallo wie im Selbstgespräch. »Die Kuppel verschwand wieder, bevor sie vernichtet werden konnte.«

Keinor wußte, daß man keine Antwort von ihm erwartete. Er blickte geradeaus und konzentrierte sich auf das Fliegen.

»Ich wünschte, Ovaron hätte nicht diesen taktischen Fehler begangen, sondern überhaupt nicht schießen lassen.« Lasallo lächelte schwach. »Das würde mir die Sache noch erleichtern.«

»Was haben Sie vor?« erkundigte sich Keinor.

»Ich weiß es nicht«, gestand Lasallo. »Zunächst werde ich den wütenden Levtron beruhigen. Man muß ihm einmal klarmachen, daß er sich nicht um diese militärischen Dinge zu kümmern braucht. Wenn Ovaron versagt, sind immer noch Tarakan und ich da.«

»So ist es!« stimmte Keinor zu, obwohl er nicht den Wunsch hatte, sich in dieser Sache festzulegen.

Ein paar Minuten später tauchte die kuppelförmige Energiestation schräg unter ihnen auf. Keinor streckte den Arm aus.

»Dort unten ist es!«

Lasallo blickte aus dem Seitenfenster. Er konnte sehen, daß sich eine andere Maschine ebenfalls der Station näherte. Sie trug das Emblem der Abwehr.

»Dort drüben fliegt Ovaron«, erkannte er. »Sein Ziel ist ebenfalls die Station. Ich kann mir denken, daß Levtron ihn hierher bestellt hat.«

Keinor ließ den Wagen ein paar hundert Meter tiefer sinken.

»Ovaron ist noch nie einem Problem ausgewichen«, sagte er.

Lasallo sah ihn erstaunt an.

»Ich wußte nicht, daß Sie sich eine Meinung über ihn gebildet haben.«

Keinor grinste. »Das habe ich auch nicht. Ich habe soeben Sie zitiert, Lasallo. Sie sprachen diese Worte anläßlich einer Wargo-Feier in Tyros.«

Lasallo kratzte sich am Kinn. Sein Fahrer war klüger, als er erwartet hatte. Vielleicht sollte er diesem jungen Mann eine Aufstiegschance geben.

Sie landeten auf einem freien Platz neben der Station. Die Gleiter der Besatzung standen dort nebeneinander wie an einer Schnur aufgereiht. Levtron achtete in den von ihm befehligten Gebäuden auf Ordnung.

Lasallo stieg aus. Er wußte, daß er eine Entscheidung nicht länger aufschieben konnte.

»Warten wir auf Ovaron?« erkundigte sich Keinor.

Der alte Cappin schüttelte den Kopf. Er wies Keinor an, beim Wagen zurückzubleiben, und betrat die Station. Levtron kam ihm entgegen. Die Erregung des Biologen hatte sich gelegt, aber die Handfläche, mit der er ehrerbietig Lasallos Wange berührte, war feucht.

Lasallo deutete mit dem Daumen über die Schulter.

»Ihr Freund kommt gerade an.«

»Ich habe ihn schon gesehen«, sagte Levtron grimmig. »Er weiß, daß Sie hierherkommen, und will wahrscheinlich retten, was noch zu retten ist.«

»Haben Sie eine Filmaufzeichnung über die Ereignisse im Tal?« erkundigte sich Lasallo.

»Natürlich!« Levtron sprühte vor Eifer. Er ging voraus und öffnete die Türen. »Gestatten Sie, daß ich einem meiner Helfer den Befehl gebe, den Film vorzubereiten.«

Lasallo winkte herablassend. Er konnte Levtron nicht leiden, obwohl dieser auf seinem Gebiet gute Arbeit leistete. Sie betraten die Zentrale, und Levtron achtete darauf, daß Lasallo den bequemsten Sessel erhielt.

»Der Film kommt sofort«, sagte der Biologe.

»Es hat Zeit«, erwiderte Lasallo.

Zwei Minuten später wurde Ovaron angemeldet. Levtron warf seinem Vorgesetzten einen fragenden Blick zu.

»Er soll draußen warten, bis ich den Film gesehen habe«, entschied Lasallo. »Wenn er hereinkommt, möchte ich mir darüber im klaren sein, was mit ihm geschehen wird.«

Wenige Augenblicke später lief der Film an. Es waren von Robotern gedrehte Aufnahmen, aus denen eindeutig hervorging, daß erst dreißig Sekunden nach dem Auftauchen der rätselhaften Kuppel mit dem Einsatz schwerster Waffen begonnen wurde. Zuvor wurde das leuchtende Gebilde nur von Robotern und Kampfgleitern angegriffen. Die Energiestrahlen dieser Waffen absorbierte der Schutzschirm der Kuppel mühelos.

»Ovaron hätte nach ein paar Sekunden sehen müssen, daß die Kuppel auf diese Weise nicht zu vernichten ist«, klang Levtrons Stimme auf. »Selbst hier im Film ist das zu erkennen.«

»Das ist richtig«, stimmte Lasallo zu.

Er wußte, daß er Ovaron nicht länger als Ressortchef akzeptieren konnte.

20.

Tarakan hatte das Tal jetzt zum viertenmal überflogen. Er wußte nicht genau, wonach er suchte, aber sein Gefühl sagte ihm, daß dort unten die Antwort auf alle Fragen verborgen war. Beobachter hatten ihm berichtet, daß die Kuppel auf demselben Platz erschienen war wie bei ihrem ersten Auftauchen. Auf den Millimeter genau hatte sie an derselben Stelle gestanden.

Tarakan hatte eine bestimmte Theorie. Er vermutete, daß die Kuppel auch *jetzt* noch an diesem Platz stand, aber durch bestimmte Umstände nicht zu sehen war. Wenn der Besatzung dieser Station daran gelegen war, würde sie wieder für eine gewisse Zeit sichtbar werden.

Für den jungen Cappin stand fest, daß diese Kuppel weniger ein militärisches als ein wissenschaftliches Problem war. Er war froh darüber, daß Ovaron die Kuppel nicht hatte zerstören lassen. Das gab ihm, Tarakan, vielleicht die Gelegenheit, das Rätsel zu lösen.

Er blickte auf die Uhr. Länger konnte er seinen angekündigten Besuch in der Energiestation nicht aufschieben. Lasallo und Levtron warteten sicher bereits auf ihn. Auch Ovaron war dorthin geflogen, wie Tarakan von einem Vertrauten erfahren hatte.

Er änderte die Flugrichtung und landete wenige Minuten später neben Lasallos Gleiter auf dem freien Platz vor der Energiestation. Freundlich nickte er dem Fahrer Lasallos zu.

Keinor beobachtete ihn mißtrauisch.

»Ist die gesamte Prominenz bereits eingetroffen?« erkundigte sich Tarakan. Untergebenen gegenüber verhielt er sich stets leger, weil er die Erfahrung gemacht hatte, daß man ihm trotzdem Respekt entgegenbrachte.

»Ja«, sagte Keinor zurückhaltend.

Nicht sehr gesprächig, dachte Tarakan. Und Lasallo treu ergeben.

Er zuckte mit den Schultern und betrat die Kuppel. Im Vorraum stieß er zu seiner Überraschung auf Ovaron. Damit hatte er nicht gerechnet. Er hatte gehofft, daß alle Entscheidungen bereits gefallen waren.

»Ovaron!« stieß er hervor.

Der Golamo-Chef hob die Augenbrauen.

»Ich kann mich nicht erinnern, Sie hierhergerufen zu haben.«

Tarakan zuckte zusammen.

»Ich komme nicht aus eigenem Entschluß. Ich . . . es . . . Lasallo . . .« Er suchte verzweifelt nach Worten.

In diesem Augenblick öffnete sich die Tür, und ein Assistent Levtrons bat Ovaron und Tarakan in die Zentrale. Tarakan atmete auf. Lasallo hatte anscheinend eine Entscheidung getroffen.

Perry Rhodan, Alaska Saedelaere und Ras Tschubai saßen am Tisch und blätterten in den Bilderschriften, die sie in ihrem Aufenthaltsraum gefunden hatten. Der riesige Tolot stand hinter Rhodan und blickte ihm über die Schulter. In den letzten Stunden hatten die drei Männer und Tolot viel über die Kultur der Cappins erfahren, wenn auch die meisten Abbildungen rätselhaft waren.

Rhodan schlug eine Seite um.

»Warten Sie!« rief Tschubai. Er streckte den Arm aus und deutete auf ein abgebildetes Gebäude. »Das ist kein Cappin-Bauwerk.«

Rhodan beugte sich nach vorn.

»Tatsächlich!« stimmte er zu. »Es unterscheidet sich von allen anderen Bildern, die wir bisher gesehen haben.«

Tschubai blickte bedauernd auf die fremdartigen Buchstaben.

»Leider können wir nicht lesen, was unter dem Bild geschrieben steht. Das würde vieles erklären.« Er dachte einen Augenblick nach. »Trotzdem kommt mir das Gebäude irgendwie bekannt vor.«

»Ich kann Ihnen sagen, weshalb«, mischte sich Saedelaere ein. »Wir haben ähnliche Gebäude auf Gevonia gesehen. In Tapura standen Häuser, auf denen solche Figuren abgebildet waren wie auf dem Gebäude, das wir hier auf dem Bild sehen.«

Rhodan blickte von Tschubai zu Saedelaere. Er kannte die Häuser von Tapura nur aus Filmen.

»Vielleicht stoßen wir wieder auf eine Spur der Gelben Eroberer«, fuhr Saedelaere fort.

»Wir befinden uns zweihunderttausend Jahre vor unserer Zeit!« erinnerte Rhodan. »Das dürfen wir nicht vergessen.«

»Vielleicht gehören die Gelben Eroberer einem Volk an, das schon für die Cappins zu dieser Zeit ein Geheimnis bedeutet«, meinte Tschubai. »Vielleicht sind die Wesen, die diese Häuser überall im Universum errichtet haben, identisch mit dem rätselhaften Urvolk, von dem so viele Legenden raumfahrender Intelligenzen berichten.«

Rhodan blätterte um. Auf der nächsten Seite war die Nahaufnahme einer Hauswand zu sehen.

»Da!« rief Saedelaere überrascht. »Die gleichen Figuren, wie wir sie auf der Säule inmitten des Kristallplatzes von Tapura gesehen haben.«

Rhodan suchte nach weiteren Bildern, aber sie fanden nur noch Aufnahmen von Gebäuden auf Cappinwelten.

»Vielleicht können wir das Rätsel später lösen«, sagte Perry. »Wir wollen auf . . .«

Er kam nicht dazu, seinen Satz zu vollenden, denn die Tür wurde aufgerissen, und Takvorian kam herein. Er hatte seine Maske noch nicht erneuert.

Rhodan bemerkte sofort, daß der Mutant verwirrt war.

»Ich habe eine Nachricht erhalten!« platzte Takvorian heraus. »Ovaron ist in Gefahr.«

Die Männer spürten die Erregung des Zentauren und erhoben sich von ihren Plätzen. Rhodan ging Takvorian entgegen und blickte ihn fragend an. Er spürte, daß der Mutant verzweifelt und ratlos war.

»Was ist geschehen?« erkundigte sich Perry. »Können wir Ihnen helfen?«

Takvorian starrte ihn an, schien ihn aber nicht zu sehen. Er warf sich herum und stürmte wieder hinaus.

»So ein Ärger!« stieß Rhodan hervor. »Ich hatte gehofft, daß er uns berichten würde, was geschehen ist. Er kam auch hierher, um uns etwas zu sagen. Irgendein Fehler, den wir unbewußt begangen haben, veranlaßte ihn dann zur Umkehr.«

»Vielleicht kommt er zurück«, hoffte Ras Tschubai.

»Er wirkte verzweifelt«, sagte Tolot mit seiner dröhnenden Stimme. »Ich habe Mitleid mit ihm.«

Rhodan hoffte, daß Ovaron nichts geschehen war, denn der militärische Führer der Cappins war der einzige Mann auf der Erde, der ihnen in dieser Zeit helfen konnte. Wenn Ovaron ausgeschaltet wurde, besaßen sie kaum noch eine Chance, ihr Unternehmen erfolgreich abzuschließen.

Rhodan ging zur Tür, aber sie war verschlossen.

Tolot trat neben ihn. »Sollen wir ausbrechen?« erkundigte er sich. »Wir könnten Takvorian folgen.«

»Das ist zu gefährlich«, lehnte Rhodan ab. »Takvorian ist jetzt gereizt. Wir wissen nicht, wie er auf einen Ausbruchsversuch reagieren würde. Außerdem dürfen wir die Roboter nicht vergessen, die sich zu Hunderten in dieser Schaltstation aufhalten.«

Ras Tschubai zerrte wütend an dem Gürtel, den man ihm gewaltsam angelegt hatte.

»Wenn ich wenigstens diesen Automatvernichter loswerden könnte.«

»Alles, was wir jetzt brauchen, ist ein bißchen Geduld«, meinte Rhodan. »Wenn Ovaron etwas zugestoßen ist, wird Takvorian früher oder später mit uns verhandeln, denn er kann diese Station niemals allein verlassen. Er wird uns brauchen, um gegen die Cappins bestehen zu können. Das macht ihn zu unserem Verbündeten.«

Sie nahmen wieder Platz und suchten in dem umfangreichen Schriftmaterial nach interessanten Bildern. Ihre Gedanken jedoch waren bei Takvorian.

Gucky und Fellmer Lloyd lauschten mit ihren telepathischen Sinnen, um festzustellen, ob sich jemand von oben der Grünen Grotte näherte. Sie stellten jedoch nur die Mentalimpulse weit entfernter Cappins fest. Außerdem spürten sie die primitiven Signale der Wasserbewohner.

»Man hat unsere Ankunft nicht bemerkt«, stellte Fellmer Lloyd befriedigt fest. »Diese unterseeische Höhle ist ein sicherer Stützpunkt.«

»Vor allem sind wir hier unten weitgehend vor Ortungen sicher«, sagte Lord Zwiebus.

Sie durchsuchten die Grotte und stellten fest, daß es sich um einen stabilen Raum handelte, der nicht vom Einsturz bedroht war.

»Von hier aus können wir mit der Suche nach Perry beginnen«, meinte Gucky. »Bevor wir jedoch anfangen, werden wir unsere Ausrüstung auspacken.« Er watschelte auf das große Paket zu, das er beim zweiten Sprung mitgebracht hatte. Noch spürte er die Nachwirkungen seines Zusammenpralls mit dem Paratronschirm, aber das würde sich bald legen.

Gucky schätzte, daß sie ungefähr zwei Tage benötigen würden, um alle Teile ihrer Ausrüstung innerhalb der Grünen Grotte zu installieren. Die schwierigste Arbeit war das Aufstellen zweier Hochenergieprojektoren siganesischer Bauweise. Damit konnten sie einen Torbogentransmitter erzeugen, der in der Lage war, zwei Menschen mit ihrer Ausrüstung zu transportieren. Die Gegenstation des Transmitters befand sich innerhalb des Nullzeit-Deformators.

Gucky wußte, daß man diese Anlage nur dann benutzen konnte, wenn sich Zeitmaschine und Transmitter auf einem Zeitniveau befanden. Der Mausbiber, Fellmer Lloyd und Lord Zwiebus legten ihre schwere Ausrüstung ab. Solange sie sich in der Höhle aufhielten, waren sie in Sicherheit.

Der Paladin sorgte dafür, daß innerhalb der Grotte eine erträgliche Temperatur herrschte. Lloyd schlug vor, ein dünnes Zelt aufzublasen. Damit hätten sie sich vor dem Wasser schützen können, das ständig von der Decke tropfte. Der Vorschlag des Telepathen wurde jedoch abgelehnt. Gucky wandte ein, daß man das Zelt dann später nicht mehr benutzen konnte.

Die beiden Männer und der Mausbiber machten es sich neben dem Ausrüstungspaket bequem. Fellmer Lloyd und Lord Zwiebus öffneten den Verschluß des Paketes.

»Hoffentlich kommen wir nicht zu spät«, sagte Harl Dephin über die Sprechanlage des Paladins. »Wenn wir die Ausrüstung ausgepackt und aufgestellt haben, werden wir noch einige Zeit brauchen, um Perrys Gruppe zu finden.«

»Ich bin sicher, daß ich mit ein paar Teleportersprüngen Erfolg haben werde«, sagte Gucky. »Ich werde an die Oberfläche springen und dann die Gedanken der Cappins belauschen. Hier geht das ja einwandfrei – im Gegensatz zu den Cappins im Sonnensatelliten, aber bei denen störte mich ja die Sonnenaktivität. Und die Gedanken von Cappins, die Menschen übernommen haben, kann ich überhaupt nicht empfangen. Die hiesigen Cappins werden mir darüber Auskunft geben, wo Perry gefangengehalten wird.«

Der Mausbiber konnte nicht ahnen, daß es nur einen Cappin gab, der den Aufenthaltsort Perry Rhodans kannte: Ovaron.

Und Ovaron befand sich in diesem Augenblick in höchster Gefahr.

Levtron schaltete den Vorführapparat ab. Er wußte, daß er dem alten Lasallo einen eindrucksvollen Film gezeigt hatte. Lasallo konnte sich vor den Tatsachen nicht verschließen.

Im Bewußtsein seines Erfolges trat Levtron zurück und wartete darauf, daß Lasallo etwas sagen würde. Der alte Mann saß still im Sessel und schien nachzudenken. Sein Kopf war nach vorn gesunken, das Kinn berührte die Brust.

Plötzlich begann Levtron zu befürchten, daß es Lasallo an Entschlußkraft mangeln könnte. Lasallo war einfach überfordert. Er sollte einen Ressortchef bestrafen, eine Handlung, wie sie bei früheren Unternehmungen selten oder überhaupt nicht vorgekommen war.

Mit einem Ruck hob Lasallo den Kopf.

»Lassen Sie Ovaron hereinbringen!« befahl er.

»Tarakan ist soeben angekommen«, berichtete Levtron.

»Er soll ebenfalls hereinkommen!«

Levtron zögerte. Er hätte gern gewußt, was der Alte vorhatte. Das hätte ihm ein richtiges Verhalten erleichtert. Er gab einem seiner Helfer den Befehl, die beiden Männer hereinzuführen.

In diesem Augenblick trat Merceile ein. Sie wirkte verstört. Sie beachtete Levtron nicht, sondern trat vor Lasallo.

Der alte Mann lächelte.

»Ich bin entzückt, Sie wieder einmal zu sehen, mein Kind«, sagte er erfreut. »Sie sehen wirklich wunderbar aus.«

»Lasallo!« Merceile sprach schnell, als fürchte sie, jemand könnte ihr zuvorkommen oder sie unterbrechen. »Sie dürfen Ovaron nicht verurteilen. Es gibt sicher einen Grund, warum er so gehandelt hat.«

Das Lächeln in Lasallos Gesicht erstarb.

»Es imponiert mir, daß Sie für ihn sprechen«, sagte er. »Das hätte auch anderen Mitgliedern des Führungsstabs gut zu Gesicht gestanden.«

Levtron zuckte bei diesem deutlichen Seitenhieb zusammen. Er begann zu befürchten, daß Lasallo Ovaron schonen würde.

»Aber«, fuhr Lasallo fort, »hier geht es nicht um persönliche Probleme. Das, was geschehen ist, betrifft uns alle. Es kann das gesamte Unternehmen beeinträchtigen. Deshalb . . .« Er unterbrach sich, weil die Tür aufging und Ovaron in Begleitung Tarakans hereinkam.

Ovaron blieb stehen, als er Merceile sah. Seinen Blicken entging nichts. Er verzog unwillig das Gesicht, als er erkannte, worüber kurz vor seinem Erscheinen gesprochen worden war.

Lasallo erwiderte den Gruß der beiden Golamo-Chefs.

»Ich habe einen Film gesehen«, begann Lasallo ohne Umschweife. »Ich bin also über alles informiert, was drüben im Tal geschehen ist.«

Ovaron nickte.

»Ich hätte Sie ebenfalls unterrichtet«, sagte er. »Der Fleiß meines Freundes Levtron ist jedoch anzuerkennen.«

Der Spott in Ovarons Stimme war nicht zu überhören.

Levtron verlor die Beherrschung.

»Sie haben kein Recht, mich zu beschuldigen!« schrie er Ovaron an. »Sie sind es, der hier angeklagt wird. Sie haben versagt und Feinden des Unternehmens Gelegenheit gegeben, unser Programm in Gefahr zu bringen.«

Mit einer Schnelligkeit, die dem alten Mann niemand mehr zugetraut hätte, sprang Lasallo auf und hob die Arme.

»Wenn Sie nicht augenblicklich still sind, lasse ich Sie hinausbringen!« fuhr er Levtron an. »Jetzt reden Ovaron und ich.«

Levtron senkte demutsvoll den Kopf und bat um Entschuldigung. Er wußte, daß er zu weit gegangen war.

Lasallo nahm wieder Platz und blickte Ovaron offen an.

»Was halten Sie von dieser Kuppel?«

Ovaron sagte: »Es ist eine Zeitmaschine!«

Seine Worte lösten Betroffenheit aus. Levtron, der einen Trick Ovarons vermutete, biß sich auf die Unterlippe. Er glaubte Ovaron nicht. Der kluge Golamo-Chef ahnte, daß er abgesetzt werden sollte, und wehrte sich mit allen Mitteln.

»Diese Behauptung ist für mich nicht neu«, sagte Lasallo zu Levtrons Überraschung. »Ein paar Wissenschaftler, mit denen ich mich unterhalten habe, sind zu ähnlichen Feststellungen gekommen.«

»Ich bin noch nicht sicher, ob das Gerät aus der Vergangenheit oder aus der Zukunft kommt«, fuhr Ovaron gelassen fort. »Auf jeden Fall kann man unterstellen, daß die Besatzung der Kuppel in *dieser* Zeit operieren möchte. Anders ist der zweimalige Versuch, sich hier zu stabilisieren, nicht zu erklären.«

»Wenn Sie solche Befürchtungen hegen, erscheint es mir noch unverständlicher, warum Sie nicht in richtiger Weise gegen diese Zeitmaschine vorgegangen sind«, sagte Lasallo.

Ovaron blieb ruhig. »Wie soll ich das verstehen, Lasallo?«

»Sie haben die schweren Waffen zu spät eingesetzt. Aus dem Film, den ich soeben gesehen habe, geht einwandfrei hervor, daß der Zeitmaschine dadurch eine erneute Flucht ermöglicht wurde.«

»Ich nehme an, daß Levtron mich beschuldigt.« Ovaron drehte sich um und deutete auf Tarakan. »Und er sicher auch.«

»Im Augenblick bin *ich* es, der Sie anklagt«, korrigierte Lasallo ungehalten. »Versuchen Sie nicht, mir auszuweichen. Ich verlange eine glaubhafte Erklärung.«

Ovaron ließ sich Zeit mit einer Antwort. Levtron konnte sehen, wie es hinter der Stirn des Mannes arbeitete. Man konnte dem Chef der Golamo viel nachsagen: Angst hatte er bestimmt nicht.

Ich habe ihn unterschätzt, dachte Levtron.

»Ich wundere mich, daß Sie mich angreifen«, sagte Ovaron schließlich zu Lasallo. »Für die Kommandooffiziere kam das erneute Auftauchen der Kuppel ebenso überraschend wie für mich. Bevor wir unsere schweren Waffen richtig zum Einsatz bringen konnten, war die Zeitmaschine wieder verschwunden.«

»Ist das alles?« erkundigte sich Lasallo.

»Ja, das ist alles.«

»Ich will Ihnen die Möglichkeit geben, noch ein paar erklärende Worte zu sagen.« Lasallo blickte Ovaron abwartend an.

Levtron konnte nicht anders: Er mußte Ovarons Kaltblütigkeit bewundern. Er fragte sich, ob er auch so ruhig geblieben wäre, wenn er anstelle Ovarons als Angeklagter hier gestanden hätte.

»Alles, was ich zu sagen habe, wurde gesagt.« Ovaron hatte seine abschließenden Worte gesprochen.

»Ich muß Ihnen eine Lektion erteilen«, sagte Lasallo. »Sie werden hiermit als Chef der Golamo entlassen. Tarakan erhält ab sofort den Oberbefehl über die Geheimpolizei. Dagegen bleiben Sie Chef der Raumflotte und aller militärischen Einheiten auf Lotron. Auch die Energieversorgung werden Sie weiterhin beaufsichtigen. Sie haben also genügend Möglichkeiten, sich zu rehabilitieren. Ein weiterer Fehler würde jedoch zu Ihrer Entlassung aus allen anderen Positionen führen.«

Ovaron schwieg. Er hatte offenbar nicht mit seiner Bestrafung gerechnet. Nach Levtrons Ansicht war Lasallo zu sanft mit Ovaron umgegangen. Er hatte gehofft, daß man seinen Rivalen aus allen Ämtern entlassen würde.

Lasallo wandte sich an Tarakan: »Sind Sie bereit, die Golamo zu führen?«

»Natürlich«, sagte Tarakan selbstbewußt. »Es ist mir eine Ehre. Ich werde zu Ihrer Zufriedenheit arbeiten.«

Der alte Cappin warf dem neuen Chef einen merkwürdigen Blick zu.

»Davon bin ich überzeugt, Tarakan.«

Levtron wußte, daß die Unterredung damit beendet war. Lasallo würde keine weiteren Maßnahmen ergreifen. Immerhin war Ovarons Stellung erschüttert. Der Ressortchef würde es schwer haben, sich in seinen anderen Positionen zu behaupten. Der junge Tarakan würde verhindern, daß Ovaron jemals in die Golamo zurückkehrte.

Lasallo verabschiedete sich von Merceile, alle anderen ließ er unbeachtet. Als er gegangen war, beeilte sich Tarakan, die Energiestation ebenfalls zu verlassen.

Ovaron, Merceile und Levtron waren allein. Die junge Frau trat an Ovarons Seite und ergriff seine Hand.

»Es tut mir leid, daß es so gekommen ist«, sagte sie aufrichtig. »Aber Lasallo war den Umständen entsprechend gerecht.«

»Sie können froh sein, daß Sie Chef der Flotte und des Militärs auf Lotron geblieben sind«, mischte sich Levtron ein.

Ovaron maß ihn mit einem feindseligen Blick, antwortete aber nicht. Er verließ den Kontrollraum. Merceile folgte ihm.

»Sie dürfen aus meiner Anwesenheit in diesem Gebäude keine falschen Schlüsse ziehen, Ovaron«, sagte sie fast flehend.

Ovaron antwortete nicht, weil er vermutete, daß Levtron sie über

Interkom belauschte. Erst als sie auf dem freien Platz vor der Station angelangt waren, blieb Ovaron stehen.

Sie senkte den Kopf. Die Ereignisse trieben einem Höhepunkt entgegen. Wichtige Entscheidungen standen bevor.

»Wer sind Sie?« rief sie aus. »Sagen Sie mir endlich, wer Sie sind.«

Ovarons Blicke waren in die Ferne gerichtet. Er schien vergessen zu haben, daß sie neben ihm stand.

»Wer bin ich?« murmelte er. »Woher komme ich? Welche Aufgaben habe ich in Wirklichkeit?«

Sie fühlte mit Bestürzung, wie sehr ihn diese Fragen quälten. Er war ein einsamer Mann. Erst jetzt begriff Merceile, wie wenig sie in Wirklichkeit über ihn wußte.

Er legte eine Hand auf ihre Schulter.

»Merceile, werden Sie zu mir halten, gleichgültig, was geschieht?«

»Ja«, versprach sie, obwohl sie ahnte, daß sie damit ihr Leben verändern würde.

»Ich werde nachdenken«, kündigte Ovaron an. »Vielleicht finde ich Antworten auf viele ungelöste Fragen. Es macht mir nicht viel aus, daß ich nicht mehr Chef der Golamo bin. Natürlich weiß ich, daß ich jetzt um mein Leben fürchten muß, denn beim geringsten Anlaß wird Lasallo das härteste Urteil gegen mich aussprechen.«

»Wohin fliegen Sie jetzt?« fragte Merceile.

»Nach Matronis«, antwortete Ovaron. »In der Hauptstadt kann ich mich in meinen Wohnsitz zurückziehen und nachdenken. Ich werde in Zukunft mehr Zeit haben, denn die Aufgaben in der Golamo übernimmt jetzt Tarakan.«

Merceile erschauerte.

»Ich mag diesen jungen Mann nicht. Er ist glatt wie eine Schlange.«

Sie unterbrachen ihr Gespräch, weil eine Gruppe junger Techniker vorbeikam. Dann ging Ovaron auf seinen Gleiter zu. Merceile blieb an seiner Seite. Als er die Seitenklappe öffnete und ihr dic Hand reichte, fragte sie, ob sie ihn begleiten könnte.

»Nein!« lehnte Ovaron ab. »Sie müssen auch an sich denken. Wer sich jetzt in meiner Nähe aufhält, macht sich verdächtig.«

»Das ist mir gleichgültig.«

»Trotzdem!« Ovaron blieb hart. »Sie bleiben am besten in Levtrons Nähe und beobachten ihn. Er haßt mich, aber es fällt ihm schwer, seine Gefühle zu meistern. Er wird sich immer wieder verraten, wenn er irgend etwas gegen mich plant.«

»Wir werden uns wiedersehen?«

»Bestimmt«, versprach Ovaron.

Er wandte sich abrupt ab und kletterte in den Gleiter. Er schlug die Klappe hinter sich zu. Durch die Sichtscheibe sah er Merceile neben dem Gleiter stehen. Sie wirkte klein und hilflos. Ovaron zögerte. Sollte er sie vielleicht doch mitnehmen? Er gab sich einen Ruck. Wahrscheinlich war es unumgänglich, daß er sich in die Schaltstation begab. Dorthin konnte sie ihn auf keinen Fall begleiten. Zunächst jedoch würde er nach Matronis fliegen, weil er dort am wenigsten Verdacht erweckte. Von seinem Wohnsitz aus wollte er sich mit Takvorian in Verbindung setzen. Der Pferdemutant mußte versuchen, die vier Gefangenen zu Verhandlungen zu bewegen. Diese Fremden konnten Ovaron noch von Nutzen sein.

Ovaron gab Merceile einen Wink, daß sie sich zurückziehen sollte. Er wartete, bis sie außerhalb des Gefahrenbereichs war, dann startete er den Gleiter.

Die Energiestation, die parkenden Gleiter und Merceile wurden schnell zu kleinen dunklen Punkten und verschwanden schließlich ganz. Unter Ovaron lagen die Berge.

Er fühlte ein dumpfes Unbehagen. »Wer bin ich?« fragte er laut.

Ovaron hatte den Gleiter im Hof seines prunkvollen Hauses in Matronis gelandet. Alle Diener bis auf den taubstummen Wason hatten von ihm Ausgang erhalten. Wason befand sich in der unteren Etage und bereitete das Essen zu.

Ovaron war allein. Er hatte gebadet und lag nun auf einer Massageliege. Noch hatte er nicht mit Takvorian gesprochen. Er befürchtete, daß man ihn beobachtete. Sicher ließ Tarakan sein Haus mit Peilgeräten abhören.

Als Wason heraufkam und durch Handzeichen bekanntgab, daß das Essen fertig war, schlüpfte Ovaron in einen losen Umhang und begab sich nach unten. Wie immer hatte Wason ein wohlschmeckendes Menü zusammengestellt. Während des Essens fand Ovaron Gelegenheit, über seine Situation nachzudenken.

Lautlos bewegte sich Wason über die dicken Teppiche, mit denen der Raum ausgelegt war. Ovaron empfand die Anwesenheit des Dieners als angenehm.

Nach dem Essen kaute Ovaron ein Pergo-Korn. Er war nicht süchtig, aber nach anstrengenden Tagen wie diesem tat es gut, sich der Wirkung des Rauschmittels auszusetzen.

Wason merkte, daß Ovaron allein sein wollte, und zog sich in die Küche zurück. Das gute Essen hatte Ovaron schläfrig gemacht. Als die Wirkung des Rauschmittels einsetzte, ließ Ovaron sich auf einer Liege nieder. Sanfte Musik ertönte.

In solchen Augenblicken glaubte Ovaron der Lösung des Rätsels seiner Herkunft ganz nahe zu sein. Doch die Zusammenhänge wurden nicht erkennbar. Das größte Problem waren die Schaltstation und die Goldene Spindel auf der Insel im Asphaltsee. Wer hatte diese Anlage für ihn gebaut? Warum wußten die anderen Cappins nichts davon?

Wason brachte einen Teller mit wohlriechenden Blüten, die er im Raum verstreute. Es hieß, daß Blütenduft die Wirkung eines Pergo-Korns noch erhöhte. Ovaron glaubte nicht daran, aber er ließ es geschehen, daß Wason den Teller leerte.

Als Ovaron vier Stunden später ans Fenster trat, war die Sonne bereits untergegangen. Die Stadt machte einen verlassenen Eindruck. Ovaron fühlte sich ausgeruht. In der kommenden Nacht würde er arbeiten. Eine für morgen geplante Sitzung des Golamo-Führungsstabs mußte Tarakan leiten. Ovaron brauchte sich nicht mehr darum zu kümmern.

Er schickte Wason ins Bett, denn er brauchte ihn nicht mehr.

Es war so still im Haus, daß Ovaron sein eigener Atem übermäßig laut vorkam.

Durch die Geheimtür begab er sich in den Keller, wo die Funkanlage stand. Wie immer überzeugte er sich, daß sich hier nichts verändert hatte. Der Raum war bis auf die Funkanlage leer. Ovaron fühlte sich hier unten nicht wohl. Er hatte jedesmal das Gefühl, ein Gefangener zu sein.

Er schaltete das Funkgerät ein. Es arbeitete auf überdimensionaler Basis und konnte von niemand auf Lotron abgehört werden. Auch über die Herkunft dieser Anlage wußte Ovaron nichts. Sie war ihm von derselben Machtgruppe zur Verfügung gestellt worden, die ihn auch mit der Beaufsichtigung der SCHALTZENTRALE OVARON und der Goldenen Spindel beauftragt hatte.

Ovaron griff sich an die Stirn. Immer wenn er hierherkam, legte sich ein dumpfer Druck auf seinen Kopf.

Es konnte sein, daß er einige Stunden hier sitzen mußte, denn Takvorian konnte sich nicht ununterbrochen am Gegengerät aufhalten. Ovaron wußte jedoch, daß sein Vertrauter das Funkgerät in der Schaltstation in regelmäßigen Abständen kontrollierte.

Diesmal dauerte es sogar nur ein paar Minuten, bis Takvorian sich meldete. Der Zentaur hatte offenbar neben dem Funkgerät auf Nachrichten Ovarons gewartet.

»Vorsicht!« rief Ovaron. »Es droht größte Gefahr. Ich habe einen Fehler begangen. Die gefangenen Fremden sind ab sofort als Gäste zu behandeln.«

»Verstanden«, antwortete Takvorian. »Hast du weitere Anweisungen?«

Ovaron zögerte. »Später«, sagte er. »Ich werde mich morgen wieder melden. Vielleicht komme ich auch in die Station, um mit den Fremden zu sprechen. Das erscheint mir sehr wichtig. Ich muß jedoch aufpassen, denn ich werde mit Sicherheit überwacht.«

Damit brach er das Gespräch ab. Er versiegelte die Funkanlage und verließ den Keller.

21.

Sie schliefen gut und fest in dieser Nacht, nachdem Gucky in einer gewagten Peilaktion den Aufenthaltsort und die ungefähre momentane Situation von Perry Rhodan und seinen Begleitern herausgefunden hatte. Erst am anderen Tag besprachen sie die Einzelheiten ihres Einsatzplans. Fellmer Lloyd faßte das Ergebnis ihrer Überlegungen noch einmal zusammen.

»Wir müssen damit rechnen, daß die Cappins eine Teleportation verhindern oder zumindest beeinträchtigen können, sonst wäre Ras Tschubai die Flucht gelungen. Gucky muß also vorsichtig sein und darf sich nicht allein auf seine besonderen Fähigkeiten verlassen. Wir sind uns darüber einig, daß Lord Zwiebus und der Paladin nicht unbedingt auffallen müssen, wenn sie sich frei an der Oberfläche bewegen. Zwiebus kann sich gut den bereits vorhandenen Affenmenschen angleichen, wenn er auch größer ist als sie. Die Cappins experimentieren bereits seit Jahren und Jahrzehnten auf der Erde und stellen biologische Versuche an. Die Ergebnisse sind zum Teil grauenhaft, wie wir wissen, und eines könnte Lord Zwiebus sein.«

Der riesige Neandertaler warf Fellmer einen forschenden Blick zu und versuchte festzustellen, wie das gemeint war. Gucky feixte. Fellmer bemerkte seine ungewollte Taktlosigkeit.

»Ich meine natürlich die Experimente selbst, weil sie in unseren Augen verbrecherisch sind. Die Cappins, aus dem Weltall zur Erde gekommen, versuchen ihre Bewohner genetisch zu verändern. Zwiebus ist praktisch eine Mutation der hiesigen Affenmenschen. Er kann sich frei auf Lemuria bewegen, ohne aufzufallen. Höchstens werden die Cappins versuchen, ihn wieder einzufangen. Ähnliches gilt für den Paladin. Man kann ihn für eins der entstandenen Ungeheuer halten, die die Erde bevölkern – Zentauren, Zyklopen und so weiter.«

»So, mein Paladin ist also eine mißlungene Bio-Konstruktion der Cappins?« vergewisserte sich Harl Dephin. »Ich hoffe, Sie benutzen den Ausdruck nur als Tarnbezeichnung, Fellmer.«

»Aber natürlich, was dachten Sie denn?«

Fellmer war froh, das heikle Thema hinter sich zu haben. »Ich würde vorschlagen, daß Gucky zuerst Lord Zwiebus und dann den Paladin in eine noch zu bestimmende Ausgangsposition bringt und sie dann sich selbst überläßt. Wir wissen nicht, ob es in der fraglichen unterirdischen Station Abwehrfallen gegen paraphysische und parapsychische Fähigkeiten gibt, also ist es nicht ratsam, daß Gucky zu nahe dorthin teleportiert. Man könnte ihn orten und damit hinsichtlich Lord Zwiebus und Paladin Verdacht schöpfen. Beide müssen somit mindestens zweihundert Kilometer allein und zu Fuß zurücklegen.«

»Bei meinen Plattfüßen?« beklagte sich Lord Zwiebus bitter.

Fellmer mußte sich zusammennehmen, um nicht laut aufzulachen.

»Sie können sich vom Paladin tragen lassen, dem macht das nichts aus.«

»Kann ich mir denken«, folgerte Lord Zwiebus logisch, »daß ihm meine Plattfüße nichts ausmachen.«

Harl Dephin sagte über die Verstärkeranlage:

»Ich trage Sie, Lord Zwiebus, wenn Sie es wünschen. Und regen Sie sich nur nicht wegen Ihrer Füße auf! Der Paladin hat, genau betrachtet, ebenfalls Plattfüße, nur ist das noch niemandem aufgefallen, und sie behindern ihn auch nicht. Also, Fellmer, wann geht es los?«

Der Telepath machte eine abwehrende Handbewegung.

»Erst muß der Transmitter funktionsbereit sein, damit wir die Rückkehr des Nullzeit-Deformators nicht verpassen.«

Atlan, so hatten sie es geplant, wollte in der Vergangenheit die Voraussetzungen für diese Rückkehr schaffen, die am 27. April stattfinden sollte, genau um zwölf Uhr mittags.

Das war in genau vier Tagen.

Die erste Probe schon verlief zu Fellmer Lloyds Zufriedenheit. Der schimmernde Lichtbogen entstand, als er den Transmitter einschaltete.

»Ausgezeichnet! Das hätten wir! Nun werden wir die Aktion einleiten, die mit der Befreiung Rhodans enden muß. Die genaue Situation ist uns unbekannt. Wir wissen nur, daß Rhodan und seine Begleiter aktionsunfähig sind. Sie werden in Gefangenschaft geraten sein. Also werden wir sie befreien. Wir wissen nun, daß sie sich an einem Ort befinden, der später einmal wohlbehalten tief unter der Meeresoberfläche im sogenannten Tonga-Graben liegt. In einer Versuchsstation. Vielleicht dient sie heute ganz anderen Zwecken, aber das spielt für unser Unternehmen keine Rolle.«

»Soll ich zurückkommen, sobald ich die beiden abgesetzt habe?« erkundigte sich Gucky.

Fellmer Lloyd nickte.

»Ja, das halte ich für besser. Es wird einige Stunden, vielleicht einen ganzen Tag dauern, bis Paladin und Lord Zwiebus ihr Ziel erreichen. Wir beide können von hier aus ihre Gedankenimpulse empfangen und wissen jederzeit, wann und ob sie Hilfe benötigen. Notfalls kannst du zu ihnen teleportieren und ihnen beistehen. Einverstanden?«

»Klarer Fall, Fellmer. Wenn es soweit ist, springe ich, Paladin zuerst, dann Lord Zwiebus.«

»Gut. Ich warte dann hier.«

Sie trafen die letzten Vorbereitungen. Lord Zwiebus verließ sich nicht darauf, daß er überall etwas zu essen fand. Er nahm einen geräumigen Vorratsbeutel voll Lebensmittel mit, die für eine ganze Woche reichten. An seinem Gürtel hing die Spezialkeule, mit der er den Affenmenschen und vielleicht sogar primitiven Zyklopen weit überlegen war.

Für den Einsatz Paladins waren keine besonderen Vorbereitungen nötig. Die sechs Siganesen verfügten über Vorräte, die nicht nur Wochen, sondern Monate reichten. Die Bewaffnung des Roboters brauchte nicht mehr vervollständigt zu werden. Sie genügte für ganze Armeen.

Gucky zog seine Uhr zu Rate.

»Es ist Nachmittag und damit höchste Zeit. Ich nehme an, Paladin und Zwiebus werden dann morgen bei Tagesanbruch am Zielort sein. Nach Einbruch der Dunkelheit müssen sie sich eingehend umsehen. Soweit ich feststellen konnte, gibt es auf dem Weg ein paar merkwürdige Anlagen, die Fabriken ähneln. Hätte ich deine ausschweifende

Phantasie, Fellmer, dann würde ich glatt behaupten, es handele sich um biologische Zuchtstationen der Cappins.«

Fellmer nickte ernst.

»Keine Phantasie reicht aus, die Wahrheit zu beschreiben«, sagte er trocken.

Gucky trat auf Paladin zu.

»Bist du fertig, Harl? Nimm mich auf den Arm – was ich wörtlich zu nehmen bitte.«

Der Paladin beugte sich ein wenig herab und nahm den Mausbiber auf seine oberen Arme. Damit war der stoffliche Kontakt zur Teleportation hergestellt.

»Bis später«, sagte Fellmer Lloyd zu dem Roboter. »Und – viel Glück.«

»Danke, Fellmer.«

Gucky konzentrierte sich auf einen Punkt, den er sich bei seiner ersten Exkursion genau gemerkt hatte. Es war ein Höhenzug, der zweihundert Kilometer vor der angepeilten Station lag und sich von Süden nach Norden zog. Dahinter gab es nur noch die Ebene mit den vermuteten Zuchtstationen, einige Wälder und Steppen, zwei oder drei Flüsse und ein Hochplateau.

Als er mit Paladin wieder materialisierte, lag er noch immer auf den Armen des Roboters. Geschickt rutschte er auf den Boden hinab und deutete nach Osten.

»Hinter dem Horizont, Harl, ist es. Ein weiter Weg. Warte, bis ich Zwiebus gebracht habe.«

Gucky holte den Pseudo-Neandertaler. Lord Zwiebus sah sich nach allen Seiten um, dann meinte er zu Gucky:

»Die Gegend kommt mir merkwürdig bekannt vor. Wenn ich bedenke, daß ich zweihunderttausend Jahre in der Station unter der Erde und sogar unter dem Meer im Tiefschlaf gelegen habe, von Rhodan geweckt und dann wieder zweihunderttausend Jahre in die Vergangenheit geschickt wurde, beginne ich an meinem Verstand zu zweifeln.«

»Da bist du nicht der einzige«, sagte Gucky, indem er die günstige Gelegenheit zu einem Seitenhieb nutzte. Er sah Lord Zwiebus unschuldig an, als dieser ihm einen fragenden Blick zuwarf. »Es sind in der Tat unglaubliche Ereignisse, die auf uns einstürmen, nicht wahr?«

Der Neandertaler nickte zustimmend.

»Ja sicher, da hast du recht. Ich stehe wieder am Beginn meiner eigenen Geschichte.«

»Und was wirst du tun, wenn du dir selbst begegnest?«

»Ist das wirklich möglich?«

»Natürlich ist das möglich, mein Lieber. Du hast wohl vergessen, daß wir uns im Augenblick in einer anderen Zeitebene befinden, da können wir auch zweimal existieren. Du wenigstens. Paß nur auf, daß du dir nicht selbst den Schädel zertrümmerst.«

Lord Zwiebus machte einen etwas verwirrten Eindruck, als Gucky sich von ihm und dem Paladin verabschiedete. So recht schien er nicht zu wissen, ob der Mausbiber einen Scherz mit ihm gemacht hatte oder ob er es ernst meinte. Er beschloß, Harl Dephin später nach seiner Meinung zu fragen.

Gucky winkte ihnen noch einmal zu.

»Ich behalte euch telepathisch im Auge, wenn ich mal so sagen darf. Denkt aber nicht zuviel Unsinn, sonst wird es zu anstrengend für mich und Fellmer. Wenn ihr Hilfe benötigt, kreuze ich auf. Mit der Spezialausrüstung. Versucht aber, ohne mich auszukommen. Wir treffen uns dann morgen an der eingezeichneten Stelle, die ihr auf der Karte leicht findet. Bis dann . . .«

Er verschwand vor ihren Augen.

Paladin deutete in die vor ihnen liegende Ebene hinab.

»Gehen wir, Lord Zwiebus. Sie können sich von mir tragen lassen, wenn Sie es wünschen.«

»Ein wenig Bewegung tut mir gut. Danke.«

»Wie Sie wollen«, sagte der Paladin und setzte sich in Bewegung.

Zur Ebene hinab führte ein ausgetretener Pfad, der von Tieren oder Affenmenschen stammen mochte. Er war nicht zu steil und bereitete den beiden Wanderern keine Schwierigkeiten. Lord Zwiebus achtete nur wenig auf seine Umgebung und überließ Paladin diese Aufgabe. Seinem verkniffenen Gesicht nach zu urteilen, dachte er scharf über ein Problem nach.

»Bald sind wir in der Ebene«, sagte wenig später Harl Dephin, der inzwischen an Myrus Tyn das Kommando über den Roboter weitergegeben hatte. Er saß auf dem linken inneren Arm des Giganten und genoß die frische Luft und ungehinderte Aussicht. Unter der Achselhöhle Paladins war die geöffnete Notschleuse. »Ich finde, die Erde ist schön, weil sie noch so leer ist.«

»Sie ist nicht überall so leer«, sagte Lord Zwiebus. »Lemuria ist ein besiedelter Kontinent mit gigantischen Industrieanlagen und großen Städten. Es leben hier Millionen von Cappins.«

Das Gelände wurde flacher, dafür aber auch unübersichtlicher. Der

Pfad gabelte sich. Einer führte nach Norden, der andere weiter nach Osten. Sie nahmen den zweiten. Vor ihnen lag die Steppe mit fast meterhohem Gras.

Myrus Tyn, der in Paladins Kommandozentrale saß, hatte alle Bildschirme eingeschaltet. Mit Infra-Ortungsstrahlen suchte er das Gelände ab, um so vor jeder Überraschung sicher zu sein.

Sie marschierten mehr als zwei Stunden, ehe sie den ersten Fluß erreichten.

Er führte so wenig Wasser, daß sie ihn ohne Schwierigkeiten durchqueren konnten. Lord Zwiebus wurde nur bis zum Knie naß, was ihm jedoch der wärmenden Sonnenstrahlen wegen nichts ausmachte. Am anderen Ufer blieb er stehen.

»Ich bin hungrig«, meinte er kurz und nahm den Vorratsbeutel vom Rücken. »Wie wäre es mit einer kleinen Pause?«

»Da wir Zeit bis morgen haben und nichts überstürzen wollen, ist nichts dagegen einzuwenden«, stimmte Harl Dephin zu, der selbst keine Pause in diesem Sinne benötigte. Paladin hatte ihn getragen, und satt war er auch. »Aber dann marschieren wir bis Sonnenuntergang durch. Wir müßten dann bis auf hundert Kilometer an das unterirdische Gefängnis herangekommen sein.«

Lord Zwiebus öffnete den Sack und holte zwei Konserven hervor. Er öffnete sie und wartete, bis sie sich erwärmt hatten. Paladin stand daneben auf der Uferböschung und sicherte.

Zwiebus aß gierig, dann brachen sie wieder auf. Die leeren Dosen waren in den Sack zurückgewandert.

Hinter ihnen sank die Abendsonne dem Horizont entgegen. In einer Stunde würde es dunkel sein, und ihr Ziel lag noch in weiter Ferne.

Sie durchwateten einen zweiten Fluß und standen auf einem flachen Hügel, von dem aus die Sicht nach allen Seiten frei war. Im Südosten lag ein eingezäuntes Gebiet, auf dem flache Gebäude errichtet worden waren. Sogar eine Energiestation mit Sendeeinrichtung war vorhanden. Dazu Betonwürfel mit kleinen Fensteröffnungen.

»Das wird wohl wirklich eine Zuchtstation sein«, meinte Harl Dephin. »Sie haben sie wahrscheinlich deshalb außerhalb der Städte erbaut, damit ausbrechende Fehlmutationen die Cappins selbst nicht gefährden. Solche Ausbrüche müssen an der Tagesordnung sein.«

»Hoffentlich werden wir nicht bemerkt.«

»Wir bleiben hier, bis es dunkel geworden ist, dann nehme ich Sie auf und gehe weiter. Sie werden sehen, wie schnell wir vorbei sind. Dort unten ist ein Wald. Ihn werden wir durchqueren.«

»Können Sie sehen?«

»Paladin besitzt eine hervorragende Infrarot-Anlage.« Der Roboter ging ein Stück weiter, bis er eine Mulde fand, in der er nahezu verschwand, auch wenn er stehen blieb. »Hier warten wir, bis die Sonne untergegangen ist. Sie können wieder essen, Lord Zwiebus, wenn Sie Appetit verspüren.«

Das ließ sich der Neandertaler nicht zweimal sagen.

»Na, was machen sie jetzt?« erkundigte sich Gucky, der eine Zeitlang die telepathische Beobachtung aufgegeben hatte, um ein wenig zu schlafen. »Hast du sie im Griff?«

»Natürlich. Sie haben eine zweite Pause eingelegt. Jetzt warten sie auf den Einbruch der Dunkelheit. Vor ihnen liegt eine der von dir erwähnten Stationen.«

Gucky gähnte.

»Die Sache wird langweilig. Passiv sitzen wir hier herum und schlagen die Zeit tot.«

»Du wirst sehr bald genug zu tun haben«, prophezeite Fellmer Lloyd dem Mausbiber, der als Antwort müde nickte und auf die Uhr sah. »Wann soll ich dich ablösen?«

»Wenn du ausgeschlafen hast«, erwiderte der Telepath anzüglich.

Gucky rollte sich wieder zusammen, genau im Bereich des Wärmestrahlers. Sekunden später war er eingeschlafen.

Fellmer Lloyd lächelte und überprüfte zum fünftenmal die Spezialausrüstung, die Atlan ihnen mitgegeben hatte.

Als es dunkel geworden war, weckte der Paladin Lord Zwiebus. Er tat es mit einem sanften Fußtritt, der den Neandertaler gleich zwei Meter weiter beförderte.

»Entschuldigen Sie, Lord«, sagte Harl Dephin über den gedämpften Lautsprecher. »So genau lassen sich Paladins Bewegungen nicht koordinieren. Es ist soweit, kommen Sie hoch.«

Lord Zwiebus brummte etwas vor sich hin, nahm den Beutel und die Keule, und wenig später saß er wohlgeborgen in den Mittelarmen des Roboters, der sich sofort in östlicher Richtung in Marsch setzte.

Wenn es hier Alarmanlagen gab, so waren sie nicht zu bemerken. Die Orteranlagen Paladins jedenfalls registrierten nichts, was Verdacht erregte. Der Wald bot eine großartige Deckung und würde auch eventuelle Suchstrahlen derart reflektieren, daß auf den Schirmen der Cappins nichts zu erkennen sein würde. Vor wilden Tieren oder Affenmenschen fürchtete sich in diesem Augenblick keiner der Expeditionsteilnehmer. Am wenigsten Lord Zwiebus, der sich drei Meter über dem Boden absolut sicher fühlte. Er wußte, über welche Waffen der Roboter verfügte.

Sie legten mehr als zehn Kilometer im Wald zurück, dann erreichten sie freies Gelände. Der Paladin erhöhte seine Laufgeschwindigkeit, aber Lord Zwiebus spürte kaum eine Erschütterung. Nur der vorbeistreichende Wind verriet ihm, wie schnell der Roboter geworden war. Allem Anschein nach wollte Harl Dephin möglichst bald aus dem Radarbereich der Versuchsstation gelangen.

Als der Morgen dämmerte, kam das von Gucky bereits erwähnte Hochplateau in Sicht. Es lag nur knapp fünfzig Meter über der Steppe und sollte sich bis zum Meer hin erstrecken. Darüber ging gerade die Sonne auf.

Wie eine schwarze Steilwand lag es vor ihnen.

»Hoffentlich finden wir einen Aufstieg, Dephin.«

»Wir werden sehen. Wenn es nicht anders geht, werden wir die Flugaggregate benutzen.«

Eine halbe Stunde später war es gänzlich hell geworden, und ihr Ziel lag noch knapp dreißig Kilometer vor ihnen. Die Gefahr, Ungeheuern oder Affenmenschen zu begegnen, erhöhte sich damit rapide. Daran konnte auch die Tatsache nichts ändern, daß sie einen bequemen und leicht begehbaren Aufstieg in der Felswand entdeckten, der sie auf das Plateau hinaufbrachte.

Oben angekommen, sah Paladin sich von einer sicheren Deckung aus um. Das Plateau war flach wie ein Tisch und wies kaum Pflanzenwuchs auf. Nur hier und da standen in kaum merklichen Senken Bäume, deren Wurzeln nur hier die lebensnotwendige Feuchtigkeit fanden. In diesen Hainen, so vermutete Lord Zwiebus, konnten sich Affenmenschen aufhalten. Sicherlich gab es hier oben weniger Ungeheuer, dafür jedoch mehr kleines Getier, von dem sich die primitiven Vorfahren der Menschen ohne große Gefahr ernähren konnten.

»Bald haben wir es geschafft«, sagte Harl Dephin und ließ Paladin weitergehen.

Zehn Kilometer vor der angegebenen Position setzte der Paladin Lord Zwiebus ab. Der Neandertaler wollte den Rest des Weges zu Fuß zurücklegen, um, wie er behauptete, wieder in Übung zu kommen. Ihm seien die Knochen steif geworden.

Er ging sogar vor und übernahm die Sicherung.

Als sie einen kleinen Wald passierten, wurden sie von einer Horde Affenmenschen angegriffen, die so urplötzlich aus ihrem Versteck auftauchten, daß selbst die Systeme des Paladins sie nicht rechtzeitig erfassen konnten.

Es gehörte für die Primitiven schon eine gehörige Portion Mut dazu, ein Monstrum wie den Paladin mit Keulen und Steinen anzugreifen. Das war auch der Grund, warum sich Harl Dephin nicht dazu entschließen konnte, einfach das Feuer aus seinen überlegenen Waffen zu eröffnen.

Er zögerte.

Aber auch Lord Zwiebus konnte keinen Entschluß fassen.

Er dachte mit Grausen daran, daß er seine eigenen Eltern vielleicht töten konnte. Dann würde er selbst niemals geboren werden, ob in einer Versuchsanstalt oder hier auf dem Plateau – das spielte bei den Folgeerscheinungen eines Zeitparadoxons keine Rolle mehr.

Er durfte keinen Affenmenschen töten, denn wenn er auch vielleicht nicht gerade seinen Vater oder seine Mutter umbrachte, so doch eventuell den Großvater oder sonst einen wichtigen Ahnen, der bei seiner späteren Entstehung eine entscheidende Rolle gespielt hatte.

Also zögerte Lord Zwiebus.

Die Affenmenschen hielten das für Feigheit, was wiederum ihren eigenen Mut steigerte. Wie die Berserker rasten sie auf die beiden Unbekannten zu und schwangen ihre Keulen.

»Das wird ungemütlich«, verkündete Harl Dephin laut genug, daß Lord Zwiebus es hören konnte. »Wir müssen etwas tun.«

»Elektroschock!« gab der Neandertaler zurück.

Das schien die richtige Methode zu sein, die Angreifer abzuschrekken, ohne ihnen ernsthaften Schaden zuzufügen. Also gab Harl Dephin den entsprechenden Befehl an seinen Waffenoffizier weiter, während Lord Zwiebus seine Keule aktivierte und die Energiezufuhr für den eingebauten Strahler verminderte.

Von da an handelte er ohne Hemmungen.

Keulenschwingend lief er den Affenmenschen entgegen, die nun ihrerseits stutzten. Daß ein scheinbar feiger Gegner plötzlich angriff, mußte ihnen ungewöhnlich erscheinen. Es schien ihnen unbegreiflich, daß der viel größere Unbekannte, nämlich Paladin, im Hintergrund blieb und sich nicht an dem Gegenangriff beteiligte.

Sie faßten neuen Mut.

Und liefen weiter auf Lord Zwiebus zu, der sie ruhig erwartete. Er hielt seine Keule nun still, um seine Gegner besser anvisieren zu können. Dann, als die ersten Affenmenschen nur noch wenige Meter entfernt waren, drückte er auf den als Astloch getarnten Auslöser.

Der schwache Energiestrahl war so gut wie unsichtbar. Aber seine Wirkung blieb auch den Angreifern nicht verborgen. Mehrere von ihnen gerieten direkt in seinen Aktionsbereich und wurden wie von einer unsichtbaren Faust zurückgeschleudert. Die meisten von ihnen verloren sofort das Bewußtsein, während jene, die sich nur im Randbereich befunden hatten, unsanft zur Erde fielen, wo sie verblüfft liegenblieben und Lord Zwiebus wie einen Geist anstarrten.

Lord Zwiebus aber grinste fast freundschaftlich. Unwillkürlich redete er die Affenmenschen an. Die Erinnerung tauchte aus seinem Gedächtnis auf, wo sie zwei Jahrhunderttausende geschlummert hatte. Er kannte die Sprache seiner Vorfahren wieder.

»Hört mich an!« Es klang wie das Knurren eines gereizten Raubtiers, fauchend und manchmal sogar guttural. »Ich bin einer von euch, aber die Fremden, die vom Himmel kamen, haben mich verwandelt. Geht in den Wald zurück und laßt mich in Ruhe weitermarschieren.«

Ein alter Affenmensch, so etwas wie ein Anführer der Horde, fletschte seine gelben Fangzähne.

»Du gehörst nicht zu unserem Stamm. Wir töten dich!«

»Laßt den Unsinn, er würde euch nicht gut bekommen«, sagte Lord Zwiebus. Noch hoffte er, ohne Gewalt zu einer Verständigung zu kommen. Er überlegte, wen er sich wohl als Vater oder sonstigen Urahn aussuchen würde, wenn er die Wahl hätte. »Ich könnte euch alle töten, wenn ich wollte, aber mein Freund und ich wollen nur weiterziehen, mehr nicht. Gebt den Weg frei.«

Aber der Alte blieb unbelehrbar. Anscheinend hatte er den Wunsch, sich vor seinen Stammesgenossen auszuzeichnen.

Lord Zwiebus seufzte.

»Wir werden dich töten!« wiederholte der andere.

»Du könntest ja mein Vater sein«, sagte er und drückte abermals auf den Feuerknopf. »Guten Schlaf, Alter.«

Der Anführer stürzte besinnungslos zu Boden, während die anderen Affenmenschen erschreckt zurückwichen. Die Zauberkeule beeindruckte sie sehr.

»Schlagt euch endlich in die Büsche!« rief Lord Zwiebus, dem die Sache allmählich zu dumm wurde. Schließlich riskierte er auch für diese primitiven Urformen der Menschen sein Leben. »Wir sind euch nicht feindlich gesinnt, würde ich sonst eure Sprache sprechen?«

Er gab dem Paladin einen Wink. Der Koloß setzte sich in Bewegung, das Geschütz noch immer feuerbereit. Die Affenmenschen wichen zurück, wobei sie ihre bewußtlosen Gefährten mitschleppten. Von ihnen war mit Sicherheit kein Angriff mehr zu befürchten.

»Weiter nach Osten!« befahl Harl Dephin.

Nach knapp zwei Stunden hielten sie an. Lord Zwiebus zog die Karte zu Rate. Dann sagte er:

»Wir stehen genau an der bezeichneten Stelle. Haben Sie den Funkempfänger eingeschaltet? Nehmen Sie die Frequenz von Icho Tolots Peilgerät, alles andere scheint sinnlos zu sein.«

»Klarer Fall. Wenn es geht, werde ich auch antworten, sobald ich einen Kontakt herstellen kann. Rhodan muß wissen, daß wir in der Nähe sind. Das kann seine Handlungen nur positiv beeinflussen.«

Lord Zwiebus orientierte sich. »Ein geeignetes Versteck finden wir hier nicht. Die großen Felsbrocken bieten wenig Schutz.«

»Aber wir wollen mal sehen, ob Fellmer und Gucky aufkreuzen.«

»Erst Verbindung mit Rhodan«, empfahl Harl Dephin.

Die empfindlichen Empfangsgeräte des Paladin nahmen die ersten Funkpeilzeichen Tolots auf. Sie bewiesen Guckys Aussage, daß sich die Gefangenen tief unter der Erdoberfläche aufhielten, und zwar genau an dieser Stelle des Hochplateaus. Die Entfernung ließ sich allerdings noch immer nicht bestimmen. Es konnten hundert Meter, aber auch zwei Kilometer sein. Die Funkimpulse durchdrangen noch dickere Schichten gewachsenen Felsens.

Paladin und Lord Zwiebus waren zwischen den Felsblöcken verschwunden und richteten sich ein. Wie lange sie hier warten mußten, konnten sie nicht ahnen. Wichtig war nur, daß Rhodan ein Lebenszeichen von ihnen erhielt und daß bald darauf Gucky auftauchte, um sie in die unbekannte Tiefe zu teleportieren, sobald es notwendig wurde.

»Ich werde jetzt mit Sendungen beginnen«, sagte Harl Dephin.

Lord Zwiebus nickte und machte sich an seinem Beutel mit den Vorräten zu schaffen.

Er würde nie begreifen, wie ein Mensch, und sei er noch so klein, mehr als zwei Stunden ohne Nahrung auskommen konnte . . .

22.

Takvorian befolgte die Anweisung, die Gefangenen »als Gäste« zu behandeln.

Trotzdem bereiteten Rhodan und seine Freunde alles für einen Ausbruchsversuch vor. Schuld daran war die kurze Funkmeldung Guckys an Atlan, die Icho Tolot mit seinem Spezialgerät empfangen hatte.

Sie waren erneut verlegt worden und befanden sich nun in einem gemütlich eingerichteten Zimmer, das jedoch von allen Seiten hermetisch abgeschlossen war. Bei ihnen hielt sich weiterhin nur Takvorian auf. Er beantwortete jetzt sogar einige ihrer Fragen.

»Sie haben eine Mitteilung erhalten und daraufhin Ihr Verhalten uns gegenüber geändert«, stellte Rhodan fest. »Warum?«

»Ich kann Ihre Frage nicht beantworten«, erwiderte der Zentaur. »Jedenfalls besteht keine Gefahr mehr für Ihr Leben, wenn Sie sich vernünftig verhalten. Ich bin für Ihre Sicherheit verantwortlich wie auch dafür, daß Sie nicht fliehen.« Icho Tolot lag auf dem dicken Teppich, da es für ihn keinen Sessel gab, der stark genug gewesen wäre, sein Gewicht auszuhalten. Alaska Saedelaere hatte neben Rhodan auf der Couch Platz genommen.

Ras Tschubai bemühte sich, an alles mögliche zu denken, nur nicht an eine Teleportation.

»Wir haben uns also immer noch als Ihre Gefangenen zu betrachten?«

»Selbstverständlich, daran hat sich nichts geändert.«

»Wir haben Hunger«, sagte Rhodan.

Takvorian blieb in der Ecke neben der Tür stehen, als er antwortete:

»Ich werde Ihnen etwas zu essen holen. Verhalten Sie sich während meiner Abwesenheit ruhig. Sie werden durch elektronische Überwachungsgeräte beobachtet. Ich bin bald zurück.«

Sie ließen ihn nicht aus den Augen, während er das Schloß der Tür öffnete. Rhodan stellte fest, daß es mit Hilfe von Hitzestrahlen möglich war, das Schloß gewaltsam zu sprengen. Als Takvorian außer Sicht und die Tür wieder geschlossen war, flüsterte er Alaska Saedelaere zu:

»Haben Sie etwas von einem Mikrophon oder einer Kamera hier bemerkt?«

»Nichts. Der Pferdemensch blufft nur. Wir können unbesorgt sprechen.«

»Gut«, sprach Rhodan etwas lauter. »Wir haben nur wenig Zeit. Wir werden Takvorian überwältigen. Der Funkspruch seines Herrn besagt offensichtlich, daß man uns besser zu behandeln hat. Ein Sinnesumschwung zu unseren Gunsten, dessen Gründe wir nicht kennen. Trotzdem müssen wir den Ausbruch wagen. Als erstes muß es uns gelingen, Ras von seinem Todesgürtel zu befreien. Wir haben unsere Spezialausrüstung dabei, die bisher immer noch nicht entdeckt wurde. Unsere Spezialisten haben unglaublich gute Tarnarbeit geleistet. Ehe wir handeln können, müssen wir aber Takvorian ausschalten, und ich glaube, das überlassen wir Icho Tolot. Takvorian muß so schnell überwältigt werden, Icho, daß er das Bewußtsein verliert, ehe er seine Fähigkeiten einsetzen kann. Sobald er in der Lage ist, Ihren Bewegungsablauf zu kontrollieren, war alles umsonst.«

»Es wird mir schon gelingen, wenn die Überraschung auf unserer Seite ist.«

»Gut. Sobald es uns gelungen ist, Takvorian auszuschalten, befreien wir Ras. Dann fliehen wir. Soweit wir wissen, befinden sich keine Cappins in der Station, nur Roboter der bekannten Bauart. Mit ihnen werden wir fertig. Dann versuchen wir, den Ausgang zu finden.«

Alaska fragte:

»Das Zeichen zum Angriff – werden Sie es geben, Sir?«

Rhodan nickte. »Ich werde die Hände im Schoß falten – das ist das Zeichen für Icho Tolot. Alles klar?«

Takvorian kehrte zu ihnen zurück. Er brachte einen Roboter mit, der das Essen servierte. Solange sich der Roboter im Raum aufhielt, war an den Beginn der geplanten Befreiungsaktion nicht zu denken. Denn alle Roboter der Cappins waren schwer bewaffnet. Man konnte sie nur durch einen Überraschungsangriff ausschalten; es bestand jedoch die Möglichkeit einer Alarmschaltung. Wurde also der Servierroboter jetzt angegriffen, konnte er vielleicht die anderen in der Station rechtzeitig warnen.

Die Gefangenen verhielten sich deshalb ruhig und aßen erst einmal.

Später, als der Roboter gegangen war, begannen sie eine erneute Unterhaltung mit Takvorian. Es war nicht einfach, den Pferdemenschen auszufragen, aber Rhodans geschickte Fragestellung brachte ihn doch dazu, einige Geheimnisse preiszugeben.

Die Schaltzentrale wurde von Ovaron befehligt und ausschließlich durch Roboter bedient. Sie lag dreitausend Meter unter der Oberfläche eines Plateaus, das sich nur fünfzig Meter über einer weiten Ebene erhob. In den geräumigen Hallen und Sälen befanden sich Schaltzentralen und riesige Laboratorien, deren Zweck aber auch Takvorian nicht genau zu kennen schien. Wenigstens war ihm keine brauchbare Auskunft zu entlocken.

Biologische Versuchsstation oder militärische Anlage?

Wahrscheinlich beides, dachte Rhodan. Und vielleicht hatte alles auch etwas mit dem Todessatelliten zu tun, der sicherlich bereits die Sonne umkreiste oder zumindest im Bau war. Auch das mußte noch herausgefunden werden, aber jetzt schien nicht der richtige Augenblick dazu zu sein.

Rhodan beobachtete Takvorian.

Der Pferdemensch schien kaum Schlaf zu benötigen. Er stand wieder neben der verschlossenen Tür und ließ seine Schutzbefohlenen nicht aus den Augen. Sein verkümmerter Oberkörper wirkte zusammengesunken und erschlafft, aber das konnte eine Täuschung sein. Rhodan wußte aus Erfahrung, wie blitzschnell der Mutant gegebenenfalls reagierte.

Deshalb war äußerste Vorsicht am Platze.

Rhodan warf Alaska einen Blick zu. Der Transmittergeschädigte saß nicht weit von ihm entfernt und schien eingeschlafen zu sein. Aber auch das war eine Täuschung. In Wirklichkeit wartete der Major nur auf das Zeichen zum Angriff.

Rhodan hütete sich, seine beiden Hände in den Schoß zu legen.

Ras Tschubai, der in diesem Fall überhaupt nichts unternehmen konnte und durfte, hielt ebenfalls die Augen geschlossen.

Icho Tolot war aufgestanden. Er war im Raum auf und ab spaziert und hielt sich nun ganz in der Nähe Takvorians auf.

Er wartete.

Langsam, unendlich langsam, legte Rhodan die rechte Hand in seinen Schoß.

Dann bewegte er die linke . . .

Ovaron spürte Unruhe und versuchte, sie zu unterdrücken. Levtron würde sich nicht damit zufriedengeben, ihn als Chef der Abwehr abgesetzt zu sehen; er würde auch nach weiteren Chancen suchen, ihn zu entmachten und jeden Einflusses zu berauben.

Es war ein Glück, daß er sich auf die nun eingetretene Notlage rechtzeitig eingerichtet hatte. Sein prächtiges Haus mußte in eine Festung verwandelt werden, unauffällig und vom Geheimdienst unbemerkt. Es mußte so bewerkstelligt werden, daß niemand, der das Haus betrat, auch nur den geringsten Verdacht schöpfen konnte. Denn Ovaron war davon überzeugt, daß er sehr bald unangenehmen Besuch erhalten würde. Bis dahin mußte alles vorbereitet sein, denn niemand konnte mit Sicherheit voraussagen, wieviel Zeit ihm dann noch zur Flucht blieb.

Ovaron fuhr mit dem Antigravlift in den Keller. Hier befanden sich die Regulierungsautomaten für die Klimaanlage, die Energieverteiler und Aggregate für den Lift und die anderen technischen Einrichtungen des Hauses. Ovaron ging achtlos daran vorbei, bis er eine kahle, glatte Wand erreichte. Einen Augenblick lang blieb er bewegungslos davor stehen und betrachtete sie.

Nein, dachte er befriedigt, wenn schon seine scharfen Augen nichts entdeckten, dann die ungeübten von Tarakan bestimmt nicht. Selbst die raffiniertesten Ortungsgeräte konnten die Isolierschicht nicht durchdringen, die in den Zwischenmauern untergebracht war.

Er trat ein wenig zur Seite und fixierte einen ganz bestimmten Punkt in der Wand. Es dauerte nur wenige Sekunden, dann entstand auf der linken Seite ein schmaler Spalt, der sich allmählich verbreiterte, bis er groß genug war, Ovaron durchzulassen.

Die geheime Schaltzentrale des Hauses, tief unter der Erde gelegen, war von seinen eigenen Robotern angelegt worden. Später hatte er das Erinnerungsvermögen dieser Roboter gelöscht und sie neu programmiert. So hatte er keine Mitwisser mehr.

Mit einem Hebeldruck aktivierte er die Abwehraggregate des Hauses so weit, daß ein einziger Druck auf einen Knopf oben in seinem Arbeitszimmer genügte, sie in Aktion treten zu lassen.

Dann kümmerte er sich um den Materietransmitter.

Niemand ahnte, daß er einen solchen Transmitter eingerichtet hatte. Er stand in direkter Verbindung mit dem Empfänger in der geheimen SCHALTZENTRALE OVARON, in der Rhodan und seine Leute gefangengehalten wurden.

Der Transmitter besaß eine Schockeichung, was bedeutete, daß ein

Transport nicht angemessen werden konnte. Wenn Ovaron es also vorzog, sich schon jetzt in Sicherheit zu bringen, würde das niemand bemerken können, nicht einmal der Geheimdienst.

Ovaron aktivierte auch den Transmitter, damit er für den Fall einer schnell notwendig werdenden Flucht innerhalb von Sekunden betriebsbereit sein konnte. Eine kurze Probeschaltung ließ den Lichtbogen aufflammen. In Ordnung. Auch hier ging Ovaron mit äußerster Vorsicht vor, die man schon fast als Pedanterie bezeichnen konnte.

Aber er wußte, daß sein Leben davon abhing, zumindest aber seine Freiheit.

Die von ihm selbst aufgebaute Golamo arbeitete nach einem besonderen Prinzip. Es war so gut wie unfehlbar, und jeder Befehl des jeweiligen Chefs mußte unbedingt ausgeführt werden. Es gab keine Rückfragen und keine Rücksichten. Der Chef der Abwehr war uneingeschränkter Herrscher über Leben und Tod seiner Untergebenen – solange er der Chef war.

Nach Ovarons Absetzung gab nunmehr Tarakan die Befehle.

Ovaron schüttelte bei dem Gedanken an den Ehrgeizling den Kopf und verließ den geheimen Kontrollraum. Er kehrte auf dem gleichen Weg zurück, den er gekommen war. Wieder schloß sich die Wand, als er den Kontaktpunkt fixierte.

Nichts mehr verriet, daß hinter der Wand der Weg in die Freiheit begann.

Denn die SCHALTZENTRALE OVARON war uneinnehmbar.

Der Cappin begab sich wieder in seine Arbeitsräume und ließ sich von einem Roboter die gewohnte Mahlzeit bringen. Im Augenblick konnte er nichts unternehmen, und eine voreilige Flucht wäre nicht nur unklug, sondern sogar gefährlich gewesen. Erst im äußersten Notfall würde er fliehen.

Keine Sekunde früher.

In den Nachrichtensendungen wurde sein Name bereits nicht mehr erwähnt. Die psychologische Kriegführung Tarakans begann also schon damit, ihn bei der Bevölkerung in Vergessenheit geraten zu lassen. Das war Tarakans kluge Taktik, denn er wußte genau, daß Ovaron bei einem großen Teil der Cappins beliebt gewesen war.

Es war aber zugleich auch der Beweis dafür, daß er eine Aktion gegen den abgesetzten Chef der Abwehr plante.

23.

Rhodan hatte die Hand schon zu der anderen in den Schoß legen wollen, als Icho Tolot ihm ein Zeichen gab. In Interkosmo, das Takvorian nicht verstand, sagte der Haluter:

»Ein Funksignal von draußen, genau von oben. Nur ganz kurz, aber es stammt zweifellos von einem Spezialsender siganesischer Bauart. Um drei Kilometer Fels zu durchdringen, wäre sonst ein Riesensender notwendig.«

»Atlan, also doch!« gab Rhodan zurück. »Die Frage ist, sollen wir trotzdem handeln wie beschlossen?«

Takvorian bewegte sich unruhig hin und her. Wieder unterhielten sich die Gefangenen in einer ihm fremden Sprache, obwohl er es ihnen verboten hatte.

»Ich bin dafür, den Mutanten wie besprochen zu überwältigen, ohne ihm Schaden zuzufügen. Dann übernehmen wir die Station und suchen einen Weg zur Oberfläche. Es *muß* einen geben!«

»Hoffentlich werden wir mit den Robotern fertig.«

Takvorian unterbrach sie energisch:

»Sie dürfen sich nicht in einer Sprache unterhalten, die mir unbekannt ist. Außerdem haben Sie es nicht nötig, Fluchtpläne zu schmieden. Mein Herr wird Ihnen bald die Freiheit schenken.«

Rhodan sah ihn forschend an.

»Wenn er das vorhat, warum sind wir dann noch seine Gefangenen?«

»Ich weiß es nicht.«

Takvorian wandte sich ab und war offensichtlich zu keiner weiteren Auskunft mehr bereit.

Rhodan faltete langsam und betont die Hände. Der richtige Augenblick zum Handeln schien gekommen zu sein. Icho Tolot saß keine zwei Meter von dem Mutanten entfernt.

Das mußte genügen.

Der Haluter hatte auf das Zeichen gewartet. Er handelte im Bruchteil einer Sekunde. Ehe Takvorian begriff, was geschah, und ehe er seine parapsychische Fähigkeit, die Zeitabläufe zu verlangsamen, aktivieren konnte, war Icho Tolot bereits über ihm und warf ihn mit einem gewaltigen Hieb zu Boden. Ein zweiter Schlag, immer noch relativ vorsichtig ausgeführt, raubte dem gefährlichen Mutanten das Bewußtsein. Damit war er vorerst unschädlich gemacht worden und stellte kein Hindernis auf dem Weg in die Freiheit dar. Sie fesselten ihn mit feinen Schnüren, die sie in ihrer geheimen Ausrüstung mit sich führten.

Die raffinierten Verstecke in den Kampfanzügen waren bei der oberflächlichen Durchsuchung und in der allgemeinen Hektik des Geschehens unentdeckt geblieben, ebenso wie Tolots Sender und Empfänger. Nun endlich konnten Rhodan und seine Begleiter die ihnen zur Verfügung stehenden Hilfsmittel voll und ganz nutzen.

Und sie hatten eine Menge davon, in erster Linie Mikrowaffen, die von den Siganesen hergestellt worden waren. Da gab es winzige Bomben, nicht größer als eine Erbse, die jedoch eine Sprengkraft mit verheerender Wirkung besaßen. Strahler, die man bequem in der geschlossenen Faust verbergen konnte, waren in der Lage, dicke Panzerungen zu zerschmelzen. Alaska setzte fieberhaft aus vielen kleinen Einzelteilen ein großkalibriges Strahlengewehr zusammen.

Nur Ras Tschubai blieb untätig.

Rhodan zog einen dünnen, silbernen Stift aus einem der vielen Verstecke seines Kampfanzuges. Nachdenklich betrachtete er ihn und richtete den Stift dann gegen die Wand. Für den Bruchteil einer Sekunde drückte er den winzigen Knopf am hinteren Ende. Ein haarfeiner Strahl, grell und weiß, schoß aus der Spitze und fraß sich in die Stahlwand.

»Damit dürfte es gehen«, erklärte Rhodan und näherte sich Ras Tschubai.

Während Ras zu schwitzen begann, betrachtete Rhodan den breiten Todesgürtel aus Metall, dünn, aber widerstandsfähig. Er saß fest und hatte kaum Spielraum. Es würde eine riskante Arbeit sein, ihn mit dem Strahler aufzuschweißen. Aber es gab keine andere Möglichkeit.

Er richtete den Stift möglichst schräg gegen den Gürtel, zögerte einen Augenblick und drückte dann auf den Auslöserknopf.

Der feine Strahl traf den Gürtel, wurde aber reflektiert. Er traf zu flach auf, um genügend Energie für die beabsichtigte Wirkung zu entwickeln. Rhodan verkleinerte den Auftreffwinkel.

Der Gürtel begann an der beabsichtigten Stelle zu schmelzen. Zuerst nur ein wenig, aber dann wurde die Naht breiter und länger, bis der Gürtel zur Hälfte durchgetrennt war.

Noch drei Zentimeter, noch zwei, und dann sprang der Gürtel auseinander.

»Noch nicht an Teleportation denken!« befahl Rhodan und zog den Gürtel mit der gefährlichen Schnalle, in der der Automatvernichter verborgen sein mußte, unter dem Körper des Mutanten hervor.

Er trug ihn vorsichtig in die äußerste Ecke des Raumes und legte ihn auf den Boden. Mit Tolots Hilfe schob er dann das gesamte Inventar ebenfalls in die Ecke, und zwar so, daß der Gürtel völlig darunter verschwand. Der Auslöser der heimtückischen Waffe war scharf und konnte nicht abgeschaltet werden. Selbst jetzt noch reagierte er womöglich auf die Gedankenimpulse des Teleporters. Man konnte ihn nur unschädlich machen, indem man ihn einfach seine Arbeit verrichten ließ.

Als Rhodan sich davon überzeugt hatte, daß der explodierende Gürtel keinen Schaden mehr anrichten konnte, erlöste er Ras.

»So, nun denken Sie daran, wie schön es wäre, jetzt zur Oberfläche hinaufzuteleportieren . . .«

Rhodan hatte das Wort kaum richtig ausgesprochen, als unter den angehäuften Möbeln ein scharfes Zischen ertönte. Plastik begann zu brennen, dann war wieder Stille. Die Ventilation saugte den stinkenden Qualm sofort ab.

Tolot räumte die Möbel beiseite. Der Gürtel hatte sich nicht verändert, aber dort, wo die Schnalle gewesen war, glühte noch das Metall. Für zwei Sekunden hatte der Automatvernichter einen absolut tödlich wirkenden Energiestrahl erzeugt, der unweigerlich den Körper des Gürtelträgers durchbohrt hätte.

Ein Aufatmen war im Raum zu hören. Rhodan klopfte Ras auf die Schultern.

»Glück gehabt, Ras. Nun haben wir mehr Bewegungsfreiheit, wenn ich es auch nicht für ratsam halte, schon jetzt zur Oberfläche hinaufzuteleportieren. Die Station interessiert mich. Die riesigen Schaltanlagen könnten doch etwas mit dem Todessatelliten zu tun haben. Vielleicht beginnt hier unten schon unsere eigentliche Arbeit, seinen Bau zu verhindern.«

Alaska überprüfte sein Gewehr.

»Es ist in Ordnung. Damit öffnen wir die Tür.«

»Ich kann euch hinausbringen«, erbot sich Ras.

Rhodan schüttelte den Kopf.

»Sie erholen sich erst einmal, Ras. Tolot, überprüfen Sie noch einmal Takvorians Fesselung. Es wird besser sein, wir verabreichen ihm eine Injektion, damit er bewußtlos bleibt. Ich habe keine Lust, plötzlich zur Statue zu werden.«

Während sich Tolot um den Gefangenen kümmerte, schweißte Alaska das Schloß der Tür auf. In dem Raum wurde es zuerst warm, dann ungemütlich heiß. Endlich aber war es geschafft. Auf dem Gang war es kalt, fast eisig.

Von irgendwoher näherten sich schwere, metallene Schritte.

»Sie kommen schon«, stellte Rhodan fest und sah zu Alaska. Das Strahlengewehr war im Augenblick die einzige Waffe, die wirksam gegen Kampfroboter eingesetzt werden konnte.

»Vorsicht!«

Rhodan wollte darauf verzichten, große Zerstörungen anzurichten. Es genügte, angreifende Roboter außer Gefecht zu setzen.

Er begann sich mehr Gedanken über die Schaltzentrale zu machen, die nur von Robotern, nicht aber von Cappins bedient wurde. Welchen Zweck mochte sie haben, warum war sie errichtet worden?

Tolot und Alaska waren ein Stück vorausgegangen. Der Abwehroffizier hielt sein Gewehr schußbereit und ging angespannt hinter dem Haluter voran, dessen mächtiger Körper ihm Schutz und Deckung bot. Tolot selbst war ebenfalls mit einem Handstrahler bewaffnet, der aber nicht die Wirkung von Alaskas Gewehr hatte.

Ein Roboter kam in Sicht.

Er war humanoid gebaut und besaß zwei Arme, die allerdings nicht zur Arbeit gedacht waren. Es waren Waffenarme mit großen Energiemündungen, die nach vorn gerichtet waren. Das Monstrum wurde nicht ferngesteuert, sondern bewegte sich selbständig. Die Körperkontrollen reagierten auf optische und akustische Eindrücke, während eine Vorprogrammierung dafür sorgte, daß es fremde Eindringlinge angriff und vernichtete.

Das Licht im Gang war nicht besonders hell, aber dort, wo der Roboter ging, flammte es automatisch auf. Sein Gewicht genügte, die im Boden befindlichen Kontrollen ansprechen zu lassen. Das wirkte sich für ihn verhängnisvoll aus.

Alaskas erster Energieschuß zerschmolz den rechten Waffenarm.

Der linke erwiderte das Feuer den Bruchteil einer Sekunde später.

Tolot gab Alaska einen Stoß. Der Transmittergeschädigte taumelte zur Seite und entging so dem ihm zugedachten Energiestrahl, der dicht über seinem Rücken dahinzischte und gegen die Felswand prallte, wo er das Gestein verdampfte und ein Loch hinterließ. Während sich Alaska aufrappelte und das Gewehr an die Schulter riß, stürmte Tolot bereits vor. Zum Glück war die Decke hoch genug, so daß er sich nicht zu bücken brauchte und nicht behindert wurde. Noch bevor der Roboter erneut das Feuer eröffnen konnte, war der Haluter bei ihm. Mit einem Schlag schleuderte er den Stationswächter zu Boden. Der Energieschuß ging in die Decke, von der flüssiges Gestein tropfte und verdampfte. Mit einem zweiten Schlag zertrümmerte Tolot die Steuerzentrale des Roboters und machte ihn aktionsunfähig.

»Man sollte sie nicht unterschätzen«, sagte er, als er zu Rhodan zurückkehrte. Alaska stand noch immer an die Wand gelehnt. Das Gewehr in seiner Hand zitterte leicht. Er hatte nicht gedacht, daß der Roboter so schnell reagieren würde. »Sie sind großartig programmiert. Wir werden unsere helle Freude an ihnen haben.«

»Wir nehmen die Sprengbomben«, sagte Rhodan entschlossen.

»Wir brauchen auf niemand mehr Rücksicht zu nehmen. Jetzt geht es hart auf hart. Wir lassen Takvorian hier zurück, da ist er gut aufgehoben, und es geschieht ihm nichts. Wir sehen uns die Station an und versuchen, einen Ausgang zu finden.«

Ohne eine Anweisung Rhodans abzuwarten, ging der Haluter voran. Er verließ sich auf die Widerstandsfähigkeit seines gigantischen Körpers, dessen Molekularstruktur er bis zur Dichte von Stahl verhärten konnte. So hielt er selbst direkte Treffer leichter Energiewaffen für Sekunden aus, ohne Schaden zu nehmen.

Alaska hatte sich inzwischen von seiner Überraschung erholt.

»Das passiert mir nicht noch einmal!« versicherte er, als er neben Rhodan hinter Icho Tolot herging. »Man muß sie so treffen, daß gleich die Steuerzentrale ausfällt.«

Ras Tschubai bildete den Abschluß. Auch er trug einen kleinen Handstrahler und in der geöffneten Brusttasche einige der winzigen Sprengbomben. Sie detonierten beim Aufschlag oder bei einem Druck, der ihrem Eigengewicht entsprach.

Es war nicht das erste Mal, daß sich Rhodan in einer ähnlichen Lage befand – ein von intelligenten Lebewesen tief unter der Oberfläche angelegtes Bauwerk, durch automatisch funktionierende Maschinen abgesichert, lag vor ihm zur Erforschung. Er kannte weder den Zweck der riesigen Schaltstation noch das Ausmaß der vorhandenen Sicherung. Er wußte nur, daß vor zweihunderttausend Jahren Wesen aus dem Weltraum zur Erde gekommen waren, um biologische Experimente durchzuführen.

Tolot war stehengeblieben.

»Vorsicht! Der Gang verbreitert sich. Abzweigungen.«

»Roboter?«

»Keine bis jetzt. Wohin wenden wir uns?«

Rhodan deutete geradeaus.

»Wir nehmen den Hauptkorridor. Wir müssen die eigentliche Schaltzentrale finden. Wenn wir sie erreichen, haben wir ein Mittel in der Hand, die Cappins in unserem Sinne zu beeinflussen. Wir werden notfalls die Zentrale zerstören, wenn sie uns nicht die Zeitmaschine überlassen und die Freiheit zurückgeben. Ich glaube, die Schaltzentrale bedeutet ihnen viel, sonst wäre sie nicht so gegen die Außenwelt abgeschirmt. Sie ist wichtig. Also nehmen wir sie in Besitz und tauschen sie gegen unsere Freiheit ein.«

Alaska blieb skeptisch.

»Ich weiß nicht, ob sie darauf eingehen werden. Es ist besser, wir finden den Ausgang, damit wir nicht auf sie angewiesen sind.«

»Zuerst die Hauptzentrale, die Kontrollstation.« Rhodan ging weiter, hinter dem Haluter her. »Wenn es einen Ausgang gibt, dann finden wir ihn dort. Wir haben also keine andere Wahl.«

Icho Tolot blieb stehen.

»Wieder Funkzeichen! Diesmal habe ich etwas verstanden, aber nur ein einziges Wort.«

»Welches?«

». . . kommen . . .«

»Und das war alles?« Rhodan stand neben ihm und sah nach vorn, wo eine graue Metallwand den Korridor abschloß. Rechts und links zweigten weitere Gänge ab. »Was soll das? Kommen sie, oder sollen wir kommen?«

»Keine Ahnung. Der Kode jedenfalls besagte: kommen. Ich habe mich nicht geirrt. Leider kamen die anderen Signale nicht klar durch. Fest steht, daß sie nicht weit sind, vielleicht gerade genau über uns, wenn sie meine Funkzeichen anpeilen konnten.«

Rhodan deutete nach vorn.

»Gehen wir weiter, wir haben es gleich geschafft. Hinter der Wand dürfte die Kontrollzentrale liegen – und die Kampfroboter.«

Icho Tolot zögerte.

»Drei Meter weiter ist eine Metallschiene im Steinboden. Sie verläuft quer durch den Korridor, von einer Seite zur anderen. Wenn wir sie überschreiten, wird vielleicht ein Alarm ausgelöst.«

»Ich werde die Metallschiene überschreiten und sofort zurückkehren«, sagte Rhodan. »Wir werden ja sehen, was dann passiert.«

Ras und Alaska tauchten im linken Gang unter, während sich Tolot in den rechten zwängte, der wesentlich schmaler und niedriger war als der Hauptkorridor. Rhodan wartete, bis seine Begleiter in Deckung waren, dann machte er vier schnelle Schritte und überquerte dabei die unauffällige Schwelle. Ohne eine Sekunde zu verlieren, kam er zurück und gesellte sich zu Alaska und dem Teleporter.

»Ein raffiniertes Warnsystem, nehme ich an. Niemand kann die Schiene überschreiten, ohne registriert zu werden. Ist er angemeldet, passiert wahrscheinlich überhaupt nichts, aber wir sind schließlich nicht angemeldet. Also wird etwas passieren. Wir werden bald wissen, was.«

Rhodan beugte sich ein wenig vor, um in den Korridor sehen zu können. Er bemerkte, daß sich die graue Metallwand langsam verschob und einen Spalt freigab, der sich ständig vergrößerte. Als er die Hälfte des Korridors erreichte, hielt die Wand an. Der Spalt war drei Meter breit und fünf Meter hoch. Was Rhodan dahinter erblickte, bestätigte seine Vermutungen.

Die Haupt-Kontrollzentrale, ohne jeden Zweifel.

In langen Reihen standen quadratische Blöcke mit Meßinstrumenten und Ableseskalen vor einem mit Bildschirmen übersäten Hintergrund. Silbern schimmernde Kabel verbanden die einzelnen Schaltblöcke, und unter der Decke verliefen Leitungen von Verteiler zu Verteiler. Dazwischen bewegten sich Arbeitsroboter, als sei nichts geschehen.

Und doch geschah etwas.

Zehn Kampfroboter marschierten auf die soeben entstandene Öffnung zu und drangen in den Korridor ein. Sofort flammte die Beleuchtung heller auf, und jede Einzelheit war deutlich zu erkennen. Wieder waren es humanoide Roboter, die starke Ähnlichkeit mit den Kampfrobotern der Arkoniden besaßen. Ihre Bewaffnung bestand offenbar aus leistungsstarken Impulsstrahlern.

Von der halb geöffneten Metallwand bis zu den Gangabzweigungen waren es etwas mehr als dreißig Meter. Rhodan wußte, daß er die Angreifer nicht zu nahe an sich herankommen lassen durfte, wenn er sich und seine Gefährten nicht noch mehr gefährden wollte. Aber ehe er das Zeichen geben konnte, rief Icho Tolot von der anderen Seite des Korridors. »Überlassen Sie die nur mir! Wenn ich sie ablenke, werden Sie besser mit ihnen fertig. Von hier aus!«

Ohne Rhodans Einwilligung abzuwarten, brach er aus seinem zu eng gewordenen Versteck und stürmte auf die Roboter zu, die sofort reagierten und das Feuer auf ihn eröffneten.

Aber Icho Tolot hatte seine Molekularstruktur bereits verändert. Sein Körper war zu Stahl geworden, und die ersten Energiestrahlen prallten wirkungslos von ihm ab. Lange konnte auch der Haluter einen intensiven Beschuß nicht aushalten, aber seine schnellen Bewegungen vereitelten ein gezieltes Feuer der Angreifer.

Alaska kroch ein Stück vor und schoß vom Boden aus. Innerhalb von drei Sekunden erledigte er zwei der Roboter, indem er ihr Steuergehirn zerstörte. Dann zog er sich wieder zurück.

Rhodan nahm eine der kleinen Bomben und warf sie so, daß sie mitten zwischen vier Robotern den Boden berührte. Die Explosion warf zwei von ihnen um, während die anderen beiden weitermarschierten. Es blieben somit nur noch sechs Gegner.

Aber inzwischen war der Haluter mit drei weiteren fertig geworden.

Ras wagte sich ebenfalls aus seiner Deckung. Als er zurückkroch, hatten sie es nur noch mit zwei Gegnern zu tun.

Eine Minute später war der Korridor geräumt.

»Weiter!« rief Rhodan. »Ehe sich die Wand wieder schließt!«

Sie schloß sich, als der Haluter, der den Abschluß bildete, die riesige und ungemein hohe Halle betreten hatte. Noch immer nahmen die Arbeitsroboter keine Notiz von ihnen. Genau nach Programmierung versahen sie ihren technischen Überwachungsdienst.

Von ihnen hatten sie nichts zu befürchten.

»Jetzt sitzen wir aber schön in der Falle«, stellte Alaska mit einem Blick nach hinten fest. »Da hilft nur noch Ras, wenn es brenzlig wird.«

Rhodan deutete nach vorn. »Kommt euch das nicht bekannt vor?« fragte er mit einem merkwürdigen Unterton in der Stimme.

Ras Tschubai nickte.

»Ja, das muß ein Materietransmitter sein. Der Gitterkäfig, die Aggregate für die Entmaterialisation, die Kugelabstrahler, die Empfangsantennen . . . sicher, das ist ein Transmitter. Kein Zweifel.«

»Auch meine Meinung, Ras. Nun wissen wir auch, daß es wahrscheinlich keinen regulären Ausgang gibt. Vielleicht gab es ihn einmal, als die Station gebaut wurde, aber heute ist er nicht mehr nötig. Wer hierhergelangen will, muß den Transmitter benutzen. Derselbe Weg führt zur Außenwelt.«

»Wie sollen wir das Ding richtig justieren?« erkundigte sich Alaska freudlos. »Wenn wir Pech haben, kommen wir an einem Ort heraus, der noch unangenehmer ist als die Schaltstation.«

»Vorläufig bleiben wir«, bestimmte Rhodan. »Wir dürfen nicht vergessen, daß über uns jemand wartet.«

Sie blieben vor dem Transmitter stehen.

Der Käfig war geschlossen, was bedeutete, daß der Transmitter jederzeit in Betrieb genommen werden konnte, wenn er ähnlich funktionierte wie die entsprechenden Geräte der Terraner. Einige Kontrollampen brannten.

»Da kann jeden Augenblick einer auftauchen«, meinte Alaska, der den Käfig nicht aus den Augen ließ.

»Immer ruhig bleiben«, warnte ihn Rhodan. »Es könnte ein Freund von uns sein. Kommt, lassen wir den Transmitter. Ich möchte mir die Anlage ansehen. Vielleicht kommen wir doch noch dahinter, welchen Zwecken sie dient.«

Sie gingen weiter. Rechts stand ein gewaltiges Positronengehirn mit kleineren Programmierungsspeichern, die der Fernsteuerung der Roboter dienten. Icho Tolot betrachtete sie mit besonderem Interesse, aber Rhodan schien seine Gedanken erraten zu haben.

»Sinnlos, Icho! Warum sollen wir sie zerstören und noch mehr Unheil anrichten? Zugegeben, mir sind die Cappins und ihre Methoden auch nicht gerade sympathisch, aber vielleicht müßten wir an ihrer Stelle genauso handeln. Wir verteidigen uns gegen jeden Angriff, mehr nicht.«

Der Haluter senkte die Arme und zeigte so sein Einverständnis. Er hatte seine eigene unzureichende Bewaffnung vervollständigt, indem er den Robotern tragbare Energiestrahler abgenommen hatte. Da er vier Hände hatte, wurde er so zu einer kleinen Festung.

Der nächste Angriff erfolgte, als sie die Halle verlassen und die nächste betreten wollten.

Sie konnten nur noch feststellen, daß in der zweiten Halle die Schalttafeln bis hinauf zur Decke reichten und summende Isolatoren jedes andere Geräusch übertönten, als der erste Energieschuß über ihre Köpfe dahinzischte. Er kam von links, wo sich in der Wand eine Tür geöffnet hatte.

Ein Monstrum kam hindurch, ein stählernes Monstrum ohne definierbare Formen. Es war groß, das war alles, was Rhodan im ersten Augenblick dazu hätte sagen können, wenn ihn jemand nach dem Aussehen des Angreifers gefragt hätte. Groß und schwerfällig, mit einer Unzahl von beweglichen Tentakeln, die ausnahmslos in Energiestrahlern mündeten.

Und dann griff das Ungetüm an.

»Deckung!« rief Rhodan ganz unnötig, denn Ras und Alaska lagen schon längst hinter einem Generatorblock. Er warf sich ebenfalls zu

Boden und kroch hinter eine stählerne Schalttafel. Icho Tolot aber, der unerschrockene Haluter, ging nicht in Deckung.

Er raste mit unvorstellbarer Geschwindigkeit auf den Koloß zu, dabei aus allen vier Waffen feuernd.

Die beiden Giganten prallten gegeneinander, verloren den Halt und stürzten zu Boden.

Gucky sah, daß Fellmer ab und zu die Augen geschlossen hielt, aber nicht, um sich zu konzentrieren, sondern um bald einzuschlafen. Die Müdigkeit begann ihn zu überwältigen.

»He! Aufwachen! Lord Zwiebus ruft uns.«

Fellmer schrak aus seinem Halbschlummer hoch.

»Er ruft uns? Warum?«

»Ein weiteres Signal von Tolots Gerät! Es scheint brenzlig zu werden. Wir müssen hin und etwas unternehmen. Nun komm schon, pack deine Sachen – und ab geht die Post!«

Fellmer raffte alles zusammen, was er sich vorher zurechtgelegt hatte – Handstrahler, Minibomben, Werkzeug, Lebensmittel. Als er die beiden Beutel in einer Hand hielt, reichte er die andere dem Mausbiber.

»Es kann losgehen, Kleiner. Worauf wartest du noch?«

Gucky war sprachlos, als sein Freund den Spieß umdrehte. Hastig nahm er sich seiner eigenen Ausrüstung an und gab Fellmer die Hand.

»Auf in den Kampf!« meinte er mit Galgenhumor und konzentrierte sich auf die ununterbrochen einströmenden Gedankenimpulse des Neandertalers. »Wird eine heitere Geschichte werden . . .«

Eine Sekunde später standen sie zwischen einigen Felsblöcken und sprangen hastig zur Seite, als Lord Zwiebus in seiner Überraschung mit der Keule nach ihnen schlug.

»Angsthase!« rief Gucky ihm zu und holte tief Luft. »Empfängt man so seine Freunde?«

Lord Zwiebus ließ die Keule sinken.

»Ich habe dir schon hundertmal gesagt, du sollst mich nicht so erschrecken. Ich bin in solchen Dingen sehr empfindlich. Aber gut, daß ihr da seid.«

Fellmer legte die mitgebrachten Beutel auf die Erde.

»Was ist los?«

Der Paladin stand noch immer in seiner Deckung. Harl Dephin sagte:

»Ich habe mehrmals Funksignale empfangen, undeutlich und ohne Zusammenhang. Es scheint, daß sich Tolot und Rhodan in Gefahr befinden. Einen Eingang zu ihrem unterirdischen Gefängnis haben wir nicht entdecken können. Wir brauchen Gucky.«

Der Mausbiber reckte sich in die Höhe.

»Wir brauchen Gucky, ja, wir brauchen Gucky! Das kenne ich schon! Was wäret ihr alle ohne diesen Gucky! Also – soll ich mal nachsehen, was da unten los ist?«

»Langsam, Kleiner«, sagte Lord Zwiebus beschwichtigend. »Nur nichts übereilen. Warum empfängst du keine Gedankenimpulse von Rhodan?«

Gucky dachte einen Moment lang nach, dann sah er hinab auf den felsigen Boden.

»Deswegen wohl«, vermutete er.

Lord Zwiebus schüttelte den Kopf.

»Felsen? Kann Felsen telepathische Impulse derart absorbieren, daß du nicht das geringste mehr empfangen kannst?«

»Normal ist es nicht. Ich habe mir auch schon Gedanken darüber gemacht. Vielleicht gibt es isolierende Schichten, natürlicher oder künstlicher Herkunft.«

»Bist du sicher«, erkundigte sich Lord Zwiebus weiter, »daß solche Schichten die Teleportation nicht unterbrechen?«

»Wir werden es gleich wissen.«

Ehe ihn jemand daran hindern konnte, hatte der Mausbiber seinen Entschluß in die Tat umgesetzt. Allein teleportierte er drei Kilometer in die Tiefe. Er verließ sich dabei auf die Angaben, die Harl Dephin ihm inzwischen gemacht hatte, unbeabsichtigt natürlich, indem der Siganese nur daran dachte. Verschiedene Anpeilversuche von Tolots Sender hatten das Ergebnis gebracht.

Gucky verschwand vor den Augen seiner Freunde, und er kam nicht sofort zurück.

Vorerst blieb er verschwunden.

Das konnte bedeuten, daß die absorbierenden Schichten ihm nicht schadeten und er sein Ziel erreicht hatte.

Es konnte aber auch bedeuten, daß er in eine Falle teleportiert war, aus der es kein Entkommen mehr für ihn gab.

Alaska ergriff die Chance, die sich ihm bot, ehe Rhodan ihn daran hindern konnte. Als die beiden Giganten stürzten, verließ er seine sichere Deckung und rannte auf die Kämpfenden zu.

Tolot hatte sich zur Seite gewälzt, aber so schnell kam der fremdartig gebaute Angreifer nicht wieder auf seine Rollenbeine. Seine Waffententakel fuchtelten ziellos in der Luft herum, als hätten sie die Orientierung verloren. Vereinzelt strahlten sie einen Energieschuß ab, der jedoch nur in der Decke endete.

Alaska griff in die Brusttasche und holte zwei der erbsengroßen Bomben daraus hervor.

»Weg!« rief er Tolot zu, der sich erhob und zurückwich.

Alaska rollte die beiden Bomben wie Murmeln auf den Tentakelrobot zu und sprang hinter den nächsten Metallblock, wo er sich platt auf den Boden warf. Tolot duckte sich neben Rhodan.

Die doppelte Detonation erschütterte die Halle und ließ einige Instrumente zerspringen. Die Arbeitsroboter machten sich sofort daran, sie zu besichtigen, während andere gingen, um Ersatzteile herbeizuschaffen. Von den Geschehnissen selbst nahmen sie keine Notiz.

Alaska kam herbeigekrochen.

»Nun, der ist wohl außer Gefecht gesetzt«, meinte er. »Eine außergewöhnliche Kampfmaschine. Hoffentlich gibt es hier nicht mehr von der Sorte, sonst werden wir unsere Bomben zu schnell los.«

Sie erhoben sich. Die Tür, durch die der Roboter gekommen war, hatte sich wieder geschlossen. Die Öffnung zur nächsten Halle war geblieben. Es mußte sich um die Energiezentrale handeln. Vorsichtig drangen sie ein und überzeugten sich davon, daß keine Kampfroboter vorhanden waren. Der Boden bestand aus einem weißen Isolierstoff, völlig glatt und ohne Fugen, wahrscheinlich gegossen. Riesige Generatoren füllten den größten Teil des Raumes aus. Leitungen führten zu Reaktoren, die unvorstellbare Energiemengen liefern konnten, wenn sie auf Hochtouren liefen. Und natürlich wieder die Leitungen, die unter der Decke klebten und in alle Richtungen führten.

»Wenn wir die zerstören . . .«, überlegte Alaska.

Rhodan schüttelte den Kopf. »Wir zerstören nur das, was uns in der Zukunft schadet, und da bin ich mir diesmal nicht sicher. Ich weiß nicht, was dies alles hier mit dem Sonnensatelliten zu tun hat und ob überhaupt. Wenn es eine Anlage ist, unentbehrlich für die biologischen Zuchtstationen, dürfen wir sie nicht antasten. Wir würden damit die ganze Entwicklung des Menschen in Frage stellen.«

»Was vielleicht ein Fehler wäre!« piepste jemand hinter ihnen. »Guten Tag, die Herren!«

Ganz langsam drehte Rhodan sich um und betrachtete Gucky, als sei er schon immer dabeigewesen und nicht gerade erst aufgetaucht.

»Wir kennen ja deine Vorliebe für Überraschungen, aber man kann alles übertreiben. Wo kommst du her?«

Gucky spazierte mit seinem watschelnden Gang näher und genoß sichtlich die verblüfften Blicke von Alaska und Ras Tschubai.

»Von oben«, gab er erschöpfend Auskunft. »Genau von oben, drei Kilometer. Dort warten der Paladin, Lord Zwiebus und Fellmer Lloyd.« Er grinste. »Wen darf ich zuerst an die frische Luft befördern?«

Rhodan war vor allem auf Guckys Sicherheit bedacht.

Er schob ihn zwischen zwei Generatoren und gab den anderen Freunden einen Wink, sich ebenfalls nach einer Deckung umzusehen. Jeden Augenblick konnte ein neuer Angriff erfolgen.

»Nicht so hastig, Kleiner. Wer hat gesagt, daß wir wegwollen? Erst müssen wir fragen, was die Anlage hier bedeutet. Wir befinden uns nicht in unmittelbarer Gefahr. Mit den paar Robotern werden wir schon fertig.«

»Aber die anderen denken . . .«

»Dann hole sie, Gucky. Wir bleiben hier. Wo steckt Atlan?«

»Mit der Zeitmaschine vorläufig wieder dreitausend Jahre zurück. Da ist er sicher. Nur ein paar Affen laufen in der Gegend herum, das ist alles. Keine Cappins, keine Ungeheuer, keine Zuchtstationen.«

»Ein Grund mehr, den Zweck dieser Anlage herauszufinden.«

Icho Tolot sagte:

»Achtung – sie kommen wieder. Sie geben nicht auf.«

»Sie wurden nicht zum Aufgeben programmiert«, sagte Rhodan und bemerkte, wie sich vier oder fünf Türen in allen Richtungen öffneten. Kampfroboter drangen in die Halle ein, mehr als fünf Dutzend. Zielstrebig, als würden sie diesmal bewußt ferngesteuert, versammelten sie sich in der Mitte der Halle, dann schwärmten sie aus und begannen, Rhodan und seine Leute einzukreisen. Immer näher kamen ihre stampfenden Schritte.

»Diesmal wird es ein höllischer Tanz werden«, stellte Rhodan fest.

Gucky fragte:

»Soll ich nicht doch lieber den Paladin holen?«

Rhodan nickte.

»Beeile dich, sonst kann auch Paladin nichts mehr retten.«

24.

Einen Tag lang geschah nichts.

Die Nacht war ruhig verlaufen, und niemand hatte versucht, sich dem Haus zu nähern. Ovaron konnte sich auf seine Alarmanlage verlassen und auch auf seine Roboter. Als der Morgen graute, erhob er sich und begab sich nach der Morgentoilette in seinen Arbeitsraum.

Er hatte noch eine Menge zu tun, bevor er sich in Sicherheit brachte.

Kurz vor der Mittagspause kam ein Hausroboter und überbrachte die Meldung, daß Ovaron Besuch erhalte.

»Wer ist es? Wieder einmal Tarakan?«

»Nein, die Biotransfer-Korrektorin Merceile.«

Jeden anderen hätte Ovaron erwartet, nur nicht sie. Sie kam sehr ungelegen, denn wenn er sie einlassen wollte, mußte er die Alarmanlage ausschalten. Er überlegte und kam zu einem Entschluß.

»Sie darf eingelassen werden«, sagte er und legte den Daumen auf den Knopf am Schreibtisch, mit dem er die Anlage ausschalten konnte. »In genau zwanzig Sekunden.«

Die Abwehranlage bestand nicht nur aus den Alarmgebern, die jedes unbefugte Eindringen in das Haus anzeigten, sondern insbesondere aus der eigentlichen Abwehrautomatik. Sie erschwerte das gewaltsame Eindringen, machte es jedoch aus gewissen Gründen nicht unmöglich. Erst wenn der Einbruch vollzogen war, schaltete sich eine weitere Einrichtung ein, und zwar automatisch, die nichts anderes als die Sprengung des gesamten Hauses bewirkte. Damit wurde auch der Keller verschüttet, in dem sich der Transmitter befand.

Ovaron sah auf seine Uhr.

Die zwanzig Sekunden waren verstrichen. Er drückte den Knopf für genau zehn Sekunden ein, dann ließ er ihn wieder los.

Ovaron lehnte sich zurück und erwartete seine unverhoffte Besucherin.

Merceile betrat das Zimmer. Auf Ovarons Zeichen hin verließ der Roboter den Raum.

»Sie wünschen?« fragte Ovaron und deutete auf einen freien Sessel. »Bitte, nehmen Sie Platz.«

»Seit wann so förmlich, Ovaron? Wenn mich meine Erinnerung nicht trügt, standen wir einmal sehr gut miteinander. Ist etwas geschehen, das Ihre Meinung ändern konnte?«

Er fühlte sich in die Enge getrieben.

»Vieles, Merceile. Sie sollten es wissen, denn Sie sind klug genug, Ursachen und Wirkungen miteinander in Einklang zu bringen. Warum kommen Sie? Sie wissen, daß Sie sich in große Gefahr begeben, wenn man Sie für einen Freund des gestürzten Golamo-Chefs hält. Warum gehen Sie das Risiko ein?«

»Ist das so schwer zu erraten?«

Diesmal lächelte sie nicht. Ihr Gesicht blieb ernst. Sie hatte die Beine übereinandergeschlagen und sah ihn an.

Er schüttelte den Kopf.

»Es tut mir leid, ich errate es nicht. Sie taten nichts, um in mir die Vermutung reifen zu lassen, Sie gingen vielleicht aus Zuneigung zu mir das Risiko ein. Sie lieben Levtron, oder wollen Sie das abstreiten?«

»Sie gefallen mir beide«, gab sie zu, etwas unsicher geworden.

»Und ich glaube, die Entscheidung wird Ihnen nun leichter fallen, nachdem man mich entmachtet hat.«

Sie nickte.

»Ja, allerdings. Es liegt in der Natur mancher Frauen, dem Schwächeren helfen zu wollen, besonders aber jenen helfen zu wollen, die man ungerecht behandelt hat. Ist das klar genug ausgedrückt?«

Ovaron sah sie erstaunt an. Er schwieg und überlegte, dann sagte er:

»Es ist sinnlos, wenn Sie es so versuchen wollen, Merceile. Ich weiß nicht, wer Ihnen den Auftrag gegeben hat, Levtron oder Tarakan, aber Sie bekommen nichts aus mir heraus. Auch wenn Sie behaupten, mich zu lieben. Ich brauche Ihre Liebe nicht. Sie würde mich stören, mir hinderlich sein. Sie könnte sogar tödlich sein.«

Für einen Augenblick sah Merceile enttäuscht aus, aber dann riß sie sich zusammen. Sie sah Ovaron gerade in die Augen.

»Ich verstehe Ihr Mißtrauen und nehme es Ihnen nicht übel, wenn Sie mich so behandeln. Es ist Ihr gutes Recht. Ich konnte mich lange nicht entscheiden, aber ich habe es jetzt getan. Wenn Sie mir nicht glauben, ist das meine Schuld. Was immer auch in der Zukunft geschieht, Ovaron, Sie werden immer einen zuverlässigen Freund haben, auch wenn der Schein vielleicht trügen mag. Lassen Sie sich nicht irritieren von den äußeren Umständen, unter denen ich lebe. Ich bin stets für Sie da. Vergessen Sie das nicht. Wollen Sie mir wenigstens *das* glauben?«

Er gab den Blick unbewegt zurück.

»Ich glaube Ihnen, Merceile. Mehr kann ich jetzt nicht tun.« Er erhob sich, um sie zum Aufbruch aufzufordern. »Und – Merceile, ich danke Ihnen für Ihren Besuch. Er hat mir viel Mut gegeben.«

Sie stand auf und ging zu ihm. Behutsam legte sie ihm beide Hände auf die Schultern.

»Viel Erfahrung mit Frauen haben Sie nicht, was?«

Er wich zurück.

»Was meinen Sie damit? Natürlich habe ich meine Erfahrungen, und gerade weil ich sie habe, weiß ich nur zu genau, wie sehr man sich bei Frauen irren kann. Jede ist anders, in jeder Hinsicht. Wie soll ich unter diesen Umständen wissen, was Sie wirklich beabsichtigen?«

»Bald werden Sie es erfahren, und ich kann nur hoffen, daß es dann nicht zu spät ist. Sie werden dann auch erfahren, wie sehr ein Cappin sich irren kann. Leben Sie wohl, Ovaron, und machen Sie keine Dummheiten. Überlegen Sie sich jeden Schritt, den Sie von nun an tun. Denn jeder dieser Schritte wird bewacht. Und noch etwas . . .«

Sie zögerte. Er fragte:

»Ja?«

»Vertrauen Sie wenigstens mir, Ovaron.«

Er nahm ihre Hände von seiner Schulter und drückte sie.

»Ich will es versuchen, Merceile. Wann kommen Sie wieder?«

»Ich weiß es nicht. Schon dieser Besuch war gefährlich für mich.«

»Wenn man Sie gesehen hat . . .«

»Das hat man sicherlich. Denken Sie nicht darüber nach.«

Er brachte sie zur Tür. Der Roboter, der sie aus dem Haus bringen sollte, stand schon bereit.

»Ich vertraue Ihnen, Merceile«, sagte er und sah ihr gedankenschwer nach.

Er ging zum Schreibtisch und schaltete die Anlage abermals für zehn Sekunden ab. Dann eilte er zum Fenster und sah hinaus. Merceile schritt durch den Park, und als sie die Straße erreichte, löste sich ein Schatten von der Parkmauer und folgte ihr.

Da wußte Ovaron, daß er Merceile unrecht getan hatte.

Nachdenklich geworden, kehrte er an seinen Schreibtisch zurück.

Er setzte sich.

Die Befehle, die aus seinem Unterbewußtsein auftauchten und ihn oft gegen seinen eigenen Willen lenkten, waren stärker und eindringlicher geworden. Schizophrenie, dachte er, ich bin ganz einfach schizophren. Eine Art Hypnose aus dem Nichts, die mich so handeln läßt.

Er seufzte. Unzählige Male hatte er sich mit dieser Frage herumgequält, ohne die Lösung zu finden.

Der Interkom summte. Er drückte den Knopf ein, und der Bildschirm wurde hell. Tarakans Gesicht wurde sichtbar.

»Hören Sie, Ovaron«, begann er ohne jede Begrüßung oder Einleitung, »ich habe neue Beweise gegen Sie gefunden. Versuchen Sie nicht, das Haus zu verlassen. Sie kämen nicht weit.«

»Haben Sie Lasallo unterrichtet?«

»Selbstverständlich. Wir werden Ihnen noch heute einen Besuch abstatten.«

»Wir können uns auch so unterhalten . . .«

»Wir werden Sie aufsuchen, Ovaron«, unterbrach Tarakan ungeduldig. »Sie haben ja heute schon einen Besucher empfangen.«

»Merceile? Was hat das damit zu tun?«

»Levtron fand das äußerst interessant. Ich übrigens auch. Es wird Zeit, daß ich mich um die Frau kümmere, finden Sie nicht?«

»Ich rate Ihnen, Merceile aus dem Spiel zu lassen. Sie hat nichts damit zu tun.«

»Womit?« Die Frage kam schnell wie ein Schuß. »Womit hat sie nichts zu tun?«

Ovaron lächelte.

»So fangen Sie mich nicht, mein Freund. Sie sind ein Anfänger. Ich war länger Chef der Abwehr. Ich bin auf Ihre sogenannten Beweise gespannt.«

»Das können Sie auch sein. Erwarten Sie Lasallo und mich in zwei Stunden. Und nochmals: Versuchen Sie nicht, das Haus zu verlassen.«

»Keine Sorge, Tarakan, ich erwarte Sie.«

Der Bildschirm wurde dunkel.

Ovaron glaubte, noch einige Sekunden lang die Umrisse von Tarakans Gesicht darauf erkennen zu können, geisterhaft und undeutlich, dann sah er nur noch die graue Scheibe. Er lehnte sich zurück.

Neue Beweise? Was mochten das für Beweise sein? Tarakan hatte einen sehr selbstsicheren Eindruck gemacht. Vielleicht war es ihm wirklich gelungen, von irgendwoher Informationen zu erhalten, die ihn, Ovaron, schwer belasteten. Er war nicht immer sehr vorsichtig gewesen, weil er sich als Chef der Abwehr sicher gefühlt hatte.

Jedenfalls stand fest, daß er Tarakan erst gar nicht ins Haus lassen durfte, denn dann wäre es für eine Flucht zu spät gewesen. Und wenn man den Transmitter im Keller entdeckte, hatte man auch die SCHALTZENTRALE OVARON entdeckt.

Seine Gefangenen!

Ihm fielen Rhodan und seine drei Gefährten wieder ein, die unter Takvorians Bewachung standen. Schon seit Stunden wurde er das unbehagliche Gefühl nicht los, daß etwas geschehen war, was nicht in sein Konzept paßte, aber er hatte es nicht gewagt, Funkverbindung aufzunehmen. Der kurze Befehlsspruch war schon riskant genug gewesen.

Aber bald würde er wissen, ob ihn seine Ahnung trog oder nicht.

Er stand auf und ging zum Fenster. Draußen im Park war alles ruhig. Auch auf der Straße ließ sich niemand blicken. Einsam und verlassen lag sein Haus am Stadtrand, so wie immer schon. Er liebte die Ruhe, wenn er arbeiten oder sich erholen wollte.

Jetzt wurde es beinahe zu ruhig hier.

Lange würde es so nicht bleiben. Zum Glück waren die Nachbarhäuser weit genug entfernt. Sie waren außerhalb der Gefahrenzone.

Er bestellte sich bei der automatischen Küche seine letzte Mahlzeit vor der Entscheidung.

Lasallo schüttelte den Kopf.

»Ich weiß nicht, Tarakan, ob das ausreicht, ihn zu verhaften. Unterschätzen Sie Ovaron nicht. Er hat Erfahrungen, die Sie erst noch sammeln müssen.«

»Ich fange gerade damit an, Lasallo. Wenn Ovaron erst einmal im Gefängnis sitzt, wird er gesprächiger werden. Seine Handlungen lassen sich nicht mit den Interessen unseres Volkes vereinbaren. Er ist ein Verräter.«

Lasallo seufzte. »Nun gut, ich bin einverstanden. Soll er sich selbst zu Ihren Anschuldigungen äußern. Leiten Sie die Aktion ein. Aber ich werde dabeisein und darauf achten, daß alles im Rahmen des Gesetzes abläuft.«

»Ich hole Sie in einer Stunde ab.«

Tarakan ging, sich seines endgültigen Sieges nun sicher. Es war nicht einfach gewesen, Lasallo zu überzeugen, der persönlich nichts gegen Ovaron zu haben schien. Aber es war auf der anderen Seite gut, einen neutralen, einflußreichen Beobachter zu haben.

Tarakan benachrichtigte die Streitkräfte des Geheimdienstes und ordnete den Alarmzustand an. Diesmal wollte er die Sache endgültig erledigen, und wenn Ovaron sich nicht freiwillig stellte, sollte er unter den Trümmern seines Hauses sterben.

Nachdem er sich davon überzeugt hatte, daß der Einsatz beginnen konnte, holte er Lasallo mit einem gepanzerten Fluggleiter ab.

Der alte Wissenschaftler nahm umständlich Platz.

»Warum gehen wir nicht einfach zu Ovaron und fragen ihn?«

»Weil das wenig Sinn hätte. Er muß sehen, daß wir es ernst meinen, dann wird er gesprächiger. Wir werden seine Festnahme von der Luft her beobachten, denn ich rechne damit, daß er Widerstand leistet, und wir dürfen Ihr kostbares Leben, Lasallo, nicht in Gefahr bringen.«

Lasallo überhörte die Ironie in den Worten seines neuen Geheimdienstchefs.

»Ich möchte mit ihm sprechen«, sagte er ruhig.

»Das können Sie dann auch – später.«

Lasallo schwieg. Es gefiel ihm nicht, daß der junge Offizier, gerade in sein Amt eingesetzt, schon so selbstbewußt war und sich so überlegen gab. Warum legte er einen solchen Wert darauf, seinen ehemaligen Vorgesetzten ans Messer zu liefern? Steckten vielleicht persönliche Gründe dahinter, konstruierte Beweise, falsche Beschuldigungen?

Er würde es herausfinden.

Der Gleiter schwebte dicht über den Dächern der Stadt Matronis dahin. Unten brauste der Verkehr durch die breit angelegten Straßen. Hier lebten die Cappins und bereiteten eine Zukunft vor, wie es sie ohne die biologischen Experimente niemals geben würde. Ein großes Werk, das nicht gefährdet werden durfte.

Lasallo wandte sich an Tarakan, der neben ihm saß.

»Sie haben die Truppen schon dort? Wird das kein Aufsehen erregen?«

»Eine Einsatzübung, nicht mehr. Es wurden auch Panzerfahrzeuge und Kampfgleiter eingesetzt. Sie kreisen Ovarons Haus ein – sieht wirklich nur wie eine Übung aus. Niemand wird sich darum kümmern.«

»Vielleicht kümmert sich Ovaron darum«, meinte Lasallo ruhig.

Tarakan hüllte sich in Schweigen, obwohl ihn diese Bemerkung sehr in Staunen versetzte.

Sie näherten sich dem Stadtrand. Der Verkehr unter ihnen in den Straßen ließ merklich nach. Nur vereinzelt noch sahen sie eins der radargelenkten Personenautos über die Leitschiene dahinrasen und über die Hochstraße in einem Wohnblock verschwinden. Auf den Rollstraßen ließen sich Müßiggänger dahintreiben, vorbei an zahllosen Geschäften und Vergnügungsstätten. Ein Bild des Friedens, das jetzt jedoch täuschte.

Der Pilot drosselte die Geschwindigkeit, als sie sich Ovarons Haus näherten. Es lag scheinbar ruhig und verlassen im Park, aber draußen auf der Straße, die um den Park herumführte, war es nicht so ruhig. Von allen Seiten kamen Cappins in der Uniform der Golamo. Panzerfahrzeuge begleiteten sie, und von der Luft her näherten sich die ersten Kampfgleiter, um jeden Ausbruchsversuch Ovarons zu vereiteln.

»Sie wollten doch noch mit ihm sprechen«, erinnerte Lasallo seinen Abwehrchef. »Oder wollen Sie ihn erst festnehmen lassen?«

»Ich gehe kein Risiko ein«, wich Tarakan einer direkten Antwort aus.

Der Gleiter stieg höher, um den Insassen einen besseren Überblick zu gestatten.

Die ersten schwerbewaffneten Cappins, von Robotern abgeschirmt, betraten den Park. Diesmal blieben sie nicht in ordnungsgemäßer Formation stehen, sondern sie schwärmten aus und gingen in Dekkung. Die Panzer rollten das verzierte Gartentor nieder und nahmen Aufstellung. Die Geschützrohre zeigten auf das Haus.

»Gut organisiert«, sagte Tarakan stolz. »Ich werde Ovaron zeigen, wie so eine Aktion verläuft. Er kann von mir lernen, wenn er will – aber es wird ihm nichts mehr nützen.«

Lasallo betrachtete ihn nachdenklich.

»Sie hassen ihn, nicht wahr?«

»Ich hasse jeden, der sich unseren gemeinsamen Interessen entgegenstellt«, erwiderte Tarakan mit Betonung.

Abermals schwieg Lasallo und beschloß, die ganze Angelegenheit nicht ausschließlich dem Abwehrchef zu überlassen.

Und dann, als er nach unten blickte, schloß er geblendet die Augen. Ein greller Lichtblitz war dort aufgeflammt, wo Ovarons Haus gestanden hatte. Die Druckwelle nahm den Gleiter mit und ließ ihn fast fünfzig Meter hoch steigen, dann stürzte er in das entstandene Vakuum hinein. Der Pilot war geschickt genug, ihn abzufangen und in Sicherheit zu steuern. In einer weiten Schleife kehrte er zurück.

Der Park war mit Trümmern übersät, und von den einmarschierten Cappins war nichts mehr zu sehen. Ein Teil der Parkmauer fehlte, und zwei Panzer lagen umgekippt auf der Straße. Dort, wo Ovarons Haus gestanden hatte, gab es nur noch einen gewaltigen Krater, ebenfalls mit Trümmerstücken halb angefüllt. Sic glühten noch.

»Was war das?« fragte Lasallo und sah Tarakan an. »War das Ihr Werk?«

»Ich weiß nicht, was geschehen ist – bestimmt nicht.«

»Sie wollten verhindern, daß Ovaron sich rechtfertigt!«

»Nein, wirklich nicht. Ich wollte ihn festnehmen lassen, das ist alles. Er muß sich selbst in die Luft gesprengt haben.«

»Seien Sie froh, wenn Ihnen das jemand glaubt.« Lasallo warf einen Blick nach unten. »Ich wünsche zu landen, um mich zu informieren, was sich da zugetragen hat.«

Schnell und sicher ging der Gleiter nach unten und landete in sicherer Entfernung von den rauchenden Trümmern.

Ovaron sah sie kommen.

Er saß vor dem Schreibtisch und betrachtete den Bildschirm, auf dem die Umgebung des Hauses in allen Einzelheiten zu erkennen war. Die Empfangsantenne stand auf dem Dach.

Kampfgleiter, Panzer, Roboter und Truppen des Geheimdienstes – Tarakan hatte wirklich alles aufgeboten, was in dieser Hinsicht erlaubt war. Sicher gab er vor, es handele sich um eine Einsatzübung.

Als sie in den Garten eindrangen, stand er auf, ohne das Gerät abzuschalten. Es würde ohnehin nur noch wenige Minuten existieren, denn Ovaron wußte genau, was geschehen würde. Er malte es sich aus, während er hinab in den Keller fuhr und zur Stahlwand ging, hinter der der Transmitter verborgen war.

Man würde ihn zum Verlassen des Hauses auffordern, aber niemand würde die Tür öffnen. Die Roboter hatte er entsprechend programmiert. Man würde dann die Tür gewaltsam öffnen und damit den Kontakt auslösen.

Den Kontakt für die Totalsprengung.

Die Stahlwand öffnete sich und schloß sich wieder hinter ihm. Nun war er in Sicherheit, auch wenn die Detonation sich schon jetzt ereignete. Der Transmitter stand in einem bombensicheren Bunker.

Der Gitterkäfig war geöffnet, und er trat ein. Automatisch schloß sich die Tür. Noch einmal überprüfte er die Transmissions-Koordinaten. Sie stimmten. Energiezufuhr – in Ordnung. Automatik – eingeschaltet.

Dann spürte er plötzlich das Beben unter seinen Füßen, mehr nicht.

Sie hatten nicht lange gewartet und waren eingedrungen. Auf der Oberfläche hatte sich die Explosion ereignet, und niemand würde jetzt annehmen können, daß Ovaron noch lebte. Es sei denn, sie entdeckten seinen geheimen Keller und den Transmitter.

Aber das würde noch lange dauern, falls sie ihn überhaupt fanden.

Er legte die Hand auf den Aktivator des Materietransmitters und drückte ihn bis in den Sockel ein.

Dann war er verschwunden.

25.

»Da kommen noch mehr und ganz andere!« Ras Tschubai deutete in die Richtung des Empfangstransmitters im anderen Saal.

Außer den fünf Dutzend Kampfrobotern, die sie einzukreisen versuchten, erschienen nun auch noch die gefürchteten Kegelroboter der Cappins. Das war eine Übermacht, die man nicht unterschätzen durfte.

Rhodan hatte noch immer die Möglichkeit, mit Hilfe der Teleporter zu fliehen. In wenigen Sekunden wären er und seine Leute in Sicherheit. Aber etwas in ihm sträubte sich dagegen, einfach aufzugeben. Außerdem wollte er wissen, wozu die Schaltstation diente und ob sie etwas mit dem Sonnensatelliten zu tun hatte. Es war seine Absicht, hier so lange wie möglich auszuhalten.

»General Dephin!« Der Paladin stampfte ein Stück näher. »Sie übernehmen die Kampfroboter. Achten Sie darauf, daß sowenig wie möglich von der Einrichtung zerstört wird. Nur auf die Roboter feuern. Wenn wir die Steuerzentrale fänden, würde uns das eine Menge Arbeit ersparen.«

»Und ich hatte mich so auf die Kegelbrüder gefreut!« beschwerte sich Gucky, der sich bereits telekinetisch auf die seltsamen Gestalten konzentriert hatte. Wahrscheinlich wollte er sie wie in früheren Abenteuern durch die Luft fliegen und dann abstürzen lassen. Eine relativ einfache, aber äußerst wirksame Methode.

»Du brauchst keine Angst zu haben, daß du beschäftigungslos wirst«, meinte Rhodan. »Wir sind eingeschlossen. Zeige mal, was du kannst . . .«

In diesem Augenblick eröffneten die angreifenden Roboter das Energiefeuer auf die Terraner und ihre Bundesgenossen. Der Paladin kümmerte sich nicht darum, sondern marschierte mit erhobenen Waffenarmen auf die ihm zugewiesenen Kampfroboter zu und stampfte den ersten mit seinen Riesenfüßen nieder. Das Metall zerbarst, aber noch immer kam ein feiner Energiestrahl aus dem verbogenen Strahler. Er traf einen anderen Kegelroboter, der sofort einen Kurzschluß bekam und damit für die weiteren Geschehnisse ausfiel. Die Steuerzentrale schien es nicht zu verkraften, daß die von ihr gelenkten Maschinen sich gegenseitig vernichteten.

Gucky übte, und es machte ihm richtigen Spaß, gleichzeitig zwei der Kampfroboter telekinetisch anzuheben und so durch den hohen Raum fliegen zu lassen, daß sie mit beachtlicher Geschwindigkeit gegeneinanderkrachten und abstürzten. Der Rest war dann nicht mehr zu gebrauchen.

Ras Tschubai, Alaska, Lord Zwiebus und Rhodan lagen in guter Deckung. Fellmer Lloyd hatte den Flankenschutz übernommen, während Icho Tolot immer wieder versuchte, die Roboter von den Terranern abzulenken.

Es blieb nicht aus, daß reflektierte Energiebündel auch Schalttafeln und andere Einrichtungsgegenstände trafen und zum Teil stark beschädigten. Ein Generatorblock war halb abgeschmolzen worden, aber die erwartete Explosion durch einen Kurzschluß blieb aus. Rhodan nahm an, daß er noch nicht in Betrieb gewesen sein konnte, da er sonst sicherlich eine Wirkung bemerkt hätte. Vielleicht handelte es sich überhaupt um eine völlig neue Anlage, deren Erprobung noch bevorstand.

Trotz der Anfangserfolge der Terraner rückten die Kampfroboter weiter vor. Sie erhielten laufend Verstärkung aus den verschiedenen Richtungen.

»Die vermehren sich wie die Mäuse!« rief Gucky und hielt geschwind den Mund, als er Ras Tschubai anzüglich grinsen sah.

Rhodan begann zu überlegen, ob es nicht doch besser sei, die Stellung zu räumen und zur Oberfläche zu fliehen. Es hatte wenig Sinn, sich gegen programmierte Maschinen verteidigen und gleichzeitig die Einrichtung der geheimnisvollen Station schonen zu wollen. Das eine ließ sich nicht mit dem anderen vereinbaren.

Gerade als Rhodan den Teleportern Bescheid sagen wollte, leuchteten im Käfig des Empfangstransmitters, in der anderen Halle, mehrere Lampen auf. Sie konnten nur bedeuten, daß der Transmitter in Betrieb genommen wurde, und zwar von der unbekannten Sendestation aus.

Die Station hatte Alarm gegeben, und nun kam der Nachschub per Transmitter ins Haus – das wenigstens mußte Rhodan annehmen. Er überließ die Verteidigung gegen die angreifenden Roboter Paladin, Tolot und den anderen, sprang aus der Deckung und rannte zur nächsten. Er warf sich auf den Boden und entging so dem ihm zugedachten Energiestrahl. Der Roboter, der ihn abgefeuert hatte, wirbelte schon in der nächsten Sekunde quer durch den Saal und knallte mit dem Metallschädel gegen die Stahlwand. Er rutschte nach unten und blieb verbogen liegen.

»So etwas tut man doch nicht«, sagte Gucky entrüstet und suchte sich das nächste Opfer.

Rhodan hatte keine Zeit, sich zu bedanken. Er ließ den Transmitterkäfig nicht aus den Augen und gab dem Paladin einen Wink, ihm zu folgen, sobald eine Kampfpause eintrat. Das jedoch war im Augenblick nicht der Fall.

Rhodan huschte von Deckung zu Deckung, bis er den Durchbruch zur anderen Halle erreichte. Mit einem schnellen Blick überzeugte er sich davon, daß keine weiteren Kegelroboter auf dem Anmarsch waren. Die Halle lag leer und verlassen vor ihm, nur die Lampen im Transmitterkäfig glühten und verrieten seine Betriebsbereitschaft.

Rasch ging Rhodan hinter einem Generator in Deckung, keine zwanzig Meter von dem Transmitter entfernt. Er zog eine Minibombe aus der Tasche, die sich in Guckys Ausrüstung befunden hatte.

Wenn der Nachschub per Transmitter kam, mußte der Transmitter außer Betrieb gesetzt werden. Aber vorerst wartete Rhodan noch. Er wollte wissen, was die Cappins sich einfallen lassen würden.

Dann, urplötzlich und ohne weitere Vorwarnung, materialisierte ein menschlicher Körper in dem Gitterkäfig.

Ein einziger und sonst nichts.

Rhodan, der die Bombe schon wurfbereit in der Hand hielt, senkte den Arm. Er hatte den Mann im Transmitterkäfig erkannt.

Ovaron. Der Mann, der sie gefangengenommen hatte.

Und er kam allein, anscheinend unbewaffnet.

Rhodan beobachtete, wie Ovaron völlig überrascht stehenblieb und sich nicht rührte. Er schien regelrecht erstarrt zu sein, und es dauerte fast zehn Sekunden, ehe er sich zum ersten Atemzug aufraffen konnte. Dann sah er Rhodan, der aus seiner Deckung hervorkam, den Strahler schußbereit in der einen, die Bombe in der anderen Hand.

»Hier bin ich, Ovaron!« rief er laut, um den Lärm des immer noch tobenden Kampfes zwischen seinen Leuten und den Robotern zu übertönen. »Kommen Sie her, aber unbewaffnet! Versuchen Sie nicht, den Transmitter umzupolen!«

Ovaron erkannte seinen ehemaligen Gefangenen sofort.

»Ich habe keinen Grund dazu«, gab er zurück und hob beide Arme. »Ich bin froh, bei Ihnen zu sein. Warten Sie, ich komme.«

Rhodan bewegte sich plötzlich sehr schnell, als könne er etwas versäumen. Die Bereitschaft seines Gegners, sich einfach zu ergeben, kam ihm verdächtig vor.

Ovaron kam nicht direkt in seine Richtung. Er ging mit erhobenen Händen auf eine Schalttafel zu, die seitwärts von Rhodans Standpunkt angebracht war.

»Was wollen Sie dort?« rief Rhodan. »Lassen Sie das!«

Ovaron ging unbeirrt weiter.

»Ich möchte nicht, daß Sie die Station zerstören oder meine ganzen Roboter unbrauchbar machen. Ich schalte die Steuerzentrale ab.«

»Woher sollen wir wissen, daß Sie nichts anderes im Schilde führen?«

»Sie müssen mir vertrauen.«

Ovaron hatte die Tafel erreicht. Er studierte sie einen Moment lang, dann senkte er die rechte Hand.

»Sie können sich auf mich verlassen«, sagte er ruhig. »Ich kann nie mehr nach Matronis zurückkehren. Man hält mich dort für tot.«

Rhodan ahnte, daß schwerwiegende Ereignisse eingetreten sein mußten, die alles änderten. Darum also Ovarons Befehl an Takvorian, sie besser zu behandeln. Es war etwas geschehen, das Ovaron auf ihre Seite gebracht hatte.

»Es ist gut, Ovaron, schalten Sie ab.«

Der Cappin berührte einige Tasten.

In derselben Sekunde wurden alle Roboter desaktiviert. Sie blieben stehen und stellten den Kampf ein. Keiner schoß mehr. Auch der Paladin, der Haluter und die Terraner stellten das Feuer ein. Gucky war rücksichtsvoll genug, den Roboter, den er gerade unter der hohen Decke dahinschweben ließ, sanft vor Ovarons Füßen zu landen. Der Cappin sprang erschreckt zurück und starrte auf den bewegungslosen Körper des Roboters. Dann sah er Rhodan an.

»Jetzt begreife ich, warum Sie sich auf freiem Fuß befinden. Welche Mittel stehen Ihnen denn noch zur Verfügung?«

Rhodan senkte seinen Strahler und ging zu dem Cappin.

»Was ist geschehen?« stellte er die Gegenfrage.

»Vieles, sehr vieles. Ich werde Ihnen alles berichten. Wo ist Takvorian? Was haben Sie mit ihm gemacht?«

»Keine Sorge, es geht ihm gut. Er schläft.« Rhodan deutete hinüber zum Transmitter. »Schalten Sie ihn ab, ich möchte keine Überraschung mehr erleben.«

»Keine Sorge, die Sendestation existiert nicht mehr. Ich habe mein Haus in die Luft gesprengt, bevor man mich verhaften konnte. Der neue Chef des Geheimdienstes hat mich nicht besonders gern, und leider gelang es ihm, Lasallo auf seine Seite zu ziehen. Ich zog die Flucht vor.«

Rhodan winkte seinen Freunden zu.

»Kommt, wir haben hier im Augenblick nichts mehr zu tun.«

Ovaron sah ihnen entgegen, und wenn er sich wunderte, daß aus seinen vier Gefangenen inzwischen acht Personen geworden waren, so verriet er das mit keiner Miene. Er dachte sich wohl seinen Teil.

Und er begann zu ahnen, daß er die Fremden unterschätzt hatte.

Gemeinsam kehrten sie in den Raum zurück, in dem Takvorian noch immer bewußtlos auf dem Boden lag und gleichmäßig atmete. Rhodan löste die Fesseln.

»Wie Sie sehen, ist das Mobiliar leider beschädigt worden, Ovaron. Vielleicht haben Sie noch ein gemütliches Zimmer, das Sie für unsere Unterredung zur Verfügung stellen können.«

»Wir gehen in meinen Wohnsektor. Ich habe ihn einrichten lassen, denn es war vorauszusehen, was eines Tages geschehen würde. Nun ist das eingetreten, was ich immer befürchtete: Ich bin zum Gegner meines eigenen Volkes geworden, ohne zu wissen, warum das so sein muß. Vielleicht können Sie mir helfen, wenn Sie alles wissen.«

»Das möchte ich gerne«, antwortete Rhodan. »Was sollen wir mit Takvorian machen?«

»Ich lasse ihm eine Mitteilung zurück, damit er keine Dummheiten macht, falls er inzwischen aufwacht. Ein Betäubungsmittel, sagten Sie?«

»Die Wirkung dauert einige Stunden an.«

Ovaron schien außerordentlich beruhigt über die Tatsache zu sein, daß seinem Leibwächter, dem Pferdemutanten, nichts zugestoßen war. Er schrieb eine Nachricht und legte sie so auf den Boden, daß Takvorian sie unbedingt sehen mußte, sobald er aufwachte. Rhodan verzichtete darauf, die Nachricht lesen zu wollen.

Damit wollte er demonstrieren, daß er zu Ovaron Vertrauen besaß.

Sie legten dann mehrere hundert Meter durch den Hauptsektor zurück, ehe sie in einen Nebengang einbogen. Rhodan begann zu ahnen, welch gewaltige Anlage sich hier drei Kilometer unter der Erdoberfläche verbarg und welche Anstrengungen es gekostet hatte, sie zu erbauen. Er hatte sie später, als sie im Tongagraben entdeckt wurde, ja nur zum Teil gesehen.

Vor einer Wand machten sie halt. Ovaron fixierte sie mit auffallender Konzentration – und dann glitt sie zur Seite. Rhodan bemerkte es mit einigem Erstaunen und fragte sich, wie das möglich sein konnte. Ovaron besaß keine parapsychischen Gaben, ohne Zweifel hätten die beiden Telepathen das sofort festgestellt. Nach welchem System also wurde hier ein Kontakt ausgelöst?

Hinter der Wand lag ein gut eingerichtetes Apartment mit allen nur denkbaren Bequemlichkeiten. In einem Raum befand sich sogar eine komplette Nachrichtenzentrale mit akustischen und optischen Sende- und Empfangsgeräten. Es gab ein Bad, eine automatische Küche und ein reichhaltiges Vorratslager.

Sie nahmen im Wohnraum Platz.

Ovaron gab einem Roboter den Auftrag, Erfrischungen zu bringen.

»Wie Sie sehen«, eröffnete er das Gespräch, »war ich auf einen längeren Aufenthalt hier vorbereitet. Vielleicht war es nur eine Ahnung dessen, was sich ereignen würde. Bitte, verlangen Sie keine Erklärung dafür – ich hätte keine. Jedenfalls steht eines fest: Jemand, der mir unbekannt ist, ist mit den biologischen Experimenten in diesem Sonnensystem nicht einverstanden und hat dafür gesorgt, daß in meinem Unterbewußtsein der Widerstand gegen diese Experimente verankert wurde.

Der Chef des Gesamtunternehmens, eben Lasallo, ist nicht der einzige, der Verdacht schöpfte. Ich konnte nichts gegen diesen Widerstand aus dem Unterbewußtsein tun, und vielleicht wollte ich es auch gar nicht.

Als Sie auftauchten, mit einer Zeitmaschine und noch dazu aus der fernen Zukunft, wie mir versichert wurde, da begann ich zu ahnen, daß jemand mich zu lenken versuchte, der ungeheuer einflußreich sein muß und Teile dieser Zukunft kennt. Ich scheine nur das Werkzeug in den Händen eines Cappins – *wenn* der Unbekannte ein Cappin ist! – zu sein, ein ausführendes Organ, dessen Handlungen für das Zustandekommen gewisser Entwicklungen in der Zukunft von entscheidender Bedeutung sind. Sie verstehen, was ich meine?«

Rhodan saß Ovaron gegenüber. In der Ecke neben der Tür stand der Paladin, wachsam und einsatzbereit wie immer. Icho Tolot hatte ihm gegenüber Stellung bezogen. Die anderen saßen rund um den Tisch, auch Gucky, der aber hin und wieder zu der luxuriösen Couch schielte, die zu einem Schlummerstündchen geradezu einlud.

»Ich kann Ihren Ausführungen gut folgen. Ich glaube sogar, daß Ihre Vermutung stimmt. Aber vielleicht werden Sie niemals erfahren, wer Sie sind.«

Ovaron seufzte.

»Das kann sein, jedenfalls sitze ich nun hier und warte.«

Er sah Rhodan an.

»Sie haben mir schon viel von sich und Ihrer Zukunft berichtet, als Sie noch mein Gefangener waren. Haben Sie mir damals die Wahrheit gesagt?«

»Ja.«

»Dann darf ich noch einige Fragen stellen, um das Bild zu vervollständigen? Vielleicht hilft das auch mir, Klarheit zu gewinnen.«

»Fragen Sie, Ovaron.«

»In zweihunderttausend Jahren haben sich die Ureinwohner dieses Planeten so weit entwickelt, daß sie eine galaktische Zivilisation errichten können. Ich gebe zu, das wäre auch unter normalen Bedingungen und ohne Eingriffe durchaus möglich, aber ich möchte Sie um Ihre ehrliche Meinung bitten: Glauben Sie, daß unsere Experimente dazu beigetragen haben?«

»Vielleicht«, räumte Rhodan ein. »Aber wenn ich den Untergang zweier Kontinente berücksichtige, deren Ursache Angriffe aus dem Weltraum waren, muß ich die Möglichkeit in Betracht ziehen, daß sich die Menschheit auch ohne Ihre Versuche so schnell entwickelt hätte.«

»Immerhin beruhigen mich Ihre Worte. Sie stufen also die Cappins nicht als Verbrecher ein?«

»Nein, jedoch als verantwortungslos handelnde Intelligenzen. Ich halte biologische Experimente in dieser Form nicht für richtig.«

»Ich verabscheue sie sogar, wie Sie wissen«, gab Ovaron zu, »aber ich wurde eingesetzt, um sie zu schützen und jeden, der sie zu sabotieren versuchte, zu vernichten. Das ist die eine Seite meines Bewußtseins. Die andere verurteilt die Experimente. Nach einer Erklärung hierfür suche ich vergebens.«

»Wir wollen sie auch jetzt nicht suchen, Ovaron. Reden wir von uns, den möglichen Nachkommen Ihrer Versuche. Ich habe Ihnen schon bei unserer ersten Begegnung gesagt, daß wir aus der Zukunft kommen und warum. Der Todessatellit, der unser System bedroht, wurde von den Cappins erbaut, das steht fest. Wir haben die Beweise für meine Behauptung von den Cappins selbst erhalten – von Ihren Nachkommen, Ovaron. Sie starben als unsere Freunde. Es ist ungeheuer wichtig für uns, etwas über den Sonnensatelliten zu erfahren, wann er gebaut wird, und vor allen Dingen, warum er gebaut wird. Sagen Sie uns bitte alles, was Sie darüber wissen.«

»Solche Pläne existieren nicht. Ich müßte es wissen, denn schließlich hatte ich Zugang zu allen geheimen Akten. Es war niemals vom Bau eines solchen Satelliten die Rede.«

Rhodan versuchte, seine grenzenlose Enttäuschung zu verbergen. Da hatten sie alle die größten Risiken auf sich genommen und endlich einen Cappin auf ihrer Seite, den man als Bundesgenossen betrachten konnte – und dann das!

Ein Blick zu Fellmer und Gucky bestätigte ihm, daß Ovaron die Wahrheit sprach.

»Es ist gut, Ovaron. Sie wissen nichts. Er wird also in Ihrer Zukunft geplant und gebaut. Wir müssen weiter in diese Zukunft vordringen. Um einen Anhaltspunkt zu gewinnen, müssen Sie uns mit allen Plänen vertraut machen, die Ihnen bekannt sind. Sie sagten ja selbst, daß Sie Zugang zu den Geheimprojekten besaßen. Welche Projekte waren das?«

Nach kurzem Zögern packte Ovaron aus und zählte die Unternehmen auf, die von höchster Stelle für die Erde geplant worden waren. Es handelte sich meist um neue Versuchsanstalten und einige weitere Schaltstationen. So etwas wie ein Sonnensatellit war nicht dabei.

Allerdings konnte der Cappin Rhodan den Sinn der Bioexperimente erklären. Demnach sollten auf der Erde durch genetische Veränderungen der Eingeborenen »Objekte« geschaffen werden, in die spätere Generationen von Cappins mühelos pedotransferieren konnten. Damit waren die Menschen gemeint. Die Befürworter des Programms bezeichneten die Experimente als entscheidend wichtig für die Zukunft ihres Volkes.

Dadurch wurde die Sache für die Zeitreisenden nicht weniger geheimnisvoll.

Lange Zeit schwiegen sie, dann war es ausgerechnet Gucky, der das Schweigen mit einem Kraftwort brach, das unverkennbar von Reginald Bull stammte. Er sprach es mit Inbrunst aus und schien sich danach sichtlich wohler zu fühlen. Gleichzeitig rutschte er aus dem Sessel und begab sich zur Couch, die er nun lange genug sehnsuchtsvoll betrachtet hatte. Mit einem Seufzer streckte er sich darauf aus und schloß die Augen. Womit er auch optisch demonstrierte, daß er die Nase endgültig voll hatte.

Ein leises Neidgefühl stieg in Rhodan hoch. Als Tschubai sich erheben wollte, um Gucky an seinen Platz zurückzuholen, sagte Rhodan:

»Lassen Sie ihn, Ras. Er hat vollkommen recht. Im Augenblick können wir nichts anderes tun als warten. Atlan wird zurückkehren. Erst dann sind wir in der Lage, neue Entscheidungen zu treffen. Hier sind wir sicher, glaube ich. Ab und zu werden wir im Enadatal nachsehen und dort einen Sender installieren, der in regelmäßigen Abständen einen Notruf abstrahlt. Gerafft und zu kurz, um angepeilt werden zu können. Wenn Atlan den Ruf empfängt, dann weiß er, daß wir Hilfe brauchen.«

»Wir sind hier sicher«, bestätigte Ovaron noch einmal. »Und für Sie besteht auch keine Gefahr mehr, sobald ich die Steuerzentrale für die Kampfroboter umprogrammiert habe. Betrachten Sie sich als meine Gäste.«

»Danke«, sagte Rhodan und sah zur Couch. Dann lächelte er und setzte leiser hinzu: »Pst, lassen wir den Kleinen schlafen, der hat die Ruhe verdient.« Gucky rührte sich nicht. Er hielt die Augen geschlossen und atmete regelmäßig.

»Wir werden uns inzwischen in Ovarons Speisezimmer begeben und erst einmal richtig essen. Kommt, aber seid leise und weckt Gucky nicht . . .«

Mit einem Satz war Gucky von der Couch an der Tür.

»Ohne mich essen! Das sieht euch ähnlich! Gehen wir . . .«

Er watschelte voran, und mit dem sicheren Instinkt eines ausgehungerten Raubtieres fand er den Weg.

Die anderen folgten ihm erheitert.

Selbst Ovaron, der neben Rhodan ging, mußte lachen.

Dabei war es gerade er, der am wenigsten Grund zum Lachen hatte.

Gucky allerdings auch nicht, denn Lord Zwiebus erwartete ihn bereits im Speisezimmer, mit vollen Backen kauend.

Er war schneller gewesen.

26.

Während die anderen Expeditionsteilnehmer sich in der Station schlafen legten oder etwas aßen, erläuterten Rhodan und Ras Tschubai Ovaron, was die Projektoren zeigten, die sie benutzen durften.

Es war zusätzliches Informationsmaterial aus den Archiven der Administration. Gucky hatte es, neben der anderen Ausrüstung, mitgebracht.

Die Abenteuer Rhodans und seines Teams während der ersten Zeitreise wurden wieder lebendig, daneben die Folgerungen und Berechnungen dieser Erlebnisse und die Analysen von Rechenmaschinen und historischer Forschung.

Noch einmal tobten die Kämpfe der Lemurer gegen die Präbios.

Ein zweites Mal wurde das Land der Türme geschildert, in denen sich die riesigen Herden von drei verschiedenen biologischen Zuchtergebnissen vermehrten.

Filme liefen ab, Bilder wurden gezeigt, Berichte wurden gesprochen, Kurven und Zahlen erschienen. Langsam begriff Ovaron mehr und mehr die Dinge – durch dieses Beweismaterial aus der Zukunft, aufgenommen bei den verschiedenen Gelegenheiten, bei den Vorstößen in die nähere Vergangenheit, erfuhr er alles über die verbrecherischen biologischen Experimente der Cappins und deren unglaublichen Erfolg.

Einmal sagte er erschüttert und leise:

»Vermutlich wollte niemand aus meinem Volk das, was wir hier sahen. Diese Entwicklung geschah ungewollt.«

Rhodan teilte seine Ansicht.

»Die Lemurer!« sagte Rhodan und wechselte einen der winzigen Datenträger aus.

Die Geschichte ging weiter.

Der Untergang der Lemurer wurde geschildert und dann die Anfänge einer neuen Menschheit, derjenigen, aus der Rhodan und seine terranischen Mitarbeiter stammten.

Schließlich endete die Vorführung.

»Verdammt!« rief Rhodan, nachdem er auf die Uhr geschaut hatte.

Alaska sagte erläuternd:

»Drei Stunden, Sir. Kürzer sind Einsichten solcher Tragweite kaum zu vermitteln.«

Sie begannen die Ausrüstung wieder einzupacken und verschlossen die Behälter.

»Ich . . .«, begann Ovaron, dann schüttelte er den Kopf und lehnte sich mit geschlossenen Augen zurück.

Der Pedotransferer, Träger der Tryzom-Körperchen, überlegte.

Er überlegte gleichzeitig zwei verschiedene Aspekte dieser vermittelten Erkenntnisse. Die beiden polaren emotionellen Empfindungssysteme arbeiteten in seinem Körper, und er wußte plötzlich, ohne sagen zu können, woher, daß diese Beeinträchtigung seines Unterbewußtseins aufgehört hatte.

Das konnte nur eines bedeuten:

Etwas in seinen verborgenen Empfindungen oder seinem versteckten Bewußtsein hatte mit dieser Schilderung hier und den erfolgten Überlegungen seine Aufgabe gefunden. Anscheinend war er irgendwie auf diesen Moment programmiert oder hypnotisiert worden. Die Zweifel, die ihn jahrelang gequält hatten, waren wie weggeblasen. Verschwunden. Weg.

»Ich glaube, Ihnen zwei Dinge von großer Wichtigkeit sagen zu können, Rhodan«, meinte Ovaron.

»Ich höre zu«, erklärte Rhodan.

Ihm war ein gewisser feierlicher Ton in der Aussprache nicht entgangen.

»Ich wurde bisher von einem inneren Zwang beherrscht«, sagte der Cappin entschlossen. »Dieser Zwang schob mich in Richtung gewisser Ziele oder Aufgaben, die nicht meiner Art entsprachen.«

»Ja!«

»Ich sehe jetzt, hier und heute alle diese Aufgaben als beendet an. Nicht gelöst, aber gegenstandslos geworden. Ich habe eine neue Aufgabe, Rhodan!«

Rhodan sah ihm fest in die großen, blauen Augen.

»Welche?«

Ovaron streckte ihm die Hand entgegen.

Rhodan zögerte noch und wartete auf die Antwort.

»Ich schließe mich rückhaltlos Ihnen an. Nicht unbedingt Ihnen persönlich, sondern der Aufgabe, die Ihnen gestellt worden ist. Ich werde Sie mit allen Mitteln und allen meinen Möglichkeiten vertreten und unterstützen. Mit anderen Worten: Ich biete Ihnen und somit allen Terranern meine Freundschaft an. Bedingungslos. Und ich spreche auch für meinen Freund Takvorian. Tak?«

»Selbstverständlich«, bestätigte der Pferdemutant.

Rhodan schüttelte Ovarons Hand, dann die Hand Takvorians und sagte schließlich sehr ernst: »Ich habe in meinem Leben viele Fehler gemacht, aber niemals den Fehler, Freundschaftsangebote auszuschlagen. Aber welche Garantie habe ich?«

»Ich meine es . . . wir meinen es ehrlich, Rhodan«, sagte Ovaron entschlossen und ohne zu zögern.

»Ich soll Ihnen sozusagen blind vertrauen?« fragte der Großadministrator.

»Ich bitte darum. Ich werde versuchen, Ihnen zu beweisen, was ich meine.«

»Ich werde darauf zurückkommen.«

Der Cappin sprang auf und ging aufrecht hinter seinem Sessel hin und her. Er blieb stehen und beugte sich vor, streckte beide Arme aus und sagte leise:

»Ich weiß nicht genau, woher ich komme und wer ich eigentlich bin. Aber ich weiß auch sehr genau, daß ich mit all diesen Scheußlichkeiten nichts zu tun haben möchte. Ich weiß auch keineswegs, wer mir das Fachwissen verliehen hat, die Begabung und viele andere Dinge . . . ich glaube fast, ein anderer ist für meine persönlichen Erinnerungen verantwortlich. Bis auf Merceile, das ist etwas anderes.«

»Gut«, sagte Rhodan. »Ich habe mich entschlossen, Ihnen zu glauben. Aber nehmen Sie niemals an, daß wir lahme oder zögernde Partner sind. Wir sind ein junges Volk, das sich behaupten muß und wird. Wir sind so friedliebend wie eine Taube, aber wer uns angreift, wird merken, daß wir schnell wie die Falken sind.«

»Das ist auch meine Einstellung«, sagte Ovaron.

»Es wird uns die Zusammenarbeit erleichtern. Unerschütterliche Freundschaft – das ist etwas Schönes. Aber es ist gleichzeitig so schwer wie selten etwas im Leben eines Wesens. Es klingt kitschig, ich weiß, aber es ist nun einmal so. Aber wir haben einige dringendere Probleme als ethische Erörterungen. Ja, Alaska?«

Saedelaere klopfte mit dem Nagel des rechten Zeigefingers auf das Glas seiner Uhr, die als Datum noch den 26. April zeigte.

Er erinnerte daran, daß Atlan am 27. um Punkt zwölf Uhr mit dem Nullzeit-Deformator kommen wollte.

Rhodan stand auf und sah sich in der Halle um. Die Anzeigen der Geräte starrten wie glühende Augen von unbeweglichen Fabelwesen.

»Es wird Zeit zum Handeln«, erklärte er und wandte sich an Takvorian und Ovaron:

»Damit wir ruhig schlafen und guten Gewissens handeln können, da Ihnen auch etwas an Merceile liegt . . . holen wir die Frau hierher.«

Der Zentaur lachte und fuchtelte mit seinen dürren Armen. Er sagte:

»Das ist das richtige Wort in der rechten Stunde.«

Ras Tschubai schaute fragend zu Rhodan.

»Soll ich . . .?« fragte er.

»Ja. Gehen Sie zusammen mit Gucky, Ovaron und Takvorian – falls Sie einverstanden sind – nach Matronis, und holen Sie die Frau aus dem Bereich von Levtron heraus.«

»Wieviel Zeit haben wir?« wollte Ovaron wissen und bekundete damit sein Einverständnis.

Rhodan sah auf die Uhr und überlegte.

»Soviel wie nötig und sowenig wie möglich.«

»Verstanden«, bestätigte der Teleporter. »Ich esse nur noch etwas und stelle meine Ausrüstung zusammen, dann können wir aufbrechen.«

Neben Ovaron verschwand auch Takvorian zwischen den dunklen Schächten in der Halle. Rhodan sah ihnen schweigend nach.

Sechs Stunden später waren sie mit Merceile zurück. Perry Rhodan nahm ihre Hand. Er sagte herzlich:

»Ich begrüße Sie, Merceile, in unserem Kreis. Ich hoffe, Sie fühlen sich unter den etwas ungewöhnlichen Umständen einigermaßen wohl.«

Merceile lächelte in deutlicher Verwirrung.

»Ich werde es versuchen«, meinte sie.

Rhodan ließ sich von Ras Tschubai erklären, wie sie es geschafft hatten, das Mädchen zu holen.

Dann sah er auf die Uhr und sagte:

»Wenn Atlan auftaucht, müssen wir bereit sein.«

Rhodan war sichtlich nervös. Er wußte, daß alle möglichen Gefahren drohten. Er sah auf, als der Mausbiber zu sprechen begann.

»Perry«, drängte er, »wir sollten schnellstens die Grüne Grotte an der Küste aufsuchen. Von dort aus können wir besser mit dem Nullzeit-Deformator Kontakt aufnehmen. Außerdem steht dort der Transmitter.«

»Ja«, erwiderte Perry halblaut, »das sollten wir tun. Und zwar unverzüglich!«

Ovaron war einverstanden, obwohl es ihm sichtlich schwerfiel, seine geheime Schaltzentrale aufzugeben.

Sie kamen wohlbehalten an.

Die Grotte wurde durch einige kleine Leuchtkörper notdürftig erhellt. Auf dem Boden standen und lagen Ausrüstungsgegenstände.

Mit Hilfe von Schwemmholz war ein Feuer angefacht worden, das im Zentrum einer runden Nebenhöhle brannte. Rhodan und einige andere saßen um das Feuer herum.

»*Wie* alt sind Sie?« fragte Merceile entgeistert.

Rhodan wiederholte seine Altersangabe.

»Allerdings mit einigen Hilfsmitteln«, sagte er.

Bernsteinfarbene Augen strahlten ihn an. Zu sehr, fand Alaska Saedelaere, der schweigend zuhörte.

Merceile war, wie Rhodan inzwischen erfahren hatte, Biotransfer-Korrektorin. Er ließ sich von ihr das Wortungeheuer erklären und verstand schließlich, was sie meinte. Er revanchierte sich, während er auf Atlan wartete, mit einer Kurzfassung der Geschichte des Solaren Imperiums. Ovaron kam heran und setzte sich neben Merceile in den kühlen Sand. Er hörte fasziniert zu.

Offensichtlich, dachte Ras, der sich neben Alaska an die rauhe Felswand lehnte, einen Kaugummi auswickelte und ihn zwischen die Zähne schob, wird es in Kürze so weit kommen, daß Merceile wieder in einen schweren inneren Zwiespalt gerät.

»Ich lasse meine Augen zwischen Rhodan, Ovaron und der Dame hin- und hergehen«, flüsterte der hagere Transmittergeschädigte.

»Ich auch. Sehen Sie, was ich zu sehen glaube?«

Alaska nickte langsam.

»Ich sehe es. Die Zuneigung der Frau scheint ernsthaft zwischen Rhodan, dem Neuen, und dem guten Ovaron zu schwanken. Seelischer Zwiespalt ersten Ranges. Und da unser verehrter Herr Chef alle intensiveren weiblichen Bekanntschaften zu heiraten pflegt, sehe ich inzwischen bereits die kleine, schlichte Trauungsfeier im Kreis der engsten Freunde. Im Kreis von etwa dreihundert Milliarden engster Freunde. Terra Vision und so weiter.«

Sie schliefen, soweit sie das konnten. Als der letzte von ihnen erwachte, war der 27. April längst angebrochen.

Die nervliche Anspannung wuchs, je mehr Stunden vergingen.

Eine Proviantkiste wurde geöffnet und ausgeleert. Eine halbe Stunde dauerte das Frühstück, aber die Wachsamkeit und die Spannung ließen auch während des Essens nicht nach. Ovaron, Takvorian und Merceile hatten sich überraschend schnell den Zeitreisenden angepaßt, aber natürlich blieb eine gewisse Distanz klar zu erkennen.

»Muß ich tatsächlich mitkommen in diesen Nullzeit-Deformator?« fragte Merceile irgendwann.

»Es ist unter allen Umständen das beste!« beharrte Ovaron mit Nachdruck. »Außerdem habe ich ein sehr persönliches Interesse daran.«

»Ich bin nicht sicher«, sagte Merceile.

Rhodan schwieg.

Er sah, nachdem er die Gesichter des Teams betrachtet hatte, Ras Tschubai an.

»Wir müssen etwas tun«, sagte er. »Wir gehen Atlan sozusagen entgegen.«

Er schüttete den Rest seines Kaffees ins Feuer.

»Paladin, Icho Tolot . . . wenn ich Sie beide in die Nähe des Enadatales bringen lasse?«

Über Lautsprecher erwiderte Harl Dephin:

»Eine ausgezeichnete Idee. Auf diese Weise wird wenigstens die Zentralschmierung meiner Gelenke wieder in Tätigkeit versetzt.«

Der halutische Gigant stimmte zu:

»Ich mache natürlich mit. Welcher Berg soll denn zur Seite geschoben werden?«

Rhodan stand auf, und nach einer Überlegungspause legte er die Hand an den Kolben seiner Waffe, die er aus dem Ausrüstungspaket hatte.

»Das Enadatal ist von einem Ring Belagerer umgeben«, sagte Rhodan. »Das wissen wir genau. Es besteht ein dichter Abwehrriegel; die Cappins wollen nicht diskutieren, sondern feuern.«

Icho Tolot stampfte durch den Sand der Höhle näher und blieb neben dem dampfenden Feuer stehen, das jetzt abgelöscht wurde.

»Ich werde versuchen, mich unbemerkt durchzuschleichen«, sagte Tolot. »Aber es wird nicht einfach sein.«

Ras Tschubai kommentierte:

»Was ist schon einfach in diesen Zeiten!«

Paladin riß seinen ungeheuren Rachen auf und bewegte die Arme wie Windmühlenflügel.

»Haben wir einen bestimmten Auftrag, Sir?« fragte Harl Dephin.

»Sie sollen versuchen, sich unbemerkt bis in die Nähe des Abwehrriegels vorzuarbeiten. Das bedeutet in letzter Konsequenz, daß wir einen zusätzlichen Sicherheitsfaktor haben.«

»So ist es«, sagte der Haluter donnernd, und alle hielten sich die Ohren zu. Rhodan winkte mit beiden Händen, Tolot sollte etwas weniger laut sprechen.

Gemäßigten Tones fuhr Icho Tolot fort:

»Wenn der Nullzeit-Deformator auftaucht, ist höchste Eile geboten. Wir preschen in diesem Augenblick wild um uns feuernd durch die Gegend und bis zur Schleuse der Kuppel.«

Rhodan nickte.

»Etwa so habe ich es mir vorgestellt, Tolotos.«

Er verwendete die Anrede, die Haluter nur sehr guten, alten Freunden gestatten.

Gucky fuchtelte mit den Armen und sagte:

»Ras soll den Stahlklumpen dort transportieren, ich nehme Icho auf den Arm.«

Dröhnendes Gelächter von allen Umstehenden. Merceile blickte fragend von Rhodan zu Ovaron.

»Ich erkläre es Ihnen später«, sagte der Cappin.

Rhodan sah auf die Uhr.

»Alles klar?« fragte er entschlossen.

»Klar!« sagte Icho Tolot, streckte einen seiner Handlungsarme aus, bückte sich und hob Gucky am Gürtel von dessen maßgeschneidertem leichten Kampfanzug hoch.

»Gehen wir.«

Die beiden Teleporter konzentrierten sich, nachdem sie sich miteinander kurz verständigt hatten, auf einen Platz weit außerhalb des Tales und rematerialisierten dort mit ihrer Last.

Ras deutete nach Westen und sagte leise:

»Ich kenne direkt hinter dem Bergkamm, auf dem die Geschütze stehen, ein anderes Tal. Es ist ein tiefer Einschnitt, sumpfig und dunkel, aber Sie werden sich hervorragend tarnen können. Luftlinie bis zum Nullzeit-Deformator fünf Kilometer. Dort werde ich Sie absetzen. Einverstanden?«

Harl Dephin antwortete:

»Natürlich. Los!«

Ras Tschubai und Paladin-III verschwanden.

Gucky thronte auf der Schulter des Haluters und sagte laut:

»Wenn der Paladin sich im Westen befindet, sollten wir von Osten angreifen oder durchzubrechen versuchen. Dort hinten, jenseits des Horizontes . . . aber ich weiß schon, wohin ich dich bringen werde, mein Kleiner.«

Tolot lachte dröhnend.

Dann verschwanden auch sie, nur die tiefen Abdrücke der Sohlen blieben im Sand zurück. Ein großer Vogel kam angeflogen, ließ sich fallen und schwang sich wieder in die Luft, ein Tier in den Fängen.

Aber wenige Kilometer entfernt hatte sich die leere, urzeitliche Landschaft dieses Erdteils in einen gepanzerten Ring von Abwehrstellungen verwandelt.

Ras Tschubai setzte Paladin-III ab, sprang ein weiteres Mal und sondierte die Lage, dann kehrte er ohne Zeitverlust in die Grüne Grotte zurück.

»Geschafft?« fragte Rhodan.

»Ja«, sagte Ras. »Wir haben doch die Karten da . . . Alaska?«

Saedelaere warf ihm einen Klarsichtumschlag zu, aus dem Tschubai die Karte nahm und ausbreitete.

Er zeigte auf die Stelle, die als Taleinschnitt gekennzeichnet war.

»Hier steckt der Paladin. Er braucht nur gerade weiterzulaufen, dann stolpert er direkt über den Deformator. Sofern er vorher nicht zerschmolzen worden ist – dort auf den Hängen sieht es ziemlich schrecklich aus. Lauter Cappins und viele Geschütze, Meiler, Abwehreinrichtungen und Luftaufklärer in schweren bewaffneten Gleitern.«

Rhodan bemerkte:

»Paladin hat einen HÜ-Schirm.«

»Aber nicht wir«, sagte Tschubai. »Gucky müßte eigentlich schon dasein . . . wo er nur bleibt?«

Dann kam der Mausbiber.

»Aha«, sagte er. »Ihr seid bereits beim Kartenstudium. Hast du ihnen geschildert, wie schwer das Tal bewacht wird?«

»Ja«, antwortete Ras einsilbig.

»Auch Icho Tolot ist abgesetzt, er steht ungefähr hier.«

Gucky deutete auf einen Flußlauf, der in den Bergen direkt oberhalb des Tales entsprang und nach Osten floß.

Gucky grinste auffallend. »Es ist ein Flußlauf, der schmaler wird, je höher das Gelände ansteigt. An beiden Ufern ist ein breiter Streifen Grün, Wälder, fast tropischer Urwald. Dort kann sich Icho Tolot ungesehen bis fast unmittelbar in den Rücken der Barriere vorpirschen. Zufrieden, Perry?«

»Ja«, erwiderte Rhodan. »Vielen herzlichen Dank.«

Der Rest der Gruppe sollte, wenn alles glatt verlief, mit Hilfe der Teleporter in zwei oder drei Sprüngen in den Nullzeit-Deformator gebracht werden. Rhodan sah auf die Uhr – es war elf Uhr morgens, am 27. April.

»Meine lieben Freunde«, sagte er laut, »wenn wir die Grotte verlassen, muß es schnell gehen.«

Gucky machte geltend:

»Schneller als mit Teleportation geht's nicht, Perry!«

»Ich weiß«, sagte Rhodan. »Ich wollte auf etwas ganz anderes hinaus. Wir haben eine Menge Ausrüstungsgegenstände dabei. Diese Ausrüstung muß natürlich weitestgehend zurückbleiben. Jeder von uns wird jetzt aus dem Gepäck heraussuchen, was er leicht tragen oder in den Taschen seines leichten Kampfanzuges verstauen kann. Hauptsächlich Datenträger und Beweismittel sollten auf alle Fälle mitgenommen werden. Schlafsäcke und Konserven scheinen mir für den Bestand des Imperiums weniger wichtig zu sein.«

Alaska und Ras sahen sich überrascht an. Alaska stellte fest:

»Die Nähe einer jungen, reizvollen Dame scheint unseren verehrten Chef zu ironischen Glanzleistungen zu beflügeln.«

»Vermutlich.«

Perry Rhodan begann mit der Arbeit. Er sonderte aus, was er nicht mitnehmen würde, und alle Ausrüstungsgegenstände, die hierblieben, wurden rund um das Feuer auf einen großen Haufen zusammengetragen.

Ras und Alaska steckten die Speicherkristalle ein und verstauten sie in den Schienbeintaschen und den Brusttaschen der Kampfanzüge.

Gucky sortierte die Konserven und suchte nach Mohrrüben, Spargel oder Gurken, fand aber nur einen Riegel Marzipanschokolade, den er gierig schmatzend verspeiste, bis ihn ein strafender Blick Rhodans traf.

Ovaron und Merceile standen etwas hilflos und unschlüssig herum und beteiligten sich dann zögernd an den Arbeiten.

Um elf Uhr dreißig war die Gruppe fertig.

»Jetzt kann Atlan kommen!« erklärte Rhodan.

Seine Gedanken waren bei der Besatzung des Nullzeit-Deformators und den beiden Riesen, dem Haluter und Paladin-III, die sich langsam im Rücken der Barriere vortasten sollten.

27.

Waringer saß an der Hauptschaltkonsole. Er beugte sich nach vorn. Ein krummer, schmaler Rücken war alles, was Cascal von seinem Platz aus erkennen konnte.

Die Mitglieder der Zeitexpedition hatten ihre leichten Kampfanzüge angelegt und sich mit Waffen versehen. Neben den kleinen Mannschleusen, neben der Hauptschleuse und hinter einigen Blenden standen die Kampfroboter, genau programmiert und aktiviert.

Die Maschinen liefen an.

Die Mannschaft saß gespannt an ihren Plätzen, beobachtete die Uhren und Skalen und versuchte sich vorzustellen, was sie erwarten würde. Natürlich war es das erste Gebot, den Aufenthalt in der Zeit, in der Rhodan auf sie wartete, so kurz wie möglich zu halten.

»Absorber klar!« sagte Atlan.

Sorgfältig las er die Werte ab.

Bis auf das Geräusch der laufenden Meiler und das Knacken zahlreicher Schaltungen war es still.

»Noch zweihundert Sekunden«, sagte Atlans Stimme. »Beachten Sie die Sichtschirme und die Uhren.«

Cascal sah hinüber zu Gosling, der die Bordroboter programmiert hatte. Auf ihn kam es jetzt an.

Zwölf Uhr minus hundertachtzig Sekunden!

Was würden sie vorfinden? Wie würden die Cappins reagieren? Wo steckte Rhodan?

Diese Fragen würden binnen weniger Minuten beantwortet sein – so oder so. Aber bis es soweit war, hatten die Männer unter einer unerträglichen Spannung zu leiden.

»Achtung!« rief Waringer.

Der Nullzeit-Deformator raste die Zeitlinie zurück und wurde dreitausend Jahre in der Zukunft angehalten. In der Zukunft, berechnet aus der Vergangenheit.

Paczek, dessen brennende Zigarette fast seine Lippen verbrannte, sagte laut:

»Wir materialisieren!«

Atlan legte seine Hand auf den wuchtigen Schalter des Paratronschutzschirmes. Er nickte Cascal zu.

Eine Serie harter Erschütterungen traf die Zeitmaschine.

Sie schüttelte sich und zitterte, als würde sie über eine Geröllhalde gleiten. Die Schirme der Außenbeobachtung flimmerten auf, kräftige Farblinien durchzogen den grauen Hintergrund. Dann, einen winzigen Sekundenbruchteil lang, waren sämtliche Mitglieder der Expedition gelähmt. Dieses Gefühl ging sehr schnell vorbei, manche von ihnen merkten es in der nervlichen Anspannung gar nicht.

»Wir sind da!«

Atlan grinste Cascal an und drückte mit dem Zeigefinger auf einen breiten, rechteckigen Schalter von leuchtendem Rot.

Die farbigen Linien, Punkte und Flecken flossen ineinander, vermischten sich und ergaben schließlich kristallklare, dreidimensionale Bilder. Die Barriere der Cappins war nach wie vor vorhanden.

Aber nicht nur sie.

Der Spezialsender des Deformators hatte eine Sekunde vor dem Zeitpunkt zu arbeiten begonnen, an dem die Kuppel deutlich sichtbar und vollständig rematerialisiert im Tal erschien. Der Sender auf Hyperbasis löste die Funkempfänger in den Mikrobomben aus, die dreitausend Jahre ohne Beschädigung überstanden hatten.

Das war es, was der Arkonide sich hatte einfallen lassen. Dreitausend Jahre in der Vergangenheit hatte er von Cascal und den Robotern einen Bombenring um den Nullzeit-Deformator herum legen lassen. Es waren Bomben, von denen er sicher sein konnte, daß sie auch im Jahr 196.566 v.Chr. noch auf seinen Zündimpuls reagieren würden.

Thermische Atombomben wurden gezündet.

Sie entwickelten keine Druckwelle, aber unter jedem Meiler, der für die Cappin-Geschütze arbeitete, schien eine kleine Sonne aufzugehen. Die Hitze, mehrere Millionen Grad, fraß sich in die Zellen hinein, zerstörte die gesamten Abschirmungen und ließ die Meiler in krachenden, rauchenden Explosionen detonieren.

Unhörbar, aber deutlich fühlbar begannen Schallbomben, ihre nervenzerfetzende Energie auszustrahlen.

Lähmungsgas wurde frei, Rauchbomben explodierten und hüllten die Berggipfel ein. Trotzdem schlug wütendes Feuer gegen den Paratronschirm der Kuppel.

Gosling gab einen Befehl.

Die Roboter handelten unverzüglich. Sie liefen hinaus und eröffneten das gezielte Feuer aus sämtlichen Waffen. Sie legten einen Kreis von Flammen, Detonationen und Rauch um den Nullzeit-Deformator und schossen sich ein. Sie feuerten dorthin, woher der Beschuß kam.

Atlan hatte sowohl das Funksignal ausgestrahlt als auch die Funknachricht an Perry Rhodan.

Jetzt warteten sie.

Die Barriere, die von Levtron und Tarakan so sorgfältig ausgeklügelt worden war, schien zusammenzubrechen. Rings um den Nullzeit-Deformator erhob sich ein Meer aus Rauch, Flammen und Detonationen.

Auf den Bergen stachen Feuerzungen in den Himmel, dann rollte ein Donnerschlag über den Geräuschorkan, ein Blitz schlug in einen Felsen ein. Sekunden nachher begann ein Regen, wie ihn die Terraner auf diesem Erdteil noch nicht erlebt hatten. Vom Himmel kamen Wassermassen unvorstellbaren Ausmaßes.

Cascal und Atlan beobachteten die Rundumschirme.

Das Inferno kam von zwei Seiten. Vom Nullzeit-Deformator in die Richtung der Barriere und von den Bergen, aus den Felsspalten und aus der Luft in Richtung auf die Kuppel. Noch war der Paratronschirm gespannt, noch war die Maschine nicht getroffen worden.

Eine grüne Lampe leuchtete auf.

»Das Signal!« rief der Lordadmiral durch den Lärm.

Seine Hand kippte den Schalter.

Während die Roboter und die fest eingebauten Geschütze arbeiteten, feuerten, sich einrichteten und wieder feuerten, während der prasselnde Hagel von kleinen Explosionen gegen den Schirm schlug und abgeleitet wurde, während auf den Bergen ständig neue Detonationen stattfanden und alles von einem bleigrauen, heftigen Regen niedergeschlagen wurde, traf der erste Teleporter ein.

Gucky brachte Perry Rhodan und Ovaron.

Dann kam Ras Tschubai.

Atlan spähte nach drüben, sah wieder drei Gestalten und begann zu zählen. Er beobachtete das Signal und die Schirme und erschrak heftig, als ein harter Schlag den Deformator traf. Vor der Hauptschleuse bildeten die Roboter einen Halbkreis, der wie ein Igel nach allen Seiten feurige Stacheln warf.

Ras bringt ein Pferd? dachte Cascal verwundert. Dann sah er Alaska Saedelaere und bemerkte Ras' Verschwinden.

Lord Zwiebus und Fellmer Lloyd erschienen, von Gucky transportiert.

»Wie lange halten wir es noch aus?« fragte Cascal laut.

»Noch eine ganze Weile – hoffentlich!« schrie Atlan.

Rhodan spurtete zwischen den Ausrüstungsgegenständen hindurch und blieb hinter Atlan stehen, die Hände um die Lehne des Sessels gekrampft.

»Wir warten noch«, sagte er.

Die Neuankömmlinge verteilten sich, um bei der letzten Teleportation nicht mit den Mitgliedern zusammenzustoßen.

Schließlich war Ras Tschubai wieder da.

Er ließ die Hand einer jungen Frau los, und Cascal zwinkerte überrascht mit den Augen. Das ist neu, dachte er schnell. Rhodan hat nette Gäste.

Gleichzeitig schaltete Atlan wieder, und der Paratronschirm legte sich um die Kuppel.

Der donnernde Lärm des gegenseitigen Beschusses wurde etwas leiser.

»Icho Tolot und Paladin kommen noch!« rief Rhodan.

Waringer deutete auf die Uhr und sagte:

»Wir sind sechzig Sekunden hier. Viel länger darf es nicht dauern.«

Atlan nickte, er wußte es ebensogut.

Noch immer wehrten sich die automatischen Waffen des Nullzeit-Deformators. Was die Bomben nicht geschafft hatten, vernichteten die Strahlen der Geräte, die teilweise ihre Ziele selbst suchten.

Rhodan gab den Befehl:

»Schaltet die Projektoren eins bis sieben aus. Sie treffen sonst Paladin oder Icho. Sie müssen die beiden als Angreifer identifizieren.«

Cascal reagierte sofort und zog nacheinander sieben Hebel zu sich heran. Der Lärm, der die glockenähnliche Zelle erschütterte und die Trommelfelle unaufhörlich in Schwingungen versetzte, ließ nach. Draußen tobte immer noch das Unwetter, und eine breite Wand aus Rauch, in dem Flammen züngelten, trieb von Westen her auf den Deformator zu. Und dann, in kurzen Augenblicken der Aufhellung, wenn die Rauchschleier aufrissen, waren Paladin und der Haluter zu erkennen.

Sie stürmten heran wie Naturereignisse.

Der Paladin wirkte wie eine rollende Festung, die aus allen Rohren schoß. Der Gigant, der sich auf seine Laufarme niedergelassen hatte, raste einen Hang mit einer Geschwindigkeit nicht unter achtzig Stundenkilometern herunter. Unaufhörlich schossen seine verschiedenen Waffensysteme nach allen Seiten.

Raketen heulten und orgelten durch die Luft, fanden ihre Ziele und detonierten mit blauweißen Feuerbällen.

Strahlen sprühten auf.

Und ein urweltliches Gebrüll, laut wie der Donner, war zu hören. Paladin-III hatte auf seinem Weg zuerst eine bewegliche Stellung niedergerannt, indem er mit gesenktem Kopf einfach auf den Gleiter losgerannt war, auf dessen Ladefläche das Geschütz stand. Der Gleiter war, nachdem der Paladin über ihn hinweggerannt war, nur noch ein Trümmerhaufen, und das Geschütz feuerte steil in die Regenwolke hinein. Ein mächtiger, tosender Dampfstrahl entstand hinter der Maschine.

Dann warf sich der Paladin vorwärts und nahm den Hang.

Einen Kilometer lang, schräg und von Geröll bedeckt. Die Maschine stob herunter, riß kleinere Felsen um, schürfte eine Spur, die einen Meter tief war, und wirbelte hinter sich Kies, Steine und Schlamm hoch wie ein Panzer. Ein Gleiter der Cappins sah Paladin und kippte schräg ab.

Der dahinrasende Roboter wurde von den Cappins unter schweren Beschuß genommen.

Ohne im Laufen innezuhalten, feuerte der Paladin einige Torpedos ab.

Ein Gleiter explodierte in der Luft, zerbrach in mehrere Teile und fiel auf den Rücken Paladins herunter. Der Roboter schüttelte sich nicht einmal, sondern rannte weiter wie ein stählernes Nashorn.

Am Fuß des Hanges richtete er sich auf, stieß einen markerschütternden Schrei aus und raste gerade auf die Schleuse zu.

Cascal sah das Bild auf dem Schirm und rief entsetzt:

»Diese Siganesen ruinieren unsere Schleuse.«

»Keine Angst«, sagte Rhodan. »Harl wird jetzt bremsen.«

Harl bremste.

Seine gedankliche Steuerung wurde von den SERT-Mechanismen auf die Gelenke der Maschine übertragen.

Er kam etwa mit hundert Stundenkilometern an, setzte jetzt seine Laufarme ein und vollführte eine Reihe von merkwürdig anmutenden Manövern.

Die Hinterbeine blockierten, die Vorderbeine verankerten sich im Boden und führten eine Richtungsänderung um hundertachtzig Grad herbei. Der stählerne Körper wurde hart abgebremst, bohrte sich in den Boden und schob direkt vor der Schleuse einen Erdwall von zwei Metern Höhe und drei Metern Breite auf. Dann richtete sich der

Roboter auf, feuerte eine Zehnerserie von Spezialraketen ab und drehte sich um. Langsam und gemessenen Schrittes kam Paladin bis an den Schirm heran, den Atlan blitzschnell abschaltete.

»Hundert Sekunden!« kam von Waringer die Warnung.

Auf den Schirmen war noch nichts zu sehen, aber die Männer ahnten, daß der totale Zusammenbruch der Barriere die Raumschiffe anlocken würde. Waren sie schneller als der Haluter, der jetzt, mit einer Felslawine zusammen, auf die rauchende kleine Festung zukollerte?

Für einen Sekundenbruchteil war der Schirm geöffnet worden, aber zwei kleinere Schüsse hatten die Kuppel voll getroffen. Auf den Instrumentenleisten leuchteten jedoch noch keine Warnlichter auf.

Es konnte nur noch Sekunden dauern, bis auch Icho Tolot eintraf.

»Soll ich den Haluter holen?« rief Gucky.

»Überanstreng dich nicht«, sagte Cascal laut.

»Du schlaffe Type«, spottete Gucky verächtlich. »Du kannst auch nichts anderes als dumm daherreden und den Damen schöne Augen machen.«

Atlan sagte lächelnd:

»Das sind Arbeiten, die das Leben eines Mannes zur Gänze ausfüllen können. Icho kommt im Dauerlauf.«

Icho Tolot hatte, als ihn die Lawine mitriß, seinen Körper verwandelt. Ein Gebilde aus tonnenschwerem Stahl rumpelte, krachte und rollte den abschüssigen Hang hinunter, walzte die Reste der Geschützstellung nieder, und zwei Cappins im Panzeranzug sprangen entsetzt zur Seite und suchten Deckung.

Als die Lawine zum Stillstand kam, richtete sich der Haluter auf, nahm in aller Ruhe sein Ziel an und schnitt einen Roboter der Cappins in zwei Teile. Einen anderen, der mit leergeschossenen Magazinen auf ihn losstürmte, empfing er mit seinen beiden Armen, hob ihn hoch und warf ihn zwanzig Meter hoch, ehe er sich wieder in die Rennstellung begab und losspurtete. Einen Meter hinter ihm krachte der Robot in den Boden. Der Haluter raste geradeaus auf die Schleuse los, richtete sich im vollen Lauf auf und wartete einen Sekundenbruchteil, ehe der Schirm erlosch. Er warf sich nach vorn und polterte durch die Schleuse.

»Fertig!« schrie Waringer und zog die Hebel.

Die Maschinen heulten auf. Der Nullzeit-Deformator raste die Zeitlinie wieder zurück. Rhodan hatte, nachdem der Paladin-III angekommen war, die Zahlen eingestellt.

6-0-0

Die Kuppel, die in dem schüsselförmigen Tal stand, umgeben von Rauchwolken, explodierenden Bomben, von einem dichten Regenvorhang fast verdeckt, verschwand. Der Paratronschirm war wieder aufgeflammt, und nur ein paar tiefe Schrammen, von geschwärzten Stellen umgeben, zeugten von dem Beschuß.

Als die Kuppel verschwunden war, erschienen die ersten Raumschiffe mit feuerbereiten Projektoren.

Ein fast zerstörter Ring aus schwelenden Festungen, Resten von Meilern, abgestürzten und am Boden vernichteten Gleitern bot kein Angriffsziel mehr. Über allem zuckten die Blitze, krachten die Donnerschläge, und der sintflutartige Regen schwemmte den Sand von den Hängen.

28.

197.166 v.Chr.
Bericht Ovaron

»Ich sagte Ihnen bereits, daß mir nichts über den Bau eines Sonnensatelliten bekannt ist. Auf Lotron wird jedenfalls kein solches Gerät gebaut, das weiß ich absolut sicher.«

Rhodan nickte. Wieder einmal stellte er mir Fragen zu diesem Thema, das sein Volk in der Zukunft bedrohte.

»Wenn nicht auf Lotron, dann vielleicht auf Zeut.«

Ich war verblüfft.

»Zeut . . .?«

»Auf dieser Zeitebene der fünfte Planet Sols, also der Sonne Tranat. Sie erwähnten ihn bereits unter dem Namen Taimon.«

»Den Extremläufer meinen Sie also. Hm!«

Ich dachte angestrengt nach. Mit dem Planeten Taimon, von den Terranern Zeut genannt, hatte ich nur wenig zu tun gehabt. Meine diesbezügliche Verantwortlichkeit hatte sich nur auf die Terminüberwachung von Lieferungen an Industriegütern erstreckt, die von Taimon nach Lotron gingen. Was sonst auf Taimon hergestellt wurde oder vorging, davon wußte ich so gut wie nichts.

Mir war natürlich die offizielle Begründung dafür bekannt, daß man ausgerechnet einen Extremläufer wie Taimon als Industrieplaneten gewählt hatte. Taimons Bahn entsprach einer quer über die Bahnebenen der Tranat-Planeten gelegten schlauchähnlichen Ellipse. Ein Sonnenumlauf dauerte zweihundertachtzig Lotronjahre. Während dieser Zeit näherte er sich der Sonne Tranat etwa bis zum mittleren Abstand des ersten Planeten und entfernte sich von ihr bis weit über die Bahn des zehnten und letzten Planeten hinaus.

Diese extreme Umlaufbahn brachte selbstverständlich extreme Temperaturschwankungen mit sich. Bei der größten Sonnenentfernung gefror die Sauerstoffatmosphäre und schlug sich in kristalliner Form nieder, während der Annäherungsphase ging sie wieder in den gasförmigen Zustand über.

Fremde Beobachter mußten notwendigerweise zu dem Schluß kommen, daß auf Taimon weder intelligentes Leben entstanden sein noch sich angesiedelt haben könnte. Deshalb war Taimon als geheimer Industrieplanet gewählt worden.

Die Begründung wäre überzeugend gewesen, wenn man hinzugefügt hätte, weshalb man mit dem Auftauchen fremder Beobachter rechnete, woher sie kommen sollten und weshalb man etwas vor ihnen verbergen wollte. Jedenfalls konnte man nicht mit dem Auftauchen von Zeitreisenden aus der Zukunft gerechnet haben.

Ich hob den Kopf und bemerkte, daß alle Anwesenden mich ansahen. Sie erwarteten meine Antwort.

»Ich halte es für möglich«, sagte ich bedächtig, »daß der Sonnensatellit auf Taimon gebaut wird. Aber das nützt uns nichts. Mit Ihrem kleinen Diskusraumschiff kommen wir auf meiner Gegenwartsebene niemals bis zum fünften Planeten durch. Unsere Wachkreuzer würden es abschießen oder aufbringen.«

»Das ist mir klar«, entgegnete Rhodan. »Aber wozu verfügen wir über eine Zeitmaschine? Wir gehen einfach wieder zweihunderttausend plus sechshundert Jahre in die Zukunft und nehmen eine der Space-Jets der THOR-Klasse an Bord.«

Ich schluckte.

Dieser Terraner warf mit Jahrhunderten um sich, daß es einem schwindlig werden konnte. Zweihunderttausendsechshundert Jahre! Für ihn war das nur eine Reise in seine Definitivgegenwart, für mich war es eine Fahrt in eine Zukunft, die ich vor dem Eintreffen der Terraner niemals für existent gehalten hätte.

Jemand lachte so laut, daß es wie ein Schlag auf den Schädel wirkte.

Das konnte kein anderer als dieser gigantische Haluter sein. Jedesmal, wenn ich seiner Gegenwart gewahr wurde, dankte ich dem Schicksal, daß die Zeitreisemaschine nicht ausschließlich mit Halutern besetzt war.

Dabei war Icho Tolot eigentlich ein recht umgängliches Lebewesen. Aber seine Gefühlsäußerungen verstießen gegen meine Auffassung von Würde und gegenseitiger Rücksichtnahme.

»Wie denken Sie darüber, Ovaron?« fragte Rhodan.

»Es wäre eine Möglichkeit. Aber bitte überstürzen Sie nichts. Wir müssen unsere Planung bis auf die Details ausdehnen, wenn wir eine Aussicht auf Erfolg haben wollen.«

Rhodan stimmte zu, nachdem er Atlans bejahendes Kopfnicken gesehen hatte.

»Ich stimme Ihnen zu. Deshalb habe ich alle Teilnehmer der Expedition hierherbestellt.« Er sah auf seine Uhr. »Paladin und Professor Paczek müssen gleich eintreffen. Ich schlage vor, wir arbeiten vorerst nach der sogenannten Brainstorming-Methode, das heißt, jeder sagt das auf, was ihm im Zusammenhang mit unseren Problemen gerade einfällt, unser Hauptcomputer speichert alles, und anschließend werten wir die Liste aus. Ovaron?«

»Einverstanden«, antwortete ich. Die Methode war mir bekannt, wenn wir ihr auch einen anderen Namen gegeben hatten.

Ich lehnte mich zurück und schloß die Augen, um mich besser konzentrieren zu können.

Jemand näherte sich mit stampfenden Schritten. Es klang, als versuche ein Riesensaurier, sich durch das Schott zu zwängen. Ich brauchte die Augen nicht zu öffnen, um zu wissen, daß es sich nur um den sogenannten Paladin mit seiner zwergenhaften Besatzung handeln konnte.

Kurz darauf vernahm ich die Baßstimme Professor Paczeks. Endlich waren wir vollzählig, und Rhodan gab unverzüglich den Einsatzbefehl.

»Achtung, es geht los!«

Ich konzentrierte mich stärker, fing die Flut der Erinnerungen auf und lenkte sie mit Hilfe der Tryzome in die Bahnen meiner beiden Denkprozesse . . .

Bericht Perry Rhodan

Es war erstaunlich, wie wenig Ovaron über den Planeten Zeut wußte, obwohl dieser Cappin noch vor kurzem Befehlshaber der Raumflotte im Solsystem und Chef des Geheimdienstes gewesen war.

Aber noch viel mehr erstaunte mich die Tatsache, daß er einen geheimen Auftrag zu erfüllen hatte, von dem er so gut wie nichts ahnte.

Ich fragte mich, welche Kräfte zur Zeit der Cappin-Besatzung innerhalb des Solsystems bei dem geheimnisvollen Spiel mitmischten und welche Bedeutung der fünfte Planet in diesem Zusammenhang hatte.

Unser eigenes Wissen erwies sich als außerordentlich gering. Über Zeut wußten wir praktisch nur, daß er – rund fünfzigtausend Jahre vor unserer Realzeit – im Großen Krieg zwischen Halut und der Ersten Menschheit von einem halutischen Kommando vernichtet worden war und seitdem als Asteroidenring um die Sonne kreiste.

Nun schien es so, als hätten die Cappins rund zweihunderttausend Jahre vor der Jetztzeit auf Zeut geheime Industrieanlagen besessen und als wäre der Todessatellit dort gebaut worden.

Doch zu welchem Zweck, das wurde immer unklarer, je mehr Informationen wir erhielten. Wir wußten inzwischen, daß die sogenannte SCHALTZENTRALE OVARON auf dem Kontinent Lemuria identisch war mit der Anlage, die wir im Jahre 3430 bei Tiefseebohrungen im Tonga-Graben entdeckt hatten und in der Lord Zwiebus als Energiekonserve gefangengehalten worden war.

Von der gleichen Anlage aber waren jene Funkimpulse ausgegangen, die letzten Endes den Sonnensatelliten zu seiner tödlichen Aktivität veranlaßt hatten.

Eine Schaltzentrale, die der Bekämpfung jener Cappins diente, die den Sonnensatelliten bauten . . .!

Ovaron gelang es nicht, diesen Widerspruch zu erklären. Er konnte sich aber ebensowenig wie wir vorstellen, daß er irgendwann eine Reaktionskette programmiert hatte, die zur Aktivierung des Satelliten führen würde. Er, der ehrlich bemüht war, die solare Menschheit von der tödlichen Bedrohung zu befreien.

Immerhin bestätigte sich im Verlauf unserer Brainstorming-Sitzung, daß der Todessatellit niemals in der Vergangenheit zerstört worden sein konnte, da er sonst die Menschheit niemals bedroht haben würde.

Diese Schlußfolgerung war für mich, Geoffry und Atlan nicht mehr ganz neu. Gemeinsam mit unseren besten Fachwissenschaftlern hatten wir schon vor Wochen über dieses Problem diskutiert. Die Lösung schien auf der Hand zu liegen. Gelang es uns während der Cappin-Epoche, den Satelliten zu vernichten, hätte er niemals in unserer Definitiv-Gegenwart auftauchen können – und wäre er niemals aufgetaucht, wären wir nie und nimmer so weit in die Vergangenheit gereist, um seinen Bau zu verhindern. Ein irrsinniger Kreis. Die Faktoren hoben sich gegenseitig auf.

Atlan hatte versucht, es mit einem Beispiel aus der Mathematik zu veranschaulichen. Er war damit gescheitert. Man konnte nicht behaupten, eine Gleichung habe niemals existiert, weil beide Seiten sich durch Kürzen auf Null reduzieren ließen.

Wieder einmal wirkte es sich negativ aus, daß wir das Wesen der Zeit bisher nur sehr oberflächlich erkannt hatten.

Ich neigte mich zur Seite, als Atlan mir ein Zeichen gab.

»Perry«, flüsterte der Arkonide, »ich habe ein ungutes Gefühl bei dem Gedanken, daß wir nach Zeut fliegen wollen. Mein Logiksektor sagt mir, daß der jetzige fünfte Planet der Schlüssel zu allen Handlungen Ovarons ist, die er selbst noch nicht versteht.«

»Dann sollten wir aber erst recht hinfliegen und nachsehen«, erwiderte ich ebenfalls mit leiser Stimme.

Atlan lächelte.

»Hinfliegen und nachsehen, das ist schon immer typisch für euch Terraner gewesen. Aber diesmal würden wir in den Bereich einer unbekannten Macht geraten.«

»Es wäre nicht das erstemal«, gab ich zurück.

Wenige Minuten später beendeten wir unsere Sitzung. Ovaron machte einen erschöpften Eindruck. Er hatte den größten Teil der Arbeit geleistet.

Ich bat Dr. Kenosa Bashra, für uns alle Kaffee zu besorgen. Der Anthropologe hatte sich als Spezialist in der Zubereitung von Instantkaffee erwiesen. Seit er ihn für uns zubereitete, schmeckte der viel geschmähte Flottenkaffee. Bashra hatte uns freimütig sein »Geheimnis« verraten: Er muß in heißem Wasser aufgelöst werden und nicht in kochendem.

Während wir unseren Kaffee tranken, unterhielt sich Ovaron angeregt mit Merceile. Sie war auch für terranische Begriffe eine bewundernswerte Frau. Ihr Alter betrug umgerechnet zweiunddreißig Erdjahre, aber sie sah wie zwanzig aus. Die durchschnittliche Lebenserwartung der Cappins war eben fast doppelt so hoch wie die von Terranern.

Nach der kurzen Pause sichteten wir das gesammelte Material und machten uns an die Auswertung. Draußen war unterdessen die Sonne untergegangen.

Ich faßte anschließend das Ergebnis der Auswertung zusammen.

»Wir sind uns darüber einig, daß der Todessatellit auf gar keinen Fall während der Cappin-Epoche zerstört wurde. Er muß aber vernichtet werden, wenn die solare Menschheit nicht untergehen oder auswandern soll. Folglich müßten wir eine Manipulation vornehmen, die es uns erlaubt, dieses Mordinstrument rund zweihunderttausend Jahre nach seiner Installierung zu vernichten.

Das kann selbstverständlich nur während des Baues geschehen. Also müssen wir uns zum Bauplatz begeben, den Ovaron auf Zeut vermutet. Unsere technische Ausrüstung genügt jedoch nicht, um diese Aufgabe zu erfüllen. Wir werden deshalb morgen früh mit dem Nullzeit-Deformator in unsere Definitiv-Gegenwart zurückkehren und unsere Ausrüstung erneuern.

Bitte, ruhen Sie sich bis eine Stunde vor dem Start aus. In der Realzeit werden Sie kaum Zeit dafür finden. Gibt es noch Fragen?«

Niemand meldete sich.

29.

Mai 3434
Bericht Ovaron

Es war die gleiche Sonne, wie ich sie kannte, und dennoch nicht mehr der gleiche Stern. Zweihunderttausend Jahre sind auch für einen Stern eine Zeitspanne, während der in seinem Innern gewisse Veränderungen vorgehen. Mit bloßem Auge ließ sich natürlich keine Veränderung wahrnehmen. Wahrscheinlich strahlte sie auch noch mit gleicher Intensität, obwohl sie inzwischen Millionen Tonnen an Masse verloren haben mußte.

»Zweihunderttausend Jahre«, sagte Merceile nachdenklich. Die Biotransfer-Korrektorin war beeindruckt.

»Es sind einige hundert Jahre mehr, Merceile«, erklärte Perry Rhodan lächelnd und trat zu uns. »Ich freue mich, Ihnen die Erde meiner Definitiv-Gegenwart zeigen zu können. Sie werden sie nicht wiedererkennen.«

Merceile sah mich fragend an.

»Die Erde . . .? Ach so, ja, Lotron ist die Erde. Für mich ist das alles noch ziemlich verwirrend.«

Sie blickte auf den großen Bildschirm, auf dem ein vegetationsloser, planierter Talgrund zu sehen war.

»Es sieht ziemlich unbewohnt aus, finde ich.«

Der Terraner lachte.

»Sie dürfen nicht vom Aussehen des Enadatals auf das Aussehen der gesamten Erdoberfläche schließen, Merceile.«

Er wurde wieder ernst.

»Hier sah es nicht immer so aus. Vor nicht allzu langer Zeit war hier noch eine üppige Vegetation. Die Katastrophe zu Beginn unserer ersten Zeitexpedition hat sie vernichtet.« Er fuhr sich mit der Hand über die Augen, als wollte er bedrückende Erinnerungen verscheuchen.

Merceile blickte mich vorwurfsvoll an.

»Sie waren daran schuld, nicht wahr? Sie haben doch die Rücksturzpolung ausgelöst, Ovaron?«

Das war die typische Reaktion einer Frau. Natürlich war ich verantwortlich für die Verwüstung dieses Tales. Aber sie wußte inzwischen genau, daß der Zeitläufer nur dem Zweck diente, Zeitexperimente der verbrecherischen Cappin-Organisation im Tranat-System zu verhindern.

»Was hätten Sie in meiner Lage getan?« fragte ich. »Ich konnte nicht wissen, daß jemand aus unserer Zukunft unterwegs war.«

»Niemand darf Ihnen deshalb Vorwürfe machen, Ovaron«, lenkte Rhodan ein. »Ich hätte an Ihrer Stelle nicht anders gehandelt.«

Professor Geoffry Abel Waringer trat zu uns und wandte sich an ihn.

»Wir sollten nach draußen gehen, Perry. Deighton läßt soeben eine Brigade der Abwehr aufmarschieren.«

Diese Meldung erheiterte den Terraner offensichtlich. Er legte dem Hyperphysiker eine Hand auf die Schulter.

»Eine Vorsichtsmaßnahme, Geoffry. Galbraith kann schließlich nicht wissen, ob wir oder feindliche Cappins mit dem Deformator angekommen sind. – Also, gehen wir. Ras, Sie bleiben mit Merceile und Ovaron an Bord, bis ich Sie rufe!«

Der hochgewachsene schwarzhäutige Teleportermutant nickte bestätigend. Dann grinste er Merceile und mich an.

»Nehmen Sie bitte Platz. Auch das ist eine Vorsichtsmaßnahme. Wir werden von vielen Augen beobachtet, und Sie unterscheiden sich allein durch Ihre Kleidung von uns Terranern. Teilen Sie bitte auch Ihrem Freund mit, daß er im Deformator bleiben soll, Ovaron.«

Ich aktivierte mein Armbandgerät und sprach mit Takvorian. Der Movator lachte und fragte mich, ob er die Bewegungsabläufe der terranischen Abwehrsoldaten verlangsamen solle, damit wir ungefährdet aussteigen könnten.

Ich mußte ihm einhämmern, daß er sich jeder Handlung zu enthalten hatte, die von den Terranern als feindselig eingestuft werden konnte. Immerhin befanden wir uns im Zentrum eines Sternenimperiums.

Inzwischen waren draußen ungefähr dreißig Flugpanzer sowie einige Geschützplattformen aufgefahren. Zwischen ihnen standen kegelförmige Kampfroboter, und über dem Enadatal kreisten diskusförmige Raumschiffe.

Ich beobachtete, wie Perry Rhodan an der Spitze seiner Mannschaft den Nullzeit-Deformator verließ. Ein silberfarbener großer Gleiter mit rot leuchtenden Symbolen darauf raste heran und hielt wenige Schritte vor dem Großadministrator. Zwei Männer stiegen aus, der eine schlank und groß, der andere untersetzt und schwergewichtig. Sie schüttelten Rhodan die Hand und riefen sich Bemerkungen zu, die der Translator wegen der zu großen Entfernung nicht mehr übersetzte.

Danach blickten sie zur Kuppel des Zeitreisegeräts herüber. Ich sah, wie Perry Rhodan sein Armbandgerät an den Mund führte, und vernahm gleich darauf eine wispernde Stimme aus Tschubais Gerät.

Der Teleporter nickte uns zu.

»Es ist alles in Ordnung. Nehmen Sie meine Hände, dann sparen wir Zeit. Solarmarschall Deighton und Staatsmarschall Bull möchten Sie so bald wie möglich sprechen.«

Der Teleporter nickte uns zu.

Ich wehrte lächelnd ab.

»Teleportieren Sie mit Merceile, Tschubai. Ich kümmere mich um Takvorian.«

Dagegen hatte Ras Tschubai nichts einzuwenden. Er bestand allerdings darauf, mich zu der provisorischen Box zu begleiten, die man für meinen Movator eingerichtet hatte.

Das Mißtrauen der Terraner bestand immer noch.

Einen Augenblick lang war ich verstimmt, doch dann sagte ich mir, daß sie gar nicht anders handeln durften, wenn sie verantwortungsbewußt waren. Sie mußten vorsichtig sein. Ich hätte ja auf den Gedanken kommen können, allein mit dem Deformator auf meine Zeitebene zurückzukehren.

Der Teleporter wartete, bis ich mit Takvorian von Bord gegangen war.

Draußen schwang ich mich in den Sattel und schnalzte mit der Zunge. Takvorian jagte im Handgalopp davon, auf die Gruppe bei dem silberfarbenen Gleiter zu.

Ich sah, wie die Augen der Neuankömmlinge groß wurden, als sie mich auf einem hellblauen Pferd erblickten. Der größere von beiden wich unwillkürlich einen Schritt zurück. Der beleibte aber grinste plötzlich.

»Willkommen auf der Erde, Ovaron!« rief er mir zu. »Mein Name ist Reginald Bull. Sie dürfen mich Bully nennen.« Seine Offenheit nahm mich sofort für ihn ein.

Takvorian hielt vor ihm an und fragte tadelnd:

»Warum entbieten Sie mir keinen Willkommensgruß, Terraner?«

Bullys Gesicht war ein einziges Fragezeichen. Aber dann lachte er.

»Sind alle Cappins Bauchredner?«

Obwohl der Translator vor meiner Brust jedes Wort in unsere Sprache übersetzte, verstand ich die Frage nicht.

Rhodan sagte vermittelnd:

»Das war nicht Ovaron, sondern sein Pferd, Dicker. In Wirklichkeit ist es gar kein richtiges Pferd, sondern ein getarnter Zentaur.«

»Takvorian ist mein Name«, erklärte der Movator.

Reginald Bull schluckte, gewann seine Fassung jedoch sehr schnell zurück.

»Takvorian, so? Tut mir leid, Takvorian, daß ich Sie zuerst für ein gewöhnliches Pferd gehalten habe – wenn auch für ein Prachtexemplar von Pferd.«

Bewundernd musterte er das seidig schimmernde zartblaue Fell des Movators und den kraftvollen Körperbau.

Ich glitt aus dem Sattel und versetzte Takvorian einen leichten Schlag auf den Rücken.

Dann wandte ich mich an den Mann mit dem Namen Bull.

»Ich danke Ihnen für Ihr Willkommen, Bully.«

Er ergriff meine Rechte und schüttelte sie.

»Darf ich Ihnen Solarmarschall Galbraith Deighton vorstellen, Chef der Solaren Abwehr und Gefühlsmechaniker. Verübeln Sie es ihm nicht, wenn er Ihnen mit Mißtrauen begegnet. Er war zeitweilig von einem Cappin übernommen worden und leidet immer noch unter diesem Schock.«

Der hochgewachsene Terraner lächelte etwas verlegen und streckte mir ebenfalls die Hand entgegen.

»Nehmen Sie nicht alles für bare Münze, was Staatsmarschall Bull Ihnen erzählt, Ovaron.«

Er musterte aufmerksam meinen Zentauren.

»Wie begrüßt man eigentlich ein Pferd, Ovaron?«

Ich war ein wenig verwirrt. Dieser Reginald Bull und Galbraith Deighton schienen sehr hochstehende Persönlichkeiten mit großer Machtfülle zu sein. Dennoch benahmen sie sich mir, dem Edlen eines anderen Volkes, gegenüber beinahe familiär.

»Sie müssen dreimal wiehern, Galbraith«, erwiderte Staatsmarschall Bull.

Die anderen Personen der Zeitexpedition hatten sich inzwischen um uns versammelt. Jetzt brachen sie in lautes Gelächter aus.

Mir dämmerte allmählich, daß die Art der Begrüßung mir beweisen sollte, daß ich in den Kameradenkreis aufgenommen war, ohne weiteren Fragen ausgesetzt zu sein. Dabei konnte Perry Rhodan sie nur kurz über mich informiert haben.

Ich spürte mein Herz schneller schlagen.

Plötzlich hatte ich nicht mehr das Gefühl, in eine unbeschreiblich fremde Zeitepoche und zu fremdartigen Lebewesen gereist zu sein. Mir war, als wäre ich nach langer Zeit endlich nach Hause gekommen.

Ich schlug dem Chef der Solaren Abwehr auf die Schulter. Er ging fast in die Knie.

»Nun wiehern Sie schon, Solarmarschall!« rief ich.

Und er stellte sich tatsächlich vor Takvorian und wieherte . . .

Bericht Perry Rhodan

Auf dem Höhepunkt der Konferenz, die am 6. Mai 3434 im Blauen Saal der Großadministration stattfand, erhielt Ovaron das Wort.

Der Cappin kam sofort zum Zentralthema, ohne sich lange mit einleitenden Worten zu befassen.

Inzwischen hatten er, Merceile und Takvorian Hypnoschulungen erhalten und kannten unsere Sprache, unsere Gewohnheiten und unsere Geschichte. Mit einem Spezialschiff waren sie in die Sonnenatmosphäre vorgestoßen und hatten den Todessatelliten selbst gesehen. Ovarons Sätze waren kurz und inhaltsvoll, seine Formulierungen streng sachlich, nüchtern und logisch durchdacht.

Doch das unterschied ihn eigentlich wenig von seinen Vorrednern. Was alle faszinierte, das war das mächtige wissenschaftliche Fundament, das beispiellose Wissen, auf dem Ovaron aufbaute.

Einmal sah ich zu Geoffry Abel Waringer hinüber. Der geniale Hyperphysiker lauschte Ovarons Worten mit konzentrierter Aufmerksamkeit. Hin und wieder entdeckte ich in seinen Augen jedoch Anzeichen von Verblüffung und Staunen. Was Fakten anbetraf, so würde er von unserem cappinschen Verbündeten noch sehr viel lernen können. Es zeigte sich, daß die Bezeichnung Sextadim-Navigator der Begriff für eine Art Superwissenschaftler war, wie wir ihn bisher nicht kannten.

Zum Schluß legte Ovaron einen detaillierten Plan vor, wie er in großen Umrissen bereits gegen Ende der letzten Zeitexpedition besprochen worden war.

Er begründete exakt, warum es unsinnig sei, den Todessatelliten beispielsweise mit einer Atombombe noch in der Werft zu zerstören. Das industrielle Potential des in der Cappin-Zeit existierenden Planeten Zeut war seiner Schätzung nach groß genug, um innerhalb kürzester Zeit einen zweiten Sonnensatelliten zu bauen – notfalls auch einen dritten, vierten und so weiter.

Ovaron schlug vor, ein von ihm inzwischen konstruiertes Zeitbombengerät, eine sogenannte Sextadimbombe, heimlich in dem Todessatelliten zu installieren, falls wir ihn in der Vergangenheit fanden. Das Material wäre dauerhaft genug, auch dreihunderttausend Jahre unbeschadet zu überstehen, ganz abgesehen davon, daß es keinem Verschleiß unterworfen sein würde.

Mit Hilfe einer speziellen Sextadim-Zündschaltung ließe sich dann nach unserer Rückkehr aus der Vergangenheit die Bombe zur Explosion bringen. Der Sextakompakt-Modifikator, eine winzige Schalteinheit mit einem Gramm von Corello erzeugtem Sextagonium als Auslösungsfaktor, würde auch noch nach fünfhunderttausend Jahren auf die Zündschaltung ansprechen. Der Zündvorgang sei allerdings so kompliziert, daß nur er, Ovaron, allein ihn in Gang setzen könne.

An dieser Stelle des Vortrages meldete Atlan einen Einwand an. Er fragte den Cappin, warum er nicht direkt von der Jetztzeit aus in den Satelliten transferieren wolle, um die Sextadimbombe anzubringen.

Ovaron erhob sich.

»Lordadmiral«, sagte er respektvoll, »wenn das so einfach wäre, hätte ich es selbstverständlich sofort vorgeschlagen. Sicher, der Satellit dient auch als Pedopeiler, und ich bin ein sogenannter Pedotransferer, könnte also ohne Schwierigkeiten in den Satelliten hineinkommen. Aber nachdem ich weiß, daß durch das Verhalten von achttausend Angehörigen meines Volkes die überlagernde Sextabezugs-Frequenzortung in Alarmzustand versetzt wurde, halte ich ein direktes Vorgehen für aussichtslos.

Die Sicherheitspositronik würde mich niemals mit einer Sextadimbombe an Bord lassen. Diese Waffe muß Bestandteil des Satelliten sein, bevor die Alarmsysteme aktiviert werden, also vor dem Einbringen in die Sonnenkreisbahn. Normale Fusionsbomben würden gar nicht funktionieren. Es gibt Neutralisierungsfelder dagegen.«

Atlan begnügte sich mit dieser Antwort, und die Konferenz nahm ihren Fortgang.

Als wir den Saal gegen Mitternacht verließen, war unser Aktionsplan unter Dach und Fach gebracht.

Wieder einmal standen wir im Enadatal der Fidschi-Insel Viti Levu. Es war der Morgen des achten Mai 3434 unserer Realzeit. Das alte bewährte Zeitreiseteam hielt sich zwischen dem Nullzeit-Deformator und der supermodernen Space-Jet auf, mit der wir gekommen waren.

»Eigentlich müßte der Antigravheber schon dasein, Perry«, sagte Atlan zu mir.

Ich deutete nach Süden.

»Dort kommt er!«

Aus dem wolkenlosen zartblauen Himmel schwebte eine metallisch glänzende Konstruktion herab, ein Zwischending zwischen Flottentender und Antigravplattform.

Wir hatten uns entschlossen, diesmal nicht im Enadatal zu starten. Zwar wollten wir fünfzig Jahre nach dem Zeitpunkt fixieren, in dem wir Ovaron begegnet waren – also nur zweihunderttausend Jahre minus fünfzig Jahre in die Vergangenheit eindringen –, aber NATHAN hatte das Risiko einer frühzeitigen Entdeckung immer noch mit hohem Wahrscheinlichkeitsgrad berechnet, falls wir im Enadatal auftauchten.

Ovaron war anderer Meinung gewesen. Er hoffte, die nach unserer ersten Entdeckung verstrichenen fünfzig Jahre hätten die Wachsamkeit der Cappins auf Lemuria eingeschläfert oder den Zwischenfall gar in Vergessenheit geraten lassen.

Gegen eine Wahrscheinlichkeitsrechnung NATHANS zählten jedoch weder Meinungen noch Hoffnungen. Also hatten wir uns entschlossen, den Nullzeit-Deformator von der Fidschi-Insel zum australischen Festland zu verlegen, rund dreitausend Kilometer Luftlinie vom Enadatal entfernt.

Dort lebten keine Cappins, wie auch die anderen Kontinente der Erde niemals von ihnen besiedelt und kaum einmal betreten worden waren. Nur Lemuria war von ihnen besiedelt worden.

»Ich frage mich«, erklärte Atlan, »welche Entwicklung die Menschheit genommen hätte, wäre Lemuria während des Krieges gegen die Haluter nicht im Meer versunken.«

»Wahrscheinlich wäre die Entwicklung schneller verlaufen, denn zumindest die Riesenstadt Matronis und ihre technischen Anlagen hätten teilweise die rund zweihunderttausend Jahre überstanden. Viele Göttersagen und Religionen hätten nie entstehen können, weil man die Beweise für den Besuch anderer intelligenter Lebewesen aus dem Weltraum stets vor Augen gehabt hätte.«

»Vorausgesetzt, sie wären richtig gedeutet worden«, erwiderte Atlan mit einer Spur von Bitterkeit. »Ihr Terraner habt einen fatalen Hang zur Mystifizierung von Realitäten.«

»Hatten, Atlan, *hatten!«* warf Ras Tschubai ein. Der Teleporter war fast unbemerkt herangekommen. »Oder wollen Sie behaupten, es wäre auch heute noch so?«

Der Arkonide blickte Ras nachdenklich an.

»Ich weiß es nicht. Aber angenommen, wir könnten nichts gegen den Todessatelliten unternehmen und die Menschheit müßte emigrieren, würde dann nicht vieles von der heutigen Realität in Sagen und Religionen mystifiziert werden? Stellen Sie sich eine auf zahllosen anderen Welten angesiedelte Menschheit zweihunderttausend Jahre nach einem solaren Exodus vor, und sagen Sie mir, ob Sie es für absolut unmöglich halten, daß dann die Erde nur noch eine Sage oder der geheimnisvolle Ursprungsort von Göttern sein könnte, von denen man seine Herkunft ableitet!«

Tschubai sah einen Moment lang finster vor sich hin, doch dann lachte er übers ganze Gesicht.

»Definieren Sie mir den Begriff ›absolut unmöglich‹, Lordadmiral, und ich beantworte Ihre Frage.«

Atlan lachte.

»Sie haben gewonnen, Tschubai. – Ich denke, es wird Zeit, daß wir unsere Space-Jet besteigen. Soeben sind Waringer, Tolot und Paladin an Bord des Antigravhebers gegangen.«

Ich sah hinüber zu unserem Zeitreisegerät. Die mächtige Kuppel erzitterte bereits unter dem Einfluß superstarker Traktorstrahlen. Sekunden später hob sie vom Boden ab und schwebte lautlos auf die Transportplattform des Antigravhebers, wo sie von einem unsichtbaren Netz starker Fesselfelder verankert wurde.

Geoffry Abel Waringer meldete sich aus der Kommandokuppel des Antigravhebers und kündigte den Start an.

Ich rief die übrigen Teilnehmer der Zeitexpedition zusammen und ging an ihrer Spitze zu der Super-Space-Jet der THOR-Klasse hinüber, die uns zum Ausgangspunkt der bevorstehenden Zeitreise bringen sollte.

Die Super-Space-Jet glich äußerlich den allgemein verwendeten Diskusraumschiffen vom Typ Space-Jet. Sie verfügte selbstverständlich über ein Lineartriebwerk. Zusätzlich aber war sie mit einer schweren Transformkanone ausgerüstet.

Joak Cascal, Alaska Saedelaere und Fellmer Lloyd übernahmen die Steuerung, Ortung und Feuerleitung. Draußen hob inzwischen der Antigravheber mit unserem Nullzeit-Deformator vom Boden ab und ging auf Südkurs.

Wir würden selbstverständlich früher am Landeplatz eintreffen. Cascal zog die Space-Jet steil nach oben, beschleunigte außerhalb der Erdatmosphäre anderthalb Sekunden lang mit halbem Maximum und ließ sie danach schon wieder abkippen.

Unter uns lag bereits die Ostküste Australiens. Sehr deutlich erkannte ich das Große Barriereriff. Zwischen der Küstenstadt Bowen und den Ruinen der im Uleb-Krieg zerstörten und nicht wiederaufgebauten Stadt Prairie, westlich der hier in Nord-Süd-Richtung verlaufenden Great Dividing Range – der Australischen Kordilleren –, landeten wir auf einer öden Hochebene, dreihundert Meter über dem Meeresspiegel.

Plötzlich war unser Gesichtskreis wieder geschrumpft. Wir sahen weder die tropischen Urwälder des westlichen Teils von Queensland noch die Ostküste.

Nur eine Gruppe stumpfgrauer Kuppeln am Nordwestrand des Plateaus zeugte davon, daß wir uns auf einem bewohnten Planeten befanden. Es handelte sich um eine alte Tasteranlage zur Anmessung von Strukturerschütterungen transitierender Raumschiffe. Sie war seit mehr als tausend Jahren außer Betrieb, hatte aber einen glaubwürdigen Vorwand für die Absperrung dieses Gebietes abgegeben. Deightons Leute hatten bei der Bevölkerung der umliegenden Ortschaften Gerüchte in Umlauf gesetzt, nach denen die Meßstationen in einen automatischen Signalgeber für den Raumhafen zwischen Richmond und Winton umgebaut werden sollte.

In Wirklichkeit waren in den Kuppeln und ihren sich tief nach unten fortsetzenden Anlagen drei Roboterdivisionen und ein Katastrophenbataillon untergebracht worden – für alle Fälle.

Wir stiegen aus, als sich von den Kuppeln her drei Shifts näherten. Nur Joak Cascal und Alaska Saedelaere blieben in der Steuerkanzel. Sie sollten das Raumschiff in den großen Hangar unseres Nullzeit-Deformators bugsieren, eine schwierige Aufgabe, denn die Space-Jet füllte den Hangar bis auf wenige Zentimeter Zwischenraum ganz aus. Wir hatten die F-2020 und das kleinere Diskusfahrzeug zurücklassen müssen. Ihre Hangars waren zu einem einzigen vereinigt worden.

Die Shifts trugen die Symbole der Solaren Abwehr. Aus dem ersten kletterten Reginald Bull und Galbraith Deighton. Sie hatten es sich auch jetzt nicht nehmen lassen, unsere Abreise persönlich zu überwachen.

»Sieh dich bloß vor, Perry!« riet mir Bully in größter Besorgnis. »Ich habe ein komisches Gefühl im Magen, als wenn ich das Unheil körperlich vorausspürte.«

»Du wirst zu reichlich gefrühstückt haben«, spöttelte ich, obwohl mir auch etwas mulmig zumute war.

Bully schüttelte heftig den Kopf.

»Ich habe heute überhaupt noch keinen Bissen hinuntergebracht, Perry. Hoffentlich bist du dir klar darüber, daß ihr nicht einfach mit einer Space-Jet zum Planeten Zeut fliegen könnt, ohne entdeckt zu werden.«

Ich nickte.

Das war in der Tat unser größtes Problem. Ovaron als ehemaliger Befehlshaber der cappinschen Raumstreitkräfte im Solsystem – zu seiner Zeit Tranat-System – hatte uns berichtet, daß die Erde ständig von Raumschiffen abgeschirmt wurde und daß zwischen ihr und dem damals noch existierenden Planeten Zeut Wachkreuzer patrouillierten.

»Wir werden aufpassen«, versprach ich meinem ältesten Freund und Stellvertreter, um ihn zu beruhigen.

Er wollte mir noch mehr Ermahnungen mit auf den Weg geben,

doch da meldete die Ortung unserer Space-Jet, daß der Antigravheber sich im Landeanflug befände.

Wenige Minuten später setzte er auf dem markierten Ausgangspunkt auf. Der Nullzeit-Deformator wurde abgesetzt. Die Wandung öffnete sich, es sah aus, als gähnte ein urweltlicher Gigant. Langsam schwebte die Space-Jet heran, stoppte dicht vor dem Hangartor und korrigierte ihre Lage. Dann glitt sie Zentimeter um Zentimeter hinein.

Bully und ich schüttelten uns die Hände, wie wir es so oft vor einem gefahrvollen Einsatz getan hatten. Wir sahen uns in die Augen. Vielleicht zum letztenmal.

Dann wandte ich mich ab und schloß mich den letzten Personen der Zeitexpedition an, die nacheinander durch die Personenschleuse traten.

Als ich an der Reihe war, wandte ich mich noch einmal um.

Reginald Bull winkte. Ich winkte zurück und trat in die Schleusenkammer. Langsam schloß sich das Außenschott hinter mir.

30.

196.516 v.Chr.
Bericht Ovaron

Es war soweit.

Die Terraner schrieben den zwölften Mai des Jahres 3434 ihrer Jetztzeit. Das war für uns schon wieder fast 200.000 Jahre in der Zukunft, denn wir hatten die Zielzeit ohne Zwischenfälle erreicht.

Vier Tage lang hatten wir in den Weltraum hinausgelauscht, die Routineflüge cappinscher Patrouillenkreuzer registriert und den Raumschiffsverkehr zwischen Taimon und Lotron überwacht. Er war stärker als zu »meiner« Zeit, vor fünfzig Jahren. Bisher deutete nichts darauf hin, daß wir entdeckt worden wären.

Ich spürte ein nervöses Kribbeln zwischen den Schulterblättern, wenn ich daran dachte, daß ich innerhalb weniger Tage um rund fünfzig Lotronjahre älter geworden war. Dem Datum nach war ich jetzt neunzig Lotronjahre alt, biologisch gesehen befand ich mich jedoch immer noch im relativ jugendlichen Alter von vierzig Jahren.

»Sie kommen!« teilte mir Takvorian mit.

Ich hielt meinen Pferdemutanten am Zügel und beobachtete die Personen, die den Nullzeit-Deformator verließen.

Zuerst trat der Paladin-Roboter ins Freie und stampfte zur Space-Jet hinüber, in der sich bereits Joak Cascal aufhielt.

Ihm folgten Ras Tschubai, Fellmer Lloyd und der Mausbiber Gucky. Sie trugen, wie ich, spezielle Einsatzkombinationen der Solaren Abwehr, mit eingebauten Mikrobomben und anderen Geheimwaffen. Sie wirkten ernst und angespannt, mit Ausnahme des Mausbibers.

Gucky konnte natürlich die Gelegenheit nicht vorübergehen lassen, eine witzige Bemerkung anzubringen. Er nannte Takvorian und mich »die solare Raum-Kavallerie«.

Takvorian wieherte – nur so zum Spaß – und scharrte mit den Vorderhufen.

Dr. Multer Prest und Merceile verließen als nächste die Zeitreisemaschine. Ich hörte, wie der Kosmopsychologe Merceile bat, sie möge ihn Muli nennen.

Kaum waren Prest und Merceile in der Space-Jet verschwunden, tauchte der Haluter in der Schleuse des Nullzeit-Deformators auf. Er winkte mir zu und rief:

»Kommt, liebe Kinder! Das große Abenteuer wartet!«

Er lachte brüllend, Takvorian stieg ungestüm in die Höhe, und ich mußte meine ganze Kraft aufbieten, um ihn so lange zu halten, bis das Gehirn des Oberkörpers den Pferdekörper wieder unter Kontrolle gebracht hatte.

Tolot bekam einige Schimpfworte von mir zu hören, die ihn aber nur noch stärker erheiterten.

Zuletzt verließ Perry Rhodan den Deformator. Auch er trug die Einsatzkombination der Solaren Abwehr mit dem voluminösen Kombinationsaggregat auf dem Rücken.

Atlan und der Rest der Zeitexpedition blieben im Nullzeit-Deformator. Sie hatten nur dafür zu sorgen, daß die Zeitmaschine bei unserer Rückkehr von Taimon unbeschädigt und startklar wartete.

Dem Arkoniden gefiel es ganz und gar nicht, daß er Rhodan wieder nicht begleiten durfte. Atlan fürchtete, sein Freund könnte zu leichtsinnig sein. Perry Rhodan hatte sich auf keine Diskussion eingelassen.

Ich führte Takvorian die Rampe der Space-Jet hinauf und in den kleinen gepolsterten Raum, der ihm während des Fluges als Aufenthaltsort dienen sollte. Rhodan war dicht hinter uns. Er nickte meinem Partner aufmunternd zu.

»Es wird nicht lange dauern, Takvorian.«

»Bestimmt nicht«, erwiderte der Movator spöttisch. »Als Bestandteil einer heißen Gaswolke werde ich mich viel leichter fühlen.«

Der Terraner lachte humorlos.

Takvorian hatte ein Problem angeschnitten, mit dem wir uns, ob wir wollten oder nicht, befassen mußten. Unsere Aufzeichnungen bewiesen, daß die Patrouillenkreuzer Zeit und Kurs ihrer Routineflüge täglich änderten. Wir hatten nicht genug Zeit, um abzuwarten, bis wir das dahinter verborgene System entdeckten. Dazu hätten wir vielleicht einen ganzen Monat warten und orten müssen. Es konnte also durchaus geschehen, daß wir entdeckt wurden. Und auch die Frage der Raumortung von Taimon aus stellte eine gefährliche Hürde dar.

Ich gab dem Movator noch einen freundschaftlichen Klaps aufs Hinterteil, dann folgte ich Perry Rhodan in die Kommandozentrale.

Wenige Minuten später startete die Space-Jet. Oberst Cascal steuerte sie in geringer Höhe nach Westen, über die Landmasse Australiens hinweg bis vor die Küste des Kontinents, den die Terraner Alaska nannten. Danach zog er sie steil hoch, beschleunigte voll und jagte in den Weltraum hinaus.

Die Terraner zeigten sich einige Sekunden lang sehr erregt und deuteten hinab zu einem kleinen Kontinent. Der Name »Atlantis« fiel.

Danach konzentrierten sich alle Besatzungsmitglieder wieder auf den Flug. Ich bewunderte sie, wie sie die rings um die Erde »aufgehängte« Raumflotte meines Volkes genau nach Plan umgingen, systematisch, kühl überlegt, ohne Nervosität.

Ich atmete auf, als wir uns in sicherem Abstand von der Flotte befanden. Nun steuerten wir die Marsbahn an. Der vierte solare Planet befand sich auf der anderen Seite der Sonne, aber nicht er war unser Ziel, sondern Taimon – oder Zeut –, der auf der Gegenwartsebene der Terraner nur noch als Asteroidenring existierte.

Eigentlich war die Registrierung Zeuts als fünfter Planet des Solsystems nur eine Maßnahme zur besseren Einordnung. In Wirklichkeit durchlief er eine Bahn, auf der er einmal jede Numerierung verdient hätte – von eins bis zehn.

Die Minuten verstrichen, wurden zu Stunden . . .

Kurz vor Erreichen der Marsbahn schrillte der Ortungsalarm. Die Hypertaster hatten die Energieemissionen eines Raumschiffes jenseits der Marsbahn ausgemacht. Der Impulsstärke nach handelte es sich um einen Patrouillenkreuzer.

Ras Tschubai nahm die Ortungsdaten sofort auf und gab sie in den

Feuerleitcomputer. Mit ruhiger, beinahe gelassener Stimme meldete er das Einwandern des Zielobjekts in die Nachführungstastung der Transformkanone.

Offenbar waren die Terraner entschlossen, den Kreuzer meines Volkes ohne Zögern zu vernichten.

Ich wandte mich an Rhodan.

»Vielleicht gelingt uns das, was ihr Terraner einen Bluff nennt.«

Perry Rhodan sah mich überrascht an.

»Wie meinen Sie das, Ovaron?«

»Es verkehren ständig Raumschiffe zwischen Lotron und Taimon«, erklärte ich. »Die Besatzung des Kreuzers wird also nicht automatisch Verdacht schöpfen, wenn man uns ortet. Sie wird den Identifizierungskode verlangen.«

»Den wir nicht haben«, entgegnete Rhodan abweisend.

»Ich habe ihn. Zumindest den, der vor fünfzig Jahren gültig war. Vielleicht gilt er noch immer.«

»So . . .!« meinte Rhodan skeptisch. »Ras, stärkstes Energiekaliber! Wir müssen den Kreuzer mit dem ersten Schuß vernichten!«

Er wandte sich wieder an mich.

»Noch etwas, Ovaron?«

Ich trocknete mir die schweißnasse Stirn ab.

»Ein Versuch kann doch nichts schaden!« beschwor ich ihn. Schließlich saßen in dem Kreuzer Leute meines eigenen Volkes.

»Doch«, erwiderte der Terraner sanft. »Wenn der Identifizierungskode nicht mehr gilt, wird der Kreuzer sofort einen Alarmruf senden. Dann haben wir die gesamte Flotte Ihres Volkes auf dem Hals.«

Ich atmete auf, denn ich besaß ein Argument, an das Rhodan nicht gedacht hatte.

»Er wird keinen Funkspruch absenden können. Takvorian könnte den Zeitablauf an Bord des Kreuzers um einen Faktor fünfzig verlangsamen. Gilt mein Kode tatsächlich nicht mehr, können Sie den Kreuzer vernichten, bevor jemand das Funkgerät aktivieren kann.«

Rhodan blickte nachdenklich auf die Bildschirme. Dieses Argument hatte ihn beeindruckt.

»Wir gehen ein Risiko ein«, sagte er schließlich. »Takvorian darf erst eingreifen, wenn man Ihren Identifizierungskode zurückgewiesen hat. Die Frage ist, kann er schlagartig eingreifen – innerhalb von höchstens einer Sekunde?«

»Ich werde ihn fragen«, antwortete ich.

Über Funk setzte ich mich mit meinem Freund in Verbindung und stellte ihm die entscheidende Frage. Takvorian bejahte. Er müsse dazu allerdings den Kreuzer sehen, zumindest auf der Ortung, um seine Movatorfähigkeit einpeilen zu können.

Der Terraner stimmte zu, und ich holte Takvorian in die Kommandozentrale.

Unterdessen hatten wir die Marsbahn überquert. Das Patrouillenschiff konnte uns jeden Moment orten. Sein Tasterreflex wurde vom Wandelfeldschirm scharf gezeichnet. Takvorian starrte unverwandt darauf.

»Ich habe Kontakt«, meldete er ruhig.

Keinen Moment zu früh.

Aus dem Hyperkomempfänger erscholl die Stimme eines Mannes meines Volkes. Die anderen Personen an Bord verstanden ebensogut wie ich, was er sagte, denn sie hatten die Cappin-Sprache in einem kurzen Hypnosekurs gelernt.

»Wachkreuzer MAIKONOL an anderes Schiff! Identifizieren Sie sich! Ich wiederhole: Identifizieren Sie sich!«

Nun war es soweit.

Ich griff nach dem Mikrophon und sagte:

»Kurierboot an Wachkreuzer MAIKONOL. Der Identifizierungskode lautet: Banap Triol Arauloutinkeur drei Notab!«

Die Antwort kam beinahe sofort.

»Identifizierungskode ungültig. Stoppen Sie Ihre Maschinen und öffnen Sie die Schleusen für Kontrollkommando. Wir fliegen Anpassungsmanöver. Bei Zuwiderhandlung eröffnen wir das Feuer.«

»Ras!« schrie Rhodan.

»Ich habe sie im Griff!« meldete Takvorian.

Ras Tschubai drückte eine Schaltplatte nach unten. Ein Summton ertönte. Drei Kontrollampen leuchteten auf.

Im gleichen Augenblick blähte sich drüben bei dem Wachkreuzer ein grell strahlender Glutball auf und verschlang das Schiff. Als die Glut verblaßte, war von dem Kreuzer nichts mehr zu sehen.

Ich fror. Die Leute meines Volkes hatten nicht die geringste Chance gehabt. Ihr Tod schmerzte mich, aber dieses Opfer war unumgänglich gewesen. Wir durften nicht auf einzelne Angehörige einer verbrecherischen Organisation Rücksicht nehmen, wenn es um die Existenz von fünfundzwanzig Milliarden intelligenter Wesen ging – denen im übrigen dieses Sonnensystem gehörte.

»Kein Funkspruch«, meldete Fellmer Lloyd. »Sie haben niemanden warnen können.«

Perry Rhodan bestätigte die Meldung.

Niemand triumphierte.

Dazu hatte auch niemand Grund, denn früher oder später würde der Wachkreuzer vermißt werden. Sobald uns die Raumortung von Taimon erfaßte, würde man sich einen Reim darauf machen.

Wir hatten einen kleinen Aufschub erreicht, mehr nicht.

Das Ticken der einfallenden Tasterimpulse ging mir auf die Nerven. Seit wir uns Taimon auf vier Millionen Kilometer genähert hatten, waren die Ortungsimpulse immer zahlreicher geworden.

Grimmige Entschlossenheit bemächtigte sich der Terraner. Sie dachten keineswegs daran aufzugeben, nur weil die Raumortung des fünften Planeten uns fest im Griff hatte und uns ein tödlicher Feuerzauber erwartete, sobald wir versuchten, auf Taimon zu landen.

Perry Rhodan ordnete an, unsere umfangreiche Einsatzausrüstung im Shift zu verstauen und den Rest auf die beiden Teleporter zu verteilen. Ich mußte seine Kaltblütigkeit bewundern.

Die Space-Jet verringerte die Entfernung zwischen sich und Taimon von Sekunde zu Sekunde. Joak Cascal hielt die hohe Geschwindigkeit aufrecht, als gäbe es keine einfallenden Tasterimpulse.

Die Entfernung betrug nur noch eine Million Kilometer. Die Sektorvergrößerung zeigte uns bereits drei der insgesamt acht Kontinente. Ich erkannte den Kontinent Schweipon und machte Rhodan auf ihn aufmerksam.

Schweipon war der Stützpunktkontinent meines Volkes. Soviel ich wußte, waren die übrigen sieben Kontinente unbesiedelt geblieben. Auf ihnen gab es nur zeitweilig organisches Leben, dessen Lebenszyklus den Bedingungen der Extremwelt angepaßt war. Fast hundertfünfundneunzig Erdjahre lang – während der Kälteperiode – ruhte es in einer Art Tiefschlaf. Danach, während der steigenden Annäherung an die Sonne, erwachte es zu einem beinahe explosiven Leben. Diese Lebensformen sollten rätselhaft und geheimnisvoll sein, mehr wußte ich nicht darüber.

»Sind Sie sicher, Ovaron, daß die Werft des Sonnensatelliten sich auf Schweipon befindet?« fragte mich der Terraner.

»Natürlich bin ich nicht völlig sicher«, gab ich zurück. »Ich weiß ja erst von Ihnen, daß mein Volk einen Sonnensatelliten baut, und es ist eine unbewiesene Theorie, daß sich der Bauplatz auf Taimon befindet.«

»Eine Theorie mit hohem Wahrscheinlichkeitsgrad«, erwiderte Rhodan.

Ich lächelte, weil er mir das Fundament meiner Antwort selber geliefert hatte.

»Nun, und den gleichen Wahrscheinlichkeitsgrad besitzt die Theorie, daß der Todessatellit auf Schweipon gebaut wird. Die übrigen Kontinente sind unbesiedelt. Auf ihnen gibt es höchstens Verteidigungsanlagen.«

»Hauptkontrolle Taimon an anfliegendes Raumschiff!« kam es plötzlich aus dem Hyperkomempfänger. Plötzlich spürte ich die gewaltige Spannung, die in der Space-Jet herrschte. »Ihre Geschwindigkeit ist zu hoch. Verzögern Sie unverzüglich und identifizieren Sie sich!«

Rhodan blickte mich auffordernd an. Wir hatten vereinbart, daß ich den alten Identifizierungskode nennen sollte, obwohl wir inzwischen wußten, daß er nicht mehr galt.

Ich versuchte jedoch einen besonderen Trick.

Ich sprang auf, ging zum Hyperkom und nahm einige Schaltungen vor. Danach erst sagte ich den alten Kode auf.

»Was haben Sie gemacht?« fragte Rhodan.

Ich sprach den Kode zuerst fertig, dann schaltete ich den Sendeteil ab.

»Leistungsmodulation plus Zusatzton. Man wird auf Taimon eine an- und abschwellende Stimme hören, aber kein Wort verstehen, da die Sprache von einem schrillen Pfeifton überlagert ist.«

»Sie hoffen, daß man eine technische Störung unseres Hyperkoms annimmt?«

»Jedenfalls für einige Zeit. Da wir unsere hohe Geschwindigkeit vorerst beibehalten, wird man dennoch allmählich argwöhnisch werden und sich mit dem Flottenkommando in Verbindung setzen. Wenn der vernichtete Wachkreuzer bereits vermißt wird, was wohl anzunehmen ist, werden wir ernste Schwierigkeiten bekommen.«

Der Terraner nickte.

»Wir disponieren um«, erklärte er gelassen. »Oberst Cascal, das neue Ziel heißt Koptey. Sie werden eine Gewaltlandung bauen müssen, sind Sie sich darüber klar?«

Joak Cascal wandte den Kopf und grinste.

»Selbstverständlich, Sir. Gewaltlandungen sind sozusagen meine Spezialität. Soll ich die Cappins zusätzlich mit einigen Kunststückchen unterhalten, von denen sie garantiert noch nicht gehört haben?«

Der Terraner seufzte.

»Wenn Sie Unfug machen, lasse ich Sie durch die Schleuse werfen, Cascal. Ich wünsche lediglich, daß Sie uns schnell und sicher auf dem Kontinent Koptey absetzen. Schweipon würden wir nicht erreichen. Falls dort der Sonnensatellit gebaut wird, ist er besonders stark abgesichert.«

Joak Cascal wurde wieder ernst.

»Hoffentlich finden wir ein geeignetes Versteck für unser Schiff.«

Darauf antwortete niemand.

Der Oberst murmelte eine Verwünschung und wandte sich wieder seinen Kontrollen zu.

Einige Besatzungsmitglieder schauten betreten drein. Cascals Bemerkung hatte sie wahrscheinlich erst die ganze Größe des Risikos erfassen lassen.

Elf Personen und ein kleines Raumschiff gegen einen hervorragend abgesicherten Planeten, das war kein gutes Verhältnis.

Nun, wir hatten einige Personen mehr, wenn man nicht den Paladin-Roboter als Einheit zählte, sondern jeden einzelnen Mann seiner Besatzung. Aber welchen Unterschied machte das schon! Das Kräfteverhältnis änderte sich überhaupt nicht.

Aus dem Empfänger kamen immer dringendere Aufforderungen zur Identifizierung. Ich sagte jedesmal den alten Kode auf, ließ ihn verzerren und von einem Pfeifton überlagern.

Wir waren noch zweihunderttausend Kilometer von Taimon entfernt, als eine andere, energische Stimme uns anrief und befahl, das Schiff in eine Kreisbahn um den Planeten zu bringen und sämtliche Maschinen abzuschalten, andernfalls das Vernichtungsfeuer eröffnet werden würde.

»Man hat offenbar Anweisung vom Flottenhauptquartier bekommen«, kommentierte Perry Rhodan den Anruf. »Cascal, nun müssen Sie zeigen, daß Sie ein Teufelskerl sind.«

»Verstanden!« antwortete der Oberst.

Die Space-Jet stellte sich auf die Schmalseite und jagte mit unverminderter Geschwindigkeit auf den Planeten zu. Wenige Sekunden später zuckten die ersten Energiestrahlen durch den Raum. Da hatte Cascal jedoch bereits Kurs und Geschwindigkeit verändert.

Er verzögerte und beschleunigte abwechselnd, ließ die Space-Jet taumeln, fing sie wieder auf und täuschte einen Anflugkurs auf Schweipon vor.

Das Abwehrfeuer verstärkte sich von Sekunde zu Sekunde. Ab und zu wurde der aktivierte HÜ-Schirm gestreift. Einmal bekam er eine ganze Salve genau von vorn. Er flackerte grell auf – und stabilisierte sich wieder.

Merceiles Augen waren weit geöffnet. Die Biotransfer-Korrektorin hatte Angst. Für sie mußte dies alles wie ein Alptraum sein: Kampfsituationen kannte sie bestenfalls aus Filmen. Wenn man das berücksichtigte, hielt sie sich recht tapfer.

Ich beobachtete den Mausbiber, so gut das bei dem ständigen Flakkern der Energieblitze möglich war. Gucky saß mit halbgeschlossenen Augen in seinem Kontursessel und bewegte ab und zu seine Ohren. Als er meinen Blick spürte, grinste er, sagte aber nichts.

Unsere Fahrt war immer noch gefährlich hoch, als wir in die Atmosphäre eintauchten. Cascal änderte den Kurs und drückte die Space-Jet auf die Oberfläche des Meeres zwischen den Kontinenten Schweipon und Koptey. Je tiefer wir kamen, desto geringer wurde das Abwehrfeuer. Wir lagen nur noch im Bereich weniger Abwehrforts.

»Pack die Badehose ein!« rief Joak Cascal übermütig und stellte die Space-Jet wieder hochkant. Sekunden später tauchte sie ins Meer.

Der Aufprall überlastete die Andruck-Absorber, und für einen Augenblick spürten wir den heftigen Ruck auch körperlich. Meine Anschnallgurte ächzten.

»Verrücktes Huhn!« sagte Gucky leise, mit einem wütenden Blick auf Cascal.

Für meine Meinung hatte der Oberst genau das Richtige getan. Wir konnten nicht voll verzögern und dann sanft landen. Die Abwehrforts hätten diese Phase genutzt und uns vernichtet.

»Tausenddreihundert Meter über Grund«, meldete Lloyd. »Über uns sind genau achthundertundzwei Meter Wasser.«

»Bleiben wir hier unten?« fragte Multer Prest.

Perry Rhodan verneinte.

»Wir tauchen schnellstens wieder auf und begeben uns im Tiefflug zum Kontinent Koptey. Die Cappins haben unseren ›Absturz‹ beobachtet und werden sehr bald mit Tiefentorpedos angreifen.«

»Bin schon dabei, Sir«, meldete Joak Cascal.

Der Oberst aktivierte die Antigravaggregate. Wir stiegen nach oben wie ein prall gefüllter Gasballon in warmer Luft. Mit einem kleinen Sprung schossen wir an die Oberfläche. Sofort richtete Cascal den Bug auf die verschwommen sichtbare Küstenlinie Kopteys. Dicht über der Wasseroberfläche jagte die Space-Jet davon. Zeitweise wurden wir von Wellen getroffen, und Gischt brandete über die Kommandokanzel hinweg.

Als wir die Küste Kopteys überflogen, meldete Fellmer Lloyd den Anflug von zwei Raumschiffen aus Richtung Schweipon. Sie steuerten das Gebiet an, in dem wir ins Meer getaucht waren. Da uns noch keine Ortungsimpulse trafen, durften wir annehmen, daß wir glücklicherweise noch unentdeckt geblieben waren.

Joak Cascal steuerte die Space-Jet so dicht über das Land, daß ich in Erwartung eines Aufpralls mehr als einmal die Augen schloß.

Am Horizont tauchte ein Höhenrücken auf. Wir waren schnell heran und wippten darüber hinweg. Gleich darauf drückte Cascal das Schiff wieder, schwenkte nach Steuerbord ab und flog nun parallel zu dem Höhenrücken zur Küste zurück. Zwischen ihr und uns lag ein Hochgebirge. Dort fanden wir vielleicht schnell genug ein Versteck, ohne geortet zu werden.

Perry Rhodan kümmerte sich nicht mehr darum, wohin Joak Cascal die Space-Jet steuerte. Er beriet sich leise mit dem Haluter. Wenig später zog er Gucky und Tschubai hinzu. Die Teleporter begaben sich kurz darauf in den Shift-Hangar.

Rhodan wandte sich anschließend an mich. Er deutete auf eine ferne Vulkankette an Backbord.

»Ich habe Gucky und Tschubai dort hinübergeschickt. Sie besitzen einen Teil unserer Spezialausrüstung. Sobald Cascal gelandet ist, schleusen wir uns alle mit dem Shift aus und versuchen, zu den Mutanten zu stoßen. Icho Tolot und der Paladin-Roboter werden zu Fuß marschieren, aber nicht zu unserem Treffpunkt, sondern direkt zur Küste. Sobald sich die Aufregung der Cappins etwas gelegt hat, fliegen sie nach Schweipon hinüber und lotsen uns hinter sich her. Noch eine Frage, Ovaron?«

»Nein«, antwortete ich. »Der Plan ist gut. Aber die Cappins werden nicht eher Ruhe geben, bis sie die Space-Jet gefunden haben.«

Rhodan schwieg verbissen und wandte sich ab.

Ich konnte mir vorstellen, was in seinem Kopf vorging, und ich erschauerte. Dieser Terraner zögerte nicht, alles – aber auch wirklich alles – zu riskieren, wenn es um die Sicherheit seiner Menschheit ging.

Inzwischen hatten wir das Hochgebirge erreicht. Es bot mit seinen zerklüfteten Wänden, engen Tälern und Schluchten zahllose Unterschlupfmöglichkeiten. Noch während Cascal und Lloyd nach einem Versteck für die Space-Jet suchten, baute sich vor uns eine vertikale, sehr mächtige Schichtwolke auf. Der Himmel verfinsterte sich. Da Taimon viel weiter als die Erde von der Sonne entfernt war, wurde es fast so dunkel wie auf der Erde bei klarem Neumondhimmel.

Wir flogen über das Firnfeld eines mächtigen Gletschers. Auf den Schirmen der normalen Tasterortung huschten breite Gletscherspalten vorüber.

Cascal verlangsamte den Flug, während wir das Gletschertor überflogen. Klickend erschienen Zahlen unter dem Objekttaster. Offenbar wollte Cascal wissen, ob wir mit der Space-Jet ins Gletschertor einfliegen konnten.

Das Ergebnis war leider negativ. Das Schiff schwenkte über dem Gletscherbach nach Steuerbord, passierte die Endmoräne und steuerte in ein enges Tal hinein. Es wurde noch dunkler. Kurz darauf befanden wir uns im dichtesten Schneegestöber. Auf den Panoramaschirmen waren nur noch wirbelnde weiße Massen zu sehen.

Ich bewunderte Rhodans Ruhe. Wahrscheinlich aber war es nur eiserne Selbstbeherrschung, die sein Verhalten bestimmte.

Er ließ Joak Cascal freie Hand, ohne ihn ungeduldig zu bedrängen.

Fellmer Lloyd beugte sich ein wenig vor, um einige Schirme besser ablesen zu können. Dann rief er Cascal.

Der Oberst nickte.

»Da haben wir etwas«, meinte er und schaltete die Bugscheinwerfer ein, nachdem er sie auf Infrarot umgestellt hatte.

Der Schirm der Infrarotortung zeigte das Ende des Tales und dahinter eine höchstens zehn Meter breite Schlucht. Cascal kippte die Space-Jet wieder einmal hochkant und steuerte sie vorsichtig hinein. Etwa hundert Meter weiter bugsierte er sie Zentimeter um Zentimeter in einen horizontalen Einschnitt, der von einem Felsüberhang gegen Sicht von oben gedeckt war.

Er drehte sich mit seinem Sitz um, wischte sich den Schweiß von der Stirn und rief:

»Das wäre es, Sir!«

Perry Rhodan sagte nur ein Wort:

»Raus!«

Wir beeilten uns, in den Shift zu kommen. Es wurde ziemlich eng in dem Allzweckfahrzeug, aber schließlich bekamen wir sogar Takvorian mit hinein.

Icho Tolot und der Paladin-Roboter stürmten indessen aus der Schleuse des Diskusschiffes und rannten den Weg zurück, den wir geflogen waren.

Wir folgten ihnen mit dem Shift, da wir nicht aufsteigen wollten. Bei dem Gletschertor bogen wir in ein Seitental ab. Es sah recht gut für uns aus. Bisher hatte uns noch kein einziger Tastimpuls getroffen.

Plötzlich holte Lloyd, der auch hier wieder die Ortung übernommen hatte, tief Luft.

»Fremdes Objekt im Anflug auf das Versteck der Space-Jet!«

»Alle Maschinen abschalten!« befahl Rhodan.

Joak Cascal setzte den Shift auf und schaltete die Maschine ab. Wir sahen uns gegenseitig an, die Nerven waren aufs höchste angespannt. Dr. Multer Prest war blaß geworden. Schweißtropfen glänzten auf seiner Stirn.

Würde man unser Schiff finden . . .?

Ein greller Lichtblitz beantwortete die unausgesprochene Frage. Gleich darauf schlugen der Donner der Explosion und die Druckwelle über uns zusammen. Der Boden bebte, und ein blauweißer Feuerschein durchdrang sekundenlang das dichte Schneetreiben.

»Das war unser Schiff!« stellte Fellmer Lloyd betreten fest.

Perry Rhodan nickte.

»Jetzt können wir weiterfliegen, Cascal«, sagte er. »Für einige Zeit überlagert die Strahlung der Explosionsstelle unsere Triebwerksemissionen.«

Ich war fassungslos.

Soeben hatten wir unser Schiff und damit die Rückkehrmöglichkeit nach der Erde verloren – und dieser Terraner wußte nichts anderes zu sagen, als daß wir die Explosionsstrahlung zu unserem Vorteil nutzen sollten . . .!

Ras Tschubai und den Mausbiber zu finden war trotz des anhaltenden Schneetreibens nicht schwer. Gucky dirigierte uns über Lloyd. Funk einzusetzen wäre zu gewagt gewesen.

Im Krater eines inaktiven Vulkans trafen wir zusammen. Der Kraterkegel ragte noch mindestens tausend Meter höher in den Himmel als die Kratersohle.

Gucky und Ras führten uns zu einer Höhle im inneren Kraterwall. Wir kletterten aus dem Shift und vertraten uns die Beine. Es war nach dieser fürchterlichen Beengtheit eine große Erleichterung.

»Wie kommen wir nach Lotron zurück?« fragte Takvorian mit seiner dünnen Stimme. »Ein Shift ist, soviel ich weiß, nicht raumtüchtig.«

»Wir werden eine Möglichkeit finden«, erklärte Perry Rhodan gelassen. »Es ist nicht das erstemal, daß wir auf einer feindlichen Welt festsitzen.«

Das glaubte ich ihm aufs Wort. Allmählich hielt ich es sogar für möglich, daß wir wieder zur Erde zurückkommen würden. Perry Rhodan schien diesbezüglich über reiche Erfahrungen zu verfügen.

»Wichtiger ist«, fuhr der Terraner fort, »nach Schweipon hinüberzugelangen und Ovarons Zeitbombe in dem Sonnensatelliten zu plazieren.«

»Ich halte unsere Erfolgsaussichten für gut«, warf Joak Cascal ein. »Nachdem die Cappins unsere Space-Jet vernichtet haben, wird ihre Wachsamkeit nachlassen. Wahrscheinlich nehmen sie sogar an, die Besatzung wäre umgekommen.« Wie er es sagte, mußte man glauben, daß ihm die Vernichtung unseres Raumschiffes willkommen gewesen sei.

Ich kroch in den Frachtraum und holte den Behälter mit der Zeitbombe aus seinem Versteck. Als ich ihn öffnete, lag eine lange, silbrig schimmernde Röhre vor mir. Sie wirkte harmlos, aber die Explosion ihrer HHe-Ladung konnte eine Stadt von der Größe Terranias vernichten. Wenn sie innerhalb des Sonnensatelliten explodierte, würde von ihm nichts übrigbleiben.

Das Problem war nur, sie unbemerkt in den Satelliten zu bringen, von dem ich nur wußte, daß er, falls überhaupt, wahrscheinlich auf dem Kontinent Schweipon gebaut wurde.

Ein Name fiel mir ein oder vielleicht mehr eine Kodebezeichnung, die ich zufällig gehört hatte, als Lasallo einmal ein Hyperkomgespräch geführt hatte. Ich war unbemerkt eingetreten und schnell wieder hinausgegangen, um mich nicht verdächtig zu machen.

Lasallos Gesprächspartner hatte den Namen »Projekt Proconis« erwähnt.

Später konnte ich heimlich feststellen, daß dieses Gespräch zwischen der Erde und der Stadt Havaler auf Taimon geführt worden war. Havaler aber befand sich auf dem Kontinent Schweipon.

Die Werft für den Sonnensatelliten?

Was also lag näher als die Vermutung, daß das Projekt Proconis identisch mit dem Projekt Sonnensatellit war!

Ich verpackte die Langzeitbombe wieder und ging zu Perry Rhodan. Der Terraner hörte sich meinen Bericht interessiert an.

»Projekt Proconis«, sagte er nachdenklich. »Hört sich bedeutungsschwer an. Ich glaube, ihr Cappins besitzt den gleichen Hang zu eindrucksvollen Benennungen wie wir Terraner.«

Er wurde wieder ernst.

»Fellmer, würden Sie bitte die Aufzeichnungen vorlegen, die Sie während unseres Landeanfluges von Schweipon gemacht haben!«

Fellmer Lloyd blickte ihn verwundert an.
»Woher wußten Sie, daß ich Aufzeichnungen gemacht habe?«
»Ich weiß, daß ich mich auf Sie verlassen kann, Fellmer.«
Der Telepath lachte geschmeichelt.
Er schnallte einen Plastikzylinder von seinem Gürtel, öffnete ihn und entrollte eine Folie, auf der die elektronische Tasteraufzeichnung des Kontinents Schweipon fixiert worden war.
Rhodan nahm ihm die Folie ab und breitete sie auf dem Heck des Shifts aus. Im Schein unserer Brustscheinwerfer erschien ein gestochen scharfes Abbild der Oberflächenformation des Kontinents. Wir erkannten deutlich einen Hochgebirgszug, Flüsse, Seen und eine festungsartig angelegte Stadt mit einem großen Raumhafen.
»Das kann nur Havaler sein«, erklärte ich und legte den Finger auf die Stadt.
»Und was ist das?« fragte Rhodan. Er deutete auf die Abbildung einer großen Kuppel, die von mehreren kleinen Kuppeln umgeben war. Die Kuppelbauten befanden sich neben dem der Stadt entgegengesetzten Rand des Raumhafens.
»Das könnten die Oberflächenbauten einer Werft sein«, antwortete ich zögernd.
»Sieht jemand noch andere Kuppelbauten oder ähnliche Anlagen auf Schweipon?« fragte Perry Rhodan.
»Nichts dergleichen«, sagte Ras Tschubai. »Hier und hier gibt es noch Anlagen, offensichtlich getarnte Anlagen, aber das sind meiner Meinung nach Abwehrforts und Garnisonen.«
Der Terraner atmete auf. Er sah uns der Reihe nach an und sagte erleichtert:
»Ich denke, wir haben die Werft des Sonnensatelliten gefunden. Nämlich hier.« Er deutete auf die Kuppelbauten neben dem Raumhafen von Havaler.
Wir nickten.
Perry Rhodan lächelte grimmig.
»Wir brechen morgen in der Dämmerung auf, es sei denn, der Himmel hängt voller Raumschiffe. Icho Tolot und das Thunderbolt-Team mit dem Paladin werden uns entweder an der Küste erwarten oder irgendwo über dem Meer kreuzen und Lichtsignale geben. Wir lassen uns von ihnen über die breiteste Stelle des Meeres lotsen und treffen uns hier.« Er deutete auf eine Stelle der Küste von Schweipon.
»Dort müssen wir uns trennen. Lloyd, Takvorian, Merceile und Dr. Prest fliegen mit dem Shift zu dieser Stelle des Hochgebirges.« Er legte

den Zeigefinger auf die zerklüftete Stelle des Gebirgszuges. »Sie suchen ein gutes Versteck und richten es als Stützpunkt ein.«

Er sah mich an.

»Wir können Takvorian leider nicht mit nach Havaler nehmen, Ovaron. Jeder, der an diesem Einsatz teilnimmt, muß über ein Flugaggregat verfügen, und Takvorian besitzt keines.«

»Ich verstehe«, sagte ich.

»Gut! Unsere aktive Einsatzgruppe besteht also aus mir, Ihnen, Oberst Cascal, Gucky und Paladin. Die Teleporter springen nacheinander mit uns zu diesem bewaldeten Hügelgelände nördlich des Raumhafens und nordöstlich der Werft. Dort richten wir gewissermaßen unsere Operationsbasis ein. Wie es danach weitergeht, ergibt sich aus der Naherkundung. Verbindung zwischen beiden Gruppen wird gehalten durch Gucky und Fellmer beziehungsweise durch Fellmer und mich. Noch Fragen?«

Niemand hatte noch Fragen.

Nachdenklich sagte er:

»Entscheidend für den Erfolg – für den Dauererfolg – unserer Mission ist, daß die Cappins nicht dahinterkommen, was wir wirklich wollen. Sie würden sonst den Sonnensatelliten auseinandernehmen und nach einer versteckten Bombe suchen. Sollte man uns also entdekken, dann müssen die Teleporter oft genug auf dem Raumhafen und möglichst in dort stehenden Raumschiffen auftauchen, daß man glauben muß, wir wollten ein Schiff erobern, um wieder nach Hause zu kommen.«

Er reckte sich.

»Und nun werden wir essen und anschließend schlafen. Ich übernehme die erste Wache . . .«

Er teilte die anderen Wachen ein, danach aßen wir einige Happen und legten uns im Shift zum Schlafen nieder. Draußen war es zu kalt.

Ich lag noch einige Zeit wach. Mir kam alles so unwirklich vor wie ein Traum. Dann schlief ich doch ein – und erwachte erst wieder, als Gucky mich für die Wachablösung weckte.

31.

Bericht Perry Rhodan

Der Aufbruch ging mit gewohnter Reibungslosigkeit vonstatten. Als der Shift seinen Bug ins Freie steckte, hatte sich die Dämmerung nur wenig aufgehellt.

Fellmer Lloyd saß vor der Ortungsanlage, während das Allzweckfahrzeug auf seinen Gleisketten durch den Krater rumpelte. Die Flugaggregate wollten wir erst einsetzen, wenn feststand, daß der Himmel frei war.

Nach einigen Minuten wandte Fellmer sich zu mir um.

»Nichts. Kein einziges Raumschiff befindet sich über Koptey.«

Eine zentnerschwere Last wich von mir. Die Cappins auf Zeut schienen tatsächlich zu glauben, sie hätten mit der Space-Jet auch die Besatzung vernichtet. Das war allerdings nicht einmal verwunderlich, denn der Angriff war erfolgt, kaum daß wir unser Schiff verlassen hatten.

Ich nickte Joak Cascal zu. Der Oberst griff in die Steuerung, und kurz darauf hob sich der Shift vom Boden und schwebte zum Kraterrand empor.

Zwischen rauchenden, feuerspeienden und erkalteten Vulkanen schoß er mit voller Beschleunigung in Richtung Osten.

Der Flug zur Küste verlief ohne jeden Zwischenfall. Fellmer aktivierte die Infrarotortung, als wir das Meer vor uns erblickten. Sekunden später blitzten auf dem Infraschirm Signale auf. Der Paladin morste mit einem starken Infrarotscheinwerfer. Er teilte uns mit, er und Tolot seien noch in der Nacht zur Küste von Schweipon hinübergeflogen, und zwar auf der breitesten Stelle des Meeres zwischen beiden Kontinenten.

Lloyd blinkte zurück, sie möchten uns hinüberlotsen. Nachdem Paladin bestätigt hatte, steuerte Cascal unseren Shift aufs offene Meer hinaus. Er flog dicht über den Wellenkämmen. Inzwischen war es hell geworden, etwas heller als in der Mittsommernacht hinter dem terranischen Polarkreis. Viel heller konnte es auf Zeut wegen der derzeit großen Sonnenentfernung nicht werden. Wir sahen die Sonne als winzige orangefarbene Scheibe über der Kimm stehen.

Zweieinhalb Stunden später setzten die Gleisketten des Shifts auf dem groben Ufergeröll des Kontinents Schweipon auf. Ich stieg aus und erklärte den Siganesen im Paladin sowie Icho Tolot meinen Plan.

Tolot lachte und meinte, genauso hätte er ihn sich vorgestellt. Er fand nichts daran auszusetzen, was für mich wertvoll war, da das Planhirn des Haluters die gleiche Leistungsfähigkeit besaß wie eine hochwertige Positronik.

Das Stützpunktkommando blieb im Shift, während das Einsatzkommando sich am Ufer sammelte.

Wir sahen dem davonschwebenden Fahrzeug nach. Paladin und Tolot flogen mit ihren Flugaggregaten in den Rückentornistern eine kurze Strecke nebenher. Sie kehrten nach wenigen Minuten zu uns zurück.

Als der Shift außer Sichtweite war, wandte ich mich an Gucky.

»Du teleportierst zuerst mit Paladin in unseren Stützpunkt. Dann kommst du zurück und nimmst Ovaron und mich mit. Ras teleportiert mit Tolot und bringt anschließend Oberst Cascal nach.«

Das klappte vorzüglich.

Vor allem aber vermieden wir durch die Teleportationen die Gefahr einer Ortung. Da eine Pedotransferierung auf einer völlig anderen Ebene verlief als eine Teleportation, verfügten die Cappins aller Voraussicht nach über keine Möglichkeit, Teleportationen festzustellen.

Mein Herz schlug schneller, als ich mit Gucky und Ovaron auf der kahlen Kuppe eines Hügels rematerialisierte und die Stadt Havaler, den Raumhafen und die Kuppeln der Satellitenwerft vor mir sah.

Endlich lag unser Ziel in greifbarer Nähe.

Ras Tschubai rematerialisierte, stolperte und richtete sich schweratmend wieder auf. Seine Augen leuchteten.

»Ich habe ihn gefunden!«

»Ihn . . .?« Meine Stimme klang seltsam fremd.

Ras nickte.

»Den Sonnensatelliten! Er steht in einem Baugerüst unter der Hauptkuppel. Äußerlich ist er bereits fertig, aber an der Inneneinrichtung wird noch gearbeitet. Er ist es unzweifelhaft. Genau die gleiche Spindelform, wie wir sie von der Beobachtung aus der Sonnenkreisbahn kennen.«

Ich schluckte. Meine Kehle war wie zugeschnürt. Aber ich hatte bald wieder meine Fassung zurückgewonnen.

»Hat man Sie entdeckt, Ras?« fragte ich.

Der Teleporter schüttelte den Kopf.

»Nein, Sir. Ich materialisierte dicht unter der Kuppeldecke, peilte einen dunklen Winkel am Boden an und teleportierte dorthin. Von dieser Stelle aus beobachtete ich etwa fünf Minuten lang. Näher bin ich vorerst nicht herangegangen.«

»Das war richtig, Ras. Danke.«

Ich wandte mich an Gucky.

»Du und Ras, ihr werdet heute noch mehrmals in die Werft teleportieren müssen. Nehmt die Elektronenkameras mit und filmt die Bauarbeiten und jedes Detail des Satelliten. Laßt die Zeitmarkierer laufen. Wir benötigen Informationen über den zeitlichen Ablauf der Arbeiten, über die Art der Arbeiten und über die Anzahl der Beschäftigten. Haben Sie Kampfroboter entdecken können, Ras?«

Der Mutant verneinte.

»Das ist gut. Die Ein- und Ausgänge der Werft werden wahrscheinlich bewacht, aber das ist für uns kein Problem.«

»Was können Paladin und ich tun, Rhodanos?« fragte Icho.

»Sie arbeiten sich so dicht wie möglich an den Raumhafen heran«, antwortete ich. »Falls Gucky und Ras entdeckt werden, müssen Sie einen Scheinangriff auf eines der fünf dort stehenden Schiffe durchführen. Die Teleporter werden Sie dann herausholen.«

»Warum Scheinangriff?« fragte mein halutischer Freund. »Die Thunderbolts und ich könnten tatsächlich ein Raumschiff erobern.«

Ich mußte über den Eifer Tolots lächeln. Zweifellos waren er und der Paladin in der Lage, ein Cappin-Raumschiff im Handstreich zu erobern. Ich hätte den Cappin sehen mögen, der ihnen länger als einige Sekunden Widerstand leisten konnte. Aber ein Raumschiff nützte uns erst dann etwas, wenn wir Zeut verlassen wollten. Und ich dachte nicht daran, diesen Planeten zu verlassen, bevor wir unsere Aufgabe erfüllt hatten.

»Wir können kein Raumschiff auf Zeut verstecken, bis wir es brauchen, Tolotos«, erwiderte ich. »Es bleibt bei dem Scheinangriff. Und setzen Sie Ihre Fähigkeiten sparsam ein, der Gegner braucht Sie nicht vorzeitig zu erkennen.«

»Wir werden brav sein wie terranische Mücken«, versprach Harl Dephin über die Außenlautsprecher Paladins. »Ab und zu ein kleiner Stich und nicht mehr.«

»Mücken!« schrillte Gucky und begann sich intensiv zu kratzen. »Auf diesen Gedanken können nur siganesische Zwerge kommen, die zu klein sind, um von Mücken beachtet zu werden.«

Der Paladin öffnete den gewaltigen Rachenmund und fabrizierte einen Windstoß, der den Ilt taumeln ließ.

»Wenn ich richtig Luft hole, findest du dich zwischen meinen Rachenmandeln wieder, Supermaus!«

Ich gebot energisch Ruhe.

Die beiden Giganten trabten davon. Ras Tschubai und Gucky nahmen die beiden Elektronenkameras aus unserem Gepäck und entmaterialisierten.

Nur Cascal, Ovaron und ich blieben zurück.

Die Stunden verstrichen, Flüsternd unterhielten wir uns über die Möglichkeiten unseres Vorgehens. Ovaron schlug vor, die Nacht abzuwarten und dann mit Hilfe der Teleporter in den Satelliten einzudringen. Er wollte seine Langzeitbombe im Belüftungssystem verstecken, das von allen Anlagen voraussichtlich am wenigsten benutzt werden würde.

Ich stimmte zu.

Der Sonnensatellit war in erster Linie als Pedopeiler für Cappins gedacht, die in späterer Zeit ins Solsystem transferieren wollten, um Erdbewohner anzupeilen und zu übernehmen. Das vermutete jedenfalls Ovaron. Einen Pedopeiler benötigte man aber nur, wenn man plante, alle Stützpunkte auf der Erde und auf Zeut aufzulösen und nur in großen Zeitabständen in geringer Anzahl zurückzukehren. Die Belüftungsanlage würde also nur recht selten benutzt werden, wodurch sich gründliche Überholungen erübrigten. Es kam nur darauf an, die Langzeitbombe Ovarons so zu verstecken, daß sie bei der normalen Wartung nicht entdeckt wurde.

Nach vier Stunden kehrten die beiden Teleporter zurück. Wir werteten die Filme aus. Dabei stellten wir fest, daß während Guckys und Tschubais Aufenthalt auf der Werft eine Schichtablösung stattgefunden hatte, die auch die Arbeitsroboter betraf. Wahrscheinlich erhielten die Maschinen nur jeweils eine Programmierung für ihre nächste Schicht und wurden nach der Ablösung gewartet und neu programmiert.

»Wenn wir großes Glück haben«, sagte ich, »wird nachts nicht gearbeitet. Wir werden bis zum Einbruch der Dunkelheit warten und dann Gucky zur Beobachtung hinüberschicken. Sollte sich meine Hoffnung erfüllen, holt Ras den Paladin hierher. Er wird den Stützpunkt überwachen und dafür sorgen, daß wir bei der Rückkehr nicht in eine Falle geraten. Geht in der Werft etwas schief, erhält Tolot den Befehl, allein einen Scheinangriff auf ein Raumschiff durchzuführen. Anschließend wird er von einem Teleporter herausgeholt, während der andere Teleporter schon mit dem Rücktransport zum Hauptstützpunkt beginnt.«

»Warum sollte etwas schiefgehen, Chef?« fragte der Mausbiber. »Ich bin doch bei euch.«

»Jetzt ist keine Zeit für Späße«, sagte ich. »Die Lage ist zu ernst, und wir handeln unter Zeitnot.«

Ovaron nickte. Seine hellblauen Augen strahlten unbändige Energie und Entschlossenheit aus. Wieder einmal mußte ich diesen Cappin unwillkürlich mit Atlan vergleichen. Beide Männer waren gleichermaßen von Geheimnissen umwittert gewesen – Ovaron war es heute noch und der Arkonide in gewisser Beziehung noch teilweise –, und beide setzten sich unerschrocken für die Menschheit ein, obwohl sie nicht als Menschen geboren worden waren.

»Ich schlage vor«, sagte der Cappin mit grollender Stimme, »daß wir auf jeden Fall heute nacht losschlagen, ob am Satelliten gearbeitet wird oder nicht.«

Er wog die zylinderförmige Sextadimbombe wie spielerisch in den Händen. Ich konnte mich eines eisigen Schauers nicht erwehren. Dieses Produkt einer vorläufig noch unbegreiflichen Technik, die sich der Energien einer sechsdimensionalen Funktionsebene bediente, konnte für uns die Rettung bedeuten.

»Einverstanden«, antwortete ich. »Wir überlegen, was wir an Ausrüstung im Einsatz brauchen, und bringen es in unseren Anzügen unter. Anschließend warten wir Guckys Lagebericht ab und machen uns auf den Weg.«

Ich blickte zu der im Zenit stehenden Sonne empor. Dann richtete ich meine Aufmerksamkeit auf die Strünke, die die Hänge der Hügel bedeckten.

Es waren nicht wirklich Bäume, das hatten wir inzwischen festgestellt. Eher konnte man sie als biochemisch arbeitende Temperaturfühler für etwas bezeichnen, das unter der Oberfläche Zeuts verborgen lag und wartete.

Worauf es wartete und wie es aussehen würde, wenn es irgend etwas täte, das hatte auch Ovaron uns nicht sagen können.

Ich begann zu ahnen, daß das, was wir auf Zeut bisher an scheinbarer Vegetation zu sehen bekommen hatten, nicht mit dem geheimnisvollen Leben identisch war, das nach Ovarons Aussage bei ausreichender Annäherung an die Sonne erwachen sollte.

Eine unheimliche Welt!

Die Schatten der Nacht senkten sich über die Hügel vor Havaler. Wir fröstelten, wagten es jedoch nicht, die Klimaanlage unserer Einsatzkombinationen einzuschalten. Die Streustrahlen der Mikrofusionskraftwerke hätten angemessen werden können.

Und lieber wollten wir einige Stunden frieren, als daß es in zweihunderttausend Jahren im Solsystem zu heiß werden würde . . .!

Ich gab dem Mausbiber ein Zeichen – und er verschwand.

Eine Stunde verstrich – eine zweite.

Dann kam Gucky und berichtete, die Tore der Werft wären geschlossen und das Licht gelöscht worden.

Ich blickte zu Ovaron hinüber. Der Cappin stand reglos im matten Sternenlicht. Er hatte seine Sextadimbombe in einem Plastikbehälter auf seinem Rücken verstaut.

»Fertig?« fragte ich leise.

»Fertig«, antwortete Ovaron knapp.

»Gucky!« sagte ich. »Du bringst uns nacheinander in die Werft. Mich zuerst, dann Ovaron und zuletzt Cascal. – Ras, Sie springen zu unseren beiden Giganten, informieren sie und kehren mit dem Paladin hierher zurück!«

Tschubai bestätigte und entmaterialisierte.

Ich streckte die Hand aus und fühlte, wie sie von Gucky ergriffen wurde. Der Mausbiber erwiderte meinen Druck. Es war soviel, als hätten wir uns gegenseitig Hals- und Beinbruch gewünscht.

Im nächsten Moment standen wir auf dem Boden einer riesigen Halle. Ich klappte meinen Helm nach vorn und ließ das Infrarotvisier über die Gesichtsöffnung gleiten.

Meine Augen erblickten die Konturen eines bis zur Hallendecke reichenden massiven Gerüstes. Ich sah Arbeitsplattformen auf Stahlträgern, Lastenaufzüge und Antigravheber.

Und mitten in diesem Dschungel der Technik stand eine makellos glatte, gewaltige Konstruktion von der Form einer in der Mitte eingeschnürten Spindel.

Ich brauchte mich nicht auf mein Augenmaß zu verlassen, um die

Größe zu bestimmen. Sie war mir bekannt. Die Höhe betrug zweitausend Meter, die beiden Hauptkörper ober- und unterhalb der Einschnürung durchmaßen jeweils tausend Meter, und der Durchmesser der Einschnürung betrug fünfhundert Meter.

Das war der Todessatellit, wie wir ihn in etwas weniger als zweihunderttausend Jahren in der Sonnenatmosphäre entdecken würden!

Ein riesiger Pedopeiler für »reisende« Cappins – und ein Vernichtungsinstrument, das unsere Sonne zur Nova zu machen drohte!

Ich hatte gar nicht gemerkt, daß der Ilt wieder teleportiert war. Erst als er mit Ovaron zurückkehrte, wurde es mir bewußt. Ich hörte, wie der Cappin tief Luft holte.

Gucky sprang zum letztenmal und holte Joak Cascal. Der Oberst stand fasziniert vor dem gigantischen Gebilde.

»Wo finden wir die zentrale Klima- und Lufterneuerungsanlage, Ovaron?« fragte ich.

Der Cappin beschrieb es uns.

Ich schickte Gucky zuerst allein in den Satelliten, damit er die Lage sondierte. Gab es darin eine Alarmanlage oder war das Verteidigungssystem bereits aktiviert, würde er allein viel schneller fliehen können als mit einem »Passagier«.

Der Ilt zögerte keinen Augenblick, obwohl er ebensogut wußte wie wir alle, daß er unter Umständen in seinen Tod sprang. Noch ein fremdes Lebewesen, das alles für die Menschheit riskierte.

Nach einer Minute kehrte Gucky zurück.

»Alles klar«, meldete er in seiner saloppen Art. »Es gibt keine Alarmanlage und kein Verteidigungssystem. Wir brauchen nur noch hineinzuspringen und unser Sextadimei zu legen. Ippeti, dippeti, tu!« Er kicherte. »Ich bin die . . .«

Er erstarrte, als wäre er plötzlich zu Eis geworden.

»Tolot ist entdeckt worden!« schrillte er. »Ras dachte intensiv daran. Der Haluter wird aus zwei Raumschiffen unter Feuer genommen!«

Mir war übel, als gösse mir jemand einen Kübel Eiswasser über den Kopf. Da standen wir nun vor dem Ziel unseres schwierigen Unternehmens – und ein Zufall machte alle Anstrengungen wieder zunichte.

Die Cappins auf Zeut wußten nun, daß es ihnen nicht gelungen war, die Besatzung des gelandeten Raumschiffes zu vernichten. Sie würden Großalarm geben und dabei vor allem an das Projekt Proconis denken.

Wenn wir nicht riskieren wollten, daß sie unsere wahre Absicht erkannten, mußten wir schnellstens aus der Werft verschwinden.

»Bring uns zum Hügel zurück, Gucky!« befahl ich flüsternd. »Alle zusammen!«

Der Ilt ergriff unsere Hände.

Keinen Augenblick zu früh.

Wir sahen noch, wie die großen Tore der Werfthalle sich öffneten, bevor wir in den Hyperraum gerissen wurden.

Die tosenden Geräusche startender Raumschiffe und die krachenden Entladungen von Energiestrahlen empfingen uns, als wir auf dem Hügel wieder verstofflichten.

Dort, wo der Raumhafen von Havaler lag, war es taghell.

»Wo ist Ras?« fragte ich, zum Paladin gewandt.

»Bei Tolot«, antwortete Harl Dephin über die Lautsprecheranlage, »aber ich glaube, er kommt nicht an den Haluter heran. Tolot liegt unter massiertem Beschuß.«

»Gucky!« sagte ich. »Du springst mit Paladin mitten in die Stadt. Dort schießt ihr eine Viertelminute um euch, aber nicht länger. Anschließend springt ihr zu dem Stadtrand, der am weitesten vom Raumhafen entfernt ist. Los!«

Der Mausbiber und die Siganesen hatten begriffen, worum es ging, und reagierten blitzschnell.

Ich hob den kleinen Elektronenfeldstecher an die Augen und blickte zu dem Lichthof über Havaler. Plötzlich zuckten mitten in der Stadt grelle Strahlbahnen durch die Luft. Explosionen ertönten. Feurige Lohe schoß in den Himmel. Rauch breitete sich aus.

Gleich darauf geschah das gleiche am uns abgewandten Stadtrand.

Die Reaktion der Cappins ließ nicht lange auf sich warten. Zwei Raumschiffe hoben vom Hafengelände ab, flogen mit flammenden Triebwerken quer über die Stadt hinweg. Zwei weitere Schiffe stiegen hoch in den Nachthimmel auf und begannen zu kreisen. Wir sahen es an den glühenden Lichtpunkten ihrer Triebwerke und hörten es an dem orgelnden Geräusch.

Sekunden später materialisierten Ras Tschubai und Tolot neben uns. Die grüne Kombination des Haluters war größtenteils verbrannt. Seine Haut war so heiß, daß sie in der kalten Nachtluft zischte.

Aber der Gigant lachte!

Ich sah absolut keinen Grund zur Heiterkeit und sagte ihm das auch sehr deutlich.

Icho Tolot versuchte, sein Verhalten verständlich zu machen.

»Ich kann nichts dafür, Rhodanos, wirklich nicht. Die Cappins sind mißtrauischer, als wir es erwartet haben. Sie verwenden Warnfelder variabler Ausdehnung, um ihren Raumhafen zu schützen. Ich wartete in drei Kilometern Entfernung und fühlte mich völlig sicher, denn meine Instrumente hatten ein Alarmfeld rund fünfhundert Meter voraus entdeckt.

Plötzlich wanderte das Feld auf mich zu. Ich wollte fliehen, aber es war schneller als ich. Und kaum hatte es mich erreicht, begannen auch schon die Geschütze von zwei Raumschiffen zu feuern. Ich mußte meine Körperstruktur so stark verhärten, daß ich bewegungsunfähig war.«

Ich seufzte.

»Schon gut, Tolotos«, sagte ich. »Man wird uns also wieder einmal jagen. Nur gut, daß wir rechtzeitig aus der Werft geflohen sind.«

Gucky und der Paladin materialisierten in etwa zwanzig Metern Entfernung.

»Wir müssen von hier verschwinden!« schrie der Mausbiber. »Die Cappins schicken Suchkommandos mit Gleitern nach allen Richtungen aus.«

Das war zu erwarten gewesen. Eben wollte ich die entsprechenden Befehle geben, als Ovaron eine Warnung schrie. Wir blickten nach oben und sahen, wie sich eines der Cappin-Raumschiffe genau auf unseren Standort herabsenkte.

Man hatte offenbar Paladins Streustrahlung angemessen.

»Kurzsprung – mit allen!« schrie ich, um den anschwellenden Triebwerkslärm zu übertönen.

Ich fühlte mich am Oberarm gepackt, dann wechselte die Szenerie jählings. Rings um mich scharten sich meine Gefährten. Wir standen in einer kahlen Mulde. In wenigen Kilometern Entfernung sah ich den Hügel, von dem wir gekommen waren.

Im nächsten Moment mußte ich die Augen schließen.

Gleißende Strahlen schossen aus dem Himmel herab und verdampften die Hügelkuppe.

Wir hatten es gerade noch geschafft. Ein paar Sekunden später – und es wäre ausgewesen mit uns.

»Zurück zum Hauptstützpunkt!« rief ich. Die Cappins würden nicht lange brauchen, um Paladins Streustrahlung zum zweitenmal anzumessen. »Zuerst Paladin und Tolot, dann den Rest!«

Während Gucky und Ras mit den beiden Giganten entmaterialisierten, brüllten drüben beim Hügel die Triebwerke des Cappin-Raumschiffes erneut auf. Wir beobachteten, wie seine gewaltige Masse, beleuchtet von den Triebwerksgluten, in unsere Richtung schwenkte und dann unschlüssig verharrte.

Dem Kommandanten mußte es rätselhaft sein, wohin die angemessene Strahlungsquelle so plötzlich verschwunden war. Ein Glück, daß er keine Ahnung von Teleportation besaß, sonst wäre er vielleicht auf den Gedanken gekommen, in unserer Mulde nachzusehen.

Aber früher oder später würde er sich dazu entschließen, wenn er die Strahlungsquelle nicht wiederfand.

Gucky und Ras Tschubai kehrten zurück, beide erschöpft. Die Entfernung zum nördlichen Hochgebirge war weit, und Tolot und Paladin stellten auch für gute Teleporter eine sehr hohe Transportmasse dar.

Ich ließ den beiden Mutanten so lange Zeit zum Verschnaufen, bis der Kommandant des Cappin-Raumschiffes zu einem Entschluß gekommen war und sein Schiff erneut in unsere Richtung steuerte.

Erneut wirbelten wir durch die fünfte Dimension.

Wir rematerialisierten im Innern einer schlauchartig verlaufenden Höhle, wenige Meter von unserem Shift entfernt. Tolot verschloß gerade seine Reservekombination. Zuerst wunderte ich mich, wie die Teleporter den Stützpunkt so genau gefunden hatten, aber dann erinnerte ich mich daran, daß Gucky nur Fellmer Lloyds Gedankenimpuls anzupeilen brauchte.

Merceile trat aus dem Schatten und umarmte Ovaron. Der Cappin wirkte etwas verlegen. Er streichelte ihre Oberarme und ihr Haar. Ein merkwürdiges Gefühl machte sich in mir für Minuten breit.

»Was ist schiefgegangen, Sir?« fragte Dr. Multer Prest. Der Kosmopsychologe hatte seine normale Maske der Gleichgültigkeit abgelegt.

Ich berichtete in Stichworten.

Lloyd wiegte bedenklich den Kopf.

»So bald kommen wir nicht wieder an die Satellitenwerft heran. Dafür werden die Cappins den Kontinent Schweipon sehr gründlich durchkämmen. Einmal haben sie die Suche zu früh abgebrochen. Das war, nachdem sie unsere Space-Jet vernichtet hatten. Ein zweites Mal wird ihnen dieser Fehler nicht unterlaufen. Ich schlage vor, wir lösen diesen Stützpunkt auf und ziehen uns vorläufig wieder nach Koptey zurück.«

Ich ließ mir Fellmer Lloyds Vorschlag durch den Kopf gehen. Es stimmte, so bald würden wir uns nicht wieder in die Nähe der Werft wagen dürfen. Diesmal wußten die Cappins von unserer Existenz. Sie würden ihre Sperren und Wachen vervielfachen. Warum sollten wir uns also noch länger auf Schweipon aufhalten, wo die Gefahr der Entdeckung am größten war.

Ich bat Ovaron um seine Stellungnahme hierzu.

Der Cappin sah mich ernst an.

»Ich stimme mit Vorbehalt zu, Rhodan. Bitte, bedenken Sie, daß wir von Koptey herübergekommen sind und daß die Cappins das wissen. Falls sie uns auf Schweipon nicht finden, werden sie ihre Suche deshalb auf Koptey ausdehnen. Möglicherweise kommen sie auf den Gedanken, unser ständiger Stützpunkt befände sich drüben.«

»Das wäre möglich«, erwiderte ich nachdenklich. »Terraner würden ähnliche Schlüsse ziehen. Haben Sie einen anderen Vorschlag?«

»Ja. Wir fliegen nach Koptey . . .«

Fellmer Lloyd und Multer Prest protestierten, aber ich winkte ab. Es wäre ein Fehler gewesen, Ovaron zu unterschätzen.

Der Cappin lächelte ironisch.

»Dort suchen die Teleporter ein Versteck und bringen darin ein Reserveaggregat Paladins unter, das in aktiviertem Zustand eine meßbare Streustrahlung aussendet. Anschließend kehren wir nach Schweipon zurück, aber unter Wasser. Ihr Shift ist doch tauchfähig, oder?«

»Selbstverständlich, Ovaron«, versicherte ich. Der Plan war genial. »Wir werden nach Ihrem Vorschlag verfahren.«

»Und was wird mit dem Satelliten?« fragte Gucky.

Das war tatsächlich zum wunden Punkt innerhalb unserer Planung geworden. Ich hielt es für zweifelhaft, daß die Cappins in ihrer Wachsamkeit nachlassen würden, solange sie uns nicht gefangen oder getötet hatten. Der erste Vorstoß in die Werft war ein Kinderspiel gewesen gegen die Schwierigkeiten, die ein zweiter Versuch mit sich bringen würde.

»Wir müssen uns auf einen längeren Aufenthalt auf Zeut einrichten, Gucky«, antwortete ich.

»Und Atlan?« wollte der Mausbiber beharrlich wissen. »Was soll der Arkonide tun?«

»Warten«, erwiderte ich lakonisch.

32.

Zwei Tage später.

Es war ein eigenartiger, fast unglaublicher Vorgang, aber er vollzog sich mit einer Präzision, die keinen Zweifel daran aufkommen ließ, daß dies auf Zeut nicht zum erstenmal geschah.

Das Land veränderte seine Farbe.

Dr. Multer Prest, der zusammen mit Icho Tolot das Versteck verlassen und einen Beobachtungsplatz auf einem nahe gelegenen Hochplateau aufgesucht hatte, schirmte seine Augen mit einer Hand ab, um besser sehen zu können.

Im ersten Augenblick dachte Prest, eine Wolke hätte sich vor die Sonne geschoben und würde ihren Schatten auf die Oberfläche Zeuts werfen. Ein Blick in den Himmel überzeugte den Kosmopsychologen jedoch davon, daß es an diesem Morgen keine Wolken gab.

Das Land, das vorher eine braune Farbe besessen hatte, färbte sich grün, rot und blau. Es wurde fleckig wie ein riesiger von einem Ausschlag befallener Hautlappen. An manchen Stellen sah es aus, als durchfurchten farbige Flüsse eine gläserne Oberfläche.

»Tolot!« rief Prest alarmiert. »Sehen Sie das?«

Der Haluter nickte. Unbeweglich stand er an Prests Seite, den zahlreichen Felsbrocken in der Nähe nicht unähnlich.

»Was ist das?« fragte Prest.

Er vernahm ein eigenartiges Geräusch, als würde der Wind Äste mit getrockneten Blättern bewegen. Aber auf Zeut gab es keine Bäume.

Prest sah fasziniert auf den Boden. Überall, wo der Boden nicht aus hartem Felsgestein bestand, bildeten sich feine Risse.

Prests Puls raste.

»Holen Sie bitte Perry Rhodan!« wandte er sich an Tolot. »Und Ovaron. Der Cappin hat vielleicht eine Erklärung für dieses Phänomen.«

Immer mehr Risse entstanden im Boden. Sie sahen aus wie ein Netzwerk komplizierter Äderchen. Tolot stampfte davon und brachte mit seinem Körpergewicht Tausende winziger Spalten zum Einsturz. Aber seine Fußabdrücke blieben nicht lange. Wenige Augenblicke nachdem der Haluter über ihn hinweggeschritten war, bewegte sich der Boden abermals. Neue Risse entstanden.

Die Ebene, auf die Multer Prest hinabblickte, schillerte jetzt in allen Farben. So unheimlich der Anblick auch war, er löste ein Gefühl der Zufriedenheit in Prest aus. Der Kosmopsychologe, der sich genau kannte, war überrascht. Er spürte den Wunsch, das Hochplateau zu verlassen und in die Ebene hinabzugehen.

Tolot kam herangerast. Er trug Rhodan und Ovaron auf den Schultern. Unmittelbar neben Prest machte der Haluter halt und setzte die beiden Männer ab.

»In der Schlucht haben wir ein ähnliches Phänomen beobachtet«, sagte Rhodan, ohne seine Blicke von der Ebene zu wenden. »Natürlich nicht in diesem Umfang.«

»Was kann das sein?« fragte Prest.

Rhodan sah ihn direkt an.

»Pflanzen!«

»Was?«

»Es sind tatsächlich Pflanzen«, bestätigte Ovaron.

»Vielleicht interessiert Sie meine Theorie. Wie Sie wissen, vollführt Taimon eine extreme Umlaufbahn um seine Sonne. Über einhundertneunzig Jahre Ihrer Zeitrechnung liegt diese Welt in einer Art Tiefschlaf. Dann nähert sie sich auf ihrer Bahn der Sonne. Die niedergeschlagene Sauerstoffatmosphäre taut wieder auf. Die Schwerkraft verhindert, daß die Luft in den Weltraum entweicht. Nach einiger Zeit ist es warm genug, um auch Pflanzen ein Überleben zu ermöglichen. Im Augenblick beträgt die mittlere Temperatur auf Taimon vierundzwanzig Grad. Die Samenkapseln, die zweihundert Jahre und länger im Boden geschlafen haben, brechen auf.«

Prest zweifelte nicht daran, daß die Theorie des Cappins richtig war. Die Frage war nur, warum alle Pflanzen gleichzeitig zum Leben erwachten. Die Natur schien zu explodieren.

Anders konnte man diesen elementaren Vorgang nicht bezeichnen.

»Warum geschieht das alles so blitzartig?« erkundigte sich Rhodan, den offenbar die gleichen Gedanken beschäftigten wie Prest.

»Taimon ist eine Extremwelt. Das Leben hier hat viel Zeit, sich zu entfalten.« Ovaron deutete in die Ebene hinab. »In den wenigen Jahren, in denen Taimon dicht an seiner Sonne vorbeifliegt, muß sich hier alles ereignen, was zur Erhaltung der Art notwendig ist.«

Inzwischen waren der Paladin und Merceile aus der Schlucht gekommen.

»Es sieht so aus, als wollte sich diese Welt in einen paradiesischen Garten verwandeln«, sagte die Wissenschaftlerin und deutete auf einige Keimlinge zu ihren Füßen, die sich aus den neu entstandenen Rissen schoben.

Rhodan blickte die beiden Cappins nachdenklich an.

»Glauben Sie, daß wir aus dieser Veränderung Nutzen ziehen können?«

Ovaron fragte: »Wie meinen Sie das?«

»Ich frage mich, ob die Cappins, die in Havaler an dem Sonnensatelliten bauen, auf eine solche Entwicklung vorbereitet sind«, erwiderte Rhodan.

»Wahrscheinlich«, vermutete Ovaron. »Sie sind schließlich schon lange genug hier, um den eigenartigen Zyklus zu kennen, dem das Leben auf dieser Welt unterliegt.«

Rhodan blieb skeptisch.

»Zweihundert Jahre sind eine lange Zeit, Ovaron. Auch für einen Cappin. Sicher werden die Cappins in Havaler sich vorbereitet haben, aber an alle Einzelheiten haben sie bestimmt nicht gedacht.«

Tolot schob sich zwischen die beiden Cappins und Rhodan.

»Was soll das alles?« erkundigte er sich. »Ich sehe nicht ein, was ein paar Millionen Pflanzen den Cappins ausmachen können.«

Rhodan lächelte.

»Ich dachte nicht an Pflanzen«, sagte er.

»Sondern?« Prest kannte die Antwort schon, bevor er die Frage gestellt hatte. Ein Schauer lief über seinen Rücken.

»An Tiere!« erwiderte Rhodan. »Vielleicht tauchen jetzt bald Tiere auf. Wenn das auf ähnliche Weise wie bei den Pflanzen geschieht, können sich die Cappins auf Havaler auf einiges gefaßt machen.«

Prest kratzte sich am Hinterkopf.

»Die Sache hat einen Nachteil, Sir. Wir werden von einem solchen Naturereignis ebenso betroffen sein wie die Cappins.«

Nachdem sie auf die von Ovaron vorgeschlagene Weise abermals auf Schweipon gelandet waren, hatten sich die Mitglieder der Expedition mit dem Shift in eine unwegsame Schlucht zurückgezogen, die nur dreihundert Kilometer von Havaler entfernt war. Rhodan hatte gezögert, sich so nahe bei einem cappinschen Stützpunkt zu verstecken. Die Möglichkeit einer blitzschnellen Operation in Havaler hatte ihn dann aber bewogen, die Schlucht als Schlupfwinkel zu akzeptieren.

Als Rhodan mit den anderen vom Hochplateau in die Schlucht zurückkehrte, hatte sich auch hier die Umgebung verändert. Überall waren Pflanzen aus dem Boden geschossen, die sich in kurzer Zeit zu fußhohen Schößlingen entwickelt hatten.

Fellmer Lloyd hatte ein paar von ihnen ausgerissen und kam Rhodan damit entgegen.

»Sehen Sie sich das an!« Er wedelte mit dem kleinen Strauß. »Ein paar davon habe ich sogar zwischen den Felsen gepflückt.«

Rhodan nahm die Pflanzen entgegen, untersuchte sie kurz und gab sie dann an Merceile weiter.

»Sie sollten die Ebene sehen«, sagte Rhodan zu dem Telepathen. »Sie hat sich in einen Garten Eden verwandelt.«

»Ist das nicht phantastisch?« fragte Ras Tschubai. »Die Natur auf dieser Welt ist schlagartig erwacht. Von einer Minute zur anderen beginnen die Pflanzen zu wachsen.«

Merceile hatte ein paar Pflanzen zerlegt und hielt Rhodan die Überreste entgegen.

»Daraus hätten sich später einmal Blumen mit sehr großen Blüten entwickelt«, behauptete sie. »Es tut mir leid, daß Ihr Freund sie ausgerissen hat. Wenn Leben es so schwer hat auf dieser Welt, sollte man es schonen.«

Rhodan meinte zurückhaltend:

»Je schwerer Leben kämpfen muß, desto widerstandsfähiger ist es. Ich würde mir keine Gedanken wegen einiger Blumen machen.«

Sie blickte ihn an. Auf ihrer Stirn war eine Falte des Unwillens entstanden. Da trat Ovaron hinter sie und legte eine Hand auf ihre Schulter. Es war eine besitzergreifende Geste.

»Schon gut, Merceile«, sagte der Cappin ruhig.

Merceile schüttelte die Hand ab und machte einen Schritt auf Rhodan zu.

Ihre Augen blitzten.

Wie schön sie ist, dachte Rhodan unwillkürlich.

Merceile streckte ihm die Hand mit den Überresten der Blumen entgegen.

»Ein paar Blumen sind nichts, was?« Sie warf ihm die Pflanzen vor die Füße. »Die Terraner sind viel zu hart, um sich wegen dieser Blumen Gedanken zu machen. Sie sind hier, um den Sonnensatelliten auszuschalten. Alles andere interessiert sie nicht.«

Rhodan schüttelte bedauernd den Kopf und ging zurück zum Shift, der am Ende der Schlucht stand.

Oberst Joak Cascal saß im Kommandosessel und blätterte in einem Buch, das technische Angaben über den flugfähigen Panzer enthielt.

Als er Rhodan hereinkommen hörte, blickte er auf.

»Hallo, Chef!« rief er. »Zurück vom Blumenpflücken?«

»Halten Sie die Luft an«, gab Rhodan zurück. »Sie brauchen Ihre Weiterbildung meinetwegen nicht zu unterbrechen.«

Cascal warf das Buch auf die Kontrollen und lehnte sich zurück.

»Ich kann es schon auswendig. Was tun wir jetzt?«

Die letzte Frage bezog sich auf das Naturereignis, das vor einer knappen halben Stunde begonnen hatte.

Rhodan ließ sich neben Cascal nieder und schaltete die Ortungsanlage ein. Der Bildschirm blieb leer. Lediglich der Massetaster schlug aus. Er registrierte den dreihundert Kilometer entfernt im Baugerüst ruhenden Sonnensatelliten.

»Es sieht so aus, als wolle sich Zeut eigens für uns verändern«, sagte Cascal. »Der Planet legt sein schönstes Kleid an.«

»Und vielleicht sein gefährlichstes.«

Cascal verstand, was Rhodan meinte, und nickte nachdenklich.

»Vielleicht werden die Cappins abgelenkt, so daß wir leichter an den Satelliten herankommen«, meinte Rhodan hoffnungsvoll.

Sie hörten ein hämmerndes Geräusch. Cascal stand auf und blickte aus der Kuppel.

»Unser vierbeiniger Freund ist draußen vorbeigaloppiert. Er schien es eilig zu haben.«

»Takvorian? Sie sollten ihn nicht so mißtrauisch beobachten. Er ist zuverlässig und wird zu uns halten, solange Ovaron und Merceile bei uns sind.«

Cascal schloß einen Moment verzückt die Augen.

»Merceile!« seufzte er hingerissen. »Was für eine Frau.«

»Cascal, Sie sind unverbesserlich!«

Cascal verließ die Kontrollen und bewegte sich zum Ausstieg.

»Was haben Sie vor, Oberst?« erkundigte sich Rhodan.

»Blumen pflücken – für Merceile!«

Cascal lachte spitzbübisch und sprang hinaus.

Rhodan war froh, daß sie wenigstens den Shift gerettet hatten. Dieses Fahrzeug, das sich zu Lande, zu Wasser und in der Luft bewegen konnte, bedeutete eine unschätzbare Verstärkung für die kleine Gruppe. Zur Rückkehr nach Terra konnten sie es allerdings nicht benutzen. Dazu mußten sie sich ein Raumschiff der Cappins beschaffen. Das war der zweite Teil ihrer Aufgabe auf diesem Planeten. Die

Beschaffung eines raumtüchtigen Flugzeugs würde nicht weniger schwierig sein als der Einbau der Sextadimbombe in den Sonnensatelliten.

Rhodans Gedanken wurden unterbrochen, als Ras Tschubai hereinkam.

»Die Pflanzen wachsen sehr schnell«, berichtete der Teleporter. »Wenn es so weitergeht, werden sie in wenigen Stunden ein paar Meter hoch sein.«

»Ich bin sicher, daß der Wachstumsprozeß ebenso schnell aufhört, wie er begonnen hat«, erwiderte Rhodan.

»Gucky und Lloyd haben die Schlucht verlassen«, sagte Tschubai. »Sie wollen feststellen, ob es auch Anzeichen für animalisches Leben auf Zeut gibt.«

Rhodan nickte.

»Wann werden wir wieder nach Havaler gehen?« fragte Tschubai.

Rhodan antwortete nicht. Er wußte selbst nicht, weshalb er mit einem Vorstoß nach Havaler zögerte. Ein unbestimmtes Gefühl sagte ihm, daß es besser war, noch zu warten. Wenigstens noch einen Tag.

Merceile wußte nicht genau, warum sie die Schlucht heimlich und allein verließ. Sie schlich sich aus dem Versteck, obwohl sie keinen Grund dazu hatte. Ab und zu blickte sie sich um, aber es folgte ihr niemand. Über ihr Ziel war sie sich nicht im klaren. Wie eine Vision sah sie das Bild der jetzt von Pflanzen überwucherten Ebene vor sich.

Sie kletterte über ein paar Felsbrocken hinweg. Sie wäre von niemandem aufgehalten worden, wenn sie ihr Vorhaben zuvor angekündigt hätte. Trotzdem hatte sie mit niemand darüber gesprochen.

Erst als sie mit dem Rücken gegen einen Felsen lehnte und angestrengt atmete, merkte sie, daß sie die Schlucht in überstürzter Hast verlassen hatte. Sie war den Steilhang fast hinauf*gerannt.*

Sie dachte angestrengt nach. Hatte ihr Verhalten etwas mit ihrem kurzen Zusammenstoß mit Perry Rhodan zu tun? Sie bezweifelte es. Von Anfang an hatten zwischen ihr und dem Terraner gewisse unerklärliche Spannungen bestanden, aber diese hatten bei ihr nie heftige Reaktionen ausgelöst.

Sie stieg weiter nach oben, bis sie eine Stelle erreicht hatte, von wo aus sie in die Ebene blicken konnte. In wenigen Stunden würde sich die Nacht über diesen Kontinent senken und das Tal ins Dunkel tauchen.

In der gesamten Ebene schien es keinen Platz mehr zu geben, der nicht von den verschiedenartigsten Pflanzen bewachsen war. Merceile wußte, daß dies mit dem Blickwinkel zusammenhing, unter dem sie das Land beobachtete. Trotzdem war der Anblick beeindruckend.

Die Biotransfer-Korrektorin holte tief Atem. Von der Ebene ging eine unwiderstehliche Verlockung aus. Die Pflanzen schienen nach Merceile zu rufen. Sie schloß die Augen, aber das Verlangen, in die Ebene zu gehen, wurde nicht schwächer.

Merceile fühlte, wie ihr der Schweiß ausbrach. Waren das etwa keine Pflanzen, wie sie sie bisher kennengelernt hatte?

Jetzt bedauerte sie, daß sie hier herausgekommen war. Sie schaute sich um. Ein paar hundert Meter von ihr entfernt lag ein kleiner See. Sein Ufer war von Pflanzen mit dicken roten Blüten umsäumt.

Plötzlich kam ihr der Gedanke, zu baden.

Das ist verrückt! schoß es ihr durch den Kopf. Sie war weder eine besonders gute Schwimmerin, noch wäre sie unter normalen Umständen auf die Idee gekommen, auf einer Welt wie Taimon in einem See zu baden.

Trotzdem machte sie sich an den Abstieg von der Felsenhöhe in Richtung des Sees. Unter ihren Füßen löste sich ein Stein und polterte in die Tiefe. Sie blieb stehen und lauschte. Niemand war in der Nähe. Im Lager innerhalb der Schlucht schien man sie nicht zu vermissen. Die Teilnehmer der Einsatzgruppe nahmen sicher an, daß sie sich zu Beobachtungen auf das Hochplateau begeben hatte.

Der Boden unter ihren Füßen wurde weicher. Sie kam an ein paar Pflanzen vorbei, die fast zwei Meter hoch waren. Die roten Blüten bewegten sich. Es war deutlich zu erkennen, daß der Blütenkelch der Bewegung der Sonne folgte und ihr stets seine Öffnung zuwandte.

Die Blumen waren fast völlig geruchlos, es war also unwahrscheinlich, daß sie Merceile mit einem betäubenden Duft beeinflußten.

Die Wissenschaftlerin blieb neben einer Blume stehen und griff nach ihr. Der Stiel fühlte sich warm an. Selten hatte Merceile die Lebendigkeit einer Pflanze in so starkem Maß gefühlt wie jetzt. Sie packte die Pflanze mit der anderen Hand, fand aber nicht die Kraft, sie aus dem Boden zu reißen.

Die rote Blüte schwankte vor ihrem Gesicht hin und her.

Merceile gab die Pflanze frei und ging weiter. Die Blumen wuchsen hier dichter. Merceile hatte aufgehört, sich darüber Gedanken zu machen, warum sie zum See ging.

Sie wollte auch nicht mehr darin baden.

Ein neuer Gedanke beherrschte sie: sich zu ertränken.

Am Ufer blieb sie einen Augenblick stehen. Ihre Augen waren starr geradeaus gerichtet. Eine Wand aus roten Blüten umgab sie. Ein Kreis, der sich immer enger um sie zusammenzog. Sie wollte schreien, aber das unerklärliche Panikgefühl, das von ihr Besitz ergriffen hatte, schnürte ihr die Kehle zu.

Die Blumen schienen zu ihr zu sprechen.

Sie machte einen Schritt auf den See zu. Ihre Füße wurden von Wasser umspült. Auf der anderen Seite des Sees bewegten sich Hunderte von roten Blütenkelchen im Wind. Sie schienen zu rufen.

Merceile ging weiter.

Das Wasser reichte ihr bis zu den Knien.

In irgendeinem Winkel ihres Unterbewußtseins wurde tödliche Gefahr signalisiert. Die junge Frau blieb stehen. Sie verkrampfte sich.

Die Lockung der Pflanzen war jetzt unüberhörbar. Von allen Ufern kam der Ruf, der sie dazu bringen wollte, sich zu töten.

Wie in Trance ging sie weiter. Ihre Füße verloren den Halt. Sanft sank sie nach hinten. Ihr Kopf verschwand unter der Oberfläche.

Sie schluckte Wasser. Sie schluckte es in tiefen Zügen, bis der Sauerstoff aus ihren Lungen gepreßt war. In ihrem Kopf rauschte es. Sie schwebte beinahe schwerelos unter der Oberfläche des Sees.

Der Tod, den sie jetzt sehr nahe fühlte, erschien ihr weder schmerzhaft noch schrecklich.

Plötzlich wurde neben ihr das Wasser aufgewühlt. Sie sah einen dunklen Schatten, der sich neben ihr herabsenkte. Gleich darauf wurde sie gepackt und hochgerissen. Sie wollte sich wehren, war aber zu keiner Bewegung fähig. Sie haßte das Wesen, das sie in diesem Stadium wieder an Land ziehen wollte. Ein paarmal wurde sie ruckweise in Richtung des Ufers gezogen, dann hob jemand ihren Kopf über die Wasseroberfläche.

Obwohl sie mit geschlossenen Augen dalag, schmerzte das Licht. Übelkeit stieg in ihr hoch.

»Merceile!« rief jemand. Die Stimme schien aus weiter Ferne zu kommen.

Eine Männerstimme.

»Merceile! Warum wollen Sie sich umbringen?«

Jemand hielt sie auf den Armen und trug sie zum Ufer. Dort wurde sie niedergelegt. Ein Schatten beugte sich über sie. Ihre Arme wurden gepackt. Sie wurde zum Atmen gezwungen. Nach einiger Zeit erbrach sie Wasser.

»Merceile! Sind sie verrückt! Warum wollten Sie sich umbringen?«

Sie erkannte den Mann. Es war der Terraner, der sich Joak Cascal nannte. Ein Mann, der sie mit seiner seltsamen Art verwirrt hatte.

»Erzählen Sie mir nicht, daß Sie ein Bad nehmen wollten«, fuhr Cascal fort. »Ich bin Ihnen gefolgt und habe Sie beobachtet. Sie sind zum See gegangen, um sich das Leben zu nehmen.«

Sie nickte schwach.

Er packte sie an den Schultern und schüttelte sie heftig.

»Warum? Warum, zum Teufel, wollten Sie das tun?«

»Ich weiß es nicht«, antwortete sie verwirrt.

Er richtete sich auf und schlug ihr zweimal ins Gesicht. Das tat ihr weh, aber sie kam zu sich. Wie durch einen Schleier sah sie plötzlich wieder die Blumen. Entsetzt verzog sie ihr Gesicht. Sie hob einen Arm, um Cascal auf die Pflanzen aufmerksam zu machen.

Merkwürdig! dachte sie. Warum unterliegt *er* nicht ihrem Einfluß?

»Die Blumen . . . ja, die Blumen!« sagte sie noch halb betäubt. »Die Blumen haben . . .« Sie verstummte, weil ihr bewußt wurde, wie wenig glaubhaft dem Terraner ihre Behauptung erscheinen mußte.

»Die Blumen?« wiederholte Cascal. »Was haben sie damit zu tun? Sind Sie dagegen allergisch? Werden alle Cappins von Blumen beeinflußt?«

Sie löste sich aus seinem Griff und ließ sich zurücksinken. Ihre Erschöpfung war so groß, daß sie nicht zu antworten vermochte.

»Lassen wir das jetzt!« sagte Cascal. »Ich werde Sie zum Lager tragen, dann können wir uns mit den anderen darüber unterhalten, was geschehen ist.«

Er hob sie auf und wollte sie vom See wegbringen. In diesem Augenblick sah er Dr. Multer Prest den Hügel herabkommen. Der Kosmopsychologe schien es eilig zu haben, den See zu erreichen.

»Sieh an!« rief Cascal verblüfft. »Da kommt anscheinend der nächste Selbstmörder. Also sind auch Terraner für die seltsame Ausstrahlungskraft der Pflanzen empfänglich.«

Er legte Merceile behutsam auf den Boden und wartete auf Prest.

»Hallo, Doc!« rief er dem Kosmopsychologen zu. »Wollen Sie ein Bad nehmen, bevor es dunkel wird?«

Prest reagierte nicht. Er ging weiter auf den See zu. Cascal holte ihn mit wenigen Schritten ein und hielt ihn fest.

»Kommen Sie zu sich, Doc!« rief er. »Versuchen Sie, nicht auf das zu achten, was Sie zwingen will, sich umzubringen.«

Prest blieb stehen und starrte Cascal an wie einen Fremden.

Mit einem gezielten Schlag brachte Cascal den Arzt zu Fall. Besinnungslos blieb er liegen.

Cascal blickte auf Prest hinab.

»Hoffentlich kommen nicht noch mehr Beeinflußte«, sagte er sarkastisch. »Wie soll ich mich um sie kümmern?«

In diesem Augenblick materialisierten Gucky und Ras Tschubai am Ufer des Sees. Cascal winkte sie herbei.

»Es wird Zeit, daß ihr kommt!« begrüßte er die beiden Teleporter. »Hier hat eine Invasion von Selbstmördern eingesetzt.«

»Perry schickt uns«, berichtete Gucky. »Er ahnte, daß etwas nicht in Ordnung ist.«

Cascal machte eine alles umfassende Bewegung.

»Es hängt mit den Blumen zusammen«, erklärte er. »Merceile deutete so etwas an. Die Blumen scheinen einen Zwang auf sie auszuüben.«

Tschubai beugte sich zu Dr. Prest hinab und untersuchte ihn.

»Warum werden wir nicht davon betroffen?« fragte Gucky nachdenklich.

Cascal hob eine Hand und klopfte gegen die Metallplatte auf seinem Schädel.

»Mentalstabilisierte Gehirne sind wahrscheinlich immun. Das heißt, daß nur die beiden Cappins, Multer Prest und vielleicht auch die Thunderbolts davon betroffen werden!«

»Puh!« machte Tschubai. »Ich wage nicht daran zu denken, was geschieht, wenn die Thunderbolts in einen euphorischen Taumel geraten und auf uns losgehen.«

»Unter diesen Umständen werde ich schnell in die Schlucht zurückkehren und Perry Bericht erstatten«, sagte Gucky. »Er muß auf Ovaron und den Paladin aufpassen, damit nichts passiert.«

Er entmaterialisierte. Cascal und Tschubai gingen zu Merceile hinüber, die auf dem Boden saß und ihren Kopf hielt.

»Wie geht es Ihnen?« erkundigte sich Cascal mitfühlend. »Immer noch das innere Bedürfnis nach einem ausgedehnten Bad?«

Sie schüttelte den Kopf. Cascal sah, daß die Benommenheit noch nicht gewichen war. Solange sie sich in der Nähe der Blumen aufhielten, würden die nicht mentalstabilisierten Mitglieder der Einsatzgruppe der Wirkung der Pflanzen unterliegen.

Cascal riß die nächststehende Blume aus und untersuchte sie.

»Sieht wie eine normale Pflanze aus«, meinte er und hielt sie Tschubai vors Gesicht. »Was halten Sie davon?«

»Ich schlage vor, daß wir Prest und Merceile jetzt in die Schlucht zurückbringen«, erwiderte der Teleporter ausweichend. »Dort wachsen kaum Pflanzen, so daß es für Prest und Merceile weniger gefährlich ist.«

Cascal ahnte, daß Rhodan alle in der Schlucht anwesenden Pflanzen vernichten lassen würde, wenn er von der verhängnisvollen Ausstrahlungskraft erfuhr.

»Glauben Sie, daß es auch in Havaler solche Pflanzen gibt?« fragte er Ras Tschubai.

»Woher soll ich das wissen?« entgegnete der Mutant.

»Es wäre interessant zu erfahren, was die Erbauer des Sonnensatelliten tun, wenn sie plötzlich dem Einfluß solcher Pflanzen unterliegen«, überlegte Cascal laut.

Tschubai antwortete nicht. Er trug Merceile zu Prest hinüber und entmaterialisierte mit den beiden Beeinflußten.

Cascal wandte sich ab und machte sich an den Aufstieg.

Cascal hatte noch den Geruch verbrannter Pflanzen in der Nase, als er nach Anbruch der Dunkelheit mit Rhodan auf das Hochplateau hinaufstieg. In der Schlucht waren alle Pflanzen niedergebrannt worden. Um eine zusätzliche Sicherheit zu erreichen, hatten die beiden Teleporter auch die rings um die Schlucht wachsenden Blumen vernichtet. Es war ein reiner Akt der Notwehr gewesen.

Merceile hatte sich inzwischen erholt. Weder sie noch Ovaron zeigten Reaktionen, die befürchten ließen, daß es zu neuen Zwischenfällen kommen würde. Das konnte sich jedoch ändern, wenn die Gruppe aufbrach, um nach Havaler zu gelangen.

Rhodan und Cascal erreichten ihr Ziel.

Von den Pflanzen in der Ebene ging ein schwaches Leuchten aus.

»Wenn man eine Zeitlang hinabsieht, könnte man glauben, daß auch ein mentalstabilisiertes Hirn gefährdet ist«, bemerkte Cascal nach einiger Zeit.

»Ja, die Blumen üben eine seltsame Anziehungskraft aus«, erwiderte Rhodan. »Das hängt wahrscheinlich mit ihrem Lebensrhythmus zusammen.«

Cascal schaute sich unbehaglich um.

»Ist es nicht seltsam, daß wir uns auf einer Welt befinden, die in Wirklichkeit nicht mehr existiert?«

Rhodan lachte.

»Immer noch versucht, in unseren Zeitbegriffen zu denken, der gute Joak Cascal, was?«

»Man kommt ein bißchen durcheinander«, bestätigte Cascal. »Wenn wir in unsere Zeit zurückkehren, werde ich immer skeptisch sein, wenn ich Uhren oder Kalender sehe.«

»Wir werden . . .« Rhodan unterbrach sich und hob lauschend den Kopf. »Hören Sie das?«

Cascal konzentrierte sich. Zunächst vernahm er nur das Rauschen des Windes, der sich in den Felsen verfing. In der Schlucht blieb es vollkommen still. Die meisten Mitglieder der Einsatzgruppe hatten sich hingelegt, um ein paar Stunden zu schlafen. Gucky und Tolot hatten die erste Wache übernommen. Da hörte er ein Scharren.

»Woher kommt das?« erkundigte er sich.

»Von allen Seiten«, antwortete Rhodan.

»Ob es von den Blumen herrührt?«

»Das bezweifle ich«, entgegnete Rhodan. »Schließlich haben wir in der näheren Umgebung alle Pflanzen vernichtet.«

»Es könnten neue gewachsen sein.«

Rhodan leuchtete mit seinem Scheinwerfer die Umgebung ab. Das Licht traf auf nackte Felsen und verkohlte Pflanzenreste. Selbst in Bodenrissen waren keine Anzeichen für einen neuen Pflanzenwuchs zu erkennen. Nur unten in der Ebene strahlten die Blumen.

Das Scharren wurde lauter. Es ließ Cascal erschauern. Es hörte sich an, als sei der gesamte Boden in Bewegung geraten.

»Wir gehen jetzt besser in die Schlucht zurück«, entschied Rhodan. »Ich möchte hier nicht von etwas überrascht werden, was wir nicht kennen.«

Sie stiegen das Hochplateau hinab. Das Licht ihrer Scheinwerfer tanzte vor ihnen über den dunklen Boden.

Plötzlich verschwand vor ihnen eine Felswand. Sie sank in sich zusammen wie erhitztes Fett. Die Überreste versickerten im Sand oder erstarrten zu Klumpen.

Rhodan und Cascal waren überrascht stehengeblieben.

»Haben Sie das gesehen?« erkundigte sich Cascal ungläubig.

Er blickte zur Seite und sah Rhodan nicken. Der Großadministrator hatte seinen Strahler gezogen. Cascal zog es vor, dem Beispiel seines Begleiters zu folgen.

Die auf so geheimnisvolle Weise verschwundene Wand hatte eine Höhle freigelegt, deren Größe schwer zu schätzen war. Die Scheinwerfer konnten nur den verlassenen Vorraum erhellen.

Rhodan schaltete sein Armbandfunkgerät ein und rief Gucky:

»Wecke die anderen und schicke uns Tolot und den Paladin hierher!« befahl er dem Mausbiber. »Wir haben hier eine weitere mysteriöse Entdeckung gemacht.«

»Braucht ihr mich auch?« fragte Gucky.

»Du bleibst besser im Lager, um nötigenfalls von dort aus eingreifen zu können. Ich habe ein komisches Gefühl, daß uns wieder ein paar unangenehme Überraschungen bevorstehen.«

Rhodan brach das Gespräch ab und winkte Cascal näher an die Höhle heran. Sie leuchteten den Boden ab. Die Überreste der zusammengesunkenen Felswand erinnerte Rhodan an erstarrte Lava. Er war jedoch sicher, daß der geheimnisvolle Vorgang nichts mit einer vulkanischen Tätigkeit zu tun hatte. Auf Zeut waren unbekannte natürliche Kräfte am Werk. Das, was Cascal und er beobachtet hatten, mußte ebenso mit der ungewöhnlichen Umlaufbahn dieses Planeten zu tun haben wie das unverhoffte Aufblühen von mehreren Millionen Pflanzen.

Rhodan stieß mit dem Fuß gegen die am Boden verhärtete Masse. Er fragte sich, warum ausgerechnet dieser Teil der Felswand verschwunden war, während die Steine unmittelbar daneben ganz unbeschädigt geblieben waren. Das konnte nur bedeuten, daß sie aus einem anderen Material bestanden als die zerstörte Wand.

Jemand mußte die Höhle mit dieser Wand verschlossen haben, denn es war wenig wahrscheinlich, daß so verschiedenartige Mineralien auf engstem Raum existierten. Das gab es nicht einmal auf Zeut.

»Ich möchte wissen, wer diese Höhle einmal versiegelt hat«, sagte Rhodan leise. »Vor allem interessiert mich auch, *weshalb* es getan wurde.«

Cascal hatte seinen Begleiter verstanden.

»Glauben Sie, daß es die Cappins waren?«

Rhodan verneinte.

»Weshalb sollten sie hier draußen, dreihundert Kilometer von Havaler entfernt, eine natürliche Höhle verschließen? Das ergibt keinen Sinn. Nein, es muß von anderen Wesen getan worden sein.«

»Sie glauben also tatsächlich, daß außer den Pflanzen auf Zeut auch eine intelligente Lebensform existiert?«

»Ja«, erwiderte Rhodan. »Zumindest hat sie existiert.«

Der Lichtstrahl seines Scheinwerfers fiel auf den Höhleneingang.

»Die Unbekannten haben sich nach Anbruch der Kälteperiode in solche Höhlen zurückgezogen und sie von innen versiegelt.«

Cascal fror. Es schien ihm, als würde ein kalter Luftzug aus der Höhle wehen.

»Dann wäre es möglich, daß ein paar Vertreter dieses Volkes dort in der Höhle sind?«

»Ja, Oberst! Und sie können jeden Augenblick herauskommen.«

Cascal packte seine Waffe fester. Er glaubte zwar nicht an Rhodans Theorie, aber er wollte auch nicht unvorbereitet sein, wenn ein plötzlicher Angriff erfolgte.

Tolot und der Paladin tauchten aus der Dunkelheit auf. Die beiden Riesen trugen große Scheinwerfer, mit denen sie die Umgebung taghell beleuchteten.

»Richten Sie die Scheinwerfer auf die Höhle!« befahl Rhodan.

»Eine Höhle?« erkundigte sich Tolot. »Wäre eine hier, hätte ich sie längst entdeckt.«

Im gleichen Augenblick jedoch sah er sie und stieß ein überraschtes Brummen aus. Die beiden großen Scheinwerfer ließen die Männer jetzt mehr vom Höhleninnern erkennen. So weit sie in den Vorraum einsehen konnten, war er verlassen. Der Boden war stellenweise mit einer dunklen Schicht bedeckt, die Rhodan für verdorbene Vorräte hielt.

»Sieht alles ziemlich harmlos aus«, bemerkte Harl Dephin über die Sprechanlage des Paladins.

»Dart Hulos soll trotzdem wachsam bleiben«, entgegnete Rhodan. »Wir können nur in einen Teil der Höhle einsehen. Tolot, Sie und die Thunderbolts übernehmen die Deckung, wenn Cascal und ich jetzt in die Höhle eindringen.«

»Das könnten wir auch umgekehrt durchführen«, meinte der halutische Gigant.

Rhodan ließ sich auf nichts ein. Er wollte die beiden Riesen in seinem Rücken wissen. Tolot und der Paladin konnten sie herausholen, wenn sie in der Höhle in Schwierigkeiten gerieten. Umgekehrt würde das schon schwieriger sein.

Als Rhodan zusammen mit Cascal auf die Höhle zuging, tauchte Ovaron im Lichtkreis der beiden Scheinwerfer auf.

Rhodan blieb stehen.

»Was wollen Sie hier?« fragte er verärgert. »Ich hatte doch befohlen, daß außer Tolot und dem Paladin niemand die Schlucht vor Tagesanbruch verlassen soll.«

Ovaron überging Rhodans Frage und trat näher an die Höhle heran.

»Sie hätten in der Schlucht bleiben sollen!« Rhodans Ärger war noch nicht verflogen. »Sie wissen genau, daß Merceile und Sie leichter in Schwierigkeiten kommen können als wir.«

»Ich werde Sie in die Höhle begleiten!« verkündete Ovaron. »Es ist immerhin möglich, daß wir Entdeckungen machen, die Sie ohne meine Hilfe nicht erklären können.« Ovaron wirkte sehr gelassen, aber Cascal vermutete, daß der Cappin ebenso erregt war wie Rhodan. »Ich weiß zwar nicht viel über Taimon, aber bestimmt mehr als Sie.«

Rhodan blickte ihn nachdenklich an.

»Manchmal habe ich das Gefühl, daß Sie den Tod suchen«, warf er Ovaron vor.

»Bestimmt nicht!« widersprach Ovaron. »Ich habe in diesem Sonnensystem noch ein paar Aufgaben zu lösen, wenn ich auch nicht weiß, welche. Außerdem ist da noch Merceile. Ich würde sie niemals ihrem Schicksal überlassen.«

Der letzte Satz hatte wie eine Drohung geklungen, aber Rhodan reagierte nicht darauf.

»Sie können uns begleiten«, sagte Rhodan einlenkend. »In Zukunft muß ich jedoch darauf bestehen, daß Sie meine Anordnungen beachten.«

»Darüber können wir uns später unterhalten«, erwiderte Ovaron.

Sie näherten sich zu dritt der Höhle. In einem Abstand von zwanzig Metern folgten Tolot und der Paladin mit den Scheinwerfern.

Cascal sah, daß die Höhlenwände aus unbearbeitetem Fels bestanden. Er hatte damit gerechnet, daß sie bearbeitet sein würden. Auch der Boden und die Decke waren nicht verändert worden. Wer immer diesen Hohlraum versiegelt hatte, war mit seiner Arbeit am Eingang zufrieden gewesen.

Als sie die Höhle betraten, merkte Cascal, daß es tatsächlich kalt war. Der Luftzug, den er gespürt hatte, war keine Täuschung gewesen. Während Zeut in seiner Umlaufbahn weit außerhalb der Plutobahn durch den Weltraum gewandert war, hatte sich in den unterirdischen Höhlen die Kälte gespeichert.

Tolot und der Paladin blieben am Eingang stehen, während die beiden Männer und Ovaron weitergingen. Das Licht der großen Scheinwerfer fiel jetzt auch in die hinteren Höhlenräume.

Am Boden lagen einige Dutzend Tierleichen.

Sie waren zum Teil schon in Verwesung übergegangen. Cascal vermutete, daß nur die Kälte sie vor endgültigem Verfall bewahrt hatte.

Der Oberst rümpfte die Nase.

»Riecht nicht sehr angenehm.«

Sie traten näher an die Tiere heran. Ein paar von ihnen besaßen eine entfernte Ähnlichkeit mit einer Schildkröte. Ihre Körper waren von einem halbrunden Panzer bedeckt. Vier muskelbepackte Sprungbeine ragten unter diesem Panzer hervor. Als das Licht der Scheinwerfer auf den Panzer der Tiere fiel, funkelten die einzelnen Fragmente wie Diamanten.

In einer Ecke entdeckte Cascal zwei Meter große Tiere, die gepanzerte und mit Stacheln bewehrte Köpfe besaßen. Bei den Stacheln schien es sich zum Teil um Sinnesorgane zu handeln. In ihrem Aussehen erinnerten diese Tiere Cascal an Kröten.

Rhodan und Ovaron wälzten eines der gepanzerten Tiere auf den Rücken und stellten fest, daß auch diese Kreaturen zahlreiche Stacheln unter dem Panzer trugen, die bei Bedarf ausgefahren werden konnten.

Zwischen den »Schildkröten« und »Kröten« entdeckten sie die Leichen zahlreicher kleinerer Tiere, die zum Teil schon bis auf ihr Skelett verfallen waren. Cascal nahm an, daß es sich dabei um Nagetiere gehandelt hatte.

»Meine Theorie war also richtig«, brach Rhodan als erster das Schweigen. »Auf Zeut gibt es außer Pflanzen auch Tiere.«

Cascal stieß mit dem Fuß gegen eine Tierleiche.

»Sie haben die Kälteperiode offensichtlich nicht überlebt. Das ist vielleicht unser Glück, denn diese Biester sehen gefährlich aus.«

»Da hinten liegt noch etwas!« rief Ovaron und deutete in Richtung einer dunklen Nische.

Sie richteten ihre Scheinwerfer in die von dem Cappin bezeichnete Ecke.

»Ein Biber!« rief Rhodan überrascht, als er das meterlange und gut erhaltene Wesen liegen sah.

»Es ist kein Biber, Sir!« widersprach Cascal. »Es ist viel größer und besitzt große Hautlappen auf dem Bauch und auf dem Rücken. Außerdem ist sein Kopf anders geformt als der eines Bibers.«

»Eine Ähnlichkeit besteht aber«, gab Rhodan zurück.

Sie untersuchten auch dieses Tier, dessen dunkle Augen nichts von ihrer Lebendigkeit verloren zu haben schienen.

»Dieser Biber hat die Katastrophe offenbar am längsten überlebt«, stellte Rhodan fest. »Er kann noch nicht lange tot sein.«

Ovaron machte ein paar Schritte zurück und lehnte sich gegen die Wand. Im Scheinwerferlicht sah seine Gesichtshaut bleich aus. Auf seiner Stirn hatten sich trotz der Kälte Schweißtropfen gebildet.

Cascal warf Rhodan einen besorgten Blick zu.

»Ist Ihnen schlecht?« erkundigte sich Rhodan.

Der Cappin gab einen klagenden Laut von sich. Bestürzt ging Rhodan zu ihm und schüttelte ihn.

»Ob diese Dinger die gleiche Wirkung haben wie die Pflanzen?« fragte Cascal.

»Schon möglich«, gab Rhodan zurück. »Aber sie sind *tot.*«

Sie ergriffen Ovaron an den Armen, aber er machte sich gewaltsam los.

»Wir bringen Sie jetzt am besten hinaus«, redete Rhodan beruhigend auf ihn ein. »Diese Umgebung ist nichts für Sie.«

Ovaron drehte sich herum und deutete auf den Riesenbiber.

»Ich erinnere mich«, sagte er stockend. »Das ist ein Arcker. Die gepanzerten Kreaturen dort drüben heißen Croccisoren, die großen Stachelköpfe werden Spicoulos genannt.«

Rhodan sah den Cappin verblüfft an.

»Woher wissen Sie das? Ich dachte, Zeut wäre Ihnen fast unbekannt.«

»Ich weiß viel mehr, als ich ahnte.« Ovaron krümmte sich wie unter Schmerzen. »Manchmal kehrt ein Teil meiner Erinnerung zurück, aber das ist nicht sehr angenehm. Es ist, als würde man helle Löcher in einen dunklen Vorhang stanzen, aus denen grelles Licht fällt.«

»Arcker, Croccisoren und Spicoulos«, wiederholte Rhodan. »Keine vertraut klingenden Namen, aber auch keine Begriffe aus der Cappin-Sprache.«

»Richtig«, stimmte Ovaron zu.

»Wer sind Sie?« fragte Rhodan suggestiv. »Nutzen Sie die Gelegenheit. Sie können sich jetzt an Bruchstücke erinnern. Zerreißen Sie diesen Vorhang, von dem Sie sprachen.«

Ovaron wandte sich ab und rannte aus der Höhle hinaus. Er kam nicht weit, denn der Paladin holte ihn schnell ein und hielt ihn fest.

Rhodan und Cascal untersuchten alle Seitenräume der Höhle. Sie entdeckten noch ein paar Croccisoren. Arcker, Spicoulos und Croccisoren schienen die Hauptarten der auf Zeut entstandenen Tiere zu sein. Rhodan schloß das aus der Verteilung der Tierleichen innerhalb der Höhle. Insgesamt entdeckten sie die Kadaver von achtundzwanzig verschiedenen Arten. Die meisten davon waren jedoch nur durch zwei oder drei tote Mitglieder vertreten.

»Vielleicht sollten wir Merceile hierherbringen«, schlug Cascal vor. »Sie ist Biologin und könnte uns vielleicht manches erklären.«

»Ich will nicht, daß sie hierherkommt«, erklärte Rhodan ablehnend. »Dieser Ort ist unheimlich und gefährlich. Sie haben gesehen, welche Wirkung er auf Ovaron hatte.«

Cascal rieb sein Kinn.

»Warum ist die Felswand, die den Höhleneingang verdeckte, zusammengeschmolzen? Halten Sie das für einen Zufall?«

»Gewiß nicht«, gab Rhodan zurück. »Es hat etwas mit den ansteigenden Temperaturen auf Zeut zu tun. Vielleicht handelt es sich um ein natürliches Zeitschloß, das die Höhlen dann freilegt, wenn draußen wieder lebensfreundliche Bedingungen herrschen.«

»Es gibt bestimmt noch mehr Höhlen dieser Art«, vermutete Cascal.

»Davon bin ich überzeugt«, erwiderte Rhodan. »Sie werden morgen früh bei Sonnenaufgang aufbrechen. Dann werden wir erfahren, was mit den anderen Tieren los ist. Vielleicht haben wir Glück und finden noch ein paar lebende Exemplare.«

Rhodan sollte seinen Wunsch noch bereuen.

Am nächsten Morgen explodierte die Natur auf Zeut zum zweitenmal.

Den Pflanzen folgten die Tiere.

Und sie waren entschieden gefährlicher.

33.

In dieser Nacht schlief Dr. Multer Prest nur zwei oder drei Stunden. Er machte sich deshalb keine Sorgen, denn er wußte, daß diese Schlaflosigkeit eine Folge der Ereignisse des vergangenen Tages war. Von Berufs wegen interessierte ihn die Reaktion seiner Begleiter mehr als die Geschehnisse.

Bisher hatte der Kosmopsychologe es immer abgelehnt, sich mit der Psyche außerirdischer Intelligenzen zu beschäftigen. Er wußte aus Erfahrung, daß dies zu Schwierigkeiten führte. Schon mancher Kosmopsychologe hatte in entscheidenden Augenblicken versagt, weil er die Erfolge, die er bei Menschen erzielt hatte, auf andere Wesen übertragen wollte.

Auf Zeut war Prest seinem Grundsatz zum erstenmal untreu geworden: Er beschäftigte sich intensiv mit Ovarons Schicksal. Dieser Cappin war so interessant, daß sein Forschungsdrang nicht mehr zu unterdrücken war.

Wenn man einen Cappin überhaupt beurteilen konnte, so war dieser Ovaron ein gefestigter Charakter, vielleicht nur mit Rhodan und Atlan zu vergleichen. Doch bei Ovaron gab es noch eine geheimnisvolle zweite Schicht, zu der man nicht vordringen konnte.

Das lag bestimmt nicht daran, daß der Cappin ein Zweidenker war. Diese Fähigkeit glaubte Prest richtig beurteilen zu können. Das, was den Kosmopsychologen beschäftigte, war in Ovarons Unterbewußtsein verborgen – oder noch tiefer.

Prest hatte bei Rhodans Rückkehr in die Schlucht erfahren, daß Ovaron die Namen der in der Höhle entdeckten Tiere kannte. Der Cappin hatte sich unerwartet daran erinnert.

Die Vergangenheit Ovarons war geheimnisvoll und schwer zu deuten. Vielleicht hatte Ovaron ein schreckliches Erlebnis gehabt und weigerte sich aus diesem Grund, an sein früheres Schicksal zu denken. Es war sogar möglich, daß sein Leben gefährdet war, wenn er sich an alles erinnerte.

Ovaron war ein Phänomen.

Multer Prest verließ seinen Platz unter dem Shift und ging langsam auf und ab. Einige Dutzend Meter von ihm entfernt sah er die riesigen Schatten von Tolot und dem Roboter der Thunderbolts, die am Eingang der Schlucht Wache hielten.

Prest war überzeugt, daß außer ihm noch ein paar Mitglieder der Einsatzgruppe nicht schlafen konnten. Aber sie wurden sicher von anderen Problemen wach gehalten als er. Rhodan würde bestimmt über Möglichkeiten nachdenken, wie man die Sextadimzeitbombe in den Sonnensatelliten einbauen konnte, ohne daß die Cappins etwas davon erfuhren.

Prests Problem dagegen hieß Ovaron. Jetzt gewann er allmählich den Eindruck, daß er sich zuviel zugemutet hatte. Seine Aufgabe war es, die Mitglieder des Zeitreiseteams zu betreuen. Der Cappin hatte ihn über Gebühr in Anspruch genommen.

Prest ging bis zum Rand der Schlucht, wo er zwischen einigen Felsen in die Ebene sehen konnte. Ein schmaler Streifen hellen Himmels kündigte den kommenden Tag an.

Prest hörte ein Geräusch hinter sich und sah Icho Tolot herankommen.

»Entfernen Sie sich nicht zu weit«, ermahnte ihn der Haluter. »In der Dunkelheit können tausend Gefahren lauern.«

»Ich hatte nicht die Absicht, mich aus dem Lager zu entfernen«, gab Prest zurück. »Ich gehe nur ein bißchen umher, das erleichtert das Nachdenken.«

Tolot knurrte verständnisvoll und zog sich zurück. Prest verließ seinen Beobachtungsplatz und kehrte in das Innere der Schlucht zurück. Im Shift brannte Licht. Prest sah, daß sich zwei Gestalten im Innern des Panzers bewcgten. Für die Mitglieder der Einsatzgruppe war die Nacht vorüber.

Vor dem Shift stieß Prest auf Ovaron und Merceile, die sich leise unterhielten. Prest wollte nicht neugierig erscheinen und ging weiter, obwohl er es vorgezogen hätte, ein paar Worte mit Ovaron zu wechseln. Einige Dutzend Meter abseits stand Takvorian zwischen den Felsen. In seiner Bewegungslosigkeit glich er einer Statue.

Prest suchte sich einen bequemen Platz und ließ sich nieder. Es war schwer vorstellbar, daß vor wenigen Jahrzehnten auf dieser Welt noch eisige Kälte geherrscht hatte. Die Steine, auf denen der Kosmopsychologe saß, waren damals mit Eis überzogen gewesen.

Allmählich wurde es hell.

Rhodan, Cascal, Tschubai und Lloyd verließen den Shift. Sie hatten offenbar eine Beratung abgehalten.

»In einer halben Stunde treffen wir uns hier«, bestimmte Rhodan. »Wir werden beraten, auf welche Weise wir am sichersten nach Havaler kommen.«

Cascal verteilte einen Teil der im Shift aufbewahrten Nahrungskonzentrate an die Zeitreisenden. Auch Ovaron und Merceile erhielten ihren Anteil. Es hatte sich inzwischen längst herausgestellt, daß sie die Nahrung der Menschen aus der Zukunft gut vertrugen.

Prest nahm seine kleine Mahlzeit in Empfang und zog sich wieder zurück. Nur mit Ovaron wollte er sich unterhalten. Aber der Cappin war noch immer mit Merceile beschäftigt.

Als das Frühstück beendet war, versammelten sich alle Teilnehmer des Unternehmens vor dem Shift. Prest hielt sich abseits. Auf seine Meinung würde man bei dieser Sache sowieso keinen Wert legen. Um die psychische Verfassung der Terraner brauchte er sich keine Sorgen zu machen.

»Sie wissen alle, was wir vorhaben«, begann Rhodan. »Die Cappins wissen, daß Fremde in der Nähe sind. Sie werden die entsprechenden Sicherheitsmaßnahmen getroffen haben. Es wird also schwierig sein, noch einmal an den Sonnensatelliten heranzukommen, und noch schwieriger, ihn zu betreten. Bevor wir aufbrechen, werden die beiden

Teleporter nach Havaler springen und die Baustelle beobachten. Nach ihrer Berichterstattung können wir . . .«

Er unterbrach sich und hob den Kopf, als wolle er lauschen. Prest merkte sofort, daß etwas nicht stimmte, obwohl er nichts hören konnte.

Rhodan gab Gucky einen kaum sichtbaren Wink. Der Mausbiber entmaterialisierte. Als Prest aufblickte, sah er Gucky auf einem hohen Felsen in der Nähe. Der Ilt beobachtete die Ebene.

Lloyd trat plötzlich aus der Gruppe und faßte sich mit beiden Händen an die Schläfen. Er bewegte sich wie ein Betrunkener.

Rhodan sprang aus dem Einstieg des Shifts und rannte auf ihn zu. »Was können Sie spüren, Fellmer?«

»Es kam . . . schnell und unerwartet«, antwortete der Mutant so leise, daß Prest ihn kaum verstehen konnte. »Es war . . . wie ein Schock.«

Rhodan packte ihn an den Schultern und schüttelte ihn heftig.

»Was ist es? Sie empfangen mentale Impulse, nicht wahr?«

Lloyd nickte ein paarmal. Er blickte wild hin und her, als argwöhnte er, man könnte ihn angreifen.

»Es müssen Tiere sein«, meinte er schließlich. »Tausende! Nein! Hunderttausende. Sie sind . . . aggressiv!«

Wie immer, so handelte Rhodan auch jetzt blitzschnell.

»Tolot und der Paladin an den Schluchteingang«, rief er. »Cascal, Sie holen die schweren Waffen aus dem Shift und verteilen sie. Wir müssen mit einem Angriff rechnen.«

Gucky kehrte von seinem Beobachtungsplatz auf dem Steilfelsen zurück. Er war nicht weniger verwirrt als Fellmer Lloyd. Seine Auskünfte waren jedoch exakter.

»Die Ebene wird von Tieren aller Art überschwemmt! Ich weiß nicht, woher sie alle so plötzlich kommen, aber sie sind da.«

Cascal kam mit den Strahlenkarabinern aus dem Shift und verteilte sie.

Rhodan deutete zu den Felsen hinauf.

»Ras, Sie und Gucky beobachten, was außerhalb der Schlucht geschieht. Wir müssen wissen, wann sich größere Gruppen von Tieren unserem Lager nähern.« Er packte Gucky am Arm. »Langsam, Kleiner! Diesmal nimmst du mich mit. Ich möchte mir die Sache von dort oben ansehen.«

Das Bild, das Rhodan sich in seiner Phantasie von der Ebene gemacht hatte, wurde von der Wirklichkeit noch übertroffen. Als er mit Gucky auf dem Steilfelsen materialisierte, war die Sonne aufgegangen. Die gesamte Ebene schien zu leben. Es wimmelte von Arckern. Spicoulos und Croccisoren. Außer diesen drei Hauptarten gab es noch kleinere Tiere, die sich in großen Gruppen über das Land ergossen.

Es war nicht genau festzustellen, was unten in der Ebene geschah, aber ein Teil der Tiere schien sich erbitterte Kämpfe zu liefern, während andere über die Pflanzen herfielen, die erst einen Tag zuvor erblüht waren.

»Du hast damit gerechnet, daß so etwas geschehen könnte?« erriet Gucky.

»Ja«, bestätigte Rhodan, ohne seine Blicke von den Tieren in der Ebene zu wenden. »Vor allem, nachdem wir die Höhle mit den Leichen entdeckt haben. Es war mir klar, daß es Tausende von besseren Höhlen geben muß. Wahrscheinlich hätten auch die Tiere in der Höhle dort überlebt, wenn man den Schlupfwinkel richtig versiegelt hätte. Ich bin sicher, daß durch ein Loch Sauerstoff aus der Höhle entweichen konnte, als die Atmosphäre von Zeut sich niederschlug und gefror. Das bedeutete das Ende dieser Tiere. Nachdem es wärmer wurde und der Sauerstoff wieder freigesetzt wurde, begannen die Kreaturen zu verwesen.«

»Wenn es wirklich so viele Höhlen gibt, frage ich mich, wer sie alle versiegelt hat.« Gucky zupfte sich an seinen großen Ohren. »Jemand muß diese Tiere mit Erfolg gerettet haben.«

»Ich glaube, es waren die Tiere selbst.«

Gucky war verblüfft.

»Was sagst du da? Das kann doch nicht dein Ernst sein?«

Rhodan antwortete nicht. Er war sicher, daß die nächsten Stunden ihm recht geben würden.

»Da unten!« rief Gucky plötzlich und deutete auf eine kleinere, etwa vierhundert Meter von der Schlucht entfernte Felsengruppe.

Rhodan sah, daß sich dort ebenfalls eine Höhle geöffnet hatte. Sie war wesentlich größer als jene, die sie am vergangenen Abend entdeckt hatten. Ihr Eingang war auf die gleiche Weise entstanden wie bei der Höhle nahe der Schlucht.

Rhodan beobachtete, wie etwa zweihundert Arcker ins Freie stürzten, sich auf die Hinterbeine aufrichteten und schnupperten. Wie auf ein geheimes Kommando ließen sie sich wieder nach vorn sinken und rasten auf die Schlucht zu.

»Sie kommen hierher!« rief Gucky aufgeregt.

Rhodans Aufmerksamkeit galt jetzt den Croccisoren, die in Vierergruppen aus der Höhle stürmten. Diese Tiere bewegten sich mit unglaublicher Schnelligkeit. Mit ihren muskulösen Beinen legten sie Sprünge bis zu dreißig Metern zurück.

Den Croccisoren folgten die Spicoulos, die sich wesentlich langsamer bewegten und nicht den Eindruck blindwütiger Wildheit vermittelten wie die gepanzerten Kreaturen. Aber auch sie rannten auf die Schlucht zu.

Den drei Hauptarten folgten unzählige kleinere Tiere, die offenbar in verborgenen Nischen der Höhle gewartet hatten. Erstaunlich war, daß die drei Hauptarten sich untereinander nicht angriffen. Jede Gruppe schien eine bestimmte Aufgabe zu haben. Dagegen fielen vor allem die Croccisoren und Spicoulos über kleinere Tiere her. Die Spicoulos verschmähten auch nicht die Pflanzen, an denen sie vorbeikamen.

Einige Arcker blieben an großen Felsblöcken zurück. Rhodan sah zu seiner Überraschung, daß die biberähnlichen Tiere diese Felsen zu benagen begannen. Sie lösten große Brocken von Steinen, die sie geschickt in ihre Hautsäcke am Bauch und auf dem Rücken stopften.

»Sieh dir das an!« forderte Rhodan den Ilt auf. »Die Arcker werden die Felsen in wenigen Minuten zerteilt haben.«

»Sie stopfen die Brocken in ihre Hautsäcke und transportieren sie weg«, stellte Gucky fest. »Was haben sie damit vor?«

»Ich glaube, daß wir mit den Arckern jene Wesen vor uns haben, die die Höhlen vor Anbruch der Kälteperiode verschließen. Sicher verfügen sie über Körpersekrete, mit denen sie die Steine aufzulösen vermögen. Mit der entstehenden Masse betonieren sie die Höhleneingänge zu. Da sie schon jetzt wieder Material einzusammeln beginnen, ist anzunehmen, daß die Tiere nicht lange an der Oberfläche des Planeten bleiben.«

Rhodan sah, daß die ersten Gruppen von Croccisoren und Spicoulos die Schlucht fast erreicht hatten, und ließ sich von Gucky zum Lager teleportieren. Er beauftragte Prest und die beiden Cappins mit der Verteidigung des Shifts. Tschubai und Gucky wurden zur Beobachtung auf den Steilfelsen geschickt. Die übrigen Mitglieder der Einsatzgruppe versammelten sich am Eingang der Schlucht, um eventuelle Angriffe auf das Versteck abzuwehren.

Als die ersten Croccisoren auftauchten, ließ Rhodan ein paar Warnschüsse abfeuern. Die Tiere reagierten nicht darauf. Entweder waren sie sich der Gefahr nicht bewußt, oder sie konnten ihre Angriffslust nicht zügeln.

Ein halbes Dutzend Croccisoren kam so nahe heran, daß sie mitten unter die Verteidiger der Schlucht springen konnten. Rhodan sah, daß die Tiere zahlreiche Stacheln ausfuhren. Tolot erledigte die Angreifer mit wenigen Hieben. Der Paladin begann zu schießen. Vor dem Eingang der Schlucht häuften sich die Körper der toten Tiere. Die nachdrängenden setzten mit gewaltigen Sprüngen über die Leichen hinweg.

»Aufpassen!« rief Rhodan. »Ihre Stacheln sind bestimmt giftig.«

Die Croccisoren änderten ihre Angriffsmethode. Sie sprangen jetzt nicht direkt auf den Schluchteingang zu, sondern kletterten auf die Felsen ringsum. Von dort aus versuchten sie die Verteidiger anzuspringen.

Rhodan suchte Rückendeckung an einem hohen Felsen und zielte auf die Tiere, die jetzt von allen Seiten angriffen. Inzwischen waren die ersten Spicoulos herangekommen. Sie griffen vorsichtiger an, waren aber nicht weniger hartnäckig. Nur die Arcker beteiligten sich an den Kampfhandlungen nicht. Ihr einziges Ziel schien die Einsammlung von allen möglichen Materialien zu sein.

Als sich Rhodan davon überzeugt hatte, daß ihr Lager relativ sicher war, eilte er zum Shift.

»Glauben Sie, daß auch Havaler von diesen Tieren angegriffen wird?« rief er Ovaron zu.

»Nachdem, was sich hier abspielt, sollte man es annehmen«, erwiderte der Cappin.

»Gut«, sagte Rhodan befriedigt. »Wir können also davon ausgehen, daß die Cappins in Havaler jetzt große Schwierigkeiten haben. Das ist der geeignete Zeitpunkt zum Eingreifen.«

»Was haben Sie vor?«

Rhodan deutete mit der Hand in die Richtung, wo Havaler ungefähr lag. »Ich werde jetzt Gucky und Ras Tschubai losschicken. Sie sollen auskundschaften, was sich an der Baustelle abspielt.«

Rhodan gab entsprechende Befehle. Nachdem Tschubai und Gucky entmaterialisiert waren, kletterte Rhodan auf das Hochplateau, um die Ebene zu beobachten. Am Eingang der Schlucht wurde noch immer gekämpft, obwohl sich die Anzahl der Angreifer erheblich verringert hatte.

Ein Blick in die Ebene zeigte Rhodan, daß große Croccisoren- und Spicoulosgruppen unterwegs waren. Niemand konnte sagen, wo das Ziel dieser Tiere lag.

Rhodan war jetzt sicher, daß diese drei Hauptarten zusammenarbeiteten. Die Arcker schienen die intelligentere Art zu sein und hatten die Aufgabe von Baumeistern übernommen. Sie wurden von den anderen mit Nahrung versorgt. Rhodan mutmaßte, daß die Croccisoren die Rolle von Soldaten ausübten, während die Spicoulos Jäger zu sein schienen.

Das Leben auf Zeut war gezwungen worden, seltsame Bündnisse einzugehen.

Rhodan war überzeugt, daß sie auf Zeut erstaunliche Entdeckungen hätten machen können.

Aber dazu hatten sie keine Zeit.

Sie mußten in den Sonnensatelliten eindringen.

Dreitausend Gleiter befanden sich in der Luft und griffen die Tiere, die die Stadt überschwemmt hatten, an. Die Piloten konnten ihre Hochenergiegeschütze jedoch nicht so handhaben, wie sie es wünschten, denn sie mußten Rücksicht auf Gebäude und Bewohner nehmen. Daher mußten sie sich darauf beschränken, die so plötzlich in großer Zahl aufgetauchten Tiere nur auf freien Plätzen oder auf freien Straßen anzugreifen.

Außer den Gleitern befanden sich alle verwendungsfähigen Kampfroboter im Einsatz. Hinzu kamen die in aller Hast mit Waffen ausgerüsteten Techniker und Arbeiter. Die höher qualifizierten Cappins hatten den Auftrag erhalten, den Sonnensatelliten gegen alle Angriffe von Tieren abzuschirmen.

Trumakor Avak konnte von seinem Platz am Fenster den größten Teil von Havaler überblicken. Er hatte seine Berater hinausgeschickt, damit sie die Verteidigung der Stadt von verschiedenen Punkten aus leiten konnten.

Die Cappins auf Taimon waren vor zweihundert Jahren einem ähnlichen Überfall ausgesetzt gewesen, aber damals hatte Trumakor Avak noch nicht in diesem Sonnensystem gelebt. Er hatte – wie sich jetzt herausstellte – in unverantwortlicher Weise jene Berichte ignoriert, die vor zweihundert Jahren über den Angriff der Tiere niedergeschrieben worden waren. Zu seiner Entschuldigung konnte Trumakor Avak nur anführen, daß jene Berichte nicht vollständig waren. Sie enthielten zwar Warnungen, beschrieben aber nicht das Ausmaß der Naturexplosion.

Wenn Trumakor Avak sich vorbeugte, konnte er auf die Straße

sehen. In der Straßenmitte türmten sich die Körper toter Croccisoren und Spicoulos. In den Eingängen der Gebäude standen die bewaffneten Männer und feuerten auf die nachdrängenden Tiere. Aber Trumakor Avak sah auch die Leichen von Cappins. Gleich ihm hatten sie die Gefahr nicht voll erkannt.

Auf dem Dach des gegenüberliegenden Gebäudes waren zwei Dutzend Arcker damit beschäftigt, den Austrittsschacht der Klimaanlage zu zerstören. Wie diese Tiere dorthin gelangt waren, konnte sich Trumakor Avak nicht erklären. Ein paar Gleiter kreisten über dem Haus, aber die Piloten wagten nicht, auf die Arcker zu schießen, weil sie befürchteten, das gesamte Dach zu zerstören.

So wie hier sah es jetzt in allen Teilen der Stadt aus. Besonders schlimm mußte es in der Peripherie von Havaler zugehen. Von dort kamen alarmierende Nachrichten.

Trumakor Avak war froh, daß der Sonnensatellit so gut geschützt war. Die riesige Konstruktion, die sich weit über Havaler erhob, durfte auf keinen Fall beschädigt werden.

Trumakor Avak ergriff seinen Strahler und trat auf den Korridor hinaus. Er war ein schlanker und hochgewachsener Cappin. Als Wissenschaftler hatte er noch nie überzeugende Leistungen vollbracht. Dagegen besaß er ein unvergleichliches Organisationstalent. Er war einer der Kommandanten auf Taimon.

Trumakor Avak ging bis zum Ende des Korridors und öffnete einen Geräteraum. Er suchte einen Antigravprojektor und schnallte ihn um. Danach öffnete er das nächstgelegene Fenster und flog aus dem Gebäude. Er winkte den Piloten der Gleiter zu, damit sie nicht aus Versehen das Feuer auf ihn eröffneten.

Eine Minute später landete er auf dem Dach des Nachbargebäudes, wo die Arcker noch immer dabei waren, Material zu sammeln. Die Hautsäcke der Tiere waren vollgestopft mit den Überresten des Klimaschachts, so daß sie doppelt so dick aussahen als in natürlichem Zustand. Trumakor Avak wunderte sich darüber, daß sie sich überhaupt noch bewegen konnten.

Er schoß vom Rand des Daches aus. Die Arcker zuckten, wenn sie vom Energiestrahl getroffen wurden, und blieben dann bewegungslos liegen. Die Muskelstränge ihrer Hautsäcke erschlafften, so daß die Trümmer des Klimaschachts herausfielen.

Als Avak die Tiere untersuchte, traten zwei bewaffnete junge Männer auf das Dach. Sie nickten Avak anerkennend zu. Sie wußten offenbar nicht, daß sie einen der Kommandanten vor sich hatten.

»Gut gemacht«, lobte einer der beiden. »Wir wollten gerade nachsehen, was hier oben los ist.«

»Aha!« Trumakor Avak lächelte und schaltete seinen Antigravprojektor ein. Ohne sich um die beiden Techniker zu kümmern, flog er davon. Er kehrte nicht ins Verwaltungsgebäude zurück, sondern flog dicht über der Straße dahin. Obwohl die Gefahr, von einem ungezielten Schuß getroffen zu werden, nicht unbeträchtlich war, blieb Trumakor Avak auf der Straße. Sein Jagdeifer war erwacht. Außerdem wollte er sich bis zum Sonnensatelliten durchschlagen und dort dessen Bewachung überprüfen.

Er kümmerte sich nicht um Croccisoren und Spicoulos, sondern schoß nur auf Arcker. Er hielt sie für die gefährlichsten Tiere. Croccisoren und Spicoulos griffen nur lebende Wesen an, die Arcker dagegen konnten die gesamte Stadt vernichten.

Ein Teil des Berichts, den Trumakor Avak gelesen hatte, beschäftigte sich mit den Arckern. Die Behauptung, daß die Arcker vor zweihundert Jahren drei Versuchsbunker dem Erdboden gleichgemacht hatten, erschien Trumakor Avak jetzt nicht mehr so unwahrscheinlich.

Mit ihren säureähnlichen Körpersekreten vermögen sie sogar Stahl, Bunt- und Leichtmetalle und verschiedene Kunststoffarten aufzulösen, hatte ein Satz des Berichtes gelautet.

Trumakor Avak erreichte einen freien Platz, der von Kampfrobotern und bemannten Bodenfahrzeugen verteidigt wurde. Bis hierher waren die Tiere noch nicht vorgedrungen.

Trumakor Avak landete. Einer der Offiziere erkannte ihn und rannte auf ihn zu, um Meldung zu machen.

»Wir haben die Gefahr zweifellos unterschätzt«, bekannte Trumakor Avak. »Es kann sein, daß wir die weniger wichtigen Gebiete von Havaler räumen und den Tieren überlassen müssen.«

Der Offizier wurde kreidebleich.

»Aber das sind doch nur Tiere, Kommandant.«

»Es sind keine Tiere im herkömmlichen Sinn«, erwiderte Trumakor Avak. »Diese Wesen haben nicht lange zu leben, dann müssen sie vor der nächsten Kälteperiode wieder in die Höhlen flüchten. Das bedeutet, daß sie sich in wenigen Monaten austoben müssen. Ihre Lebensintensität ist unvergleichlich hoch. Sie erleben wahrscheinlich alles wie in einem kurzen wahnsinnigen Rausch. Kaum sind sie aus den Höhlen heraus, ist ihr gesamtes Streben schon wieder auf die Sicherung der Höhlen ausgerichtet.«

Erst jetzt wurde sich Trumakor Avak der Tatsache bewußt, daß er einzelne Sätze aus dem Bericht zitiert hatte.

»Diese Tiere erleben alles in schneller Folge«, fuhr er fort. »Sie müssen schneller fressen, sich schneller fortpflanzen und schneller sterben als die meisten anderen bekannten Arten. Das bedeutet auch, daß ihre Sinnesorgane unglaublich geschärft sind. Die Instinkte dieser Kreaturen sind so ausgeprägt, daß wir uns keine Vorstellung davon machen können.«

»Das ist sehr erstaunlich«, sagte der Offizier zurückhaltend. Er wußte nicht genau, wie er sich gegenüber seinem Kommandanten verhalten sollte, der so ausgesprochen redselig war.

»Passen Sie weiter gut auf!« forderte ihn Trumakor Avak auf. Er verabschiedete sich und flog weiter.

Trumakor Avak näherte sich dem Industriegebiet, dessen Mittelpunkt der Sonnensatellit bildete. Überall standen gewaltige Meiler zur Energieerzeugung. In riesigen Fertigungshallen wurden die Einzelteile des Sonnensatelliten hergestellt, der in seiner äußeren Form bereits fertig war. Nur die Inneneinrichtung war noch nicht komplett.

Trumakor Avak fühlte einen gewissen Stolz, daß er an diesem Projekt mitarbeiten konnte. Früher hatte er sich mit Möglichkeiten der doppelten Pedotransferierung beschäftigt, ohne nennenswerte Erfolge erzielt zu haben.

Der Sonnensatellit hatte sich als das geeignete Objekt erwiesen, um Trumakor Avak bis zum Kommandanten aufsteigen zu lassen. Hier hatte er seine wahren Fähigkeiten einsetzen können.

Deshalb würde er auch alles daransetzen, daß der Satellit erhalten blieb. Der Zerstörung durch die Tiere mußte Einhalt geboten werden.

Im Industriegebiet stieß Trumakor Avak auf starke Verbände von Kampfrobotern und bewaffneten Männern. Gepanzerte Fahrzeuge patrouillierten in den Straßen. Diese Gruppen erhielten ständig Nachrichten von Beobachtungsgleitern, die das Vordringen der Tiere beobachteten.

Trumakor Avak überlief es kalt. Es sah so aus, als hätten alle Tiere von Taimon nur ein Ziel: Havaler.

Gucky und Ras Tschubai materialisierten in einer riesigen Halle, die bis auf einige Feldprojektoren und Magnetheber verlassen war. Hier war irgendein Teil des Sonnensatelliten entstanden, das man nach seiner Fertigstellung weggebracht und montiert hatte. Schon während ihres ersten Aufenthalts in Havaler hatten die Teleporter festgestellt, daß es in der Nähe des Raumhafens eine große Anzahl verlassener Hallen gab. Der Sonnensatellit stand unterhalb der gewaltigen Kuppel, die in ihrer Ausdehnung ein zwanzig Quadratkilometer großes Gebiet bedeckte. Diese Kuppel bestand aus einzelnen Fragmenten, die bei Bedarf versenkt werden konnten. Der Sonnensatellit lag dann völlig frei und konnte von allen Seiten erreicht werden.

Gucky esperte die nähere Umgebung.

»Niemand da!« sagte er. »Wir können den nächsten Sprung wagen, Ras.«

»Warte!« Tschubai hob einen Arm. »Ich halte es für besser, wenn wir uns erst ein bißchen umsehen und in Erfahrung bringen, was auf dem Raumhafen los ist.«

»Denkst du, daß die Tiere schon bis hierher vorgedrungen sind?«

Tschubai blieb ihm die Antwort schuldig und eilte dem Hallenausgang zu. Gucky watschelte hinter ihm her. Im Verhältnis zu anderen Cappin-Gebäuden, die Gucky bisher gesehen hatte, wirkte diese Halle primitiv.

Der Ilt stolperte über ein am Boden liegendes Werkzeug. Es gab ein klirrendes Geräusch.

Tschubai fuhr herum.

»Paß doch auf!« sagte er nervös. »Wenn sie uns entdecken, kommen wir nie in den Sonnensatelliten.«

»Tiere!« erwiderte Gucky. »Sie müssen in der Nähe sein. Ich spüre sehr viele Impulse.«

Ras Tschubai nickte grimmig. Er öffnete die Tür einen Spaltbreit und spähte auf den freien Platz hinaus. Dann winkte er Gucky heran.

»Man kann einen Teil des Sonnensatelliten sehen.« Der Afroterraner sprach leise. »Die Kuppel ist verschwunden. Die Cappins haben sie zurückgezogen.«

Gucky schüttelte erstaunt den Kopf.

»Das ist doch unlogisch«, sagte er. »Gerade jetzt, da die Cappins mit einem Angriff rechnen, versenken sie die schützenden Kuppelfragmente im Boden.«

»Ich nehme an, sie taten es wegen der Tiere«, überlegte Tschubai.

»Wir werden sehen.« Gucky trat aus der Halle hinaus und blickte sich um. Wie er erwartet hatte, gab es in der näheren Umgebung zahlreiche Montagehallen, die jedoch alle verlassen dalagen. Tiere waren nicht zu sehen, aber Gucky spürte ihre Nähe.

»Wir müssen näher heran«, entschied Ras Tschubai. »Es ist wichtig für uns, daß wir herausfinden, wie es auf dem Raumhafen und auf dem freien Platz aussieht.«

Gucky deutete in Richtung des Satelliten.

»Siehst du den hohen Montageturm?« Als Tschubai nickte, fuhr Gucky fort: »Das ist unser nächstes Ziel. So, wie es von hier aussieht, ist der Turm verlassen.«

»Es ist ein Gerüst«, meinte Tschubai skeptisch. »Die Gleiterpiloten werden uns darauf entdecken.«

»Wir müssen es eben geschickt anstellen«, sagte Gucky und verschwand.

Tschubai stieß eine Verwünschung aus. Manchmal war der Kleine wirklich zu voreilig. Aber er konnte ihn nicht allein lassen. Der Afroterraner konzentrierte sich und entmaterialisierte. In Nullzeit erreichte er die Spitze des Montageturms. Gucky hockte zwischen den Metallstreben und pendelte mit den Beinen. Er winkte Tschubai zu. Der Terraner bemühte sich, hinter einem breiten Träger Schutz zu suchen.

»Hier oben vermutet uns niemand, Ras«, beruhigte ihn Gucky. »Die Piloten sind mit anderen Dingen beschäftigt.«

Tschubai hielt sich mit einer Hand fest und beugte sich vor. Von diesem Platz aus wirkte der Sonnensatellit gigantisch. Er ragte nur wenige hundert Meter von Tschubai entfernt in die Höhe. Der Montageturm, auf dem Ras und Gucky herausgekommen waren, gehörte zu einer Gerüstgruppe, die man von der Hauptkonstruktion zurückgezogen hatte. Der Turm stand sogar noch außerhalb der Kuppel, die jetzt in Hohlräumen unter der Planetenoberfläche verborgen war.

Auf dem freien Platz unter ihnen waren Tausende von Kampfrobotern aufmarschiert. Außerdem sah Tschubai bewaffnete Fahrzeuge und viele Cappins. Im Randgebiet der Stadt blitzte es immer wieder auf. Dort wurde bereits gekämpft.

»Ich wünschte, die Tiere würden näher herankommen!« rief Gucky. »Hier ist noch alles ruhig. Die Wachmannschaften müssen abgelenkt werden, wenn wir in den Satelliten eindringen wollen.«

Tschubai bezweifelte, daß es den Tieren gelingen würde, bis hierher vorzudringen, aber das sagte er Gucky nicht.

»Wollen wir nicht den Beobachtungsplatz wechseln?« fragte er den Ilt. »Ich halte den Turm für gefährlich.«

»Wir teleportieren zur anderen Seite der Baustelle«, entschied Gucky. »Dort stehen ebenfalls solche Türme. Vielleicht greifen die Tiere auch von der anderen Seite an.«

Tschubai pflichtete ihm seufzend bei.

»Versuchen wir es.«

Sie teleportierten erneut. Diesmal materialisierten sie auf zwei benachbarten Türmen auf der der Stadt abgewandten Seite der Baustelle. Tschubai wechselte schnell zu Gucky hinüber.

Der Mausbiber war so aufgeregt, daß er Tschubais Fehlsprung nicht bemerkt hatte.

»Dort drüben, Ras!« rief er. »Sieh dir das an! Arcker und Croccisoren.«

Tschubai lenkte seine Aufmerksamkeit in die angegebene Richtung. In der Nähe einiger kleiner Kuppelbauten wurde erbittert gekämpft. Hunderte von Croccisoren waren auf das Baugelände vorgedrungen und griffen ohne Rücksicht auf die eigene Sicherheit die Verteidiger an. Die Arcker, die in noch größerer Anzahl vertreten waren, kümmerten sich nicht um die Kämpfe, sondern nagten eifrig an den Außenwandungen der Kuppeln. Große Löcher bewiesen, daß auch das Material dieses Gebäudes ihren Körpersekreten nicht standhalten konnte. Die Arcker wurden zu Dutzenden erschossen, aber die Überlebenden ließen sich dadurch nicht in ihrer Arbeit stören.

Gucky beobachtete Arcker, die ihre Hautsäcke gefüllt hatten und davonrannten, um die Beute in Sicherheit zu bringen. Sie wurden von Gleitern verfolgt und erschossen. Kaum eines der Tiere würde sein Ziel jemals erreichen. Trotzdem drangen die Croccisoren und Arcker immer weiter auf die Baustelle vor. Die Cappins und ihre Roboter erlegten sie in Mengen, aber ihre Zahl schien unbegrenzt zu sein. Zwischen den Croccisoren tauchten jetzt auch Spicoulos auf.

Tschubai ahnte, daß die Hauptstreitmacht der Tiere die Stadt noch nicht erreicht hatte. Die Cappins würden erhebliche Schwierigkeiten bekommen. Der Teleporter konnte beobachten, daß die Cappins Gleiter und Roboter von der anderen Seite der Baustelle abzogen und hier zum Einsatz brachten.

»Ich glaube, daß es keinen günstigeren Zeitpunkt geben könnte, um in den Satelliten einzudringen«, sagte Tschubai. »Wir kehren um und benachrichtigen Perry.«

»Es wird bestimmt noch schlimmer«, vermutete Gucky. »Wenn wir noch ein paar Minuten warten, können wir feststellen, wie sich die Sache entwickelt.«

Die Zeit verstrich. Tschubais Angst vor Entdeckung war mittlerweile geschwunden. Die Cappins waren so mit den angreifenden Tieren beschäftigt, daß sie den Montagetürmen keinerlei Beachtung schenkten.

»Ich begreife nicht, warum sie die Kuppel nicht wieder verschließen«, sagte Gucky. »Das würde einen zusätzlichen Schutz für den Satelliten bedeuten.«

»Vielleicht haben die Arcker den Mechanismus der beweglichen Kuppel beschädigt«, vermutete Tschubai.

Sie beobachteten weiter. An einer Stelle gelang es den Croccisoren, den Ring der Verteidiger zu durchbrechen. Bevor sie jedoch den Satelliten erreichen konnten, wurden sie von einem halben Dutzend Gleiter angegriffen und vernichtet.

Die Arcker, denen Tschubai eine gewisse Intelligenz zuerkannt hatte, verhielten sich noch unverständlicher als Croccisoren und Spicoulos. Nichts konnte sie zur Flucht bewegen. Auch wenn wenige Zentimeter neben ihnen Strahlschüsse einschlugen, arbeiteten sie wie besessen weiter. Tschubai sah einige verletzte Arcker, die trotz ihrer Wunden alle Hautsäcke zu füllen versuchten.

Überall dort, wo wertvolle Anlagen standen, trugen die Cappins ihre Angriffe behutsam vor, während sie an unwichtigen Stellen mit voller Wucht angriffen. Mit sicherem Instinkt fanden die Croccisoren heraus, wo der Beschuß am schwächsten war. Dort stießen sie immer weiter zur Baustelle vor.

Wenn Tschubai sich aufrichtete, konnte er das Gebiet hinter den Montagehallen überblicken. Der Boden dort war dunkel von heranwogenden Tieren.

Die Cappins waren dazu übergegangen, die heranströmenden Tiere schon vor der Stadt anzugreifen, aber der Ring aus Feuer und tödlicher Strahlung, den sie überall anlegten, schien nicht auszureichen, um alle Tiere aufzuhalten.

Vor allem die Croccisoren setzten mit mächtigen Sprüngen über die von den Cappins geschaffenen Feuergräben. Kleinere Tiere, die Tschubai und Gucky bisher unbeachtet gelassen hatten, drangen in ganzen Rudeln in das Industriegebiet von Havaler ein und verschwanden in überall vorhandenen Löchern und Leitungen. Es war schwer zu sagen, welche Gefahr diese Angreifer darstellten, und die Cappins hatten auch keine Zeit, sich um sie zu kümmern.

Allmählich schloß sich der Ring der Bestien dichter um den Satelliten. Der Kampf wurde zunehmend heftiger. Ein großer Teil der Tiere schien sich aus unerklärlichen Gründen den Sonnensatelliten als Ziel ausgewählt zu haben.

»Jetzt können wir zurückspringen«, sagte Gucky. »Der Kampf nähert sich dem Höhepunkt.«

34.

Trumakor Avak hörte voller Sorge die Berichte von Gleiterpiloten, die das Gebiet außerhalb der Stadt überflogen. Ein paar Männer waren mit ihren Gleitern gelandet und hatten sie angreifenden Arkkern überlassen. Sie selbst waren dabei getötet worden.

Trumakor Avak ahnte, daß diese Ereignisse etwas mit den Pflanzen zu tun hatten, die zu Hunderttausenden aus dem Boden geschossen waren und deren gefährliche Ausstrahlungskraft in dem Bericht über die Naturexplosion vor zweihundert Jahren ebenfalls erwähnt wurde.

Wir haben uns nicht richtig vorbereitet, dachte der Cappin erbittert und wehrte sich gegen die aufsteigende Panik.

Trumakor Avak überflog die Trümmer eines eingestürzten Gebäudes und bog in eine Seitenstraße ein. Zwei Männer führten eine Gruppe schwerer Kampfroboter in Richtung des Raumhafens. Trumakor Avak winkte ihnen zu.

Über Funk erkundigte er sich nach den Vorgängen in der Nähe des Satelliten.

»Für den Satelliten besteht keine eigentliche Gefahr«, berichtete der Befehlshaber der Verteidigungsgruppen. »Aber ringsum ist die Hölle los. Es kommen immer neue Tiere aus der Ebene vor der Stadt.«

»Haben Sie den Tieren Gleiter entgegengeschickt?«

»Ja.« Die Antwort kam zögernd. »Aber über die Hälfte aller Piloten beging Selbstmord.«

»Ich verstehe!« Trumakor Avak holte tief Atem. »Ich werde in wenigen Augenblicken bei Ihnen sein und mir alles ansehen. Der Satellit darf unter keinen Umständen beschädigt werden.«

»Sollen wir die Kuppel wieder schließen?«

»Vorläufig nicht«, entschied der Kommandant. »Damit würden wir das zu verteidigende Gebiet wesentlich vergrößern, und unsere Chance würde sich verringern.«

Er brach die Verbindung ab. Er wußte, daß er verloren war, wenn er den Satelliten nicht verteidigen konnte. Seine Vorgesetzten würden ihn bestrafen. Der Schaden, den die Tiere in der Stadt anrichteten, war schon schlimm genug.

Als Gucky und Ras Tschubai wieder in der Schlucht materialisierten, hatte sich die Situation für die Einsatzgruppe wesentlich verschlechtert. In der Umgebung waren neue Höhlen aufgebrochen, deren erwachte Bewohner sich an den Angriffen auf die Schlucht beteiligten. Ovaron, Merceile, Prest und die sechs Thunderbolts litten stark unter den Ausstrahlungen der in der Ebene wachsenden Pflanzen. Rhodan hatte während der Abwesenheit der beiden Teleporter die Schlucht allein mit Hilfe Lloyds, Tolots und Takvorians verteidigt. Cascal hatte den Shift bewacht, um Angreifer abzuwehren, die eventuell über die Steilfelsen kamen.

Gucky und Tschubai sahen sofort, daß Rhodan in Bedrängnis war. Er hatte sich vom Eingang der Schlucht in die zweite Verteidigungslinie zurückgezogen. Glücklicherweise war der Eingang so schmal, daß sich die Tiere gegenseitig behinderten und verhältnismäßig leicht zurückgeschlagen werden konnten. Der Boden war mit erschossenen Bestien bedeckt.

Gucky kroch auf Rhodan zu, während Tschubai bereits seine Waffe gezogen hatte und in den Kampf eingriff.

»Ihr habt uns lange warten lassen«, beschwerte sich Rhodan. »Wir haben schon daran gedacht, dieses Versteck zu verlassen und an Bord des Shifts einen anderen Platz anzufliegen.«

Gucky kicherte, weil er die Erleichterung verspürte, die sich hinter Rhodans vorwurfsvollen Worten verbarg.

»Wir können jetzt aufbrechen«, sagte er. »In Havaler ist das Chaos perfekt. Millionen wilder Tiere sind in die Stadt eingedrungen und greifen an. Das gilt auch für den Raumhafen. In der Nähe des Sonnensatelliten sind heftige Kämpfe entbrannt.«

»Glaubst du, daß wir in den Satelliten eindringen können?«

Gucky antwortete nicht sofort. Er war damit beschäftigt, zwanzig Arcker mit Hilfe seiner telekinetischen Kräfte in die Luft zu heben und aus großer Höhe fallen zu lassen. Die Arcker schrien und zappelten mit den Beinen. Einige hatten ihre Hautsäcke gefüllt und öffneten sie jetzt instinktiv, so daß sich ein Regen zerbröckelter Felsen auf die am Boden kämpfenden Tiere ergoß.

»Jetzt ist die Lage in Havaler günstig für uns«, sagte Gucky, nachdem er weitere zehn Arcker ausgeschaltet hatte. »Die Cappins sind so sehr mit den Tieren beschäftigt, daß sie sich nicht um uns kümmern werden.«

Rhodan deutete zum Shift.

»Du teleportierst jetzt mit Ovaron und Merceile in den Satelliten«, verkündete er.

Gucky zeigte seinen Nagezahn.

»Ovaron! Warum ausgerechnet Ovaron?«

Rhodan trocknete sein schweißnasses Gesicht ab und sagte abweisend: »Das überlasse besser mir, Kleiner.«

Gucky war beleidigt.

»Schon gut! Wie du willst! Fange aber hinterher nicht an zu jammern, daß es besser gewesen wäre, Cascal oder einen anderen mitzunehmen.«

Rhodan gab ihm einen Stoß, so daß er von dem Sandhaufen rollte, auf dem er sich niedergelassen hatte. Der Mausbiber stieß einen Fluch aus und teleportierte zum Shift.

»Jetzt wir beide, Ras!« befahl Rhodan.

Tschubai blickte sich um.

»Und was geschieht mit dem Stützpunkt? Die Zurückbleibenden können ihn gegen diese große Anzahl von Angreifern nicht halten.«

»Richtig! Deshalb werden Sie sich an Bord des Shifts begeben. Cascal wird die Schlucht verlassen und einen neuen Stützpunkt suchen, in den wir nach Beendigung der Aktion zurückkehren können.«

Rhodan gab die entsprechenden Befehle. Wenige Augenblicke später stand nur noch Icho Tolot am Eingang der Schlucht und feuerte aus seinem Kombi-Lader auf die angreifenden Tiere.

Rhodan wandte sich an Tschubai.

»Fertig?«

Der Mutant packte ihn am Arm. Sekunden später verschwanden sie.

Cascal erschien im Einstieg des Shifts.

»Zurück in den Shift, Tolot!« schrie er. »Allein können Sie die Schlucht nicht halten.«

Tolot gab einen letzten Schuß ab und ließ sich auf seine Laufarme sinken. Er raste auf den Shift zu und zwängte sich durch das enge Schott hinein.

»Warum so aufgeregt, Cascal?« fragte er gutmütig. »Mit mir werden diese Bestien niemals fertig.«

»Lassen wir es besser nicht darauf ankommen«, meinte der Oberst und ließ sich in den Pilotensitz sinken. Ein Blick ins Freie zeigte ihm, daß Arcker und Croccisoren in die Schlucht eindrangen. Er verzog das Gesicht. Getragen von seinen Antigravprojektoren, hob der Shift vom Boden ab. Ein Croccisor erreichte die Maschine mit einem gewaltigen Satz und klammerte sich an ihren Gleitraupen fest. Fellmer Lloyd öffnete eine Klappe und erschoß das Tier, das wie ein Stein nach unten fiel.

»Jetzt suchen wir ein neues Versteck«, kündigte Cascal an. »Fellmer, Sie kümmern sich um Dr. Prest und die Thunderbolts. Wir wissen nicht, was sie tun werden, wenn wir die Ebene überfliegen.«

»Es geht mir gut«, erklärte Prest, obwohl er nicht gerade danach aussah.

»Nötigenfalls sind die Beeinflußten zu paralysieren«, fuhr Cascal unbeeindruckt fort.

»Sagten Sie eben paralysieren?« erkundigte sich Harl Dephin.

»Ja«, bestätigte Cascal. »Sie wissen, daß das im Interesse unserer Sicherheit notwendig ist.«

Der Shift flog über der Schlucht dahin, in der es jetzt von allen möglichen Tieren wimmelte. Die Arcker würden enttäuscht sein, daß ihnen die sicher geglaubte Beute im letzten Augenblick entkommen war.

Cascal orientierte sich. Er wußte, daß sie im offenen Land kein Versteck finden würden. Deshalb konnten sie entweder einen anderen Kontinent anfliegen oder sich in Richtung der im Norden liegenden Gebirge wenden.

»Ich habe eine Idee«, sagte Lloyd. »Die Tiere werden die Schlucht verlassen, wenn sie sicher sind, daß sie nichts finden können. Sie werden wahrscheinlich niemals dorthin zurückkehren.«

Cascal löste eine Hand vom Steuer und schnippte mit den Fingern.

»Ich weiß, worauf Sie hinauswollen, Fellmer. Sobald die Schlucht von den Tieren geräumt ist, kehren wir dorthin zurück.«

Auch Tolot fand diesen Plan gut. Cascal flog mit dem Shift in Richtung des Meeres, weil dort die wenigsten Pflanzen wuchsen. Seine Gedanken beschäftigten sich mit dem Sonnensatelliten. Hoffentlich hatten sie beim zweiten Vorstoß nach Havaler mehr Glück.

Der Croccisor sprang so unverhofft, daß Trumakor Avak zu spät reagierte. Der Schuß ging fehl. Obwohl der Cappin fast sechs Meter hoch über der Straße flog, hatte das Tier ihn erreicht. Der Croccisor krallte sich fest und versuchte, seine Stachelwaffen durch den Anzug des Mannes zu bohren.

Trumakor Avak wußte, daß er verloren war, wenn er von einem giftigen Stachel getroffen wurde. Das Tier klammerte sich am Antigravprojektor fest. Das Gerät fiel aus, und Trumakor Avak stürzte auf die Straße. Der Aufprall war so stark, daß der Cappin fast die Besinnung verlor. Der Croccisor löste sich von ihm und fiel auf den Rücken.

Trumakor wollte aufstehen und stellte dabei fest, daß er sein Körpergewicht nicht mehr auf beide Beine verlagern konnte. Er hatte sich den rechten Fuß verstaucht oder gebrochen.

Er feuerte auf den Croccisor, der sich herumgewälzt hatte und Trumakor Avak erneut anspringen wollte. Der Panzer der Bestie löste sich im Energiestrahl auf. Der Croccisor blieb liegen.

Trumakor Avak humpelte auf einen Hauseingang zu. Er überzeugte sich, daß keine Tiere in der Nähe waren, dann trat er ein.

Der Kommandant durchquerte den Korridor. Vor dem Antigravlift stieß er auf vier erschossene Arcker. Im Innern des Lifts lag ein Mann. Zwei Spicoulos kauerten auf ihm. Trumakor Avak erschoß die beiden Tiere.

Er brauchte einen anderen Antigravprojektor. Wenn er sich weiter auf diese Weise fortbewegte, würde er bald in Gefahr geraten. Zusammen mit dem toten Cappin und den beiden Tieren fuhr Trumakor Avak in die erste Etage hinauf. Dort stieg er aus und durchsuchte die Räume. Er fand einen verängstigten jungen Mann, der sich hinter einigen Schränken verbarrikadiert hatte und mit seiner Waffe auf ihn zielte.

»Ruhig bleiben!« rief Trumakor Avak ihm zu. »Ich bin Kommandant Trumakor Avak.«

Der junge Techniker atmete auf und kam aus seinem Versteck hervor.

Trumakor Avak betrachtete die zusammengeschobenen Schränke mit einem mitleidigen Lächeln.

»Glauben Sie wirklich, daß Sie sich hier gegen die Tiere verteidigen können?«

Der Junge wurde unsicher.

»Ich weiß nicht, Kommandant.«

»Sind Sie allein hier?«

»Ja, Kommandant! Ich bin Varkat und gehöre zu den Technikern.«

»Das sehe ich an Ihrer Kleidung. Wenn Sie sich in diesem Gebäude auskennen, wissen Sie sicher auch, wo die Antigravprojektoren aufbewahrt werden.«

»Ja, Kommandant.«

Trumakor Avak befahl Varkat, ihm ein Gerät zu besorgen. Er humpelte zum Fenster und blickte hinaus. Auf der Straße zerteilte ein Arcker ein umgestürztes Fahrzeug. Trumakor Avak schoß nicht auf ihn, weil er fürchtete, dadurch die Aufmerksamkeit anderer Tiere auf sich zu lenken.

Ein paar Minuten später kam Varkat zurück. Sein Gesicht war bleich. Er hatte den toten Mann im Antigravlift gesehen. Wortlos überreichte er Trumakor Avak den Projektor.

Trumakor Avak schnallte das Gerät um. Er fragte sich, ob er den Jungen mitnehmen sollte. Varkat machte einen eingeschüchterten Eindruck. Er würde sich als zusätzliche Belastung erweisen, wenn sie in Schwierigkeiten geraten sollten.

»Sie bleiben hier!« entschied Trumakor Avak. »Schließen Sie alle Türen. Schießen Sie erst, wenn Sie keine andere Wahl mehr haben. Schüsse, die blindlings abgegeben werden, locken nur andere Tiere hierher.«

Varkat nickte. Trumakor Avak empfand Mitleid mit ihm. Er legte ihm eine Hand auf die Schulter.

»Das wird bald alles vorüber sein, Varkat.«

»Ich hoffe es, Kommandant.«

Trumakor Avak winkte dem Techniker zu und schwang sich aus dem Fenster. Er war froh, daß er nicht gehen mußte, denn der verletzte Fuß schmerzte sehr.

Er flog weiter in Richtung des Satelliten. Überall stieß er auf Spuren der Tiere. Sie hatten den Verteidigungsring an mehreren Stellen durchbrochen und drangen in die Stadt ein. Zwischen den Hallen und Türmen waren sie schwer zu bekämpfen, denn die Cappins mußten darauf achten, daß sie ihre eigenen Anlagen nicht zerstörten.

In der Nähe der kleinen Kuppelbauten, die rings um den Sonnensatelliten standen, wurde gekämpft. Hier setzten die Befehlshaber vor allem Kampfroboter ein. Trumakor Avak änderte seine Flugrichtung, denn er wollte nicht durch einen verirrten Schuß getroffen werden. Er näherte sich dem Satelliten von der anderen Seite. Schräg unter ihm sah er einen großen roten Wagen, von dem aus ein Cappin den Einsatz der Kampfroboter leitete.

Trumakor Avak machte durch Winken auf sich aufmerksam und landete. Der Befehlshaber der Roboter erkannte ihn sofort.

»Kommandant!« Die Erleichterung des Mannes war offensichtlich. Trumakor Avak konnte sich vorstellen, daß der Befehlshaber froh war, wenn er von der Verantwortung loskam.

»Nun, Rokkart?« fragte Trumakor Avak zurückhaltend. »Wie ich feststellen konnte, sind die Tiere an einigen Stellen durchgebrochen.«

Rokkart wirkte verlegen. Er war ein großer, schwergewichtiger Mann mit einem breiten Gesicht und eng zusammenstehenden Augen. Man sagte ihm Rücksichtslosigkeit im Umgang mit Untergebenen nach.

»Diese Teufel!« fluchte Rokkart. »Auf der anderen Seite sieht es noch schlimmer aus. Dort hat Perokan den Befehl. Trotzdem werden sie nicht bis zum Satelliten vordringen, das schwöre ich Ihnen.«

Trumakor Avak trat an eine Leuchtkarte heran, die von einem Assistenten Rokkarts bedient wurde. Hier waren alle Kampfplätze eingetragen. Ständig leuchteten neue Lichter auf. Trumakor Avak argwöhnte, daß diese Karte nicht vollständig war, denn nicht jede Gruppe hatte Zeit, über Funk vom Hergang der Kämpfe zu berichten.

Rokkart deutete auf einen großen Leuchtpunkt.

»Hier ist es am schlimmsten«, erklärte er. »Die Biester scheinen zu wissen, daß wir sie an dieser Stelle wegen der Kuppelschaltzentrale nicht richtig angreifen können.«

»Ich verstehe.« Trumakor Avak sah, daß die Tiere an manchen Stellen nur noch ein paar Dutzend Meter vom Baugerüst des Sonnensatelliten entfernt waren. »Nötigenfalls müssen wir die Kuppel opfern. Sie ist nicht so wichtig wie der Satellit.«

Rokkart hatte nicht zugehört. Er brüllte mit heiserer Stimme Befehle ins Funkgerät. Als er sich Trumakor Avak wieder zuwandte, war sein Gesicht vor Zorn gerötet.

»Was ist los?« erkundigte sich Trumakor Avak.

»In Jemak haben sie erneut eine Staffel Gleiter hinausgeschickt, obwohl ich es verboten habe. Keiner der Piloten wird zurückkommen. Diese Pflanzen zwingen sie mit ihrer Ausstrahlungskraft zum Landen. Dann kommen die Arcker und zerstören die Maschinen. Die Piloten . . .« Rokkart machte eine hilflose Armbewegung.

Trumakor Avak trat an das große Funkgerät und schob Rokkart zur Seite.

»Hier spricht Kommandant Trumakor Avak!« rief er ins Mikrophon. »Ab sofort darf kein Gleiter über die L-Zone hinausfliegen.

Piloten, die diesem Befehl zuwiderhandeln, werden abgeschossen. Dieser Befehl gilt auch für Bodenfahrzeuge.«

Einer der jungen Soldaten deutete nach oben.

»Da kommen ein paar Gleiter zurück, Kommandant!« rief einer.

Trumakor Avak blickte in den Himmel. Vier Gleiter kamen aus Richtung der Ebene auf die Baustelle zugerast.

»Deckung!« schrie Trumakor Avak, dem eine untrügliche Ahnung sagte, was nun geschehen würde. Er warf sich flach auf den Wagen.

Die Gleiter eröffneten das Feuer. Sie zielten nicht auf die Tiere, sondern schossen ihre Energiemagazine willkürlich leer.

In der Nähe des vor dem Wagen aufragenden Kuppelgebäudes rissen die Energiegarben tiefe Furchen in den Boden. Eine Gruppe von Kampfrobotern wurde getroffen. Ein paar von ihnen verglühten, die anderen taumelten ziellos davon und wurden Opfer der Arcker, die sie mit Säure besprühten und zerteilten.

Die Gleiter flogen mit Höchstgeschwindigkeit über die Baustelle hinweg. Die Cappins waren so verblüfft, daß niemand an Gegenwehr dachte. Minutenlang ruhten alle Verteidigungsmaßnahmen.

Eine der Energiesalven schlug unmittelbar neben dem Wagen ein, auf dem Trumakor Avak lag. Das schwere Fahrzeug kippte um. Trumakor Avak zog den Kopf zwischen die Schultern und schützte ihn mit den Armen. Die Leuchtkarte fiel auf ihn. Er hörte das Geschrei der Verletzten. Rokkart, der die ganze Zeit über geflucht hatte, verstummte plötzlich. Trumakor Avak prallte gegen eine Seitenwand des Wagens. Knirschend rutschte die Leuchtkarte über ihn hinweg. In der Nähe begann es zu knistern. Der Wagen stand in Flammen.

Trumakor Avak kroch davon. Er kam an einer bewegungslosen Gestalt vorüber. Es war Rokkart. Er lag mit dem Rücken auf dem Boden. Seine Augen waren gebrochen. In einer Hand hielt er noch das Mikrophon.

Trumakor Avak nahm es ihm weg und überzeugte sich, daß die Funkanlage noch funktionierte.

»Hier spricht Kommandant Trumakor Avak!« Seine Stimme klang schrill. »Die vier Gleiter müssen abgeschossen werden!«

»Aber es sind unsere Piloten drin«, wandte einer der Befehlshaber ein, mit denen Trumakor Avak sprach.

»Wollt ihr warten, bis sie die Baustelle verwüsten und uns töten?« schrie Trumakor Avak. »Sie sind wahnsinnig geworden. Die Ausstrahlungskraft der Pflanzen hat ihre Sinne verwirrt. Ihr müßt sie ausschalten!«

Er richtete sich auf. Mit einer Hand hielt er sich an der Strebe eines umgestürzten Gerüstes fest. Im Hintergrund flogen die vier Gleiter eine Schleife und wollten zurückkehren. Sie kamen jedoch nicht weit. Bodenstationen und Kampfroboter eröffneten das Feuer auf sie. Brennend stürzten sie ab. Einer bohrte sich in das Dach eines Kuppelgebäudes, das gleich darauf in einer gewaltigen Explosion zerbarst.

Trumakor wurde wieder von Panik erfaßt. Sie waren nicht mehr Herr der Lage.

Er rief zwei junge Soldaten herbei.

»Tragt das Funkgerät dort hinüber!« rief er ihnen zu. »Zwischen die Gerüsttürme. Fahrt einen Wagen davor, damit uns die Tiere nicht sehen können.«

Er flog an den bezeichneten Platz und wartete, bis das Funkgerät neben ihm stand.

Dann befahl er den Verteidigern, sich hinter die Kuppellinie zurückzuziehen.

»Wir müssen unter allen Umständen verhindern, daß die Tiere an den Satelliten herankommen. Bildet einen dichten Kordon um das Gerüst und schießt auf alles, was vor euren Augen auftaucht.«

Trumakor Avak war sich darüber im klaren, daß die Baustelle von der Stadt abgeschnitten war. Von der Stadt konnten sie keine Verstärkung erwarten, denn die stärksten Verbände befanden sich hier draußen im Einsatz.

Der Kommandant war froh, daß er hier war. Er wagte nicht daran zu denken, was jetzt in der Stadt vor sich ging. Havaler war auf dieses Naturereignis nicht vorbereitet.

Wenn sich dieses Ereignis in zweihundert Jahren wiederholen sollte, würden die dann verantwortlichen Cappins ebenfalls zu spät reagieren, überlegte Trumakor Avak. Es ging über das Vorstellungsvermögen eines Cappins hinaus, daß ein paar Millionen Tiere über eine Stadt herfielen, um sie zu zerstören.

Noch unvorstellbarer war es, daß diese Tiere nicht zurückgedrängt werden konnten.

35.

Der Raum, in dem Gucky und die beiden Cappins materialisierten, war so sparsam eingerichtet, daß der Mausbiber zunächst dachte, sie wären in einem Gebäude außerhalb des Satelliten herausgekommen. Dann jedoch sah er die mit Schaltelementen verkleideten Wände und wußte, daß sie ihr Ziel nicht verfehlt hatten.

Er esperte.

Die von den angreifenden Tieren ausgehenden Mentalimpulse waren ungewöhnlich stark. Gucky schloß daraus, daß der Satellit eingekreist war. Er spürte auch Bewußtseinsimpulse von Cappins.

Der Satellit jedoch schien verlassen zu sein. Alle Cappins kämpften draußen gegen die Tiere.

»Alles in Ordnung«, sagte Gucky zu seinen beiden Begleitern.

Ovaron wischte sich über die Stirn, als wollte er sich von einem Druck befreien.

»Ich kann wieder klar denken«, sagte er erleichtert. »Die Ausstrahlung der Pflanzen hat hier keine Wirksamkeit mehr. Sie sind zu weit entfernt.«

»Ich bin froh, daß wir hier sind«, bemerkte Merceile.

»Wir befinden uns im Innern des Sonnensatelliten«, erklärte Gucky. »Ich hoffe, daß ihr das bemerkt habt.«

Ovaron lächelte.

»Natürlich, kleiner Freund. Der Sprung ist uns gelungen. Jetzt brauchen wir nur noch die Sextadimzeitbombe einzubauen.« Er zog die röhrenförmige Waffe aus seiner Tasche.

»Dafür müssen wir erst einmal einen passenden Platz finden«, erinnerte Gucky. »Wir können dieses Ding nicht an irgendeiner beliebigen Stelle einbauen, dann würden es deine Freunde sofort entdecken.«

Ovaron protestierte.

»Die Cappins auf Taimon sind ebensowenig meine Freunde wie die auf Lotron.«

Rhodan, der soeben mit Ras Tschubai angekommen war, nickte zufrieden. »Ich sehe, daß Sie und Merceile nicht unter irgendwelchen Nachwirkungen der Pflanzenstrahlung zu leiden haben.«

»Nein«, bestätigte Ovaron. Er legte einen Arm um Merceile. »Wir sind beide in Ordnung.«

Merceile entwand sich dem Griff Ovarons. Rhodan sah es mit einer gewissen Genugtuung, ärgerte sich aber gleichzeitig über dieses Gefühl. Ovaron war sein wichtigster Verbündeter und auch nach terranischen Gesichtspunkten ein großartiger Mann. Wegen einer Frau durfte es zwischen ihnen nicht zu Spannungen kommen.

»Wir dürfen die Hauptschaltzentrale mit der Kontrollpositronik nicht vergessen«, sagte Ovaron, der das Peinliche der Situation offenbar spürte. Der Cappin sprach sehr schnell. »Wir müssen der Überwachungspositronik ein zusätzliches Programm eingeben, das sie veranlaßt, die Sextadimbombe zu akzeptieren. Tun wir das nicht, wird die Positronik die Bombe entdecken und ausschalten.«

Tschubai blickte sich um.

»Zunächst müssen wir einen geeigneten Platz suchen.«

»Der Sonnensatellit ist von den Cappins verlassen.« Gucky deutete mit einem Daumen auf die hinter ihm liegende Wand. »Sie kämpfen alle gegen die Tiere.«

»Wir haben also Zeit«, stellte Rhodan fest. »Wir werden uns teilen. Jeder weiß, was wir brauchen. Wir werden danach suchen.«

Rhodan teilte drei Gruppen ein. Gucky sollte zusammen mit Merceile, Tschubai allein und Rhodan mit Ovaron auf die Suche gehen.

»Vielleicht ist es besser, wenn Merceile und ich zusammenbleiben«, wandte Ovaron ein.

Die Blicke der beiden Männer trafen sich. Keiner wich dem anderen aus.

»Hm!« machte Rhodan, obwohl seine Nachdenklichkeit nur vorgetäuscht war. »Was halten Sie davon, Merceile?«

»Sie bleibt bei mir!« entschied Gucky, bevor sie antworten konnte. »Der Teufel soll dich holen, Ovaron, wenn du mir dieses Mädchen streitig machen willst.«

Ovaron mußte lachen.

»Einverstanden, Kleiner. Paß gut auf Merceile auf.«

Gucky brummte etwas Unverständliches und watschelte an Merceiles Seite aus dem Raum. Auch Ras Tschubai verschwand durch einen der beiden Ausgänge. Rhodan sah Ovaron auffordernd an.

»Begeben wir uns ebenfalls auf die Suche.«

Sie verließen den Raum und gelangten in einen mit Kabelsträngen und Röhren überfüllten Korridor. Die beiden großen Männer mußten sich bücken, um weitergehen zu können.

»Hoffentlich ist keine Kerk-Positronik an Bord«, sagte Ovaron. »Das würde bedeuten, daß man uns registriert. Dann braucht nur jemand nachzusehen, um festzustellen, daß wir hier waren.«

»Wir müssen herausfinden, ob Ihre Befürchtungen berechtigt sind«, antwortete Rhodan. »Wo, glauben Sie, ist die Positronik untergebracht?«

»Normalerweise in dem am besten geschützten Raum. Aber ich weiß nicht, ob das auch für den Sonnensatelliten gilt.«

Der Korridor mündete in einen Maschinenraum. Die beiden Männer mußten über eine Metallbrücke klettern, um ihn zu überqueren. Rhodan überprüfte einige Röhren an der Decke, aber keine war geeignet, die Sextadimzeitbombe aufzunehmen.

»Wir müssen uns an die Klimaanlage halten«, bemerkte Ovaron, der Rhodan beobachtet hatte. »Sie ist auf jeden Fall der am wenigsten überprüfte Teil des Satelliten.«

Rhodan war derselben Ansicht. Bisher hatten sie sich eine halbe Stunde innerhalb des Satelliten aufgehalten. Der Terraner fragte sich, was im Freien vorging. Solange Gucky nicht kam und sie warnte, brauchten sie sich keine Sorgen zu machen, daß Cappins in den Satelliten kamen. Von irgendwoher kam Merceiles Stimme. Sie und der Mausbiber hielten sich in einem nahegelegenen Raum auf.

Ovaron veranlaßte Rhodan mit einer Handbewegung zum Stehenbleiben.

»Haben Sie etwas entdeckt?« erkundigte sich Rhodan.

Der Cappin schüttelte den Kopf.

»Es geht nicht um die Bombe, Terraner. Jetzt, da wir beide allein sind, haben wir Gelegenheit, uns über Merceile zu unterhalten.«

Rhodan sah Ovaron zunächst ungläubig an, dann grinste er breit.

»Das kann doch nicht Ihr Ernst sein? Wir dürfen keine Zeit verlieren. Jede Minute, die wir verlieren, kann unseren Einsatz gefährden.«

Ovaron war sichtlich nervös.

»Ich kann mich mit Ihnen unterhalten und gleichzeitig in diesem Raum nach einem passenden Platz suchen«, meinte er.

»Bitte, fassen Sie sich kurz«, forderte ihn Rhodan auf.

»Sie . . . sie interessiert sich für Sie!«

»Ich halte Sie nicht für so naiv, daß Sie mir an diesem Platz und zu diesem Zeitpunkt mit Eifersüchteleien kommen.«

Ovaron suchte nach Worten. Rhodan merkte, wie schwer es dem Cappin fiel, mit ihm über Merceile zu sprechen. Er fragte sich, was im Kopf des Tryzom-Tänzers vorgehen mochte.

»Ich liebe Merceile«, sagte Ovaron offen. »Deshalb mache ich mir Sorgen um sie. Ich möchte nicht, daß sie an ein Phantom glaubt.«

Rhodans Augen weiteten sich.

»Damit meinen Sie mich?«

»Ja.« Ovaron beugte sich über die Brücke und blickte nach unten. »Sie sind nichts weiter als ein Phantom. Ein Wesen aus einer anderen Zeit, das sich jeden Augenblick auflösen kann.« Er fuhr herum und ergriff Rhodan an den Armen. »Sie wissen, daß ich recht habe. Ein Fehler kann dazu führen, daß Sie zu existieren aufhören. Damit muß man bei Zeitreisenden immer rechnen.«

Rhodan machte sich los.

»Sie geben vor, sich um Merceile zu sorgen?« erwiderte er energisch. »In Wirklichkeit sind Ihre Beweggründe viel egoistischer.«

Ovaron zuckte zusammen. Rhodan dachte, daß der Cappin ihn angreifen würde. Doch Ovaron wandte sich ab und ging weiter. Er hielt das Gespräch damit für beendet. Ruhig sagte er: »In den Korridoren brauchen wir uns nicht aufzuhalten. Dort werden wir nicht finden, was wir suchen.«

Waffenstillstand! dachte Rhodan erleichtert. Er glaubte nicht, daß Ovaron ihn haßte. Wahrscheinlich empfand der Tryzom-Tänzer Sympathie für ihn, denn sie waren sich bisher mit Respekt begegnet.

Sie suchten weiter. Einmal trafen sie mit Tschubai zusammen, der ihnen zuwinkte und den Kopf schüttelte. Rhodan begann allmählich ungeduldig zu werden. Früher oder später würden die Cappins die angreifenden Tiere besiegt haben und sich wieder dem Ausbau des Satelliten widmen. Dann war es für einen Einbau der Sextadimzeitbombe zu spät.

Nachdem sie mehrere Räume erfolglos durchsucht hatten, gelangten sie in die Zentrale.

Ovaron blieb am Eingang stehen und atmete erleichtert auf.

»Es ist keine Kerk-Positronik«, sagte er. »Wir brauchen also nur ein paar Zusatzdaten einzugeben, wenn wir die Bombe eingebaut haben.«

Rhodan blickte sich um. Er konnte nur einen Teil der Zentrale übersehen. Der größte Teil der Schalt- und Kontrollanlagen kam ihm vertraut vor. An verschiedenen Stellen bewiesen leere Konsolen und unausgefüllte Rahmen, daß hier noch gearbeitet wurde. Die Einrichtung der Zentrale war noch nicht komplett. Auch das bedeutete für die Zeitreisenden einen Vorteil, denn die Positronik würde den Einbau der Sextadimzeitbombe nicht als ungewöhnlichen Vorgang registrieren.

»Rings um die Zentrale müssen sich mehrere Räume mit empfindlichen Geräten befinden«, erklärte Ovaron. »Sie sind bestimmt voll klimatisiert. Dort werden wir finden, was wir brauchen.«

Rhodan blieb stehen und lauschte. Er hatte ein seltsames Geräusch wahrgenommen. Es hörte sich an, als bewegte sich jemand mit schleifenden Schritten durch die Zentrale. Trotzdem war niemand zu sehen. Rhodan warf Ovaron einen Seitenblick zu. Der Cappin schien noch nichts gemerkt zu haben.

Das Geräusch verstummte einen Augenblick, als würde jemand stehenbleiben und beobachten.

Rhodan griff nach seiner Waffe.

»Was soll das?« erkundigte sich Ovaron, der die Bewegung bemerkt hatte.

Rhodan legte einen Finger auf den Mund, aber Ovaron verstand diese Geste nicht.

»Was haben Sie?«

Rhodan ermahnte ihn, still zu sein.

Ovaron blickte sich mißtrauisch um. Das Geräusch wiederholte sich. Rhodan konnte nicht genau feststellen, aus welcher Richtung es kam. Er begab sich zum Mittelpunkt der Zentrale, aber auch von dort aus konnte er nichts sehen.

»Gucky?« rief er leise.

Keine Antwort. Aber dann materialisierte der Ilt zusammen mit Merceile.

»Ist jemand in der Nähe?« fragte Rhodan.

Der Ilt verstand sofort, was Rhodan wollte. Er esperte kurz und schüttelte den Kopf.

»Ich kann nur Ras und euch drei spüren«, sagte er. »Alle anderen Impulse kommen von außerhalb des Satelliten.«

»Ich habe irgendein Geräusch gehört«, erklärte Rhodan. »Es ist auch jetzt noch zu vernehmen, aber es kommt wahrscheinlich von einer Maschine.«

»Wir nehmen uns jetzt die Räume in der Nähe der Zentrale vor«, sagte Ovaron zu Gucky und Merceile. »Ihr könnt uns dabei helfen.«

Als sie die Zentrale verließen, entdeckte Rhodan ein herabhängendes Kabel, das vom Luftstrom eines Ventilators bewegt wurde und dadurch über den Boden schleifte. Das war die Erklärung für das eigenartige Geräusch.

»Wie sieht es draußen aus?« erkundigte er sich bei Gucky.

»Es wird noch gekämpft. Die Tiere greifen nicht mehr in so großer

Zahl an, aber es sind Hunderttausende in die Stadt und in den Raumhafen eingedrungen. Die kleineren Gruppen werden jetzt von den Cappins gejagt. In der Stadt muß ein totales Chaos herrschen.«

Gucky holte Ras Tschubai aus einem Lagerraum, dann begannen sie mit der Durchsuchung der in der Nähe der Zentrale liegenden Räume.

Ovaron, dem die cappinsche Technik vertrauter war als seinen Begleitern, fand schließlich in der Verteilungsanlage eine brauchbare Röhre. Er rief die anderen zu sich und klopfte mit den Knöcheln gegen die Leitung.

»Hier!« sagte er knapp.

Rhodan untersuchte die Stelle. Wenn sie ein Stück der Leitung entfernten, konnten sie die Bombe genau einpassen.

»Das Rohr gehört zur Klimaanlage«, erklärte Ovaron. »Einen besseren Platz werden wir nicht finden.«

»Glauben Sie nicht, daß diese Stelle zu gut sichtbar ist?« erkundigte sich Ras Tschubai skeptisch. »Jeder, der hier vorbeikommt, wird die Bombe sehen.«

»Er wird eine Leitung der Klimaanlage sehen«, stellte Ovaron richtig. »Wir werden die Bombe so einfügen, daß sie nicht mehr als solche zu erkennen ist. Warum sollte jemand die Farbe von einem Leitungsstück der Klimaanlage abkratzen, um zu sehen, was sich darunter befindet? Die Wahrscheinlichkeit, daß die Bombe durch einen Zufall entdeckt wird, ist so gering, daß ich von einer Unmöglichkeit sprechen möchte.«

Tschubai war überzeugt. Auch Rhodan, der ähnliche Bedenken wie der Afroterraner vorbringen wollte, gab dem Cappin recht.

Sie markierten eine Stelle eineinhalb Meter über dem Boden. Rhodan öffnete seine Gürteltasche und entnahm ihr den Atomflammbrenner. Er wußte, daß er sehr genau arbeiten mußte, wenn er den Erfolg des Unternehmens nicht gefährden wollte.

Ovaron legte die Bombe auf den Boden. Er half Rhodan beim Ansetzen des Brenners. Die Düse wurde gezündet. Ein heller Flammenkegel entstand, der sich überall dort, wo er auf die Röhre traf, fächerförmig ausbreitete. Rhodan schaltete auf stärkere Leistung.

Der Energiestrahl fraß sich in die aus einer Speziallegierung bestehende Röhre. Die Wand hinter der Leitung hatten die beiden Männer mit einer hitzebeständigen Platte abgedeckt, um Beschädigungen an anderen Anlagen des Verteilerraums zu vermeiden.

Mit jedem Millimeter, den sich der Strahl tiefer in das Material bohrte, wuchs Rhodans Zuversicht.

Rhodan umfaßte die Leitung und blickte Ovaron an.

»Das ist nicht die Arbeit eines Phantoms«, sagte er zu dem Cappin. »Das ist Realität.«

Die anderen verstanden nicht, was er meinte, aber der Tryzom-Tänzer nickte.

»Ich glaube, Sie haben recht, Terraner.«

Trumakor Avak lehnte sich erschöpft gegen ein Gerüst und warf seine heiß gewordene Waffe zu Boden. Ein paar Meter von ihm entfernt lagen Dutzende von toten Arckern am Boden.

»Ich glaube, wir haben den Hauptangriff abgeschlagen«, sagte Warkamon, der neben Trumakor Avak stand.

Warkamon war kein militärischer Befehlshaber, sondern Transportmeister.

Vor wenigen Minuten hatte er Trumakor Avak gegenüber zugegeben, daß er in seinem ganzen Leben noch keine Waffe in den Händen gehalten hatte.

Trumakor Avak stieß mit den Schuhspitzen die Überreste eines Spicoulos zur Seite.

Der Sonnensatellit war gerettet. Zwar waren einige hundert Arcker bis zum Baugerüst vorgedrungen und hatten es beschädigt, aber der eigentliche Satellit war unberührt geblieben. Die Schäden am Gerüst waren so gering, daß man sie nicht auszubessern brauchte. Außerdem diente das Gerüst jetzt nur noch als Stütze für den Satelliten.

Aus der Ferne klang das Zischen der Energiewaffen herüber. Kampfroboter waren dabei, die Tiere weiter zurückzutreiben.

»Sie sehen müde aus,«, stellte Warkamon fest. »Drüben im Kuppelgebäude befinden sich genügend Schlafstellen.«

Der Kommandant lächelte vor sich hin. Warkamon meinte es gut. Aber Trumakor Avak dachte nicht daran, sich jetzt hinzulegen. Wenn sich ihre Lage auch hier gebessert hatte, so durften sie nicht vergessen, daß in Havaler noch schwere Kämpfe tobten. Die letzten Funknachrichten hatten niederschmetternde Einzelheiten gebracht. Ganze Straßenzüge waren vernichtet worden. Unter den eingestürzten Gebäuden waren Hunderte von Cappins ums Leben gekommen.

»Wir haben die größte Gefahr abgewehrt«, fuhr Warkamon fort. »Ein bißchen Ruhe wird Ihnen guttun.«

»Wenn man Sie so reden hört, könnte man glauben, daß Sie mich loshaben wollen«, antwortete Trumakor Avak spöttisch. »Aber ich werde nicht schlafen. Ich muß in die Stadt zurück und dort mithelfen, die Tiere zu vertreiben.«

Warkamon griff nach seiner Waffe.

»Ich begleite Sie, Kommandant.«

Trumakor Avak betrachtete den Transportmeister. Warkamon war nicht sehr groß. Mit seiner hageren Gestalt wirkte er zerbrechlich. Wenn es nicht zu diesem schrecklichen Zwischenfall gekommen wäre, hätte Trumakor Avak diesen Mann niemals bemerkt. Es gehörte nicht zu seinen Aufgaben, sich um Transportmeister zu kümmern.

Warkamon bückte sich und hob Trumakor Avaks Waffe auf.

»Die werden Sie sicher noch brauchen, Kommandant.«

Für Warkamon war es beschlossene Sache, daß er Trumakor Avak begleiten würde.

»Sie haben nicht einmal einen Antigravprojektor, Warkamon.«

Warkamon grinste und deutete auf das Gerät, das Trumakor Avak auf dem Rücken trug.

»Ich fürchte, Ihres ist auch nicht mehr viel wert, so, wie es aussieht. Sie sind ein paarmal gegen das Gerüst geprallt. Außerdem hat der Projektor einen Streifschuß abbekommen.«

Trumakor Avak begriff, daß der Transportmeister ihn während des Kampfes beobachtet hatte. Er schaltete den Antigravprojektor ein. Nichts geschah. Er nahm das Gerät ab und untersuchte es. Wütend warf er es weg.

»Sehen Sie!« Warkamons Stimme klang fast triumphierend. »Es funktioniert nicht.«

»Wir werden uns zwei andere Geräte besorgen«, entschied Trumakor Avak.

Warkamon drehte sich um und blickte über den freien Platz.

Zwischen den toten Tieren krochen noch immer Arcker herum. Cappins waren nicht zu sehen. Nur Kampfroboter waren in der Nähe. Über dem Satelliten kreisten ein paar Gleiter. Auf der anderen Seite des Satelliten wurde noch gekämpft.

»Hier werden wir wenig Glück haben«, meinte Warkamon.

»Dann beschaffen wir uns einen Wagen oder einen Gleiter«, meinte Trumakor Avak.

»Die Gleiter werden für den Kampf gebraucht, Kommandant. Es wäre unsinnig, auch nur eine Maschine für einen Transportflug abzuziehen.«

Trumakor Avak amüsierte sich königlich.

»Auf diesem Gebiet sind Sie wohl Fachmann?«

»Ja, Kommandant.« Warkamon blieb vollkommen ernst. »Warten Sie hier auf mich, ich besorge einen Wagen.«

Bevor Trumakor Avak Einwände erheben konnte, rannte der Transportmeister davon.

Trumakor Avak erschoß einen zu nahe herankommenden Arcker. Etwa hundert Meter von ihm entfernt standen zwei Cappins auf den unteren Stangen des Gerüsts und veranstalteten ein Zielschießen auf verwundete Tiere. Trumakor Avak sah weg.

Er hatte nie nach dem Sinn ihres Unternehmens in diesem Sonnensystem gefragt, aber jetzt beschlich ihn ein Gefühl des Unbehagens. War dieser Überfall der Tiere nicht ein Protest der Natur? Besaßen sie überhaupt das Recht, auf Welten wie dieser Stützpunkte zu errichten?

Trumakor Avak hatte die erhaltenen Befehle stets widerspruchslos ausgeführt, aber die letzten Stunden brachten ihn zum Nachdenken.

Er war froh, als Warkamon mit einem Wagen herangefahren kam. Es war ein kleiner gepanzerter Versan-Schlepper, auf dessen Ladefläche eine Strahlenkanone montiert war. Trumakors Augen weiteten sich.

»Wo haben Sie den her?« fragte er verblüfft, als das Fahrzeug neben ihm anhielt und Warkamon heraussprang.

Der Transportmeister lächelte stolz.

»Er stand drüben in einem Schuppen. Gut versteckt.«

»Sie hätten ihn während des Kampfes zum Einsatz bringen sollen«, warf Trumakor Avak dem kleinen Mann vor.

Warkamon machte eine einladende Handbewegung.

»Steigen Sie lieber ein, Kommandant. Sie können das Steuer übernehmen. Ich postiere mich hinter der Kanone und achte darauf, daß uns keine dieser Bestien in die Quere kommt.«

»Sie werden innerhalb der Stadt nicht mit dieser Kanone herumschießen«, befahl Trumakor Avak. »Das ist zu gefährlich. Sie könnten mehr Schaden anrichten als alle Arcker zusammen.«

Warkamon kratzte sich enttäuscht am Hinterkopf. Als er hinter dem Kommandanten auf die Ladefläche geklettert war, schärfte ihm Avak noch einmal ein, vorsichtig mit der Kanone umzugehen.

Trumakor Avak kletterte auf den Fahrersitz des Versan-Schleppers und fuhr los. Obwohl der Schlepper schwerfällig aussah, kamen sie schnell voran. Über tote Tiere hinweg rollten sie in Richtung der Stadt. Trumakor Avak unterrichtete die Befehlshaber von seinem Vorhaben. Mit der Stadt bekam er keine Verbindung. Er schloß daraus, daß sogar die Funker in die Kämpfe eingegriffen hatten.

Sie rollten an einem Kontrollturm vorbei, in dem sich einige Cappins verbarrikadiert hatten. Die Eingeschlossenen schossen auf Spicoulos und Croccisoren, die den Turm pausenlos angriffen.

Trumakor Avak hörte, wie sich ein Schuß aus der Strahlenkanone löste, dann entstand unmittelbar neben dem Kontrollturm eine gewaltige Wolke. Als sie sich auflöste, war der Platz vor dem Gebäude wie leergefegt. Die Verteidiger beugten sich aus dem Fenster und winkten.

Warkamon streckte den Kopf zum Seitenfenster herein.

»War das nicht ein Meisterschuß, Kommandant?«

Er lachte wild.

Avak konnte nicht umhin, den plötzlich zum Kämpfer gewordenen Transportmeister zu loben.

Sie setzten die Fahrt fort. Im Randgebiet des Raumhafens hatten die Arcker einige Lager aufgebrochen und geplündert. Rings um die Gebäude lagen die toten Tiere neben ihrer Beute. Mit ihren säureähnlichen Sekreten hatten die Arcker den Bodenbelag des Hafens an vielen Stellen beschädigt, so daß Trumakor Avak immer wieder kraterähnlichen Löchern ausweichen mußte.

Eine Streife unter der Führung eines Wissenschaftlers hielt den Versan-Schlepper an. Als die Männer Trumakor Avak erkannten, entschuldigten sie sich.

»Kommen Sie aus der Stadt?« fragte Trumakor Avak.

Der Wissenschaftler bejahte.

»Kommandant Wiesenacker hat uns hierhergeschickt, um bei der Verteidigung des Satelliten zu helfen!«

»Kehren Sie wieder um!« ordnete Trumakor Avak an. »Der Satellit ist ungefährdet. Ich kann mir vorstellen, daß Sie in der Stadt dringender gebraucht werden.«

»Das kann man wohl sagen«, bestätigte der Wissenschaftler.

Trumakor Avak verabschiedete sich.

Sie ließen den Raumhafen hinter sich. Im Industriegebiet war es ebenfalls zu Angriffen der verschiedenen Tiere gekommen, aber hier war die Abwehr der Cappins so gut organisiert gewesen, daß eine Katastrophe hatte vermieden werden können.

Bewaffnete Männer patrouillierten zusammen mit Robotern zwischen den einzelnen Fabrikationsanlagen. Über dem Industriegebiet schwebten Gleiter.

Einzelne Straßen waren gesperrt, um angreifende Arcker am Vordringen zu hindern. Trumakor Avak mußte zahlreiche Umwege in Kauf nehmen. Überall, wo der Versan-Schlepper auftauchte, wurde er begeistert begrüßt. Hier im Industriegebiet war die Stimmung gut, die Männer, die es verteidigten, faßten die ganze Sache als eine Art sportlichen Wettkampf auf.

Trumakor Avak lächelte sauer. Er wünschte, diese Cappins hätten sich in der Nähe der Baustelle oder in der Stadt umsehen können. Dann hätten sie ihre Auffassung schnell geändert.

Inzwischen war es Abend geworden. Trumakor Avak, der sein Zeitgefühl während des Kampfes auf der Baustelle fast völlig verloren hatte, befürchtete, daß ihnen eine schlimme Nacht bevorstand. In der Dunkelheit waren ihnen die Tiere überlegen. Noch vor Einbruch der Nacht mußte es ihnen gelungen sein, sie zu vertreiben.

Als sie das Randgebiet von Havaler erreichten, sah Trumakor Avak, daß die Lage verzweifelter war, als er sich vorgestellt hatte. Fast überall wurde gekämpft. Die Tiere hatten instinktiv begriffen, daß sie mehr erreichen konnten, wenn sie in zahlreichen kleineren Gruppen angriffen. Das zwang die Verteidiger zu einer Aufsplitterung ihrer Kräfte.

Trumakor Avak steuerte mit einer Hand. Mit der anderen hielt er seine Waffe und schoß auf beutebeladene Arcker, die in Richtung der großen Ebene unterwegs waren.

Warkamon quittierte jeden Treffer mit einem Triumphgeheul.

Jedes zweite Gebäude in den Außenbezirken der Stadt war beschädigt, jedes fünfte eingestürzt. In den Trümmern wimmelte es von Arckern. Die Straßen waren kaum noch zu sehen. Es brannte an mehreren Stellen. Der Abendhimmel über Havaler leuchtete in einem unheilvollen Rot.

Trumakor Avak preßte die Zähne aufeinander. In den wenigen Stunden, die er sich außerhalb der Stadt aufgehalten hatte, war viel geschehen.

»Das ist ja schrecklich!« schrie Warkamon von der Ladefläche des Schleppers aus. »Wir werden diese verdammten Biester ausrotten, damit sie nie wieder in die Lage kommen, unseren Stützpunkt anzugreifen.«

Im Grunde genommen sind wir die Invasoren, überlegte Trumakor Avak. Wenn sie sich auf einem unbekannten Planeten niederließen, brauchten sie sich nicht zu wundern, wenn sie in unheilvolle Naturereignisse verwickelt wurden.

Trumakor Avak steuerte den Versan-Schlepper auf eine halbwegs erhaltene Straße. Sie wurden von einigen Croccisoren angegriffen, die hinter Trümmern gelauert hatten.

Trumakor Avak schoß sie nieder. Fehlgesteuerte Kampfroboter irrten zwischen den Häusern umher und gaben ungezielte Schüsse ab. Cappins waren nicht zu sehen. Entweder verbargen sie sich in den erhaltenen Häusern, oder sie hatten sich weiter in die Stadt zurückgezogen.

Trumakor Avak und Warkamon gelangten an eine Stelle, wo die Straße durch Aufbrüche und Trümmer nicht passierbar war. Warkamon kletterte neben den Kommandanten auf den Fahrersitz.

»Wenn wir die Strahlenkanone nicht einsetzen, kommen wir hier nicht durch.«

Der Anblick der zerstörten Viertel war äußerst deprimierend.

»Ja, gut!« sagte Trumakor. »Aber wir können nicht aufs Geratewohl schießen. Ich steige aus und sehe nach, ob jemand hinter den Trümmern ist. Warten Sie auf mein Zeichen.«

Warkamon brummte und kehrte auf die Ladefläche zurück.

Mit vorgehaltener Waffe sprang Trumakor Avak aus dem Wagen. Sofort verlor er das Gefühl der Sicherheit. Die zerstörten Fenster in den unteren Etagen der Gebäude starrten ihn wie gierige Augen an.

Überall raschelte und knisterte es. Hinter Trümmern stieg Rauch auf.

Trumakor Avak rannte auf den Trümmerberg zu und kletterte hinauf. Er schoß auf zwei Arcker, die im Begriff waren, eine Betonsäule zu zersetzen. Auf der anderen Seite brannten ein paar Einrichtungsgegenstände. Trumakor Avak fragte sich, wie sie hierherkamen. Vielleicht hatten die Hausbewohner gedacht, daß sie die Tiere mit Feuer abschrecken konnten.

Die Straße machte hundert Meter vor Trumakor Avak einen Knick. So weit er in sie einsehen konnte, war sie mit Überresten aller Art bedeckt. Der Versan-Schlepper würde jedoch mühelos durchkommen.

Trumakor Avak zog sich an eine Hauswand zurück und winkte Warkamon zu.

Aus der Strahlenkanone auf dem Schlepper löste sich ein Schuß. Der Schuttberg wurde in der Straßenmitte pulverisiert. Er rutschte in sich zusammen.

»Platz genug!« schrie Warkamon. »Kommen Sie zurück.«

Trumakor Avak ließ sich von den Trümmern auf die Straße hinabgleiten. Er war froh, als er wieder hinter dem Steuer des Schleppers saß. Er schaltete die Scheinwerfer des Fahrzeugs an, denn inzwischen war die Abenddämmerung angebrochen.

Die Hinterräder des Versan-Schleppers rotierten sekundenlang leer, als er mit dröhnendem Motor über die Reste des Trümmerbergs rollte. Dann gab es einen Ruck, und sie fuhren auf ebener Straße weiter.

»Achtung!« schrie Warkamon plötzlich. »Da vorn tauchen Arcker auf. Es sind auch Croccisoren dabei.«

Trumakor Avak hatte die Tiere schon gesehen. Sie kamen aus einem großen Gebäude auf der rechten Straßenseite. Die Arcker schleppten Beute mit sich. Die Croccisoren sollten diesen Raubzug offenbar bewachen. Als die Tiere den Schlepper erblickten, trennten sich die beiden Gruppen. Die Arcker verschwanden von der Straße, während die Croccisoren sich auf einen Angriff vorbereiteten.

»Es sind mindestens hundert!« schrie Warkamon, aber seine Stimme klang eher begeistert als ängstlich.

Trumakor Avak hielt an und feuerte in die Croccisoren-Menge. Ein paar Tiere blieben liegen. Die Verletzten kreischten und schleppten sich mit letzter Kraft weiter in Richtung des Fahrzeugs, getreu der Programmierung, die ihr primitives Gehirn von einer unerbittlichen Natur bekommen hatte.

Warkamon begann jetzt ebenfalls aus seiner Handfeuerwaffe zu schießen. Er richtete sich nach Trumakor Avaks Befehl und setzte die Kanone nicht ein.

Die Croccisoren griffen auf breiter Front an. Unter ihren Panzern leuchteten die giftigen Stachelorgane.

Es gelang den beiden Cappins, etwa die Hälfte der Angreifer zu erlegen, bevor sie in Sprungweite kamen. Sechs Croccisoren sprangen gleichzeitig. Trotz der gewaltigen Sprünge, die sie vollführten, konnten sie ihren Körper genau im Ziel aufsetzen.

Trumakor Avak hörte sie auf das Fahrzeug und die Ladefläche krachen, dann ertönte das Zischen von Warkamons Strahlwaffe. Trumakor Avak konnte sich nicht um die sechs Tiere kümmern, denn er mußte verhindern, daß die anderen auf den Schlepper sprangen. Er leerte das Energiemagazin seines Strahlenkarabiners, dann warf er die Waffe neben sich auf den Sitz und griff nach seiner Handfeuerwaffe.

Ein Croccisor kroch über das Dach des Fahrzeugs und wollte sich ins Innere fallen lassen. Mit einem gezielten Schuß trennte ihm Trumakor Avak den Panzer durch. Das Tier fiel auf die Straße.

Der Versan-Schlepper war jetzt von Angreifern umzingelt. Jedesmal, wenn es einen dumpfen Schlag gab, zuckte der Kommandant zusammen, denn er wußte, daß dann jedesmal ein Croccisor auf dem Fahrzeug landete.

Noch immer ertönte das Zischen von Warkamons Waffe. Wahrscheinlich war der Transportmeister unter das Gestell der Kanone gekrochen, wo er schlecht anzugreifen war.

Zwölf Croccisoren hingen jetzt wie eine Traube auf dem Schlepper. Trumakor Avak beschleunigte mit dem höchstmöglichen Wert und machte dann eine Vollbremsung. Die Croccisoren wurden vom Dach und von der Ladefläche geschleudert.

»Warkamon!« schrie Trumakor Avak. Er riß das Steuer mit einer Hand herum. Der Motor des Schleppers heulte auf. Das Fahrzeug drohte umzukippen, als Trumakor Avak in einer halsbrecherischen Kurve abdrehte und gleichzeitig auf die zurückgebliebenen Croccisoren schoß.

»Warkamon!« Trumakor Avaks Augen schmerzten, der Schweiß rann ihm in Strömen herab.

Warkamon streckte den Kopf durchs Seitenfenster und grinste. Er blutete aus mehreren Wunden. Seine linke Hand war gebrochen. Aus seiner Brust ragte der Stachel eines Croccisoren.

»Sie leben?«

Trumakor Avak starrte ihn an wie eine übernatürliche Erscheinung.

Warkamon wischte den Stachel weg und fuhr sich mit dem Handrükken über die Stirn.

»Das war ein tolles Manöver«, sagte er anerkennend. »Wenn Sie die Biester nicht abgeschüttelt hätten, wäre ich jetzt tot.«

Er verdrehte die Augen und rutschte vom Dach. Trumakor Avak fing ihn auf und zog ihn zu sich herein. Er untersuchte ihn kurz und stellte aufatmend fest, daß sein Begleiter nur bewußtlos war.

Hastig steuerte er den Schlepper in eine Öffnung zwischen zwei Gebäuden. Die Scheinwerfer leuchteten auf die Straße hinaus. Kein Tier konnte sich unbemerkt nähern. Es war jetzt fast vollkommen dunkel. Die Beleuchtung schien in ganz Havaler ausgefallen zu sein. Nur ab und zu blitzten die Positionslampen eines Gleiters über den Dächern auf.

Trumakor Avak öffnete die Brusttasche von Warkamons Jacke und untersuchte die Wunde, die der Stachel geschlagen hatte. Sie war nicht tief, aber geschwollen und blaurot. Der Kommandant zog sein Messer und desinfizierte es im Minimum-Strahl seiner Handfeuerwaffe. Dann öffnete er Warkamons Wunde. Eine grünliche Flüssigkeit tropfte heraus.

Warkamon öffnete die Augen und lächelte.

»Alles in Ordnung«, sagte Trumakor Avak.

Der Transportmeister hatte ihn nicht gehört. Er war schon wieder bewußtlos. Trumakor Avak legte einen Notverband an und lehnte Warkamon mit dem Rücken gegen den Sitz.

»Wir müssen hier weg!« sagte er. »Im Zentrum der Stadt wird man ihm am schnellsten helfen können.«

Er fuhr auf die Straße hinaus. Das Licht der drei großen Scheinwerfer tastete über die Straße, erfaßte Trümmer, tote Tiere und tote Cappins. Ganz in der Nähe brannte ein Häuserblock. Er war von Robotern umstellt, die sich bemühten, das Feuer zu löschen.

Je weiter sie in die Stadt vordrangen, desto weniger Tiere begegneten ihnen. Trumakor Avak hoffte, daß sie das Schlimmste überstanden hatten. Bald würde Ruhe einkehren. Sie würden Monate brauchen, um die von den Tieren angerichteten Schäden zu beheben. Die Toten jedoch konnte niemand mehr ins Leben zurückrufen.

Ein paar Minuten später stießen sie auf bewaffnete Cappins. Trumakor Avak hielt an und stellte sich vor. Man teilte ihm mit, daß wenige Straßen weiter ein notdürftiges Hauptquartier eingerichtet worden war. Dort führte Wiesenacker den Befehl.

Trumakor Avak steuerte den Schlepper in eine Seitenstraße. Plötzlich stotterte der Motor. Das Fahrzeug blieb stehen.

Der Kommandant stieß eine Verwünschung aus. Er nahm den Handscheinwerfer aus dem Werkzeugkasten und leuchtete die Umgebung ab. Die Straße war fast in Ordnung. Tiere waren nicht zu sehen.

Trumakor Avak wußte, daß sie noch mindestens zwei Kilometer vom Hauptquartier entfernt waren. Er konnte Warkamon nicht zurücklassen. Am besten war, wenn er sich in den umliegenden Häusern ein Versteck für die Nacht suchte. Am nächsten Morgen konnten sie weitergehen, vorausgesetzt, daß es Warkamon schaffte.

Er zog Warkamon über seine Schulter. Den Versan-Schlepper ließ er mit brennenden Scheinwerfern zurück. Vielleicht hielt das die Arkker davon ab, ihn im Verlauf der Nacht zu zerstören.

Mit dem bewußtlosen Transportmeister beladen ging Trumakor Avak auf das nächste Haus zu. Er hatte seinen Scheinwerfer am Gürtel befestigt, so daß er etwas sehen konnte.

Der Eingang des Gebäudes machte einen unversehrten Eindruck. Die Tür war verschlossen. Trumakor Avak stieß sie mit einem Fuß auf und trat ein. Im Vorraum roch es nach Alkohol. Trumakor Avak leuchtete umher. Der Raum war verlassen. Die unzerstörte Einrichtung bewies, daß hier noch keine Arcker gewesen waren.

Der Kommandant trat auf den Korridor hinaus und begab sich in eines der anderen Zimmer.

Als er eintrat, hörte er ein Geräusch. Dann blitzte es auf. Trumakor Avak wurde von der Helligkeit eines Energiestrahls geblendet.

Jemand stieß einen bestürzten Schrei aus.

Trumakor Avak ließ Warkamon auf den Boden gleiten und leuchtete in die Ecke.

Im Scheinwerferlicht stand eine Frau mit einem Strahler in der Hand. Trumakor Avak wandte sich wortlos um und blickte auf das tellergroße Loch in der Wand. Um Haaresbreite war der tödliche Strahl an ihnen vorbeigegangen.

»Ich . . . ich dachte, es wären ein paar Tiere«, stammelte sie.

Trumakor Avak antwortete nicht. Er suchte nach einem geeigneten Platz, wo er Warkamon niederlegen konnte. Dann schleppte er den Transportmeister auf die Liege an der dem Eingang gegenüberliegenden Wand. Nachdem er Warkamon von Stiefel und Jacke befreit hatte, sprach er zum erstenmal mit der Frau.

»Haben Sie Verbandmaterial hier?«

»Ich bin nicht von hier«, erwiderte sie. »Auf der Flucht vor den Tieren kam ich hierher. Ich wohne im Außenbezirk.«

Avak betrachtete sie. Sie machte einen völlig erschöpften und verstörten Eindruck. Auf dem Weg hierher mußte sie Schreckliches gesehen haben. Kein Wunder, das sie auf alles schoß, was sich bewegte.

»Bleiben Sie bei ihm.« Er deutete auf Warkamon. »Ich suche in den anderen Zimmern nach Verbandmaterial.«

»Und wenn Tiere kommen?«

»Es sind keine in der Nähe«, beruhigte sie Trumakor Avak.

Sie schien nicht überzeugt zu sein, aber sie setzte sich auf den Rand der Liege und hielt ihre Waffe fest.

Trumakor Avak sagte sarkastisch:

»Schießen Sie nicht wieder auf mich, wenn ich zurückkomme.«

Sie schwieg erschöpft.

Trumakor Avak erkannte, daß sie völlig verängstigt war. Sie hatte ebenso Hilfe nötig wie Warkamon. Hätte sein Armbandfunkgerät noch funktioniert, hätte der Kommandant das Hauptquartier rufen können. Trumakor Avak bezweifelte allerdings, ob man dort genügend Zeit gefunden hätte, um sich mit den Problemen einer so kleinen Gruppe zu beschäftigen.

In ganz Havaler waren jetzt Cappins eingeschlossen, die Hilfe brauchten.

»Wir schaffen es auch allein«, sagte Avak wie zu sich selbst.

Das war wenige Minuten vor seinem Tod.

36.

Warkamon hatte das Gefühl, daß eine zentnerschwere Last auf seiner Brust lag.

Er schlug die Augen auf. Benommen vom Licht, das durch das Fenster fiel, blinzelte er ein paarmal. Er blickte sich um und stellte fest, daß er sich auf einer Liege befand, die innerhalb des kleinen Raumes stand.

Vermutlich hatte ihn Trumakor Avak hierhergebracht, als er das Bewußtsein verloren hatte.

Warkamon blickte auf seine schmerzende Brust. Er entfernte den blutverschmierten Notverband. Die Wunde hatte sich entzündet, aber das war nicht weiter schlimm. Der erste Mediziner, dem er begegnete, würde ihm helfen können.

Warkamon schwang die Beine von der Liege. Die Bewegung genügte, um ihn aufstöhnen zu lassen. Sein Körper schmerzte an mehreren Stellen. Außerdem wurde ihm schwindlig. Er brauchte ein paar Minuten, bis er auf den Beinen stehen konnte.

Die Straße war verlassen. Kein einziges Tier war zu sehen. Am Ende der Straße waren ein paar von einem Cappin befehligte Roboter damit beschäftigt, die Trümmer eines Hauses zu beseitigen.

Warkamon atmete auf. Es sah ganz so aus, als wäre es den Verteidigern im Verlauf der Nacht gelungen, die Tiere aus der Stadt zu treiben.

Aber wo war Trumakor Avak? Sicher war er mit dem Versan-Schlepper weitergefahren.

Warkamon beugte sich weiter aus dem Fenster.

Der Schlepper stand verlassen vor dem Haus.

Warkamon konnte sich keinen Reim darauf machen.

Er ruhte sich einen Augenblick aus und humpelte dann auf den Korridor hinaus. Als er sich gegen die Wand lehnte, begann sich sein Blick wieder zu klären. Vor ihm am Boden lag eine übel zugerichtete Frau. Warkamon sah sofort, daß sie tot war. Neben ihr am Boden lag ein Strahler.

Warkamon bückte sich und hob die Waffe auf. Er schaute sich um.

Zweifellos war die Frau von einem oder mehreren Tieren überrascht worden. Der oder die Angreifer mußten sie von der Treppe aus angesprungen haben.

»Kommandant!« krächzte Warkamon. »Hallo, Kommandant!«

Er erhielt keine Antwort. Ein sicheres Gefühl sagte ihm, daß er nur die Treppe hinaufzugehen brauchte, um Trumakor Avak zu finden. Er überwand seine Schwäche und zog sich am Geländer nach oben.

Da sah er die Blutspuren.

Sie waren fast auf jeder Stufe. Die Abdrücke großer Tierpranken zeichneten sich darin ab.

Warkamon erschauerte. Er hielt die Waffe mit einer Hand schußbereit, mit der anderen zog er sich weiter die Treppe hinauf. Er mußte ein paarmal anhalten, weil ihn die Erschöpfung zu übermannen drohte. Der Gedanke an Trumakor Avak verlieh ihm wieder Kraft.

Schließlich kam er oben an.

Er sah eine offenstehende Tür und taumelte darauf zu. Er fiel dagegen und stieß sie vollkommen auf. Er mußte sich mit einer Hand festhalten, um nicht das Gleichgewicht zu verlieren.

Rechts an der Wand lagen die Überreste von Trumakor Avak. Auch im Bett lag ein toter Cappin. Warkamon kannte ihn nicht.

Er gab einen unartikulierten Laut von sich und ging wieder auf den Korridor hinaus.

Von unten drangen Geräusche herauf.

Drei Cappins betraten das Gebäude. Einer von ihnen wurde durch seine Kleidung als Befehlshaber ausgewiesen. Der Mann sah den schwankenden Warkamon zuerst.

»Mann!« rief er zu ihm herauf. »Halten Sie sich fest! Oder wollen Sie die Treppe herabfallen?«

Warkamon winkte mit der Waffe.

»Raufkommen!« schrie er. »Sofort raufkommen.«

Der Befehlshaber fragte verblüfft: »Was ist eigentlich los? Warum so nervös? Wir haben die Tiere zurückgeschlagen. Es befindet sich keine einzige Bestie mehr in Havaler.«

Gefolgt von seinen Begleitern, kam er die Treppe herauf.

»Gehört Ihnen der Versan-Schlepper?«

»Ja«, sagte Warkamon.

Er trat zur Seite, damit die drei Cappins in den Raum sehen konnten, aus dem er soeben gekommen war.

»Oh!« rief der Befehlshaber bestürzt, als er Trumakor Avak liegen sah. »Was war denn hier los?«

Er machte ein paar Schritte auf den Toten zu. Warkamon trat ihm in den Weg.

»Halt!« rief der Transportmeister. »Fassen Sie ihn nicht an. Ich werde ihn nach unten tragen und dafür sorgen, daß er noch im Tod ordentlich behandelt wird.«

Der Befehlshaber war erschüttert.

»Ist das Ihr Freund?«

»Der Tote ist Kommandant Trumakor Avak«, erwiderte Warkamon. »Fassen Sie ihn nicht an.«

Der Befehlshaber schüttelte den Kopf und winkte seinen Begleitern, daß sie ihm nach unten folgen sollten. Warkamon sah ihnen nach, wie sie die Treppe hinabgingen. Auf der untersten Stufe drehte sich der Befehlshaber noch einmal um.

»Kommen Sie mit, oder soll ich Ihnen einen Arzt schicken?«

»Ich komme nicht mit und brauche auch keinen Arzt.«

Der Cappin schaute unschlüssig drein, dann verließ er das Haus.

Warkamon ging in das Zimmer, wo die beiden Toten lagen. Er hob Trumakor Avak auf und trug ihn die Treppe hinab. Später hätte er nicht zu sagen vermocht, wie er das geschafft hatte.

Er schleppte Trumakor Avak zum Versan-Schlepper und legte ihn auf den Nebensitz.

Dann nahm er am Steuer Platz. Der Motor sprang an. Warkamon fuhr durch die Straßen der Stadt, in denen überall mit den Aufräumungsarbeiten begonnen wurde.

Er fuhr zwei Stunden lang mit dem Toten durch die Straßen. Dann verließen ihn seine Kräfte, und er fiel Kopf voran gegen das Steuer. Der Wagen prallte gegen eine Hauswand und blieb stehen. So fanden ihn später ein paar Cappins, die nach Verletzten suchten.

Rhodan schob die Sextadimbombe vorsichtig in die Lücke zwischen den beiden Röhrenenden.

»Paßt!« sagte er aufatmend.

Ovaron heftete die Bombe mit der Schweißmaschine fest. Dann verschweißten sie die Bombe mit den beiden Röhrenenden. Als die Schweißnähte glattgeschliffen und erkaltet waren, wurden sie mit einer Spezialfarbe gestrichen. Danach überzeugte sich Ovaron, daß die Klimaanlage nach wie vor funktionierte.

»Sie wird in ihrer Leistung nicht geschwächt«, stellte der Cappin fest. »Ich glaube, wir können zufrieden sein.«

Rhodan trat einen Schritt zurück und beobachtete die Schweißstelle. Die Farbe war sofort getrocknet.

»Wie gefällt es dir?« erkundigte sich Gucky.

»Ausgezeichnet«, sagte Rhodan. »Diese Stelle kann von den Cappins nur durch einen dummen Zufall entdeckt werden.«

Sie entfernten alle Spuren ihrer Arbeit.

Rhodan suchte die Stelle noch einmal gründlich ab. Jeder Abfallbrocken, den sie übersahen, konnte zum Verräter werden. Als er sicher war, daß sie nichts zurückgelassen hatten, untersuchte er noch einmal die Stelle, wo die Bombe saß. Sie fügte sich übergangslos in das Röhrensystem ein.

»Wir haben unser Kuckucksei gelegt«, sagte Ras Tschubai und lachte. »Ein Ei, das erst in zweihunderttausend Jahren ausgebrütet wird.«

»Sofern es nicht jemand vorher aus dem Nest wirft«, gab Rhodan zurück. »Wir dürfen die Positronik nicht vergessen.«

Ovaron stutzte.

»Was bedeutet dieses Gerede mit dem Ei?«

»Schon gut«, besänftigte ihn Rhodan. »Es handelt sich um eine Redensart unseres Volkes. Nehmen Sie sie nicht so ernst.«

Sie begaben sich in die Zentrale.

Bei der Umschaltung der Positronik mußten sie sich ganz auf Ovaron und Merceile verlassen. Die Zentrale des Sonnensatelliten unterschied sich grundlegend von ähnlichen Anlagen in terranischen Raumschiffen.

Rhodan und Tschubai halfen dem Cappin, die Verkleidung der Positronik zu entfernen. Ovaron wollte sich nicht mit einer zusätzlichen Programmierung begnügen, sondern die alten Daten löschen. Dadurch wollte er einen Konflikt im Logiksektor der Positronik verhindern. Außerdem mußten sie die Anlage noch so schalten, daß die Aufgabe der ausgefallenen Heizungsröhre von anderen Leitungen des Systems übernommen wurde. Nur dann konnten sie sicher sein, daß die Bombe niemals entdeckt wurde.

»Wie lange werden Sie brauchen?« fragte Rhodan den Cappin.

Der Tryzom-Tänzer machte eine unbestimmte Bewegung.

»Das kommt auf die Schwierigkeiten an. Ein paar Stunden wird es schon dauern.«

Tschubai war unzufrieden.

»Das kann Schwierigkeiten bedeuten.«

Rhodan wandte sich an den Mausbiber.

»Wie sieht es draußen aus, Kleiner?«

»Die Tiere befinden sich auf dem Rückzug, Perry. Die Baustelle wurde bereits von ihnen geräumt. Die Cappins sind gerade dabei, sie hinter den Raumhafen zurückzudrängen.«

»Draußen ist es jetzt Nacht«, erklärte Merceile.

»Ja«, stimmte Ovaron zu. »Aber in zwei Stunden wird es wieder hell.«

»Solange es dunkel ist, werden alle Cappins draußen aufpassen, daß die Tiere keinen zweiten Überfall ausführen«, vermutete Rhodan. »Mit Anbruch des neuen Tages werden sie jedoch in den Sonnensatelliten kommen und mit der Installation wichtiger Instrumente weitermachen.«

»Bis dahin müssen wir fertig sein«, sagte Ovaron.

Rhodan wunderte sich über die Geschicklichkeit, mit der der Cappin bei der Arbeit vorging. Jede Bewegung wirkte überlegt und war ein Beweis für die Konzentration, mit der der Cappin arbeitete.

Endlich war das »Herz« der Anlage freigelegt. Ovaron ging jetzt sehr behutsam vor.

Die Anwesenden verhielten sich ruhig, damit der Cappin konzentriert arbeiten konnte.

Ovaron entfernte ein paar kaum sichtbare Teile und steckte sie ein. Dann löste er ein Kabel, um es an anderer Stelle wieder zu befestigen.

Rhodan blickte immer wieder auf die Uhr. Die Zeit verging schnell. Draußen war es längst wieder hell geworden. Gucky teilte mit, daß keine Tiere mehr in der Nähe waren.

Sie mußten damit rechnen, daß jeden Augenblick ein paar Cappins in den Satelliten kamen und die Zentrale betraten.

Ovaron baute alle herausgenommenen Teile wieder ein. Jedesmal überzeugte er sich davon, daß die Funktion der einzelnen Module nicht gestört war.

Rhodan atmete auf, als der Cappin endlich nach der Verkleidung griff und sie befestigte.

Ovaron stand auf und streckte sich.

»Fertig?« erkundigte sich Perry.

»Ich habe getan, was ich konnte«, gab Ovaron zurück. »Ich bin überzeugt davon, daß alles so funktionieren wird, wie wir es geplant haben.«

Rhodan ergriff die Hand des geheimnisvollen Mannes.

»Danke!« sagte er schlicht.

Ovaron wandte sich ab.

»Achtung!« rief Gucky. »Ein paar Cappins haben den Satelliten betreten.«

»Alles wegräumen«, befahl Rhodan. »Dann nichts wie weg von hier.«

Sie sammelten Werkzeuge und Abfälle ein.

Tschubai ergriff Merceile am Arm und entmaterialisierte.

»Jetzt sind wir an der Reihe, Kleiner«, sagte Rhodan und packte Gucky an einem Arm. »Fertig, Ovaron?«

Der Cappin nickte und nahm ebenfalls neben Gucky Aufstellung. Rhodan wollte noch etwas sagen, aber Gucky entmaterialisierte bereits.

Die sechs Cappins, die wenige Sekunden später die Zentrale betraten, fanden alles so vor, wie sie es verlassen hatten. Es gab keinen Grund für sie zu argwöhnen, daß während ihrer Abwesenheit eine Bombe eingebaut worden war.

Epilog

Zwei Tage nach ihrer geglückten Aktion kehrten Perry Rhodan und seine Begleiter auf den Kontinent Koptey zurück, der ebenfalls von Croccisoren, Spicoulos und Arckern heimgesucht wurde. Es gelang ihnen, ein Kurierraumboot zu stehlen und sich den Geheimcode anzueignen, der das Passieren der cappinschen Wachflotte ermöglichte.

Die Expedition erreichte den Nullzeit-Deformator, der von den Cappins unentdeckt geblieben war. Am 31. Mai 3434 konnten die Zeitreisenden sich von Reginald Bull und Galbraith Deighton wieder in der Realzeit begrüßen lassen. Die Gefahr von Sol, so dachte man, sollte nun endlich und endgültig gebannt werden können.

Doch noch stand der Todessatellit in der Sonnenkorona, und er schien auch jetzt nicht bereit zu sein, sich von den Terranern bezwingen zu lassen.

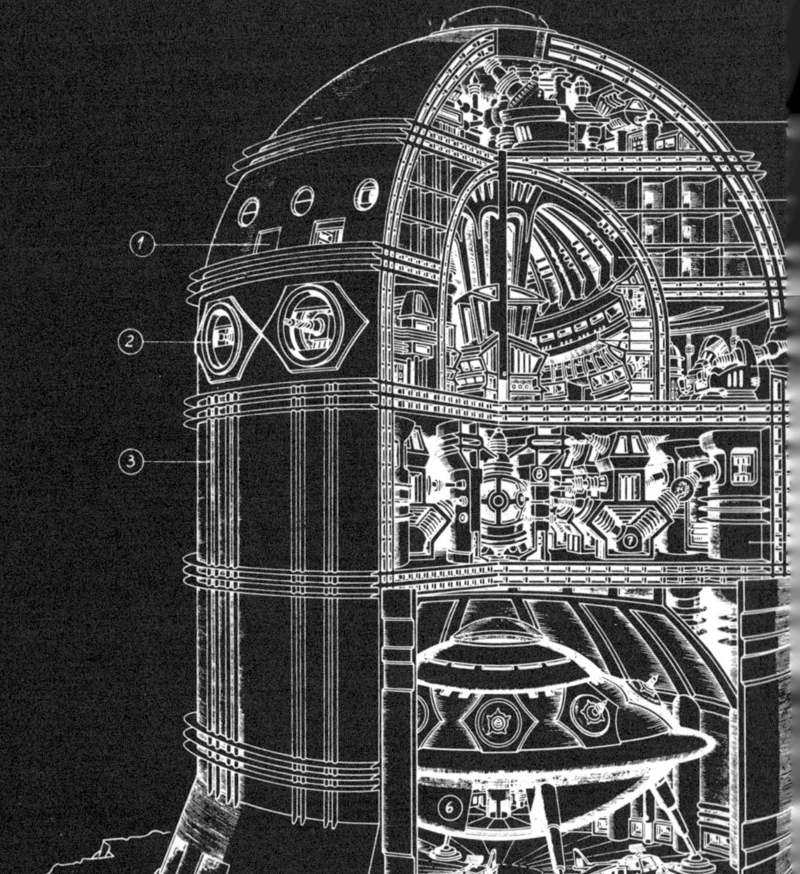
1
2
3
4
5
6
7
8